교과서 통합 국어

공통국어 개념완성

구성과 특징

우리 교재의 장점

❶ **9종 공통국어 교과서의 핵심 작품&제재를 엄선하여 수록**
- 교과서 수록 빈도가 높은 작품, 문학사적으로 중요하게 다뤄지는 작품을 공부할 수 있어요.
- 성취 기준에 언급된 글의 유형, 담화 유형을 골고루 공부할 수 있어요.

❷ **교과서 학습 목표와 학습 활동을 철저하게 분석 + 서술형 · 수능형 문제 수록**
- 교과서 학습 활동의 내용을 일목요연하게 정리하여 작품 이해의 폭을 넓힐 수 있어요.
- 교과서 학습 활동의 내용을 응용한 객관식 문제, 단답형/서술형 문제를 통해 내신 시험을 대비할 수 있어요.
- 평가원 · 전국연합 등의 기출문제를 적절하게 배치하여 내신은 물론, 수능 시험도 대비할 수 있어요.

❸ **영역별 개념은 물론, 어휘력 강화까지 한번에!**
- 꼭 학습해야 하지만 어려운 영역별 개념은 친절한 그림 및 예시와 함께 꼼꼼하게 공부할 수 있어요.
- 고1 수준에 적합한 어휘 부록을 제공하여 한 권으로 어휘 공부까지 마스터할 수 있어요.

문학, 읽기

❶ **개념 다지기**
- 갈래별 · 성취 기준별로 꼭 알아 두어야 할 핵심 이론을 친절한 그림, 풍부한 예시와 함께 정리해 두었어요.
- 핵심 개념을 공부한 다음, 개념 완성 문제를 통해 학습한 내용을 점검해 볼 수 있어요.

❷ **대표 작품(제재)**
교과서 수록 빈도와 중요도가 높은 작품(제재)을 엄선하여 수록했어요.

❸ **한눈에 정리하기**
작품(제재) 이해의 기본이 되는 해제/주제/구성 등의 내용을 한눈에 확인할 수 있어요.

❹ **교과서 활동 깊이 보기**
교과서 학습 활동의 내용을 압축적으로 정리해 놓았어요. 빈칸 넣기 문제를 풀며 작품&지문의 핵심 내용을 제대로 이해했는지 확인할 수 있어요.

❺ **내신형 문제/수능형 문제**
교과서 학습 활동을 응용한 객관식 문제, 내신에서 점점 강조되고 있는 단답형/서술형 문제, 수능형 문제까지 다양한 형태의 문제를 고루 제시하여 내신과 수능을 한 번에 대비할 수 있어요.

❻ **1등급 배경지식**
- 작가, 작품, 제재와 관련한 다양한 배경지식을 쌓을 수 있어요.
- 특히 산문 영역에서는 전체 줄거리와 인물 관계도를 통해 작품의 전체 내용과 등장인물의 특징, 갈등의 양상을 알기 쉽게 이해할 수 있어요.

문법

❶ 개념 다지기
- 중학교 때 배운 문법의 기본 개념을 포함하여 음운, 단어, 문장, 한글 맞춤법, 국어사의 내용을 빠짐없이 공부할 수 있어요.
- 공통국어 교과서의 내용을 철저하게 분석하고 전문가의 감수를 거쳐 각 영역별로 꼭 알아 두어야 할 핵심 내용을 총정리해 두었어요.

❷ 내신형 문제/수능형 문제
교과서 학습 활동을 응용한 내신형 문제를 먼저 풀고, 수능형 기출문제로 나아가는 구성을 통해 단계적으로 문법 실력을 기를 수 있어요.

듣기·말하기·쓰기 / 매체

❶ 개념 다지기
공통국어 교과서의 내용을 철저하게 분석하고 각 성취 기준별로 꼭 알아 두어야 할 핵심 이론을 정리해 두었어요.

❷ 내신형 문제/수능형 문제
교과서 학습 활동을 응용한 내신형 문제는 물론, 각 성취 기준과 연관된 글·담화 유형, 매체 자료 등이 제시된 수능형 기출문제를 통해 내신과 수능을 함께 대비할 수 있도록 했어요.

부록

기출로 어휘력 키우기

- 고1 전국연합 기출문제의 독서(읽기) 지문에서 어휘 문제를 선별했어요.
- 다양한 제재의 글을 읽으며 고1 수준에 적합한 어휘를 자연스럽게 공부할 수 있어요.
- 사전적 의미 파악, 문맥적 의미 파악, 바꿔 쓰기 등 어휘 문제의 유형을 차근차근 익힐 수 있어요.

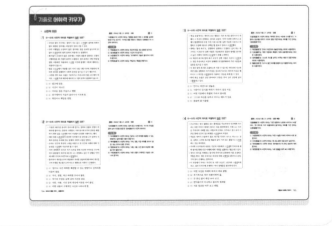

차례

I 문학

II 문법

III 읽기

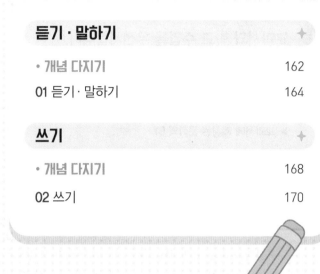

IV 듣기·말하기·쓰기

V 매체

교과서 통합 국어
공통국어 개념완성

고등 국어, 어떻게 공부할까요?

고등 국어는 중등 국어와 달리 내신 시험과 수능을 모두 대비할 수 있는 학습법이 필요합니다. 다음의 학습법을 읽어 보고 국어 공부를 할 때 직접 적용해 보도록 합시다.

 교과서와 학교 수업을 우선시합니다.

- 교과서를 통해 학습해야 하는 내용인 성취 기준을 이해하고, 성취 기준이 구체화된 교과서의 학습 목표를 숙지합니다.
- 교과서의 학습 목표 달성을 위한 학습 활동, 단원 정리에 주목하여 학습합니다.
- 내신 시험에는 학교 선생님께서 강조하시는 부분이 출제될 가능성이 높으므로 학교 수업을 충실하게 듣습니다.

▶ 교과서에 제시된 문학의 예

대단원의 성취 기준	소단원의 제재	소단원의 학습 목표	학습 활동
갈래에 따른 형상화 방법의 특성을 고려하며 작품을 수용한다. ➡ 성취 기준은 교과서를 통해 학습해야 하는 내용임. 성취 기준은 연계성이 있으므로 중학 국어 및 고등 문학 등 선택 과목의 성취 기준과 연계하여 학습함	백석, 〈수라〉 ➡ 이 소단원에서는 서정 갈래, 서사 갈래, 극 갈래, 교술 갈래 중 '서정 갈래'를 다룰 것임. 이 작품은 서정 갈래의 대표작인 격으로 작가의 다른 작품, 유사성이 있는 다른 작품 등 확장 학습을 할 수 있음	• 서정 갈래의 형상화 방법을 고려하여 작품을 감상한다. • 구성 요소가 유기적 관계를 맺고 있음을 이해하여 시를 수용하고 생산한다. ➡ 핵심 키워드인 '형상화 방법', '구성 요소의 유기적 관계성'을 파악하는 활동이 이루어질 것임	• 이 시에 나타난 화자의 행동과 정서 변화를 파악하며 시상이 전개되는 방식을 정리해 보자. • 이 시의 구성 요소와 표현 방법을 정리하고, 주제를 형상화한 방법을 알아보자. ➡ 출제 요소: 화자의 행동과 정서 변화, 시상 전개 방식, 구성 요소, 표현 방법

 개념 학습을 꼼꼼히 하고 응용력을 키웁니다.

- 교과서에 제시된 문학 개념, 문법 개념 등 각종 개념을 명확하게 이해합니다.
- 수능에는 기본 개념을 응용한 문제들이 출제되므로 기출문제를 통해 개념이 문제화되는 양상을 확인합니다.

▶ 교과서 및 수능 기출문제에 제시된 문법의 예

대단원의 성취 기준	소단원의 학습 목표	소단원의 문법 개념	수능 기출 문제
음운 변동을 탐구하여 발음과 표기에 올바르게 적용한다. ➡ 음운 변동의 개념, 음운 변동이 발음과 표기에 나타난 실제 등을 탐구하게 될 것임	• 음운 변동에 내재된 원리와 규칙을 탐구할 수 있다. • 우리말을 올바르게 발음하고 표기할 수 있다. ➡ 음운 변동의 여러 유형 및 각각의 원리와 규칙을 알고, 발음과 표기상 주요 용례를 학습해야 함	• 음절의 끝소리 규칙 • 비음화와 유음화 • 구개음화 • 된소리되기 • 거센소리되기 • 첨가와 탈락 ➡ 교과서에 제시된 개념은 꼭 이해하고 암기해야 함	[2023학년도 수능] 다음은 된소리되기와 관련한 수업의 일부이다. [A]에 들어갈 말로 적절하지 <u>않은</u> 것은? ➡ 수능에서는 교과서에 제시된 기본 개념을 알고 있다는 전제하에 기본 개념을 응용한 문제들을 출제함

 각 시험의 문제 유형과 특징을 파악하고 문제가 요구하는 사고력을 키웁니다.

- 내신 시험에 출제되는 주관식 · 서술형 문제와 수능에 출제되는 〈보기〉 문제 등 각 시험의 문제 유형과 특징을 먼저 파악하고 그 해결법을 모색합니다.
- 특히 수능은 문제의 발문이나 선지의 형태, 성격 등이 유형화되어 있으므로 기출문제를 반복적으로 풀면서 그 유형을 숙지해야 합니다.
- 최근 행간의 의미를 파악하는 추론적 사고가 중시되고 있다는 점에 주목하고, 복합적 사고가 요구되며 변별 기준이 되는 외적 준거나 시각 자료 활용 문제에 대비해야 합니다.

공통국어 성취 기준

영역	교과서	성취 기준
문학	공통국어 1	• 문학 소통의 특성을 고려하며 문학 소통에 참여한다. • 갈래에 따른 형상화 방법의 특성을 고려하며 작품을 수용한다. • 작품 구성 요소의 유기적 관계와 맥락에 유의하여 작품을 수용하고 생산한다.
	공통국어 2	• 한국 문학사의 흐름을 고려하여 작품을 수용한다. • 주체적인 관점에서 작품을 해석하고 평가하며 문학을 생활화하는 태도를 지닌다.
문법	공통국어 1	• 언어 공동체가 다변화함에 따라 다양해진 언어 실천 양상을 분석하고 언어 주체로서 책임감을 가지며 국어생활을 한다. • 음운 변동을 탐구하여 발음과 표기에 올바르게 적용한다. • 다양한 분야의 글과 담화에 나타난 문법 요소 및 어휘의 표현 효과를 평가하고 적절한 표현을 생성한다.
	공통국어 2	• 과거 및 현재의 국어생활에 나타나는 국어의 변화를 이해하고 국어문화 발전에 참여한다. • 한글 맞춤법의 원리를 적용하여 국어생활을 성찰하고 문제를 해결한다.
읽기	공통국어 1	• 다양한 글이나 자료를 읽으며 논증의 타당성을 평가하고 자신의 관점을 바탕으로 논증을 재구성한다. • 자신의 진로나 관심 분야와 관련한 다양한 글이나 자료를 찾아 주제 통합적으로 읽고 읽은 결과를 공유한다.
	공통국어 2	• 복합양식으로 구성된 글이나 자료에 내재된 필자의 관점이나 의도, 표현 방법을 평가하며 읽는다. • 동일한 화제의 글이나 자료라도 서로 다른 관점과 형식으로 표현됨을 이해하며 읽기 목적을 고려하여 글이나 자료를 주제 통합적으로 읽는다. • 의미 있는 사회적 독서 활동에 참여함으로써 타인과 교류하고 다양한 지식이나 정보, 삶에 대한 가치관 등을 이해하는 태도를 지닌다.
듣기·말하기	공통국어 1	• 대화의 원리를 고려하여 대화하고 자신의 듣기·말하기 과정과 공동체의 담화 관습을 성찰한다. • 논제의 필수 쟁점별로 논증을 구성하고 논증이 타당한지 평가하며 토론한다.
	공통국어 2	• 청중의 관심과 요구에 맞게 내용을 구성하여 발표하고 청중의 질문에 효과적으로 답변한다. • 쟁점과 이해관계를 고려하여 문제를 해결할 수 있는 대안을 탐색하며 협상한다. • 사회적 소통 과정에서 말의 영향력을 고려하여 책임감 있게 듣고 말한다.
쓰기	공통국어 1	• 내용 전개의 일반적 원리를 고려하여 사회적 쟁점에 대한 자신의 견해를 정교하게 표현하는 글을 쓴다. • 다양한 언어 공동체의 특성을 고려하며 필자의 개성이 드러나는 글을 쓴다.
	공통국어 2	• 언어 공동체가 공유하는 작문 관습의 특성을 이해하고 쓰기 과정과 전략을 점검하며 책임감 있게 글을 쓴다. • 논증 요소에 따른 분석을 바탕으로 효과적으로 내용을 조직하여 논증하는 글을 쓴다. • 신뢰할 수 있는 정보를 종합하여 복합양식 자료가 포함된 공동 보고서를 쓴다.
매체	공통국어 1	• 사회적 의제를 다룬 매체 자료를 비판적으로 분석한다. • 소통 맥락과 매체 특성을 고려하여 다양한 목적의 매체 자료를 제작한다.
	공통국어 2	• 매체 비평 자료를 비판적으로 수용하고 자신의 관점을 담아 매체 비평 자료를 제작한다. • 매체의 변화가 소통 문화에 끼치는 영향을 탐구한다.

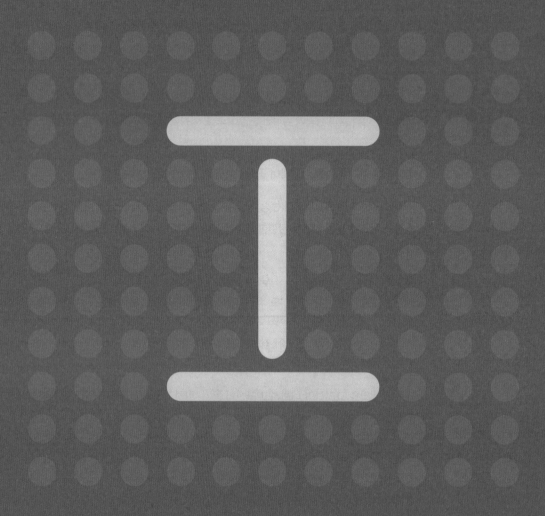

문학

개념 다지기) 현대 시

01 시적 화자의 정서와 태도

1. 시적 화자
- 시에서 이야기를 하는 사람. 시인이 자신의 생각과 감정을 효과적으로 전달하기 위해 내세운 가공의 인물이며 허구적 대리인이다. = 화자, 서정적 자아
- 시적 화자가 '나, 저, 우리'와 같이 겉으로 드러나 있으면 표면적 화자, 드러나 있지 않으면 이면적 화자라고 한다.

2. 시적 대상
- 청자는 물론, 시적 화자가 시 속에서 이야기하는 것·보고 있는 것·생각하는 것을 모두 포함하는 개념이다.
- 청자는 시적 화자의 이야기를 듣는 사람으로 시 속에 직접 드러나기도 하고, 드러나지 않기도 한다. 시에 청자가 구체적으로 제시되면 그 대상에게 화자가 말을 건네는 경우가 많다.

3. 시적 상황: 시적 화자나 시적 대상 등이 처해 있는 시간적·공간적·심리적·사회적 상황

4. 화자의 정서: 시적 화자가 시적 대상, 시적 상황과 부딪치며 느끼게 되는 온갖 감정과 기분, 생각

밝음과 긍정의 정서	기쁨, 희망, 환희, 동경, 여유, 풍류 등
어둠과 부정의 정서	슬픔, 고통, 절망, 분노, 애상, 방황, 두려움, 한(恨) 등

5. 화자의 태도: 시적 화자가 시적 대상이나 시적 상황에 대해 가지는 마음가짐. 또는 그 마음가짐이 드러난 대응 방식
예 긍정, 부정, 감탄, 예찬, 자연 친화, 체념, 수용, 비판, 그리움, 반성, 극복 의지

6. 화자의 어조: 시적 화자가 시적 대상이나 청자·독자에게 보이는 특징적인 말투로, 시의 분위기와 관련된다. 화자의 정서와 태도가 바뀌면 어조도 변화할 수 있다.

(1) 청자의 유무에 따라
① 독백: 화자가 혼자 중얼거리는 듯한 어조
② 말을 건네는 방식: 화자가 누군가에게 말을 건네는 듯한 어조. 말을 건네는 방식이라고 하더라도 청자가 대답을 기대할 수 없는 부재하는 사람이거나 감정이 없는 무생물일 경우 독백으로 볼 수 있다.

말을 건네는 방식

화자 → 청자
대화
화자 ⇌ 청자

독백
혼잣말

① 부재하는 청자
② 사람 아닌 청자

(2) 화자의 정서와 태도에 따라

긍정적	좋게 여기거나 옳다고 인정하는 태도를 나타내는 어조
예찬적	무엇이 훌륭하거나 좋거나 아름답다고 찬양하는 어조

01 시적 화자에 대한 이해로 적절하지 않은 것은?
① 시 속에서 이야기하는 사람이다.
② 시적 화자는 시인이 내세운 허구의 인물이다.
③ 시적 화자는 시에서 항상 표면적으로 드러난다.
④ 시적 화자를 화자나 서정적 자아라고 부르는 경우도 있다.
⑤ 시적 화자는 시인의 생각, 감정을 대신 전달하는 역할을 한다.

02 시적 화자가 시 속에서 바라보는 시적 대상 가운데, 화자의 이야기를 듣는 사람을 가리켜 청자라고 한다.   (O / X)

03 다음 시에서 알 수 있는 시적 화자의 정서와 태도를 〈보기〉에서 모두 고르시오.

열무 삼십 단을 이고
시장에 간 우리 엄마
안 오시네, 해는 시든 지 오래
나는 찬밥처럼 방에 담겨
아무리 천천히 숙제를 해도
엄마 안 오시네, 배춧잎 같은 발소리 타박타박
안 들리네, 어둡고 무서워
금 간 창틈으로 고요히 빗소리
빈방에 혼자 엎드려 훌쩍거리던

아주 먼 옛날
지금도 내 눈시울을 뜨겁게 하는
그 시절, 내 유년의 윗목
— 기형도, 〈엄마 걱정〉

〈보기〉
㉠ 동경   ㉡ 슬픔   ㉢ 분노
㉣ 비판   ㉤ 반성   ㉥ 두려움

04 〈보기〉의 ( ) 안에 공통적으로 들어갈 알맞은 말을 쓰시오.

〈보기〉
시적 화자가 보이는 특징적인 말투를 가리켜 ( )(이)라고 하는데, ( )은/는 시의 분위기나 화자의 정서와 관련이 있다.

05 시적 화자가 자기 내면세계를 혼잣말하듯 털어놓는 느낌을 준다면 ( )의 어조로 볼 수 있다.

영탄적	감탄의 형식으로 감정을 드러내는 어조
냉소적	쌀쌀한 태도로 업신여기어 비웃는 어조
의지적	자신의 뜻이나 목표를 이루려고 하는 태도가 드러나는 어조
성찰적	지나간 일에 대해 반성하고 살피려는 태도를 드러내는 어조
자조적	스스로 자기를 비웃는 태도를 나타내는 어조
친화적	대상과 사이좋게 어울리려는 태도를 드러내는 어조
풍자적	현실의 부정적 현상이나 모순 따위를 빗대어 비웃으며 비판하는 태도가 나타나는 어조

02 시어의 특징

1. 시어의 음악성
동일하거나 비슷한 소리의 반복 등을 통해 형성되는 말의 가락인 운율을 통해 느낄 수 있다.

| 외재율 | 일정한 글자 수나 음보 등의 규칙적 반복에 의해 생기는 운율 |
| 내재율 | 겉으로는 드러나지 않고 시 안에서 은근히 느낄 수 있는 운율 |

2. 시어의 함축성
똑같은 시어일지라도 지시적(사전적) 의미를 넘어 문맥과 상황에 따라 새로운 의미를 형성한다.

3. 시어의 형상성 – 이미지(심상)
(1) 감각적 이미지

시각적 이미지	색깔, 모양, 동작, 상태 등 눈으로 느낄 수 있는 이미지 예 뜰에는 반짝이는 금모래빛
청각적 이미지	노랫소리 등 귀로 느낄 수 있는 이미지 예 뒷문 밖에는 갈잎의 노래
후각적 이미지	향기, 냄새와 같이 코로 느낄 수 있는 이미지 예 향긋한 풀꽃 냄새
미각적 이미지	짜다, 맵다와 같이 혀로 느낄 수 있는 이미지 예 달콤하고 쌉싸래한 초콜릿
촉각적 이미지	부드러움, 딱딱함, 차가움, 뜨거움 등 피부로 느낄 수 있는 이미지 예 서늘한 가을바람
공감각적 이미지	한 감각을 다른 종류의 감각으로 옮겨 표현하는 이미지 예 푸른 종소리(청각 → 시각)
복합 감각 이미지	둘 이상의 감각적 이미지가 단순하게 나열되는 이미지 예 빨간 사과와 차가운 손길

(2) 대립적 · 대조적 이미지

동적 이미지	대상의 움직임이 느껴지는 이미지 예 달리다, 흐르다, 흔들리다
정적 이미지	대상의 움직임이 거의 느껴지지 않는 이미지 예 찍소리 없이 서 있는 전봇대
상승 이미지	위로 올라가는 듯한 느낌을 주는 이미지 예 날아오르다, 떠오르다
하강 이미지	아래로 내려가는 듯한 느낌을 주는 이미지 예 내리다, 떨어지다, 주저앉다

개념 더하기 색채어와 색채 이미지

색채어가 색깔이나 빛깔 그 자체를 나타낸다면, 색채 이미지는 대상으로부터 특정 색채가 연상되기만 해도 성립하는 개념이다. 따라서 색채 이미지는 파랑, 빨강, 하양 등 색깔을 나타내는 말인 색채어를 통해 표현할 수도 있고, '바다', '하늘', '사과', '눈'처럼 색깔을 떠올릴 수 있는 시어를 통해서도 표현할 수 있다.

개념 완성

06 시적 화자가 시적 대상에 대해 어떤 정서나 태도를 지니고 있는가에 따라 어조는 달라질 수 있다. (O | X)

07 〈보기〉와 관련이 있는 시어의 특징을 쓰시오.
> **보기**
> 김춘수 시인은 〈꽃〉이라는 시에서 '꽃'에 상대에게 가치 있는 존재라는 의미를 부여하였다.

08 글자 수나 끊어 읽기 등에서 규칙성이 겉으로 드러나 있는 시라면 ( )의 운율을 확인할 수 있다.

09 시구와 이미지(심상)의 연결이 적절하지 않은 것은?
① 하이얀 모시 수건을 마련해 두렴 – 시각적 이미지
② 푸시시 푸시시 불 꺼지는 소리로 – 청각적 이미지
③ 젊은 아버지의 서느런 옷자락에 – 미각적 이미지
④ 내 볼에 와 닿던 네 입술의 뜨거움 – 촉각적 이미지
⑤ 어느새 산국화 냄새 나는 팔순 할머니 – 후각적 이미지

10 〈보기〉에 나타난 감각의 전이 형태로 가장 적절한 것은?
> **보기**
> 얼룩백이 황소가
> 해설피 금빛 게으른 울음을 우는 곳
> – 정지용, 〈향수〉
① 시각의 청각화
② 시각의 후각화
③ 청각의 시각화
④ 청각의 촉각화
⑤ 촉각의 청각화

11 〈보기〉의 ㉠과 ㉡에 나타나는 대조적 이미지를 쓰시오.
> **보기**
> ㉠ 떨어져도 ㉡ 튀어 오르는 공
㉠: ( ) 이미지
㉡: ( ) 이미지

12 〈보기〉는 동적 이미지와 정적 이미지를 반복하여 움직임을 표현하고 있다.
> **보기**
> 휘어져 감기우고 다시 접어 뻗는 손
(O | X)

03 시의 표현

1. 비유법

직유법	은유법
• 어떤 대상을 다른 대상에 직접 빗대어 표현하는 방법 • 원관념과 빗대는 대상인 보조 관념을 '같이', '처럼', '듯이', '인 양' 등의 연결어를 통해서 결합함 　예 보름달같이 둥근 아기 얼굴	• 사물의 상태나 움직임을 은근히, 넌지시 빗대어 표현하는 방법 • 주로 'A는 B이다.'의 형식을 사용하여 표현하는 방법으로, 직유법과 달리 특별한 연결어가 없음 　예 내 마음은 호수요.

| 보조 관념 --- 연결어 --- 원관념 | A(원관념) = B(보조 관념) |

의인법 · 활유법	대유법
• 의인법: 사람이 아닌 것을 사람인 것처럼 빗대어 표현하는 방법 　예 소가 책을 읽는다. • 활유법: 살아 있지 않은 무생물을 살아 있는 생물에 빗대어 생물적 특성을 부여하는 방법 　예 휴대폰이 잠을 잔다.	• 제유법: 대상의 한 부분을 통해 그 대상 전체를 나타내는 방법 　예 빵이 아니면 죽음을 달라. • 환유법: 대상의 속성과 밀접한 관련이 있는 다른 대상을 통해 본래의 대상을 나타내는 방법 　예 펜이 칼보다 강하다.

2. 변화법

대구법	도치법
비슷하거나 동일한 문장 구조를 가진 두 구절을 나란히 짝을 지어 표현하는 방법 　예 풀잎에도 상처가 있다. / 꽃잎에도 상처가 있다.	말의 차례(문장의 어순)를 바꾸어 의미를 강조하는 방법 　예 보고 싶어요, 붉은 산이, 그리고 흰 옷이.
설의법	**문답법**
쉽게 판단할 수 있는 사실을 의문의 형식으로 표현하여 상대편이 스스로 판단하게 함으로써 말하고자 하는 바를 강조하는 방법 　예 공든 탑이 무너지랴? → 물음	'물음 + 답변'의 형태로, 묻고 대답하는 방법 　예 여보소, 공중에 저 기러기 공중엔 길 있어서 잘 가는가? → 물음 　　내게 바이 갈 길은 하나 없소. → 답변
반어법	**역설법**
말하고자 하는 바와 반대로 표현하여 원래의 의미를 부각하는 방법 　예 (무언가를 잘못한 상황에서) "잘했다!"	겉으로 보기엔 모순되지만, 그 속에 중요한 의미를 담아 표현하는 방법 　예 지는 게 이기는 거야!

3. 강조법

반복법	과장법
같거나 비슷한 단어나 어구를 되풀이하여 표현하는 방법 　예 접동 접동 아우래비 접동	어떠한 것을 지나치게 크거나 작게, 혹은 많거나 적게 표현하는 방법 　예 눈이 빠지도록 기다리고 있었다.
열거법	**영탄법**
내용적으로 연결되거나 비슷한 단어나 어구를 여러 개 늘어놓는 표현 방법 　예 저 공원에는 장미, 백합, 튤립이 피어 있습니다.	감탄사나 감탄 조사 등을 이용하여 기쁨 · 슬픔 · 놀라움과 같은 감정을 강하게 나타내는 표현 방법 　예 아아, 사랑하는 나의 님은 갔습니다.
점층법	**연쇄법**
문장의 뜻을 점점 강하게 하거나, 크게 하거나, 높게 하는 표현하는 방법 ↔ 점강법 　예 티끌만 한 잘못이 맷방석만 하게 동산만 하게 커 보이는 때가 많다.	앞 구절의 끝부분을 다음 구절의 머리에서 다시 반복하는 표현 방법 　예 원숭이 엉덩이는 빨개 빨가면 사과 사과는 맛있어 맛있으면 바나나

---

13 시구와 표현법의 연결이 적절하지 않은 것은?

① 밤하늘은 / 별들의 운동장 – 은유법
② 내 누님같이 생긴 꽃이여 – 직유법
③ 어둠은 새를 낳고, 돌을 / 낳고, 꽃을 낳는다 – 활유법
④ 나는 대길이 아저씨한테 가갸거겨 배웠지요 – 제유법
⑤ 어린 강물은 엄마 손을 더욱 꼭 그러쥔 채 놓지 않았습니다 – 환유법

14 〈보기〉의 ㉠과 ㉡에서 확인할 수 있는 변화법을 쓰시오.

> **보기**
> ㉠ 가난하다고 해서 외로움을 모르겠는가
> ㉡ 나는 숲의 말을 알아들을 수 있었습니다 / 내가 시계가 되기 전에는

㉠: (　　　　)　　㉡: (　　　　)

15 〈보기〉와 같은 표현 방식이 사용된 예로 가장 적절한 것은?

> **보기**
> 눈길 비었거든 바람 담을지네.
> 바람 비었거든 인정 담을지네.
> – 신동엽, 〈산에 언덕에〉

① 개구리 올챙이 적 생각 못 한다.
② 구르는 돌에는 이끼가 끼지 않는다.
③ 사공이 많으면 배가 산으로 올라간다.
④ 콩 심은 데 콩 나고 팥 심은 데 팥 난다.
⑤ 호랑이에게 물려 가도 정신만 차리면 산다.

16 〈보기〉에서 (1)~(3)에 사용된 표현 방식을 찾아 쓰시오.

> **보기**
> | 반어법 | 역설법 | 반복법 |
> |---|---|---|
> | 과장법 | 열거법 | 연쇄법 |

(1) 길이 끝나는 곳에서도 / 길이 있다
　　(　　　　)
(2) 삼백예순 날 하냥 섭섭해 우옵네다
　　(　　　　)
(3) 나 보기가 역겨워 / 가실 때에는 / 죽어도 아니 눈물 흘리우리다
　　(　　　　)

17 대상에 대한 표현 강도를 점차 높여 나타내는 방식을 점층법이라고 한다.
　　　　　　　　　　O | X

개념 더하기 객관적 상관물과 감정 이입

객관적 상관물이란 화자의 정서와 관련되어 있는 모든 대상을 가리키는 말이다. 객관적 상관물 중에서 '화자의 감정 = 객관적 상관물의 감정'일 때 감정 이입의 대상물이 된다. 감정 이입은 화자가 자신의 감정을 다른 대상에 투사하여 화자의 감정이 마치 대상의 감정인 것처럼 표현하는 것이다. 화자의 정서를 다른 대상의 감정인 것처럼 나타내는 것이므로 화자의 감정을 우회적·간접적으로 드러내는 방식이라고 할 수 있다. 감정 이입이 쓰였는지 여부를 판단하기 위해서는 감정을 나타내는 표현부터 먼저 찾고, 그 감정의 주인이 누구인지를 파악하는 순서로 나아가야 한다.

객관적 상관물
감정 이입의 대상물

4. 시상 전개 방식

시인은 자신의 생각이나 감정을 효과적으로 전달하기 위해 다양한 전개 방식을 사용한다.

순행적 시상 전개	시간의 흐름에 따라 시를 전개하는 방식 예 과거 → 현재 → 미래, 아침 → 저녁
역순행적 시상 전개	시간의 질서를 넘겨들며 시를 전개하는 방식 예 현재 → 과거 → 현재
공간의 이동	화자나 대상의 공간 이동에 따라 시를 전개하는 방식
시선의 이동	화자의 시선이 옮겨 감에 따라 시를 전개하는 방식 예 먼 곳(원경) → 가까운 곳(근경), 위 → 아래, 오른쪽 → 왼쪽
수미상관	• 시의 처음과 끝을 서로 같거나 유사한 시구로 구성하는 방식 • 운율 형성, 형태적 안정감 확보, 의미 강조 등의 효과가 나타남
선경후정	앞부분에서 자연 풍경이나 사물에 대한 묘사를 한 다음, 뒷부분에서 화자의 정서를 드러내며 시를 전개하는 방식
기승전결	'기'에서 시상을 제시하며 시를 시작하고, '승'에서 그것을 이어받아 시상을 발전시킨 다음, '전'에서 시상을 더 심화하거나 전환하고, '결'에서 시상을 마무리하는 구조로 시를 전개하는 방식

04 시의 감상

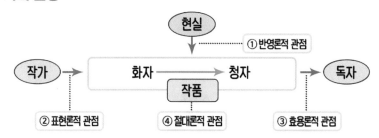

현실
①반영론적 관점
작가 → 화자 → 청자 → 독자
작품
②표현론적 관점   ④절대론적 관점   ③효용론적 관점

외재적 관점	① 반영론적 관점	작품의 배경이 되는 현실 세계를 중시하여 시대상 등을 바탕으로 작품을 이해하는 관점
	② 표현론적 관점	작가를 중시하여 창작 의도, 작가의 삶의 과정 등을 바탕으로 작품을 이해하는 관점
	③ 효용론적 관점	독자를 중시하여 작품에서 독자가 얻을 수 있는 효용성(교훈, 감동 등)을 중심으로 작품을 이해하는 관점
내재적 관점	④ 절대론적 관점	작품 내부의 운율, 시어, 이미지, 수법, 시상 전개 방식 등을 중심으로 작품을 이해하는 관점

개념 완성

18 〈보기〉의 ㉠과 가장 유사한 표현 방식이 사용된 것은?

보기
열이의 착한 마음으로 그려 놓은
㉠ 아아, 참으로 맑은 세상 저기 있으니

① 산에는 꽃 피네 / 꽃이 피네
② 황금의 꽃같이 굳고 빛나던 옛 맹세
③ 산산이 부서진 이름이여! / 허공중에 헤어진 이름이여!
④ 별 하나에 추억과 / 별 하나에 사랑과 / 별 하나에 쓸쓸함과
⑤ 강이 풀리면 배가 오겠지 / 배가 오면은 님도 탔겠지 // 님은 안 타도 편지야 탔겠지

19 〈보기〉에서 화자의 감정이 이입된 대상을 찾아 2어절로 쓰시오.

보기
사슴의 무리도 슬피 운다.
떨어져 나가 앉은 산 위에서
나는 그대의 이름을 부르노라. //
설움에 겹도록 부르노라.
– 김소월, 〈초혼〉

20 〈보기〉의 ( )에서 알맞은 말을 골라 ○를 하시오.

보기
'봄 – 여름 – 가을 – 겨울'과 같이 자연적인 시간의 흐름에 따라 시를 전개하는 것은 (순행적, 역순행적) 방식이다.

21 〈보기〉에 나타나는 시상 전개 방식으로 가장 적절한 것은?

보기
구경꾼이 돌아가고 난 텅 빈 운동장
우리는 분이 얼룩진 얼굴로
학교 앞 소줏집에 몰려 술을 마신다
답답하고 고달프게 사는 것이 원통하다
꽹과리를 앞장세워 장거리로 나서면
따라붙어 악을 쓰는 건 쪼무래기들뿐
– 신경림, 〈농무〉

① 수미상관   ② 기승전결
③ 선경후정   ④ 공간의 이동
⑤ 시선의 이동

22 시인의 생애나 심리 상태 등 작가와 작품의 관계에 초점을 두어 감상하고 비평하는 것은 효용론적 관점에 따른 감상이다.
○ | ×

01 진달래꽃 김소월

>> 교과서 수록 비상(강), 비상(박), 해냄

나 보기가 역겨워

가실 때에는

말없이 고이 보내 드리우리다.

영변(寧邊)에 약산(藥山)*

진달래꽃

아름 따다 가실 길에 뿌리우리다.

가시는 걸음걸음

놓인 그 꽃을

사뿐히 즈려밟고* 가시옵소서.

나 보기가 역겨워

가실 때에는

죽어도 아니 눈물 흘리우리다.

*영변에 약산: 평안북도 영변 서쪽에 있는 산.
*즈려밟고: '지르밟고'의 방언. 위에서 내리눌러 밟고.

한눈에 정리하기

갈래 자유시, 서정시

성격 전통적, 애상적, 민요적, 향토적

해제 이 작품은 이별의 정한을 7·5조의 음수율, 3음보의 음보율과 애절한 여성적 어조로 노래한 시로, 이별의 상황을 가정하여 시상을 전개하고 있다. 화자는 임과의 이별을 예감하고 있는 여성으로, 떠나는 임에게 꽃을 뿌리며 임의 앞길을 축복하려 한다. 또한 겉으로는 임이 떠나더라도 슬퍼하지 않겠다고 말하고 있지만, 이는 임이 떠나지 않기를 바라는 애절한 마음을 반어적으로 드러낸 것이라 할 수 있다.

주제 이별의 슬픔과 정한

구성

1연	이별의 상황 가정 및 체념
2연	떠나는 임에 대한 사랑과 축복
3연	원망을 뛰어넘는 희생적 사랑
4연	인고의 자세를 통한 슬픔의 극복과 승화

교과서 활동 깊이 보기

▶ **'진달래꽃'의 상징적 의미**

진달래꽃
• 시적 화자의 분신 • 임에 대한 사랑과 정성 • 임에게 끝까지 헌신하려는 희생과 순종

▶ **시의 구조와 율격**

수미상관	□1□과 4연이 서로 반복·대응되는 수미상관의 구조를 취함 → 형태적 안정감 및 통일성 부여, 주제 강조
3음보, 7·5조의 율격	말없이∨고이 보내∨드리우리다. → 민요를 계승한 3음보(음보율 기준), 7·5조(음수율 기준)의 율격을 보임
각 행의 음보 배열의 규칙성	나 보기가∨역겨워∨ 가실 때에는 말없이∨고이 보내∨드리우리다. → 각 행마다 호흡의 속도를 다르게 하여 리듬에 변화를 줌(각 연의 1행: 2음보, 2행: 1음보, 3행: 3음보)
종결 어미 반복	종결 어미 □2□를 반복함 → 운율 형성

▶ **'죽어도 아니 눈물 흘리우리다'의 의미**

죽어도 아니 눈물 흘리우리다
• 표면적: 임이 내가 슬퍼하는 모습을 보고 마음이 상하실까 걱정스러워, 죽는 한이 있어도 □3□을 보이지 않겠다는 다짐의 표현 • 이면적: 임이 떠나시면 무척 슬프고 마음이 아플 것이라는 의미를 내포한 반어적 표현

01 이 시에 대한 설명으로 적절하지 <u>않은</u> 것은?

① 이별의 상황을 가정하여 시상을 전개하고 있다.
② 반어법을 활용하여 화자의 심정을 표현하고 있다.
③ 특정한 종결 어미를 반복하여 운율을 형성하고 있다.
④ 동일한 시구를 반복·대응시키는 방식으로 주제를 강조하고 있다.
⑤ 청각적 이미지를 사용하여 대상의 모습을 감각적으로 드러내고 있다.

02 이 시에 나타난 '나'의 태도로 적절하지 <u>않은</u> 것은?

① '나'는 임과의 이별을 받아들이겠다는 체념적 태도를 드러내고 있다.
② '나'는 떠나는 임에 대한 원망의 태도를 직접적으로 드러내고 있다.
③ '나'는 슬픔을 인내하며 떠나는 임을 배려하는 태도를 보여 주고 있다.
④ '나'는 임을 위해 자신을 기꺼이 희생하겠다는 태도를 보여 주고 있다.
⑤ '나'는 임의 뜻을 따르겠다고 하면서도 임이 떠나지 않기를 소망하고 있다.

03 〈보기〉는 '진달래꽃'의 의미를 정리한 것이다. ⓐ~ⓓ에 들어갈 말로 적절한 것끼리 묶인 것은?

┌─────── 보기 ───────┐
• (　ⓐ　)의 분신
• 임에 대한 (　ⓑ　)
• 임의 앞날에 대한 축복
• 임에 대한 헌신과 (　ⓒ　), 순종
• 임과의 이별로 인한 화자의 (　ⓓ　)
└────────────────────┘

	ⓐ	ⓑ	ⓒ	ⓓ
①	화자	사랑과 정성	희생	정한
②	화자	사랑과 정성	노력	후회
③	화자	기대와 믿음	희생	정한
④	임	사랑과 정성	노력	후회
⑤	임	기대와 믿음	희생	외로움

04 이 시에서 〈보기〉의 설명에 해당하는 시행을 찾아 쓰시오.

┌─────── 보기 ───────┐
산화공덕(散花功德)이란 불교에서 부처님이 지나가는 길에 꽃을 뿌려 공덕을 기리는 의식을 말한다. 향가 〈도솔가〉에서 이 '산화공덕의 모티프'를 찾아볼 수 있는데, 그 전통은 〈진달래꽃〉으로도 이어지고 있다.
└────────────────────┘

05 이 시와 동일한 음보율이 나타나는 것은?

① 아리랑 아리랑 아라리요 / 아리랑 고개로 넘어간다
　　　　　　　　　　　　　　　　　　 – 작자 미상, 〈아리랑〉
② 초가집 찬 자리에 밤중에 돌아오니 / 벽에 걸린 푸른 등은 누굴 위해 밝았는가　　 – 정철, 〈사미인곡〉
③ 비 오자 장독간에 봉선화 반만 벌어 / 해마다 피는 꽃을 나만 두고 볼 것인가　　 – 김상옥, 〈봉선화〉
④ 우리 마을, 고향 마을, 시냇가 자갈밭엔 / 별보다 고운 자갈이 지천으로 깔렸는데　 – 정완영, 〈물, 수, 제, 비〉
⑤ 잠아 잠아 짙은 잠아 이내 눈에 쌓인 잠아 / 염치 불구 이내 잠아 욕심 언덕 이내 잠아　 – 작자 미상, 〈잠 노래〉

수능형
06 이 시를 〈보기〉의 ㉠과 같은 관점에서 감상한 내용으로 가장 적절한 것은?

┌─────── 보기 ───────┐
우리는 문학 작품에 대해 그것의 내용은 좋은데 형식이 나쁘다든가, 형식은 좋은데 내용이 나쁘다는 식의 말을 한다. 그러나 ㉠ 좋은 작품은 좋은 내용을 좋은 형식 속에 가둔 것이 아니라, 형식 자체가 내용이 되고, 내용이 형식이 되는 관계 속에 있다.
　　　　　　　　　　　　　　– 김현, 〈문학이란 무엇인가〉
└────────────────────┘

① 시어 선택과 시행 배열이 운율 형성에 기여하고 있어.
② 시인의 생애와 시상이 주제를 부각하는 데 중요한 역할을 하고 있어.
③ 화자가 드러낸 인고의 태도는 일제 강점기 우리 민족의 현실과 긴밀하게 관련되어 있어.
④ 이별의 한(恨)이라는 전통적 정서가 민요조의 율격과 어우러져 통일성 있게 구성되어 있어.
⑤ 처음과 마지막을 유사하게 구성하는 수미상관의 구조는 형태적인 안정감을 형성하고 있어.

👆 **1등급 배경지식** '이별의 정한'을 계승한 노래들

〈진달래꽃〉은 '이별의 정한'이라는 문학적 전통을 계승한 시예요. 고대 가요 〈공무도하가〉, 고려 가요 〈가시리〉와 〈서경별곡〉, 조선 시대 황진이의 시조, 민요 〈아리랑〉으로 이어지는 우리 민족의 전통적 정서의 맥을 잇고 있는 것이요. 물론 이별에 대응하는 화자의 태도에는 조금씩 차이가 있지만 공통적으로 느껴지는 것은 바로 한(恨)의 정서라고 할 수 있어요.

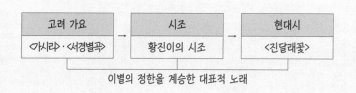

고려 가요	→	시조	→	현대시
〈가시리〉·〈서경별곡〉		황진이의 시조		〈진달래꽃〉

이별의 정한을 계승한 대표적 노래

현대 시

02 수라 백석

항상 싸움을 벌이는 귀신인 '아수라'의 줄임말.
싸움이나 그 밖의 큰 혼란에 빠진 세계나 그 상태 자체를 가리킴

>> 교과서 수록 미래엔, 비상(강)

거미 새끼 하나 방바닥에 나린 것을 나는 아모 생각 없이 문밖으로 쓸어 버린다

차디찬 밤이다

어니젠가 새끼 거미 쓸려 나간 곳에 큰 거미가 왔다
'언젠가'의 평안도 방언. 문맥상 '어느 사이엔가'라는 뜻
나는 가슴이 짜릿한다

나는 또 큰 거미를 쓸어 문밖으로 버리며

찬 밖이라도 새끼 있는 데로 가라고 하며 서러워한다

이렇게 해서 아린 가슴이 싹기도 전이다
긴장이나 화가 풀려 마음이 가라앉기도
어데서 좁쌀알만 한 알에서 가제 깬 듯한 발이 채 서지도 못한 무척 적은 새끼 거미
'갓', '방금'의 평안도 방언
가 이번엔 큰 거미 없어진 곳으로 와서 아물거린다

나는 가슴이 메이는 듯하다

내 손에 오르기라도 하라고 나는 손을 내어미나 분명히 울고불고할 이 작은 것은 나를
무서우이 달아나 버리며 나를 서럽게 한다

나는 이 작은 것을 고이 보드러운 종이에 받어 또 문밖으로 버리며

이것의 엄마와 누나나 형이 가까이 이것의 걱정을 하며 있다가 쉬이 만나기나 했으면
① 어렵거나 힘들지 아니하게
좋으련만 하고 슬퍼한다
② 멀지 아니한 가까운 장래에

한눈에 정리하기

갈래 자유시, 서정시

성격 일상적, 감상적

해제 이 작품은 거미와 관련한 화자의 행위가 반복되면서 변화하는 화자의 심리를 보여 주고 있는 시이다. 화자는 무심코 거미 새끼 하나를 문밖으로 쓸어 버리는데, 이어 나타난 큰 거미와 무척 작은 새끼 거미를 하나의 가족 공동체로 인식하고 연민과 동정을 느낀다. 이 시가 1930년대에 창작되었다는 점을 고려할 때, 일제 강점으로 인해 해체된 우리 민족의 가족 공동체의 현실이 작품에 반영된 것으로 볼 수 있다.

주제 ① 가족 공동체 붕괴에 대한 안타까움
② 가족 공동체의 회복에 대한 염원

구성

1연	새끼 거미를 아무 생각 없이 문밖으로 쓸어 버림
2연	큰 거미를 새끼 거미가 있는 곳으로 쓸어 버리며 서러워함
3연	무척 작은 새끼 거미가 가족과 만나기를 바라며 문밖으로 버리고 슬퍼함

교과서 활동 깊이 보기

▶ **제목 '수라'의 의미**

이 시는 일제의 극심한 수탈로 우리 민족이 고통받았던 1930년대에 창작된 것이다. 이 점을 고려하면, 생존을 위해 뿔뿔이 흩어지며 가족 공동체의 해체를 겪었던 당시 우리 민족의 비극을 거미 가족으로 표현한 작품이라고 볼 수 있다. 그리고 외부의 힘에 의해 가족이 함께 지내지 못하게 된 상황을 '수라'라는 상징적 제목으로 나타내고 있는 것이다.

▶ **표현상 특징**

의인법	'거미'를 사람처럼 나타냄
반복	현재 시제 평서형 종결 어미 '-ㄴ다'를 반복하여 운율을 형성함
감각적 이미지	• '차디찬 밤', '찬 밖', '보드러운 종이'에서 촉각적 이미지가 나타남 • '좁쌀알만 한 알', '무척 적은 새끼 거미'에서 ☐1☐ 이미지가 나타남
방언의 사용	'어니젠가', '가제' 등 평안도 방언을 사용하여 향토적 분위기를 형성함

▶ **화자의 반복되는 행동과 정서 변화**

거미를 문밖으로 내보내는 화자의 행위가 1~3연에서 계속 반복되며, 행위의 대상이 되는 ☐2☐에 대한 화자의 감정이 점차 심화되고 있다.

▶ **시어의 의미의 기능**

문밖	• 거미 가족이 버려진 춥고 어두운 곳 • 거미 가족이 있는 곳으로, 가족 공동체의 회복 가능성이 남아 있는 곳 → 3연
☐3☐	거미가 살아가야 곳(문밖)이 춥고 어두운 밤이라는 것을 보여 줌 → 거미 가족의 비극성을 부각함

01 이 시에 대한 설명으로 적절하지 않은 것은?

① 대상을 의인화하여 화자의 연민을 드러내고 있다.

② 현재형 어미를 사용하여 시적 상황을 생생하게 나타내고 있다.

③ 촉각적 심상을 통해 대상이 놓인 처지의 비극성을 부각하고 있다.

④ 화자의 태도 변화로 인해 대상이 처한 상황이 악화되는 과정을 보여 주고 있다.

⑤ 연이 바뀜에 따라 행의 수가 늘어나는 구조를 통해 화자의 정서 변화를 드러내고 있다.

02 시상 전개에 따른 화자의 정서 변화를 다음과 같이 정리할 때 ㉠, ㉡에 공통적으로 들어갈 말을 쓰시오.

1연		2연		3연
무심함 (아무 생각 없음)	→	• 가슴이 짜릿함 • (㉠)	→	• 가슴이 메임 • (㉡) • 슬픔

03 이 시의 제목 '수라'에 대한 설명으로 적절하지 않은 것은?

① 이 시가 창작된 일제 강점기와 관련이 있다.

② 당시 현실에 대한 시인의 부정적 인식이 담겨 있다.

③ 인생에서 누구나 겪게 되는 성장 과정에서의 시련을 표현하고 있다.

④ 가족이 뿔뿔이 흩어져 살아야 했던 우리 민족의 상황을 비유하고 있다.

⑤ 싸움이나 그 밖의 다른 일로 큰 혼란에 빠진 세계나 그런 상태를 말하는 '아수라'를 의미한다.

04 3연에 나타난 문밖의 상징적 의미를 〈조건〉에 맞게 쓰시오.

─ 조건 ─

1. '문밖'의 성격과 의미를 모두 제시할 것
2. 연결 어미 '–지만'을 사용하여 한 문장으로 서술할 것

05 이 시와 〈보기〉를 비교한 내용으로 가장 적절한 것은?

─ 보기 ─

흰밥과 가자미와 나는 / 우리들은 그 무슨 이야기라도 다 할 것 같다 / 우리들은 서로 미덥고 정답고 그리고 서로 좋구나 / (중략) / 우리들은 모두 욕심이 없어 희어졌다 / 착하디착해서 세과손* 가시 하나 손아귀 하나 없다

*세과손: '억센'의 방언.

– 백석, 〈선우사〉

① 〈보기〉와 달리 이 시에서는 대상에 대한 화자의 정서가 직접 나타나고 있다.

② 〈보기〉와 달리 이 시에서는 색채 이미지를 활용하여 대상의 속성을 나타내고 있다.

③ 이 시와 달리 〈보기〉에서는 방언을 사용하여 향토적 분위기를 조성하고 있다.

④ 이 시와 달리 〈보기〉에서는 욕심 없고 고결한 삶에 대한 지향을 드러내고 있다.

⑤ 이 시와 〈보기〉는 모두 화자의 공간의 이동에 따라 시상이 전개되고 있다.

06 〈보기〉를 바탕으로 이 시를 감상한 내용으로 적절하지 않은 것은?

─ 보기 ─

시를 시인의 독백으로 본다면 작품 속 화자는 곧 시인이라 할 수 있다. 그런데 시인은 외부의 대상을 통해 자신의 이야기를 하기도 한다. 시인은 그 대상에 자신을 투영할 수도 있고, 대상을 성찰의 계기로 삼을 수도 있다. 이를 통해 시인은 자신이 처한 상황과 내면을 노래하기도 하고, 삶의 본질을 통찰하기도 하며, 자신을 둘러싼 시대와 현실에 대해 이야기하기도 한다.

① 대상에 자신을 투영하여 시인 자신이 처한 상황을 드러내고 있다.

② 시인은 대상과 거리를 두면서 자신을 객관적으로 성찰하고 있다.

③ 시인은 대상을 통해 시대와 현실에 대해 발언한 것으로 볼 수 있다.

④ 시인은 자연물이라는 외부 대상을 통해 시인 자신의 이야기를 하고 있다.

⑤ 시인은 대상이 처한 상황에 대한 통찰을 바탕으로 자기의 내면을 드러내고 있다.

1등급 배경지식 백석 시의 짝꿍, '가족'과 '음식'

백석 시인에게 '가족'과 음식'은 아주 중요한 글감이에요. 1930년대의 암담한 일제 강점기, 더욱이 객지에서 힘들고 외로운 시간을 많이 보냈던 시인에게 가족은 곧 그리운 고향의 상징이자 정신적 위안처였기 때문이에요. 또한 백석의 시에는 유독 음식이 많이 등장하죠. 단순히 음식의 '맛'에 집중한 것은 아니고요, 그 음식에 담긴 가족 공동체의 따뜻한 기억, 정서를 전달하고 있다고 볼 수 있어요.

▶ '가족'과 '음식' 다룬 백석의 다른 시

〈흰 바람벽이 있어〉	고향을 떠나 쓸쓸하고 외로운 처지에 있는 화자가 흰 바람벽을 보며 그리운 가족을 떠올리는 시
〈선우사〉	객지에서 홀로 밥을 먹던 화자가 흰밥과 가자미에 대한 애정을 드러내며 정갈한 삶에 대한 의지를 다지는 시

길 윤동주

>> 교과서 수록 비상(박), 창비

잃어버렸습니다.
무얼 어디다 잃었는지 몰라
두 손이 **주머니**를 더듬어
길에 나아갑니다.

　　　　　[A]

돌과 돌과 돌이 끝없이 연달아
길은 **돌담**을 끼고 갑니다.

　　　　　[B]

담은 **쇠문**을 굳게 닫아
길 위에 **긴 그림자**를 드리우고

길은 아침에서 저녁으로
저녁에서 아침으로 통했습니다.

　　　　　[C]

돌담을 더듬어 **눈물짓다**
쳐다보면 하늘은 **부끄럽게** 푸릅니다.

　　　　　[D]

풀 한 포기 없는 이 길을 걷는 것은
담 저쪽에 ㉠내가 남아 있는 까닭이고,

㉡내가 사는 것은, 다만,
잃은 것을 찾는 까닭입니다.

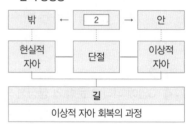

한눈에 정리하기

갈래 자유시, 서정시

성격 상징적, 고백적, 의지적

해제 이 작품은 잃어버린 '나'를 찾기 위한 탐색의 과정과 참된 자아 회복의 의지를 표현한 시이다. 화자가 걷는 '길'은 돌담을 경계로 나뉘어 있는데, 담 저쪽에 있는 '나'를 찾기 위해 풀 한 포기 없는 불모의 길을 걷는 화자의 모습은 암담한 식민지 현실에 굴하지 않고 치열한 자기 성찰을 통해 본질적 자아를 회복하려는 순수한 지식인의 의지를 보여 준다.

주제 참된 자아 회복에 대한 염원

구성

1연	잃어버린 것을 찾기 위해 길을 나아감
2연	끝없이 이어진 돌담을 끼고 감
3연	굳게 닫힌 쇠문이 있는 담이 그림자를 드리우는 길의 상황
4연	길은 끝없이 계속 이어짐
5연	하늘을 보며 부끄러움을 느낌
6연	풀 한 포기 없는 길을 걷는 이유를 이야기함
7연	살아가는 이유를 밝힘

교과서 활동 깊이 보기

▶ **공간의 의미**

담 이쪽	담 저쪽
• 풀 한 포기조차 없는 부정적 현실 • [1]가 있는 공간	• 화자가 지향하는 세계 • 이상적 자아가 있는 공간

▶ **'길'의 상징성**

밖	←	[2]	→	안
현실적 자아		단절		이상적 자아

길
이상적 자아 회복의 과정

▶ **표현상 특징**

종결 어미 반복	현재 계속되는 동작이나 상태를 나타내며, 상대를 아주 높일 때 사용되는 종결 어미 [3]를 반복하여 구도적 태도를 부각하며 운율을 형성함
시어의 반복	'돌'의 반복으로 끝없이 이어진 돌담의 모습을 부각하여 부정적 상황을 강조함
연쇄법	'아침 – 저녁 – 아침'의 연쇄를 통해 자아 탐색의 지속을 나타냄
문장 부호의 사용	부사 '다만'의 앞뒤로 [4]를 사용하여 '잃은 것'을 찾는 일이 화자가 살아가는 가장 중요한 이유임을 나타냄

01 [A]~[D]에 대한 설명으로 적절하지 <u>않은</u> 것은?

① [A]: 화자가 처한 문제 상황을 단정적으로 제시하고 있다.
② [A]: 문제 상황에 대처하는 화자의 행동을 제시하고 있다.
③ [B]: 시어의 반복을 통해 부정적 상황을 부각하고 있다.
④ [C]: 연쇄적 표현을 통해 상황의 지속을 강조하고 있다.
⑤ [D]: 감정이 이입된 자연물을 통해 화자의 내면을 드러내고 있다.

수능형

02 ㉠, ㉡을 중심으로 이 시를 이해한 내용으로 적절하지 <u>않은</u> 것은?

① ㉠을 찾는 것이 ㉡의 삶의 목적이라고 할 수 있다.
② ㉠은 '풀 한 포기 없는' 길을, ㉡은 '긴 그림자'가 드리운 길을 걷고 있다.
③ ㉠과 ㉡은 굳게 닫힌 '쇠문'과 '돌담'으로 인해 만나는 것이 쉽지 않다.
④ ㉡이 '주머니를 더듬어' 찾으려고 한 것은 결국 ㉠이라고 할 수 있다.
⑤ ㉡은 길을 걷는 동안 '담 저쪽'에 있는 ㉠의 존재를 인식하게 된다.

수능형

03 〈보기〉를 참고하여 이 시를 감상한 내용으로 적절하지 <u>않은</u> 것은?

〈보기〉
이 시는 '길'이라는 상징적 소재를 통해 '잃어버린 나'를 찾으려는 화자의 모습을 잘 보여 주는 작품이다. 이 시의 화자는 부정적 현실 속에서 자기 탐색과 성찰을 통해, '잃어버린 나'를 회복하려고 끊임없이 노력하는 모습을 보인다.

① 굳게 닫힌 '쇠문'을 통해 화자가 처한 부정적 현실을 드러낸다고 할 수 있군.
② 길이 '저녁에서 아침으로 통했다'는 것은 자기 탐색의 과정이 끊임없이 이어짐을 의미하겠군.
③ '눈물짓'는 행위는 절망적 상황을 극복하려는 화자의 노력을 나타낸 것이겠군.
④ '부끄럽게'를 통해 화자가 하늘을 보며 자기 성찰을 하고 있음을 짐작할 수 있군.
⑤ 화자가 길을 걷는 이유는 '담 저쪽'의 '나'를 회복하기 위해서이겠군.

04 이 시에서 〈보기〉의 ㉮에 해당하는 시구를 찾아 6어절로 쓰시오.

〈보기〉
이 시는 1941년에 지어진 작품이다. 당시 일제는 우리나라 사람의 성과 이름을 일본식으로 고치게 하고, 한글의 사용과 교육을 금지하는 등의 방식으로 우리 고유의 문화와 전통을 말살하려고 하였다. 시인은 이렇게 ㉮암울한 사회·문화적 상황 속에서 지식인으로서의 고뇌를 담아 〈길〉을 창작하였으며, "내가 사는 것은, 다만, / 잃은 것을 찾는 까닭입니다."와 같은 시구로 현실 극복 의지를 표현하였다.

05 이 시의 화자(A)와 〈보기〉의 화자(B)가 대화를 나눈다고 할 때, 그 내용으로 적절하지 <u>않은</u> 것은?

〈보기〉
산모퉁이를 돌아 논가 외딴 우물을 홀로 찾아가선 가만히 들여다봅니다.

우물 속에는 달이 밝고 구름이 흐르고 하늘이 펼치고 파아란 바람이 불고 가을이 있습니다.

그리고 한 사나이가 있습니다.
어쩐지 그 사나이가 미워져 돌아갑니다.

돌아가다 생각하니 그 사나이가 가엾어집니다.
도로 가 들여다보니 사나이는 그대로 있습니다.
– 윤동주, 〈자화상〉

① A: 저는 참된 '나'를 찾기 위해 길을 걷고 있습니다.
② B: 저 역시 마찬가지입니다. '우물'은 저를 비추어 보는 거울이라고 할 수 있습니다.
③ A: 비록 지금의 상황은 절망적이지만 쉽게 포기하지는 않으려고 합니다.
④ B: 좋습니다. 저도 현실만 탓하지 말고 더 나은 삶을 위해 무슨 일이든 하려고 합니다.
⑤ A: 스스로가 부끄럽거나 초라하게 느껴지는 날도 있겠지만 의지를 버려서는 안 되겠지요.

1등급 배경지식 윤동주 시인의 〈자화상〉

윤동주 시인을 두 단어로 설명해야 한다면 '반성'과 '성찰'일 거예요. 시인의 시 세계 전반을 아우르는 이 반성과 성찰의 목소리는 〈자화상〉이라는 작품에서도 찾아볼 수 있어요. 이 시에는 한 사나이가 등장하는데, 우물 속에 비친 자기 모습을 자꾸만 들여다보지요. 그리고 연민과 미움이라는 이중적인 감정을 느끼게 됩니다. 이 작품의 시대적 배경과 연관 지어 보면, 이 사나이는 일제 강점기라는 현실에 안주·타협하려는 자기의 모습에 부끄러움을 느끼며 괴로워하고 있는 것이라고 할 수 있어요. 그러나 한편으로는 그런 자기의 나약한 모습을 연민하고 있는 것이기도 하지요. 시의 마지막에 이르면, 애증을 반복하던 이 사나이는 과거의 순수했던 자기의 모습을 떠올리고 내적 갈등을 해소하게 됩니다.

04 폭포 김수영

>> 교과서 수록 천재(김종)

폭포는 곧은 절벽을 ㉠무서운 기색도 없이 떨어진다

규정할 수 없는 물결이
㉡무엇을 향하여 떨어진다는 의미도 없이
㉢계절과 주야를 가리지 않고
고매한* 정신처럼 ㉣쉴 사이 없이 떨어진다

금잔화*도 인가도 보이지 않는 **밤**이 되면
폭포는 **곧은 소리를 내**며 떨어진다

곧은 소리는 소리이다
곧은 소리는 **곧은**
소리를 부른다

번개와 같이 떨어지는 물방울은
취할 순간조차 마음에 주지 않고
나타(懶惰)*와 안정을 뒤집어 놓은 듯이
㉤높이도 폭도 없이
떨어진다

---

*고매한: 인격이나 품성, 학식, 재질 따위가 높고 빼어난.
*금잔화: 국화과의 한해살이풀. 여름부터 가을까지 가지와 줄기 끝에 노란색 두상화(꽃대 끝에 많은 꽃이 뭉쳐 붙어서 머리 모양을 이룬 꽃)가 피는데, 밤에는 오므라든다.
*나타: 행동, 성격 따위가 느리고 게으름. = 나태.

🔖 한눈에 정리하기

갈래 자유시, 서정시

성격 주지적, 관념적, 상징적, 참여적

해제 이 작품은 폭포라는 자연물을 통해 부정적 현실에 타협하지 않는 고매한 정신과 정의로운 삶의 자세를 그려 낸 시이다. 거침없이 떨어지는 폭포의 다양한 모습으로 화자가 지향하는 가치를 형상화하는 한편, 현실에 안주하려는 소시민의 각성을 촉구하고 있다.

주제 부정적 현실에 타협하지 않는 의지적 삶

구성

1연	두려움 없이 떨어지는 폭포 – 외적 모습
2연	고매한 정신을 지닌 폭포 – 내적 속성
3~4연	곧은 소리를 내는 폭포 – 선구자적 자세
5연	나타와 안정을 거부하는 폭포

📖 교과서 활동 깊이 보기

▶ 〈폭포〉의 창작 배경

- 1950년대 후반(4 · 19 혁명이 일어나기 전)
- 언론 자유와 민주주의가 크게 위축되던 시기
- 암울하고 부조리한 사회 현실

▶ '폭포'의 속성

무서운 기색도 없이	용감함
무엇을 향하여 떨어진다는 의미도 없이	자유로움, 얽매이지 않음
계절과 주야를 가리지 않고 ~ 쉴 사이 없이	일관되고 지속적임
번개와 같이	힘찬 기세를 가짐
취할 순간조차 마음에 주지 않고	흠뻑 빠져들 틈조차 주지 않음
높이도 폭도 없이	자유로움

▶ '폭포'를 통한 주제 형상화

폭포
부정적 현실에 굴하지 않는 ☐1☐ 정신, '나타와 안정'에 빠진 소시민들을 일깨우는 저항 정신을 형상화한 대상

↓

주제 의식
부정적 현실과 ☐2☐하지 않는 삶의 자세를 갖기를 촉구함

▶ 표현상 특징

- 폭포의 낙하라는 구체적인 자연 현상을 통해 인간의 내면세계를 형상화함
- '떨어진다', ☐3☐라는 시어 · 시구를 반복하여 운율감을 부여하고 형식적인 통일감을 주는 한편, 주제를 강조하는 효과를 냄

01 이 시에 대한 설명으로 적절하지 <u>않은</u> 것은?

① 특정한 시어를 반복하여 운율을 형성하고 있다.
② 자연물에 의미를 부여하여 주제를 드러내고 있다.
③ 선경후정의 방식을 활용하여 시상을 전개하고 있다.
④ 역설적 표현을 사용하여 시적 의미를 강조하고 있다.
⑤ 시각적 이미지와 청각적 이미지를 활용하여 대상을 구체화하고 있다.

02 폭포 에 대한 설명으로 적절하지 <u>않은</u> 것은?

① 자연의 섭리를 깨우치는 대상이다.
② 사람들의 의식을 일깨우는 대상이다.
③ 고매한 정신과 곧은 소리를 지닌 대상이다.
④ 현실에 굴복하거나 타협하지 않는 대상이다.
⑤ 세속적 욕망이나 현실적 효용과는 먼 대상이다.

03 ㉠~㉤에 대한 설명으로 적절하지 <u>않은</u> 것은?

① ㉠은 두려움 없는 폭포의 속성을 나타낸다.
② ㉡은 폭포의 자유로운 내면을 보여 준다.
③ ㉢, ㉣은 폭포의 낙하가 지닌 항상성을 보여 준다.
④ ㉤은 시적 화자가 지닌 속물성의 범위를 나타낸다.
⑤ ㉠~㉤은 모두 폭포의 '떨어진다'는 속성과 연결된다.

04 이 시의 주제를 고려하여, 시구의 의미를 다음과 같이 정리할 때 @에 알맞은 말을 쓰시오.

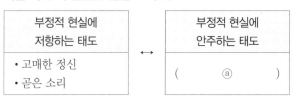

부정적 현실에 저항하는 태도		부정적 현실에 안주하는 태도
• 고매한 정신 • 곧은 소리	↔	(@)

05 시적 상황에 대한 화자의 태도가 이 시와 가장 유사한 것은?

① 붐비는 국숫집은 삼거리 슈퍼 같다 / 평상에 마주 앉은 사람들 / 세월 넘어온 친정 오빠를 서로 만난 것 같다　― 문태준, 〈평상이 있는 국숫집〉
② 흥부 부부가 박 덩이를 사이하고 / 가르기 전에 건넨 웃음살을 헤아려 보라. / 금이 문제리, / 황금 벼 이삭이 문제리.　― 박재삼, 〈흥부 부부상〉
③ 새벽에 깨어나 / 반짝이는 별을 보고 있으면 / 이 세상 깊은 어디에 마르지 않는 / 사랑의 샘 하나 출렁이고 있을 것만 같다　― 곽재구, 〈새벽 편지〉
④ 껍데기는 가라 / 사월도 알맹이만 남고 / 껍데기는 가라 // 껍데기는 가라. 동학년 곰나루의, 그 아우성만 살고 / 껍데기는 가라.　― 신동엽, 〈껍데기는 가라〉
⑤ 우리 집도 아니고 / 일갓집도 아닌 집 / 고향은 더욱 아닌 곳에서 / 아버지의 침상 없는 최후 최후의 밤은 / 풀벌레 소리 가득 차 있었다
　― 이용악, 〈풀벌레 소리 가득 차 있었다〉

<u>수능형</u>
06 〈보기〉를 바탕으로 이 시를 감상할 때, 적절하지 <u>않은</u> 것은?

> ─(보기)─
> 　시인 김수영은 자유당 독재 정권에 저항하며 부조리한 사회의 문제를 작품의 주제로 삼았다. 그는 현실에 대한 냉철한 인식을 바탕으로 양심 있는 세력의 올곧은 목소리를 갈구하는 마음을 담아 〈풀〉, 〈눈〉 등의 작품을 창작하였다. 특히 〈폭포〉를 통해 소시민적인 삶에 대한 경각심을 일깨우고자 하였고, 부조리한 현실에 타협하지 않는 삶을 살기를 염원하였다.

① '밤'에는 시인이 당면한 현실의 모습이 함축되어 있군.
② 폭포가 '곧은 소리를 내'는 데에서 양심 있는 이들의 목소리를 갈구하는 시인의 바람을 알 수 있군.
③ 폭포가 '곧은 / 소리'를 부르는 데에서 저항의 외침이 더욱 확산되기를 염원하는 시인의 태도를 알 수 있군.
④ 폭포가 '취할 순간조차 마음에 주지 않'는 데에서 초극적 존재가 되고자 하는 시인의 의지를 알 수 있군.
⑤ 폭포가 '나타와 안정을 뒤집어 놓은 듯'한 데에서 소시민적인 삶에 대한 시인의 부정적 인식을 알 수 있군.

👆**1등급** 배경지식 　김수영 시인의 작품 세계와 '풀'

김수영 시인의 시는 1950~1960년대의 시대 상황과 관련지어 볼 수 있어요. 당시는 4·19 혁명을 기점으로 민주화를 향한 열망이 대두되었지만, 5·16 군사 정변으로 인해 독재 정권이 다시 들어섰던 시기이지요. 김수영 시인은 이런 암울한 현실 속에서 민주주의와 자유, 정의를 향해 나아가고자 하는 의지를 주로 자연물을 통해 형상화했어요. 위에서 공부한 〈폭포〉가 그중 하나이고, 또 다른 대표작으로는 〈풀〉이 있어요. '풀'은 작은 바람에도 자신을 눕힐 정도로 나약해 보이지만 바람에 쉽게 꺾이지 않고 결국 바람을 거스르며 일어나는 존재로, 우리 민중의 끈질긴 생명력을 보여 준다고 할 수 있어요.

반면, '바람'은 풀을 억누르는 존재라는 점에서 민중을 억압하는 힘, 부조리한 독재 권력을 상징하지요.

▶ 〈풀〉의 대립 구도

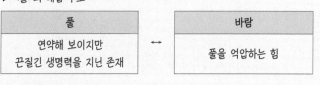

풀		바람
연약해 보이지만 끈질긴 생명력을 지닌 존재	↔	풀을 억압하는 힘

05 한 그리움이 다른 그리움에게 정희성

>> 교과서 수록 비상(강), 비상(박)

어느 날 당신과 내가

날*과 씨*로 만나서

하나의 **꿈**을 엮을 수만 있다면   [A]

우리들의 꿈이 만나

한 폭의 비단 이 된다면

나는 기다리리, 추운 길목에서

오랜 침묵과 외로움 끝에

한 **슬픔**이 다른 슬픔에게 손을 주고

한 **그리움**이 다른 그리움의   [B]

그윽한 눈을 들여다볼 때

어느 **겨울**인들

우리들의 **사랑**을 춥게 하리

외롭고 긴 기다림 끝에

어느 날 당신과 내가 만나   [C]

하나의 꿈을 엮을 수만 있다면

*날: 천, 돗자리, 짚신 따위를 짤 때 세로로 놓는 실, 노끈, 새끼 따위.
*씨: 천, 돗자리, 짚신 따위를 짤 때 가로로 놓는 실, 노끈, 새끼 따위.

한눈에 정리하기

갈래 자유시, 서정시

성격 낭만적, 가정적, 의지적

해제 이 작품은 '당신'과 '나'를 날실과 씨실의 관계에 빗대어 다시 만날 날에 대한 기대와 기다림의 자세를 나타낸 시이다. 화자는 '추운 길목'과 같은 시련과 고난의 상황을 견뎌 내고 '당신'과의 만남을 이루겠다는 의지를 드러내며, 서로의 슬픔과 외로움을 위로해 주는 존재가 되어 아름다운 사랑의 결실을 맺기를 소망하고 있다.

주제 '당신'과의 만남을 위한 기다림과 간절한 소망

구성

1~5행	'당신'과 만날 날을 소망함
6~10행	'당신'과 만날 수 있다면 오랜 침묵과 외로움도 견딜 수 있다고 생각함
11~15행	'당신'과 만날 날을 소망함

교과서 활동 깊이 보기

▶ 시어 · 시구의 의미

1	'당신'과 '나'
꿈	'당신'과 '나'의 만남
비단	아름다운 사랑의 결실
추운 길목, 겨울	사랑을 위한 시련, 고난, 난관 등

▶ 시적 상황과 화자의 태도

부정적 상황(추운 길목, 겨울)

↓

화자의 태도	'나는 기다리리' → 의지적, 현실 극복적
화자의 소망	'하나의 꿈을 엮을 수만 있다면', '한 폭의 비단이 된다면' → 공동체적 화합을 통해 서로의 슬픔과 외로움을 보듬으며 현실을 [2]하고자 함

▶ 표현상 특징

가정형 문장	'~ 있다면', '~된다면' → ① 화자의 소망이 실현되지 않은 현재 상황을 드러내는 한편, 그리움의 정서를 강조함 ② 화자의 간절한 소망과 의지적 태도를 부각함
도치법	'나는 기다리리, 추운 길목에서' → 서술어를 먼저 제시하여 기다림의 의지를 강조함
의인법	'당신'과 '나'를 슬픔, 그리움으로 표현하여 공동체적 화합을 이루는 모습을 표현함
설의법	'어느 겨울인들 / 우리들의 사랑을 춥게 하리' → 설의적 표현으로 '당신'과 '나'의 만남이 가져올 좋은 결과를 드러냄
수미상관	1~3행과 14~15행의 대응 → 형식적 [3]을 부여하고, 화자의 간절한 소망을 강조함

01 이 시에 대한 설명으로 적절하지 <u>않은</u> 것은?

① 비유적인 시어로 대상 간의 관계를 나타내고 있다.
② 과거와 현재를 비교하여 시의 주제를 부각하고 있다.
③ 도치의 방식을 활용하여 화자의 의지를 강조하고 있다.
④ 물음의 형식을 활용하여 화자의 정서를 표출하고 있다.
⑤ 불완전한 문장으로 행을 마무리하여 여운을 남기고 있다.

02 이 시의 구조를 [A]~[C]로 나타냈을 때, 이에 대한 설명으로 적절한 것을 〈보기〉에서 골라 바르게 묶은 것은?

─〈보기〉─
ㄱ. [A]와 [C]에서 가정한 상황은 [B]에서 '나'의 의지를 다지는 계기가 된다.
ㄴ. [A], [B]에서 [C]로 연결되면서 '나'는 적극적인 자세로 태도가 변화한다.
ㄷ. [B]의 상황은 [C]를 실현하기 위해 '나'가 의도적으로 선택한 것이다.
ㄹ. [C]는 [A]와 대응되어 [A]의 정서를 강조하면서 시상을 마무리한다.

① ㄱ, ㄴ ② ㄱ, ㄹ ③ ㄴ, ㄷ
④ ㄴ, ㄹ ⑤ ㄷ, ㄹ

03 한 폭의 비단 에 대한 설명으로 적절하지 <u>않은</u> 것은?

① '한 폭의 비단'으로 인해 '나'의 내적 갈등이 심화된다.
② '한 폭의 비단'은 '나'가 궁극적으로 소망하는 대상이다.
③ '한 폭의 비단'은 '나'가 '추운 길목'에서 기다리는 이유이다.
④ '한 폭의 비단'은 '우리들의 꿈'을 엮어 만든 아름다운 결실이다.
⑤ '한 폭의 비단'을 위해서는 '당신'과 '나'의 만남이 선행되어야 한다.

04 〈보기〉의 맥락에서 이 시를 해석한다고 할 때, 시어에 대한 이해로 가장 적절한 것은?

─〈보기〉─
㉮ 서로 사랑하면서도 맺어지지 못하는 사연으로 고민하는 연인들이 많다.
㉯ 해방과 더불어 한반도는 분단 시대의 극복이라는 과제를 안게 되었다.

① '꿈'의 경우 ㉮와 ㉯ 모두에서 현실 도피의 의도를 발견하기 쉽다.
② '슬픔'의 경우 ㉯보다는 ㉮에서 민족적 한의 정서에 연결되기 쉽다.
③ '그리움'의 경우 ㉮보다는 ㉯에서 역사적 전망에 연결되기 쉽다.
④ '겨울'의 경우 ㉯보다는 ㉮에서 억압적 현실을 발견하기 쉽다.
⑤ '사랑'의 경우 ㉮보다는 ㉯에서 개인적 욕망에 연결되기 쉽다.

05 이 시에서 〈보기〉의 설명에 해당하는 시구를 모두 찾아 쓰시오.

─〈보기〉─
• 의인화된 대상의 행위
• '나'가 '당신'과 정서적으로 연대하는 모습

06 이 시의 화자가 지향하는 삶의 모습을 〈조건〉에 맞게 쓰시오.

─〈조건〉─
1. '슬픔', '외로움'이라는 시어를 포함할 것
2. '~ 삶'의 형식으로 문장을 마무리할 것

 **1등급 배경지식** '참여시'와 '민중시'에 대한 이해

문학이 사회 문제를 고발하고 해결하는 데에 적극적으로 참여해야 한다는 관점에서 창작된 시를 '참여시'라고 해요. 1960년대에는 민주주의와 자유에 대한 열망, 민족의 동질성 회복을 노래한 참여시가 많이 창작되었지요.

▶ 대표적인 참여시

작품	작가	특징
〈풀〉	김수영	'풀'을 통해 민중의 생명력과 그들을 억압하는 외부 세력을 형상화함
〈봄은〉	신동엽	분단과 통일을 겨울 - 봄으로 나타내어 분단의 현실의 극복하고자 하는 간절한 소망을 형상화함

1970년대에는 급격한 산업화로 인해 발생한 농촌 공동체의 붕괴나 도시 빈민의 문제를 비판적으로 인식하고 사회 변혁을 촉구하는 '민중시'가 활발하게 지어졌어요.

▶ 대표적인 민중시

작품	작가	특징
〈농무〉	신경림	산업화 과정에서 붕괴된 농촌의 현실, 농민의 절망감, 울분을 형상화함
〈저문 강에 삽을 씻고〉	정희성	하루 일을 마치고 강물에 삽을 씻는 중년의 인물을 통해 산업화 시대에 소외된 도시 노동자의 삶을 노래함

내가 사랑하는 사람 정호승

>> 교과서 수록 천재(김수)

나는 그늘이 없는 사람을 사랑하지 않는다
㉠나는 그늘을 사랑하지 않는 사람을 사랑하지 않는다
나는 한 그루 나무의 그늘이 된 사람을 사랑한다
㉡햇빛도 그늘이 있어야 맑고 눈이 부시다
나무 그늘에 앉아
나뭇잎 사이로 반짝이는 햇살을 바라보면
세상은 그 얼마나 아름다운가

나는 눈물이 없는 사람을 사랑하지 않는다
나는 눈물을 사랑하지 않는 사람을 사랑하지 않는다
나는 한 방울 눈물이 된 사람을 사랑한다
㉢기쁨도 눈물이 없으면 기쁨이 아니다
㉣사랑도 눈물 없는 사랑이 어디 있는가
나무 그늘에 앉아
㉤다른 사람의 눈물을 닦아 주는 사람의 모습은
그 얼마나 고요한 아름다움인가

🔍 한눈에 정리하기

갈래 자유시, 서정시

성격 고백적, 상징적

해제 이 작품은 '그늘'과 '눈물'이라는 상징적 시어를 통해 타인의 고통과 슬픔을 위로할 줄 아는 연민과 공감의 자세가 얼마나 소중하고 아름다운 것인지 노래하고 있다. 사랑하지 않는 것과 사랑하는 것을 제시한 후 그 이유를 밝히는 구조를 반복하며, 화자가 지향하는 삶의 긍정적 가치를 독자들에게 전달하고 있다.

주제 타인의 슬픔과 고통에 연민과 공감을 느끼는 삶의 소중함

구성

1연	햇빛을 더욱 맑고 눈부시게 하는 그늘의 가치와 중요성
2연	기쁨과 사랑을 더욱 의미 있게 하는 눈물의 가치와 중요성

📖 교과서 활동 깊이 보기

▶ **시의 구조**

'나'가 사랑하지 않는 것과 사랑하는 것을 제시한 후 그 이유를 밝히는 구조가 반복된다.

'나'가 사랑하지 않는 사람
• 그늘, 눈물이 없는 사람
• 그늘, 눈물을 사랑하지 않는 사람

↓

'나'가 사랑하는 사람
• 한 그루 나무의 그늘이 된 사람
• 한 방울 눈물이 된 사람

↓

☐1☐ 과 ☐2☐ 의 긍정적 가치와 중요성 강조

▶ **'그늘'과 '눈물'의 상징적 의미**

그늘	• 1연의 1행: 시련, 아픔과 같은 인생의 어두운 면 • 1연의 2행: 타인의 시련, 아픔을 이해하고 위로할 줄 아는 삶
눈물	• 2연의 1행: 슬픔, 고통 등의 괴로움 • 2연의 2행: 타인의 슬픔, 고통에 연민을 느끼고 공감할 줄 아는 삶

▶ **표현상 특징**

이중 부정	'~ 없는(않는) ~ 않는다'의 이중 부정을 통해 '그늘과 눈물의 가치를 아는 사람을 사랑한다.'라는 긍정의 의미를 강조하여 전달함
대조적 시어	'햇빛 – 그늘', '눈물 – 기쁨'의 대조를 통해 '그늘'과 '눈물'의 가치를 강조함
반복	• '그늘', '눈물', '사람' 등 동일한 시어를 반복적으로 사용함 • 유사한 문장 구조를 반복하여 ☐3☐을 형성하고 의미를 강조함
설의적 표현	'세상은 그 얼마나 아름다운가', '그 얼마나 고요한 아름다움인가'라는 설의적 표현으로 주제 의식을 강조함

01 이 시에 대한 설명으로 가장 적절한 것은?

① 공간의 대비를 통해 화자가 지향하는 삶을 형상화하고 있다.

② 계절감을 드러내는 표현을 통해 시간의 경과를 보여 주고 있다.

③ 감각의 전이를 통해 시적 대상의 모습을 생생하게 묘사하고 있다.

④ 형식과 기능이 일치하지 않는 문장을 통해 의미를 강조하고 있다.

⑤ 시의 첫 부분과 끝부분을 동일한 시행으로 구성하여 형태적 안정감을 얻고 있다.

02 이 시의 주제를 고려하여 시어의 의미를 정리해 보는 활동을 하였다. 다음 활동의 내용 중 적절하지 않은 것은?

	시어	시어의 의미
①	1연 1행의 '그늘'	고난이나 시련 같은 인생의 어두운 면을 의미합니다.
②	1연 3행의 '그늘'	타인에게 전하는 위로와 연민의 마음을 의미합니다.
③	2연 1행의 '눈물'	살면서 겪을 수 있는 슬픔이나 고통의 감정을 의미합니다.
④	2연 2행의 '눈물'	지난날의 추억을 그리워하는 마음을 의미합니다.
⑤	2연 3행의 '눈물'	타인의 고통에 공감할 줄 아는 마음을 의미합니다.

03 이 시의 운율 형성 요소를 〈보기〉에서 찾아 바르게 묶은 것은?

─〈보기〉─
ㄱ. 1연과 2연의 통사 구조 반복
ㄴ. 두운의 효과를 지니는 시어의 사용
ㄷ. 대조적 의미를 형성하는 시어의 사용
ㄹ. '그늘', '눈물' 같은 동일한 시어의 반복
ㅁ. 사물의 모양을 흉내 낸 음성 상징어의 사용

① ㄱ, ㄴ, ㄷ ② ㄱ, ㄴ, ㄹ ③ ㄱ, ㄹ, ㅁ
④ ㄴ, ㄷ, ㄹ ⑤ ㄴ, ㄷ, ㅁ

04 이 시를 읽은 독자의 반응 중, 작품의 내재적 의미에만 주목한 것은?

① 내 삶에 찾아왔던 위기가 부정적 영향만 준 것은 아니라는 것을 깨달았어.

② 작가의 인터뷰를 보니 고통받는 사람들에 대한 애정이 녹아 있는 시인 것 같아.

③ 시를 읽고 나니 소외된 이웃과 더불어 사는 사회가 되어야 한다는 생각이 들었어.

④ 비슷한 주제를 가진 다른 작품을 더 찾아 읽어 보니 시를 깊이 이해할 수 있게 되었어.

⑤ '~ 없는 ~ 않는다' 같은 이중 부정 표현을 사용하면 긍정의 의미를 더욱 강하게 전달할 수 있구나.

05 이 시에서 〈보기〉의 빈칸에 들어갈 알맞은 말(3어절)을 찾아 순서대로 쓰시오.

─〈보기〉─
이 시는 고통과 슬픔에 대한 이해를 바탕으로 타인의 삶을 사랑하는 사람을 (   ), (   )(이)라고 표현하고 있다.

06 ㉠~㉤에 대한 설명으로 적절하지 않은 것은?

① ㉠: 인생의 시련, 아픔을 부정하거나 외면하는 사람을 부정적으로 바라보고 있다.

② ㉡: 삶에서 경험하는 고난이 기쁨이나 행복을 더욱 소중하게 만든다는 생각이 나타난다.

③ ㉢: 아픔을 수용하고 타인의 아픔에 공감할 줄 알아야 진정한 기쁨의 의미를 알 수 있다는 인식이 나타난다.

④ ㉣: 상처받은 사람들에 대한 이해와 연민이 사랑의 가치를 더욱 값지게 만든다고 보고 있다.

⑤ ㉤: 다른 사람의 잘못을 용서하고 포용할 줄 아는 내면의 여유를 지니기를 권유하고 있다.

1등급 배경지식 소외된 이웃과 함께하는 정호승 시인의 시

정호승 시인은 소외된 이웃들에 대한 따뜻한 애정을 지닌 작가로, 이 사회의 약자와 고통받는 이웃들의 외로움과 슬픔, 그에 대한 위로를 섬세한 언어로 표현했어요. 특히 일상의 작은 순간을 통해 삶의 본질을 성찰하며, 인간의 상처를 인정하면서도 그 속에서 치유와 성장의 가능성을 강조하는 것이 특징이지요.

'울지 마라 / 외로우니까 사람이다'로 시작하는 〈수선화에게〉는 고통을 마주한 인간에게 위로를 전하는 작품이며, '나는 이제 너에게도 슬픔을 주겠다 / 사랑보다 소중한 슬픔을 주겠다'로 시작하는 〈슬픔이 기쁨에게〉는 역설적 발상을 통해 이기적인 기쁨보다 타인의 아픔에 함께 눈물 흘릴 수 있는 슬픔이 소중함을 노래하고 있어요.

산수유나무의 농사 문태준

>> 교과서 수록 미래엔

산수유나무가 ㉠노란 꽃을 터트리고 있다

산수유나무는 그늘도 노랗다

마음의 그늘이 옥말려든다고* 불평하는 사람들은 보아라

㉡나무는 그늘을 그냥 드리우는 게 아니다

그늘 또한 ㉢나무의 한 해 농사

산수유나무가 그늘 농사를 짓고 있다

꽃은 하늘에 피우지만 ㉣그늘은 땅에서 넓어진다

산수유나무가 농부처럼 농사를 짓고 있다

끌어모으면 ㉤벌써 노란 좁쌀 다섯 되* 무게의 그늘이다

*옥말려든다고: 안쪽으로 오그라져 말려든다고.
*되: 부피의 단위. 곡식, 가루, 액체 따위의 부피를 잴 때 쓴다. 한 되는 한 말의 10분의 1, 한 홉의 열 배로 약 1.8리터에 해당한다.

한눈에 정리하기

갈래 자유시, 서정시

성격 교훈적, 비판적

해제 이 작품은 산수유나무의 그늘이 보여 주는 배려와 평안함, 이타적인 삶의 태도를 통해 타인에게 인색한 우리 인간의 현실을 반성하게 하는 시이다. 그늘을 만들어 다른 생명의 휴식을 허락하는 산수유나무를 마음의 그늘이 옥말려든다고 불평하는 사람들의 모습과 대조함으로써 배려와 미덕의 가치를 강조하고 있다.

주제 산수유나무의 그늘이 주는 배려와 평안함

구성

1~2행	산수유나무가 노란 꽃을 피워 그늘을 만듦
3행	불평하는 사람들에게 산수유나무의 그늘을 볼 것을 권함
4~7행	산수유나무가 그늘 농사를 지어 그늘을 넓혀 감
8~9행	산수유나무가 노란 좁쌀 다섯 되 무게의 그늘을 농사지음

교과서 활동 깊이 보기

▶ **시어 · 시구의 의미**

그늘
• 산수유나무가 [1]을 피워 만든 결과물
• 산수유나무가 다른 존재에게 베푸는 배려
• 다른 생명들이 휴식이나 위안을 얻는 공간

산수유나무가 [2]를 짓고 있다
산수유나무가 꽃 피우고 그늘을 드리우는 과정을 정성과 노력이 필요한 농사에 비유한 것으로, 생명을 키우고 베푸는 농사처럼 산수유나무가 만든 그늘도 가치 있는 것으로 표현함

▶ **'산수유나무'와 '불평하는 사람들'의 대조**

산수유나무		불평하는 사람들
그늘 농사를 지어 그늘을 넓혀 감	↔	[3]이 옥말려든다고 불평함
다른 생명에게 휴식과 위안의 공간을 제공하는 존재		타인을 배려하고 타인에게 베푸는 일에 인색한 존재

▶ **표현상 특징**

반복법	• 단어의 반복(산수유나무, 그늘) • 구절의 반복(농사를 짓고 있다) • 종결 어미 '–다'의 반복
의인법	산수유나무를 농부에 빗대어 산수유나무가 지닌 미덕을 표현함
시각적 이미지	색채어(노란, 노랗다)를 반복하여 대상을 시각적으로 선명하게 제시함
추상적 가치의 구체적 형상화	만질 수 없고, 무게도 없는 대상인 산수유나무가 짓는 그늘 농사의 가치를 '노란 좁쌀 다섯 되 무게'라는 구체적 수치로 나타냄

01 이 시에 대한 설명으로 적절하지 <u>않은</u> 것은?

① 자연물에 인격을 부여하여 생동감 있게 표현하고 있다.
② 단어, 구절, 종결 어미를 반복하여 운율을 형성하고 있다.
③ 색채 이미지를 활용하여 대상을 감각적으로 형상화하고 있다.
④ 일반적 상식에서 벗어난 참신한 발상으로 시상을 전개하고 있다.
⑤ 시의 처음과 끝을 유사한 표현으로 맞추어 구조적 안정감을 확보하고 있다.

02 산수유나무 에 대한 화자의 태도로 알맞은 것은?

① 산수유나무에 대한 화자의 대결 의식이 드러난다.
② 산수유나무에 대한 화자의 공감과 연민이 드러난다.
③ 산수유나무에 대한 화자의 회의적 태도가 드러난다.
④ 산수유나무에 대한 화자의 긍정적 인식이 드러난다.
⑤ 산수유나무에 대한 화자의 관조적 태도가 드러난다.

03 ㉠~㉤에 대한 설명으로 적절하지 <u>않은</u> 것은?

① ㉠: 산수유나무가 애써서 이루어 낸 결과이다.
② ㉡: 산수유나무가 내적인 성숙을 이루기 위해 요구되는 시련을 함축한다.
③ ㉢: 산수유나무가 꽃을 피우고 그늘을 드리우는 일련의 과정을 의미한다.
④ ㉣: 산수유나무의 꽃이 무성하게 핀 상황을 보여 준다.
⑤ ㉤: 산수유나무가 지은 그늘 농사의 가치가 구체적인 수치로 드러난다.

04 이 시에서 '산수유나무'와 대립적 속성을 보이는 대상을 찾아 2어절로 쓰시오.

05 이 시에서 〈보기〉의 빈칸에 들어갈 알맞은 말을 찾아 쓰시오.

〈보기〉
(　　　)은/는 산수유나무가 다른 존재에게 베푸는 배려이며 다른 생명들이 휴식이나 위안을 얻을 수 있는 공간을 의미한다.

06 이 시를 읽고 깨달은 점으로 볼 수 <u>없는</u> 것은?

① 타인을 배려하는 미덕을 가져야 한다.
② 이타적인 삶을 위해서는 정성이 필요하다.
③ 다른 이를 위한 나눔은 소중한 가치를 지닌다.
④ 실패는 또 다른 성숙을 위한 토대가 될 수 있다.
⑤ 인색한 마음으로 살지 않기 위해 노력해야 한다.

수능형

07 이 시와 〈보기〉의 공통점으로 가장 적절한 것은?

〈보기〉
우리가 눈발이라면
허공에서 쭈빗쭈빗 흩날리는 / 진눈깨비는 되지 말자.
세상이 바람 불고 춥고 어둡다 해도
사람이 사는 마을 / 가장 낮은 곳으로
따뜻한 함박눈이 되어 내리자.
우리가 눈발이라면
잠 못 든 이의 창문가에서는 / 편지가 되고
그이의 깊고 붉은 상처 위에 돋는 / 새살이 되자.
– 안도현, 〈우리가 눈발이라면〉

① 인간과 자연의 대립 구도로 시상을 전개하고 있다.
② 당부와 다짐의 어조를 통해 주제를 강조하고 있다.
③ 자연물의 이미지를 활용하여 바람직한 삶의 자세를 드러내고 있다.
④ 계절적 배경을 드러내는 소재를 통해 경건한 분위기를 형성하고 있다.
⑤ 상징적인 시어를 통해 극한의 상황에 굴하지 않는 의지를 표현하고 있다.

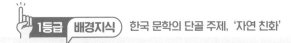

1등급 배경지식 한국 문학의 단골 주제, '자연 친화'

자연을 벗하고 자연을 본받고자 하는 태도는 한국 문학의 단골 소재 중의 하나예요. 산이나 꽃과 같은 자연을 이상적인 대상으로 여기고 본받으려는 생각은 현대 시에서도 자주 드러나요. 이상적인 자연의 모습을 노래한 대표작으로는 박목월의 〈청노루〉와 박두진의 〈도봉〉이 있죠. 자연의 모습을 통해 인간의 삶을 성찰한 서정주의 〈무등을 보며〉, 김광섭의 〈산〉과 같은 작품도 이러한 한국 문학의 특징을 계승한 작품이라고 할 수 있어요. 〈산수유나무의 농사〉 역시 산수유나무에 대한 관찰을 통해 현대인의 이기심을 반성하고 자연의 이타적 삶의 모습을 추구한다는 점에서 자연 친화적인 작품이라고 할 수 있죠. 물론 모든 자연이 본받아야 할 대상으로 그려지는 것은 아니에요. 먼 옛날의 고전 시가에서는 자연이 현실 도피의 공간으로 그려지기도 하고 막연한 이상 세계를 표현하기도 했어요. 하지만 특히 오늘날의 각박한 현대 사회에서 자연은 현대인이 휴식할 수 있는 공간이자 인간에게 본보기가 되는 대상이 될 수 있기에 꾸준히 자연을 소재로 하는 작품이 창작되고 있어요.

푸른 밤 나희덕

>> 교과서 수록 동아

㉠너에게로 가지 않으려고 미친 듯 걸었던
그 무수한 길도 [A]
실은 네게로 향한 것이었다

까마득한 밤길을 혼자 걸어갈 때에도
내 응시에 날아간 별은
네 머리 위에서 반짝였을 것이고
㉡내 한숨과 입김에 꽃들은
네게로 몸을 기울여 흔들렸을 것이다

수치와 욕됨
㉢사랑에서 치욕으로,
다시 치욕에서 사랑으로,
하루에도 몇 번씩 네게로 드리웠던 두레박

그러나 매양 퍼올린 것은
매 때마다. 번번이
수만 갈래의 길이었을 따름이다
㉣은하수의 한 별이 또 하나의 별을 찾아가는
그 수만의 길을 나는 걷고 있는 것이다

나의 생애는
모든 지름길을 돌아서
굽은 길. 또는 에워서 돌아가는 길
㉤네게로 난 단 하나의 에움길이었다

🔍 한눈에 정리하기

갈래 자유시, 서정시

성격 독백적, 고백적

해제 이 작품은 한 사람을 향한 벗어날 수 없는 사랑의 열정을 그리고 있는 시이다. 화자는 자신의 온 생애가 '너'를 향해 가는 에움길이었음을 고백함으로써 그 사랑에서 벗어날 수 없음을 인정하고 있다. '너'를 향해 걸었던 '나'의 수많은 시간을 '푸른 밤'이라는 감각적 제목으로 나타내는 한편, '너에게로 가지 않으려고' 걸었던 길이 '실은 네게로 향한 것'이었다는 역설적 표현을 사용하여 벗어날 수 없는 '너'에 대한 사랑을 강조하고 있다.

주제 한 사람을 향한 벗어날 수 없는 사랑

구성

1연	'너'에게서 벗어날 수 없는 '나'
2연	혼자 걸어갈 때에도 '너'를 향하는 '나'의 변함없는 마음
3연	사랑과 치욕이 교차하는 '나'의 마음
4연	'너'를 찾아가는 수만의 길을 걷고 있는 '나'
5연	'너'에게로 난 단 하나의 에움길을 걷고 있는 '나'

📖 교과서 활동 깊이 보기

▶ '지름길'과 '에움길'의 의미 형성

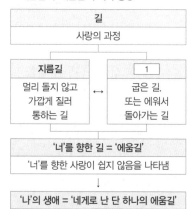

▶ 표현상 특징

대조적 표현	'지름길'과 '에움길'이라는 대조적인 의미의 시어를 사용하여 '너'를 향한 사랑이 쉽지 않음을 나타냄
2 표현	'너에게로 가지 않으려고' 걸었던 길이 '네게로 향한' 길이었다는 역설적 표현을 통해 '너'를 향한 사랑이 벗어날 수 없는 운명적인 일임을 강조함
감각적 표현	'내 응시에 날아간 별은 ~ 흔들렸을 것이다', '하루에도 몇 번씩 네게로 드리웠던 두레박'에서 '너'를 향한 '나'의 마음을 3 으로 형상화함

01 이 시에 대한 설명으로 적절하지 <u>않은</u> 것은?

① 유사한 문장 구조를 반복하여 운율을 형성하고 있다.
② 고백적 어조를 활용하여 화자의 정서를 드러내고 있다.
③ 대조적 의미의 시어를 사용하여 주제 의식을 드러내고 있다.
④ 감각의 전이를 통해 시적 상황을 구체적으로 표현하고 있다.
⑤ 과장된 표현으로 화자가 겪는 어려움의 정도를 나타내고 있다.

02 너와 나에 대한 설명으로 가장 적절한 것은?

① '나'는 '너'가 마주하는 시련과 고통에 공감한다.
② '나'는 결국 '너'가 자신에게 돌아올 것을 확신한다.
③ '나'는 까마득한 밤길을 홀로 걸으며 '너'의 진심을 알게 되었다.
④ '나'는 두레박을 드리우는 행위로 '너'를 잃은 상실감을 이겨 냈다.
⑤ '나'는 '너'를 향한 사랑이 벗어날 수 없는 절대적인 일임을 깨달았다.

03 〈보기〉는 이 시의 제목과 관련한 설명이다. 빈칸에 들어갈 말을 순서대로 쓰시오.

┌─────보기─────┐

　　이 작품은 '너'에게로 향하는 사랑의 과정을 (　　)의 이미지로 나타내고 있다. 화자의 모든 발걸음은 결국 '너'를 향하고 있으며 화자의 시선과 한숨과 입김 속에 '너'가 깃들어 있기에 시인은 화자가 홀로 걷는 밤을 그저 검기만 한 밤이 아니라, 어둡지만 '너'를 알아볼 수 있는 (　　　　)(이)라고 표현한 것이다.

└──────────────┘

04 [A]와 가장 유사한 표현 방식이 나타난 것은?

① 오늘도 어제도 아니 잊고 / 먼 훗날 그때에 "잊었노라."
－ 김소월, 〈먼 후일〉
② 길을 잃어 보지 않은 사람은 모르리라 / 터덜거리며 걸어간 길 끝에 / 멀리서 밝혀져 오는 불빛의 따뜻함을
－ 나희덕, 〈산속에서〉
③ 가을 햇볕에 공기에 / 익는 벼에 / 눈부신 것 천지인데, / 그런데, / 아, 들판이 적막하다 — / 메뚜기가 없다!
－ 정현종, 〈들판이 적막하다〉
④ 끝내 발 디디며 서 있는 땅의 끝, / 그런데 이상하기도 하지. / 위태로움 속에 아름다움이 스며 있다는 것이
－ 나희덕, 〈땅끝〉
⑤ 산은 울적하면 솟아서 봉우리가 되고 / 물소리를 듣고 싶으면 내려와 깊은 계곡이 된다 // 산은 한 번 신경질을 되게 내야만 고산도 되고 명산도 된다.
－ 김광섭, 〈산〉

05 〈보기〉를 참고하여 ㉠~㉫을 감상한 내용으로 적절하지 <u>않은</u> 것은?

┌─────보기─────┐

선생님: 우리 삶에서 수많은 형태로 반복되는 만남과 헤어짐은 문학 작품에서 다양하게 형상화되고 있습니다. 〈푸른 밤〉의 화자는 다가온 인연 때문에 한때는 갈등하며 방황하기도 했지만 결국 거부할 수 없는 운명을 받아들이고 있습니다.

└──────────────┘

① ㉠에서는 운명적인 인연을 애써 거부하며 방황했던 화자를 발견할 수 있군.
② ㉡에서는 '너'에게 향하게 되는 화자의 지극한 마음을 확인할 수 있군.
③ ㉢에서는 인연의 굴레를 벗어나지 못하던 화자의 내적 갈등을 알 수 있군.
④ ㉣에서는 죽어서라도 소중한 인연을 이어 가겠다는 화자의 의지를 알 수 있군.
⑤ ㉤에서는 거부할 수 없는 운명임을 깨닫고 인정하는 화자의 모습을 볼 수 있군.

1등급 배경지식 '길'의 다양한 상징성

'상징'이란 눈에 보이지 않고 말로 표현하기 힘든 추상적인 대상을 구체적인 사물로 나타내어 머릿속에 쉽게 떠오르도록 하는 표현 방법의 일종이에요. 예를 들어 추상적 대상인 '평화'를 구체적인 사물인 '비둘기'로 표현하거나 '희생'과 같은 추상적 대상을 '십자가'로 표현하는 경우가 그러하죠. 〈푸른 밤〉에서는 눈에 보이지 않는 '사랑의 과정'을 '길'로 표현함으로써 독자들의 이해와 공감을 이끌어 내고 있어요. 이 밖에도 윤동주의 〈길〉에서 '길'은 '인생을 살아가는 과정'을 나타내며 '길을 걷는다'는 것은 잃어버린 본질적 자아를 회복하기 위한 의지를 표상한 것이라고 할 수 있어요. 또한 신경림의 〈길〉에서 '길'은 사람을 밖에서 안으로 끌고 들어가 스스로를 깊이 들여다보게 하는 존재로 나타나기도 해요. 이처럼 문학 작품에서 '길'은 '사랑'이나 '인생', '성찰'의 과정을 상징적으로 드러내는 대표적인 소재로 사용되고 있음을 확인할 수 있어요.

09 방문객 정현종

>> 교과서 수록 비상(강), 해냄

㉠사람이 온다는 건

실은 어마어마한 일이다.

그는

㉡그의 과거와

현재와

그리고

그의 미래와 함께 오기 때문이다.

한 사람의 일생이 오기 때문이다.

㉢부서지기 쉬운

그래서 부서지기도 했을

마음이 오는 것이다 — ㉣그 갈피*를

아마 ⓐ바람은 더듬어 볼 수 있을

마음,

내 마음이 ㉤그런 바람을 흉내 낸다면

필경* 환대*가 될 것이다.

*갈피: 겹치거나 포갠 물건의 하나하나의 사이. 또는 그 틈.
*필경: 끝장에 가서는.
*환대: 반갑게 맞아 정성껏 후하게 대접함.

📖 한눈에 정리하기

갈래 자유시, 서정시

성격 독백적, 인식적

해제 이 작품은 타인과의 만남에 대한 새로운 인식을 담담한 어조로 담아 낸 시이다. 타인과 마주하는 것을 그 사람의 일생이 오는 어마어마한 일로 표현하여 만남의 깊이와 중요성을 나타내고 있다. 그리고 이해와 공감을 바탕으로 상처받기 쉬운 타인의 마음을 헤아리는 자세가 필요하다고 이야기하고 있다.

주제 타인과의 만남에 대한 인식과 바람직한 태도

구성

1~2행	만남의 의미 및 가치
3~8행	타인과의 만남이 큰 가치를 지니는 이유
9~13행	상처받기 쉬운 마음의 속성에 대한 이해
14~15행	타인과 인간관계를 대하는 바람직한 태도

📖 교과서 활동 깊이 보기

▶ **시어의 의미와 기능**

1	타인의 마음을 이해하고 위로해 줄 수 있는 존재
환대	이해와 위로를 바탕으로 상대를 정성껏 대하는 마음과 태도

▶ **'만남'에 대한 화자의 인식**

사람과의 만남
• 타인의 2 (과거, 현재, 미래)과 만나는 일 • 상처받기 쉬운 마음과 만나는 일

↓

'어마어마한 일'

↓

타인에 대한 이해와 위로, 배려와 정성이 필요하다는 인식을 드러냄

▶ **표현상 특징**

행간 걸침	'그의 과거와 ~ 함께 오기 때문이다'에서 의도적으로 행을 구분하여 과거, 현재, 미래라는 시간의 의미에 집중하게 함으로써 대상의 일생을 떠올리게 만듦
3	'바람'을 사람과 같이 타인의 마음을 더듬어 볼 수 있는 대상으로 표현함
반복	• '그의'를 반복하여 만남의 대상을 강조하여 나타냄 • '부서지기'를 반복하여 인간관계에서 상처받기 쉬운, 연약한 마음의 속성을 강조함 • '~ 오기 때문이다'라는 문장 구조를 반복하여 운율을 형성하고, 한 사람을 만나는 것은 곧 그의 삶 전체를 만나는 일임을 강조함

01 이 시에 대한 설명으로 적절하지 <u>않은</u> 것은?

① 화자의 시선 이동에 따라 시상을 전개하고 있다.
② 대상을 의인화하여 주제 의식을 드러내고 있다.
③ 사람과의 만남에 대한 새로운 인식을 보여 주고 있다.
④ 유사한 문장 구조를 반복하여 운율을 형성하고 있다.
⑤ 의도적으로 행을 구분하여 시적 의미를 강조하고 있다.

02 ㉠~㉤에 대한 설명으로 적절하지 <u>않은</u> 것은?

① ㉠: 사람과의 만남을 의미한다.
② ㉡: 만남을 '어마어마한 일'이라고 한 이유이다.
③ ㉢: 상처받기 쉬운 사람의 연약한 마음을 나타낸다.
④ ㉣: 도무지 이해하기 어려운 사람의 속마음을 뜻한다.
⑤ ㉤: '바람'을 따라 살고 싶은 화자의 소망이 담겨 있다.

03 ⓐ와 시적 의미와 기능이 가장 유사한 것은?

① 죽는 날까지 하늘을 우러러 / 한 점 부끄럼이 없기를, / 잎새에 이는 <u>바람</u>에도 / 나는 괴로워했다
　　　　　　　　　　　　　　　　　　　　　　　- 윤동주, 〈서시〉
② 꽃이 지기로소니 / <u>바람</u>을 탓하랴. // 주렴 밖에 성긴 별이 / 하나 둘 스러지고, // 귀촉도 울음 뒤에 / 머언 산이 다가서다.　　　　　　　　- 조지훈, 〈낙화〉
③ 마을 골목은 들로 내려서자 푸르러졌다. / <u>바람</u>은 넘실 천 이랑 만 이랑 / 이랑 이랑 햇빛이 갈라지고 / 보리도 허리통이 부끄럽게 드러났다.　　- 김영랑, 〈오월〉
④ 우리들의 사랑을 위하여서는 / 이별이, 이별이 있어야 하네. // 높았다, 낮았다, 출렁이는 물살과 / 물살 몰아갔다 오는 <u>바람</u>만이 있어야 하네.
　　　　　　　　　　　　　　　　　　　　　　　- 서정주, 〈견우의 노래〉
⑤ 나무는 잎새를 흔들어 / 강물 위에 짤랑짤랑 구슬알을 쏟아 냈다 하자. / 그 의중 알아챈 <u>바람</u>이 이젠 그 누구보단 / 앞들 보리밭에서 물결치듯 김을 매다 / 이마의 구슬땀 씻어 올리는 여인에게 전하니
　　　　　　　　　　　　　　　　　　- 고재종, 〈초록 바람의 전언〉

04 이 시에서 〈보기〉의 빈칸에 들어갈 알맞은 말을 찾아 쓰시오.

〈보기〉
　이 작품은 이해와 위로를 바탕으로 상대의 마음을 헤아리며 정성껏 대하는 태도의 중요성을 이야기하고 있는 시로, (　　　　　)(이)라는 말로 타인을 대하는 바람직한 자세를 표현하였다.

수능형 🖐

05 〈보기〉에 제시된 선생님의 안내에 따라 학습 활동을 수행한 결과로 적절하지 <u>않은</u> 것은?

〈보기〉
선생님: 정현종 시인은 고립적, 단절적인 사회적 관계가 가속화되는 현대 사회에서, 진지한 만남과 소통의 중요성을 전하는 시를 창작하는데 대표적인 작품으로 〈방문객〉과 〈섬〉이 있어요. 〈방문객〉을 먼저 읽고, 아래의 〈섬〉과 비교 감상하는 활동을 해 봅시다.

　사람들 사이에 섬이 있다.
　그 섬에 가고 싶다.
　　　　　　　　　　　　　　　　　　- 정현종, 〈섬〉

① 학생 1: 이 시와 〈보기〉에는 모두 인간관계에 대한 인식이 나타나 있습니다.
② 학생 2: 이 시와 〈보기〉에는 모두 사람 간의 소통을 방해하는 대상이 등장합니다.
③ 학생 3: 이 시와 달리 〈보기〉에는 사람과 사람을 이어 줄 수 있는 대상이 나타납니다.
④ 학생 4: 이 시와 달리 〈보기〉에는 만남과 소통의 회복에 대한 소망이 직접적으로 표현되어 있습니다.
⑤ 학생 5: 〈보기〉와 달리 이 시에서는 의미 있는 관계를 맺기 위해 어떤 태도를 지녀야 하는지 구체적으로 말해 줍니다.

👆 **1등급 배경지식** 정현종 시인의 시 세계

정현종 시인의 작품은 교보문고 본사 외벽에 걸려 있는 광화문 글판에 여러 번 게시된 적이 있어요. 〈모든 순간이 꽃봉오리인 것을〉, 〈아침〉, 〈방문객〉, 〈떨어져도 튀는 공처럼〉이 그 시들이에요.
정현종 시인의 시는 어렵지 않은 일상적인 시어로 삶의 철학과 깨달음을 전하고 있어요. 특히 정현종 시인의 〈섬〉은 '사람들 사이에 섬이 있다. / 그 섬에 가고 싶다.'로 단 두 줄이지만 인간관계에 대한 깊은 통찰력을 보여 주어 깊은 울림을 주는 시이죠. 〈섬〉이나 〈방문객〉 모두 다른 사람에 대한 사랑과 관심이 배어 있다는 것을 느낄 수 있다는 점에서 공통적이에요.
정현종 시인은 점점 사람과의 대면이 적어지고 기계를 대하는 횟수가 많아지는 현대 사회에서 사람과의 관계를 따뜻하고 긍정적인 시선으로 바라보는 시를 창작하여 현대인의 인간관계에 대해 성찰해 볼 수 있는 기회를 제공해 준다고 할 수 있어요.

배를 매며 장석남

>> 교과서 수록 지학

㉠아무 소리도 없이 말도 없이

등 뒤로 털썩

밧줄이 날아와 나는

뛰어가 밧줄을 잡아다 배를 맨다

아주 천천히 그리고 조용히

배는 멀리서부터 닿는다

사랑은,

호젓한 부둣가에 우연히,

별 그럴 일도 없으면서 ㉡넋 놓고 앉았다가

배가 들어와

던져지는 밧줄을 받는 것

그래서 ㉢어찌할 수 없이

배를 매게 되는 것

잔잔한 바닷물 위에

㉣구름과 빛과 시간과 함께

떠 있는 배

배를 매면 구름과 빛과 시간이 함께 ⌉

매어진다는 것도 처음 알았다   [A]

사랑이란 그런 것을 처음 아는 것 ⌋

㉤빛 가운데 배는 울렁이며

온종일을 떠 있다

한눈에 정리하기

갈래 자유시, 서정시

성격 사색적, 비유적, 낭만적

해제 이 작품은 '사랑'이라는 추상적 관념을 '배를 매는 일'이라는 구체적 행위를 통해 시각적으로 형상화하여 사랑과 인연의 의미에 대해 노래하고 있는 시이다. 사랑이란 우연히, 운명적으로 시작되는 것이며 사랑하는 이를 둘러싼 주변 세계를 함께 받아들이는 일임을 전하고 있다.

주제 사랑이 시작되는 과정과 사랑의 본질에 대한 깨달음

구성

1연	예고 없이 들어온 배를 매어 본 경험
2연	우연히, 운명적으로 찾아오는 사랑
3연	배를 둘러싼 주변 환경에 대한 인식
4연	사랑의 본질에 대한 깨달음
5연	울렁이며 온종일 떠 있는 배

교과서 활동 깊이 보기

▶ **시어의 의미**

배	사랑의 대상
1	사랑의 대상과 맺는 인연
부둣가	① 사랑이 찾아오는 공간 ② 사랑의 인연을 받아들이는 공간
구름, 빛, 시간	사랑하는 대상을 둘러싸고 있는 주변 세계(꿈, 기쁨, 세월 등)

▶ 2 **에 의한 시상 전개**

'배를 매는 일'과 '사랑'의 유사성을 바탕으로, '사랑'이라는 3 관념(감정)을 '배를 매는 일'이라는 구체적 행위에 빗대어 형상화하고 있다.

배를 매는 일	사랑
밧줄이 갑자기 날아옴	사랑이 예기치 못한 순간 시작됨
↓	↓
어찌할 수 없이 밧줄로 배를 매게 됨	사랑을 운명적으로 받아들임
↓	↓
구름, 빛, 시간이 배와 함께 매어짐	사랑은 사랑하는 대상과 그 대상을 둘러싼 세계(주변 요소)가 함께 맺어지는 일임
↓	↓
빛 가운데 배가 온종일 떠 있음	사랑이 시작되자 온종일 설렘, 기쁨을 느낌

▶ **운율 형성 요소**

- '-도 없이', '-ㄴ/는다'의 반복
- '구름과 빛과 시간'의 반복
- '사랑은(이란) ~ -는 것'의 반복

01 이 시에 대한 설명으로 적절하지 <u>않은</u> 것은?

① 담담한 어조로 화자의 생각을 드러내고 있다.
② 역설적인 표현으로 대상의 본질을 강조하고 있다.
③ 명사로 연을 마무리하여 시적 여운을 형성하고 있다.
④ 구조가 유사한 문장을 반복하여 시상에 통일성을 부여하고 있다.
⑤ 시각적 이미지를 활용하여 대상을 감각적으로 나타내고 있다.

04 수능형 [A]에 대한 감상으로 가장 적절한 것은?

① 사랑을 갈구하는 화자의 행동이 생생하게 그려져 있어.
② 사랑의 덧없음을 인정하는 화자의 고백이 나타나고 있어.
③ 배를 매는 행위의 의미가 사랑임이 비로소 드러나고 있어.
④ 사랑의 운명적 면모가 자연의 섭리를 통해 제시되고 있어.
⑤ 사랑의 속성에 대한 화자의 심화된 인식이 나타나고 있어.

02 〈보기〉를 참고하여 ㉠~㉤을 이해한 내용으로 적절하지 <u>않은</u> 것은?

> ─ 보기 ─
> 이 작품은 '사랑'이라는 감정을 '배를 매는 일'에 빗대어 형상화하는 방식으로 사랑이 시작되는 과정과 사랑의 본질에 대한 깨달음을 이야기하고 있다.

① ㉠: 예기치 못한 순간에 시작되는 사랑의 감정을 표현하였다.
② ㉡: 사랑하는 대상과 인연을 맺기 전 간절한 기다림을 나타내었다.
③ ㉢: 운명적으로 받아들이게 되는 사랑의 속성을 표현하였다.
④ ㉣: 사랑하는 대상을 둘러싼 꿈, 기쁨, 세월 등을 표현하였다.
⑤ ㉤: 사랑에 빠진 설렘과 행복감을 '울렁'인다는 말로 나타내었다.

서술형
03 <u>부둣가</u>의 상징적 의미를 〈조건〉에 맞게 쓰시오.

> ─ 조건 ─
> 1. 상징적 의미를 두 가지 이상 제시할 것
> 2. '부둣가는 ~을/를 의미한다.'의 형식으로 쓸 것

05 수능형 이 시와 〈보기〉를 비교한 내용으로 적절하지 <u>않은</u> 것은?

> ─ 보기 ─
> 나는 나룻배 / 당신은 행인
>
> 당신은 흙발로 나를 짓밟습니다.
> 나는 당신을 안고 물을 건너갑니다.
> 나는 당신을 안으면 깊으나 얕으나 급한 여울이나 건너갑니다.
>
> 만일 당신이 아니 오시면 나는 바람을 쐬고 눈비를 맞으며 밤에서 낮까지 당신을 기다리고 있습니다.
> 당신은 물만 건너면 나를 돌아보지도 않고 가십니다그려.
> 그러나 당신이 언제든지 오실 줄만은 알아요.
> 나는 당신을 기다리면서 날마다 날마다 낡아 갑니다.
>
> 나는 나룻배 / 당신은 행인
>
> – 한용운, 〈나룻배와 행인〉

① 이 시의 '배'는 사랑하는 대상을, 〈보기〉의 '배'는 시적 화자를 가리킨다.
② 이 시의 '배'는 긍정의 의미를, 〈보기〉의 '배'는 희생의 의미를 환기한다.
③ 이 시의 '배'는 '밧줄'과, 〈보기〉의 '배'는 '행인'과 대조적 관계를 형성한다.
④ 이 시의 '배'는 평화로운 공간을, 〈보기〉의 '배'는 위태로운 공간을 경험한다.
⑤ 이 시의 '배'와 〈보기〉의 '배'는 모두 사랑과 관련 있는 상징으로 쓰였다는 점에서 유사하다.

👆 1등급 | 배경지식 | 연작시 〈배를 매며〉 - 〈배를 밀며〉 - 〈마당에 배를 매다〉

연작시는 한 시인이 하나의 주제 아래 내용상 관련이 있게 여러 개의 시를 쓴 것을 하나로 엮은 시를 말해요. 〈배를 매며〉는 〈배를 밀며〉, 〈마당에 배를 매다〉와 함께 배를 소재로 사랑, 인연의 의미를 다룬 장석남의 연작시 중 하나예요. 우선 〈배를 밀며〉는 전체적인 시의 느낌이 〈배를 매며〉와 유사하지만 전달하는 내용은 정반대라고 할 수 있어요. 〈배를 밀며〉는 이별의 상황을 노래한 시로 배를 미는 순간이 곧 이별의 순간임을 의미하고요. 이별의 과정과 공허함, 이별 후의 상처와 그리움을 배를 밀어내는 과정을 통해 형상화하고 있어요. 〈마당에 배를 매다〉는 〈배를 매며〉와 〈배를 밀며〉에서 느낀 사랑의 설렘과 이별의 아픔을 초월한 고귀한 삶의 소중함에 대해 노래하며 '배' 연작시를 마무리하는 작품이에요.

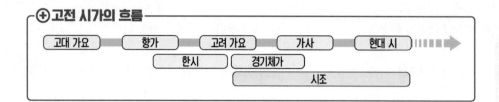

고전 시가의 흐름

고대 가요 → 향가 → 고려 가요 → 가사 → 현대 시
한시 / 경기체가
시조

01 고대 가요

1. 개념
원시 종합 예술에서 발생하여 삼국 시대 이전까지 불린 노래 ⓔ 〈구지가〉, 〈공무도하가〉, 〈황조가〉, 〈정읍사〉

2. 특징
集團的 서사 가요
① 초기에는 집단 활동이나 의식과 관련한 의식요·노동요 위주로 창작되었고, 점차 개인의
정서를 노래하는 개인적 서정 가요로 발전하였다. 주로 배경 설화와 함께 전해진다.
② 사람들 사이에서 구전되다가, 한자가 전래된 후에 기록으로 남게 되었다.
말로 전하여 내려옴. 또는 말로 전함

02 향가

1. 개념
향찰로 표기된 우리 고유의 노래로, 신라 시대부터 고려 초기까지 창작·향유되었다.
한자의 음과 뜻을 빌려 우리말을 적는 방법

2. 특징
① 승려, 화랑이 많이 지어 불교적 색채가 짙은 노래가 많다.
② 향가의 형식은 4구체(4행), 8구체(8행), 10구체(10행)로 나뉜다.

4구체	향가의 초기 형태. 주로 구전되어 오던 민요나 동요가 정착됨 ※ 예외: 〈도솔가〉 ⓔ 〈서동요〉, 〈헌화가〉
8구체	4구체에서 발전된 향가로, 과도적기인 형태 ⓔ 〈처용가〉, 〈모죽지랑가〉
10구체 (사뇌가)	향가의 완성 형태. 작품 전체를 세 부분으로 나눌 수 있는데, 마지막 부분(9행, 10행)인 낙구는 반드시 감탄사로 시작하는 형식적 특징이 있음 ⓔ 〈제망매가〉, 〈찬기파랑가〉

03 고려 가요

1. 개념
고려 시대에 주로 평민들이 부르던 노래 = 고려 속요, 여요 ⓔ 〈가시리〉, 〈서경별곡〉, 〈청산별곡〉

2. 특징
① 남녀 간의 사랑, 이별의 슬픔, 자연에 대한 동경 등 평민들의 소박하고 다양한 감정을 솔직
하게 표현했다.
② 몇 개의 연이 중첩되어 한 작품을 이루는 분연체 형식의 노래가 많고, 각 연 끝에 특별한
의미를 갖지 않는 후렴구가 반복적으로 붙어 있다.
③ 3음보를 기본으로 하며 3(3글자)·3(3글자)·2(2글자)조의 음수율이 나타나기도 한다.

ⓔ 가시리 / 가시리 / 잇고 // 보리고 / 가시리 / 잇고 → 3음보
　　3　　　3　　　2　　　3　　　3　　　2 → 3·3·2조의 음수율

개념 완성

01 고대 가요에 대한 이해로 적절하지 않은
것은?
① 삼국 시대 이전의 노래이다.
② 대부분 배경 설화를 알 수 있다.
③ 원시 종합 예술에서 출발하였다.
④ 입에서 입으로 전해지다가 후대에
기록되었다.
⑤ 서사 가요와 서정 가요가 독립된 형
태로 각각 발전하였다.

02 〈보기〉를 읽고 빈칸에 들어갈 알맞은 말
을 쓰시오.

보기
훨훨 나는 꾀꼬리는
암수 다정히 노니는데
외로울사 이내 몸은
뉘와 함께 돌아가리
– 유리왕, 〈황조가〉

이 작품은 꾀꼬리의 정다움에 견
주어 이별의 아픔을 노래한 고대 가
요로, 집단적 서사 가요에서 개인적
(　　　) 가요로 넘어가는 단계의
시이다.

03 향가는 한자의 음과 뜻을 빌려 우리말
어순대로 적는 (　　　)로 표기한 우리
고유의 시가이다.

04 향가에 대한 설명으로 적절하지 않은 것은?
① 불교와 관련한 내용의 작품이 많다.
② 10구체 향가의 낙구는 반드시 감탄
사로 시작한다.
③ 몇 개의 연으로 나뉘는 분연체 형식
으로 되어 있다.
④ 신라 때부터 고려 초까지 창작, 향유
되었던 시가 갈래이다.
⑤ 향가의 형식 중 10구체 향가를 가리
켜 '사뇌가'라고도 한다.

05 고려 가요는 궁중의 여러 의식과 행사에
서 쓰이던 노래가 점차 민간으로 확산된
것이다. 　〇 | ✕

06 고려 가요는 3음보로 된 노래가 많고,
각 연마다 별다른 뜻이 없는 후렴구가
붙는 것이 보통이다. 　〇 | ✕

04 한시

1. 개념

한문으로 이루어진 정형시 예 〈여수장우중문시〉, 〈송인〉, 〈보리타작〉
원래 중국의 시가 양식으로, 우리나라를 비롯한 주변 국가로 유입됨

2. 특징

한문을 쓸 수 있는 지배 계층이 향유했기 때문에 유교적 충의나 자연 친화적인 내용을 많이 노래했다. 조선 후기로 오면 실학 사상의 영향으로 현실 비판적인 한시가 등장한다.

05 경기체가

1. 개념

고려 시대 무신의 난 이후 신흥 사대부들이 즐기던 노래로, 조선 초기까지 향유하였다. 예 〈한림별곡〉
고려 말에 등장한 정치 세력

2. 특징

경기체가라는 명칭이 붙은 이유
① 교술적 성격을 지니며, 노래 끝에 '경(景) 긔 엇더하니잇고' 등과 같은 구절이 붙는다.
② 선비들의 학식과 체험, 주변 사물이나 경치, 호탕한 기상과 자부심 등을 주로 노래하였다.

06 시조

1. 개념

고려 말부터 발달하여 조선 시대에 널리 유행한 우리 고유의 정형시

2. 특징

① 3장 6구 45자 내외가 일반적인 형식이다.
② 3·4조 또는 4·4조의 음수율, 4음보가 기본인데, 종장의 첫 음보는 3음절로 고정된다.

평시조	3장 6구 45자 내외로 구성된 기본적인 형식의 시조 예 〈단심가〉
연시조	평시조가 두 수 이상 모여 한 편의 작품을 이룬 시조 예 〈만흥〉, 〈강호사시가〉
사설시조	평시조에서 두 구 이상이 길이가 10글자 이상으로 길어진 시조 예 〈식어마님 며느라기 낫바〉

07 가사

1. 개념

고려 말 ~ 조선 초에 나타난 운문과 산문 중간 형태의 문학 예 〈관동별곡〉, 〈사미인곡〉, 〈누항사〉, 〈규원가〉

2. 특징

운문의 형식   산문의 형식
① 3·4조 또는 4·4조의 4음보 연속체로, 행수의 제한이 없이 길게 서술된다.
② 초기에는 사대부 계층이 창작을 주도하여 유교적 충의와 자연 친화에 대한 내용이 주를 이루었지만, 향유층이 중인·부녀자·평민 등으로 확대되며 남녀의 사랑, 기행, 사회 풍자 등 현실 생활을 사실적으로 그린 가사가 등장하였다.

■ 참고 – 민요

민중 사이에서 자연스럽게 발생하여 전해 오는 구전 가요로, 서민들의 진솔한 생활 감정을 담아 노동·의식·놀이 등을 위해 불렀다. 대개 후렴구가 붙어 있고 선후창, 교환창, 제창, 독창 등 다양한 가창 방식으로 불렸다.
예 〈논매기 노래〉, 〈시집살이 노래〉, 〈아리랑〉

개념 완성

07 〈보기〉의 (   )에서 알맞은 말을 골라 ○를 하시오.

> **보기**
>
> (경기체가, 한시, 시조)는 고려 시대 무신의 난 이후 신흥 사대부들이 즐기던 교술적 노래로, 선비들의 학식이나 체험, 경치, 기상 등을 주요 제재로 삼고 있다.

08 한시는 우리나라에서 독자적으로 발전한 시가 양식으로, 일정한 형식과 규칙에 맞추어 지은 정형시에 해당한다.

〈 ○ | × 〉

09 〈보기〉의 ⊙, ⓒ에 들어갈 알맞은 말을 순서대로 쓰시오.

> **보기**
>
> • 한시는 평민보다는 (⊙)을/를 사용하는 상류 계층에서 주로 창작하였다.
> • 조선 후기에는 실학 사상의 영향으로 (ⓒ) 비판적인 한시가 등장하였다.

⊙: (   )
ⓒ: (   )

10 시조에 대한 설명으로 가장 적절한 것은?

① 3장 6구 45자 내외가 기본 형태이다.
② 마지막 장의 첫 음보는 4음보로 고정된다.
③ 창작 계층이 사대부 계층으로 제한되었다.
④ 연시조는 평시조에서 어느 한 구절이 길어진 형태의 시조이다.
⑤ 사설시조는 평시조가 2수 이상 모여 연을 이루고 있는 시조이다.

11 가사는 3·4조 또는 4·4조의 4음보 연속체로, 행수의 제한이 없이 길게 서술된다는 점에서 운문과 (   )의 중간 형태 노래로 볼 수 있다.

12 민요에 대한 설명으로 적절하지 않은 것은?

① 기록성을 특징으로 한다.
② 대부분 후렴구가 붙어 있다.
③ 민중의 삶과 생활 감정이 담겨 있다.
④ 선후창, 제창, 교환창 등 가창 방식이 다양하다.
⑤ 노동의 효율을 높이기 위한 목적으로 불리기도 했다.

제망매가 월명사
죽은 누이를 제사 지내는 노래

>> **교과서 수록** 미래엔, 비상(박), 지학, 창비, 천재(김수)

생사(生死) 길은

예 있으매 머뭇거리고,

㉠나는 간다는 말도

못다 이르고 어찌 갑니까.

어느 가을 **이른 바람**에

이에 저에 **떨어질 잎**처럼,

한 가지에 나고

가는 곳 모르온저.

아아, 미타찰(彌陀刹)에서 만날 ㉡나

도(道) 닦아 기다리겠노라.

生死路隱

此矣有阿米次肹伊遣

吾隱去內如辭叱都

毛如云遣去內尼叱古

於內秋察早隱風未

此矣彼矣浮良落尸葉如

一等隱枝良出古

去奴隱處毛冬乎丁

阿也彌陁刹良逢乎吾

道修良待是古如

🔖 한눈에 정리하기

갈래 향가

성격 애상적, 의지적

해제 이 작품은 신라 경덕왕 때 월명사가 죽은 누이를 추모하며 지은 10구체 향가이다. 화자는 예기치 않게 혈육을 잃은 슬픔과 안타까움, 그로 인한 삶의 무상감을 드러낸다. 하지만 그것을 감상적으로 표현하는 데 그치지 않고 극락세계에서의 재회를 기약하며 슬픔을 종교적으로 승화하는 태도를 보이고 있다.

주제 죽은 누이에 대한 추모와 재회 염원

구성

1~4구	누이의 죽음으로 인한 안타까움
5~8구	누이의 죽음에서 느끼는 삶의 무상감
9~10구	누이와의 재회에 대한 바람과 슬픔의 종교적 승화

📖 교과서 활동 깊이 보기

▸ '나'의 의미

'나는 간다는 말'의 '나'	1
'미타찰에서 만날 나'의 '나'	죽은 누이를 제사 지내는 시적 화자

↓

각각 저승과 이승에 있는 존재

▸ 화자의 정서 및 태도 변화

시적 상황	누이의 죽음	

↓

화자의 정서·태도	1~4구	슬픔, 안타까움
	5~8구	무상감
	9~10구	재회 기대, 극복 의지

▸ 시구의 비유적 의미

이른 바람	누이의 이른 죽음. 요절
떨어질 잎	세상을 떠난 누이
한 가지	같은 부모. 같은 핏줄(동기간)

↓

누이와의 사별을 자연 현상에 빗대어 표현함

▸ '아아'의 의미와 기능

10구체 향가의 마지막 2행을 낙구(결구)라고 한다. 이 낙구에 위치한 감탄사 2 는 10구체 향가의 형식적 특징을 보여 준다. 훗날 시조 종장의 첫 음보가 감탄사로 시작하는 것에서 그 흔적을 찾아볼 수 있다.

정서의 집약	누이의 죽음에서 느끼는 여러 인간적 감정의 집약
시상의 전환	부정, 절망 → 의지, 희망

↓

인간적 고뇌를 3 으로 극복하려는 화자의 태도 강조

배경 설화

신라 시대의 승려인 월명사가 일찍이 죽은 누이를 추모하는 제사를 지낼 때였다. 월명사가 이 노래를 지어 부르자 갑자기 회오리바람이 일어나면서 저승길 여비로 쓰라고 관에 넣어 두었던 지전(가짜 종이돈)이 극락세계가 있다고 알려진 서쪽으로 날아가 사라졌다.

01 이 시의 표현상 특징으로 적절하지 <u>않은</u> 것은?

① 영탄의 방식을 활용하여 시상을 전환하고 있다.
② 시적 상황을 자연 현상에 빗대어 형상화하고 있다.
③ 의문문의 형식을 통해 화자의 심리를 강조하고 있다.
④ 하강 이미지를 활용하여 시적 분위기를 강화하고 있다.
⑤ 대화의 방식으로 시적 상황을 현장감 있게 제시하고 있다.

02 이 시에 나타난 화자의 정서 및 태도를 다음과 같이 정리할 때, 적절하지 <u>않은</u> 것은?

구분	화자의 정서 및 태도
1~4구	• 누이의 죽음을 슬퍼하며 안타까워함 …… ⓐ
5~8구	• 둘만의 추억을 떠올리며 죽은 누이를 그리워함 ……………………………… ⓑ • 누이의 죽음으로 인해 삶의 무상감을 느낌 ……………………………… ⓒ
9~10구	• 미래에 극락세계에서 누이와 재회할 것을 믿음 ……………………………… ⓓ • 사별의 아픔을 종교적으로 승화함 …… ⓔ

① ⓐ   ② ⓑ   ③ ⓒ   ④ ⓓ   ⑤ ⓔ

03 이 시에 쓰인 시구의 함축적 의미로 적절하지 <u>않은</u> 것은?

① '이른 바람'은 예상보다 빨리 닥쳐온 누이의 죽음을 암시한다.
② '떨어질 잎'은 유언도 못 남긴 채 세상을 떠난 누이를 의미한다.
③ '한 가지'는 화자와 죽은 누이가 혈육임을 드러낸다.
④ '가는 곳'은 죽은 사람이 가는 세계인 저승을 의미한다.
⑤ '도 닦아'는 부정적 현실에 대한 비판 의식과 극복 의지를 드러낸다.

04 아아 에 대한 설명으로 적절하지 <u>않은</u> 것은?

① 낙구의 첫머리에 고정적으로 위치한다.
② 시상 전개의 흐름을 전환하는 기능을 한다.
③ 4구체, 8구체, 10구체 향가에 동일하게 나타난다.
④ 화자의 정서를 집약적으로 드러내는 역할을 한다.
⑤ 종장이 감탄사로 시작하는 시조에 영향을 주었다.

서술형✍

05 이 시의 ㉠과 ㉡이 가리키는 대상을 〈조건〉에 맞게 쓰시오.

┌─────── 조건 ───────┐
1. 이 시의 제목과 내용을 고려할 것
2. 대등하게 이어진 문장으로 서술할 것
└─────────────────────┘

_____

수능형📋

06 이 시의 시상 전개 과정을 〈보기〉와 같이 나타낼 때, 이에 대한 설명으로 적절하지 <u>않은</u> 것은?

① ㉮는 '한 가지'라는 표현을 통해 이승에서의 인연임을 보여 주고 있다.
② ㉯는 불교의 윤회 사상(輪廻思想)을 바탕으로 하고 있다.
③ A는 '한 가지'에서 '떨어질 잎'을 통해 비유적으로 나타나 있다.
④ B는 '도(道)'를 닦으며 기다리는 화자의 행위로 드러나고 있다.
⑤ A에 나타난 이별의 아픔이 B에서 점점 고조되고 있다.

👆 **1등급** (배경지식) 신라 시대의 노래 '향가'

향가는 신라 시대부터 고려 초기까지 한자의 음과 뜻을 빌려서 우리말 어순대로 표기하던 향찰로 기록된 정형시가예요. 4행으로 구성된 4구체, 8행으로 구성된 8구체, 10행으로 구성된 10구체로 나뉘는데, '사뇌가'라고도 불리는 10구체 향가가 가장 정제된 형식이에요. 처음에 4구체로 시작되었다가 8구체로 늘어나고, 최종적으로 10구체로 바뀐 것이지요. 그래서 10구체 향가는 일반적으로 내용상 '4[도입부]+4[심화부]+2[낙구]'의 세 부분으로 나눌 수 있어요. 즉 1~4구, 5~8구, 9~10구의 세 부분으로 나뉘어요. 특히 9~10구를 낙구라고 하는데, 낙구의 첫 부분은 '아아(아야/아으)'라는 감탄사로 시작되면서 화자의 정서나 시상을 집약하거나 전환해요.

10구체 향가는 고려 말기부터 창작되기 시작한 시조와 형식적인 면에서 유사한 점이 있어요. 우선 두 갈래 모두 세 부분으로 나뉘어요. 그리고 향가 낙구의 감탄사는 시조 종장의 첫 음보가 감탄사나 별다른 의미가 없는 말로 시작되는 것과 유사해요.

한편 향가의 주된 작자층은 승려, 화랑 등 문자를 아는 귀족층이에요. 그리고 주제는 사랑, 추모, 임금과 신하의 도리 등 다양하지만 불교 사상을 바탕으로 한 작품이 많고 주술성을 바탕으로 한 작품도 있어요. 또한 향가는 대부분 배경 설화와 함께 전승되고 있는데, 배경 설화는 작품의 주제를 파악하는 데 도움이 되죠.

서경(西京)이 아즐가 서경이 셔울히마르는 / 위 두어렁셩 두어렁셩 다링디리

닷곤디 아즐가 닷곤디 쇼셩경 고외마른 / 위 두어렁셩 두어렁셩 다링디리

여히므론 아즐가 여히므론 질삼뵈 브리시고 / 위 두어렁셩 두어렁셩 다링디리

괴시란디 아즐가 괴시란디 **우러곰 좃니노이다** / 위 두어렁셩 두어렁셩 다링디리

구슬이 아즐가 구슬이 바회예 디신둘 / 위 두어렁셩 두어렁셩 다링디리

긴힛쭌 아즐가 긴힛쭌 그츠리잇가 나ᄂᆞᆫ / 위 두어렁셩 두어렁셩 다링디리

[A]

즈믄 히를 아즐가 즈믄 히를 외오곰 녀신둘 / 위 두어렁셩 두어렁셩 다링디리

신(信)잇둔 아즐가 신잇둔 그츠리잇가 나ᄂᆞᆫ / 위 두어렁셩 두어렁셩 다링디리

대동강(大同江) 아즐가 대동강 너븐디 몰라셔 / 위 두어렁셩 두어렁셩 다링디리

비 내어 아즐가 비 내어 노흔다 **샤공아** / 위 두어렁셩 두어렁셩 다링디리

네 가시 아즐가 **네 가시 럼난디 몰라셔** / 위 두어렁셩 두어렁셩 다링디리

녈 비예 아즐가 녈 비예 연즌다 샤공아 / 위 두어렁셩 두어렁셩 다링디리

대동강 아즐가 대동강 건넌편 고즐여 / 위 두어렁셩 두어렁셩 다링디리

비 타들면 아즐가 비 **타들면 것고리이다** 나ᄂᆞᆫ / 위 두어렁셩 두어렁셩 다링디리

현대어 풀이

[1연] 서경(평양)이 서울이지마는 / 위 두어렁셩 두어렁셩 다링디리
[2연] 새로 닦은 곳인 소성경(평양)을 사랑합니다마는 / 위 두어렁셩 두어렁셩 다링디리
[3연] (임과) 이별할 바엔 (차라리) 길쌈하던 베를 버리고서라도 / 위 두어렁셩 두어렁셩 다링디리
[4연] 사랑해 주신다면 울면서 (임을) 따라가겠습니다. / 위 두어렁셩 두어렁셩 다링디리
[5연] 구슬이 바위에 떨어진들 / 위 두어렁셩 두어렁셩 다링디리
[6연] 끈이야 끊어지겠습니까. / 위 두어렁셩 두어렁셩 다링디리
[7연] (임과 헤어져) 천년을 홀로 살아간들 / 위 두어렁셩 두어렁셩 다링디리
[8연] (임에 대한) 믿음이야 끊어지겠습니까. / 위 두어렁셩 두어렁셩 다링디리
[9연] 대동강이 넓은 줄을 몰라서 / 위 두어렁셩 두어렁셩 다링디리
[10연] 배를 내어 놓았느냐, 사공아. / 위 두어렁셩 두어렁셩 다링디리
[11연] 네 아내가 음란한 줄을 몰라서 / 위 두어렁셩 두어렁셩 다링디리
[12연] 가는 배에 (임을) 실었느냐, 사공아. / 위 두어렁셩 두어렁셩 다링디리
[13연] (나의 임은) 대동강 건너편 꽃을 / 위 두어렁셩 두어렁셩 다링디리
[14연] 배를 타고 (건너편에) 들어가면 꺾을 것입니다. / 위 두어렁셩 두어렁셩 다링디리

🔍 한눈에 정리하기

갈래 고려 가요

성격 서정적, 애상적

해제 이 작품은 여성의 목소리로 애절한 사랑과 이별의 정한을 노래한 고려 가요이다. 1~4연은 이별을 슬퍼하며 삶의 터전이나 생업을 버리고서라도 임을 따라가고자 하는 의지를 드러내고 있고, 5~8연은 임에 대한 변함없는 사랑과 믿음을 '끈'에 빗대어 그려 내고 있다. 9~14연은 대동강 건너편으로 임을 싣고 떠나는 사공을 원망하며, 임의 마음이 변하지 않을까 하는 염려를 드러내고 있다.

주제 이별의 정한

구성

1~4연	이별의 거부와 연모의 정
5~8연	임에 대한 변함없는 믿음과 사랑
9~14연	사공에 대한 원망과 떠나는 임의 변심에 대한 염려

📖 교과서 활동 깊이 보기

▶ **시상 전개에 따른 화자의 태도**

1~4연	• 이별을 거부함 • 삶의 터전과 생업을 버리고서라도 임을 따라가려 함

↓

5~8연	임에 대한 영원한 사랑, 믿음을 [1] 과 [2] 에 빗대어 맹세함

↓

9~14연	• 임을 태우고 대동강을 건너는 애꿎은 [3] 을 원망함 • 임의 변심을 염려함

▶ **시어의 의미와 기능**

[4]	화자의 삶의 터전
질삼뵈	길쌈하던 베. 화자의 생업
구슬	화자와 임의 사랑
바회(바위)	사랑을 방해하는 장애물, 시련
긴(끈)	화자와 임 사이의 믿음
대동강	이별(단절)의 공간
건넌편 곶(꽃)	임이 만날 새로운 여인

▶ **'구슬'과 '긴(끈)'의 이미지**

구슬		긴(끈)(≒ 신)
• 바위에 떨어져 깨짐 • 가변성, 순간성 → 변할 수 있고 순간적인 사랑	↔	• 끊어지지 않음 • 불변성, 영속성 → 영원한 사랑, 믿음의 속성

▶ **〈서경별곡〉에 나타난 고려 가요의 특징**

형식	• 후렴구 사용 • 3음보의 음보율, 분연체 구성
내용	• 비교적 표현이 자유로움 • 자유로운 연애 감정이 드러남

01 이 시에 대한 설명으로 적절하지 <u>않은</u> 것은?

① 상징적인 시어를 통해 시적 의미를 강조하고 있다.
② 설의적인 표현으로 화자의 생각을 강조하고 있다.
③ 말을 건네는 방식으로 화자의 정서를 드러내고 있다.
④ 자연물에 감정을 이입하여 주제 의식을 드러내고 있다.
⑤ 악기 소리를 흉내 낸 후렴구를 반복하여 형식적인 통일감을 주고 있다.

02 시상 전개에 따른 화자의 정서 및 태도를 다음과 같이 정리할 때, 적절하지 <u>않은</u> 것은?

구분	화자의 정서 및 태도
1~4연	• 임과의 이별을 거부함 ⋯⋯⋯⋯⋯ ⓐ • 임을 향한 맹목적인 사랑 ⋯⋯⋯⋯ ⓑ
5~8연	• 자신의 억울함과 결백 ⋯⋯⋯⋯⋯ ⓒ • 임에 대한 변함없는 사랑 다짐
9~14연	• 사공에 대한 원망 ⋯⋯⋯⋯⋯⋯ ⓓ • 떠나는 임에 대한 불안감 ⋯⋯⋯⋯ ⓔ

① ⓐ　② ⓑ　③ ⓒ　④ ⓓ　⑤ ⓔ

03 이 시의 시어 및 시구에 대한 설명으로 적절하지 <u>않은</u> 것은?

① '우러곰 좃니노이다'는 임을 사랑하는 화자의 마음을 드러낸다.
② '대동강'은 이별의 공간이자 화자와 임 사이를 가로막는 장애물이다.
③ '샤공'은 의도치 않게 임과 화자의 사랑을 방해하는 역할을 하고 있다.
④ '네 가시 럼난디 몰라셔'는 세상의 혼탁함을 비판하기 위한 말이다.
⑤ '비 타들면 것고리이다'는 앞으로 일어날 수 있는 임의 행동을 경계하는 화자의 심리가 내재되어 있다.

04 이 시에서 〈보기〉의 설명에 해당하는 시어를 찾아 3음절로 쓰시오.

〈보기〉
• 시적 화자의 생업을 짐작할 수 있는 소재
• 임을 따르려는 화자의 적극적 의지를 보여 주는 소재

수능형
05 이 시의 [A]와 〈보기〉의 [B]를 비교하여 이해한 내용으로 적절하지 <u>않은</u> 것은?

〈보기〉

　〈서경별곡〉의 5~8연에서 여음구를 제외한 부분은 당시 유행하던 민요의 구절을 수용한 것으로, 〈정석가〉에도 동일한 구절이 나타난다. 고려 시대의 문인 이제현도 당시에 유행하던 민요를 다음과 같이 한시로 옮긴 적이 있다.

비록 구슬이 바위에 떨어져도　縱然巖石落珠璣
끈은 진실로 끊어질 때 없으리.　纓縷固應無斷時 　[B]
낭군과 천년을 이별한다고 해도　與郎千載相離別
한 점 붉은 마음이야 어찌 바뀌리오?　一點丹心何改移

① [A]와 [B]에서 '구슬'은 변할 수 있는 것을, '긴'이나 '끈'은 변하지 않는 것을 비유하는 소재로 활용되었군.
② [A]에서는 '신(信)'을, [B]에서는 '붉은 마음'을 굳건한 '바위'로 형상화하였군.
③ [A]와 [B] 모두에서 변하지 않는 마음을 소중한 가치로 여기는 화자의 태도가 나타나는군.
④ [A]와 [B]를 보니 동일한 모티프가 서로 다른 형식의 작품으로 수용되었군.
⑤ [A]와 [B]를 보니 후렴구의 사용 여부에 차이가 있군.

1등급 배경지식 우리 민족의 전통적 정서인 '한(恨)'의 계승

'우리나라의 노래' 하면 대표적으로 〈아리랑〉이 떠오를 거예요. 〈아리랑〉을 부르다 보면 구슬픈 멜로디와 더불어 이별을 맞이하는 여인의 한을 절절히 느끼게 되지요. 오랜 시간 전승된 우리 민족의 전통적 정서인 '한(恨)'의 정서는 고대 가요인 〈공무도하가〉, 고려 가요인 〈가시리〉, 〈서경별곡〉을 거쳐 현대 시인 김소월의 〈진달래꽃〉, 서정주의 〈신부〉에 이르기까지 한국 문학의 주요한 주제 의식으로 이어지고 있어요. 대다수의 작품은 어쩔 수 없는 이별의 상황에서 그 슬픔을 내면에 감추고 순종하는 전통적인 여인의 모습을 다루고 있죠.

하지만 〈서경별곡〉은 임에 대한 원망의 감정을 드러내고 이별을 거부하는 자신의 감정을 진솔하게 표현한 작품으로 현대에 이르러 사람들의 공감을 얻고 있어요.
이처럼 인간의 사랑과 이별의 감정은 시대나 공간을 초월하여 공감할 수 있는 보편적인 감정으로 고전에서 현대에 이르기까지 다양한 갈래와 형식으로 계승이 되고 있어요. 김소월의 〈진달래꽃〉 같은 경우 대중가요로도 불리면서 새롭게 수용되고 있는데요, 이와 같은 사례는 '이별의 정한(情恨)'이라는 정서가 창조적으로 계승되고 있다는 데 의의가 있어요.

㉠가시리* 가시리잇고 나는

ㅂ리고 가시리잇고 나는

위 증즐가 대평셩디(大平盛代)*

날러는 엇디 살라 ᄒ고
어찌
㉡ㅂ리고 가시리잇고 나는

위 증즐가 대평셩디(大平盛代)

잡ᄉ와 두어리마ᄂᆞ는
잡아서, 붙잡아
㉢선ᄒ면* 아니 올셰라.

위 증즐가 대평셩디(大平盛代)

㉣셜온* 님 보내ᅌᅩ노니 나는

㉤가시ᄂᆞᆫ 듯 도셔* 오쇼셔 나는

위 증즐가 대평셩디(大平盛代)

*가시리: '가시리잇고'의 축약형. '가시렵니까'의 의미.
*위 증즐가 대평셩디: 후렴구. '대평셩디'는 나라가 태평하고 융성한 시대를 의미함.
*선ᄒ면: 서운하면, 마음에 거슬리면, 내키지 않으면.
*셜온: 서러운.
*도셔: 돌아서서.

한눈에 정리하기

갈래 고려 가요

성격 서정적, 민요적, 애상적

해제 이 작품은 사랑하는 사람을 떠나보내는 애절한 심정을 민요적인 율격으로 노래한 고려 가요이다. 우리 민족의 보편적인 정서인 '한'을 계승하고 있는 시로, 이별의 상황을 수동적으로 받아들이는 소극적인 태도가 드러난다. 1연과 2연에서는 이별로 인한 슬픈 마음이 점점 고조되다가 3연에 이르러서는 떠나는 임을 잡지 못하는 체념적인 모습이 나타나고, 4연에서는 임이 돌아오기를 바라는 간절한 마음을 제시하면서 시상을 마무리하고 있다.

주제 이별로 인한 슬픔과 재회에 대한 소망

구성

1연	이별에 대한 안타까움
2연	떠나는 임에 대한 원망
3연	감정의 절제와 체념
4연	임과의 재회에 대한 소망

교과서 활동 깊이 보기

▶ 화자의 정서와 태도

화자의 행동		화자의 속마음
임과의 ☐1☐ 을 받아들임	↔	임을 보내고 싶지 않음

화자의 바람
임이 돌아오기를 소망함

▶ '셜온'의 주체에 대한 해석

주체	4연 1행의 해석
☐2☐	이별을 서러워하는 임을 보내드리니 → 어쩔 수 없는 이유로 떠나야 하는 임이 이별을 서러워함
'나' (화자)	'나'를 서럽게 하는 임을 보내드리니 → '나'를 버리고 떠나는 임으로 인해 화자가 서러워함

▶ 후렴구의 의미와 기능

위	증즐가	대평셩디
감탄사	악기 소리를 흉내 낸 의성어	나라가 태평하고 융성한 시대

↓

작품의 주제와 관련이 없음

↓

궁중 속악으로 채택되는 과정에서 태평성대의 즐거움을 노래하는 내용이 첨가되었을 가능성을 보여 줌

↓

기능	• 운율 형성 • 형식적인 ☐3☐ 부여 • 청각적인 즐거움 유발 • 연이나 장을 구분하는 역할

현대어 풀이

[1연] 가시렵니까 가시렵니까. / (나를) 버리고 가시렵니까. / 위 증즐가 대평성대
[2연] 나더러는 어찌 살라 하고 / 버리고 가시렵니까. / 위 증즐가 대평성대
[3연] 붙잡아 두고 싶지마는 / 서운하면 오지 않을까 두렵습니다. / 위 증즐가 대평성대
[4연] 서러운 임을 보내오니 / 가시자마자 돌아서서 오십시오. / 위 증즐가 대평성대

01 이 시에 대한 설명으로 적절하지 <u>않은</u> 것은?

① 고려 시대 때 민간에서 불리던 '속요'이다.

② 4음보의 운율이 지배적으로 나타나고 있다.

③ 특별한 의미가 없는 여음구를 사용하고 있다.

④ 몇 개의 연이 연속되는 분연체로 구성되어 있다.

⑤ 후렴구를 반복하여 형식적인 통일성을 획득하고 있다.

02 이 시에 나타난 화자의 정서 변화로 가장 적절한 것은?

① 애원 → 원망 → 체념 → 소망

② 애원 → 체념 → 소망 → 그리움

③ 원망 → 그리움 → 용서 → 애원

④ 좌절 → 체념 → 원망 → 그리움

⑤ 그리움 → 원망 → 좌절 → 용서

수능형

03 이 시의 시어 및 시구에 대한 설명으로 적절하지 <u>않은</u> 것은?

① '브리고'의 주체는 임으로, 화자가 한탄하는 이유가 된다.

② '엇디 살라'의 주체는 임을 떠나보내며 한탄하는 화자이다.

③ '잡ᄉ와 두어리마ᄂᆞᄂᆞᆫ'의 주체는 임으로, 임이 화자를 떠나는 원인이 된다.

④ '보내ᄋᆞᆸ노니'는 주체가 화자로 임이 돌아오기를 바라면서 하는 행위이다.

⑤ '도셔 오쇼셔'는 임이 행위의 주체로, 임이 돌아오기를 바라는 화자의 소망이 담겨 있다.

04 ㉠~㉤에 대한 설명으로 적절하지 <u>않은</u> 것은?

① ㉠은 이별을 맞은 화자의 안타까움이 담겨 있다.

② ㉡은 이별로 인한 화자의 고조된 슬픔이 드러난다.

③ ㉢은 임의 처지에 공감하는 화자의 이해심이 드러난다.

④ ㉣은 어쩔 수 없이 이별을 받아들이는 화자의 자기희생적인 태도가 드러난다.

⑤ ㉤은 떠나가는 임을 기다리려 하는 화자의 태도를 보여 준다.

05 이 시의 화자와 〈보기〉의 화자가 이별을 대하는 태도를 비교하여 빈칸에 들어갈 알맞은 말을 쓰시오.

〈보기〉

여히므론 아즐가 여히므론 질삼뵈 브리시고
괴시란디 아즐가 괴시란디 우러곰 좃니노이다

– 작자 미상, 〈서경별곡〉

〈가시리〉	〈서경별곡〉
희생과 절제로 이별을 수용함	이별을 ( )하고 임을 따르려 함

서술형

06 이 시의 시적 상황과 후렴구의 내용이 어울리지 않는 이유를 추측하여 한 문장으로 쓰시오.

수능형

07 이 시의 작가가 시간이 흐른 후에 〈보기〉를 썼다고 가정할 때, 두 작품을 비교하여 감상한 내용으로 적절하지 <u>않은</u> 것은?

〈보기〉

이화우(梨花雨) 훗뿌릴 제 울며 잡고 이별한 임
추풍(秋風) 낙엽에 저도 날 생각ᄂᆞᆫ가
천 리(千里)에 외로운 꿈만 오락가락하노매라

– 계랑

① 이 시에 나타난 이별 상황은 〈보기〉의 초장에 나타나고 있다.

② 이 시에 나타난 임에 대한 사랑은 〈보기〉에서도 변함이 없음을 알 수 있다.

③ 이 시와 〈보기〉 모두 청자로 설정된 임에게 직접 호소하는 방식으로 노래하고 있다.

④ 이 시에 나타난 염원과는 달리 〈보기〉에서 임은 아직 돌아오지 않았음을 알 수 있다.

⑤ 〈보기〉의 초장과 중장을 통해 이 시의 시적 상황, 즉 이별 이후에 시간이 흘렀음을 나타내고 있다.

👆 **1등급 배경지식** '고려 가요'에 대한 이해

'고려 가요'란 고려 시대에 주로 평민들이 부르던 노래로 민요적 성격이 강한 서정 가요를 말해요. 조선 시대에 들어와 궁중 음악으로 편입되고 기록되면서 현재까지 전승되는 것으로 추정하고 있어요. 조선 초 《고려사》 〈악지〉 편에 소개되었고, 한글 창제 이후 《악학궤범》, 《악장가사》, 《시용향악보》 등에 기록되었지요.

형식상 글자 수는 대개 3음절이 많이 나타나지만 다소 가감할 수 있고 끊어 읽기의 단위는 3음보 율격으로 우리 민요의 전통적인 율격과 같아요. 연이 구분된 분연체(분절체) 양식으로, 후렴구를 통해 연을 구분하기도 해요. 연과 연 사이 또는 행과 행 사이의 후렴구가 이별의 슬픔을 말하는 전체적인 내용과 달리 밝고 경쾌한 분위기를 자아내는 것은 궁중의 음악으로 편입되어 각종 행사에서 연주되었을 가능성을 보여 주지요.

고려 가요가 주로 남녀 간의 사랑, 이별의 슬픔을 노래하는 작품이 많은데도 궁중 음악으로 편입될 수 있었던 이유는 남녀 간의 사랑을 임금과 신하의 관계로 치환하기 쉬웠다는 점에서 찾아볼 수 있어요.

청산별곡 작자 미상

>> 교과서 수록 비상(강), 해냄

살어리 살어리랏다 ㉠청산(靑山)애 살어리랏다.
살겠노라, 살았으면 좋았을 것을, 살아야만 하는구나
멀위랑 ᄃᆞ래랑 먹고 청산(靑山)애 살어리랏다.

얄리얄리 얄랑셩 얄라리 얄라

우러라 우러라 ㉡새여 자고 니러 우러라 새여.
우는구나, 울어라, 노래하라
널라와 시름 한 나도 자고 니러 우니노라.
많은
얄리얄리 얄라셩 얄라리 얄라

가던 새 가던 새 본다 믈 아래 가던 새 본다.
날아가던 새, 갈던 사래(밭이랑)
잉 무든 장글란 가지고 믈 아래 가던 새 본다. / 얄리얄리 얄라셩 얄라리 얄라
이끼 묻은 쟁기일랑, 날이 무딘 병기랑, 이끼 묻은 은장도랑

이링공 뎌링공 ᄒᆞ야 나즈란 디내와손뎌.
이적저럭, 이렇게 저렇게
오리도 가리도 업슨 ㉢바므란 또 엇디 호리라. / 얄리얄리 얄라셩 얄라리 얄라

어듸라 더디던 ㉣돌코 누리라 마치던 돌코.

믜리도 괴리도 업시 마자셔 우니노라. / 얄리얄리 얄라셩 얄라리 얄라

살어리 살어리랏다 바ᄅᆞ래 살어리랏다.

ᄂᆞᄆᆞ자기 구조개랑 먹고 바ᄅᆞ래 살어리랏다. / 얄리얄리 얄라셩 얄라리 얄라
나문재(바닷가 모래땅에 자라는 한해살이풀)

외따로 떨어져 있는 부엌 혹은 마당
가다가 가다가 드로라 에졍지 가다가 드로라.
'사ᄅᆞ미(사람이)'의 오기로 보기도 함
사ᄉᆞ미 짒대예 올아셔 히금(奚琴)을 혀거를 드로라.
장대(대나무나 나무로 다듬어 만든 긴 막대기)
얄리얄리 얄라셩 얄라리 얄라

가다니 비브른 도긔 설진 ㉤강수를 비조라.
덜 익은 강술 또는 농도가 진한 강술
조롱곳 누로기 미와 잡ᄉᆞ와니 내 엇디 ᄒᆞ리잇고.

얄리얄리 얄라셩 얄라리 얄라

현대어 풀이

[1연] 살겠노라 살겠노라. 청산에 살겠노라. / 머루랑 다래를 먹고 청산에 살겠노라.
[2연] 우는구나 우는구나 새여. 자고 일어나 우는구나 새여. / 너보다 시름 많은 나도 자고 일어나 우노라.
[3연] 가던 새 가던 새 본다. 물 아래 가던 새 본다. / 이끼 묻은 쟁기를 가지고 물 아래 가던 새 본다.
[4연] 이럭저럭하여 낮은 지내 왔지만, / 올 이도 갈 이도 없는 밤은 또 어찌하리오.
[5연] 어디에 던지던 돌인가? 누구를 맞추려던 돌인가? / 미워할 이도 사랑할 이도 없이 (돌에) 맞아서 우노라.
[6연] 살겠노라 살겠노라. 바다에 살겠노라. / 나문재, 굴과 조개를 먹고 바다에 살겠노라.
[7연] 가다가 가다가 듣노라. 외딴 부엌 가다가 듣노라. / 사슴이 장대에 올라 해금을 켜는 것을 듣노라.
[8연] 가다 보니 배부른 독에 덜 익은 강술을 빚는구나. / 조롱박꽃 누룩이 매워 (나를) 붙잡으니 내 어찌하리오.

한눈에 정리하기

갈래 고려 가요

성격 현실 도피적, 애상적

해제 이 작품은 삶의 고통에서 벗어나 이상향을 찾지만 결국 실패한 채 술로 시름을 달래며 체념할 수밖에 없는 비애를 노래한 고려 가요이다. 이상향을 찾아 청산과 바다를 떠돌지만 삶의 고뇌를 피하지 못하는 화자의 모습은 지속되는 전란 등으로 안정적인 삶을 살기 어려웠던 당대 사람들의 삶과 바람을 나타낸다고 볼 수 있다. 한편, 이 작품은 3음보의 율격과 분연체, 후렴구의 사용 등에서 고려 가요의 형식적 특징이 잘 드러난다.

주제 삶의 고뇌와 비애에서 벗어나고 싶은 마음

구성

1~4연	청산에서의 삶
5~8연	바다에서의 삶

교과서 활동 깊이 보기

▶ '청산', ☐1☐ 의 상징적 의미

현실 도피처	이상향

삶의 비애와 고통에서 벗어날 수 있는 공간

▶ 운율 형성 요소

- 3 · 3 · 2조의 3음보 율격
- ☐2☐ 의 반복 → 구조적 통일성 부여
- a – a – b – a 구조 반복
- 'ㄹ'과 'ㅇ'의 울림소리 반복

▶ 〈청산별곡〉의 대칭 구조

5연과 6연의 순서를 바꾸면 1~4연을 '청산 노래'로, 5~8연을 '바다 노래'로 보아 대칭 구조로 이해할 수 있다.

청산 노래(1~4연)		바다 노래(5~8연)	
1연 청산	이상향 동경	6연 바다	이상향 동경
2연 새	삶의 비애	5연 돌	운명적 비애
3연 새	속세에의 미련	7연 사슴	기적을 바람
4연 ☐3☐	절망적 고독	8연 술	술에의 의지

▶ 화자의 처지에 따른 시구 해석의 차이

화자	'잉 무든 장글란'
전란 등 혼란스러운 시대 상황으로 인해 떠도는 유랑민	이끼 묻은 쟁기일랑
좌절한 지식인(무인)	날이 무딘 병기랑
실연당한 사람(여인)	이끼 묻은 은장도랑

↓

공통점	삶의 비애와 현실적 고통 등으로 속세를 떠난 화자

01 이 시에 대한 설명으로 적절하지 <u>않은</u> 것은?

① 동일한 음보를 연속하여 음악적 효과를 내고 있다.
② 후렴구를 사용하여 구조적 통일성을 부여하고 있다.
③ 울림소리를 반복하여 밝고 경쾌한 느낌을 주고 있다.
④ 설의적 표현을 통해 현실 극복 의지를 부각하고 있다.
⑤ 자연물에 감정을 투영하여 삶의 비애를 드러내고 있다.

02 ㉠~㉤에 대한 이해로 적절하지 <u>않은</u> 것은?

① ㉠은 현실 도피의 공간 또는 이상향으로 볼 수 있다.
② ㉡은 화자가 합일하기를 바라는 자연물로 볼 수 있다.
③ ㉢은 화자의 고독감이 심화되는 시간으로 볼 수 있다.
④ ㉣은 화자의 고통을 유발한 외적 요인으로 볼 수 있다.
⑤ ㉤은 화자가 잠시나마 시름을 달래는 수단으로 볼 수 있다.

03 〈보기〉를 바탕으로 이 시를 해석할 때, 시구의 대응이 적절하지 <u>않은</u> 것은?

> ── 보기 ──
> 〈청산별곡〉이 5연과 6연의 위치를 바꾸면 1~4연은 '청산 노래', 5~8연은 '바다 노래'로 나뉜다.

① 멀위랑 두래랑 먹고 – 나 무자기 구조개랑 먹고
② 우러라 우러라 새여 – 므리도 괴리도 업시
③ 자고 니러 우니노라 – 마자셔 우니로라
④ 가던 새 가던 새 본다 – 가다가 가다가 드로라
⑤ 또 엇디 호리라 – 내 엇디 흐리잇고

04 〈보기〉의 빈칸에 들어갈 알맞은 말을 쓰시오.

> ── 보기 ──
> 이 시의 화자를 전란 등으로 삶의 터전을 잃어버리고 유랑하는 농민이라고 한다면 3연의 '가던 새'는 '갈던 밭'으로, '잉 무든 장글란'은 오랫동안 농사를 짓지 못한 '(   )'(으)로 해석하는 것이 가장 자연스럽다.

수능형

05 〈보기〉는 이 시의 수업 장면이다. '선생님'의 질문에 적절하게 대답한 학생만을 바르게 골라 묶은 것은?

> ── 보기 ──
> 선생님: 오늘은 작품 속의 화자의 위치에 대해 추리해 보고, 작품 속 화자의 위치에 따라 노래의 해석이 어떻게 달라지는지 알아봅시다. 화자가 현실(ⓐ) 또는 청산(ⓑ)에 있다고 가정했을 때, 각각의 공간은 화자에게 어떤 의미를 지니는 것일까요?
>
>
>
> ⓐ 현실   ⓑ 청산
>
> • 순이: ⓐ에 있는 화자에게 ⓐ는 존재의 근원을 찾고자 하는 공간입니다.
> • 철수: ⓐ에 있는 화자에게 ⓑ는 동경의 대상입니다.
> • 영수: ⓑ에 있는 화자에게 ⓐ는 고통 해소의 공간입니다.
> • 영희: ⓑ에 있는 화자에게 ⓑ는 또 다른 고통의 공간입니다.

① 순이, 철수
② 순이, 영수
③ 철수, 영수
④ 철수, 영희
⑤ 영수, 영희

1등급 배경지식 — 고전 시가 속 '자연'의 다양한 의미

고전 시가 속의 자연은 많은 경우 속세와 대립되는 탈속적 공간으로 나타나는데 크게 현실 도피처, 본받아야 할 대상, 이상적 삶이 가능한 공간 등의 의미를 지녀요.

자연 ①: 현실 도피처
우선 '현실 도피처'로서의 자연은 다양한 원인에서 비롯되는 현실의 어려움이나 고통을 도저히 극복할 수 없는 상황에서 그것을 피하기 위해 어쩔 수 없이 선택하는 곳이에요. 고려 가요 〈청산별곡〉이나 한시 〈산민(山民)〉 등의 공간이 해당한다고 볼 수 있어요.

자연 ②: 본받아야 할 대상
'본받아야 할 대상'으로서의 자연은 화자가 다양한 자연물의 속성이나 자연의 보편적인 질서에서 인간에게 적용할 수 있는 덕목을 찾아 내면화하는 방식으로 드러나요. 흔히 높은 지조와 절개를 상징하는 사군자(四君子: 매화,

난초, 국화, 대나무)를 예로 들 수 있으며, 연시조인 〈오우가〉나 〈매화사〉 등이 대표적인 작품이에요.

자연 ③: 이상적 삶의 공간
'이상적 삶이 가능한 공간'으로서의 자연은 강호가도 계열의 작품에서 주로 나타나는데, 부귀공명 같은 세속적 가치나 혼탁한 속세의 시비(是非)를 떠나 유유자적하게 안빈낙도의 삶을 살 수 있는 공간으로 묘사되죠. 작품 속 화자는 대개 세상일을 잊어버린 채 자연의 아름다움에 몰입하거나 여유로운 어부같이 지내면서 일상을 보내요. 가사 〈상춘곡〉이나 연시조 〈어부사시사〉가 대표적이에요.

고전 시가 속 '자연'이 지니는 이런 여러 의미는 하나의 작품에서 독립적으로 드러나는 것이 아니라 혼재되어 나타나는 경우도 많아요. 〈청산별곡〉의 '청산'과 '바다'도 현실 도피처와 이상향의 의미를 모두 지니고 있어요.

05 강호사시가 맹사성

>> 교과서 수록 비상(박)

강호(江湖)*에 봄이 드니 미친 흥(興)이 절로 난다

탁료계변(濁醪溪邊)*에 금린어(錦鱗魚)*가 안주(安酒)로다

이 몸이 한가(閒暇)하옴도 역군은(亦君恩)이샷다　　　　　　　　　　〈제1수〉

강호(江湖)에 여름이 드니 초당(草堂)*에 일이 없다

㉠유신(有信)*한 강파(江波)*는 보내나니 바람이로다

이 몸이 서늘하옴도 역군은(亦君恩)이샷다　　　　　　　　　　〈제2수〉

강호(江湖)에 가을이 드니 고기마다 살쪄 있다

소정(小艇)에 그물 실어 흘러가는 대로 띄워 던져두고
　　　　작은 배
이 몸이 소일(消日)하옴도 역군은(亦君恩)이샷다　　　　　　　　　　〈제3수〉
어떠한 것에 재미를 붙여 심심하지 아니하게 세월을 보냄

강호(江湖)에 겨울이 드니 눈 깊이 한 자가 넘네

삿갓 빗기 쓰고 누역(縷繹)*으로 옷을 삼아

이 몸이 춥지 아니하옴도 역군은(亦君恩)이샷다　　　　　　　　　　〈제4수〉

*강호: 강과 호수를 아울러 이르는 말. 예전에, 은자(隱者)나 시인(詩人), 묵객(墨客) 등이 현실을 도피하여 생활하던 시골이나 자연.
*탁료계변: 막걸리를 마시며 노는 시냇가.
*금린어: 쏘가리.
*초당: 억새나 짚 따위로 지붕을 인 조그마한 집채.
*유신: 신의가 있음.
*강파: 강의 물결.
*누역: 도롱이의 옛말. 눈이나 비를 막는 옷.

현대어 풀이

[제1수] 강호에 봄이 드니 기쁜 흥이 절로 난다. / 막걸리를 마시며 노는 시냇가에 (싱싱한) 물고기가 안주로구나. / 이 몸이 한가롭게 지내는 것도 역시 임금의 은혜이시도다.
[제2수] 강호에 여름이 드니 초당에 할 일이 없다. / 신의가 있는 강의 물결은 보내는 것이 (시원한) 바람이로다. / 이 몸이 시원하게 지내는 것도 역시 임금의 은혜이시도다.
[제3수] 강호에 가을이 드니 물고기마다 살이 올라 있다. / 작은 배에 그물을 실어 (물결 따라) 흐르는 대로 띄워 던져두고 / 이 몸이 소일하며 보내는 것도 역시 임금의 은혜이시도다.
[제4수] 강호에 겨울이 드니 눈 깊이가 한 자가 넘네. / 삿갓을 비스듬히 쓰고 도롱이로 옷을 삼아 (입으니) / 이 몸이 춥지 않게 지내는 것도 역시 임금의 은혜이시도다.

한눈에 정리하기

갈래 연시조

성격 풍류적, 전원적, 강호 한정

해제 이 작품은 조선 전기 세종 때 지어진 최초의 연시조이다. 강호가도의 선구적 작품으로 모두 4수이며, 전원에서의 삶과 흥취를 사계절에 맞추어 노래하고 있다. 각 수를 '강호에'로 시작하여 강호에서의 화자의 생활을 제시한 뒤, '역군은이샷다'로 끝맺음으로써 구조적 안정감을 확보하고 임금의 은혜에 감사를 표하는 유교적 충의관을 드러내고 있다. 각 계절의 흥취를 대표할 만한 소재들과 함께 자연 속에서 풍류를 즐기며 안분지족하는 은사의 모습이 잘 나타나 있다.

주제 자연을 즐기며 임금의 은혜에 감사함

구성

제1수	강호에서 느끼는 봄의 흥취
제2수	초당에서 느끼는 여름의 한가로움
제3수	고기잡이를 즐기는 가을의 여유로움
제4수	소박한 삶에서 느끼는 겨울의 안빈낙도

교과서 활동 깊이 보기

▶ **계절 변화에 따른 시상 전개**

봄	시냇가에서 탁주를 마시며 흥취를 즐김

↓

여름	초당에서 일없이 한가하게 시원한 강바람을 즐김

↓

가을	작은 배로 고기잡이를 하며 소일을 함

↓

겨울	눈이 내린 가운데에서 누리는 안분지족의 삶

↓

1 에 따라 시상을 전개하며 각 계절의 흥취를 자연스럽게 표현함

▶ **각 수의 형식적 통일성**

[초장] 강호(江湖)에 ……이 드니 ……
[중장] ……
[종장] 이 몸이 ……도 역군은(亦君恩)이샷다

초장	각 계절의 흥취, 자연의 풍요로움
중장	각 계절에 따른 화자의 구체적인 생활 모습
종장	• 초장과 중장을 압축 → 계절마다 느끼는 감정, 삶의 모습 집약 • 임금의 은혜에 감사

구조적 2 확보 및 주제 의식 강조

▶ **'강호'의 의미**

강호	자연과 더불어 조화롭게 살아가는 공간이자 임금에 대한 3 을 드러내는 공간

01 이 시의 표현상 특징으로 적절하지 않은 것은?

① 대상의 일부를 통해 전체를 드러내고 있다.
② 대구법을 활용하여 리듬감을 자아내고 있다.
③ 설의적인 표현으로 시상을 마무리하고 있다.
④ 감각적 이미지를 통해 대상을 나타내고 있다.
⑤ 각 연의 형식을 통일하여 안정감을 부여하고 있다.

02 이 시의 화자에 대한 설명으로 적절하지 않은 것은?

① 화자는 속세에서 벗어나 유유자적하며 살아가고 있다.
② 화자는 물질적인 만족보다는 정신적인 만족을 추구하고 있다.
③ 화자는 자연에서 한가롭게 지내는 것을 임금의 은혜로 여기고 있다.
④ 화자는 땀 흘려 노동하는 건강한 삶의 공간으로 자연을 대하고 있다.
⑤ 화자는 자연을 풍요로운 이미지로 그려 내며 긍정적 인식을 드러내고 있다.

03 화자의 소박한 생활상과 관련이 없는 시어는?

① 금린어   ② 초당   ③ 강파
④ 삿갓   ⑤ 누역

04 이 시를 영상 장면으로 구성할 때, 적절하지 않은 것은?

① 화자가 싱싱한 물고기를 안주로 술을 마시는 장면
② 바람이 부는 초당에서 화자가 한가하게 지내는 장면
③ 강물에 살이 통통하게 오른 물고기가 헤엄치는 장면
④ 화자가 배를 타고 나가 그물의 고기를 건져 올리는 장면
⑤ 눈이 많이 내린 날, 화자가 삿갓을 쓰고 도롱이를 입고 있는 장면

05 이 시에서 사대부로서 화자의 유교적 충의 사상을 알 수 있는 시구를 찾아 6음절로 쓰시오.

06 이 시의 ㉠과 동일한 시적 표현이 사용된 것은?

① 나 보기가 역겨워 / 가실 때에는 / 죽어도 아니 눈물 흘리우리다.
  — 김소월, 〈진달래꽃〉
② 흔들리는 나뭇가지에 꽃 한번 피우려고 / 눈은 얼마나 많은 도전을 멈추지 않았으랴
  — 고재종, 〈첫사랑〉
③ 껍데기는 가라. / 한라에서 백두까지 / 향그러운 흙가슴만 남고/ 그, 모오든 쇠붙이는 가라.
  — 신동엽, 〈껍데기는 가라〉
④ 낡은 도시 변두리 / 재개발 지역 골목의 언덕길을 / 할머니 한 분 / 느릿느릿 달팽이처럼 기어오른다
  — 정호승, 〈달팽이〉
⑤ 나는 한 마리 어린 짐승 / 젊은 아버지의 서느런 옷자락에 / 열로 상기한 볼을 말없이 부비는 것이었다.
  — 김종길, 〈성탄제〉

수능형
07 〈보기〉는 이 시의 작가가 창작을 위해 세운 계획을 가상으로 구성한 것이다. 〈제1수〉~〈제4수〉에 공통적으로 반영된 것만을 있는 대로 고른 것은?

┌─── 보기 ───┐

ㄱ. 각 수 초장의 전반부에는 계절적 배경을 제시하며 시상의 단서를 드러내야겠군.
ㄴ. 각 수 초장의 후반부에서는 내면적 감흥을 구체적 사물을 통해 표현해야겠군.
ㄷ. 각 수 중장에서는 주변의 자연 풍광을 묘사하여 내가 즐기고 있는 삶의 모습을 제시해야겠군.
ㄹ. 각 수 종장의 마지막 어절에는 동일한 시어를 배치하여 전체적 통일성을 확보해야겠군.

└──────────┘

① ㄱ, ㄴ   ② ㄱ, ㄹ   ③ ㄴ, ㄷ
④ ㄱ, ㄷ, ㄹ   ⑤ ㄴ, ㄷ, ㄹ

👆 **1등급 배경지식** 사대부 시조에 나타나는 충의 사상

조선의 사대부들은 자연에서 살아가는 것이 세속적인 욕망으로부터 벗어날 수 있는 하나의 길이라고 생각하고, 자연과의 조화를 추구하며 살아가는 삶을 지향했어요. 〈강호사시가〉는 작가 맹사성이 벼슬에서 물러난 뒤 지은 사대부 시조예요. 이 작품에서도 인간과 자연의 조화로움을 추구하는 화자의 모습을 찾아볼 수 있지요. 그러면서도 화자는 1~4수를 모두 '역군은이샷다'와 같이 마무리하고 있는데요, 이것은 임금으로부터 직접적인 영향을 받는다고 보기 어려운 은거(세상을 피하여 숨어서 삶)나 귀향(고향으로 돌아가거나 돌아옴) 생활도 임금의 은혜와 연관 지음으로써 유교적 충의 사상을 드러내고 있는 것이라고 할 수 있어요.

〈탈속적 삶〉   〈세속적 삶〉

산수간(山水間) 바회 아래 **뛰집**을 짓노라 ᄒ니
움막, 초가집. 띠풀로 지은 집
그 모론 **ᄂᆞᆷ들은 웃는다** ᄒ다마ᄂᆞᆫ
어리고 햐암*의 뜻의ᄂᆞᆫ **내 分(분)**인가 ᄒ노라   〈제1수〉

보리밥 픗ᄂᆞ물을 알마초 머근 후(後)에   ┐
바횟긋 믉ᄀ의 **슬ᄏᆞ지** 노니노라   [A]
실컷
그나믄 녀나믄 일이야 부룰 줄이 이시랴   ┘ 〈제2수〉

잔 들고 혼자 안자 **먼 뫼**흘 ᄇᆞ라보니
그리던 님이 오다 반가옴이 이리ᄒ랴
말ᄊᆞᆷ도 우움도 아녀도 몯내 됴하ᄒ노라   〈제3수〉

누고셔 **삼공(三公)***도곤 낫다 ᄒ더니 **만승(萬乘)***이 이만ᄒ랴
이제로 헤어든 **소부(巢父) 허유(許由)***ㅣ 냑돗더라
아마도 **임천한흥(林泉閑興)***을 비길 곳이 업세라   〈제4수〉

내 **셩이 게으르더니** 하ᄂᆞᆯ히 아ᄅᆞ실샤
인간만사(人間萬事)를 ᄒᆞᆫ 일도 아니 맛뎌
다만당 **ᄃᆞ토리** 업슨 강산(江山)을 딕희라 ᄒ시도다   〈제5수〉

강산(江山)이 됴타 ᄒᆞᆫ들 내 분(分)으로 누얻ᄂᆞ냐
님군 은혜(恩惠)를 이제 더옥 아노이다
아므리 **갑고쟈** ᄒ야도 히올 일이 업세라   〈제6수〉

*햐암: 향암(鄕闇). 시골에서 지내 온갖 사리에 어둡고 어리석음. 또는 그런 사람.
*삼공: 국가 주요 정책을 결정하는 일을 맡아보던 세 벼슬. 영의정, 좌의정, 우의정.
*만승: 만 개의 병거(전쟁용 수레)라는 뜻으로, 천자(天子) 또는 천자의 자리를 이르는 말.
*소부 허유: 고대 중국의 요임금 때, 세상을 등지고 자연 속에 숨어 살던 인물들.
*임천한흥: 자연 속에서 느끼는 한가한 흥취.

현대어 풀이

[제1수] 산수 간 바위 아래 초가를 지으려 하니 / 그 (뜻을) 모르는 남들은 비웃는다지만 / 세상에 어두운 내 생각에는 (이것이) 내 분수인가 하노라.
[제2수] 보리밥 픗나물을 알맞게 먹은 후에 / 바위 끝 물가에서 실컷 노니노라. / 그 밖의 다른 일이야 부러워할 것이 있으랴.
[제3수] 잔 들고 혼자 앉아 먼 산을 바라보니 / 그리워하던 임이 온다 한들 반가움이 이만하랴. / (산이) 말씀도 웃음도 아니하여도 마냥 좋아하노라.
[제4수] 누가 (자연이) 삼정승보다 더 낫다더니 만승천자라도 이만하겠는가. / 이제 생각해 보니 소부와 허유가 영리했구나. / 아마도 자연 속에서 한가롭게 지내는 흥취는 비할 데가 없으리라.
[제5수] 내 천성이 게으른 것을 하늘이 아셔서 / 인간 세상의 많은 일 중에 하나도 맡기지 않으시고 / 다만 다툴 이 없는 강산을 지키라고 하셨도다.
[제6수] 강산이 좋다 한들 나의 분수로 (이렇게 편안하게) 누워 있겠는가. / (이 모든 것이) 임금 은혜인 것을 이제 더욱 알겠노라. / 아무리 갚고자 하여도 내가 할 수 있는 일이 없구나.

한눈에 정리하기

갈래 연시조

성격 자연 친화적, 강호 한정

해제 이 작품은 작가가 금쇄동에 은거할 때 지은 전 6수의 연시조이다. 세속과 떨어져 자연과 더불어 살아가는 흥취를 우리말의 묘미를 잘 살려서 표현하였다. 화자는 자연 공간을 누리며 소박한 생활을 영위하는데, 이는 조선 시대 선비의 이상인 강호 한정과 안빈낙도에 대한 지향을 드러내는 것으로 볼 수 있다. 특히 '제6수'에서는 자신이 누리고 있는 모든 것을 임금의 은혜로 돌리고 있는데, 이는 조선 시대 선비로서 뿌리 깊은 유교 의식을 드러낸 것이다.

주제 자연에 묻혀 사는 즐거움과 임금의 은혜에 대한 감사

구성

제1수	안분지족의 삶
제2수	자연 속 소박하고 한가한 삶에 대한 만족감
제3수	자연 속에서 느끼는 한가로운 즐거움
제4수	자연을 즐기며 살아가는 삶에 대한 자부심
제5수	속세에서 벗어나 자연을 지키는 삶
제6수	임금의 은혜에 대한 감사

교과서 활동 깊이 보기

▶ 〈만흥〉의 주제 형상화 방식

〈제1수〉 ~ 〈제5수〉
자연에 묻혀 사는 즐거움, 자부심 표출

부귀공명을 좇으며 사는 삶 < 자연과 벗하여 한가롭게 사는 삶

↓

〈제6수〉
임금의 [1]에 대한 감사(예찬)

▶ 화자가 지향하는 삶과 멀리하는 삶

자연	속세
• [2] 공간 • 화자가 지향하는 공간	• 현실적 공간 • 화자가 멀리하는 공간
↔	
산수간, 바회, 뛰집 보리밥 픗ᄂᆞ물, 바횟긋 믉ᄀ, 먼 뫼, 강산	ᄂᆞᆷ들, 그나믄 녀나믄 일, 삼공, 만승, 인간만사, ᄃᆞ토리

▶ 표현상 특징

설의법	부룰 줄이 이시랴, 반가옴이 이리ᄒ랴, 만승이 이만ᄒ랴 → 자연 속 삶에 대한 만족감
[3]	말ᄊᆞᆷ도 우움도 아녀도 몯내 됴하ᄒ노라 → 산에 대한 친화적 정서
영탄법	~ᄒ노라, ~ᄒ시도다, ~업세라 → 자연에 묻혀 사는 삶에 대한 만족감

01 이 시의 화자에 대한 설명으로 가장 적절한 것은?

① 세상과의 단절로 외로움을 견디고 있다.
② 자신에게 주어진 현실에 만족하고 있다.
③ 물질보다는 명예를 중요하게 생각하고 있다.
④ 이상과는 다른 현실의 문제로 고뇌하고 있다.
⑤ 노력과는 다른 결과에 무력감을 느끼고 있다.

02 이 시의 표현상 특징으로 적절하지 <u>않은</u> 것은?

① 고사를 활용하여 화자의 자부심을 드러내고 있다.
② 동일한 시구를 반복하여 리듬감을 형성하고 있다.
③ 자연물에 인격을 부여하여 친근감을 드러내고 있다.
④ 대립적 시어를 활용하여 주제 의식을 드러내고 있다.
⑤ 설의적 표현을 사용하여 내면의 감흥을 드러내고 있다.

수능형

03 〈보기〉는 이 시의 화자의 사고 과정을 도식화한 것이다. 이를 고려하여 시를 감상한 내용으로 적절하지 <u>않은</u> 것은?

┌─────────── 보기 ───────────┐
│ 속세에서의 삶(A) ↔ 자연에서의 삶(B) │
└────────────────────────────┘

① '눕들'은 (A)를 선호하기 때문에 '웃는' 것이로군.
② '내 분인가 ᄒᆞ노라'는 (A)와 (B)를 비교한 후 얻은 화자의 판단이로군.
③ '보리밥 픗ᄂᆞ물'로 볼 때, (B)는 물질적 욕망에서 벗어난 상황이로군.
④ '먼 뫼'는 (B)에서 화자가 즐기는 대상이로군.
⑤ '그리던 님'은 화자가 (A)에 미련이 남았음을 암시하는군.

04 이 시의 '뛰집'에 대한 이해로 가장 적절한 것은?

① 과거의 삶을 반성하는 공간이다.
② 경제적 어려움을 보여 주는 공간이다.
③ 현실에 존재하지 않는 이상적 공간이다.
④ 자연을 즐기며 학문을 수양하는 공간이다.
⑤ 화자에게 즐거움을 선사하는 구체적 공간이다.

05 〈보기〉의 설명에 해당하는 시어 둘을 찾아 쓰시오.

┌─────────── 보기 ───────────┐
│ • [A]에서 화자의 소박한 생활상을 보여 주는 소재 │
│ • 안분지족, 안빈낙도하는 삶의 태도와 관련이 있음 │
└────────────────────────────┘

수능형

06 〈보기〉의 관점에서 이 시를 이해한 내용으로 적절하지 <u>않은</u> 것은?

┌─────────── 보기 ───────────┐
│ 삼가 생각하건대 선비의 처세는 나아감에 있어 떳떳하지 못해도 진정 아니 될 것이며 물러남에 있어 떳떳하지 못해도 진정 아니 될 것입니다. 나아감엔 마땅히 이익을 탐한 것이 아닌가 경계해야 할 것이며 물러남엔 마땅히 세상을 잊은 것이 아닌가 경계해야 할 것입니다. │
└────────────────────────────┘

① '알마초 머근'과 '슬ᄏᆞ지 노니'는 것은, 물러난 '내'가 선택한 삶의 방식으로 볼 수 있겠군.
② '그나믄 녀나믄 일'은 이익을 탐하는 것으로 '내'가 경계하고자 하는 것이라 할 수 있겠군.
③ '셩이 게으르'다는 것은 물러남에 있어 떳떳하지 못한 '내' 모습을 드러낸 것이라 할 수 있겠군.
④ '내'가 물러남으로 인해 '두토리'와 거리를 두고 있다고 할 수 있겠군.
⑤ '님군 은혜'를 '갑고쟈' 하는 태도는, '내'가 세상을 잊은 것이 아님을 보여 주는 것이라 할 수 있겠군.

👆 **1등급 배경지식** 조선 시대의 자연관

조선 시대 양반 사대부들에게 자연은 두 가지로 구분이 되지요. 조선 전기에 '자연'은 학문적 이념을 실천할 수 있는 공간이자 세속적 가치와 대비되는 세상으로 이상적 세계, 지향해야 할 세계, 탈세속적 공간으로 인식되었어요. 따라서 조선 전기 시가의 자연은 아름답고 평화로운 유토피아적 세계로 표현되는 경향이 강하였고, 벼슬에서 물러나거나 경쟁에서 패배한 양반 사대부의 도피처로 표현되기도 했어요. 한편 조선 후기에는 임진왜란을 겪으며 신분제에 동요가 일어났고 양반 사대부 중에서도 경제적으로 빈곤한 계층이 등장했어요. 이렇게 몰락한 양반이 머무는 자연은 노동을 해야 하는 일상의 공간이 되지요. 자연이 더 이상 관조의 대상이 아니라 농사를 지어야 하는 현실적인 공간이 된 거예요. 따라서 조선 후기 시가의 자연은 극심한 배고픔을 견뎌야 하는 혹독한 공간으로 형상화되기도 해요. 자연의 아름다움을 예찬하던 이전의 시가와 달리 자연 속에서 고통을 호소하는 내용이 작품에 표현되며, 당장 먹을 양식을 걱정하는 양반 사대부의 인간적인 모습이 사실적으로 표현되는 점도 이전의 '안빈낙도, 물아일체'를 읊던 양반 사대부의 관념적 모습과 대조를 이룬다고 할 수 있어요.

상춘곡 ❶ 정극인

봄을 맞아 경치를 구경하며 즐기는 노래

>> **교과서 수록** 동아, 비상(박), 지학, 해냄

가 홍진(紅塵)에 뭇친 분네 이내 생애(生涯) 엇더ᄒᆞᆫ고
'붉은 먼지'라는 뜻으로, 번거롭고 속된 세상을 비유적으로 이르는 말

ⓐ넷사름 풍류(風流)를 미츨가 못 미츨가

천지간(天地間) 남자(男子) 몸이 날만ᄒᆞᆫ 이 하건마ᄂᆞᆫ
세상   많지마는

산림(山林)에 뭇쳐 이셔 지락(至樂)을 ᄆᆞᄅᆞᆯ 것가
더할 나위 없는 즐거움

ⓑ수간모옥(數間茅屋)*을 벽계수(碧溪水) 앒픠 두고

송죽(松竹) 울울리(鬱鬱裏)에 풍월주인(風月主人) 되여셔라
소나무와 대나무   맑은 바람과 밝은 달 따위의 아름다운 자연을 즐기는 사람

엇그제 **겨을** 지나 새봄이 도라오니

도화 행화(桃花杏花)는 석양리(夕陽裏)에 픠여 잇고
복숭아꽃과 살구꽃

녹양방초(綠楊芳草)는 세우 중(細雨中)에 프르도다
푸른 버드나무와 향기로운 풀   가늘게 내리는 비

칼로 몰아 낸가 붓으로 그려 낸가

조화신공(造化神功)이 물물(物物)마다 헌ᄉᆞ롭다
만물을 창조한 신의 공로   야단스럽다, 신비롭다

ⓒ수풀에 우는 새는 춘기(春氣)를 ᄆᆞᆺ내 계워 소리마다 교태(嬌態)로다
봄의 기운

물아일체(物我一體)어니 흥(興)이이 다ᄅᆞᆯ소냐
외물(外物)과 자아가 어울려 하나가 됨

시비(柴扉)예 거러 보고 정자(亭子)애 안자 보니
사립짝을 달아서 만든 문

소요음영(逍遙吟詠)*ᄒᆞ야 산일(山日)이 적적(寂寂)ᄒᆞᆫ디
산속에서 보내는 날

한중진미(閒中眞味)*를 알 니 업시 호재로다

ⓓ이바 니웃드라 산수(山水) 구경 가쟈스라

답청(踏靑)*으란 오ᄂᆞᆯ ᄒᆞ고 욕기(浴沂)*란 내일(來日) ᄒᆞ새

ⓔ아ᄎᆞ.에 채산(採山)*ᄒᆞ고 나조ᄒᆡ 조수(釣水)*ᄒᆞ새

---

*수간모옥: 몇 칸 안 되는 작은 초가.
*소요음영: 자유롭게 이리저리 슬슬 거닐며 나지막이 시를 읊조림.
*한중진미: 한가한 가운데 깃드는 참다운 맛.
*답청: 봄에 파랗게 난 풀을 밟으며 산책함. 또는 그런 산책.
*욕기: 기수(沂水)에서 목욕한다는 뜻으로, 명리를 잊고 유유자적함을 이르는 말.
*채산: 산에서 나물을 캠.
*조수: 물에서 낚시를 함.

현대어 풀이

속세에 묻힌 분들, 이내 생애 어떠한가. / 옛사람 풍류에 미칠까 못 미칠까.
이 세상 남자 몸이 나만 한 이 많건마는 / 자연에 묻혀 산다고 즐거움을 모르겠는가.
초가집 몇 칸을 푸른 시내 앞에 두고 / 송죽 울창한 곳에 자연의 주인 되었구나.
엇그제 겨울 지나 새봄이 돌아오니 / 복숭아꽃, 살구꽃은 석양에 피어 있고
푸른 버들, 향긋한 풀은 가랑비에 푸르도다. / 칼로 재단했는가, 붓으로 그려 냈는가.
조물주 솜씨가 사물마다 신비롭구나. / 수풀에 우는 새는 봄 흥취에 겨워 소리마다 교태로다.
물아일체이니 흥이야 다를쏘냐. / 사립문 주변을 걸어 보고 정자에도 앉아 보고
산보하며 읊조리니 산중 생활 적적한데, / 한가함 속 즐거움을 알 이 없이 혼자로다.
이봐, 이웃들아, 산수 구경 가자꾸나. / 답청은 오늘 하고 욕기는 내일 하세 / 아침에 나물 캐고 저녁에 낚시하세.

🔍 한눈에 정리하기

갈래 가사

성격 자연 친화적, 예찬적, 묘사적

해제 이 작품은 봄을 맞이하여 자연과 벗하며 사는 즐거움을 노래하고 있는 가사로, 우리나라 양반 가사 문학의 효시로 알려져 있다. 봄의 계절감과 안빈낙도의 태도로 그것을 마음껏 즐기는 화자의 풍류, 흥취가 잘 드러난다. 이런 요소는 자연에 은일하는 삶을 노래한 강호가도 가사의 전형으로 볼 수 있으나 후대에 지어진 일반적인 사대부의 은일 가사와 달리 이 작품에는 연군지정이 드러나지 않는다.

주제 봄의 아름다운 경치를 완상하는 즐거움과 안빈낙도

구성

서사	자연에 묻혀 사는 즐거움
본사 1	봄날의 아름다운 경치를 즐기며 흥을 느낌
본사 2	산수 구경을 권유하고 술을 마시며 풍류를 즐기는 모습
결사	안빈낙도하는 삶에 대한 만족감

📖 교과서 활동 깊이 보기

▶ **계절적 배경 및 화자의 심리**

계절적 배경	1

↓

자연 경관	'도화 행화는 석양리에 픠여 잇고 / 녹양방초는 세우 중에 프르도다'

↓

화자의 심리	'춘기를 ᄆᆞᆺ내 계워', '흥'

▶ **화자의 대조적 공간 인식**

홍진(속세)	2　 (자연)
부귀와 공명을 추구하는 공간	청빈과 풍류를 추구하는 공간
부정적 인식	긍정적 인식

↕

　3　 가치를 멀리하며 안빈낙도의 즐거움을 추구하는 자연 친화적 가치관

▶ **감정 이입의 대상 '새'**

수풀에 우는 새는 춘기를 ᄆᆞᆺ내 계워
소리마다 교태로다

↓

새의 마음 = 화자의 마음

↓

봄을 맞이한 화자의 흥취를
자연물에 이입하여 간접적으로 드러냄

01 (가)에 대한 설명으로 적절하지 않은 것은?

① 과거와 현재를 교차하며 시상을 전개하고 있다.
② 설의적 표현을 통해 화자의 심리를 강조하고 있다.
③ 연속된 4음보의 율격으로 리듬감을 형성하고 있다.
④ 대조적인 공간을 활용하여 주제 의식을 강화하고 있다.
⑤ 색채 이미지를 통해 대상을 감각적으로 묘사하고 있다.

02 (가)에 나타난 정경을 그림으로 표현하려 할 때, 고려할 내용으로 적절하지 않은 것은?

① 산새가 울고 있는 모습을 넣어 청각적 이미지를 느낄 수 있게 해야겠어.
② 시냇물이 맑게 흐르는 곳에 작은 초가집이 있는 산속의 경치를 그려야겠어.
③ 시를 주고받는 인물들을 배치해 풍류를 즐기는 선비의 모습을 나타내야겠어.
④ 초가집 주위에 소나무와 대나무를 둘러 세속과 단절된 분위기를 형성해야겠어.
⑤ 복숭아꽃과 살구꽃이 만발한 모습을 통해 봄날의 화사한 분위기를 자아내야겠어.

03 (가)의 시어에 대한 설명으로 가장 적절한 것은?

① '홍진'은 과거의 행적에 대한 화자의 성찰을 유도한다.
② '겨울'은 세속적 가치에 대한 부정적 인식을 부각한다.
③ '석양리'는 봄의 경치에 대한 화자의 감탄을 강화한다.
④ '시비'는 인간 사회에 대한 화자의 거리감을 상징한다.
⑤ '답청'은 농사를 준비하는 농촌의 분주함을 보여 준다.

04 (가)에서 〈보기〉의 ⓐ, ⓑ에 들어갈 알맞은 말을 각각 찾아 쓰시오.

> **보기**
>
> 〈상춘곡〉의 화자는 자연에서 [ⓐ](으)로 상징되는 검소한 삶을 살면서, 자연을 벗 삼아 즐기는 자신의 모습을 스스로 [ⓑ](이)라 칭하고 있다.

ⓐ: (   )
ⓑ: (   )

수능형

05 〈보기〉를 바탕으로 ㉠~㉤을 이해한 내용으로 적절하지 않은 것은?

> **보기**
>
> 〈상춘곡〉은 자연 속에서 자연을 즐기며 소박하게 살아가는 삶을 다양한 표현 방법을 활용하여 제시하고 있다. 또한 화자는 그런 삶에 대한 자부심과 새봄의 정경에 대한 기대감을 바탕으로 속세에 사는 사람들이 탈속적 삶에 동참하기를 바라고 있다.

① ㉠: 옛사람과 비교하면서 자신의 삶에 대한 자부심을 드러내고 있군.
② ㉡: 자연 속에서 소박하게 살려는 화자의 삶의 태도를 엿볼 수 있군.
③ ㉢: 봄의 정경을 보는 화자의 흥취를 새에게 이입하여 드러내고 있군.
④ ㉣: 명령형 어투를 활용하여 탈속적 삶에 동참할 것을 요구하고 있군.
⑤ ㉤: 봄을 맞이하여 하고 싶은 일에 대한 화자의 기대감을 엿볼 수 있군.

👍 1등급 배경지식 '강호가도(江湖歌道)' 계열의 문학

'강호가도(江湖歌道)'는 자연을 벗 삼아 지내면서 느끼는 흥취를 노래하는 시가 경향을 말해요. 따라서 강호가도 시조도 있고, 강호가도 가사도 있어요. 일반적으로 시조는 이현보의 〈어부단가〉를, 가사는 정극인의 〈상춘곡〉을 효시로 보고 있으나 분명하지는 않아요.

강호가도 계열의 작품 속 화자는 인간 사회를 떠나 자연에 은일(세상을 떠나 숨음)한 채 소박한 삶을 살면서 유유자적한 태도로 자연을 즐기는 모습을 보여요. 하지만 대개 작가가 사대부임을 고려할 때, 실제로 초가삼간을 지어 놓고 소박하게 살았다고 보기는 어려워요. 또한 화자가 임금에 대한 충의 의

식을 드러내는 경우도 많지요. 강호가도 계열의 문학은 당쟁 때문에 많은 관리들이 수난을 겪었던 정치적 이유로 시작되었다고 볼 수 있어요. 당쟁이 극심해지면서 정치적 박해를 피해 많은 유학자들이 자연이나 전원에서 마음을 수양하며 자연 친화적인 삶을 사는 것을 선택했기 때문이에요. 이 때문에 강호가도 시가에서 부귀공명을 탐하는 속세는 부정적 공간으로 드러나지요. 물론 관직 생활을 충분히 하고 별문제 없이 은퇴한 관리들이 전원이나 자연에 묻혀 살면서 시를 짓기도 했어요. 〈상춘곡〉도 작가가 벼슬에서 은퇴한 뒤에 고향에서 은거하며 지은 작품이라고 해요.

나 ㅈ 괴여 닉은 술을 갈건(葛巾)으로 밧타 노코
　　　　　　　　　거친 베로 만든 두건
곳나모 가지 것거 수 노코 먹으리라

화풍(和風)이 건 둧 부러 녹수(綠水)를 건너오니
솔솔 부는 화창한 바람　　　　　　푸른 물
ㄱ **청향(淸香)**은 잔에 지고 **낙홍(落紅)**은 옷새 진다
　　　　　　　　　떨어진 꽃. 또는 꽃이 떨어짐
ㄴ **준중(樽中)**이 뷔엿거든 날ᄃ려 알외여라

소동(小童) 아히ᄃ려 주가(酒家)에 술을 믈어
남의 집에서 심부름을 하는 어린아이
얼운은 막대 잡고 아히ᄂ 술을 메고

미음완보(微吟緩步)ᄒ야 시냇ㄱ의 호자 안자

명사(明沙) 조흔 믈에 잔 시어 부어 들고
아주 곱고 깨끗한 모래
청류(淸流)를 굽어보니 떠오ᄂ니 도화(桃花)ㅣ로다
맑게 흐르는 물
무릉(武陵)이 갓갑도다 져 미이 건거인고

송간(松間) 세로(細路)에 두견화(杜鵑花)를 부치 들고
소나무 사이에 난 좁은 길　　진달래꽃
봉두(峰頭)에 급피 올나 구름 소긔 안자 보니
산봉우리의 맨 꼭대기
천촌만락(千村萬落)이 곳곳이 버려 잇ᄂ니
수많은 촌락
ㄷ **연하일휘(煙霞日輝)**ᄂ 금수(錦繡)를 재펏ᄂ 듯

엇그제 검은 들이 봄빗도 유여(有餘)ᄒ샤

ㄹ **공명(功名)도 날 씌우고 부귀(富貴)도 날 씌우니**

청풍명월(淸風明月) 외(外)예 엇던 벗이 잇ᄉ올고
맑은 바람과 밝은 달.
단표누항(簞瓢陋巷)에 흣튼 혜음 아니 ᄒ니

ㅁ **아모타 백년행락(百年行樂)이 이만ᄒᄂ 둘 엇지ᄒ리**

*준중: 술독의 안.
*미음완보: 작은 소리로 읊으며 천천히 거닒.
*무릉: 무릉도원. '이상향', '별천지'를 비유적으로 이르는 말.
*연하일휘: 안개와 노을과 빛나는 햇살이라는 뜻으로, 아름다운 자연 경치를 비유적으로 이르는 말.
*단표누항: 누추한 곳에서 먹는 한 그릇의 밥과 한 바가지의 물이라는 뜻으로, 선비의 청빈한 생활을 이르는 말.
*백년행락: 한평생 잘 놀고 즐겁게 지냄.

현대어 풀이

갓 익은 술을 갈건으로 걸러 놓고 / 꽃나무 가지 꺾어 잔 수 세며 먹으리라.
화창한 바람이 살짝 불어 푸른 시내를 건너오니 / 맑은 향은 잔에 지고 붉은 꽃잎이 옷에 지네.
술독이 비었거든 나에게 말하여라. / (심부름하는) 아이에게 술집에서 술 받아 오라 하여
어른은 막대 잡고 아이는 술을 메고 / 흥얼대며 천천히 걸어서 시냇가에 혼자 앉아
고운 모래 (비치는) 깨끗한 물에 잔 씻어 (술을) 부어 들고 / 맑은 물을 굽어보니 떠오는 것이 복숭아꽃이로다.
무릉도원이 가깝도다, 저 들이 그곳인가. / 소나무 사이 좁은 길에 진달래꽃 부여잡고
봉우리에 급히 올라 구름 속에 앉아 보니 / 수많은 촌락이 곳곳에 벌여 있네.
아름다운 자연은 수놓은 비단을 펼친 듯, / 엊그제 검던 들이 봄빛도 넘치는도다.
공명도 날 꺼리고 부귀도 날 꺼리니 / 맑은 바람과 밝은 달 외에 어떤 벗이 있으리오.
청빈한 생활에 헛된 생각 아니 하네. / 아무튼, 한평생 즐거움이 이만한들 어떠하리.

교과서 활동 깊이 보기

▶ 공간의 이동에 따른 시상 전개

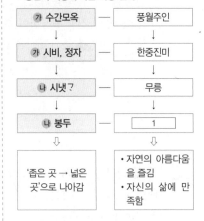

가 수간모옥	—	풍월주인
가 시비, 정자	—	한중진미
나 시냇ㄱ	—	무릉
나 봉두	—	1

'좁은 곳 → 넓은 곳'으로 나아감

• 자연의 아름다움을 즐김
• 자신의 삶에 만족함

▶ 봄의 풍경을 잘 드러내는 구절들

• 청향은 잔에 지고(공감각)
• 낙홍은 옷새 진다(시각)
• 청류를 굽어보니 떠오ᄂ니 도화ㅣ로다(시각)
• 연하일휘ᄂ 금수를 재펏ᄂ 듯(시각)

다양한 감각적 이미지와 비유적 표현을 통해 [2]의 정경을 묘사함

▶ 주객전도의 표현 방법

공명도 날 씌우고 부귀도 날 씌우니
청풍명월 외예 엇던 벗이 잇ᄉ올고

• 표현: '공명'과 '부귀'가 화자를 멀리함
• 실제: 화자가 '공명'과 '부귀'를 멀리함

세속적 가치를 멀리하며 자연에 은거하겠다는 화자의 의지 강조

▶ 가사 〈상춘곡〉과 시조의 공통점

형식	• 시조(초장, 중장, 종장)와 같이 3단 구성(서사, 본사, 결사)을 보임 • 시조의 율격과 같은 [3]의 음보율과 3(4)·4조의 음수율이 형성됨 • 가사의 마지막 행이 시조의 종장 형식(3·5·4·4)과 같음 → 정격 가사
내용	시조에도 〈상춘곡〉과 같이 자연을 소재로 하여 자연 친화의 가치관을 드러낸 작품이 많음

▶ 화자의 삶의 태도를 나타내는 표현

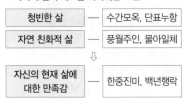

| 청빈한 삶 | — | 수간모옥, 단표누항 |
| 자연 친화적 삶 | — | 풍월주인, 물아일체 |

| 자신의 현재 삶에 대한 만족감 | — | 한중진미, 백년행락 |

01 (나)에 나타난 화자의 태도로 가장 적절한 것은?

① 세속적 생활에 대한 미련을 드러내고 있다.
② 자연물을 통해 삶의 교훈을 이끌어 내고 있다.
③ 대상과 하나가 된 듯한 흥취를 드러내고 있다.
④ 현실 세계와 이상 세계의 괴리를 인식하고 있다.
⑤ 부정적 세태를 자연 현상에 빗대어 비판하고 있다.

02 ㉠~㉤에 대한 설명으로 적절하지 않은 것은?

① ㉠: 감각의 전이를 통해 대상의 아름다움을 묘사하고 있다.
② ㉡: 말을 건네는 방식을 통해 화자의 태도를 구체화하고 있다.
③ ㉢: 비유적 표현을 통해 대상이 지닌 역동성을 드러내고 있다.
④ ㉣: 주객이 전도된 표현을 통해 화자의 인생관을 드러내고 있다.
⑤ ㉤: 영탄적 표현을 통해 화자의 고조된 흥취를 강조하고 있다.

03 〈보기〉의 그나믄 녀나믄 일과 의미하는 바가 유사한 시어 둘을 (나)에서 찾아 각각 2음절로 쓰시오.

> ──────── 보기 ────────
>
> 보리밥 픗ᄂᆞᆯ믈을 알마초 머근 후(後)에
> 바횟긋 믌ᄀᆞ의 슬ᄏᆞ지 노니노라
> 그나믄 녀나믄 일이야 부룰 줄이 이시랴
>
> – 윤선도, 〈만흥〉

04 (나)에 대한 이해로 적절하지 않은 것은?

① '곳나모 가지'를 꺾어 '수'를 세며 술을 마시겠다는 것은 풍치가 있고 멋스럽게 노는 모습으로 볼 수 있다.
② '청향'이 담긴 잔과 옷에 떨어지는 '낙홍'에 주목하는 것은 화자와 자연의 일체감을 표현한 것으로 볼 수 있다.
③ '져 미'를 보며 '무릉'을 떠올리는 모습은 이상향에 도달하고자 하는 화자의 간절한 욕망이 표출된 것으로 볼 수 있다.
④ '엇그제 검은 들'에 '봄빗'이 '유여'하다는 것은 계절의 변화에 따른 정경 변화에 감탄하는 것으로 볼 수 있다.
⑤ '단표누항'을 지향하며 '흣튼 혜음'을 하지 않겠다는 것은 안빈낙도에 대한 의지를 드러내는 것으로 볼 수 있다.

수능형

05 (가), (나)에 나타난 시적 공간을 〈보기〉와 같이 정리할 때, 이에 대한 이해로 적절하지 않은 것은?

┌──────── 보기 ────────┐
| 수간모옥 ㉮ → 정자 ㉯ → 시냇ㄱ ㉰ → 봉두 ㉱ |
└─────────────────────┘

① ㉮에서 화자는 세상 사람들의 삶과 자신의 삶을 대조하고 있다.
② ㉯에서 화자는 봄날을 한가로이 즐기면서 적적함을 느끼고 있다.
③ ㉰에서 화자는 봄의 자연물을 보며 내적 갈등을 경험하고 있다.
④ ㉱에서 화자는 자연에 대한 친근감과 만족감을 드러내고 있다.
⑤ ㉮~㉱에서 화자는 점차 넓고 높은 곳으로 이동하며 봄을 느끼고 있다.

1등급 **배경지식** 가사 문학의 창작 계층 및 주제

가사는 형식상으로는 4음보의 율격을 지닌 운문이지만 내용상으로는 산문의 성격을 보이고 있어요. 그리고 조선 전기까지는 주로 사대부 계층에서 창작하였는데 조선 후기로 가면서 부녀자들과 일반 백성들까지 창작에 참여하였지요. 그러면서 내용도 많은 변화를 겪었어요. 주로 자연 친화적 태도로 유유자적하게 살아가는 삶을 관념적으로 노래하던 것에서 벗어나 점차 현실적인 삶을 사실적으로 보여 주는 데에 집중되었답니다.
가사는 내용에 따라 〈상춘곡〉처럼 인간 사회를 떠나 자연이나 전원에 은거하는 삶을 노래한 은일 가사, 〈만분가〉처럼 유배지에서의 경험과 그에 따른 생각을 노래한 유배 가사, 〈관동별곡〉처럼 다른 지역을 여행한 경험을 노래한 기행 가사, 〈자경별곡〉처럼 유교적 윤리에 대한 교훈을 노래하는 도덕 가사, 〈규원가〉처럼 남성 중심의 사회 질서 속에서 살아가는 여성의 삶을 노래한 내방 가사, 〈선상탄〉처럼 전쟁의 경험을 노래한 전쟁 가사 등으로 크게 구분할 수 있어요. 한편 개화기 때에는 문명개화나 부국강병을 노래한 개화 가사가 창작되기도 했어요.

08 속미인곡 ① 정철

고전 시가

'사미인곡(아름다운 사람을 생각하며 부르는 노래)'의 속편이라는 뜻

가 뎨 가는 뎌 각시 본 듯도 ᄒᆞ뎌이고

련샹(天上) 빅옥경(白玉京)을 엇디ᄒᆞ야 니별(離別)ᄒᆞ고
하늘 위에 옥황상제가 산다고 하는 가상적인 서울

히 다 뎌 져믄 날의 눌을 보라 가시ᄂᆞᆫ고

어와 네여이고 이내 ᄉᆞ셜 드러 보오
늘어놓는 말이나 이야기, 사정 이야기

내 얼굴 이 거동이 님 괴얌 즉ᄒᆞᆫ가마ᄂᆞᆫ*

엇딘디 날 보시고 네로다 녀기실ᄉᆞ

나도 님을 미더 군ᄠᅳ디* 전혀 업서
아양, 어리광

이릭야 교틱야 어ᄌᆞ러이 ᄒᆞ돗썬디
귀염을 받으려고 알랑거리는 태도

반기시ᄂᆞᆫ 낯비치 녜와 엇디 다ᄅᆞ신고

누어 싱각ᄒᆞ고 니러 안자 혜여ᄒᆞ니

내 몸의 지은 죄 뫼ᄀᆞ티 빠혀시니

하ᄂᆞᆯ히라 원망ᄒᆞ며 사ᄅᆞᆷ이라 허믈ᄒᆞ랴

셜워 플텨 혜니 조믈(造物)의 타시로다

글란 싱각 마오 미친 일이 이셔이다

님을 뫼셔 이셔 님의 일을 내 알거니

믈 ᄀᆞᄐᆞᆫ 얼굴이 편ᄒᆞ실 적 몃 날일고

츈한(春寒) 고열(苦熱)은 엇디ᄒᆞ야 디내시며
이른 봄의 추위와 여름의 괴로운 더위

츄일(秋日) 동뎐(冬天)은 뉘라셔 뫼셧ᄂᆞᆫ고
가을날과 겨울날

죽조반(粥早飯) 죠셕(朝夕) 뫼* 녜와 ᄀᆞ티 셰시ᄂᆞᆫ가*
아침 먹기 전에 일찍 먹는 죽

기나긴 밤의 ᄌᆞᆷ은 엇디 자시ᄂᆞᆫ고

*괴얌 즉ᄒᆞᆫ가마ᄂᆞᆫ: 사랑받음 직한가마는.
*군ᄠᅳ디: 군뜻이. 딴생각이.
*죠셕 뫼: 아침밥과 저녁밥.
*셰시ᄂᆞᆫ가: 올리시는가. 또는 잡수시는가.

현대어 풀이

저기에 가는 저 각시 (어디서) 본 듯도 하구나. / 천상의 백옥경을 어찌하여 이별하고
해가 다 저문 날에 누구를 보러 가시는가. / 어와, 너로구나. 이내 이야기를 들어 보오.
내 모습 이 행동이 임의 사랑받을 직한가마는 / (임께서) 어쩐지 나를 보고 너로다 여기시기에
나도 임을 믿어 딴생각 전혀 없어 / 아양이며 교태며 (임을) 어지럽게 하였던지
반기시는 얼굴빛이 옛날과 어찌 다르신가. / 누워 생각하고 일어나 앉아 헤아리니,
내 몸의 지은 죄 산같이 쌓였으니 / 하늘이라고 원망하며 사람이라고 탓하랴.
서러워 생각해 보니 조물주의 탓이로다. / 그것일랑 생각 마오. (마음속에) 맺힌 일이 있습니다.
(예전에) 임을 모셔 봐서 임의 일을 내가 알거니, / 물 같은 (연약한) 얼굴이 편하실 때가 몇 날일까.
이른 봄의 추위와 여름의 괴로운 더위는 어떻게 지내시며 / 가을날과 겨울날은 누가 모셨는가.
죽조반과 아침저녁 진지는 예전과 같이 잡수시는가. / 기나긴 밤에 잠은 어찌 주무시는가.

📖 한눈에 정리하기

갈래 가사

성격 서정적, 충신연주지사

해제 이 작품은 당쟁으로 인해 벼슬에서 물러난 작가가 고향(전남 창평)에 은거할 때 지은 가사로, 임금을 간절히 그리워하는 일편단심의 마음을 임과 이별한 여인의 입을 빌려 전달하고 있다. 두 여인이 등장하여 대화를 나누는 방식으로 시상이 전개되는데, 중심이 되는 여성 화자의 심정이 순우리말로 자연스럽게 표현되어 작가의 다른 작품인 〈사미인곡〉과 더불어 가사 문학의 백미(白眉)로 꼽힌다.

주제 임을 향한 그리움, 연군지정

구성

서사	임과 이별한 여성의 사연
본사	임에 대한 여성의 사랑과 간절한 그리움
결사	죽어서라도 임을 보고 싶은 여인의 마음

📖 교과서 활동 깊이 보기

▶ 제목의 의미

속(續)	미인(美人)	곡(曲)
뒤를 잇다	아름다운 사람	가락
속편	임금	노래

⬇

아름다운 사람을 생각하는
노래(〈사미인곡〉)의 속편

▶ '각시'(여인 2 – 을녀)의 처지 및 태도

처지	임과 이별한 상황
태도	이별의 원인을 자신의 탓이나 □1□의 탓으로 생각함

⬇

임에 대한 절대적 사랑

▶ 〈속미인곡〉에서 여성 화자를 내세운 이유

이별한 임을 향한 그리움의 정서를 효과적으로 전달	+	사랑이라는 보편적 감정에 호소하여 독자의 공감 유도

⬇

'연군지정(戀君之情)'이라는 주제 의식 부각

▶ 두 화자의 역할

여인 1(갑녀)	여인 2(을녀)
보조적 화자	중심 화자
□2□을 통해 '여인 2'의 하소연을 이끌어 냄	자신의 사정을 하소연함
작품의 전개를 도움	작품의 주제를 구현함
극적인 결말 형성	정서적 분위기 주도

⬇

두 여인 모두 작가의 심정을 효과적으로 전달하기 위해 설정한 인물

01 (가)의 갈래에 대한 설명으로 적절하지 <u>않은</u> 것은?

① 운문적 성격과 산문적 성격을 모두 지니고 있다.
② 마지막 행의 율격이 시조 종장과 일치하면 정격 가사이다.
③ 노래로 전승되다가 한글이 창제된 이후에 기록된 갈래이다.
④ 3(4)·4조, 4음보의 기본 율격을 바탕으로 리듬감이 형성된다.
⑤ 사대부를 비롯해 양반 부녀자와 평민 등 창작 계층이 다양하다.

02 (가)의 표현상 특징과 효과로 적절하지 <u>않은</u> 것은?

① 의문문을 거듭 사용하여 화자의 심경을 강조하고 있다.
② 시간적 배경을 통해 중심 화자의 처지를 부각하고 있다.
③ 보조적 화자를 설정하여 대화체로 시상을 전개하고 있다.
④ 여성 화자를 통해 주된 정서를 효과적으로 전달하고 있다.
⑤ 가상 공간을 통해 이상 세계에 대한 동경을 드러내고 있다.

03 (가)의 더 각시에 대한 설명으로 적절하지 <u>않은</u> 것은?

① 자신의 마음을 알아주지 않는 임을 원망하고 있다.
② 자신의 잘못된 처신으로 임과 이별했다고 보고 있다.
③ 자신이 떠난 뒤의 임의 안부를 궁금하게 여기고 있다.
④ 임과 멀리 떨어져 있는 자신의 처지를 서러워하고 있다.
⑤ 자신의 사정과 속마음을 다른 화자에게 하소연하고 있다.

04 〈보기〉의 빈칸에 들어갈 알맞은 말을 쓰시오.

> **보기**
>
> 이 작품의 제목인 '속미인곡'은 미인(美人)을 생각하는 노래라는 뜻인 〈사미인곡〉의 속편이라는 의미이다. 이때 '미인'은 아름다운 사람이라는 의미인데, 화자가 그리움을 토로하는 여성이라는 점이나 작가가 정치적 이유로 벼슬에서 물러나 고향에 은거하고 있을 때 지었다는 창작 계기를 종합적으로 고려해 보면 결국 '미인'은 (   )을/를 상징한다.

수능형

05 〈보기〉를 바탕으로 (가)를 감상한 내용으로 적절하지 <u>않은</u> 것은?

> **보기**
>
> 이 작품의 작가는 정치적 반대 세력의 탄핵으로 임금이 있는 조정을 떠난 상황에서 자신의 태도와 정서를 간접적으로 드러내고 있다. 작가는 자신이 처한 상황에 대해 자책하면서 나아가 이를 자신의 운명으로 받아들이는 모습을 보이고 있다. 또한 임금 곁에 머물 수 없는 상황에 대해 탄식하면서도 임금에 대한 변치 않는 충정을 드러내고 있다.

① '텬샹 빅옥경을 엇디ᄒᆞ야 니별ᄒᆞ고'에는 임금이 있는 조정을 떠나 있는 상황이 드러나 있군.
② '내 얼굴 이 거동이 님 괴얌 즉ᄒᆞᆫ가마ᄂᆞᆫ'에는 정치적 반대 세력의 탄핵을 받은 일에 대한 자책이 드러나 있군.
③ '셜워 플텨 혜니 조믈의 타시로다'에는 자신의 처지를 운명으로 받아들이는 모습이 드러나 있군.
④ '미친 일이 이셔이다'에는 임금 곁에 머물며 임금을 보필할 수 없는 상황에 대한 탄식이 드러나 있군.
⑤ '믈 ᄀᆞᄐᆞᆫ 얼굴이 편ᄒᆞ실 적 몃 날일고'에는 임금에 대한 변치 않는 충정의 태도가 드러나 있군.

1등급 **배경지식** 충신연주지사(忠臣戀主之詞)

'충신연주지사'는 충성스러운 신하가 임금을 그리워하거나 사모하는 정을 표현한 글이나 노래를 말해요. 주로 유배를 당하거나 중앙 정계에서 밀려난 신하가 임금을 그리워하며 쓴 시가가 많아요. 대개의 충신연주지사 작품은 남성 작가가 여성 화자의 목소리로 자신의 심정을 하소연하는 방식을 취하여 임금은 이별한 남성으로, 신하는 임과 멀리 떨어져 임을 간절히 그리워하는 여성으로 나타나지요. 이는 사회적 관계인 '충(忠)'을 개인적 관계인 '연(戀: 그리움)'으로 바꾸어 표현함으로써 작가의 마음을 더 효과적으로 전달할 수 있기 때문이에요.

고려 의종 때의 문신인 정서라는 사람이 유배지에서 지은 고려 가요 〈정과정〉을 충신연주지사의 효시로 보고 있어요. 이는 정철의 가사 〈사미인곡〉과 〈속미인곡〉, 윤선도의 시조 〈견회요〉 등으로 이어졌어요.
그리고 남성 작가가 여성 화자를 내세워 이별한 임에 대한 간절한 그리움을 노래하는 방식은 김소월의 〈진달래꽃〉과 한용운의 〈님의 침묵〉 등과 같은 현대 시에서도 흔히 찾아볼 수 있어요.

나 님 다히 쇼식(消息)을 아므려나 아쟈 ᄒ니
_{임의 쪽, 임이 계신 곳}
오늘도 거의로다 ᄂ닉일이나 사ᄅᆞᆷ 올가

내 ᄆᆞᅀᆞᆷ 둘 ᄃᆡ 업다 어드러로 가쟛 말고

잡거니 밀거니 놉픈 뫼히 올라가니

구롬은 ᄏᆞ니와 안개는 므ᄉ 일고

산쳔(山川)이 어둡거니 일월(日月)을 엇디 보며

지쳑(咫尺)을 모ᄅᆞ거든 쳔 리(千里)를 ᄇᆞ라보랴
_{아주 가까운 거리}
ᄎᆞᆯ하리 믈ᄀᆞᆺ의 가 ᄇᆡ길히나 보랴 ᄒ니

ᄇᆞ람이야 믈결이야 어둥졍 된뎌이고 / 샤공은 어디 가고 빈 ᄇᆡ만 걸렷ᄂ고
_{어수선하게}
강뎐(江天)의 혼자 셔셔 디ᄂ ᄒᆡ를 구버보니 / 님 다히 쇼식이 더옥 아득ᄒᆞᆫ뎌이고
_{문맥상 '강가'의 뜻}
모쳠(茅簷) 춘 자리의 밤듕만 도라오니 / 반벽청등(半壁靑燈)*은 눌 위ᄒᆞ야 볼갓ᄂ고
_{초가지붕의 처마}
오ᄅᆞ며 ᄂᆞ리며 헤쓰며 바자니니 / 져근덧 녁진(力盡)ᄒᆞ야 픗ᄌᆞᆷ을 잠간 드니
_{서성대니, 방황하니   힘이 다하여 지침}
졍셩(精誠)이 지극ᄒᆞ야 ᄭᅮᆷ의 님을 보니

옥(玉) ᄀᆞᄐᆞᆫ 얼구리 반(半)이 나마 늘거셰라

ᄆᆞᅀᆞᆷ의 머근 말ᄉᆞᆷ 슬ᄏᆞ장 ᄉᆞᆲ쟈 ᄒᆞ니
_{실컷   아뢰자}
눈믈이 바라 나니 말ᄉᆞᆷ인들 어이 ᄒᆞ며

졍(情)을 못다 ᄒᆞ야 목이조차 몌여 ᄒᆞ니

오뎐된* 계셩(鷄聲)*의 ᄌᆞᆷ은 엇디 ᄭᆡ돗던고

어와 허ᄉ(虛事)로다 이 님이 어디 간고

결의 니러 안자 창(窓)을 열고 ᄇᆞ라보니

어엿븐* 그림재 날 조츨 ᄲᅮᆫ이로다

ᄎᆞᆯ하리 싀여디여* ㉠낙월(落月)이나 되야이셔

님 겨신 창(窓) 안ᄒᆡ 번드시 비최리라

각시님 ᄃᆞᆯ이야ᄏᆞ니와 ㉡구ᄌᆞᆫ비*나 되쇼셔

---

*반벽청등: 벽 가운데 걸린 청사로 장식한 등.
*계성: 닭의 울음소리.
*싀여디여: 죽어서.

*오뎐된: 방정맞은. 또는 날이 샌 것을 알리는.
*어엿븐: 불쌍한, 가엾은.
*구ᄌᆞᆫ비: 날씨가 어두침침하게 흐리면서 오랫동안 내리는 비.

현대어 풀이

임 계신 곳의 소식을 어떻게든 알자 하니 / 오늘도 거의 저물었구나, 내일이나 (소식을 전해 줄) 사람이 올까.
내 마음 둘 데 없다. 어디로 가자는 말인가. / 잡기도 하고 밀기도 하면서 높은 산에 올라가니
구름은 물론이거니와 안개는 무슨 일인가. / 산천이 어두운데 해와 달을 어찌 보며
지척을 모르는데 천 리를 바라볼까. / 차라리 물가에 가서 뱃길이나 보려 하니
바람이야 물결이야 어수선하게 되었구나. / 사공은 어디 가고 빈 배만 매여 있는가.
강가에 혼자 서서 지는 해를 굽어보니 / 임 계신 곳의 소식이 더욱 아득하구나.
초가집의 찬 잠자리에 밤중에 돌아오니 / 벽 가운데 걸린 등불은 누구를 위해 밝아 있는가.
(산을) 오르내리며 (강가를) 헤매며 서성대니 / 잠깐 사이에 기운이 다해 풋잠을 잠깐 드니,
정성이 지극하여 꿈에 임을 보니 / 옥 같은 얼굴이 반이 넘게 늙으셨구나.
마음에 품은 생각을 실컷 아뢰자 하니 / 눈물이 바로 나니 말씀인들 어찌 하며
정회도 못다 풀어 목마저 메어 오니 / 방정맞은 닭 울음에 잠은 어찌 깨었던가.
아아, 헛된 일이로다. 이 임은 어디 갔는가. / 잠결에 일어나 앉아 창을 열고 바라보니
가엾은 그림자만 나를 좇을 뿐이로다. / 차라리 죽어서 지는 달이나 되어
(밝은 빛을) 임 계신 창 안에 환하게 비추리라. / 각시님, 달은 물론이거니와 궂은비나 되소서.

교과서 활동 깊이 보기

▶ '여인 1'과 '여인 2'의 대화 양상

서사	'여인 1'의 질문	백옥경을 떠난 이유를 물음
	'여인 2'의 대답	임과 이별한 사연을 말함
본사	'여인 1'의 위로	그리 생각하지 말라고 함
	'여인 2'의 하소연	• 임의 안부를 걱정함 • 임의 소식을 궁금해함 • 꿈속에서 임을 만남
결사	'여인 2'의 소망	죽어서 낙월이 되고자 함
	'여인 1'의 조언	달도 좋지만 궂은비가 되라고 함

▶ '낙월'과 '구즌비'의 기능

낙월	구즌비(궂은비)
멀리서 잠깐 동안 임을 비추다가 사라짐	오랫동안 내리며 임의 옷을 적실 수 있음
밤에만 비출 수 있음	밤낮 아무 때나 내릴 수 있음
일시적, 간접적	지속적, 직접적
1 태도	적극적 태도

'여인 2(각시)'가 공간적 한계를 초월하여 임에게 자신의 마음을 전달할 수 있는 매개체

▶ 창작 배경을 고려한 시어의 상징적 의미

창작 배경	선조 18년(1585)에 정치적 탄핵으로 관직에서 물러난 작가가 고향인 전남 창평에서 은거할 때 지음	
텬상 빅옥경	임이 있는 곳	→ 임금이 있는 한양(서울)
님	화자가 그리워하는 대상	→ 임금(선조)
일월	높이 떠서 온 세상을 밝게 비추는 존재 = 임	→ 임금(선조)
2, 3	임과 화자를 가로막는, 높은 산의 장애물	→ • 작가의 정치적 반대 세력 • 조정을 어지럽히던 간신배
ᄇᆞ람, 믈결	임과 화자를 가로막는, 물가의 장애물	
모쳠	화자가 있는 곳	→ 작가가 낙향한 창평

▶ '꿈'의 양면성

임의 소식을 알기 위한 화자의 노력, 정성에 대한 보답	↔	임과의 일시적 만남으로 인한 허망감을 줌

↓

화자가 임을 만날 수 있는 매개체

01 (나)의 화자에 대한 설명으로 적절하지 <u>않은</u> 것은?

① 보조적 화자의 발화는 시상을 종결하는 역할을 한다.

② 중심 화자는 죽음까지도 감수할 정도로 절박한 심정을 보인다.

③ 보조적 화자는 임을 그리워하는 중심 화자의 마음에 공감한다.

④ 보조적 화자는 중심 화자에게 사랑의 완곡한 표현을 조언한다.

⑤ 작가를 대변하는 역할은 주로 중심 화자에 의해 이루어진다.

02 시상 전개를 고려할 때 (나)의 소재에 대한 설명으로 적절하지 <u>않은</u> 것은?

① '뫼'와 '믈ᄀᆞ'는 소망을 이루려는 화자의 노력을 드러낸다.

② '구롬'과 '안개'는 임의 소식을 모르는 답답함을 심화한다.

③ '모쳠 ᄎᆞᆫ 자리'는 임과 이별한 화자의 쓸쓸함을 부각한다.

④ '꿈'은 화자의 긍정적 정서와 부정적 정서를 모두 유발한다.

⑤ '계셩'은 현실 상황에 대한 화자의 자아 성찰을 유도한다.

03 (나)의 ㉠과 ㉡에 대한 설명으로 적절하지 <u>않은</u> 것은?

① ㉠과 ㉡은 모두 임에게 변치 않는 사랑을 전달하는 수단으로 볼 수 있다.

② ㉠과 ㉡은 모두 살아서는 임과의 만남이 불가능할 것이라는 인식을 내포하고 있다.

③ ㉠은 ㉡과 달리 시·공간의 한계를 초월해 임을 만날 수 있는 존재로 볼 수 있다.

④ ㉡은 ㉠에 비해 더 우울한 분위기를 형성하여 슬픔의 정서를 부각할 수 있다.

⑤ ㉡은 ㉠에 비해 더 적극적으로 임에게 가까이 다가갈 수 있는 존재로 볼 수 있다.

04 〈보기〉에 해당하는 소재 둘을 (나)에서 찾아 쓰시오.

〈보기〉
임과 이별한 중심 화자의 외로움과 쓸쓸함을 심화하는 객관적 상관물

수능형
05 〈보기〉를 참고하여 (나)를 감상한 내용으로 적절하지 <u>않은</u> 것은?

〈보기〉
〈속미인곡〉은 조선 선조 때 동인과 서인 간의 정쟁(政爭)으로 인해 타의로 벼슬에서 물러난 정철이 한양에서 먼 전남 창평에 은거할 때 지은 작품으로 알려져 있다. 작가는 이때 자신의 심정을 여성 화자의 행동과 입을 빌려 드러내고 있다.

① '내 ᄆᆞᄋᆞᆷ 둘 ᄃᆡ' 없어 갈 곳을 찾지 못하는 상황은 임금과 멀리 떨어져 지내기에 소식조차 알지 못하는 막막한 심정을 나타내고 있군.

② '오ᄅᆞ며 ᄂᆞ리며 헤뜨며 바자니'는 모습은 작가가 다시 관직에 오르기 위해 여러 방면으로 방법을 모색하는 모습을 보여 주고 있군.

③ '옥 ᄀᆞᄐᆞᆫ 얼구리 반이 나마' 늙어 버린 임의 모습은 작가가 다시 임금을 가까이서 모셔야 하는 이유를 간접적으로 드러내고 있군.

④ '어엿븐 그림재 날 조츨 ᄲᅮᆫ이로다'라는 탄식은 벼슬에서 물러나 임금 곁에 머무를 수 없는 처지에 대한 작가의 인식을 드러내고 있군.

⑤ '출하리 싀여디여 낙월'이 되어서 '님 겨신 창 안'에 비치겠다는 것은 죽어서라도 임금을 따르겠다는 작가의 충정을 나타내고 있군.

1등급 배경지식 〈속미인곡〉의 창작 배경 및 문학적 가치

〈속미인곡〉은 작가 정철이 선조 18년(1585)에 정치적 반대파의 탄핵을 받고 관직에서 물러나 고향인 전남 창평에서 4년간 은거하던 시절에 쓴 작품이에요. 당시 조정에는 동인과 서인의 당파가 있었는데, 정철은 서인의 우두머리였어요. 하지만 서인이 정치적으로 열세였기에 당파 싸움 과정에서 그는 동인에 의해 여러 차례 탄핵을 받았고, 정철을 총애하던 선조는 그를 보호하려 했으나 결국 정철은 관직에서 물러날 수밖에 없었어요. 낙향해서 지내던 시절에 정철은 임금을 그리워하며 충정을 드러내는 마음을 담은 〈사미인곡〉과

〈속미인곡〉을 지어요. 두 작품은 주제 의식이 같기에 합쳐서 '전후미인곡'이라고도 하지요.

고전 소설 〈구운몽〉과 〈사씨남정기〉를 쓴 서포 김만중은 정철의 다른 가사 작품인 〈관동별곡〉과 〈사미인곡〉, 〈속미인곡〉 세 편을 묶어 '우리나라의 참 문장은 오직 이 세 편'이라고 극찬하며 '동방의 이소(離騷: 중국 초나라의 굴원이 지은 시가)'라고 평가했어요. 그리고 세 편 중에서는 〈속미인곡〉이 우리말의 아름다움을 잘 살려 썼기에 수준이 가장 높다고 보았어요.

가 **십 년을 경영하여** 송순
나 **두터비 파리를 물고** 작자 미상
다 **나무도 바윗돌도 없는** 작자 미상

>> 교과서 수록 (가) 비상(강), 지학, 창비, 천재(김수)
　　　　　　　(나) 지학
　　　　　　　(다) 동아, 창비, 천재(김수)

가 십 년(十年)을 경영(經營)*하여 초려 삼간(草廬三間)* 지어 내니

　나 한 간 달 한 간에 청풍(淸風)* 한 간 맡겨 두고

　　강산(江山)은 들일 데 없으니 둘러 두고 보리라

*경영: 1. 기초를 닦고 계획을 세워 어떤 일을 해 나감. 2. 계획을 세워서 집을 지음.
*초려 삼간: 집이나 갈대 따위로 지붕을 이어 만든 집 세 칸.
*청풍: 부드럽고 맑은 바람.

현대어 풀이
십 년을 계획하여 초가삼간을 지어 내니
나 한 칸, 달 한 칸에, 청풍 한 칸을 맡겨 두고
강과 산은 들여놓을 곳이 없으니 (병풍처럼) 둘러 두고 보리라.

나 ㉠두터비 파리를 물고 두험* 우희 치다라 안자

　건넛산 바라보니 백송골(白松鶻)*이 떠 잇거늘 가슴이 금즉하여 풀떡 뛰어 내닷다가

두험 아래 쟛바지거고
　　　　　자빠지는구나
　　모처라 날낸 낼식만정 에헐질 번 하괘라
　　　마침　　나이기에　어혈(피멍)이 들 뻔하였구나
　　　　　　　　망정이지

*두험: 두엄. 풀, 짚 또는 가축의 배설물 따위를 썩힌 거름.
*백송골: 흰 송골매.

현대어 풀이
두꺼비가 파리를 물고 두엄 위에 뛰어 올라가 앉아
건너편 산을 바라보니 흰 송골매가 떠 있거늘 가슴이 섬뜩하여 풀떡 뛰어 내닫다가 두엄 아래로 자빠지는구나.
마침 날랜 나였기에 망정이지 (하마터면) 피멍이 들 뻔하였구나.

다 나무도 바윗돌도 없는 뫼에 매게 쫓긴 ㉡까투리* 안과
　　　　　　　　　　　　　　　　　　마음
　대천(大川) 바다 한가운데 일천 석(一千石) 실은 배에 노도 잃고 닺도 잃고 용총도 끊
　　　　　　　　　　　　　　　　　　　　　　　　돛대에 매어 놓은 줄
고 돛대도 꺾고 키도 빠지고 바람 불어 물결치고 안개 뒤섞여 잦아진 날에 갈 길은 천
리만리(千里萬里) 남은데 사면(四面)이 검어 어둑 저뭇 천지적막(天地寂寞) 까치노을*
떴는데 수적(水賊) 만난 도사공(都沙工)*의 안과
　　　　해적
　　엊그제 임 여읜 내 안이야 어디다 가을하리오
　　　　　　　　　　　　　　비교하리오, 견주리오

*까투리: 꿩의 암컷.
*까치노을: 먼바다의 수평선에서 석양을 받아 번득거리는 노을. 또는 거세게 이는 흰 파도.
*도사공: 뱃사공의 우두머리.

현대어 풀이
나무도 바위도 없는 산에 매에게 쫓긴 까투리의 마음과
넓은 바다 한가운데 일천 석 실은 배에 노도 잃고, 닺도 잃고, 돛대에 매어 놓은 줄도 끊어지고, 돛대도 꺾어지고, 키도 빠
지고, 바람이 불어 물결치고, 안개 뒤섞여 자욱한 날에 갈 길은 천리만리 남았는데 사방은 깜깜하고 어둑어둑 저물어서 천
지는 적막하고 거세게 흰 파도가 이는데 해적을 만난 도사공의 마음과
엊그제 임과 이별한 나의 마음이야 어디다 비교하리오.

🔍 한눈에 정리하기

가

갈래 평시조

성격 풍류적, 전원적, 강호 한정

해제 자연과 하나가 되어 자연의 아름다움을 즐기면서, 안분지족의 태도로 소박하게 살아가고자 하는 자연 친화적인 삶의 가치관이 잘 드러나 있다.

주제 자연과 더불어 살아가는 삶의 추구

나

갈래 사설시조

성격 풍자적, 우의적, 해학적, 현실 비판적

해제 두꺼비를 의인화하는 우의적 기법을 활용하여, 약자에게 강하고 강자에게 약한 탐관오리의 수탈과 허세를 해학적으로 그려 내고 있다.

주제 지배층의 횡포와 허위에 대한 풍자

다

갈래 사설시조

성격 애상적, 해학적, 이별가

해제 임과 이별한 화자의 심정을 극한 상황에 처한 까투리와 도사공의 심정에 빗대고 열거, 점층, 과장 등 다양한 표현 방법을 통해 효과적으로 드러내고 있다.

주제 임을 여읜 지극한 슬픔

📖 교과서 활동 깊이 보기

▶ (가) 화자의 정서와 태도 – 자연 친화

초려 삼간	소박한 삶	—	
'나'+달+청풍	자연과 함께 하는 삶		**1** 물아일체

▶ (나) 소재의 비유적 의미

두터비	탐관오리, 지방 관리
파리	힘없는 백성, 약자
두험	부정하게 축적한 재물
2	중앙 고위 관리. 강자

↓

백성을 수탈하는 탐관오리의 모습 풍자

▶ (다) 시적 상황 및 표현의 효과

까투리	숨을 곳이 없는 산에서 매에게 쫓김	
도사공	망망대해에서 온갖 시련이 동시에 닥침	극한 상황
'나'	엊그제 임과 이별함	슬픔, 절망

↓

극한 상황에 처한 까투리·도사공과의 **3** 를 통한 화자의 심정 강조

01 (가)~(다)의 표현상 특징으로 가장 적절한 것은?

① (가)와 (나)는 자연물에 인격을 부여하여 주제 의식을 드러내고 있다.

② (가)와 (다)는 공감각적 이미지를 활용하여 화자의 심리를 부각하고 있다.

③ (나)와 (다)는 우의적 표현을 활용하여 부정적 세태를 나타내고 있다.

④ (가)~(다)는 모두 음성 상징어를 통해 상황에 생동감을 부여하고 있다.

⑤ (가)~(다)는 모두 대상을 우스꽝스럽게 묘사하여 웃음을 유발하고 있다.

02 (가)의 화자에 대한 설명으로 적절하지 않은 것은?

① 자연 친화적인 삶을 살기 위해 오랫동안 준비했다.

② 자연을 병풍처럼 감상하겠다는 발상을 보이고 있다.

③ 자연 속에서 소박하게 살아가는 삶을 추구하고 있다.

④ 자연과 하나가 되는 물아일체의 경지를 드러내고 있다.

⑤ 자연의 속성을 통해 바람직한 삶의 모습을 깨닫고 있다.

03 (나)와 〈보기〉를 비교하여 힘의 세기에 따른 시적 대상들 간의 관계를 다음과 같이 정리할 때, ⓐ~ⓒ에 들어갈 말을 각각 쓰시오.

─────── 보기 ───────

장공(長空)*에 떴는 솔개 눈 살핌은 무슨 일인가
썩은 쥐를 보고 빙빙 돌고 가지 않는구나
만일에 봉황을 만나면 웃음거리 될까 하노라

– 김진태

*장공: 끝없이 높고 먼 공중.

힘의 세기	가장 약함		중간		가장 셈
(나)	파리	<	두터비	<	백송골
〈보기〉	(ⓐ)	<	(ⓑ)	<	(ⓒ)

04 ㉠과 ㉡에 대한 설명으로 가장 적절한 것은?

① ㉠은 동경의 대상이고, ㉡은 연민의 대상이다.

② ㉠은 비판의 대상이고, ㉡은 비교의 대상이다.

③ ㉠은 원망의 대상이고, ㉡은 기원의 대상이다.

④ ㉠은 희화화의 대상이고, ㉡은 충고의 대상이다.

⑤ ㉠과 ㉡은 모두 화자의 내적 갈등을 심화하는 대상이다.

05 (다)에 대한 설명으로 적절하지 않은 것은?

① 초장에서는 화자와 대조적인 소재를 제시하여 화자의 슬픔을 부각하고 있다.

② 중장에서는 '도사공'의 처지가 점점 악화되는 상황을 점층적으로 제시하고 있다.

③ 중장에서는 공간적 배경과 시간적 배경을 제시하여 상황을 구체화하고 있다.

④ 종장에서는 '꺼투리', '도사공'과 비교하여 화자의 심정에 주목하도록 하고 있다.

⑤ 종장에서는 설의적 표현을 활용하여 임과 이별한 화자의 정서를 강조하고 있다.

수능형

06 〈보기〉 속 선생님의 질문에 대한 답으로 가장 적절한 것은?

─────── 보기 ───────

선생님: (나)의 경우 화자가 일관되게 유지된다는 견해와, 시상 전개 과정에서 원래 시적 대상이던 '두터비'가 화자로 바뀐다는 견해가 있습니다. 만약 (나)에서 종장이 아니라 중상부터 화사가 '두터비'로 비뀐다고 가정한다면 어떻게 이해할 수 있을까요?

① 중장에서 '백송골'과 '두터비' 사이의 우열 관계가 역전될 것입니다.

② 중장에서 '백송골'과 '두터비' 사이의 갈등의 원인을 다각적으로 살펴볼 수 있을 것입니다.

③ 중장은 '두터비'가 자신이 체험한 상황과 그에 대한 감정을 직접적으로 드러냈다고 볼 수 있을 것입니다.

④ 종장에서 부정적인 상황에 맞서려는 '두터비'의 의지가 부각될 것입니다.

⑤ 종장은 '두터비'가 과거의 행적을 반성적으로 성찰하는 독백이 될 것입니다.

1등급 배경지식 시조의 구분 - 평시조, 엇시조, 사설시조

시조는 내용상으로는 대부분 서정시에 해당하고, 형식상으로는 정형시에 해당하는 우리나라 고유의 시가예요. 3·4조 혹은 4·4조의 음수율과 4음보의 음보율이라는 외형률을 보이지요.

시조는 그 길이에 따라 평시조, 엇시조, 사설시조로 나눌 수 있어요. 평시조는 3장 6구 45자 내외의 형식을 지니고 있는 시조를 말해요. 엇시조는 3장의 구조를 유지하되 초장이나 중장이 1구 정도 길어진 시조이고, 사설시조는 3장의 구조를 유지하되 각 장이 2구 이상 길어진 시조를 말해요. 사설시조는 주로 중장이 길어지지만, 초장이나 종장이 길어진 작품도 있어요. 이 때문에

사설시조는 3장 구조와 종장 첫 음보의 3음절을 제외하면 시조의 정형성에서 비교적 벗어났다고 봐요. 평시조인 〈십 년을 경영하여〉와 사설시조인 〈두터비 파리를 물고〉, 〈나무도 바윗돌도 없는 뫼에〉를 비교해 보면 차이가 잘 느껴지죠?

한편 평시조는 사대부 계층에서 주로 창작된 반면 사설시조는 조선 후기 평민 의식이 성장하면서 중인 계층과 평민 계층에서 주로 창작되었어요. 그래서 유교적 관념성에서 벗어난 구체적 생활상과 진솔한 정서가 나타나며 일상적 언어의 사용이 두드러진다는 특징을 보이지요.

개념 다지기 현대 소설

01 소설의 개념과 특성

1. 소설의 개념

율격과 같은 외형적 규범에 얽매이지 않고 자유롭게 사실을 기술하는 문체

사실 또는 작가의 상상력에 바탕을 두고 허구적으로 이야기를 꾸며 나간 산문체의 문학 양식이다. 1917년 ≪매일신보≫에 연재된 이광수의 〈무정〉을 우리나라 최초의 현대 소설로 본다.

2. 소설의 특성

허구성	작가의 상상력을 통해 현실에서 일어날 법한 일을 꾸며 낸 이야기임
개연성	실제가 아닌 꾸며 낸 이야기이지만 현실에 있을 법한 인물이나 사건을 다룸
진실성	허구의 세계를 통해 삶의 참된 모습이나 인생의 진실을 드러냄
산문성	서술, 묘사, 대화 등에 의해 줄글 형식으로 표현되는 산문 문학임
예술성	표현미, 형식미 등의 아름다움과 감동을 경험할 수 있음

3. 소설 구성의 3요소

인물	• 작가가 창조한 사람 • 작품 속에 등장하여 갈등을 일으키거나 사건을 전개하는 등의 역할을 함
사건	한 인물이 경험하는 일이나 여러 인물 사이에서 벌어지는 일과 갈등
배경	• 시간적 배경: 사건이 일어나는 시대적·사회적 시기 • 공간적 배경: 사건이 일어나는 시대적·사회적 장소

인물	한 남자
사건	상어에게 쫓김
배경	한낮, 바다

02 인물

1. 인물의 개념

인물은 작품 속에서 어떤 행위를 하거나 사건을 일으키고 해결해 나가는 사람이다. 인물은 말과 행동을 통해 자신의 성격을 드러내며, 작가는 인물의 행동과 심리, 인물들이 일으키는 갈등과 그 해결 과정 등을 통해 작품의 주제를 드러낸다.

2. 인물의 유형

역할에 따라	주동 인물	사건을 주도적으로 이끌어 나가는 인물 → 주인공이자 중심인물
	반동 인물	주동 인물과 대립하며 갈등을 일으키는 인물
중요도에 따라	중심인물	주인공 또는 그와 비슷한 역할을 하는 인물
	주변 인물	중심인물을 돋보이게 하거나 사건 진행을 돕는 등 부수적 역할을 하는 인물
성격 특성에 따라	전형적 인물	어떤 계층이나 집단, 세대의 공통적 속성을 드러내거나 대표하는 인물
	개성적 인물	자신만의 분명하고 독특한 성격을 가지고 있는 인물 → 고전 소설에서 많이 등장함
성격 변화에 따라	평면적 인물	처음부터 끝까지 성격이 변하지 않는 인물 → 현대 소설에서 많이 등장함
	입체적 인물	작품 속 환경이나 상황에 따라 성격, 태도 등이 변화하는 인물

⑩ 〈흥보전〉의 흥보와 놀보

흥보   놀보
갈등

→ 〈흥보전〉의 흥보는 사건을 주도적으로 이끌어 나가는 주인공이므로 '주동 인물'이자 '중심인물'이고, 어떤 고난을 겪어도 선량함을 유지하므로 '평면적 인물'에 해당한다. 또한 선인(善人)을 대표하는 '전형적 인물'이라 할 수 있다.
→ 〈흥보전〉의 놀보는 사건을 주도적으로 이끌어 나가지만, 흥보를 내쫓고 부모의 유산을 독차지하여 흥보와 갈등을 빚으므로 '반동 인물'이자 '중심인물'에 해당한다. 또한 악행을 일삼다가 잘못을 뉘우치고 개과천선을 하므로 '입체적 인물'이며, 악인(惡人)을 대표하는 '전형적 인물'이라 할 수 있다.

개념 완성

01 소설의 특성으로 적절하지 <u>않은</u> 것은?

① 진실성
② 허구성
③ 개연성
④ 함축성
⑤ 산문성

02 '주제'는 소설 구성의 3요소에 해당한다.

○ | ✕

03 인물의 유형에 대한 설명으로 적절하지 <u>않은</u> 것은?

① 반동 인물은 주인공과 대립하는 인물이다.
② 역할에 따라 주동 인물과 반동 인물로 나뉜다.
③ 중요도에 따라 중심인물과 주변 인물로 나뉜다.
④ 주변 인물은 중심인물과 달리 언제나 독자적인 성격을 지닌다.
⑤ 전형적 인물은 개성적 인물과 달리 특정 계층이나 집단을 대표한다.

04 〈보기〉의 ㉠, ㉡에 들어갈 알맞은 말을 각각 쓰시오.

보기
소설의 인물은 성격 변화에 따라 (㉠) 인물과 (㉡) 인물로 나뉜다.

㉠: (   )
㉡: (   )

05 독자는 소설 속 인물의 말과 행동을 통해 인물의 성격을 파악할 수 있다.

○ | ✕

절개가 굳은 여자
06 〈춘향전〉의 춘향이 열녀의 대표적인 인물이라는 점에 주목해 보면 춘향은 (   ) 인물에 해당한다.

3. 인물 제시 방법

직접 제시 (말하기)	• 서술자가 인물의 성격, 특성, 심리를 직접 설명해 주는 방법 • 인물의 성격 등을 요약적으로 제시하여 빠른 서사 진행이 가능함 • 서술자가 인물에 대해 직접적으로 설명하여 독자의 상상력이 제한됨 • 인물의 성격, 특성, 심리를 단적으로 제시하여 작가의 의도를 드러내기 용이함 예 형우는 반장이 될 만한 여건을 많이 갖추고 있었다. 무게도 있고 때로는 교만하고 생각한 것을 무슨 일이 있어도 해내는 결단력도 대단했다. — 전상국, 〈우상의 눈물〉 → 서술자가 형우의 성격을 판단, 분석하여 요약적으로 제시하고 있다.
간접 제시 (보여 주기)	• 서술자가 인물의 성격, 특성, 심리를 인물의 말, 행동, 묘사를 통해 드러내는 방법 • 인물의 성격 등을 간접적으로 보여 주어 서사 진행이 느려질 수 있음 • 서술자가 직접 개입하지 않고 장면을 보여 주기만 하여 독자가 자유롭게 상상할 수 있음 • 장면이 눈앞에 보이는 듯한 생생함과 현장감을 줄 수 있음 예 "땅을 밟구 다니니까 땅을 우섭게 여기지? 땅처럼 응과(應果)가 분명헌 게 무어냐? 하눌은 차라리 못 믿을 때두 많다. 그러나 힘들이는 사람에겐 힘들이는 만큼 땅은 반드시 후헌 보답을 주시는 거다." — 이태준, 〈돌다리〉 → 서술자가 창섭 아버지의 말을 통해 그가 땅의 가치를 중요하게 생각하는 사람임을 간접적으로 보여 주고 있다.

03 갈등

1. 갈등의 개념

갈등은 등장인물의 내면이나 등장인물 사이에 일어나는 대립과 충돌 또는 등장인물이 사회, 운명, 자연과 서로 복잡하게 얽혀 대립하는 상태를 말한다.

2. 갈등의 유형

(1) 내적 갈등

한 인물의 마음속에서 일어나는 내면적(심리적) 갈등으로, 두 가지 이상의 욕구나 생각, 감정이 대립하면서 일어나는 갈등

고민하는 중

예 아무튼 어길 수 없는 명령이매, 내일부터 일백사십여 명 중에서 팔십 명만 남기고 오십여 명을 쫓아내야 한다. 저의 손으로 쫓아내야만 한다. / "난 못 하겠다! 차라리 예배당 문에 못질을 하는 한이 있드래도 내 손으로 차마 그 노릇은 못 하겠다!" 하고 영신은 부르짖으며 방바닥에 가 쓰러져 버렸다. 한참 동안이나 엎치락뒤치락하며 홀로 고민을 하였다. — 심훈, 〈상록수〉
→ 영신은 강습소에 오는 아이들 중 오십여 명의 아이들을 돌려보낼 것인지 말 것인지에 대해 고민하며 괴로워하고 있다.

(2) 외적 갈등

인물 vs 인물	인물 간의 가치관이나 성격, 태도, 감정 등의 차이로 겪게 되는 갈등 예 "북을 치셨다면서요." / "그랬다. 잘못했니?" / 우선은 죄인 다루듯 하는 며느리의 힐문에 부아가 꾸역꾸역 치솟고, 소문이 빠르기도 하다는 놀라움이 그 뒤에 일었다. / "아이들 노는 데 구경 가시는 것까지는 몰라도, 걔들과 같이 어울려서 북 치고 장구 치는 게 나이 자신 어른이 할 일인가요?" / "하면 어때서. 성규가 지성으로 청하길래 응한 것뿐이고, 나는 원래 그런 사람 아니니. 이번에도 내가 늬들 체면 깎았냐." / "아시니 다행이네요." — 최일남, 〈흐르는 북〉 → 자유롭게 예술 정신을 추구하는 민 노인과 체면을 우선시하는 며느리가 민 노인이 북을 친 일로 인해 갈등을 겪고 있다.
인물 vs 사회	인물이 사회의 관습과 제도, 권력에 영향을 받아 겪게 되는 갈등
인물 vs 운명	인물이 자신의 타고난 운명에 의해서 겪게 되는 갈등
인물 vs 자연	인물이 살고 있는 환경이나 자연에 의해서 겪게 되는 갈등

개념 완성

07 직접 제시에 대한 설명으로 적절하지 않은 것은?

① '말하기'라고 부르기도 한다.
② 인물의 성격과 심리를 단적으로 제시한다.
③ 이야기의 흐름을 빠르게 진행시킬 수 있다.
④ 독자가 상상력을 적극 발휘하며 작품을 읽을 수 있다.
⑤ 인물의 성격을 제시할 때 서술자의 주관이 개입될 수 있다.

08 〈보기〉의 밑줄 친 부분에 해당하는 인물 제시 방법을 쓰시오.

보기
　언제 구웠는지 아직도 더운 김이 홱 끼치는 굵은 감자 세 개가 손에 뿌듯이 쥐였다.
"느 집엔 이거 없지?"
하고 생색 있는 큰소리를 하고 제가 준 것을 남이 알면은 큰일 날 테니 여기서 얼른 먹어 버리란다. 그리고 또 하는 소리가
"너, 봄 감자가 맛있단다."
"난 감자 안 먹는다, 너나 먹어라."
나는 고개도 돌리지 않고 일하던 손으로 그 감자를 도로 어깨 너머로 쑥 밀어 버렸다.
— 김유정, 〈동백꽃〉

09 인물이 태풍, 가뭄, 홍수 등 거대한 힘을 가진 자연환경과 맞서 싸우면서 겪게 되는 갈등은 내적 갈등에 해당한다.
○ | ×

10 채만식의 〈레디메이드 인생〉에서는 지식인인 주인공이 지식인을 긍정적으로 수용하지 않는 사회와 갈등을 빚는다. 이때 주인공은 외적 갈등을 겪고 있다고 할 수 있다.
○ | ×

11 〈보기〉에서 알 수 있는 갈등의 유형으로 가장 적절한 것은?

보기
　김동리의 〈역마〉에서 성기는 역마살(늘 분주하게 이리저리 떠돌아다니게 된 액운)을 타고난 인물이다. 어머니 옥희는 아들이 역마살을 극복하고 정착하기를 바라며 여러 노력을 하는데, 결국 성기는 삶의 터전인 화개 장터를 떠나 엿판을 메고 떠돌이의 삶을 살게 된다.

① 인물의 내적 갈등
② 인물과 인물 간의 갈등
③ 인물과 사회 간의 갈등
④ 인물과 운명 간의 갈등
⑤ 인물과 자연 간의 갈등

3. 갈등의 역할과 효과

갈등은 사건을 전개하는 원동력으로, 어떤 사건이 그렇게 될 수밖에 없는 필연성과 긴장감을 작품에 부여한다. 갈등 상황 속에서 인물의 성격과 가치관이 뚜렷하게 드러나고, 갈등의 해결 과정에서 흥미가 더해지며 작품의 주제가 자연스럽게 드러난다.

04 구성

1. 구성의 개념

구성이란 일정한 흐름이나 인과 관계에 따라 배열된 사건의 짜임새를 말한다.

2. 소설의 구성 단계

발단	•주인공이 등장하고 다양한 인물들이 소개되며 시간적 · 공간적 배경이 제시됨 •어떤 갈등이 벌어질 것인지 사건의 실마리가 드러남
전개	사건이 본격적으로 진행되며 인물 간의 대립이나 갈등이 나타남
위기	갈등이 점점 고조되고 심화됨. 새로운 사건이 일어나면서 인물이 위험에 처하는 등 극적 반전이 나타나 독자의 긴장감을 끌어올림
절정	갈등과 긴장이 최고조에 이르고 사건 해결의 실마리가 제시됨
결말	인물들 사이에 벌어진 사건과 갈등이 해결되고 마무리되며, 인물의 운명이 결정됨

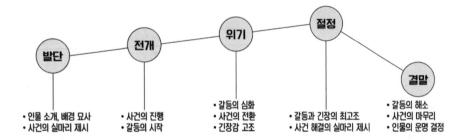

- 발단
  - 인물 소개, 배경 묘사
  - 사건의 실마리 제시
- 전개
  - 사건의 진행
  - 갈등의 시작
- 위기
  - 갈등의 심화
  - 사건의 전환
  - 긴장감 고조
- 절정
  - 갈등과 긴장의 최고조
  - 사건 해결의 실마리 제시
- 결말
  - 갈등의 해소
  - 사건의 마무리
  - 인물의 운명 결정

3. 구성의 유형

순행적 구성	사건이 시간적 순서에 따라 전개되는 구성 = 평면적 구성
역순행적 구성	•사건이 시간적 순서와 상관없이 전개되는 구성 = 입체적 구성 •'현재 → 과거 → 현재'와 같이 과거와 현재가 교차되는 양상을 보임
액자식 구성	•액자 속에 사진이나 그림이 담겨 있는 것처럼 전달하고자 하는 이야기를 다른 이야기 속에 집어넣어 표현하는 구성 •'외화 → 내화 → 외화' 순으로 이야기가 교차됨
삽화식 구성	각각의 독립된 이야기가 인과 관계나 특별한 연관성 없이 나열되어 있는 구성
옴니버스식 구성	각각의 독립적이고 단편적인 이야기가 같은 주제로 묶인 구성

역순행적 구성	액자식 구성	삽화식 구성 · 옴니버스식 구성
과거 회상 과거를 떠올림 역순행적 구성 현재 → 과거 → 현재	외화 내화	이야기 1　이야기 2　…

개념 완성

12 〈보기〉의 빈칸에 들어갈 알맞은 말을 쓰시오.

> 보기
>
> 소설에서 갈등이 일어나고 심화되며 해결되는 과정을 '발단 – (　　) – 위기 – 절정 – 결말'과 같이 정리할 수 있다.

13 소설의 구성 단계 중 갈등이 최고조에 다다르고 사건 해결의 실마리가 제시되는 부분은 '결말'이다.

ⓞ | ✕

14 〈보기〉의 빈칸에 들어갈 알맞은 말을 쓰시오.

> 보기
>
> 역순행적 구성은 사건을 시간적 순서에 따라 전개하지 않고 (　　)와/과 (　　)을/를 교차시켜 전개하는 방식을 말한다.

15 소설의 구성 단계에 대한 설명으로 적절하지 않은 것은?

① 발단: 인물과 배경이 소개되고 사건의 실마리가 제시된다.
② 전개: 작품의 주된 갈등이 나타나고 극적 반전이 일어난다.
③ 위기: 갈등이 점차 고조되고 새로운 사건이 발생한다.
④ 절정: 인물이 겪는 갈등이 최고조에 달하고 긴장감이 가장 높아진다.
⑤ 결말: 갈등이 해결되고 인물의 운명이 결정된다.

16 〈보기〉에 해당하는 소설의 구성으로 가장 적절한 것은?

> 보기
>
> 전달하고자 하는 이야기를 다른 이야기 속에 집어넣어 표현하는 구성으로 '외화 → 내화 → 외화' 순으로 이야기를 전개한다.

① 순행적 구성
② 액자식 구성
③ 삽화식 구성
④ 역순행적 구성
⑤ 옴니버스식 구성

05 서술자와 시점

1. 서술자의 개념
서술자란 독자에게 이야기를 건네는 사람으로, 서술자의 위치와 태도에 따라 같은 사건을 전달하더라도 작품의 내용과 방향이 달라질 수 있다.

내부 서술자	등장인물 중 한 명인 '나' – 1인칭
외부 서술자	등장인물이 아닌 제3자(작가) – 3인칭

2. 시점의 개념
시점이란 작가가 이야기를 서술하는 관점이나 방식을 말한다. 시점은 서술자가 어디에서, 누구에 대해, 어디까지 서술하는가에 따라 1인칭 주인공 시점, 1인칭 관찰자 시점, 3인칭 관찰자 시점, 전지적 작가 시점으로 나뉜다.

3. 시점의 유형

	1인칭 주인공 시점	• 이야기 속 주인공인 '나'가 서술자가 되어 자신의 이야기를 서술하는 시점 • '나'가 자신의 이야기를 하는 것이기에 독자는 '나'에게 친밀감을 느끼고, '나'의 말을 신뢰하게 됨 • 주인공 '나'가 보고, 듣고, 생각한 것만을 알 수 있기에 독자의 상상력은 제한됨
1인칭	1인칭 관찰자 시점	• 이야기 속 주변 인물인 '나'가 서술자가 되어 주인공을 중심으로 한 사건을 관찰하여 서술하는 시점 • 주인공의 내면이 겉으로 드러나지 않고, 관찰자 '나'는 주인공의 대화나 행동, 겉모습만을 관찰하여 전달함 • 관찰자 '나'가 자신의 입장에서 인물이나 사건을 추측·해석하여 전달할 수 있기 때문에, 그 내용이 주관적일 수 있음
3인칭	3인칭 관찰자 시점	• 이야기 밖 서술자가 인물 등에 대해 겉으로 드러난 모습만을 관찰하여 서술하는 시점 • 서술자는 인물이나 작중 상황에 대해 해설이나 평가를 하지 않으므로 시점 중 가장 객관적인 서술이 가능함 • 독자는 서술자가 제시한 내용을 바탕으로 작중 상황 및 인물에 대해 적극적으로 상상할 수 있음
	전지적 작가 시점	• 이야기 밖 서술자가 인물의 내면 심리, 과거 행적, 사건의 전모를 모두 알고 서술하는 시점 • 서술자가 인물과 사건에 대해 모두 설명해 주므로 독자의 상상력은 제한됨 • 서술자가 이야기 속에 개입하여 인물이나 작중 상황에 대해 논평을 하기도 함

⊕ 시점의 분류

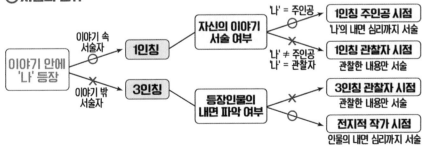

개념 더하기 ⊕ 소설의 시점과 거리

관계에 따른 거리	1인칭 주인공 시점, 전지적 작가 시점	1인칭 관찰자 시점, 3인칭 관찰자 시점
'서술자 – 인물' 사이	가깝다. → 서술자가 인물의 내면을 알고 말해 줌	멀다. → 서술자가 인물과 떨어져서 인물을 관찰함
'서술자 – 독자' 사이	가깝다. → 서술자가 독자에게 인물의 내면, 사건에 대해 친절히 알려 줌	멀다. → 서술자가 독자에게 인물의 말과 행동만 전달해 줌

17 시점에 대한 설명으로 적절하지 않은 것은?
① 1인칭 주인공 시점은 이야기 속 '나'를 찾아볼 수 있다.
② 1인칭 관찰자 시점은 이야기 속 '나'가 타인의 이야기를 서술한다.
③ 3인칭 관찰자 시점은 인물, 사건에 대해 서술자의 개입이 적극적으로 일어난다.
④ 전지적 작가 시점은 인물의 내면과 사건의 전모를 가장 효과적으로 전달할 수 있다.
⑤ 시점은 서술자가 어디에서 이야기를 서술하는가에 따라 1인칭 시점과 3인칭 시점으로 나뉜다.

18 작품 속 등장인물이 아닌 사람이 독자에게 이야기를 건넨다면, 이 작품은 1인칭 시점으로 이야기를 전개하고 있는 것이다. (O | X)

19 〈보기〉에 나타난 시점으로 가장 적절한 것은?

> **보기**
> 한 사람의 생애에 있어서 사십오 년이란 무엇일까. 그것은 부자도 가난뱅이도 될 수 있고, 대통령도 마술사도 될 수 있는 시간일 뿐더러 이미 죽어서 물과 불과 먼지와 바람으로 흩어져 산하에 분분히 내리기에도 충분한 시간이다.
> (중략)
> 그러나 나는 지금 작은 지방 도시에서, 만성적인 편두통과 임신 중의 변비로 인한 치질에 시달리는 중년의 주부로 살아가고 있다. 유행하는 시와 에세이를 읽고 티브이의 뉴스를 보고 보수적인 것과 진보적인 것으로 알려진 두 가지의 일간지를 동시에 구독해 읽는 것으로 세상을 보는 창구로 삼고 있다.
> – 오정희, 〈옛우물〉

① 1인칭 주인공 시점
② 1인칭 관찰자 시점
③ 3인칭 관찰자 시점
④ 전지적 작가 시점
⑤ 제한적 전지적 작가 시점

20 전지적 작가 시점보다 3인칭 관찰자 시점을 취할 때 서술자와 인물 사이의 거리가 가깝다. (O | X)

봄·봄 ❶ 김유정

앞부분의 줄거리 '나'는 데릴사위로 들어와 삼 년이 넘게 일만 하고 있다. 마름인 장인에게 점순이와 성례시켜 달라고 요청해 보지만 번번이 거절당한다. 장인은 해마다 가을에 성례시켜 준다고 '나'와 약속하고도, 막상 가을걷이가 끝나면 점순이가 아직 덜 자랐다는 것을 핑계로 약속을 지키지 않는다.

그 전날, 왜 내가 새고개 맞은 봉우리 화전밭을 혼자 갈고 있지 않았느냐. [A] [밭 가생
　　　　　　　　　　　　　풀과 나무를 불살라 버리고 그 자리를 파 일구어 농사짓는 밭　　　'가장자리'의 방언
이로 돌 적마다 야릇한 꽃내가 물컥물컥 코를 찌르고 머리 우에서 벌들은 가끔 붕, 붕. 소리를 친다. 바위틈에서 샘물 소리밖에 안 들리는 산골짜기니까 맑은 하늘의 봄볕은 이불속같이 따스하고 꼭 꿈꾸는 것 같다.] 나는 몸이 나른하고 몸살(을 아즉 모르지만 병)이 날랴구 그러는지 가슴이 울렁울렁하고 이랬다.

"㉠이러이! 말이! 맘 마 마……."

이렇게 노래를 하며 소를 부리면 여느 때 같으면 어깨가 으쓱으쓱한다. 웬일인지 밭 반도 갈지 않아서 온몸의 맥이 풀리고 대구 짜증만 난다. 공연히 소만 들입다 두들기며
　　　　　　　　　　　　　　　　　　　　　　　　　무리하게 자꾸. 또는 계속하여 자꾸
"㉡안야! 안야! 이 망할 자식의 소(장인님의 소니까) 대리를 꺾어 들라."
　　　　　　　　　　　　　　　　　　　　　　다리　　세차게 마구

그러나 내 속은 정말 안야 때문이 아니라 점심을 이고 온 점순이의 키를 보고 울화가 났든 것이다.
　　　마음속이 답답하여 일어나는 화

점순이는 뭐 그리 썩 예쁜 계집애는 못 된다. 그렇다구 또 개떡이냐 하면 그런 것두 아니고 꼭 내 안해가 돼야 할 만치 그저 툽툽하게 생긴 얼굴이다. 나보다 십 년이 아래니까
　　　　　　　　　　　　아내　　　　생김새가 멋이 없고 투박하게
올해 열여섯인데, 몸은 남보다 두 살이나 덜 자랐다. 남은 잘도 현칠히들 크건만 이건 우
　　　　　　　　　　　　　　　　　　　　　　　　　　훤칠히들
아래가 몽툭한 것이 내 눈에는 헐없이 감참외 같다. 참외 중에는 감참외가 제일 맛 좋고
　　　　　　　　　　　　　　　영락없이
이쁘니까 말이다. 둥글고 커단 눈은 서글서글하니 좋고, 좀 지쳐 찢어졌지만 입은 밥술이나 혹혹히 먹음직하니 좋다. 아따, 밥만 많이 먹게 되면 팔자는 고만 아니냐. 헌데 한 가
　　　톡톡히
지 파가 있다면 가끔 가다 몸이 (장인님은 이걸 채시니없이 들까본다고 하지만) 너머 빨
　　사람의 결점　　　　　　　　　몸가짐이나 행동을 몹시 경망스럽게 한다고
리빨리 논다. 그래서 밥을 나르다가 때 없이 풀밭에다 깨빡을 쳐서 흙투성이 밥을 곧잘
　　　　　　　　　　　　　　　　　　　되게 메어쳐서, 세게 집어 던져서
먹인다. 안 먹으면 무안해할까 봐서 이걸 씹고 앉았노라면 으적으적 소리만 나고 돌을 먹는 겐지 밥을 먹는 겐지…….

그러나 이날은 웬일인지 성한 밥째루 밭머리에 곱게 나려놓았다. 그리고 또 내외를 해
　　　　　　　　　　　　밭이랑의 양쪽 끝이 되는 곳　　남녀 사이에 서로 얼굴을 마주 대하지 않고 피함
야 하니까 저만큼 떨어져 이쪽으로 등을 향하고 옹크리고 앉아서 그릇 나기를 기다린다.

내가 다 먹고 물러섰을 때 그릇을 와서 챙기는데 난 깜짝 놀라지 않었느냐. 고개를 푹숙이고 밥함지에 그릇을 포개면서 날더러 들으래는지 혹은 제 소린지,
밥을 담는 데 쓰는, 나무로 네모지게 짜서 만든 그릇
"㉢밤낮 일만 하다 말 텐가!"

하고 혼자 좋알거린다. 고대 잘 내외하다가 이게 무슨 소린가, 하고 난 정신이 얼떨떨했다.
　　　　　　　　　지금까지
그러면서도 한편 무슨 좋은 수가 있는가 싶어서 나도 공중을 대고 혼잣말로

"㉣그럼 어떡해?"

하니까,

"㉤성례시켜 달라지 뭘 어떡해."

하고 되알지게 쏘아붙이고 얼굴이 발개져서 산으로 그저 도망질을 친다.
힘주는 맛이나 억짓손이 몹시 세게

전개: 화전밭에서 점순이가 '나'에게 성례를 재촉할 것을 부추김

한눈에 정리하기

갈래 단편 소설, 농촌 소설, 순수 소설

주제 어수룩하고 순박한 데릴사위와 그를 이용하는 교활한 장인 간에 벌어지는 해학적인 갈등

구성

발단	장인은 점순이가 자라면 '나'와 성례시켜 주기로 했지만 점순이의 키를 핑계로 성례를 미루고 일만 시킴
전개	• 점순이가 화전밭에 와서 성례시켜 달라고 조르라며 '나'를 부추김 • '나'가 장인을 구장에게 데려가 성례 문제에 대해 판단을 의뢰하나, 구장에게 설득만 당함 • 뭉태가 장인의 속셈과 '나'의 처지를 알려 주며 '나'를 부추김 • 점순이가 장인의 수염이라도 잡아채라며 '나'를 부추김
절정	• '나'가 꾀병을 부리자 장인은 매를 대고, 이에 '나'가 대항하면서 싸움 • 장인이 싸움에서 불리해지자 점순이 태도를 바꾸어 장인의 편을 듦 → 결말 이후에 제시되는 내용
결말	장인이 '나'를 치료해 주고 가을에 성례시켜 주겠다고 달래자 '나'는 장인과 화해하고 일터로 나감

교과서 활동 깊이 보기

▶ **인물의 성격**

나	점순이와의 [1]를 원하지만, 장인의 혼인 약속만 믿고 대가 없이 일을 해 주고 있는 어수룩하고 순박한 인물
장인	• [2] 풍습을 이용하여 '나'의 노동력을 착취하는 교활하고 이기적인 인물 • 마름(지주를 대리하여 농사지를 권리를 관리하는 사람)으로, 품위와 교양이 없는 인물
점순	'나'를 충동질하여 성례를 재촉하게 만드는 등 당돌한 면모를 지녔으나, 결정적인 순간에 아버지(장인)의 편을 드는 이중적 태도를 보이는 인물

▶ **인물 간의 갈등 양상**

' 나'		
점순이와 성례를 치르고 싶어 함	↔	[3] 점순이가 덜 자랐다는 핑계로 성례를 계속 미룸

'나'		[4]
삼 년이 넘도록 일만 하면서 성례 문제에 소극적임	↔	성례를 재촉하기 위해 '나'를 충동질하지만 정작 싸움이 나자 장인(아버지)의 편에 섬

01 윗글의 서술상 특징으로 가장 적절한 것은?

① 서술자가 특정 인물에서 다른 인물로 옮겨지고 있다.
② 특정 인물이 자신이 관찰한 사건을 담담하게 그려 내고 있다.
③ 갈등의 중심에 있는 인물이 자신이 겪은 일을 서술하고 있다.
④ 서술자가 사건의 의미를 객관적으로 분석하여 전달하고 있다.
⑤ 서술자가 모든 등장인물의 내면을 직접적으로 제시하고 있다.

02 이날 에 일어난 일로 적절하지 않은 것은?

① 점순이는 홀로 화전밭을 갈고 있는 '나'를 찾아왔다.
② '나'와 점순이는 대화를 나누면서도 끝까지 내외했다.
③ 점순이는 자신의 속마음을 드러내고는 민망해서 도망쳤다.
④ '나'는 점순이가 무안해할까 봐 말없이 흙투성이 밥을 먹었다.
⑤ 점순이는 '나'가 밥을 다 먹을 때까지 기다렸다가 그릇을 치웠다.

03 〈보기〉의 빈칸에 들어갈 말을 윗글에서 찾아 쓰시오.

보기
( )은/는 점순이에 대한 '나'의 호감을 보여 주는 향토적 소재이다. 이는 '제 눈에 안경'이라는 말처럼, 남들과는 달리 점순이를 예쁘게 바라보고 있는 '나'의 긍정적 시선을 개성적으로 표현한 것이라고 할 수 있다.

04 ㉠~㉤에 대한 설명으로 가장 적절한 것은?

① ㉠: 소에게 화풀이하며 스스로 위안하려는 마음을 드러내고 있다.
② ㉡: 품삯을 제대로 주지 않는 장인에 대한 분노를 담고 있다.
③ ㉢: 밤낮없이 일만 하는 '나'에 대해 안쓰러워하는 마음을 드러내고 있다.
④ ㉣: 현재 상황에 대한 '나'의 체념적 태도와 절망감을 드러내고 있다.
⑤ ㉤: 성례 문제에 관해 '나'가 보다 적극적으로 행동하기를 요구하고 있다.

수능형
05 〈보기〉를 참고하여 [A]를 이해한 내용으로 가장 적절한 것은?

보기
소설에서 배경은 단순히 물리적 시·공간을 드러내는 역할을 하는 데에서 그치지 않는다. 배경은 인물의 성격을 드러내기도 하고, 인물의 태도 변화를 이끌어 내기도 하며, 사건의 분위기를 조성하기도 한다. 그리고 인물이 처한 사회적 환경을 환기하고, 때로는 인물의 심리 상태에 영향을 미친다.

① '나'가 점순이에게 사랑을 고백하게 되는 분위기를 형성하는군.
② 점순이와의 성례를 포기하겠다는 '나'의 태도 변화를 유발하는군.
③ 그때그때 생각이 달라지는 '나'의 변덕스러운 성격을 암시하는군.
④ '나'로 하여금 점순이를 좋아하는 자신의 처지를 떠올리게 하는군.
⑤ '나'가 생기 있는 봄의 분위기에 취해 정서적으로 반응하도록 하는군.

1등급 배경지식

전체 줄거리

데릴사위로 들어와 삼 년이 넘도록 일만 하는 '나'는 마름인 장인에게 점순이와 성례를 시켜 달라고 요구하지만 번번이 거절당한다. 장인은 해마다 가을에 성례를 시켜 준다고 약속하고도, 점순이가 아직 덜 자랐다는 핑계를 대며 약속을 지키지 않는다. 이런 상황에 답답해하던 '나'에게 점순이는 빨리 성례를 시켜 달라고 장인에게 조르라며 충동질을 한다. 용기를 얻은 '나'는 장인과 함께 구장을 찾아가 장인이 약속을 지키지 않는 문제를 따져 보지만, 구장은 장인의 편에서 '나'를 달랠 뿐이다. 아침밥을 들여온 점순이가 '나'에게 핀잔을 주자, 자존심이 상한 '나'는 장인에게 강하게 성례를 요구하지만, 장인은 거절하고 두 사람은 몸싸움을 벌이게 된다. 장인의 비명에 달려온 점순이가 '나'가 아닌 장인의 편을 들면서, '나'는 당황하고 장인이 때리는 매를 맞는다. 장인은 상처를 치료해 주며 가을에는 성례시켜 주겠다는 말로 다시 '나'를 달래고, '나'는 장인에게 감사함을 느끼며 일터로 나간다.

인물 관계도

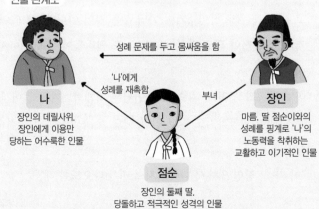

나
장인의 데릴사위.
장인에게 이용만
당하는 어수룩한 인물

성례 문제를 두고 몸싸움을 함

'나'에게 성례를 재촉함

부녀

점순
장인의 둘째 딸.
당돌하고 적극적인 성격의 인물

장인
마름. 딸 점순이와의 성례를 핑계로 '나'의 노동력을 착취하는 교활하고 이기적인 인물

한번은 장인님이 헐떡헐떡 기어서 올라오드니 내 바지가랭이를 요렇게 노리고서 담박
바짓가랑이 단박
웅켜잡고 매달렸다. 악, 소리를 치고 나는 그만 세상이 다 팽그르 도는 것이
움켜잡고
"빙장님! 빙장님! 빙장님!" / "이 자식! 잡아먹어라, 잡아먹어!"
장인
"아! 아! 할아버지! 살려 줍쇼, 할아버지!"

하고 ㉠두 팔을 허둥지둥 내절 적에는 이마에 진땀이 쭉 내솟고 인젠 참으로 죽나 보다
했다. 그래두 장인님은 놓질 않드니 내가 기어이 땅바닥에 쓰러져서 거진 까무러치게 되
기어이
니까 놓는다. 더럽다, 더럽다. 이게 장인님인가? 나는 한참을 못 일어나고 쩔쩔맸다.
그러다 얼굴을 드니(눈에 참 아무것도 보이지 않았다.) 사지가 부르르 떨리면서 나도 엉
금엉금 기어가 장인님의 바지가랭이를 꽉 웅키고 잡아끌었다. 절정 ①: '나'와 장인의 몸싸움

내가 머리가 터지도록 매를 얻어맞은 것이 이 때문이다. ㉡그러나 여기가 또한 우리 장
인님이 유달리 착한 곳이다. 여느 사람이면 사경을 주어서라도 당장 내쫓았지, [A] [터진
머슴이 주인에게서 한 해 동안 일한 대가로 받는 돈이나 물건
머리를 불솜으로 손수 지져 주고, 호주머니에 히연 한 봉을 넣어 주고, 그리고,
상처를 소독하기 위하여 불에 그을린 솜방망이 일제 강점기에 판매하던 담배 이름
"올 갈엔 꼭 성례를 시켜 주마. 암말 말구 가서 뒷골의 콩밭이나 얼른 갈아라."]
하고 등을 뚜덕여 줄 사람이 누구냐.
두드려
㉢나는 장인님이 너무나 고마워서 어느덧 눈물까지 났다. 점순이를 남기고 인젠 내쫓
기려니 하다 뜻밖의 말을 듣고,
"빙장님! 인제 다시는 안 그러겠어유……." 결말: '나'와 장인의 화해

이렇게 맹서를 하며 불랴살야 지게를 지고 일터로 갔다. 그러나 이때는 그걸 모르고 장
맹세 부랴사랴. 매우 부산하고 급하게 서두르는 모양
인님을 원수로만 여겨서 잔뜩 잡아다렸다.
잡아당겼다
"아! 아! 이놈아! 놔라, 놔, 놔……."

장인님은 헷손질을 하며 솔개미에 챈 닭의 소리를 연해 질렀다. 놓긴 왜, 이왕이면 호
헛손질
되게 혼을 내 주리라 생각하고 짓궂이 더 댕겼다마는, ㉣장인님이 땅에 쓰러져서 눈에 눈
물이 피잉 도는 것을 알고 좀 겁도 났다.

"할아버지! 놔라, 놔, 놔, 놔놔." / 그래도 안 되니까, / "얘, 점순아! 점순아!"

이 악장에 안에 있었든 장모님과 점순이가 헐레벌떡하고 단숨에 뛰어나왔다.
악을 쓰는 것
나의 생각에 장모님은 제 남편이니까 역성을 하는지도 모른다. ㉤그러나 점순이는 내
고소해하겠지
편을 들어서 속으로 고수해서 하겠지……. 대체 이게 웬 속인지(지금까지도 난 영문을 모
른다.), 아버질 혼내 주기는 제가 내래 놓고 이제 와서는 달겨들며
자기가 부추겨 놓고
[B]
"에그머니! 이 망할 게 아버지 죽이네!"
하고 내 귀를 뒤로 잡어댕기며 마냥 우는 것이 아니냐. 그만 여기에 기운이 탁 꺾이어 나
는 얼빠진 등신이 되고 말았다. 장모님도 덤벼들어 한쪽 귀마저 뒤로 잡아채면서 또 우는
것이다.

이렇게 꼼짝 못하게 해 놓고 장인님은 지게막대기를 들어서 사뭇 나려조겼다. 그러나
마구 두들기거나 때렸다
나는 구태여 피할랴지도 않고 암만 해도 그 속 알 수 없는 점순이의 얼굴만 멀거니 들여
다보았다.

"이 자식! 장인 입에서 할아버지 소리가 나오도록 해?"
절정 ②: 점순이의 이중적 태도에 당황한 '나'

교과서 활동 깊이 보기

▶ 〈봄 · 봄〉의 사건 전개

이 작품은 엊그제부터 오늘 아침에 이르기까지
의 사건들이 뒤섞여 나타난다. 시간의 흐름에 따
라 사건들의 순서를 정리하면 다음과 같다.

시간 순서	사건 제시
① 작년 봄	'나'가 가을에 성례시켜 준다는 장인의 말에 속아 열심히 일함
② 엊그제	화전밭에서 점순이가 '나'에게 ☐ 1 에 관해 아버지(장인)를 조르라고 부추김
③ 어제(낮)	논일을 하던 '나'가 배가 아프다며 꾀병을 부리면서 장인과 갈등을 겪음
④ 어제(낮)	'나'가 장인과 함께 구장을 찾아갔으나 소득 없이 돌아옴
⑤ 어제(밤)	'나'가 뭉태에게 하소연하고 충고를 들음
⑥ 오늘(아침 먹기 전)	아침상을 들고 온 점순이가 성례 문제로 다시 '나'를 충동질함
⑦ 오늘(아침 먹은 후)	'나'는 장인에게 성례를 요구하다 장인과 ☐ 2 을 벌임
⑧ 오늘(⑦에 이어지는 시간)	장인과의 몸싸움 도중 점순이가 장인의 편을 들자 '나'는 점순이의 태도에 어안이 벙벙해짐
⑨ 오늘(몸싸움 후)	장인이 '나'를 치료해 주며 성례를 약속하고, '나'는 고마워하며 일터로 향함

▶ 역순행적 구성의 효과

이 작품은 '나'의 회상에 따라 사건을 전개하며,
절정 단계 속에 결말을 삽입하는 ☐ 3 구성
방식을 취하고 있다.

절정 ①	'나'가 장인에게 심하게 매를 맞음

↓

결말	장인이 올가을에는 성례를 시켜 주겠다고 하자, '나'가 일터로 나감

↓

절정 ②	'나'가 장인과 몸싸움을 벌이는데, 점순이가 장인의 편을 들자 얼이 빠짐

효과
'나'와 장인의 대결을 강조함으로써 긴장감, 해학성이 극대화됨

▶ 해학적 요소

- 어수룩하여 장인의 속내나 당면한 상황을 제대로 파악하지 못하는 '나'의 대응 방식
- 장인과 사위라는 관계에 어울리지 않는 비상식적 언행이나 격렬한 싸움 장면
- 방언(강원도 사투리) 및 비속어의 사용
- 상황에 맞지 않는 익살스러운 표현

01 윗글에 나타난 해학성에 대한 설명으로 가장 적절한 것은?

① 상황을 재치 있게 표현하는 언어유희를 통해 해학성을 형성한다.

② 상대방의 권위를 실추시키는 반어적 표현을 통해 해학성을 드러낸다.

③ 인물 간의 관계에 어울리지 않는 비상식적 행동이 해학성을 유발한다.

④ 당면한 상황을 정확하게 인식하는 인물의 대응 방식이 해학성을 유발한다.

⑤ 치욕적인 역사적 사건을 비꼬아 표현하는 풍자를 통해 해학성을 표출한다.

02 ㉠~㉤ 중 '나'의 순진하고 어수룩한 성격과 관련이 없는 것은?

① ㉠　② ㉡　③ ㉢　④ ㉣　⑤ ㉤

03 [A]에 대해 이해한 내용으로 적절하지 않은 것은?

① '나'가 장인을 착하다고 평가하는 근거가 된다.

② '나'를 때려 다치게 한 것에 대한 장인의 은근한 미안함이 반영되어 있다.

③ '나'와 점순이의 성례 약속을 지키겠다는 장인의 굳은 의지가 담겨 있다.

④ '나'가 용서를 구하며 다시는 그러지 않겠다는 맹세를 하는 계기가 된다.

⑤ '나'를 달래고는 있지만 장인의 교활하고 이기적인 속내가 내재되어 있다.

04 〈봄·봄〉은 의도적으로 시간을 역전시켜 사건을 배치하고 있다. 윗글에서 가장 나중에 일어난 사건을 찾아 그 첫 문장을 쓰시오.

수능형

05 〈보기〉는 [B]를 시나리오로 각색한 것이다. 각색 과정에서의 변화를 이해한 것으로 가장 적절한 것은?

┌─────────── 보기 ───────────┐

S# 19 점순네 마당

점순: (조금 떨어져 팔짱을 낀 채로) 그럴 줄 알았어요. 고인 물도 밟으면 솟구친다잖어요.

장모: (다급한 목소리로) 뭐어! 얘, 얘, 점순아!

덕삼: (더 세게 힘주어 잡아당기며) 어서 혼례시켜 주세유!

장인: (충격을 받은 듯, 고통스런 어조로) 저, 저, 저, 저것이 미쳤나…….

덕삼: (조르는 듯한 어조로) 장인님 혼례 안 시키려면 차라리 징역 보내세요. 어서유.

장인: (체념한 듯) 알았어, 알았다고. 당장 성례시켜 주마. 됐지? 이젠 놔라, 놔.

(C.U.) 점순 얼굴이 환하게 밝아지며, 얼굴에 웃음이 번진다.

└──────────────────────────┘

① 공간적 배경을 추가하여 공간의 이동이 나타나고 있다.

② 인물의 대사로 작품을 끝맺음으로써 여운을 남기고 있다.

③ 상징적 소재를 동원하여 작품의 주제를 부각시키고 있다.

④ 주요 인물들의 태도를 바꾸어 작품의 주된 갈등을 해소하고 있다.

⑤ 새로운 인물을 추가하여 또 다른 사건이 나타날 것을 암시하고 있다.

1등급 배경지식

1930년대 농촌 현실

1930년대 농촌에서는 조선 시대부터 이어지던 '지주-마름-소작농'의 구조가 지속되고 있었어요. 지주는 자신이 소유한 토지를 남에게 빌려주고, 토지 사용의 대가로 금전이나 물건을 받는 사람을 의미해요. 마름은 지주를 대리하여 농사지을 권리를 관리하는 사람을, 소작농은 일정한 토지 사용료를 지급하며 다른 사람의 농지를 빌려 농사를 짓는 농민을 말해요. 대토지를 소유한 지주의 경우, 다수의 소작농을 관리하기 위해 중간 관리인 마름을 적극적으로 활용했답니다. 이에 마름은 지주의 대리인 역할을 하여 누가 땅을 사용하게 할 것인지를 결정하기도 하였지요. 그렇기 때문에 농촌 사회에서 마름의 지위는 높았고, 소작농들은 마름의 눈치를 볼 수밖에 없었어요.

김유정의 작품 세계와 김유정 소설 속 인물

김유정은 2년 정도에 불과한 문단 생활 중 폐결핵을 앓으면서도 30여 편의 단편 소설을 남겼어요. 그는 작품 속 인물들을 대개 어리석고 무지한 이들로 설정했고, 한국 문학사상 최초로 토착적 해학을 형상화했는데요. 일제 강점기에 활동했던 대부분의 작가들이 고통스러운 현실에서 벗어나기 위해 노력하는 비극적인 주인공을 통해 숭고미를 형성한 것과는 달리, 김유정은 어리석고 익살스러운 인물을 통해 해학미를 형성함으로써 독특한 소설 세계를 형성했답니다. 또한 김유정은 등장인물들의 우직함과 엉뚱함, 결말에서의 의외의 행동, 해학이 담긴 서술자의 시선, 토속어, 비속어 등을 사용하여 고유의 작품 세계를 구축했어요.

창섭의 아버지는 근검(勤儉)으로 근방에 소문난 영감이다.
부지런하고 검소함   소를 데리고 하룻낮 동안에 갈 수 있는 밭의 넓이

그러나 ㉠자기 대에 와서는 밭 하루갈이도 늘구지는 못한 것으로도 소문난 영감이다.

곡식값보다는 다른 물가들이 높아졌을 뿐 아니라 전대(前代)에는 모르던 아들의 ⓐ유학

이란 것이 큰 부담인 데다가,

"할아버니와 아버지께서 나를 부자 소린 못 들어도 굶는단 소린 안 듣고 살도록 물려주

시구 가셨다. 드럭드럭 탐내 모아선 뭘 허니, 할아버지께서 쇠똥을 맨손으로 움켜다 너

시던 논, 아버니께서 멍덜을 손수 이룩허신 밭을 더 건 논으로 더 기름진 밭이 되도록,
험한 바위나 돌이 삐죽삐죽 나온 곳   흙이나 거름 따위가 기름지고 양이 많은

닦달만 해 가기에도 내겐 벅찬 일일 게다."
물건을 손질하고 매만짐

하고 절용해 쓰고 남는 돈이 있으면 그 돈으로는 품을 몇씩 들여서까지 비뚠 논배미를 바
아껴 씀   논두렁으로 둘러싸인 논의 하나하나의 구역

로잡기, 밭에 돌을 추려 바람맞이로 담을 두르기, 개울엔 둑막이하기, 그러다가 아들이

의사가 된 후로는, 아들 학비로 쓰던 몫까지 들여서 동네 길들은 물론, 읍 길과 정거장 길

까지 닦아 놓았다. 남을 주면 ⓑ땅을 버린다고 여간 근실한 자국이 아니면 소작을 주지
농토를 갖지 못한 농민이 일정한 소작료를 지급하며 다른 사람의 농지를 빌려 농사를 짓는 일

않았고, 소를 두 필이나 매고 일꾼을 세 명씩이나 두고 적지 않은 전답을 전부 자농(自農)
자기 땅에 자기가 직접 짓는 농사. 또는 그런 농민이나 농가

으로 버티어 왔다.

(중략)

이런 땅을 팔기에는, 아무리 수입은 몇 배 더 나은 병원을 늘쿠기 위해서나 아버지께
늘리기

미안하지 않을 수 없었다. 그러나 잡히기나 해 가지고는 삼만 원 돈을 만들 수가 없었고,

서울서 큰 ⓒ양관(洋館)을 손에 넣기란 돈만 있다고도 아무 때나 될 일이 아니었다.
서양식으로 지은 집 = 양옥

'아버지께선 내년이 환갑이시다! 어머니께선 겨울이면 해마다 기침이 도지신다. 진작부

터 내가 모셔야 했을 거다. 그런데 내가 시굴로 올 순 없고, 천생 부모님이 서울로 가시
이미 정하여진 것처럼 어쩔 수 없이

어야 한다. 한동네서도 땅을 당신만치 못 거둘 사람에겐 소작을 주지 않으셨다. 땅 전

부를 소작을 내어 맡기고는 서울 가 편안히 계실 날이 하루도 없으실 게다. 아버님의

말년을 편안히 해 드리기 위해서도 땅은 전부 없애 버릴 필요가 있는 거다!'
일생의 마지막 무렵

창섭은 샘말에 들어서자 동구에서 이내 아버지를 뵐 수가 있었다. 아버지는, 가에는 살
동네 어귀

얼음이 잡힌 찬물에 무릎까지 걷고 들어서서 동네 사람들을 축추겨 ⓓ돌다리를 고치고
'부추기다'의 방언

계시었다.

"어떻게 갑재기 오느냐?"

"네, 좀 급히 여쭤봐야 할 일이 생겼습니다."

"그래? 먼저 들어가 있거라."

동네 사람 수십 명이 쇠고삐 두 기장은 흘러내려 간 다릿돌을 동아줄에 얽어 끌어 올리

고 있었다. 개울은 동네 복판을 흐르고 있어 아래위로 ⓔ징검다리는 서너 군데나 놓였으

나 하룻밤 비에도 일쑤 넘치어 모두 이 큰 돌다리로 통행하던 것이었다. 창섭은 어려서

아버지께 이 큰 돌다리의 내력을 들은 것이 아직도 기억에 남아 있다.
지금까지 지내 온 경로나 경력

"너이 증조부님 돌아가시어서다. 산소에 상돌을 해 오시는데 징검다리로야 건네올 수
아버지의 할아버지. 또는 할아버지의 아버지를 이르는 말   무덤 앞에 제물을 차려 놓기 위하여 넓적한 돌로 만들어 놓은 상

가 있니? 그래 너이 조부님께서 다리부터 이렇게 넓구 튼튼한 돌루 노신 거란다."

전개: 창섭이 서울에서 고향으로 내려와 돌다리를 고치고 있는 아버지와 만남

한눈에 정리하기

갈래	단편 소설
성격	교훈적, 비판적, 사실적
주제	땅의 가치에 대한 인식을 통한 물질 만능주의적 가치관 비판

구성

발단	내과 의사 창섭이 부모님의 땅을 팔고자 고향으로 내려옴
전개	창섭이 마을 입구에서 돌다리를 고치는 아버지를 만남
위기	창섭이 병원 확장을 위한 자금 마련을 위해 아버지의 땅을 팔자고 설득함
절정	아버지는 자신은 죽기 전에나 농민에게 땅을 넘기겠다고 함
결말	창섭이 서울로 돌아가고, 아버지는 지금처럼 천리를 따라 살 것을 다짐함

교과서 활동 깊이 보기

▶ 사건의 전개 과정

창섭의 회상 ①	
공간	• 건너편 산기슭의 공동묘지를 본 창섭이 죽은 누이(창옥)를 떠올리며 그리워함
샘말 오는 길	• 잘 가꿔진 논과 밭을 본 창섭이 <u>　1　</u>에 대한 아버지의 애정을 떠올림

↓

창섭의 회상 ②	
공간	동네 사람들과 돌다리를 고치는 아버지의 모습을 보고 아버지에게서 들은 돌다리의 <u>　2　</u>을 떠올림
샘말 동구	

창섭과 아버지와의 대화	
공간	• 창섭이 <u>　3　</u>을 확장하기 위해 아버지에게 땅을 팔기를 청함
고향 집	• 아버지가 돌다리를 고치고 돌아와서 창섭의 제안을 거절함

창섭의 내면	
공간	창섭이 땅에 대한 아버지의 신념을 존중하고, 저녁차를 타러 나감
고향 집	

아버지의 내면	
공간	아버지가 천리에 충실하며 지금과 같이 살 것을 다짐함
돌다리	

▶ <u>　4　</u>의 상징적 의미

특징	• 돌이 무겁기 때문에 만들기 어렵지만 매우 튼튼함 • 창섭의 할아버지가 만든 이후 창섭 가족의 삶과 함께해 옴
의미	• 전통적 가치관과 사고를 상징함 • 창섭 가족의 추억이 담긴 소재로 가족사의 일부로서 기능함

01 윗글에 대한 설명으로 가장 적절한 것은?

① 액자식 구성으로 주인공의 과거 체험을 보여 주고 있다.
② 빈번한 장면 전환을 통해 긴박한 분위기를 조성하고 있다.
③ 상징적 소재를 사용하여 인물의 성격 변화를 암시하고 있다.
④ 방언을 적절히 사용하여 해학적인 분위기를 조성하고 있다.
⑤ 인물 간의 대화와 요약적 진술을 통해 이야기를 전개하고 있다.

04 ㉠의 이유로 적절하지 <u>않은</u> 것은?

① 아들의 유학비를 장만하였기 때문에
② 땅을 더 기름지게 만들기 위해 애썼기 때문에
③ 징검다리를 만들기 위해 자금을 많이 썼기 때문에
④ 동네 길을 비롯해 읍 길과 정거장 길을 닦았기 때문에
⑤ 다른 물건의 가격이 곡식의 가격보다 올랐기 때문에

02 윗글의 내용에 대한 설명으로 적절하지 <u>않은</u> 것은?

① 창섭의 아버지는 부지런하지만 땅을 늘리지는 못했다.
② 창섭은 어렸을 때 아버지에게서 돌다리의 내력을 들었다.
③ 창섭의 직업은 의사이고, 창섭의 아버지의 직업은 농부이다.
④ 창섭의 아버지는 창섭의 학비로 쓰던 돈을 마을을 위해 사용했다.
⑤ 창섭은 아프신 부모님을 서울 병원에 모셔 가기 위해 시골로 내려왔다.

03 윗글에서 창섭 아버지의 성격이 직접적으로 드러난 2음절의 한자어가 포함된 문장을 찾아 쓰시오.

수능형
05 〈보기〉를 참고하여 ⓐ~ⓔ를 이해한 내용으로 적절하지 <u>않은</u> 것은?

> **보기**
>
> 이 작품의 배경은 일제 강점기로 일제를 통해 서구의 가치관이 우리나라에 유입되던 시기이다. 당대는 대상의 정신적 가치를 중시하는 전통적인 가치관이 점차 사라지고, 대상의 물질적 가치를 우선시하는 서구적이고 근대적인 가치관이 대두되던 과도기였다. 이 작품은 정신적 가치와 물질적 가치가 혼재했던 당시의 현실을 가족 간의 갈등을 통해 드러내고 있다.

① ⓐ: 창섭이 근대적인 가치관을 지니게 된 것에 영향을 미친 요소로 볼 수 있다.
② ⓑ: 창섭의 조상 때부터 일구었던 공간이라는 점에서 전통적 가치관과 관련이 있다고 볼 수 있다.
③ ⓒ: 물질적 가치를 우선시하는 서구의 가치관과 연관이 있는 소재로 볼 수 있다.
④ ⓓ: 정신적 가치를 중요하게 여기는 전통적인 가치관을 상징한다고 볼 수 있다.
⑤ ⓔ: 전통적 가치관보다 근대적 가치관이 견고함을 드러낸다고 볼 수 있다.

1등급 배경지식

전체 줄거리

창섭은 누이동생 창옥이 의사의 오진으로 사망하자 아버지가 권하는 농업 학교에 가지 않고 의사가 된다. 서울에서 권위 있는 의사가 된 창섭은 병원을 확장하기 위한 돈을 마련하기 위해 고향으로 내려온다. 땅을 정성스럽게 가꾸는 아버지의 모습을 떠올리며 마을로 향하던 창섭은 마을 입구에서 돌다리를 고치는 아버지를 만난다. 창섭은 땅을 소중히 여기는 아버지의 마음은 알지만, 병원을 확장하기 위해서는 땅을 팔아야 한다며 아버지를 설득한다. 그러나 아버지는 창섭의 제안을 거절하며 죽기 전에 땅을 농민에게 넘기겠다고 한다. 땅에 대한 아버지의 신념을 깨달은 창섭은 아버지가 고쳐 놓은 돌다리를 건너 서울로 돌아간다. 다음 날 아버지는 돌다리에 나가 세수를 하면서 앞으로도 지금처럼 천리에 충실하며 살 것을 다짐한다.

인물 관계도

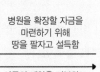

병원을 확장할 자금을 마련하기 위해 땅을 팔자고 설득함

아들의 제안을 거부하고 죽기 전에 땅을 농민에게 넘기겠다고 함

아버지
시골의 농부.
땅의 본래적 가치를 중시함

아들
서울의 의사.
땅의 금전적 가치를 중시함

"땅을 밟구 다니니까 땅을 우섭게들 여기지? 땅처럼 <u>응과(應果)</u>가 분명헌 게 무어냐?
　　　　　　　　　　　　　　　　　　　　　　노력에 대한 결실
하눌은 차라리 못 믿을 때두 많다. 그러나 힘들이는 사람에겐 힘들이는 만큼 땅은 반드

시 후헌 보답을 주시는 거다. 세상에 흔해 빠진 지주들, 땅은 <u>작인</u>들헌테나 맽겨 버리
　　　　　　　　　　　　　　　　　　　　　　　소작인. 다른 사람의 농지를 빌려 농사를 짓고 그 대가로 사용료를 지급하는 사람
구, 떡 도회지에 가 앉어 <u>소출</u>은 팔어다 모다 도회지에 낭비해 버리구, 땅 가꾸는 덴 단
　　　　　　　　　　　　논밭에서 나는 곡식. 또는 그 곡식의 양
돈 일 원을 벌벌 떨구, 땅으루 살며 땅에 야박한 놈은 자식으로 치면 후레자식인 셈이
　　　　　　　　　　　　　배운 데 없이 제물로 막되게 자라 교양이나 버릇이 없는 사람을 낮잡아 이르는 말
야. 땅이 말을 할 줄 알아 봐라? 배가 고프단 땅이 얼마나 많을 테냐? 해마다 걷어만

가구, 땅은 자갈밭이 되니 아나? 거름 한번을 제대로 넣나? 정 급허게 돼 작인이 우는

소리나 해야 요즘 너이 <u>신의</u>들 주사침 놓듯, 앤꾿인 금비만 갖다 털어 넣지. 그렇게 땅
　　　　　　　　　　　'한의사'를 '구의'라 하는 것에 빗대어 '양의사'를 이르는 말
을 홀댄 허군 인제 죽어서 땅이 무서서 어디루들 갈 텐구!"

창섭은 입이 얼어 버렸다. 손만 비비었다. 자기의 생각은 너무나 자기 <u>본위</u>였던 것을
　　　　　　　　　　　　　　　　　　　　　　　　　　　판단이나 행동에서 중심이 되는 기준
대뜸 깨달았다. 땅에는 이해를 초월한 일종의 종교적 신념을 가진 ㉠아버지에게 아들의

<u>이단적</u>(異端的)인 계획이 용납될 리 <u>만무</u>였다. 아버지는 상을 물리고도 말을 계속하였다.
　　　　　　　　　　　　　　　　　　　　　절대로 없음
"너루선 어떤 수단을 쓰든지 병원부터 확장허려는 게 과히 엉뚱헌 욕심은 아닐 줄두 안

다. 그러나 욕심을 부런 못쓰는 거다. 의술은 예로부터 <u>인술</u>(仁術)이라지 않니? 매살
　　　　　　　　　　　　　　　　　　　　　　사람을 살리는 어진 기술이라는 뜻으로, '의술'을 이르는 말
순탄허게 진실허게 해라."

"……"

"네가 <u>가업</u>(家業)을 이어 나가지 않는다군 탄허지 않겠다. 넌 너루서 발전헐 길을 열었

구, 그게 또 <u>모리지배</u>(謀利之輩)의 악업이 아니라 <u>활인</u>(活人)허는 인술이구나! 내가 어
　　　　온갖 수단과 방법으로 자신의 이익만을 꾀하는 사람. 또는 그런 무리　　　사람의 목숨을 구하여 살림
떻게 불평을 말헌? 다만 삼사대 집안에서 공들여 이룩해 논 <u>전장</u>을 남의 손에 내맡기게
　　　　　　　　　　　　　　　　　　　　　　　　　　개인이 소유하는 논밭
되는 게 저윽 애석헌 심사가 없달 순 없구……."

"팔지 않으면 그만 아닙니까?"

"나 죽은 뒤에 누가 거두니? 너두 이제두 말했지만 너두 문서 쪽만 쥐구 서울 앉어 지

주 노릇만 허게? 그따위 지주허구 작인 틈에서 땅들만 얼말 곯는지 아니? 안 된다. 팔

테다. 나 죽을 임시엔 다 팔 테다. 돈에 팔 줄 아니? 사람헌테 팔 테다. 건너 용문이는

우리 느르지논 같은 건 한 해만 부쳐 보구 죽어두 농군으루 태났던 걸 <u>한</u>허지 않겠다구
　　　　　　　　　　　　　한지. 몹시 억울하거나 원통하여 원망스럽게 생각하지　태어났던
했다. 독시장밭을 내논다구 해 봐라, 문보나 덕길이 같은 사람은 길바닥에 나앉드라두

집을 팔아 살려구 덤빌 게다. 그런 사람들 땅 임자 안 되구 누가 돼야 옳으냐? 그러

니 아주 말이 난 김에 내 ㉡<u>유언</u>(遺言)이다. 그런 사람들 무슨 돈으로 땅값을 한목 내겠
　　　　　　　　　　　　　　　　　　　　　　　한꺼번에 몰아서 함
니? 몇몇 해구 그 땅 소출을 팔아 연년이 갚어 나가게 헐 테니 너두 땅값을랑 그렇게

받어 갈 줄 미리 알구 있거라. (중략) 자식의 젊은 욕망을 들어 못 주는 게 애비 된 맘으

루두 섭섭허다. 그러나 이 늙은이헌테두 그만 신념쯤 지켜 오는 게 있다는 걸 무시하지

말어다구."

아버지는 다시 일어나 담배를 피우며 다리 고치는 데로 나갔다. 옆에 앉었던 어머니는

두 눈에 눈물을 쭈르르 흘리었다.

"너이 아버지가 여간 고집이시냐?"

"아뇨. 아버지가 어떤 어룬이신 건 오늘 제가 더 잘 알었습니다. 우리 아버진 훌륭헌 인

물이십니다."

절정: 아버지가 땅을 팔자는 창섭의 제안을 거절하며 땅에 대한 신념을 드러냄

교과서 활동 　깊이 보기

▶ **인물에 대한 이해**

창섭	서울의 의사, 누이(창옥)의 죽음이 계기가 되어 의사가 된 뒤 병원을 확장하기 위해 땅을 팔자고 아버지에게 제안하지만 땅에 대한 아버지의 신념을 인정하게 됨
아버지	시골의 농부, 평생 농사를 지으면서 살아왔으며 땅의 본래적 가치를 중시하고 경제적 이익을 위해 땅을 사고파는 세태를 비판함
어머니	평생 남편을 뒷바라지하며 살아와 남편의 뜻에 따르면서도 아들을 따라가 서울에서 살고 싶어 함

▶ **〈돌다리〉의 중심 갈등**

	창섭	아버지
갈등 원인	땅을 경제적, 물질적 이익을 얻을 수 있는 수단으로 여김	땅의 본래적 가치를 중시하며, 땅을 삶의 터전으로 여김
갈등 양상	병원을 확장하기 위해 땅을 팔기를 바람	창섭의 제안을 거절하고, 죽기 전 땅을 소중히 여기는 사람에게 넘기고자 함
갈등 해소	아버지는 창섭에게 순리대로 진실하게 살 것을 권유하고, 창섭은 땅을 대하는 아버지의 애착과 　 1 　을 이해함	

▶ **창작 배경 및 의도**

창작 배경
• 일제 강점기 • 근대 자본주의의 가치관이 확산됨 • 농민들이 소작농이 되거나 도시 빈민으로 살아감 • 농민들로부터 땅을 사들인 지주들은 땅을 경제적 이익을 얻을 수 있는 수단으로만 인식함

↓

창작 의도
땅을 소중하게 생각하는 창섭의 아버지를 통해 근대 자본주의적 가치관과 땅을 경제적 이익을 얻을 수 있는 수단으로만 여기는 세태를 비판하고, 땅의 본래적 가치를 인식하게 하고자 창작함

▶ **서술상 특징**

이 작품은 작품 밖의 서술자가 인물의 내면 심리를 모두 알고 서술하는 　 2 　 시점으로 내용이 전개되고 있다. 서술자가 창섭, 창섭의 아버지 등 인물의 내면 심리를 모두 드러내고 있으므로 작가가 말하고자 하는 주제나 문제의식을 드러내는 데는 효과적이지만, 독자의 　 3 　은 제한된다는 한계가 있다.

01 윗글의 서술상 특징으로 가장 적절한 것은?

① 반복되는 사건을 제시하여 인물 간의 갈등을 심화한다.
② 인물 간의 대화를 통해 인물이 지향하는 바를 드러낸다.
③ 서술자가 자신의 이야기를 중심으로 사건을 전개한다.
④ 여러 인물을 서술자로 내세워 다양한 시각으로 사건을 전달한다.
⑤ 과거 장면과 현재 장면을 교차하여 이야기를 입체적으로 서술한다.

02 ㉠에 대한 설명으로 적절하지 <u>않은</u> 것은?

① 아들이 가진 직업의 가치를 이해하고 있다.
② 사람은 죽어서 땅으로 돌아갈 것이라 생각하고 있다.
③ 땅을 물질적 가치로만 여기는 세태를 비판하고 있다.
④ 하늘과 땅이 응과가 분명하다는 믿음을 지니고 있다.
⑤ 농사짓는 일이 후대로 이어지지 않아 아쉬워하고 있다.

03 윗글의 내용으로 볼 때, ㉡의 의미로 가장 적절한 것은?

① 네 어머니와 상의하여 이 땅을 처분하여라.
② 이 땅은 제값을 단번에 받고 팔도록 하여라.
③ 가업을 이어 이 땅에서 네가 농사짓도록 하여라.
④ 땅의 가치를 알고 소중히 여기는 사람에게 주어라.
⑤ 땅 임자가 될 사람을 네가 가려 정한 후 이 땅을 팔도록 하여라.

04 〈보기〉의 설명에 해당하는 표현을 윗글에서 찾아 쓰시오.

> ── 보기 ──
>
> 아버지의 신념을 인정하는 창섭의 마음이 드러나는 2어절의 어구

수능형

05 〈보기〉와 같이 윗글의 작가와 대담을 하였다고 할 때, 작가의 대답으로 가장 적절한 것은?

> ── 보기 ──
>
> 학생: 선생님의 소설을 읽고 많은 생각을 하게 되었습니다. 이 이야기를 통해 선생님이 궁극적으로 드러내고자 했던 점은 무엇인지요?
>
> 작가: _____

① 땅과 인간, 인간의 지혜는 땅에서 나옵니다.
② 소중한 땅, 그 본질적 의미를 되새겨야 합니다.
③ 땅의 소유, 농민에게는 많을수록 좋은 일입니다.
④ 땅의 가치, 그것은 효율성으로 평가해야 합니다.
⑤ 마음의 땅, 우리가 돌아갈 미래의 보금자리입니다.

1등급 배경지식

〈돌다리〉의 시대적 배경과 '돌다리'의 상징성

1930년대를 전후한 시기는 일제의 주도로 근대화가 진행되던 시기였어요. 급격하고 강제적으로 진행되었던 근대화 정책으로 인해 당시 조선의 전통적인 생활 방식과 가치관이 사라지게 되었고, 근대적 생활 방식과 가치관이 대신 자리를 잡게 되었어요. 이 과정에서 전통적인 가치관을 지키려고 하는 구세대와 근대적 물질주의를 중시하는 신세대의 갈등이 일어나기도 했지요. 이런 시기를 시대적 배경으로 하는 〈돌다리〉에서는 개인의 이익을 중시하여 병원 확장이라는 명목하에 땅을 팔기를 바라는 아들 창섭과 땅의 본래적 가치를 중시하는 아버지의 갈등이 드러나고, 이러한 아버지의 생각이 '돌다리'라는 상징적인 소재로 표현되고 있어요. 나무다리가 있는데 돌다리를 왜 고치냐는 아들의 말에 창섭의 아버지는 돌다리가 가족사의 일부라는 점을 내세워 이를 수리해요. 즉, 돌다리라는 소재를 통해 모든 것을 물질적, 경제적 가치로만 판단하는 근대적인 사고를 비판하고 있으며, 전통적인 가치관을 드러내고 있는 것이에요.

이태준의 작품 세계

한국 현대 소설사의 대표적인 작가로 평가받는 이태준은 1930년대 순수 문학의 기수, 한국 단편 소설의 완성자, 통속 작가, 월북 작가 등 다양한 수식어가 따라붙는 작가예요. 그만큼 이태준은 굴곡이 심한 삶을 살며 문학 작품을 창작했어요. 이태준의 소설에서는 대체로 간결하면서도 운치 있는 문체, 유려한 문장, 짜임새 있는 구성, 개성 있는 인물 묘사 등이 드러나며, 특히 도시의 하층민과 노인 등 근대 사회의 소외 계층이 많이 등장해요. 이태준은 이러한 인물들을 따뜻한 시선으로 바라보며 이들이 힘들게 살아가는 세태에 대해 문제 제기를 하기도 하지요. 이러한 이유로 그의 작품 세계는 '소멸해 가는 것의 아름다움'을 표현하고 있다는 평가를 받기도 한답니다. 이태준은 이효석, 김기림, 정지용, 유치진 등과 함께 구인회를 결성하고, 순수 문예지 《문장》을 이끌며 역량 있는 신인 작가들을 발굴하기도 했어요. 해방 후에는 해방 직후의 어지러운 상황에서 자신의 이념적인 변화를 형상화한 〈해방 전후〉나 북한의 토지 개혁 과정을 드러낸 〈농토〉 등을 창작한 바 있어요.

미스터 방 ❶ 채만식

앞부분의 줄거리 신기료장수를 하던 방삼복은 해방 이후 미군 통역관 '미스터 방'이 되어 부를 축적하다가 우연히 길에서 같은 고향 사람인 백 주사를 만나게 된다. 백 주사는 일제 강점기에 경찰서 주임이었던 아들 덕분에 위세를 떨쳤지만, 해방이 되자 지역 주민들의 습격을 받아 재산을 모두 빼앗기고 서울로 피신해 있던 상황이었다. 방삼복은 백 주사를 자신의 집으로 초대한다.

<u>별로 기술이 필요하지 않은 막일을 직업으로 하는 사람</u>
상일꾼일 바엔 남의 <u>세토</u> 마지기라도 얻어 제 농사를 짓는 것이 아니라, 삼십을 바라보
<u>해마다 일정한 양의 벼를 주인에게 세(稅)로 바치고 부치는 논밭</u>
도록 남의 집 머슴살이만 하고 다니던 코뻬뚤이 삼복이가 하루아침 무슨 생각이 났던지,

돈벌이를 간답시고, <u>조석이 간데없는</u> 부모에게다 처자식 떠맡기고는 훌쩍 일본으로 떠나
<u>아침저녁 끼니를 못 이을 정도로 몹시 가난한</u>
버렸다. 그것이 열두 해 전.

떠난 지 칠팔 년을 별반 신통한 벌이도 못하는지, 돈 한 푼 보내는 <u>싹</u>도 없더니, 하루는
<u>낌새도 없더니</u>
느닷없이 중국 상해에 와 있노라 <u>기별</u>이 전해져 왔다. 그러고는 감감소식이 없다가 삼 년
<u>다른 곳에 있는 사람에게 소식을 전함. 또는 소식을 적은 종이</u>
만에 퍼뜩 고향엘 돌아왔다. 십여 년을, 저의 말마따나 <u>동양 삼국</u> 물 골고루 먹고 다녔으
<u>조선, 중국, 일본</u>
면서, 별로이 때가 벗은 것도 없어 보이고, 행색은 해어진 양복 누더기에 볼 꿰어진 구두
짝을 꿰고 들어서는 모양이, 군데군데 김질은 하였으나 빨아 다린 무명 <u>고의적삼</u>을 입고
<u>여름에 입는 홑바지와 저고리</u>
고향을 떠날 적보다 차라리 초라한 것 같았다. / 늙은 어미 아비와 젊은 가속이 <u>뼈품으로</u>
<u>한집안에 딸린 구성원</u>   <u>뼈가 휠 만큼 들이는 품</u>
버는 것을 얻어먹으며 굶으며 하면서 한 일 년 빈둥거리고 놀더니, <u>적이 회심이 들었는</u>
<u>꽤 뉘우치는 마음이 들었는지</u>
지, 이번엔 처자식 데리고 서울로 올라왔다.

서울로 올라와서는 현저동 비탈의 다 찌부러진 <u>행랑방</u>을 얻어 살면서, 처음 일 년은 용
<u>대문간에 붙어 있는 방</u>
산 있는 연합군 포로수용소엘 다니며 ㉠<u>입에 풀칠을 하였고</u> ─ 이 동안 그는 상해에서 귀
로 익힌 토막 영어가 조금 더 진보되었고.

(중략)
<u>헌 신을 꿰매어 고치는 일을 직업으로 하는 사람</u>
골목골목 돌아다니며 혹은 종로 복판의 <u>한길</u>에 가 앉아 신기료장수를 하자니, 자연 서
<u>사람이나 차가 많이 다니는 넓은 길</u>
울 온 고향 사람의 눈에 종종 뜨일밖에. 소식이 고향에 퍼지자, 누구 한 사람 칭찬은 없고
저마다 빈정거리는 소리뿐이었다.

"일본으로, 청국으로, 십여 년 타국 바람 쏘이고 온 놈이 겨우 고거야?"

"ⓐ<u>부전자전</u>이로구먼. 아범은 짚신 장수, 자식은 구두 깁는 장수."

"아마 신발 명당에다 무덤을 썼든감."

이렇듯 <u>근지</u>는 미천하고 속에 든 것 없고, 가랑이가 찢어지게 가난하고, <u>생화</u>라는 것이
<u>자라 온 환경과 경력을 아울러 이르는 말</u>   <u>먹고 살아가는 데 도움이 되는 벌이나 직업</u>
고작 거리에 앉아 오는 사람 가는 사람 해어지고 고린내 나는 구두짝 꿰매어 주고 징 박
아 주고 닦아 주고 하는 천업이고 하던, 그 코뻬뚤이 삼복이었다.

'흥, 개구리가 올챙이 적을 못 생각한다더니. 발칙한 놈. 고얀 놈.'

백 주사는 생각하자니 속으로 이렇게 분개스럽지 않을 수가 없었다.

그러나 일변으로는, 그러던 코뻬뚤이 삼복이가 그야말로 선영이 명당엘 들었단 말인
<u>어느 한편. 또는 한쪽 부분</u>   <u>조상의 무덤 또는 그 근처의 땅</u>
지, 무슨 조화를 지녔단 말인지, 불과 몇 달간에 이렇게 훌륭히 되고, 부자가 되고, 미
씨다 방인지 구리다 방인지가 되어 가지고는 갖은 호강 다 하며 천하에 무서울 것이
없고, <u>기광</u>이 나서 막 이러니, 한편 생각하면 신기하기도 하고 부럽기도 하고 또한 안타
<u>극성스레 마구 날뛰는 행동이나 기세</u>
깝기도 하였다. <u>전개: 신기료장수를 하던 방삼복이 미군 통역관으로 출세하자 백 주사가 분개하면서도 부러움을 느낌</u>

한눈에 **정리하기**

갈래 단편 소설, 세태 소설, 풍자 소설

성격 풍자적, 해학적, 현실 비판적

주제 해방기의 혼란과 기회주의적 인물에 대한 풍자

구성

발단	방삼복이 십여 년 동안 외국을 떠돌다 고향으로 돌아오고, 다시 서울로 가서 신기료장수를 하며 근근이 살아감
전개	해방 이후 방삼복이 미군 장교 S 소위의 통역관이 되어 출셋길에 오르고, 부자가 되어 큰 권세를 누리며 기고만장해짐
위기	백 주사가 그동안 친일 행위를 통해 축적한 재산을 모두 빼앗기게 된 사정을 이야기하며 방삼복에게 보복을 부탁함
절정·결말	방삼복이 실수로 양칫물을 S 소위의 얼굴에 뱉게 되는 일이 벌어지고, S 소위에게 턱을 얻어맞음

교과서 활동 **깊이 보기**

▶ **방삼복의 생애별 사건**

나이	사건
24세	남의 집에서 ┌1┐를 함
25세	돈벌이를 간다고 처자식을 부모에게 맡기고 일본으로 감
35세	동양 삼국을 떠돌다가 초라한 몰골로 고향에 돌아옴
36세	서울로 올라와 용산의 연합군 ┌2┐에 다니며 입에 풀칠을 함
37세	신기료장수 생활을 하다가 미군 장교인 S 소위를 만나 통역관이 되어 출세하게 됨

▶ **풍자 · 비판의 대상 ①**

방삼복	
출신	조부가 고을의 아전, 아버지가 짚신 장수였던 하층민 출신임
일제 강점기	머슴살이를 하다가 일본, 중국 상해 등을 떠돌고 돌아와 서울에서 신기료장수로 생활하는 보잘것없는 처지로 살아감
해방 이후	영어를 조금 할 줄 알아 미군 장교의 ┌3┐이 됨

↓

미군 장교인 S 소위를 등에 업고, 그 권력에 기생하여 부와 권세를 누리면서 허세를 부림

↓

외세에 빌붙어 출세를 도모하는 인물

01 윗글의 서술상 특징으로 가장 적절한 것은?

① 서술자가 타인에게 들은 이야기를 독자에게 전달한다.
② 서술자가 관찰자 입장에서 사건을 객관적으로 전달한다.
③ 서술자가 자신이 경험한 이야기를 전달하는 등장인물로 나타난다.
④ 서술자가 작중 상황과 인물의 내면 심리를 전지적 시점으로 전달한다.
⑤ 서술자가 다양한 인물로 바뀌면서 사건의 의미를 다각적으로 조명한다.

02 윗글에 대한 설명으로 적절하지 <u>않은</u> 것은?

① 방삼복은 돈을 벌겠다며 처자식을 두고 홀로 일본으로 떠났다.
② 백 주사는 방삼복이 출세하게 된 이유를 스스로 알아내고자 했다.
③ 방삼복은 서울에 있는 포로수용소에서 일하며 영어 실력이 늘었다.
④ 방삼복은 중국 상해에서 지내다가 초라한 모습으로 고향에 돌아왔다.
⑤ 백 주사는 권세를 누리는 방삼복을 못마땅하게 여기면서도 부러워했다.

03 〈보기〉의 설명에 해당하는 단어를 윗글에서 찾아 쓰시오.

┌─ 보기 ─────────────┐
• 서울에서 방삼복이 얻은 직업
• ⓐ와 관련이 있는 5음절의 단어
└──────────────────┘

04 ㉠과 관련이 있는 사자성어로 가장 적절한 것은?

① 안빈낙도(安貧樂道)　　② 연목구어(緣木求魚)
③ 정저지와(井底之蛙)　　④ 호가호위(狐假虎威)
⑤ 호구지책(糊口之策)

수능형

05 〈보기〉를 참고하여 윗글을 감상한 내용으로 가장 적절한 것은?

┌─ 보기 ─────────────────────┐
해방 이후 미군정이 들어서자 미군은 영어를 할 줄 아는 통역관을 필요로 했다. 당시에는 미군의 권력이 막강했기 때문에 미군 통역관들은 미군에 빌붙어 각종 이권을 누리며 권력을 행사하려 했다. 〈미스터 방〉의 주인공 방삼복도 해방 후 가난하게 살다가 우연한 기회에 미군인 S 소위의 통역관이 되어, 미군의 세력이 필요한 사람들에게 뇌물을 받으며 부를 쌓게 된다.
└───────────────────────┘

① 통역관의 눈을 통해 미군의 부도덕한 실상을 보여 줌으로써 미군정의 문제점을 고발하고 있군.
② 해방 후의 혼란스러운 사회 속에서 성공을 이룬 인물을 통해 인물의 긍정적인 면모를 부각하고 있군.
③ 시대 변화에 맞추어 부당하게 권력을 행사하는 인물의 모습을 통해 당대의 사회 현실을 비판하고 있군.
④ 권력을 잃은 인물과 권력을 얻은 인물 간의 소통을 통해 사회 문제를 해결할 수 있음을 보여 주고 있군.
⑤ 출신보다 노력으로 성공을 이뤄 낸 개인의 모습을 보여 줌으로써 해방 이후 바람직한 사회의 모습을 드러내고 있군.

1등급 배경지식

전체 줄거리

백 주사는 미군의 통역관이 되어 출세한 방삼복을 만나 그의 출세에 감탄하며 그를 부러워한다. 고향 마을에서 짚신 장수의 아들로 태어난 방삼복은 일본과 중국 등지를 다닌 덕에 일어와 영어를 조금 배운 전력이 있지만, 고향에 돌아온 후 특별한 직업 없이 지내다가 서울로 올라가서 구두를 고치고 닦는 신기료장수로 생활한다. 방삼복은 해방 후 미군이 자국에 머물고 있는 것을 기회 삼아 출세를 하기 위해, 우연히 마주친 미군 장교인 S 소위에게 접근하여 그의 통역관이 된다. 통역관이 된 후 막강한 권세와 각종 뇌물로 부를 쌓은 방삼복에게, 백 주사는 자신이 친일 행위로 축적했다가 빼앗긴 재산을 되찾게 해 달라고 부탁한다. 이에 방삼복은 흔쾌히 백 주사의 청을 들어 줄 것을 약속한다. 방삼복은 때마침 자신의 집에 찾아온 S 소위의 얼굴에 실수로 양칫물을 내뱉고, 이로 인해 S 소위에게 얻어맞는다.

인물 관계도

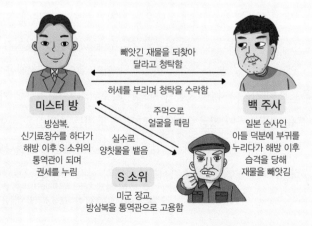

앞부분의 줄거리 미스터 방이 되어 출세한 방삼복의 집에서 백 주사가 술을 마신다. 백 주사는 해방 이후 군중에게 습격을 당해 친일 행위로 모았던 재산을 모두 잃었는데, 방삼복에게 자신의 사정을 이야기하고 재산을 되찾고자 한다.

옛날의 영화가 꿈이 되고, 일조에 몰락하여 가뜩이나 초상집 개처럼 초라한 자기가, 또 한
(갑작스러울 정도의 짧은 시간)
번 어깨가 옴츠러듦을 느끼지 아니치 못하였다. 그런데다 이 녀석이, 언제 적 저라고 무엄스
럽게 굴어 심히 불쾌하였고, 그래서 엔간히 자리를 털고 일어설 생각이 몇 번이나 나지 아니
한 것도 아니었다. 그러나 참았다.

보아하니 큰 세도를 부리는 것이 분명하였다. 잘만 하면 그 힘을 빌려, 분풀이와, 빼앗
(정치상의 권세. 또는 그 권세를 마구 휘두르는 일)
긴 재물을 도로 찾을 여망이 있을 듯싶었다. ㉠분풀이를 하고, 더구나 재물을 도로 찾고
(아직 남은 희망)
하는 것이라면야, 코삐뚤이 삼복이는 말고, 그보다 더한 놈한테라도 머리 숙이는 것쯤 상
관할 바 아니었다.

"그러니, 여보게 미씨다 방……."

있는 말 없는 말 보태 가며, 일장 경과 설명을 한 후에 백 주사는 끝을 맺기를,

"어쨌든지 그놈들을 말이네, 그놈들을 한 놈 냉기지 말구섬 죄다 붙잡아다가 말이네,
괴수 놈들일랑 목을 썰어 죽이구, 다른 놈들일랑 뼉다구가 부러지두룩 두들겨 주구, 꿇
(못된 짓을 하는 무리의 우두머리)
어앉히구 항복받구, 그리구 빼앗긴 것 일일이 도루 다 찾구, 집허구 세간 쳐부순 것 말
끔 다 물리구……. 그렇게만 해 준다면, 내, 내, 재산 절반 노나 주문세, 절반. 응, 여보
게 미씨다 방."

"염려 마슈." / 미스터 방은 선뜻 쾌한 대답이었다.

"진정인가?"

"머, 지끔 당장이래두, 내 입 한 번만 떨어진다 치면, 기관총 들멘 엠피가 백 명이구 천
(군사 경찰의 구실을 하는 병과. 또는 그런 군인 = 헌병)
명이구 들끓어 내려가서, 들이 쑥밭을 만들어 놉니다, 쑥밭을."

"고마우이!"
위기: 백 주사는 친일 행위로 축적한 재산을 되찾기 위해 방삼복에게 보복을 부탁함

(중략)

미스터 방은 그러고는 냉수 그릇을 집어 한 모금 물고 꿀쩍꿀쩍 양치를 한다. 웬 버릇
인지, 하여간 그는 미스터 방이 된 뒤로, 술을 먹으면서 양치하는 버릇이 생겼다.

양치한 물을 처치하려고 휘휘 둘러보다, 일어서서 노대로 성큼성큼 나간다. 노대는 현관
(이 층 이상의 양옥에서, 건물 벽면 바깥으로 돌출되어 난간이나 낮은 벽으로 둘러싸인 뜬 바닥이나 마루)
정통 위였다. / 미스터 방이 그 걸쭉한 양칫물을 노대 아래로 아낌없이 좍 뱉는 바로 그 순
간이었다. 그 순간이 공교롭게도, 마침 그를 찾으러 온 S 소위가 현관으로 일단 들어서려
다 말고 (미스터 방이 노대로 나오는 기척이 들렸기 때문에) 뒤로 서너 걸음 도로 물러나

"헬로." / 부르면서 웃는 얼굴을 쳐드는 순간과 그만 일치가 되었다.

"에구머니!" / 놀라 질겁을 하였으나 이미 뱉어진 양칫물은 퀴퀴한 냄새와 더불어 백절
(여러 번 꺾여 흐르는 모양의 폭포)
폭포로 내리쏟아져, 웃으면서 쳐드는 S 소위의 얼굴 정통에 가 좍르르.

[A]
"유 데빌!" / 이 기급할 자식이라고, S 소위는 주먹질을 하면서 고함을 질렀고. 그 주먹
(기겁할. 숨이 막힐 듯이 갑작스럽게 겁을 내며 놀람)
이 쳐든 채 그대로 있다가, 일변 허둥지둥 버선발로 뛰쳐나와 손바닥을 싹싹 비비는 미스
터 방의 턱을 / "상놈의 자식!" / 하면서 철컥, 어퍼컷으로 한 대 갈겼더라고.
(권투에서 상대편의 턱을 밑에서 위로 올려치는 공격법)
절정 · 결말: 방삼복이 실수로 S 소위의 얼굴에 양칫물을 내뱉고, S 소위에게 얻어맞음

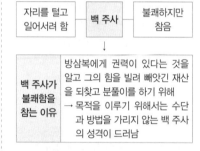

교과서 활동 〔깊이 보기〕

▶ 〈미스터 방〉의 배경

- 시간적 배경: 해방이 된 직후의 미군정 시대
- 공간적 배경: 서울
- 시대 상황: 사회 · 경제적으로 무척 혼란했던 시기. 이 틈을 타 발 빠르게 대처하여 권력을 추구한 방삼복 같은 기회주의자들이 득세함

▶ 풍자 · 비판의 대상 ②

백 주사	
출신	족보상 선조들이 호조 판서와 영의정을 지낸 명문거족 출신임
일제 강점기	일본 순사인 아들의 권세를 등에 업고 권세를 누리며, 친일파 지주로서 고리대금업을 하여 부를 축적함
해방 이후	동네 사람들의 습격을 당하여 그동안 모은 ☐1 을 모두 빼앗김

↓

지난 잘못을 반성하지 않고 ☐2 의 힘을 빌려 복수를 하고 부를 회복하려 함

↓

- 외세에 빌붙어 출세를 도모하는 인물
- 목적을 위해 수단, 방법을 가리지 않는 인물

▶ 백 주사의 내적 갈등

| 자리를 털고 일어서려 함 | 백 주사 | 불쾌하지만 참음 |

↓

| 백 주사가 불쾌함을 참는 이유 | 방삼복에게 권력이 있다는 것을 알고 그의 힘을 빌려 빼앗긴 재산을 되찾고 분풀이를 하기 위해 → 목적을 이루기 위해서는 수단과 방법을 가리지 않는 백 주사의 성격이 드러남 |

▶ 서술상 특징

- 전지적 시점에서 인물의 내면 심리를 제시함
  → 옛날의 영화가 꿈이 되고, 일조에 몰락하여 ~ 그러나 참았다.
- 독자에게 ☐3 을 건네는 듯한 서술을 보임
  → 일변 허둥지둥 버선발로 뛰쳐나와 손바닥을 싹싹 비비는 미스터 방의 턱을 / "상놈의 자식!" 하면서 철컥, 어퍼컷으로 한 대 갈겼더라고.
- 인물의 외양적 특성을 우스꽝스럽게 표현함
  → 코삐뚤이 삼복이

▶ 결말의 의미

미군 장교 S 소위의 권력에 빌붙어 위세를 과시하며 으스대던 방삼복

↓

실수로 ☐4 을 S 소위의 얼굴에 뱉으면서 그에게 턱을 얻어맞음

↓

- 방삼복의 몰락을 예상하게 함
- 방삼복이 누리던 돈과 명예, 권력은 한순간에 사라질 수 있는 허망한 것임을 드러냄

01 윗글의 인물에 대한 설명으로 적절하지 <u>않은</u> 것은?

① 백 주사는 방삼복의 권력을 이용하여 재산을 되찾고 자 했다.

② 방삼복은 자신에게 청탁을 하는 백 주사 앞에서 허세를 부렸다.

③ 백 주사는 방삼복의 태도에 불쾌감을 느끼면서도 이를 억눌렀다.

④ S 소위는 통역관으로서의 능력을 인정하며 방삼복을 깍듯이 대했다.

⑤ 방삼복은 S 소위가 자신의 집에 찾아온 것을 모르고 양칫물을 뱉었다.

02 ㉠의 상황을 나타내기에 가장 적절한 것은?

① 꿩 먹고 알 먹는다. ② 곳간에서 인심 난다.

③ 백지장도 맞들면 낫다. ④ 바늘 가는 데 실 간다.

⑤ 소 잃고 외양간 고친다.

서술형

03 다음 〈조건〉에 따라 [A]가 암시하는 바를 쓰시오.

┌─── 조건 ───┐

1. 방삼복의 앞날과 관련하여 쓸 것

2. '부', '권력'이라는 단어를 포함할 것

3. '~을/를 암시한다.' 형식의 한 문장으로 쓸 것

└────────────┘

수능형

04 다음 〈학습 활동〉에서 ⓐ에 들어갈 내용으로 적절하지 <u>않</u>은 것은?

┌─── 학습 활동 ───┐

| 감상의 길잡이 | 이 소설을 감상하기 위해서는 인물과 시대 현실을 비판적으로 이해하는 것이 중요하다. |

1. 작품의 시·공간적 배경을 알아보자.
   - 해방 직후의 서울

2. 작중 인물의 태도를 살펴보자.
   - 백 주사는 몰락을 가져온 현실에 대해 부정적 태도를 보임
   - 백 주사는 갑자기 출세한 방삼복에 대해 이중적 태도를 보임
   - 방삼복은 해방이 된 뒤 S 소위에게 접근해 통역관이 되고 부와 권세를 누림
   - 방삼복은 백 주사에게 자신의 권세를 과시하지만 S 소위에게는 꼼짝 못 하는 태도를 보임

3. 작중 인물과 시대 현실을 중심으로 작품을 감상해 보자.

   ⓐ

└──────────────┘

① 방삼복의 출세를 통해 해방 직후 사회의 부정적 모습을 비판적으로 드러낸다.

② 백 주사의 몰락을 통해 개인을 억압하는 시대 변화의 부당함을 비판적으로 드러낸다.

③ 현실을 대하는 백 주사의 부정적 태도를 통해 시대착오적 역사 인식을 비판적으로 드러낸다.

④ 백 주사와 S 소위를 다르게 대하는 방삼복의 태도를 통해 시대에 편승한 인물을 비판적으로 드러낸다.

⑤ 방삼복에 대한 백 주사의 이중적 태도를 통해 자신의 이익만을 추구하는 인물의 모습을 비판적으로 드러낸다.

1등급 배경지식

채만식의 작품 세계

채만식은 일제 강점기와 해방 이후를 대표하는 작가로, 1902년에 태어나 1924년 《조선문단》에 단편 소설 〈새길로〉를 발표하면서 등단했어요. 1930년대에는 《동아일보》, 《조선일보》 등 여러 지면에 다양한 작품을 발표했지요. 채만식의 작품은 내용상 크게 두 가지로 나눌 수 있어요. 첫 번째는 일제 강점기의 현실을 풍자하고 비판한 작품들이에요. 이러한 작품들로는 〈탁류〉, 〈태평천하〉, 〈레디메이드 인생〉, 〈미스터 방〉 등이 있는데, 이러한 작품을 통해 일제 강점기의 부조리한 현실을 풍자하고, 민족의 자각을 촉구했지요. 두 번째는 해방 이후의 현실을 직시하고 새로운 시대를 열어갈 희망에 대한 작품들이에요. 이러한 작품에는 〈미망〉, 〈성탄절〉, 〈도련님〉 등이 있는데, 이러한 작품에서는 해방 이후의 혼란과 갈등을 통해 새로운 시대를 열어 갈 수 있다는 희망을 제시했어요.

채만식의 또 다른 작품 - 〈태평천하〉

〈태평천하〉는 1930년대 후반 서울을 배경으로 세대 간 가치관의 갈등과 대립, 대지주 집안이 붕괴되는 과정을 해학적이고 풍자적인 수법으로 그린 작품이에요. 서울 계동의 큰 부자인 윤 직원 영감은 아버지가 구한말 시절에 화적들의 습격을 받아서 죽었던 내력을 갖고 있어요. 윤 직원은 일제 강점기에 일제의 권력과 결탁해 돈을 모으는데, 아들 창식은 노름으로 밤을 새며 가산을 탕진하고, 군수를 시키려던 손자 종수는 방탕한 생활에 빠져 많은 돈을 날리지요. 이후 윤 직원은 마지막으로 기대를 걸고 있던 손자 종학이 사상 관계로 경시청에 잡혀갔다는 전보를 받고, 이런 태평천하에 왜 손자가 사회주의 운동을 하는지 이해할 수 없다며 분노하지요. 이 작품은 일제의 수탈과 착취가 심해지고 있던 현실을 '태평천하'라고 여기는 윤 직원 영감을 풍자함으로써, 일제 강점기를 살아가면서 가져야 할 바람직한 가치관과 현실 대응 방식이 무엇인지 드러냈다는 의의를 지니고 있어요.

카메라와 워커 박완서

>> 교과서 수록 미래엔

가 ㉠어머니와 나는 한 번도 훈이가 대통령이나 장군이나 재벌이나 판검사나 그런 게 되기를 바란 적이 없다. 정직하게 벌어먹을 수 있는 기술 가르쳐 대기업에 붙여, 공일 날
일을 하지 않고 쉬는 날
ⓐ카메라 메고 야외에 나갈 만큼의 사람 사는 낙을 누릴 수 있기를 바랐을 뿐이다. 그런데 그나마도 쉽게 되어 주지를 않았다. 취직 시험도 하도 여러 번 치르니, 보러 가기도 보러 가라기도 점점 서로 미안하게 되었다. 이 년 가까이를 이렇게 지겹게 보내던 훈이 어느 날 나에게 해외 취업의 길을 뚫을 수 있을 것 같으니 교제비로 돈을 좀 달라는 당돌한
가게에서 경조사나 손님 접대 따위로 쓰는 돈
요구를 해 왔다.

"뭐라고, 해외 취업? 그럼 외국에 나가 살겠단 말이지? 그건 안 된다."

"㉡왜요 고모, 쩨쩨하게 돈이 아까워서? 아니면 고모가 영영 할머니를 떠맡게 될까 봐 겁나서?" / 훈이는 두 개의 간략한 질문을 거침없이 당당하게 했다. 마치 이 두 가지 이유 외에 딴 이유란 있을 수도 없다는 말투였다. 나는 뒷에 얻어맞은 듯이 아연했다.
너무 놀라거나 어이가 없어서 또는 기가 막혀서 입을 딱 벌리고 말을 못 하는 상태임
글쎄 어떻게 설명할 수 있을 것인가. 그 녀석이 꼭 이 땅에서, 내 눈앞에서 잘살아 주었으면 하는 내 간절한 소망의 참뜻을, 지랄같이 무책임한 전쟁이 만들어 놓은 고아인 저
6·25 전쟁
녀석을, 온 정성을 다해 남부럽지 않게 키운 게 결코 내 어머니를 떠맡기고자 함이 아니었음을 어떻게 납득시킬 수 있담. 전개: 훈이는 취업이 어려워지자 해외 취업을 이야기하지만 '나'는 반대함

중간 부분의 줄거리 '나'는 고속 도로 건설 현장의 측량 기사 보조 자리를 얻어 훈이를 취직시킨다. 몇 달 후, '나'는 훈이가 살고 있는 열악한 현실을 목격하고서 훈이를 다시 집으로 데려가려 하지만 훈이는 거절한다.

나 "나는 더 비참해지고 싶어. 그래서 고모나 할머니가 철석같이 믿고 있는 기술이니 정직이니 근면이니 하는 것이 결국엔 어떤 보상이 되어 돌아오나를 똑똑히 확인하고 싶어. 그리고 그걸 고모나 할머니에게 보여 주고 싶어."

"㉢그걸 우리에게 보여서 어쩌겠다는 거야? 그걸로 우리에게 복수라도 하겠다 이 말이냐?"
나는 훈이 말에 무섬증 같은 걸 느꼈기 때문에 흥분해서 악을 쓰며 덤벼들었다.

"고모 그렇게 흥분하지 말아. ㉣나는 다만 고모가 꾸미고, 고모가 애써 된 이 일의 파국
일이나 사태가 잘못되어 결딴이 남. 또는 그 판국
을 통해서 고모와 할머니로부터, 그리고 이 나라로부터 순조롭게 놓여날 수 있기를 바라고 있을 뿐이야. 그렇지만 고모, 오해는 마. 내가 파국을 재촉하고 있다고 생각하지는 마. 나는 내 나름으로 이곳에서의 일에 최선을 다하고 있어. 그러노라면 누가 알아, 일이 ㉮고모의 당초 계획대로 잘 풀릴지. 나도 어느 만큼은 그쪽도 원하고 있어. 파국만을 원하고 있는 게 아냐."

"그래 참, 잘될 수도 있을 거야. 잘될 여지는 아직도 충분히 있고말고."
나는 별안간 잘될 가능성에 강한 집착을 느끼며 태도를 표변했다.
마음, 행동 따위를 갑작스럽게 바꿈
"그렇지만 고모, 잘되게 하려고 너무 급하게 굴진 마. 와이로 쓰고 빌붙고 하느라 돈 없
일본어로 우리말의 '뇌물'에 해당하는 말
애고 자존심 상하고 하지 말란 말야. ㉤여기 와 보니 육 개월만 기다리라는 임시직 신세로 삼사 년을 현장으로만 굴러다니는 친구가 수두룩해. 임시직에겐 봉급 조금 주고, 일요일도 없이 부려 먹고, 책임은 없고, 얼마나 좋아, 회사 측으로선 훌륭한 경영 합리화지." 절정: 훈이의 열악한 현실을 본 '나'는 훈이를 서울로 데려가려고 하지만 훈이는 거절함

한눈에 정리하기

갈래 단편 소설

성격 사실적, 현실 비판적

주제 6·25 전쟁의 상처를 치유하려는 노력의 좌절과 산업화 시대의 문제점 비판

구성

발단	6·25 전쟁으로 오빠 부부가 죽은 뒤 '나'와 어머니는 조카 훈이를 데리고 남쪽으로 피란을 감
전개	'나'는 진로 문제, 해외 취업 문제를 놓고 훈이와 갈등을 겪다가, 결국 '나'의 생각대로 훈이의 진로를 결정함
위기	훈이는 '나'의 노력으로 고속 도로 건설 현장의 측량 기사 보조 자리에 취직함
절정	'나'는 훈이의 고된 생활을 보고 서울로 돌아가자고 권유하지만 훈이는 거절함
결말	'나'는 서울로 돌아오는 길에 훈이를 키워 온 방식에 대해 혼란을 느낌

교과서 활동 깊이 보기

▶ **훈이에 대한 '나'의 기대와 현실**

훈이가 고등학교 2학년이 됨	
기대	훈이가 좋은 대학에 진학하기를 바람
현실	삼류 대학 토목과에 입학함

훈이가 대학을 졸업함	
기대	훈이가 인정직인 삶을 살기를 바람
현실	취업에 거듭 실패하다 건설 회사 측량 기사 보조 자리에 임시직으로 취직함

훈이가 지방으로 취업함	
기대	반 년만 고생하면 정식 사원이 되어 안정된 생활을 할 수 있을 것이라 생각함
현실	영동 고속 도로 현장에서 1 으로 차별받으며, 워커를 신고 고된 노동을 함

▶ **'카메라와 워커'의 의미**

카메라		워커
경제적으로 안정된, 편안한 여가를 즐기는 삶	↔	고된 노동을 하며 제대로 보상받지 못하는 힘겨운 삶

2	• 카메라: 훈이에게 주고자 하는 미래 • 워커: 보기 싫어함
3	• 카메라: 자신의 뜻과는 상관없는, 기성세대에 의해 강요된 삶 • 워커: 워커를 신고 힘겹게 일하면서도, 이 현실을 견뎌 나가고자 함

▶ **'나'와 훈이의 갈등**

'나'	• 4 으로 오빠와 올케를 잃음 • 안정적인 삶에 대한 욕구를 지니고 있고, 이를 조카인 훈이에게 강요함
훈이	• 전쟁을 겪었지만 그 비참함을 알지는 못함 • '나'를 이해하지 못하지만 순응함 • 힘든 현실을 받아들임

01 윗글에 대한 설명으로 적절하지 <u>않은</u> 것은?

① 시간 표지를 활용하여 사건의 추이를 드러내고 있다.
② 인물의 말을 통해 산업화로 인한 모순된 현실을 드러내고 있다.
③ 대비되는 소재를 작품의 제목으로 삼아 주제 의식을 강조하고 있다.
④ 공간적 배경을 상세하게 묘사하여 이야기의 전개를 지연시키고 있다.
⑤ 자기 고백적 진술을 통해 인물의 심리 상태를 구체적으로 드러내고 있다.

02 ㉠~㉤에 대한 설명으로 적절하지 <u>않은</u> 것은?

① ㉠: 훈이가 평범한 삶을 살기를 바라는 '나'의 마음이 드러나고 있다.
② ㉡: '나'가 해외 취업을 반대하는 이유를 훈이가 오해하고 있음이 드러나고 있다.
③ ㉢: 훈이가 결심한 복수에 두려움을 느껴 회피하려는 '나'의 내면이 드러나고 있다.
④ ㉣: 가족에게서 벗어나 스스로 주체적인 삶을 살기를 원하는 훈이의 바람이 드러나고 있다.
⑤ ㉤: 다수의 노동자가 열악한 환경에서 근무하던 당대의 상황이 드러나고 있다.

03 ㉮에 해당하는 문장을 (가)에서 찾아 처음 두 어절과 마지막 두 어절을 쓰시오.

04 ⓐ에 대한 설명으로 가장 적절한 것은?

① '나'가 겪은 전쟁을 연상하게 하는 소재이다.
② 훈이가 해외 취업을 바라는 계기가 되는 소재이다.
③ 임시직 신세로 생활하는 훈이의 삶을 상징하는 소재이다.
④ 훈이가 스스로 얻고 싶어 하는 직업을 상징하는 소재이다.
⑤ '나'가 훈이에게 주고자 하는 미래를 상징하는 소재이다.

수능형

05 〈보기〉를 바탕으로 윗글을 감상한 내용으로 가장 적절한 것은?

> **보기**
>
> 이 작품의 작가인 박완서는 경기도 개풍에서 태어나 대학에 입학하였으나, 6·25 전쟁이 발발해 대학을 중퇴하고 오빠를 잃게 되는 등 현대사의 아픔을 겪었다. 박완서는 전쟁을 직접 체험한 세대로서 분단의 상황과 그 속에서 살아가는 민중의 삶을 그려 내어 자신과 독자들의 고통을 치유하는 작품을 다수 창작했다.

① 고된 현대사를 극복하는 인물들의 연대를 드러내고 있군.
② 전쟁을 겪지 못한 세대에게 전쟁의 참혹함을 일깨우고 있군.
③ 작가의 자전적 체험을 통해 분단 상황의 극복을 강조하고 있군.
④ 전쟁의 상처를 치유하려는 인물의 노력과 그 좌절을 다루고 있군.
⑤ 주인공과 주변 인물의 갈등 및 해소를 통해 전쟁으로 인한 상처를 극복하고 있군.

👆 **1등급** **배경지식**

전체 줄거리

'나'는 스무 살 때 6·25 전쟁을 겪고 오빠와 올케를 잃는다. '나'와 어머니는 당시 4개월이었던 조카 훈이를 도맡아 키우게 된다. '나'는 조카가 좋은 대학을 나와 착실하게 직장을 다니며 결혼을 하고 일요일이면 처자식과 카메라를 메고 놀러 나가는 안정적인 삶을 살기를 바란다. 그래서 '나'는 훈이가 고등학교 때 문과를 택한다고 했을 때 이과로 전과를 시킨다. 이과로 옮긴 뒤 성적이 떨어진 훈이는 삼류 대학 공대 토목과에 입학한다. '나'의 걱정과 달리 훈이는 데모에 참가하지 않고 무사히 대학을 졸업했으나 취업에 거듭 실패한다. 훈이는 해외 취업을 하겠다며 '나'에게 돈을 달라고 요구하지만, '나'는 이를 거절한다. '나'는 간신히 Y 건설의 고속 도로 측량 기사 보조 자리를 얻어 훈이를 취직시킨다. 객지에서 일하게 된 훈이의 소식을 듣지 못하자 '나'는 훈이가 일하는 현장으로 찾아간다. '나'가 본 훈이의 현실은 너무도 열악하여, 훈이를 서울로 데려가려고 하지만 훈이는 그럴 수 없다며 거절한다. '나'는 조카를 이 땅에 뿌리내리기 쉬운 가장 무난한 품종으로 키우는 데 실패한 것 같은 혼란을 느끼며 서울로 올라간다.

인물 관계도

훈이가 편안하고 안정된 삶을 살길 바람
'나'의 바람을 부정적으로 여기며 주체적으로 살고자 함

나
훈이의 고모.
6·25 전쟁으로 오빠 부부가 죽자 어머니와 함께 조카 훈이를 키움

훈이
'나'의 조카.
객지의 건설 현장에서 임시직으로 일하며 고된 생활을 함

아홉 켤레의 구두로 남은 사내 ① 윤흥길

>> 교과서 수록 미래엔, 창비

앞부분의 줄거리 교사인 '나'는 고생 끝에 드디어 집을 장만하고, 세를 놓은 문간방에는 권 씨 가족이 살게 된다. 어느 날 권 씨는 술에 취해 '나'에게 자신이 전과자가 된 내력을 말한다. 이후 권 씨 아내가 집에서 출산하던 중 권 씨에게 업혀 병원으로 가게 되고, 권 씨는 학교로 '나'를 찾아온다.

가 "십만 원 가까이 빌릴 수 없을까요!"

밑도 끝도 없이 그는 이제까지의 수줍음이 싹 가시고 대신 도발적인 감정 같은 걸로 그득 채워진 얼굴을 들어 내 면전에 대고 부르짖었다. 담배 한 대만 꾸자는 식으로 10만 원
_{보고 있는 앞}
소리가 허망히도 나왔다. 내가 잠시 어리둥절해 있는 사이에 그는 매우 사나운 기세로 말
_{어이없고 허무하게도}
을 보태는 것이었다.

"수술을 해야 된답니다. (중략) 이십사 시간이 넘두룩 배가 위에 달라붙는 경우는 태아가 돌다가 탯줄을 목에 감았을 때뿐이랍니다. 제기랄, 탯줄을 목에 감았다는군요. 빨리 손을 쓰지 않으면 산모나 태아나 모두 위험하대요."

나 나는 한동안 망설이지 않을 수 없었다. 그의 진지함 앞에서 '아아, 그거 참 안됐군요.'라든가 '그래서 어떡하죠.' 하는 상투적인 말로 섣불리 이쪽의 감정을 전달하기엔 사실 말
_{늘 써서 버릇이 되다시피 한}
이지 '십만 원 가까이'는 내게 너무나 큰 부담이었다. ㉠집을 살 때 학교에다 진 빚을 아직 절반도 못 가린 처지였다. 정상 분만비 일, 이만 원 정도라면 또 모르지만 단순히 권씨를 도울 작정으로 나로서는 거금에 해당하는 십만 원 가까이를 또 빚진다는 건 무리도 이만 저만이 아니었다. ㉡그뿐만 아니라 집안에서 경제권을 장악하고 있는 아내의 양해도 없이 멋대로 그런 큰 일을 저질러도 괜찮을 만큼 나는 자유롭지도 못했다.

"빌려만 주신다면 무슨 짓을, 정말 무슨 짓을 해서라도 반드시 갚겠습니다."
_{아무 일이든지 닥치는 대로 해서 돈을 버는 일}

다 그렇다. ㉢끼니조차 감당 못하는 주제에 막벌이 아니면 어쩌다 간간이 얻어걸리는 출판사 싸구려 번역 일 가지고 어느 해가에 빚을 갚을 것인가. ㉣책임이 따르는 동정은 피하는 게 상책이었다. ㉤그리고 기왕 피할 바엔 저쪽에서 감히 두 말을 못하도록 야멸차게 굴 필요가 있었다.

"병원 이름이 뭐죠?"

"원 산부인괍니다."

"지금 내 형편에 현금은 어렵군요. 원장한테 바로 전화 걸어서 내가 보증을 서마고 약속할 테니까 권 선생도 다시 한번 매달려 보세요. 의사도 사람인데 설마 사람을 생으로 죽게야 하겠습니까. 달리 변통할 구멍이 없으시다면 그렇게 해 보세요."
_{돈이나 물건 따위를 융통할}
내 대답이 지나치게 더디 나올 때 이미 눈치를 챈 모양이었다. 도전적이던 기색이 슬그머니 죽으면서 그의 착하디착한 눈에 다시 수줍음이 돌아왔다. 그는 고개를 좌우로 흔들어 보였다.

"원장이 어리석은 사람이길 바라고 거기다 희망을 걸기엔 너무 늦었습니다. 그 사람은 나한테서 수술 비용을 받아내기가 수월치 않다는 걸 입원시키는 그 순간에 벌써 알아차렸어요."

얼굴에 흐르는 진땀을 훔치는 대신 그는 오른발을 들어 왼쪽 바짓가랑이 뒤에다 두어 번 문질렀다. 발을 바꾸어 같은 동작을 반복했다. **위기:** 아내의 수술비를 빌려 달라는 권 씨의 부탁을 거절하는 '나'

한눈에 정리하기

갈래	중편 소설, 세태 소설, 연작 소설
성격	사실적, 현실 비판적
주제	1970년대 산업화 시대에 소외된 사람들의 삶과 현실의 부조리함

구성

발단	'나'의 집 문간방에 권 씨네가 이사 옴
전개	• 권 씨는 공사장에서 막일을 하면서도 윤이 나게 구두를 닦고 다님 • 권 씨가 '나'에게 전과자가 된 사연을 들려줌
위기	• 권 씨의 아내가 아이를 낳다 수술을 해야 하는 상황에 처함 • '나'는 수술비 마련을 위한 권 씨의 부탁을 거절했지만, 뒤늦게 병원으로 가 수술비를 대신 내 줌
절정	• 권 씨가 아내의 수술비를 마련하기 위해 '나'의 집에 들어와 강도 행각을 벌임 • '나'에게 정체를 들켰다고 느낀 권 씨는 자존심에 상처를 입음
결말	권 씨는 아홉 켤레의 구두만 남긴 채 행방불명됨

교과서 활동 깊이 보기

▶ **인물의 성격**

'나'	가난한 이웃에게 연민을 느끼면서도 자신의 안락한 삶은 포기하지 못하는 소시민
권 씨	가난하지만 자존심만은 잃지 않으려는 인물
원장	사람의 [1]보다 돈을 중시하는 물질 중심주의적 가치관을 지닌 인물

▶ **권 씨와 의사의 갈등**

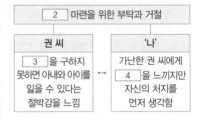

권 씨		의사
아내의 수술비를 구하지 못함	↔	수술비를 가져와야 수술해 주겠다고 함

▶ **권 씨와 '나'의 갈등**

[2] 마련을 위한 부탁과 거절	
권 씨	**'나'**
[3]을 구하지 못하면 아내와 아이를 잃을 수 있다는 절박감을 느낌	가난한 권 씨에게 [4]을 느끼지만 자신의 처지를 먼저 생각함

▶ **권 씨가 빈민층이 된 이유**

권 씨는 대학 졸업 후 회사를 다니던 평범한 중산층이었다. 그는 성남이 재개발된다는 소문을 듣고 철거민 입주권을 샀다가 불합리한 정책에 좌절을 겪고, 이에 항의하는 시위를 하다 주동자로 몰렸다. 이후 전과자가 된 권 씨는 집을 마련하기 위해 쓴 돈뿐만 아니라 직장마저 잃었고, 큰 빚을 지게 되어 빈민층으로 전락하고 말았다.

01 윗글에 대한 설명으로 가장 적절한 것은?

① 사건을 전달하는 서술자가 장면에 따라 달라지고 있다.

② 서술자가 모든 등장인물의 생각을 직접 알려 주고 있다.

③ 대화 과정에서 변화하는 서술자의 내면이 제시되어 있다.

④ 작품 밖의 서술자가 특정 인물의 시선으로 서술하고 있다.

⑤ 작품 속 서술자가 지난 사건의 의미에 대해 분석하며 평가하고 있다.

02 '권 씨'에 대해 이해한 내용으로 적절하지 않은 것은?

① 아내의 수술비를 구해야 하는 절박한 상황에 처해 있다.

② 돈이 필요한 이유를 자세히 밝히며 '나'의 인정에 호소했다.

③ '나'의 거절을 듣기 전에 이미 '나'의 의사를 짐작하고 있었다.

④ 돈을 반드시 갚겠다는 의지를 강하게 내비치며 '나'에게 부탁했다.

⑤ '나'가 제시한 대안으로 문제를 해결할 수 있을 것이라고 생각했다.

03 권 씨의 태도 변화를 다음과 같이 정리할 때, 〈보기〉의 빈칸에 들어갈 알맞은 단어를 쓰시오.

보기

'나'에게 부탁하기 전	→	'나'에게 부탁할 때	→	'나'가 거절한 후
수줍음		• 사나운 기세 • ( )적인 기색		수줍음

04 ㉠~㉤ 중 '나'가 권 씨의 부탁을 거절한 이유에 해당하지 않는 것은?

① ㉠   ② ㉡   ③ ㉢   ④ ㉣   ⑤ ㉤

수능형

05 윗글에 나타나는 '나'의 현실 인식과 태도를 평가하는 글을 쓰기 위해 내용을 생성하고자 한다. 〈보기〉의 [A]에 들어갈 내용으로 적절한 것은?

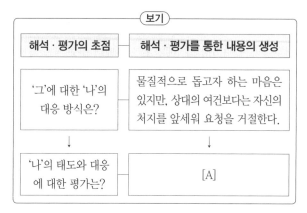

보기

해석 · 평가의 초점	해석 · 평가를 통한 내용의 생성
'그'에 대한 '나'의 대응 방식은?	물질적으로 돕고자 하는 마음은 있지만, 상대의 여건보다는 자신의 처지를 앞세워 요청을 거절한다.
↓	↓
'나'의 태도와 대응에 대한 평가는?	[A]

① 타인의 삶은 외면한 채 자신의 안락한 삶을 영위하고자 한다.

② 남의 문제에는 관여하지 않겠다는 개인주의적인 태도를 보이고 있다.

③ 자신의 행위가 초래한 잘못에 대해 타인에게 책임을 전가하려고 한다.

④ 소원한 인간관계의 원인을 현대 사회의 구조적인 문제로 돌리고 있다.

⑤ 착한 마음 이면에 개인의 입장을 앞세우는 이기적인 모습을 동시에 지니고 있다.

1등급 배경지식

전체 줄거리

교사인 '나'는 고생 끝에 드디어 집을 장만하고, 세를 놓은 문간방에는 권 씨 가족이 살게 된다. 어느 날 이 순경이 '나'를 찾아와 전과자인 권 씨의 동태를 살펴 달라고 부탁한다. 공사장에서 일하고 있던 권 씨를 만난 날 밤, 술에 취한 권 씨는 '나'를 찾아와 자신이 전과자가 된 내력을 이야기한다. '나'와 아내는 출산일이 가까워진 권 씨 아내를 걱정하지만, 권 씨는 걱정 말라며 호기롭게 말한다. 그러나 권 씨 아내는 집에서 출산하던 중 권 씨에게 업혀 병원으로 가게 되고, 권 씨는 '나'를 찾아와 수술비를 부탁한다. 갈등하던 '나'는 권 씨의 부탁을 거절했으나, 뒤늦게 돈을 구해 병원으로 가서 수술비를 대신 내 준다. 그날 밤 권 씨는 '나'의 집에 강도로 돌변하여 들어오고, 잠에서 깬 '나'는 그가 권 씨임을 눈치챈다. '나'에게 자신의 정체를 들켰다는 것을 알아챈 권 씨는 자존심이 상한 채 집을 나간다. 그 후 권 씨는 집으로 돌아오지 않고 행방불명된다.

인물 관계도

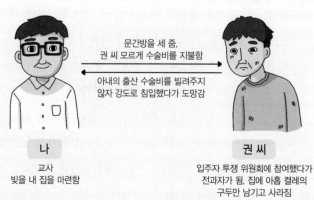

문간방을 세 줌.
권 씨 모르게 수술비를 지불함

아내의 출산 수술비를 빌려주지
않자 강도로 침입했다가 도망감

나
교사
빚을 내 집을 마련함

권 씨
입주자 투쟁 위원회에 참여했다가
전과자가 됨. 집에 아홉 켤레의
구두만 남기고 사라짐

아홉 켤레의 구두로 남은 사내 ❷

앞부분의 줄거리 '나'는 뒤늦게 돈을 구해 병원으로 가서 권 씨 수술비를 지불하고 모르게 권 씨 아내가 무사히 출산을 할 수 있도록 돕는다. 그날 밤 '나'의 집에 강도가 들었는데 '나'는 강도의 눈을 보고 강도가 권 씨임을 알아채게 된다.

"도둑맞을 물건 하나 제대로 없는 주제에 이죽거리긴!"
_{자꾸 밉살스럽게 지껄이며 짓궂게 빈정거리긴}

"그래서 경험 많은 친구들은 우리 집을 거들떠도 안 보고 그냥 지나치죠."

"누군 뭐 들어오고 싶어서 들어왔나? ⓐ피치 못할 사정 땜에 어쩔 수 없이……."

나는 강도를 안심시켜 편안한 맘으로 돌아가게 만들 절호의 기회라고 판단했다.

"그 피치 못할 사정이란 게 대개 그렇습디다. 가령 식구 중에 누군가가 몹시 아프다든가 빚에 몰려서……."

그 순간 강도의 눈이 의심의 빛으로 가득 찼다. 분개한 나머지 이가 딱딱 마주칠 정도로 떨면서 그는 대청마루를 향해 나갔다. 내 옆을 지나쳐 갈 때 그의 몸에서는 역겨울 만큼 술내가 확 풍겼다. 그가 허둥지둥 끌어안고 나가는 건 틀림없이 갈기갈기 찢긴 한 줌의 자존심일 것이었다. 애당초 의도했던 바와는 달리 ⓑ내 방법이 결국 그를 편안케 하긴커녕 외려 더욱더 낭패케 만들었음을 깨닫고 나는 그의 등을 향해 말했다.

"어렵다고 꼭 외로우란 법은 없어요. 혹 누가 압니까, 당신도 모르는 사이에 ⓒ당신을 아끼는 어떤 이웃이 당신의 어려움을 덜어 주었을지?"

"개수작 마! 그 따위 이웃은 없다는 걸 난 똑똑히 봤어! 난 이제 아무도 안 믿어!"

그는 현관에 벗어 놓은 ⓓ구두를 신고 있었다. 그 구두를 보기 위해 전등을 켜고 싶은 충동이 불현듯 일었으나 나는 꾹 눌러 참았다. 현관문을 열고 마당으로 내려선 다음 부주의하게도 그는 식칼을 들고 왔던 ⓔ자기 본분을 망각하고 엉겁결에 문간방으로 들어가려 했다. 그의 실수를 지적하는 일은 훗날을 위해 나로서는 부득이한 조처였다.

"㉠대문은 저쪽입니다."

문간방 부엌 앞에서 한동안 망연해 있다가 이윽고 그는 대문 쪽을 향해 느릿느릿 걷기 시작했다. 비틀비틀 걷기 시작했다. 대문에 다다르자 그는 상체를 뒤틀어 이쪽을 보았다.
_{아무 생각이 없이 멍해}

"㉡이래봬도 나 대학까지 나온 사람이오."

누가 뭐라고 그랬나. 느닷없이 그는 자기 학력을 밝히더니만 대문을 열고는 보안등 하나 없는 칠흑의 어둠 저편으로 자진해서 삼켜져 버렸다.
_{어두워서 범죄나 사고가 발생할 염려가 있는 지역에 안전을 위하여 다는 등}

절정: '나'의 집에 강도로 침입했다가 정체가 탄로 나자 자존심에 상처를 입은 권 씨

(중략)

이튿날 아침까지 권씨는 귀가해 있지 않았다. 출근하는 길에 병원에 들러 보았다. 수술 보증금을 구하러 병원 문밖을 나선 이후로 권씨가 거기에 재차 발걸음한 흔적은 어디에서도 찾아볼 수 없었다. / 그 다음 날, 그 다음다음 날도 권씨는 귀가하지 않았다. 그가 행방불명이 된 것이 이제 분명해졌다. 그리고 본의는 그게 아니었다 해도 결과적으로 내 방법이 매우 졸렬했음도 이제 확연히 밝혀진 셈이었다. 복면 위로 드러난 두 눈을 보고 나는 그
_{옹졸하고 천하여 서투름}
가 다름 아닌 권 씨임을 대뜸 알아차릴 수 있었다. 밝은 아침에 술이 깬 권 씨가 전처럼 나를 떳떳이 대할 수 있게 하자면 복면의 사내를 끝까지 강도로 대우하는 그 길뿐이라고 판단했었다. 그래서 아무 일도 없었던 듯이 병원에 찾아가서 죽지 않은 아내와 새로 얻은 세 번째 아이를 만날 수 있게 되기를 기대했던 것이다.

결말: 집을 나가 행방불명이 된 권 씨와 자책하는 '나'

📖 **교과서 활동** **깊이 보기**

▶ **'구두'의 의미**

권 씨는 변변한 세간살이조차 없는 가난한 처지에도 구두를 열 켤레나 가지고 있으며, 늘 윤이 나게 닦아 신고 다닌다. 권 씨가 원래 대학을 나온 평범한 회사원으로 구두를 신고 다녔다는 점을 고려할 때, 구두에 집착하는 그의 모습은 그가 지금의 가난한 현실을 온전히 받아들이지 못하고 있음을 드러냄과 동시에, 자존심만큼은 끝까지 지키려 한다는 것을 보여 준다. 즉, [1]는 권 씨가 끝까지 지키고자 하는 자존심을 상징하는 것이다.

▶ **권 씨가 [2]가 된 이유**

'나'에게 수술비를 빌려 달라는 부탁을 거절당한 권 씨는 술을 마셨고, 그 와중에 '나'의 집에서 돈을 훔쳐서라도 [3]를 마련해야겠다고 생각했을 것이다. 결국 그가 범죄자의 길을 선택하게 된 것은 이웃인 '나', 의사 등 그 누구도 자신을 도와주지 않을 것이라는 절망감과 세상에 대한 분노에 휩싸였기 때문이라고 볼 수 있다.

▶ **결말의 처리 방식과 효과**

작품의 결말
권 씨는 아홉 켤레의 구두를 남겨 둔 채 집을 떠나 돌아오지 않음 → 주요 [4]이 해소되지 않은 채 결말을 맺음

↓

효과
작품의 마지막 부분을 명확하게 끝맺지 않는 열린 결말의 구조를 통해 독자 스스로 이후의 상황을 상상하게 하거나, 작품의 주제 의식에 대해 더 깊이 있게 생각해 볼 수 있도록 유도함

▶ **제목 '아홉 켤레의 구두로 남은 사내'의 의미**

'구두'는 권 씨의 자존심을 상징하는 소재이다. 결말에서는 그가 신고 떠난 한 켤레를 제외한 '아홉 켤레의 구두'가 남았는데, 한 켤레의 구두가 사라졌다는 것은 행방불명된 권 씨의 부재를 의미하는 동시에, 그가 끝까지 지키고자 했던 자존심마저 잃게 되었음을 의미한다고 볼 수 있다.

열 켤레의 구두
권 씨의 자존심

↓

아홉 켤레의 구두
• 권 씨의 부재를 나타냄 • 자존심마저 잃은 권 씨의 처지를 보여 줌

▶ **권 씨의 말에 담긴 의미**

이래봬도 나 대학까지 나온 사람이오
• 권 씨가 '나'에게 이전에도 계속한 말 　→ 비록 지금은 가난하게 살지만, 식자층에 속한다는 자부심을 드러냄 • 권 씨가 강도가 된 자신의 정체가 탄로 나자 '나'에게 한 말 　→ ① '나'의 연민을 거부하고 자존심을 지키려는 의도에서 한 말 ② 자신의 무능에서 비롯된 열등감의 표현

01 윗글의 서술상 특징으로 가장 적절한 것은?

① 반어적 표현을 사용하여 작품의 주제 의식을 강조한다.
② 미래의 일을 가정하여 인물 간 갈등의 심화를 암시한다.
③ 의문형 어미를 활용하여 인물의 혼란스러운 심리를 표현한다.
④ 인물의 행동을 우스꽝스럽게 묘사하여 인물에 대한 비판적 시각을 드러낸다.
⑤ 추상적 대상을 구체적 대상으로 표현하여 인물의 내면을 효과적으로 드러낸다.

02 윗글을 이해한 내용으로 적절하지 <u>않은</u> 것은?

① 권 씨는 술에 취해 강도 행각을 벌였다.
② '나'는 권 씨의 가출을 막기 위해 노력했다.
③ 권 씨는 자신을 도와줄 이웃이 없다고 여겼다.
④ '나'의 집에는 권 씨가 가져갈 만한 귀중품이 없었다.
⑤ '나'는 권 씨가 마음의 상처를 입지 않고 돌아가기를 바랐다.

03 윗글의 '나'가 ㉮와 같이 말한 의도가 무엇인지 다음 〈조건〉에 맞게 쓰시오.

> **조건**
> 1. ㉮의 표면적 의미인 '대문의 방향을 알려 준다' 등의 내용은 배제할 것
> 2. '다음 날 권 씨가 ~ 함으로써, 아무 일도 없었던 듯이 ~ 수 있게 하려고 했다.'의 형식으로 문장을 서술할 것

04 ⓐ~ⓔ에 대한 설명으로 적절하지 <u>않은</u> 것은?

① ⓐ: 아내의 수술비를 합법적으로 구할 도리가 없는 처지를 말한다.
② ⓑ: 권 씨가 마음 편하게 돌아가도록 위로의 말을 건넨 것을 뜻한다.
③ ⓒ: '나'가 스스로를 지칭하는 말로 권 씨가 알지 못하고 있는 사실을 내포한다.
④ ⓓ: 권 씨가 마지막까지 지키고 싶어 하는 자존심을 상징적으로 나타낸다.
⑤ ⓔ: 가족의 생계를 책임지고자 하는 가장으로서의 역할을 의미한다.

05 작가가 창작 과정에서 ㉠과 관련하여 구상했음 직한 내용으로 가장 적절한 것은?

① 강압적인 현실의 힘에 억눌려 현실에 차츰차츰 타협하는 인물로 설정하자.
② 겉보기와는 달리 당면한 현실에 만족감을 느끼고 있는 인물로 그려 내자.
③ 현실에서 패배할 뿐만 아니라 내면의 욕망까지도 포기하는 인물로 그려 내자.
④ 현실에서 무력감을 느끼면서도 자존심은 끝내 버리지 않는 인물임을 보여 주자.
⑤ 현실의 패배를 인정하지 않지만 부정적인 현실에 체념하는 척하는 인물로 제시하자.

광주 대단지 사건(8·10 성남 민권 운동)

이 작품의 주인공인 권 씨는 '광주 대단지(지금의 경기도 성남시) 사건'의 주동자로 몰려 전과자가 되었어요. 광주 대단지 사건에 대해 함께 알아보아요. 1960년대 말 서울의 인구가 급증하고 도시 빈민 문제가 심각해지자, 정부는 경기도 광주에 위성 도시인 광주 대단지를 건설하겠다고 발표했어요. 정부는 광주에 거주 시설을 마련하지 않은 상황에서, 서울 일대의 판자촌을 철거하고 판자촌 주민들을 강제로 광주로 이주시켰지요. 이에 철거민들은 논, 밭, 산비탈에 세워진 천막들로 수용되었지요. 1971년 국회의원 선거를 앞두고 광주 대단지에 대한 공약이 쏟아져 나와, 광주 대단지의 인구는 20만 명까지 늘어나게 되었어요. 그러나 선거 이후 정부는 철거민들이 이행하지 못할 조건을 내세우고 불이행 시 처벌한다고 발표했어요. 이에 광주 대단지의 이주민들은 정부와 협상했지만 협상에 실패하고, 8월 10일 대규모 시위를 벌이게 되었는데, 이를 '광주 대단지 사건'이라고 해요.

산업화 시대의 사회 구조적 모순

〈아홉 켤레의 구두로 남은 사내〉에서는 1970년대 산업화 시대의 사회 구조적 모순을 가감 없이 드러내고 있어요. 산업화 시대의 사회 구조적 모순은 도시 빈민으로 전락한 권 씨의 회상 속에서 드러나는데, 작가 윤흥길은 권 씨가 그렇게 될 수밖에 없었던 원인을 사회 구조적 모순에서 찾았어요. 작가는 광주 대단지 사건을 겪기 이전에는 '나'와 다를 바 없는 선량한 지식인 소시민이었던 권 씨가 한순간 도시 빈민 전과자로 추락하게 된 원인을 드러내며 당시 사회 현실에 비판을 가하고 있어요. 작가는 이를 통해 가난이 한 개인의 능력에 따른 것이 아니라 사회의 구조적인 문제 때문에 발생한다는 것을 강조하고 있지요.

눈길 ❶ 이청준

남은 세상이 얼마 길지 못하리라는 체념 때문에도 그랬겠지만, 그보다 노인은 아무것도 아들에겐 주장하거나 돌려받을 것이 없는 당신의 처지를 감득하고 있는 탓에도 그리
_{느껴서 알고}
된 것이었다.

고등학교 1학년 때 형의 주벽으로 가계가 파산을 겪은 뒤부터, 그리고 마침내 그 형이
_{술만 마시면 나타나는 버릇}
세 조카아이와 아이들의 홀어머니까지 포함한 장남의 모든 책임을 내게 떠맡기고 세상을 떠난 뒤부터 일은 줄곧 그렇게 되어 온 셈이었다.

고등학교와 대학교와 군영 3년을 치러 내는 동안 노인은 내게 아무것도 낳아 기르는 사
_{군대가 주둔하는 곳. 여기서는 '군 복무'를 가리킴}
람의 몫을 못했고, 나는 또 나대로 그 고등학교와 대학과 군영의 의무를 치르고 나와서도 자식 놈의 도리는 엄두를 못 냈다. 노인이 내게 베푼 바가 없어서가 아니라 그럴 처지가 못 되었기 때문이다. 나는 나대로 형이 내게 떠맡기고 간 장남의 책임을 감당하기를 사양치 않을 수가 없었기 때문이다.

㉠노인과 나는 결국 그런 식으로 서로 주고받을 것이 없는 처지였다. 노인은 누구보다 그것을 잘 알고 있었다. 그렇기 때문에 내게 대해선 소망도 원망도 있을 수가 없었다.

그런 노인이었다. 한데 이번에는 웬일인지 노인의 눈치가 이상했다. 글쎄 그 가치나 수
_{이가 빠진 자리에 만들어 박은 가짜 이}
술마저 한사코 사양을 해 온 노인이, 나이 여든에서 겨우 두 해가 모자란 늘그막에 와서야 새삼스레 다시 딴 세상 희망이 생긴 것일까.

노인이 아무래도 엉뚱한 꿈을 꾸고 있는 것 같았다. 그것도 너무나 엄청난 꿈이었다.

중간 부분의 줄거리 어머니는 마을에서 벌어지고 있는 지붕 개량 사업에 대해 말하며, 마을에서 지붕을 고치지 않은 집이 거의 없고, 보조금도 받을 수 있다고 하지만 '나'는 이를 애써 외면하려 한다.

"오늘 당할지 낼 당할지 모를 일이긴 하다만, 날짐승만도 못한 목숨이 이리 모질기만 하다 보니 별의별 생각이 다 드는구나. 저런 옷궤 하나도 간수할 곳이 없어 이리 밀치고 저리
_{옷을 넣어 두는 나무 상자}
밀치다 보면 어떤 땐 그저 일을 저질러 버리고 싶은 생각이 꿀떡 같아지기도 하고……."

[A] 노인은 결국 그런 식으로 당신의 소망을 분명히 해 버리고 만 셈이었다. 지금은 아니더라도 적어도 그런 소망을 지녔던 것만은 분명히 한 것이다. / 나는 이제 할 말이 없었다. 눈을 감은 채 듣고만 있었다. 노인에 대해선 빚이 없음을 골백번 속으로 다짐하고 있었다.

"이번에는 면에서도 그냥 흐지부지 지나가 주더라만 내년엔 또 이번처럼 어떻게 잠잠해 주기나 할는지. 하기사 면 사람들 무서워 집을 고친다고 할 수는 없지마는, 늙은이 냄새가 싫어 그런지 그래도 한데서 등짝 붙이고 누울 만한 방 놔두고 밤마다 남의 집으로 잠자릴 얻어 다니는 저것들 에미 꼴도 모른 체하지는 못할 일이더니라."

내가 아예 대꾸를 않으니까 노인은 이제 혼잣말 비슷한 푸념을 계속했다. 듣다 보니 노
_{마음속에 품은 불평을 늘어놓음. 또는 그런 말}
인의 머릿속엔 이미 꽤 구체적인 계획표까지 마련되어 있었던 것 같았다.

"나라에서 보조금을 5만 원이나 내주겠다, 일을 일단 저지르고 들었더라면 큰돈이야 얼마나 더 들 일이 있었을라더냐……." _{전개: 어머니는 '나'에게 고향집을 고치고자 하는 뜻을 넌지시 내비침}

한눈에 정리하기

갈래	단편 소설, 귀향 소설
성격	사실적, 상징적, 회고적
주제	어머니의 사랑에 대한 깨달음과 모자 간의 인간적 화해

구성

발단	고향집에 온 '나'가 내일 아침 서울로 올라간다고 하자 어머니는 서운해하면서도 체념함
전개	어머니는 집을 고치고 싶어 하는 마음을 '나'에게 에둘러 전하지만, '나'는 어머니에게 갚아야 할 빚이 없다고 생각하며 어머니의 소망을 외면함
위기	'나'의 태도가 못마땅한 아내는 어머니에게 집에 대한 이야기를 이끌어 내고, '나'는 남의 집이 된 그 시골집에서 마지막 밤을 보냈던 날을 떠올림
절정	어머니는 '나'의 아내에게 그날 새벽 아들('나')을 떠나보내고 난 뒤 하얀 눈길을 되돌아오면서 눈물을 흘린 이야기를 들려줌
결말	자는 척하고 있던 '나'는 심한 부끄러움을 느끼며 어머니의 사랑에 뜨거운 눈물을 흘림

교과서 활동 깊이 보기

▶ 〈눈길〉의 [1] 구성

오늘 점심	고향집에 온 '나'는 어머니에게 내일 아침 서울로 올라가겠다고 말함

↓

어젯밤 (과거)	어머니는 '나'에게 집을 고치고 싶은 마음을 넌지시 드러내지만, '나'는 어머니의 [2] 을 외면함

↓

오늘 오후	'나'의 태도를 못마땅하게 여긴 아내는 어머니에게서 옛집과 옷궤에 대한 이야기를 이끌어 냄

↓

오늘 저녁, 밤	'나'는 자신이 옛집에서 하룻밤 자고 떠난 그날 새벽, '나'의 발자국이 찍힌 눈길을 돌아오며 울었던 어머니의 이야기를 듣게 됨

▶ 노인에 대한 '나'의 태도

고등학교 1학년 때 가계가 파산하고 형도 죽자 '나'는 장남의 책임을 떠안게 됨

↓

어머니는 '나'의 고등학교 시절부터 부모로서의 경제적 역할을 하지 못하고, '나'도 자식으로서의 역할을 하지 못함

↓

'나'는 어머니와 [3] 것이 없다고 생각함

↓

'나'는 어머니를 노인이라고 지칭함으로써 거리감을 드러냄

01 윗글의 서술상 특징으로 가장 적절한 것은?

① 서술자를 교체하면서 새로운 사건을 도입하고 있다.
② 서술자가 자신의 경험과 심리에 대해 서술하고 있다.
③ 인물들의 다양한 체험을 삽화 형식으로 나열하고 있다.
④ 세밀한 외양 묘사를 통해 인물의 성격을 드러내고 있다.
⑤ 실제 일어난 사건과 상상 속의 사건을 병치하여 이야기를 전개하고 있다.

02 윗글에 대한 내용으로 적절하지 않은 것은?

① 어머니는 '나'의 수술 권유를 거부한 적이 있다.
② '나'는 어머니의 바람에 대해 심적 부담을 느꼈다.
③ '나'는 형수와 조기들을 돌보느라 어머니를 봉양하지 못했다.
④ 어머니는 '나'에게 집을 고치고 싶어 하는 소망을 내비쳤다.
⑤ 어머니는 집안이 파산한 뒤 '나'에게 경제적 지원을 해 주지 못했다.

03 ㉠의 의미를 탐구할 때, 〈보기〉이 빈칸에 들어갈 알맞은 말을 쓰시오.

┌─────── 보기 ───────┐
　㉠에서 '나'는 어머니가 부모 노릇을 못한 것과 자신이 자식의 도리를 못한 것을 동일한 것으로 생각하며, 어머니를 외면해 온 자기의 태도를 합리화하고 있다. '나'가 어머니에게 받은 것이 없기에 (　　　)도 없다고 생각하는 것도 이와 같은 맥락에서 해석할 수 있다.
└──────────────────┘

04 윗글의 '나'가 자신의 어머니를 '노인'이라고 부르는 이유로 가장 적절한 것은?

① 어머니를 오랜만에 만나 낯설기 때문이다.
② 집안의 어른이 어머니밖에 없기 때문이다.
③ 어머니에게 심리적인 거리감을 느끼기 때문이다.
④ 어머니의 사랑을 더 이상 받고 싶지 않기 때문이다.
⑤ 어머니에게 미안한 감정을 표현하고 싶기 때문이다.

수능형✍

05 [A]를 〈보기〉와 같이 바꾸어 쓸 때 그 효과로 가장 적절한 것은?

┌─────── 보기 ───────┐
　집을 고치기를 바랐던 어머니는 그 전부터 지녀 왔던 자신의 소망을 그에게 분명히 전달했다. 그는 아무 말도 하지 않고 눈을 감은 채 어머니에 대해 빚이 없음을 골백번 속으로 다짐하고 있었다.
└──────────────────┘

① 서술자가 자신의 이야기를 서술함으로써 독자에게 친근감을 줄 수 있게 된다.
② 서술자가 인물의 내면을 의도적으로 숨김으로써 독자의 상상력이 개입할 여지를 만들어 주게 된다.
③ 서술자가 인물의 행동을 작품 외부에서 관찰함으로써 독자가 주인공의 내면을 파악하기 어렵게 된다.
④ 서술자가 여러 인물의 내면을 모두 알고 서술함으로써 독자가 다양한 시각에서 사건을 바라볼 수 있게 된다.
⑤ 서술자가 인물에 대해 객관적으로 서술함으로써 독자가 인물의 내면 심리를 정확하게 파악할 수 있게 된다.

1등급 배경지식

전체 줄거리

고향집에 온 '나'는 바쁜 일이 있어서 내일 아침 서울로 올라가야 한다고 어머니에게 말한다. 어머니는 아들의 말에 서운해하면서도 금방 체념하고, 조심스럽게 마을의 지붕 개량 사업에 대해 이야기하며 집을 고치고 싶은 마음을 전한다. 그러나 '나'는 어머니에게 받은 것이 없고 그래서 갚아야 할 빚도 없다는 생각을 반복하며 어머니의 바람을 외면한다. 이러한 '나'의 태도가 못마땅했던 아내가 어머니의 이야기를 집요하게 이끌어 내지만 '나'는 그러한 이야기를 애써 피하려고 한다. 아내는 집안이 파산하고 집을 팔게 된 사연과 남의 집이 된 옛날 그 시골집에서 어머니가 '나'를 위해 마지막 밤을 지내게 한 이야기를 듣게 되고, 어머니에게 그날의 심경을 캐묻는다. 어머니는 그날 새벽 '나'를 떠나보내고 난 뒤 홀로 눈길을 되돌아오면서 '나'의 발자국마다 눈물을 뿌리며 '나'가 잘 되길 빌었음을 담담히 말해 준다. 그날의 이야기를 처음 듣게 된 '나'는 잠이 든 척 버티면서도 심한 부끄러움을 느끼고, 어머니의 사랑에 뜨거운 눈물을 흘린다.

인물 관계도

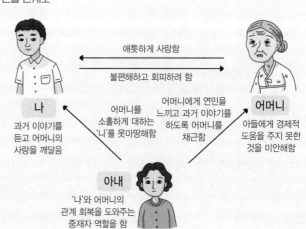

앞부분의 줄거리 '나'의 태도가 못마땅했던 아내는 어머니에게서 과거 이야기를 이끌어 낸다. '나'가 고등학교 1학년이었을 무렵, 술버릇이 점점 사나워져 가던 형은 집마저 팔아 버린다. 어머니는 팔린 그 집에서 홀로 '나'를 기다리고, 겨울 방학이 되자 '나'는 고등학교가 있는 K시에서 고향집을 찾아온다.

나중에야 안 일이지만 노인은 그렇게 나에게 ⓐ저녁밥 한 끼를 지어 먹이고 마지막 밤을 지내게 해 주고 싶어, 새 주인의 양해를 얻어 그렇게 혼자서 나를 기다리고 있었다 했다. 언젠가 내가 다녀갈 때까지는 하룻밤만이라도 내게 옛집의 모습과 옛날 같은 분위기 속에 맘 편히 눈을 붙이고 가게 해 주고 싶어서였을 터이다. 아무리 그렇더라도 문간을 들어설 때부터 썰렁한 집안 분위기가 이사를 나간 빈집이 분명했건만.

한데도 노인은 그때까지 매일같이 그 빈집을 드나들며 먼지를 털고 ⓑ걸레질을 해 온 것이었다. 그리고 그때 노인은 아직 집을 지켜 온 흔적으로 안방 한쪽에 ⓒ이불 한 채와 ㉠옷궤 하나를 예대로 그냥 남겨 두고 있었다. 이튿날 새벽 K시로 다시 길을 나설 때서야 비로소 집이 팔린 사실을 분명히 해 온 노인의 심정으로는 그날 밤 그 옷궤 한 가지로나마 옛집의 분위기를 되살려 내 괴로운 잠자리를 위로하고 싶었음에 분명한 물건이었다.

그런 내력이 숨겨져 온 옷궤였다. 떠돌이 살림에 ⓓ다른 가재도구가 없어서도 그랬겠지만, 이 20년 가까이를 노인이 한사코 함께 간직해 온 옷궤였다. 그만큼 또 나를 언제나 불편스럽게 만들어 온 물건이었다. 노인에게 빚이 없음을 몇 번씩 스스로 다짐하고 지내다가도 그 옷궤만 보면 무슨 액면가 없는 빚 문서를 만난 듯 기분이 꺼림칙스러워지곤 하던 물건이었다.
<small>화폐나 유가 증권 등의 표면에 적힌 가격</small>

<small>위기: 어머니의 배려로 '나'가 팔린 집에서 하룻밤을 지냈던 과거 이야기</small>

(중략)

"어머님 그때 우시지 않았어요?" / "울기만 했겠냐. 오목오목 디뎌 논 저 아그 발자국마다 한도 없는 ⓔ눈물을 뿌리며 돌아왔제. 내 자석아, 내 자석아, 부디 몸이나 성히 지내거라. 부디부디 너라도 좋은 운 타서 복 받고 살거라……. 눈앞이 가리도록 눈물을 떨구면서 눈물로 저 아그 앞길만 빌고 왔제……."

노인의 이야기가 거진 끝이 나가고 있는 것 같았다. 아내는 이제 할 말을 잊은 듯 입을
<small>'거의'의 방언</small>
조용히 다물고 있었다.

"그런디 그 서두를 것도 없는 길이라 그렁저렁 시름없이 걸어 온 발걸음이 그래도 어느
<small>근심과 걱정으로 맥이 없이</small>
참에 동네 뒷산까지 당도해 있었구나. 하지만 나는 그 길로는 차마 동네를 바로 들어설 수가 없어 잿등 위에 눈을 쓸고 아직도 한참이나 시간을 기다리고 앉아 있었더니라……." / "어머님도 이제 돌아가실 거처가 없으셨던 거지요."

한동안 조용히 입을 다물고 있던 아내가 더 이상 참을 수가 없어진 듯 갑자기 노인을 채근하고 나섰다. 그 목소리가 울먹임 때문에 떨리고 있었다. / 나 역시 더 이상 노인을 참을
<small>어떻게 행동하기를 따지어 독촉하고</small>
수가 없었다. 이제나마 노인을 가로막고 싶었다. 아내의 추궁에 대한 그 노인의 대꾸가 너무나 두려웠다. 노인의 대답을 들을 수가 없었다. 하지만 그 역시도 불가능한 일이었다.

나는 아직도 눈을 뜰 수가 없었다. 불빛 아래 눈을 뜨고 일어날 수가 없었다. 사지가 마비된 듯 가라앉아 있는 때문만이 아니었다. 졸음기가 아직 아쉬워서도 아니었다. 눈꺼풀 밑으로 뜨겁게 차오르는 것을 아내와 노인 앞에 보일 수가 없었다. 그것이 너무도 부끄러웠기 때문이다.
<small>결말: 눈길을 되돌아오며 운 어머니의 사연을 들은 '나'는 어머니의 사랑을 깨달음</small>

▶ 1 의 의미

'나'	• 2 를 만난 것 같은 불편함을 느끼게 하는 물건 • 잊고 싶은 과거를 회상하게 만드는 물건 • 애써 부인하고 싶은 어머니의 사랑을 확인시켜 주는 물건
노인 (어머니)	• 옛집을 지켜 온 흔적으로, 어머니의 마지막 자존심 • 아들에 대한 배려와 사랑을 상징하는 물건 • 아들에 대한 사랑을 베풀 수 있었던 옛집에서의 마지막 밤을 떠오르게 하는 물건
아내	어머니로부터 과거의 이야기를 이끌어 내는 수단

▶ '눈길'의 의미

이 작품에는 어머니와 '나'가 차를 타러 가기 위해 헤치고 나가는 눈길(중략 부분)과 '나'를 K시로 떠나보낸 어머니가 홀로 되돌아오는 눈길이 등장한다.

'나'	• 기억하고 싶지 않은 고통스러운 과거의 추억 • 집안의 몰락으로 인해 막막하게 살아가야 하는 고난의 삶
노인 (어머니)	• 아들('나')에 대한 헌신적인 사랑 • 혼자서 겪어 내야 할 여러 시련 • 몰락한 집안에서 겪어 온 인고의 삶

▶ 1인칭 주인공 시점의 서술

〈눈길〉은 '나'의 회상 및 어머니와 아내의 대화를 통해 그동안 감추어져 있던 과거 사건의 내막이 밝혀지는 구조로 되어 있다. 이때, 3 시점을 취함으로써 '나'의 내면세계가 효과적으로 드러나고 있다.

▶ 〈눈길〉의 결말

"그런디 이것만은 네가 좀 잘못 안 것 같구나. 그때 내가 뒷산 잿등에서 동네를 바로 들어가지 못하고 있었던 일 말이다. 그건 내가 갈 데가 없어 그랬던 건 아니란다. 산 사람 목숨인데 설마 그때라고 누구네 문간방 한 칸이라도 산 몸뚱이 깃들일 데 마련이 안 됐겄냐. 갈 데가 없어서가 아니라 아침 햇살이 활짝 퍼져 들어 있는디. 눈에 덮인 그 우리 집 지붕까지도 햇살 때문에 볼 수가 없더구나. 더구나 동네에선 아침 짓는 연기가 한창인디 그렇게 시린 눈을 해 갖고는 그 햇살이 부끄러워 차마 어떻게 동네 골목을 들어설 수가 있더냐. 그놈의 말간 햇살이 부끄러워져서 그럴 엄두가 안 생겨나더구나."

이 작품의 결말에는 새벽에 '나'를 떠나보낸 어머니가 차마 동네를 바로 들어설 수 없었던 이유가 제시되고 있다. 어머니는 아침 '햇살이 부끄러워' 동네에 들어서지 못했다고 밝히는데, 이는 '나'에게 부모로서의 역할과 도리를 다하지 못한 것에 대한 한스러움과 부끄러움을 드러낸 것이다.

01 <u>마지막 밤</u>에 대한 설명으로 적절하지 <u>않은</u> 것은?

① 어머니는 '나'에게 옛집이 팔린 사실을 숨겼다.
② 어머니는 '나'를 기다리며 옛집을 지키고 있었다.
③ 어머니는 옛집의 흔적을 통해 '나'를 위로하려고 했다.
④ '나'는 옛집에 들어설 때부터 전과는 다른 느낌을 받았다.
⑤ '나'는 어머니가 보인 애틋한 사랑과 배려에 감사를 전했다.

02 ㉠에 대한 설명으로 적절하지 <u>않은</u> 것은?

① '나'에 대한 어머니의 사랑을 상징적으로 나타내는 소재이다.
② '나'에게는 떠올리고 싶지 않은 과거를 회상하게 하는 매개체이다.
③ 어머니가 K시로 돌아가야 하는 '나'를 붙잡기 위해 놓아둔 물건이다.
④ '나'에게는 애써 부인하고 싶은 어머니의 사랑을 확인시켜 주는 물건이다.
⑤ 어머니에게는 옛집에서 아들과 보냈던 마지막 밤을 떠오르게 하는 물건이다.

03 ⓐ~ⓔ 중 성격상 <u>이질적인</u> 것은?

① ⓐ ② ⓑ ③ ⓒ ④ ⓓ ⑤ ⓔ

1등급 배경지식

이청준의 자전적 소설 〈눈길〉

이청준은 '나는 〈눈길〉을 이렇게 썼다'라는 작가 노트에서 〈눈길〉을 창작한 과정을 제시하며 이 작품이 자전적 이야기임을 밝히고 있어요. 이청준의 작가 노트를 함께 살펴보아요.

"〈눈길〉은 그러니까 나 혼자 쓴 소설이 아니라 내 어머니와 아내 셋이서 함께 쓴 소설인 셈이다. 오랜 세월 가려져 온 그 새벽 헤어짐 이후의 두려운 사연을 당신의 삶 속에 간직해 온 어머니나 그 헌 옷궤의 설운 사연을 실마리 삼아 끝내 그 무고한 아픔의 실체를 드러내 준 아내가 아니었으면 이 소설은 쓰이지 않았을 것이다. 그리고 그런 뜻에서 어머니나 아내는 〈눈길〉의 실제 실연자로서 소재뿐 아니라, 그 헤어짐을 중심 삼아 이야기의 반전 시점을 마련해 준 구성이나 우리 삶의 원죄성, 아픔, 부끄러움 따위의 주제까지도 다 제공해 준 셈이었다. 거기에 내가 다듬고 덧붙인 무력하고 모멸스런 자신을 더욱 가책하려는 심사에서 어머니에게 우정 '빚이 없다' 뻔뻔스럽게 우기고 든다거나 당신을 불손하게 '노인'이라 부르는 따위의 수사상의 역설적 반어법을 고려한 정도였달까."

04 윗글에 등장하는 아내의 역할을 〈조건〉에 따라 쓰시오.

보기
1. '관계 회복'이라는 표현을 포함할 것
2. 마지막 단어를 '역할'로 끝낼 것

수능형

05 〈보기〉의 선생님의 질문에 대한 학생의 대답으로 가장 적절한 것은?

보기
선생님: 〈눈길〉의 결말에는 '노인'으로 표현되는 어머니와 서술자인 아들 '나'가 느끼는 부끄러움이 각각 나타나 있습니다. 어머니는 옛집에서 아들과 마지막 밤을 보낸 뒤 눈이 덮인 길을 되돌아오며 부끄러움을 느껴 차마 동네를 들어서지 못합니다. 그리고 '나'는 그 눈길을 걸었던 어머니의 이야기를 들으며 부끄러움을 느낍니다. 그렇다면 '나'가 부끄러움을 느낀 이유를 추측해 볼까요?

학 생: (   )

① '나'가 어머니를 홀대한 이유를 아내가 알게 되었기 때문입니다.
② '나'가 아내의 추궁을 받은 어머니의 처지에 공감했기 때문입니다.
③ 몰락하여 궁핍했던 '나'의 유년 시절 이야기를 아내가 알게 되었기 때문입니다.
④ '나'가 어머니에게 빚이 없다고 생각해 온 자신의 태도에 자책감을 느꼈기 때문입니다.
⑤ '나'가 아내와 어머니의 대화를 자는 척하며 엿듣고 있다는 것을 들키기가 두려웠기 때문입니다.

이청준의 대표작과 주제
• 병신과 머저리(1966): 전쟁 세대 및 전후 세대의 아픔과 그 극복 의지
• 당신들의 천국(1976): 인간의 진정한 삶과 사랑의 실천을 통한 이상주의적 세계 추구
• 서편제(1976): 우리 민족 고유의 한과 장인 정신의 예술적 승화
• 자서전들 쓰십시다(1976): 인생에 대한 참회를 통해 삶의 의미와 가치를 찾는 참된 글쓰기의 의미
• 황홀한 실종(1976): 평화와 안정을 추구하고자 하는 개인과 이를 억압하는 사회
• 소문의 벽(1971): 자기 진술의 욕망을 억압당하고, 의사 표현의 자유를 박탈당한 인간의 정신적 상처
• 잔인한 도시(1978): 현대 사회의 인간 소외에 대한 비판과 자유에 대한 열망
• 시간의 문(1982): 예술에 대한 탐구와 예술가로서의 소명 의식
• 날개의 집(1997): 진정한 예술의 성취를 위한 삶과 예술의 조화 추구

겨울 나들이 박완서

앞부분의 줄거리 '나'는 화가인 남편이 그린 의붓딸의 초상화를 보고, 6·25 전쟁 때 북에 두고 온 아내를 그리워한다고 여겨 삶에 회의감을 느낀다. 어느 겨울 '나'는 혼자 온양으로 여행을 떠나 여인숙 주인아주머니에게서 시어머니의 사연을 듣게 된다. 6·25 전쟁 당시 면장이었던 아주머니의 남편은 인민군이 마을을 점령하자 숨어 지냈다.

가 "어머님은 그저 모른다고만 그러세요. 세상 없는 사람이 물어도 아범 있는 곳은 그저 모른다고 그러셔야 돼요. 난리 나던 날 집 나가고 나선 어떻게 됐는지 모른다고 딱 잡아떼셔야 돼요. 입 한번 잘못 놀려 사람 목숨이 왔다갔다한다는 세상이에요. (중략) 아무도 믿으시면 안 된다구요. 네, 아셨죠, 어머님?"

그녀는 힘차게 도리질까지 곁들여 가며 거듭거듭 이 '모른다'를 <u>교습했다.</u> 시어머니는
_{가르쳐서 익히게 하다}
늘상 겁먹고 외로운 얼굴을 해 가지고 혼자 있을 때도 "⊙몰라요, 난 몰라요." 하며, 역시 도리질까지 해 가며 열심히 연습을 하는 것이었다.

나 "⊙몰라요, 몰라요. 정말 난 모른다 말예요." / 소름이 쪽 끼치고 간담이 서늘해지는 처참한 비명이었다. 그녀도 뛰어나가고 그녀의 남편까지도 엉겁결에 뛰어나갔다. 잠깐
아무도 분별력이 없었다. 저만치 뒷간 모퉁이에 패잔병인 듯싶은 지치고 <u>남루한</u> 인민군
_{옷 따위가 낡아 해지고 차림새가 너저분한}
_{싸움에서 진 군대의 병사 가운데 살아남은 병사}
서너 명이 일제히 총부리를 시어머니에게 겨누고 있었다. 그들도 놀란 것 같았다. 그들은 처음부터 누굴 해치려고 나타났다기보다는 그냥 시어머니와 마주쳤거나 마주친 김에 옷이나 먹을 것을 달랄 작정이었는지도 모른다. 그런데 그들이 무슨 말을 걸기도 전에 시어머니는 그 자리에 꼼짝도 못 하고 못 박힌 채 고개만 미친 듯이 저으며 "몰라요, 난 몰라요."를 딴사람같이 드높고 <u>새된</u> 소리로 되풀이했다. 패잔병 중 한 사람의 눈에 살기가
_{목소리가 높고 날카로운}
번뜩이는가 하는 순간 총이 그녀의 남편을 향해 난사됐다. 그녀의 남편은 처참한 모습으로 나동그라지고 그들도 어디론지 도망쳤다. 이런 일은 일순에 일어났다.

그 후 거의 실성하다시피 한 시어머니를 오랫동안 극진히 <u>봉양한</u> 끝에 어느 만큼 회복
_{웃어른을 받들어 모신}
은 됐지만 그때 뒷간 모퉁이에서 죽길 기를 쓰고 흔들어대던 도리질만은 그때 같은 <u>박력</u>
_{힘 있게 밀고 나가는 힘}
만 가셨다 뿐 멈출 줄 모르는 <u>고질병</u>이 되고 말았다. 그래서 도리도리 할머니라는 이 동
_{오랫동안 앓고 있어 고치기 어려운 병}
네 <u>명물</u> 할머니가 됐다.
_{남다른 특징이 있어 인기 있는 사람을 이르는 말}

아주머니는 이런 얘기를 조금도 수다스럽지 않고 담담하고 고즈넉하게 했다.

"이젠 고쳐 드려야겠다는 생각보단 도와드려야겠다는 생각뿐이에요."

"도와드리다니요? 어떻게요?"

"당신 임의로는 못하시는 일이고, 얼마나 힘이 드시겠어요. <u>삼시</u> 잡숫는 거라도 정성
_{아침, 점심, 저녁의 세 끼니}
껏 잡숫게 해 드리고 몸 편케 보살펴 드리고, 뭐, 그런거죠. 대사업을 완수하시고 돌아가시는 날까지 그거야 못해 드리겠어요."

치매가 된 채 허구한 날 도리질이나 해대는 걸 '대사업'이라고 하는 아주머니의 농담에 웃으려다 말고 입을 다물었다. 아주머니의 태도가 조금도 농담 같지 않아서였다. 정말 대사업을 힘껏 보필하는 이의 사명감과 긍지로 아주머니의 얼굴이 은은히 빛나 보이기까지 했다. 나는 어쩌면 이 아주머니야말로 대사업을 하고 있는 게 아닌가 하는 생각이 들면서 등골에 전율이 지나갔다.

절정: 아주머니에게서 시어머니의 도리질에 얽힌 사연을 듣고 '나'가 가족애의 의미를 깨달음

한눈에 정리하기

갈래 단편 소설, 분단 소설

성격 고백적, 사실적

주제 ① 6·25 전쟁과 분단이 남긴 상처
② 가족 간의 사랑을 통한 정신적 상처의 극복

구성

발단	남편과의 결혼 생활에 회의감이 든 '나'는 혼자 겨울 여행을 떠남
전개	'나'는 여행지인 온양 온천장에서 서러움과 허망함을 느낌
위기	호숫가 여인숙에서 주인아주머니와 도리질을 하는 그녀의 시어머니를 만남
절정	주인아주머니에게서 시어머니의 사연과 아들에 대한 걱정에 대해 들음
결말	고부의 삶을 통해 가족애와 삶의 의미를 깨달은 '나'는 집으로 돌아감

교과서 활동 깊이 보기

▶ **'나'의 여정에 따른 심리 변화**

서울
남편이 그린 의붓딸의 초상화를 보고 소외감과 허탈감을 느낌

↓

온양 온천장
온천장 여관에서 하루를 묵으면서 여전히 서러움과 허망함을 느낌

↓

온양 호숫가 여인숙
여인숙 주인아주머니를 만나 이야기를 듣고, 전쟁의 상처를 지닌 남편과 딸을 뒷바라지하며 살아온 자신의 삶이 헛된 것이 아님을 깨달으며 서울로 돌아가기를 결심함

내부 이야기
• [　1　] 때 아주머니는 남편을 잃고, 시어머니는 아들을 잃은 충격으로 도리질을 하게 됨 • 아주머니의 아들이 오랫동안 하숙집에 돌아오지 않아 아주머니가 서울에 갈 것이라는 이야기를 듣게 됨(중략 부분)

▶ **'대사업'의 의미**

시어머니	아주머니
[　2　] → 가족을 지키고 싶은 의지와 사랑	도리질하는 시어머니를 정성껏 [　3　]하는 일

서로 의지하며 상처를 극복해 나가는 가족 간의 사랑

01 윗글에 대한 설명으로 가장 적절한 것은?

① 서술자의 주관적 판단이 배제되어 있다.
② 작중 인물의 과거 이야기가 삽입되어 있다.
③ 인물 간의 대화를 통해 특정 인물을 희화화하고 있다.
④ 독백을 반복하여 내적 갈등의 해결 과정을 드러내고 있다.
⑤ 두 공간에서 동시에 일어나는 사건을 병렬적으로 배치하고 있다.

02 ㉠과 ㉡을 비교한 내용으로 가장 적절한 것은?

① ㉠과 ㉡은 모두 아들의 행방을 묻는 질문에 대답한 말이다.
② ㉠과 ㉡은 모두 깜짝 놀라 당황하여 얼결에 내뱉은 말이다.
③ ㉠과 ㉡은 모두 가족을 지키려는 절박한 심정이 담겨 있는 말이다.
④ ㉠과 달리 ㉡은 발생할지도 모르는 위험을 대비하기 위한 말이다.
⑤ ㉡과 달리 ㉠은 현재 목격하고 있는 상황에 대한 극심한 공포감을 나타내고 있다.

03 〈보기〉의 빈칸에 공통적으로 들어갈 한 단어를 쓰시오.

─── 보기 ───
주인아주머니는 시어머니의 도리질을 (   )(이)라고 표현했지만, '나'는 주인아주머니가 시어머니를 정성껏 모시는 것을 (   )(이)라고 생각했다.

04 윗글을 이해한 내용으로 적절하지 않은 것은?

① '나'는 아주머니의 이야기를 듣고 감동을 받았다.
② 아주머니는 시어머니의 고질병을 고치겠다는 의지를 잃지 않고 있다.
③ 시어머니는 자신도 어찌할 수 없는 행동으로 인해 동네에서 명물이 되었다.
④ 인민군들은 아주머니 남편의 신분을 확인하지 않고 그의 목숨을 앗아갔다.
⑤ 시어머니는 인민군이 무슨 말을 하기도 전에 도리질을 하며 모른다고 반응했다.

수능형

05 윗글을 읽은 학생들이 '할머니의 도리질'에 대해 보인 반응으로 적절하지 않은 것은?

① 아들의 죽음이 자기 탓이라고 여기는 데서 오는 자책감이 무의식적으로 드러난 것이 아닐까?
② 오랜 세월이 흘러도 치유되지 않는 전쟁의 깊은 상처를 보여 주는 행동으로 이해할 수 있겠어.
③ 아들의 죽음이 너무나 충격적인 일이라 그것을 사실로 인정할 수 없다는 강한 부정으로 받아들여져.
④ 아들이 눈앞에서 죽는 모습을 본 이후부터 지금까지 도리질을 하면서 힘들게 살 수밖에 없었던 할머니가 참 불쌍해.
⑤ 자신에게 '모른다'는 연습을 시켜 결과적으로 아들을 죽음으로 몰고 가게 한 며느리에 대하여 반감을 나타내는 행동으로 보여.

1등급 배경지식

전체 줄거리

'나'는 화가인 남편이 요즘 부쩍 시집간 의붓딸의 초상화를 그리는 것을 보고, 6·25 전쟁 때 북쪽에 두고 온 아내를 그리워하는 것이라 여겨 삶의 회의감을 느낀다. 어느 겨울 '나'는 남편의 만류에도 혼자 온양으로 여행을 떠난다. 여행 이튿날 '나'는 온양 근처의 작은 저수지에 왔다가 추위에 언 몸을 녹이려 한 여인숙에 들르게 되고, 여인숙 주인아주머니에게서 시어머니의 사연을 듣게 된다. 6·25 전쟁 당시 면장이었던 아주머니의 남편은 시어머니의 눈앞에서 인민군에게 총격을 받아 죽게 되고, 시어머니는 그 충격으로 도리질을 하게 되었다. '나'는 계속 도리질을 하는 시어머니를 극진히 봉양하는 아주머니의 태도에 감동을 받고, 전쟁의 상처를 보듬는 가족의 사랑을 깨닫게 된다. 뒤이어 아주머니는 서울에 있는 아들에 대한 이야기를 해 주며 서울에 올라갈 것이라고 하는데, '나'는 전쟁의 상처를 지닌 남편을 뒷바라지하며 살아온 자신의 삶 역시 헛된 것이 아니라는 것을 깨닫고 서울로 돌아오게 된다.

인물 관계도

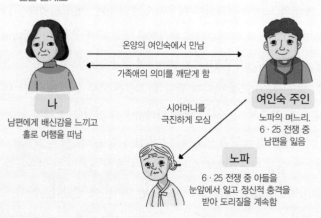

나
남편에게 배신감을 느끼고 홀로 여행을 떠남

온양의 여인숙에서 만남
가족애의 의미를 깨닫게 함

여인숙 주인
노파의 며느리.
6·25 전쟁 중 남편을 잃음

시어머니를 극진하게 모심

노파
6·25 전쟁 중 아들을 눈앞에서 잃고 정신적 충격을 받아 도리질을 계속함

가 음악 선생은 세 줄로 서 있던 22명의 아이들 앞을 천천히 걸었다. ㉠모두들 긴장했다. 내 노래 실력이 합창을 망칠 정도는 아니라는 생각과 그래도 혹시 나일지도 모른다는 불안감이 아이들의 노래에 배어났다. 불안한 마음이 부르는 노래는, 이미 노래가 아니었다.

<u>느낌, 생각 따위가 슬며시 나타났다</u>

"단장, 이거 네 목소리 아냐? 모두 멈추고 단장 혼자 불러 봐."

엇박자 D의 노래는 들어 줄 만했다. 부드러운 느낌도 잘 살아 있었고, 박자도 이상하지 않았다. 음악 선생은 고개를 갸웃거렸다. 뭔가 이상하긴 한데 어느 부분이 어느 정도로 이상한지, 고치려면 어떻게 해야 하는 것인지, 답을 말해 줄 수가 없었던 것이다.

다시 합창을 시도해 봤지만 결과는 마찬가지였다. ㉡엇박자 D의 목소리만 들리면 아이들은 갈피를 잡지 못했고, 음은 뒤죽박죽이 됐으며 박자는 제멋대로 변했다. 그의 목소리는 전파력이 강한 바이러스였다. 음악 선생은 엇박자 D에게 자진 사퇴를 권했지만 그는

<u>전하여 널리 퍼지는 힘</u>

받아들이지 않았다. 축제 때 합창단에서 노래를 부를 것이라는 광고를 여러 곳에 해 두었다는 것이 이유였다.

"㉢좋아, 대신 넌 절대 소리 내지 마. 그냥 입만 벙긋벙긋하는 거야. 알았지?"

발단: 고등학교 시절, 음치이자 박치인 엇박자 D로 인해 합창 연습을 제대로 하지 못함

중간 부분의 줄거리 합창 공연에서 엇박자 D가 노래를 불러 공연을 망치자, 엇박자 D는 음악 선생에게 크게 혼이 난다. 시간이 흘러 '나'는 그간 무성 영화를 전공한 엇박자 D의 제안으로 인기 밴드인 '더블 더빙' 공연의 보조 기획자가 된다. '나'는 총괄 기획자인 엇박자 D의 요청으로 공연에 고등학교 합창단 친구들을 초대한다. 엇박자 D는 공연의 앙코르 곡으로 고교 시절 불렀던 합창곡을 관객에게 들려준다.

나 "22명의 음치들이 부르는 20년 전 바로 그 노래야. 내가 제일 좋아하는 음치들의 목소리로만 믹싱한 거니까 즐겁게 감상해 줘."

<u>다수의 개별적인 소리를 하나의 소리로 합성하는 것</u>

무선 헤드셋에서 다시 엇박자 D의 목소리가 들렸다. 조명은 하나도 켜지질 않았다. 완전한 어둠 속에서 노래가 흘러나오고 있었다. 어둠 속이어서 그런 것일까. 노래는 아름다웠다. ㉣서로의 음이 달랐지만 잘못 부르고 있다는 느낌은 들지 않았다. 마치 화음 같았다. 어둠 속이어서 그럴지도 모른다. 음치들의 노래는 어두운 방에서 전원 스위치를 찾는 왼손처럼 더듬더듬 어디론가 내려앉았다. 아무도 웃지 않았다. 몇몇 관객은 후렴을 따라 부르기까지 했다.

(중략)

22명의 노래가 절묘하게 어우러지는 이유는, 아마도 엇박자 D의 리믹스 덕분일 것이다. 22명의 노랫소리를 절묘하게 배치했다. 목소리가 겹치지만 절대 서로의 소리를 해치지 않았다. 노래를 망치지 않았다. / 앞자리에 앉은 친구들의 얼굴에는 아득하게 흐려진 어떤 것을 추억하는 듯한 표정이 서려 있었다. 그들은 모두 입을 벙긋거리며 노래를 따라 부르고 있었다. 나도 모르게 나 역시 노래를 따라 부르고 있었다. 오래된 노래였지만 가사가 모두 기억났다. ㉤20년 전과 달리 이번에는 우리들이 립싱크를 하고 있었다. 음치들의 노랫소리에 맞춰 우리는 입을 벙긋거렸다. 노래를 따라 부르긴 했지만 입 밖으로 소리를 내지는 않았다. 그저 입만 벙긋거렸다. 다른 친구들도 모두 그러는 것 같았다. 우리는 그것이 ⓐ엇박자 D에 대한 예의라고 생각하고 있었다.

결말: 관객들이 음치들의 합창곡에 감동하여 그 노랫소리에 맞추어 립싱크를 함

한눈에 정리하기

갈래	단편 소설
성격	사실적, 비판적, 회고적
주제	① 남들과 다름을 인정하지 않는 사회에 대한 비판 ② 다름에 대한 수용의 필요성

구성

발단	'나'는 공연 DVD를 편집하다 엇박자 D를 발견하고, 고등학교 시절 축제 때 합창 공연을 망친 엇박자 D를 회상함
전개	'나'는 보조 기획자로서 공연 총괄 기획을 맡은 엇박자 D를 도와 공연을 함께 준비하고, 합창단에서 함께 노래했던 고등학교 친구들을 초대함
위기	관객의 호응을 받으며 공연이 진행됨
절정	엇박자 D의 계획에 따라 앙코르 곡으로 음치들이 부른 고교 시절 합창곡이 흘러나옴
결말	고등학교 친구들이 음치들의 합창곡에 감동하여 노랫소리에 맞추어 립싱크를 함

교과서 활동 깊이 보기

▶ **역순행적 구성의 효과**

현재
공연 기획인인 '나'가 고등학생 때의 일을 떠올림

↓

과거 회상
• 음악 선생은 음치인 엇박자 D에게 축제 때 ⟨ 1 ⟩를 부르지 말고 입만 벙긋벙긋하라고 함 • 엇박자 D가 축제 무대에서 노래를 불러 합창이 엉망이 되자 음악 선생에게 크게 혼남

↓

현재
• 엇박자 D가 '나'와 함께 인기 밴드의 공연을 기획함 • 고등학교 시절의 친구들을 초대해 예전에 불렀던 합창곡을 ⟨ 2 ⟩들의 아름다운 하모니로 들려줌

⇩

역순행적 구성의 효과
다름과 차이에 대한 이해가 없었던 과거의 상황을 비판하고, 상처를 극복한 엇박자 D의 모습을 효과적으로 드러냄

▶ **'합창'에 대한 관점 차이**

음악 선생
모두가 똑같은 박자와 음을 맞추는 것이 아름다운 것이며, ⟨ 3 ⟩의 개성은 전체를 위해 희생되어도 됨

엇박자 D
음치들의 노래를 잘 믹싱하여 조화로운 소리를 만들어 낸 것처럼, 개성을 존중하면서도 전체적인 조화를 추구하는 것이 중요함

01 윗글에 대한 설명으로 가장 적절한 것은?

① 서술자인 '나'가 중심인물에 대해 서술하고 있다.
② 인물을 희화화하여 상황의 비극성을 강조하고 있다.
③ 다른 장소에서 동시에 일어나는 사건을 병치하고 있다.
④ 시간적 배경을 묘사하여 인물의 성격 변화를 암시하고 있다.
⑤ 독백적 진술을 활용하여 내적 갈등의 해결 과정을 드러내고 있다.

02 ㉠~㉤에 대한 이해로 적절하지 않은 것은?

① ㉠: 합창단원들이 엇박자 D의 노래 실력을 감추려고 했음이 드러난다.
② ㉡: 엇박자 D의 노래로 인해 합창이 제대로 진행되지 못했음이 드러난다.
③ ㉢: 음악 선생이 엇박자 D의 개성을 무시하는 발언을 했음이 드러난다.
④ ㉣: 음치들의 노래는 통일되지 않았으나 조화롭게 들렸음이 드러난다.
⑤ ㉤: 친구들이 과거에 립싱크를 강요당했던 엇박자 D에 대해 미안함을 느꼈음이 드러난다.

03 〈보기〉의 설명에 해당하는 문장을 윗글에서 찾아 쓰시오.

> ─(보기)─
> 1. 엇박자 D가 믹싱한 노래를 듣고 '나'가 평가한 말
> 2. '높이가 다른 둘 이상의 음이 함께 울릴 때 어울리는 소리'라는 뜻을 가진 단어가 포함된 3어절의 문장

04 ⓐ의 의미로 가장 적절한 것은?

① 학창 시절을 함께한 친구에 대한 반가움
② 합창단원을 이끌었던 음악 선생에 대한 감사
③ 엇박자 D의 능력을 불신했던 것에 대한 미안함
④ 음치도 노력을 하면 노래를 잘할 수 있다는 깨달음
⑤ 자신만의 방법으로 상처를 극복해 낸 엇박자 D에 대한 경의

05 〈보기〉를 참고하여 윗글을 이해한 것으로 가장 적절한 것은?

> ─(보기)─
> 〈엇박자 D〉는 작가가 허구적으로 창조한 인물인 엇박자 D를 중심으로 사건을 전개하고 있다. 이 작품은 개인의 특성을 무시하고 획일성을 강조하는 현대 사회에 대해 비판하고 있다. 또한 엇박자 D가 만들어 낸 음치들의 화음을 통해 소수자와 함께 조화로운 사회를 만들고, 다름과 차이를 수용하는 것의 중요성을 전달하고 있다.

① 합창단에서의 자진 사퇴를 거부하는 엇박자 D를 통해, 획일성의 중요성을 강조하고 있군.
② 음악 선생이 축제 때 엇박자 D에게 한 요구를 통해, 개성을 무시하는 행태가 점차 사라져 가는 현실을 드러내고 있군.
③ 엇박자 D의 목소리로 인해 아이들이 갈피를 잡지 못하게 된 것을 통해, 소수자가 차별받는 사회를 형상화하고 있군.
④ 음치들의 노랫소리에 맞추어 립싱크를 하는 관객들의 모습을 통해, 다름과 차이를 인정하는 모습을 보여 주고 있군.
⑤ 아무도 웃지 않고 후렴을 따라 부르는 관객들을 통해, 현대 사회의 부정적 흐름에 동조하는 구성원을 비판하고 있군.

1등급 배경지식

전체 줄거리

공연 기획자로 일하는 '나'는 자신이 기획한 공연의 DVD 화면에서 다른 사람들과 달리 엇박자로 뛰는 사람을 발견한다. 그는 자신과 같은 고등학교의 합창단원이었던 엇박자 D였다. 엇박자 D는 고교 시절 박치이자 음치였기 때문에 음악 선생은 엇박자 D에게 공연장에서 소리 내지 말고 입만 벙긋벙긋하라고 한다. 그러나 엇박자 D가 합창 공연에서 노래를 불러 공연을 망치게 되자 음악 선생에게 크게 혼이 난다. 그 후 엇박자 D는 음악에 대한 관심을 접었다가 대학 시절 무성 영화를 전공하고 대학원에 들어가 음치들에 대한 연구를 시작한다. '나'와 재회한 엇박자 D는 인기 밴드인 '더블 더빙'의 공연을 총괄 기획하게 되었다며 '나'에게 보조 기획자로 함께 일해 볼 것을 제안하고, '나'는 엇박자 D의 제안을 받아들인다. 엇박자 D의 요청으로 '나'는 합창단에서 함께 노래했던 고등학교 친구들을 초대한다. 공연을 성공적으로 마친 뒤 엇박자 D는 앙코르 곡으로 음치들이 교고 시절 합창곡을 부른 노래를 청중에게 들려준다. 음치들의 목소리는 아름다운 화음이 되었고, 친구들은 립싱크로 그 노래를 따라 부르며 엇박자 D에 대한 예의를 표한다.

인물 관계도

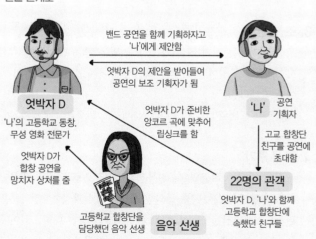

01 고전 산문의 개념과 구성

1. 고전 산문의 개념
고전 산문은 신화, 전설, 민담 등의 설화와 야담, 가전 문학, 갑오개혁 이전에 창작된 고전 소설 등을 포함하는 산문 문학이다.

2. 고전 산문의 구성
고전 산문에서는 평면적 구성, 환몽 구조, 적강 구조, 일대기적 구성이 자주 나타난다.

평면적 구성	사건이 시간적 순서에 따라 전개되는 구성. 순행적 구성이라고도 함
환몽 구조	'현실 – 꿈 – 현실'의 모습을 보이는 구조. 주로 몽자류 소설과 몽유록계 소설에서 나타남 현실 → (입몽) 꿈 → (각몽) 현실
적강 구조	천상계의 존재가 죄를 지어 지상계로 유배를 왔다가 다시 천상계로 돌아가는 구조. 환몽 구조와 함께 나타나기도 함 천상계 (득죄) → (적강) 지상계 (속죄) → (회귀) 천상계

02 고전 산문의 전개

1. 고대 사회
고대 사회에서는 각 국가와 민족 사이에서 전승되어 온 이야기인 신화, 전설, 민담 등의 설화가 창작됐다. 특히 고대 국가가 건설되며 건국시조가 나라를 세우게 된 내력을 그린 건국 신화가 다수 지어졌다.

예 건국 신화: 고조선의 〈단군 신화〉, 고구려의 〈주몽 신화〉, 백제의 〈비류 · 온조 신화〉, 신라의 〈박혁거세 신화〉

2. 조선 이전
사람의 일생 동안의 행적을 다루며, 탄생부터 죽음 또는 현 시점까지를 서술함

고려 후기에 사물을 의인화하여 전기(傳記)적 구성으로 서술한 가전체 소설이 등장하였으며, 대부분의 가전체 소설은 《동문선》에 기록되어 전해진다.

예 가전체 소설: 임춘의 〈국순전〉 · 〈공방전〉, 이규보의 〈국선생전〉

3. 조선 전기
중국 당나라 때 발생한 문어체 소설. 대체로 귀신과 인연을 맺거나 용궁에 가 보는 것과 같은 기괴하고 신기한 일을 내용으로 함

〈만복사저포기〉, 〈이생규장전〉, 〈취유부벽정기〉, 〈용궁부연록〉, 〈남염부주지〉

조선 전기에는 전기(傳奇)의 영향을 받은 한문 소설집인 김시습의 《금오신화》가 창작되었고, 꿈속에서 일어난 사건을 그린 몽유록계 소설과 인간의 마음을 의인화한 천군 소설 등이 등장했다.

예 몽유록계 소설: 임제의 〈원생몽유록〉, 심의의 〈대관재몽유록〉, 천군 소설: 임제의 〈수성지〉

4. 조선 후기
조선 후기에는 허균의 〈홍길동전〉을 시작으로 다수의 영웅 소설과 군담 소설이 창작되었다. 〈춘향전〉, 〈흥보전〉 등의 판소리계 소설과 〈숙향전〉, 〈운영전〉 등의 애정 소설, 〈오유란전〉, 〈배비장전〉 등의 세태 풍자 소설과 장편 대하소설이 등장했다. 또한 〈토끼전〉, 〈까치전〉 등의 우화 소설, 〈장화홍련전〉, 〈콩쥐팥쥐전〉 등의 가정 소설도 창작되었다.

01 〈보기〉의 빈칸에 들어갈 알맞은 말을 쓰시오.

보기
설화, 야담, 가전 문학, 고전 소설 등을 아울러 ( )(이)라고 한다.

02 고전 산문에 자주 쓰이는 구성으로 보기 어려운 것은?
① 적강 구조
② 환몽 구조
③ 액자식 구성
④ 평면적 구성
⑤ 일대기적 구성

03 〈보기〉의 설명에 해당하는 고전 산문의 갈래를 쓰시오.

보기
설화 중 하나로, 고대 국가의 건국 시조가 나라를 세운 내력을 그린 작품이다.

04 몽유록계 소설은 인간의 마음을 의인화한 소설이다. (O | X)

05 〈만복사저포기〉, 〈이생규장전〉 등이 포함된 김시습의 《금오신화》에는 귀신과 인연을 맺는 등 기이하고 신기한 이야기가 실려 있다. (O | X)

06 다음 중 창작 시대가 다른 것은?
① 〈토끼전〉
② 〈숙향전〉
③ 〈오유란전〉
④ 〈국선생전〉
⑤ 〈장화홍련전〉

03 고전 산문의 유형

1. 영웅 소설

영웅 소설은 영웅의 일생을 소재로 한 소설로, 대부분의 영웅 소설은 고귀한 혈통과 뛰어난 능력을 지닌 주인공이 위기를 극복하고 승리자가 되는 서사를 지니고 있다. 이처럼 영웅이 태어나서 죽을 때까지의 사건을 시간 순서에 따라 서술하는 구성을 영웅의 일대기적 구성이라고 한다. 작품에 따라 한두 가지 요소가 빠지거나 조금 다르게 전개되는 경우도 있지만, 전체적인 이야기의 흐름은 비슷하다.

	고귀한 혈통
	기이한 잉태 또는 출생
영웅의 일대기적 구성	비범한 능력 발휘
	어린 시절의 위기
	조력자와의 만남
	성장 후의 위기
	위기 극복과 행복한 결말

예 〈홍길동전〉, 〈전우치전〉, 〈유충렬전〉, 〈조웅전〉, 〈홍계월전〉

2. 군담 소설

군담 소설은 주인공의 군사적 활약상을 소재로 한 소설로, 임진왜란(1592)과 병자호란(1636) 이후에 등장하여 유행했다. 실재했던 전쟁을 배경으로 삼은 역사 군담 소설과 가상의 전쟁을 배경으로 삼은 창작 군담 소설로 나뉜다.

예 역사 군담 소설: 〈박씨전〉, 〈임진록〉, 〈최고운전〉
창작 군담 소설: 〈유충렬전〉, 〈조웅전〉, 〈소대성전〉

3. 가정 소설

가정 소설은 가정 내에서 일어날 수 있는 사건을 소재로 한 소설이다. 혼사 장애, 계모로 인한 갈등, 아버지와 아들 사이의 갈등, 가정 내 구성원 간의 애정 문제로 인한 처와 처 사이의 갈등, 처와 첩 사이의 갈등 등을 다룬다.

예 〈장화홍련전〉, 〈콩쥐팥쥐전〉, 〈사씨남정기〉, 〈창선감의록〉

4. 애정 소설

애정 소설은 남녀 간의 사랑을 소재로 한 소설이다. 신분의 제약, 유교적 가치관으로 인해 남녀 간의 사랑이 자유롭지 않았던 조선 시대의 사회적 배경을 반영하고 있다. 애정을 성취하고자 하는 남녀 주인공과 이를 방해하는 외부 요인 간의 갈등이 주요 내용이다.

예 〈운영전〉, 〈숙영낭자전〉, 〈채봉감별곡〉, 〈춘향전〉

5. 판소리계 소설

판소리계 소설은 판소리에서 소리꾼이 늘어놓는 말이나 이야기인 판소리 사설이 구전되다가 글로 기록된 소설이다. 판소리계 소설에서는 서술자가 독자에게 말을 건네거나 편집자적 논평을 하는 부분이 나타난다. 또한 열거와 대구 등을 활용하여 일부러 길게 늘여 서술하며 리듬감을 형성하고, 한 작품 안에서 양반 계층이 쓰는 한자어와 평민 계층이 쓰는 일상어가 모두 나타나며, 해학적·풍자적이라는 특징을 지니고 있다.

예 〈춘향전〉, 〈심청전〉, 〈토끼전〉, 〈흥보전〉

6. 우화 소설

우화 소설은 동식물이나 기타 사물을 의인화하여 쓴 소설이다. 지배 계층의 위선과 사회의 부조리를 폭로하고 풍자하며, 교훈을 제시하려는 목적으로 지어졌다.

예 〈토끼전〉, 〈서대주전〉, 〈장끼전〉, 〈까치전〉, 〈두껍전〉

개념 완성

07 일반적인 영웅 소설에서 나타나는 요소로 적절하지 않은 것은?

① 고귀한 혈통
② 비범한 능력
③ 위기와 시련
④ 조력자에 의한 도움
⑤ 시련 극복 후 비극적 결말

08 〈보기〉의 빈칸에 들어갈 알맞은 말을 쓰시오.

보기

군담 소설은 작품에 등장하는 전쟁의 실재 여부에 따라 역사 군담 소설과 (   ) 군담 소설로 나누어 볼 수 있다.

09 판소리계 소설에 해당하지 않는 작품은?

① 〈심청전〉
② 〈흥보전〉
③ 〈토끼전〉
④ 〈박씨전〉
⑤ 〈춘향전〉

10 〈최고운전〉은 남녀 간의 사랑을 소재로 한 애정 소설로 분류할 수 있다.
(O / X)

11 판소리계 소설의 특징으로 적절하지 않은 것은?

① 서술자의 개입이 나타난다.
② 한자어와 일상어가 모두 나타난다.
③ 주인공의 군사적 활약상이 나타난다.
④ 판소리 사설이 소설로 정착된 것이다.
⑤ 특정 작가가 아닌 민중들이 함께 만든 작품이다.

12 가정 소설은 가족 구성원 사이에서 일어나는 갈등을 주요 소재로 삼는다.
(O / X)

주몽 신화 작자 미상

고전 산문 01

>> 교과서 수록 해냄

고구려는 곧 졸본 부여다. 어떤 사람은 지금의 화주라고도 하고 성주라고도 하나 모두 잘못된 것이다. 졸본주는 요동의 경계에 있는데, 《국사(國史)》〈고려본기〉에는 이렇게 되어 있다.

시조 동명 성제는 성은 고씨(高氏)고 이름은 주몽(朱蒙)이다. 이에 앞서 북부여의 왕 해
_{한 겨레나 가계의 맨 처음이 되는 조상}
부루가 동부여로 피해 가 살았는데, 부루가 죽자 금와가 자리를 이어받았다. 금와는 그때
_{어질고 덕이 뛰어난 임금}
한 여자를 태백산 남쪽 우발수에서 만났는데, 그녀가 이렇게 말했다.
_{'백두산'을 가리킴}

"저는 물의 신 하백의 딸 유화입니다. 동생들과 놀러 나왔을 때 한 남자가 나타나 자신이 천제의 아들 해모수라고 하면서 웅신산 아래 압록강 가에 있는 집으로 유혹하여 사통(私通)하고는 저를 버리고 떠나가서 돌아오지 않았습니다. 부모는 제가 중매도 없
_{부부가 아닌 남녀가 몰래 서로 정을 통함}   _{결혼이 이루어지도록 중간에서 소개하는 일}
이 다른 사람을 따라간 것을 꾸짖어 이곳으로 귀양을 보내 살도록 했습니다."

금와는 괴이하게 여겨 유화를 방 안에 남몰래 가두었더니 햇빛이 비추었다. 그녀가 몸을 피하자 햇빛이 따라와 또 비추었다. 이로 인해 임신하여 알을 하나 낳았는데 크기가 다섯 되쯤 되었다. 왕이 알을 개와 돼지에게 던져 주었지만 모두 먹지 않았고, 길에다 버렸으나 말과 소가 피해 갔으며, 들판에 버리니 새와 짐승이 덮어 주었다. 왕은 알을 깨뜨리려고 했지만 깨지지 않았으므로 유화에게 돌려주었다. 유화가 천으로 알을 부드럽게 감싸 따뜻한 곳에 두자 아이가 껍질을 깨고 나왔는데 골격과 겉모습이 영특하고 기이했다.

겨우 일곱 살에 용모와 재략이 비범했으며, 스스로 활과 화살을 만들어 백 번 쏘아 백 번 맞추었다. 나라의 풍속에 활 잘 쏘는 사람을 주몽이라 했으므로 이로써 이름을 삼았다.

금와에게는 아들이 일곱 있었는데, 항상 주몽과 함께 놀았다. 그러나 그들의 기예가 주몽에게 미치지 못하자 맏아들 대소가 말했다.

"주몽은 사람에게서 태어난 것이 아니니 일찍이 도모하지 않으면 후환이 있을 것입니다."
_{어떤 일을 세우기 위해 대책과 방법을 세우지}   _{어떤 일로 말미암아 뒷날 생기는 걱정과 근심}
왕은 듣지 않고 주몽에게 말을 기르도록 했다. 주몽은 준마를 알아보고 먹이를 조금씩
_{빠르게 잘 달리는 말}
주어 마르게 하고, 늙고 병든 말은 잘 먹여 살찌게 했다. 왕은 살찐 말을 타고 주몽에게 마른 말을 주었다. 왕의 아들들과 여러 신하들이 함께 주몽을 해치려 하자, 그 사실을 알게 된 주몽의 어머니가 아들에게 말했다.

"나라 사람들이 곧 너를 해치려고 하는데, 너의 재략이라면 어디 간들 살지 못하겠느냐? 빨리 떠나거라."
_{재주와 꾀}

그래서 주몽은 오이 등 세 사람과 벗을 삼아 떠나 엄수에 이르러 물에게 말했다.

"나는 천제의 아들이자 하백의 손자다. 오늘 도망치는데 뒤쫓는 자들이 가까이 오고 있으니 어떻게 하면 좋겠는가?"

그러자 물고기와 자라가 다리를 만들어 주어 건너게 했다. 그러고는 다리를 풀었으므로 뒤쫓던 기병은 건너지 못했다. 주몽은 졸본주에 이르러 마침내 도읍을 정했으나, 미처 궁궐을 짓지 못하고 비류수 가에 초가집을 지어 살면서 국호를 고구려라고 했다. 이에 고
_{고구려 영토에 있던 강. 만주 훈장강 상류로 추측됨}   _{나라의 이름}
(高)를 성씨로 삼았다. 이때 주몽의 나이 열두 살이었다.

한눈에 정리하기

갈래 설화, 건국 신화

성격 신화적, 영웅적

주제 주몽의 영웅적 일대기와 고구려 건국

구성

기	귀양 온 유화와 금와의 만남
승	주몽의 신이한 탄생과 성장
전	주몽의 비범성과 위기 극복
결	주몽의 고구려 건국

교과서 활동 깊이 보기

▶ 〈주몽 신화〉와 영웅의 일대기 구조

영웅의 일대기 구조는 일반적으로 고귀한 혈통, 기이한 잉태 또는 출생, 비범한 능력 발휘, 어린 시절의 위기, 조력자와의 만남, 성장 후의 위기, 위기 극복과 행복한 결말로 이루어진다. 〈주몽 신화〉는 영웅의 일대기 구조를 따르지만 그 순서가 조금 다르다.

고귀한 혈통	천제의 아들인 해모수와 하백(물의 신)의 딸 유화의 아들로 태어남
신이한 탄생	유화가 햇빛으로 인해 주몽을 잉태하여 알을 낳음
기아와 구출	• 금와왕이 알을 버리고 깨뜨리려고 함 • 동물들이 알을 보호해 줌
비범한 능력	주몽의 용모와 재략이 비범하며, ⬜1⬜를 잘하고 준마를 알아봄
성장 후의 시련	• 금와왕의 아들들과 신하들이 주몽을 해치려고 함 • 주몽이 도망쳐 ⬜2⬜에 이르러 물을 건너지 못함
시련 극복과 위업 달성	• 주몽이 자기 신분을 밝히자 물고기와 자라가 다리를 놓아 줌 • 부여에서 탈출하는 데 성공하여 ⬜3⬜를 건국함

▶ 〈주몽 신화〉에 나타나는 신화적 상징성

신화는 다양한 화소와 상징으로 구성되어 있는데, 〈주몽 신화〉는 주몽의 탄생 과정을 중심으로 태양 숭배 사상과 난생(卵生) 화소 등이 나타난다.

유화가 햇빛으로 주몽을 잉태함	해는 하늘에 높이 떠 있는 자연물이므로, 유화가 햇빛으로 잉태했다는 것은 천신 숭배 사상 또는 태양 숭배 사상이 존재했다는 것을 의미한다.
주몽이 알을 깨고 나옴	알은 새로운 세계를 품은 존재를 상징한다. 따라서 주몽이 알을 깨고 세상에 태어난 것은 기존 질서에서 벗어나 새로운 세계(국가)를 건설한다는 것을 의미한다.

01 윗글에 대한 설명으로 적절하지 <u>않은</u> 것은?

① 고구려 건국의 신성성을 드러내는 건국 신화이다.
② 설화의 한 종류로 구비 전승되다가 문자로 기록되었다.
③ 주인공의 고난과 그 극복 과정을 중심으로 서술하고 있다.
④ '천제 – 해모수 – 주몽'으로 이어지는 삼대기 구조가 나타난다.
⑤ 역사적 사건을 바탕으로 하여 인물의 행적을 사실적으로 서술하고 있다.

02 윗글을 이해한 내용으로 적절하지 <u>않은</u> 것은?

① 유화는 해모수를 따라간 일로 인해 귀양을 갔다.
② 유화는 위험에 처한 주몽에게 도망칠 것을 명했다.
③ 주몽은 어렸을 때부터 탁월한 무예 실력을 발휘했다.
④ 대소는 주몽의 능력이 자신보다 뛰어난 것을 경계했다.
⑤ 금와왕은 대소의 뜻에 따라 주몽에게 말을 기르도록 했다.

03 다음 〈조건〉에 따라 '준마'가 의미하는 바를 쓰시오.

─── 조건 ───
1. 주몽의 특성과 연관하여 한 문장으로 서술할 것
2. '준마는 주몽이 ~을/를 나타낸다.'의 형식으로 서술할 것

04 윗글을 읽고 보인 학생의 반응으로 가장 적절한 것은?

① 금와왕이 유화에게 알을 돌려준 것은 유화에 대한 측은지심(惻隱之心)이 생겼기 때문이겠군.
② 해모수가 유화와 인연을 맺은 후 유화를 버리고 간 행동은 배은망덕(背恩忘德)한 면이 있군.
③ 주몽이 금와왕의 일곱 아들보다 뛰어났다는 것으로 보아 주몽은 군계일학(群鷄一鶴)이라 평가할 만하군.
④ 대소가 주몽과 함께 놀면서도 주몽을 없애려 한 것으로 보아 대소는 신출귀몰(神出鬼沒)한 면이 있군.
⑤ 주몽이 대소의 위협에서 벗어나 열두 살에 고구려를 건국한 것은 각주구검(刻舟求劍)이라 할 수 있겠군.

수능형 📑
05 〈보기〉를 바탕으로 윗글을 감상한 내용으로 적절하지 <u>않은</u> 것은?

─── 보기 ───
〈주몽 신화〉에 나타나는 '영웅의 일대기 구조'는 후대의 영웅 소설에 영향을 끼쳤을 것으로 추정된다. 영웅의 일대기 구조는 일반적으로 주인공의 '고귀한 혈통 → 신이한 탄생 → 기아와 구출 → 비범한 능력 → 시련과 극복 → 위업 달성'과 같은 서사 전개 양상을 보여 준다.

① 주몽이 알에서 껍질을 깨고 태어났다는 것에서, 주몽은 신이한 탄생을 하였음을 알 수 있군.
② 왕의 아들들과 여러 신하들이 주몽을 해치려 한 것에서, 주몽이 시련을 겪게 될 것임을 알 수 있군.
③ 주몽이 일곱 살에 활을 잘 쏘았다는 것에서, 주몽은 남들과 달리 비범한 능력을 가졌음을 알 수 있군.
④ 주몽이 물고기와 자라의 도움으로 엄수를 건넌 것에서, 주몽은 조력자의 도움으로 위기를 극복했음을 알 수 있군.
⑤ 주몽이 천제의 아들이자 하백의 손자라고 외친 것에서, 주몽은 위업을 달성하기 위해 자신의 신성성을 드러냈음을 알 수 있군.

👆 **1등급 배경지식**

전체 줄거리

동부여의 왕 금와는 우연히 하백의 딸 유화를 만나는데, 유화는 천제의 아들 해모수와 인연을 맺은 죄로 귀양을 왔다고 한다. 금와가 유화를 방 안에 두자 햇빛이 그녀를 따라와 임신하여 알 하나를 낳는다. 금와가 알을 내다 버렸으나 짐승들이 알을 피해 가고 보호하자 금와는 알을 유화에게 돌려준다. 알에서 나온 남자아이는 외모가 기이하고 활을 쏘는 솜씨가 뛰어났다. 금와의 맏아들 대소는 자신보다 뛰어난 주몽을 시기하여 금와에게 주몽을 해칠 것을 청한다. 하지만 금와가 대소의 말을 듣지 않고 주몽에게 말을 기르게 하자, 주몽은 빠르게 잘 달리는 말을 골라 야위게 만들어 금와에게서 그 말을 얻는다. 유화는 금와의 아들들과 신하들이 주몽을 해치려 하자 주몽에게 다른 곳으로 떠날 것을 권한다. 이에 도망치던 주몽은 물고기와 자라의 도움으로 엄수를 건너고, 졸본주에 이르러 도읍을 정하고서 고구려를 건국한다.

인물 관계도

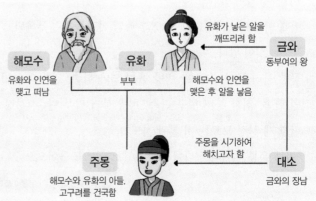

02 춘향전 ❶ 작자 미상

앞부분의 줄거리 퇴기 월매와 성 참판의 딸인 춘향은 남원 부사의 아들인 몽룡과 사랑에 빠져 백년가약을 맺는다. 몽룡이 한양으로 떠난 사이 남원 부사로 새로 부임한 변학도가 춘향에게 수청을 강요하고, 춘향은 정절을 지키려다 옥에 갇힌다. 그 사이 암행어사가 된 몽룡은 거지 행색을 하고 남원으로 내려와 변 사또의 생일 잔치가 열리는 잔치마당으로 간다.

어사또 들어가 단정히 앉아 좌우를 살펴보니, 당 위의 모든 수령 다과상을 앞에 놓고 진양조가 높아 가는데, 어사또 상을 보니 어찌 아니 통분하랴. 모서리 떨어진 개상판에 닥
<u>판소리나 산조에서 쓰는 가장 느린 장단</u>   <u>원통하고 분하랴</u>   <u>상다리 모양이 개의 다리처럼 구부러진 작은 밥상</u>
나무 젓가락, 콩나물, 깍두기, 막걸리 한 사발 놓았구나. 상을 발길로 탁 차 던지며 ㉠운봉 영장의 갈비를 가리키며, / "갈비 한 대 먹고지고."

"다리도 잡수시오." / 하고는 운봉이 하는 말이,

"이런 잔치에 풍류로만 놀아서는 맛이 적사오니 차운 한 수씩 하여 보면 어떠하오?"
                                 <u>남이 지은 시의 운으로 다는 글자를 따서 지은 시</u>
"그 말이 옳다."

하니 운봉이 운을 낼 제 높을 고(高) 자, 기름 고(膏) 자 두 자를 내어 놓고 차례로 운을 달아 시를 짓는다. 이때 어사또 하는 말이,

"걸인이 어려서 한시(漢詩)깨나 읽었더니 좋은 잔치 당하여서 술과 안주를 포식하고 그냥 가기 민망하니 차운 한 수 하사이다."

운봉 영장이 반갑게 듣고 필연을 내어 주니, 좌중 사람들이 다 짓지도 않았는데 순식간
                 <u>붓과 벼루</u>
에 ⓐ<u>글 두 귀</u>를 지었으되, 백성들의 형편을 생각하고 본관 사또의 정체를 감안하여 지었겠다.

금준미주(金樽美酒) 천인혈(千人血)이요

옥반가효(玉盤佳肴) 만성고(萬姓膏)라.

촉루낙시(燭淚落時) 민루락(民淚落)이요

가성고처(歌聲高處) 원성고(怨聲高)라.

이 글 뜻은,

[A]
┌ 금동이의 아름다운 술은 일만 백성의 피요
│ 옥소반의 아름다운 안주는 일만 백성의 기름이라.
│ 촛불 눈물 떨어질 때 백성 눈물 떨어지고
└ 노랫소리 높은 곳에 원망 소리 높았더라.

이렇듯이 지었으되 본관 사또는 몰라보는데 운봉은 글을 보며 속으로,

'아뿔싸. 일이 났다.'

이때 어사또가 하직하고 간 연후에 각 아전들을 분부하되,

"야야. 일이 났다."
        <u>군사 훈련, 경찰 업무 등과 관련된 일을 맡아보던 부서</u>   <u>수령의 음식물을 맡아보던 구실아치</u>
공방 불러 돗자리 단속, 병방 불러 역마 단속, 관청색 불러 다과상 단속, 옥형방 불러
<u>공예·건축·토목 공사 등에 관한 일을 맡아보던 부서</u>   <u>각 역참에 갖추어 둔 말</u>   <u>옥에 가두는 송사 관계를 맡아보던 구실아치</u>
죄인 단속, 집사 불러 형구 단속, 형방 불러 장부 단속, 사령 불러 숙직 단속. 한참 이리
            <u>법률·소송·형옥·노예 등에 관한 일을 맡아보던 보던 부서</u>
요란할 제 사정 모르는 저 본관 사또가,

"여보 운봉은 어디를 다니시오." / "소피 보고 들어오오."
                     <u>오줌</u>

절정: 어사또(몽룡)가 본관 사또의 생일잔치에 잠입하여 시를 짓고 떠남

한눈에 정리하기

갈래 판소리계 소설, 애정 소설

성격 교훈적, 해학적, 풍자적

주제 ① 몽룡에 대한 춘향의 절개
② 신분을 초월한 남녀 간의 사랑
③ 탐관오리에 대한 비판
④ 민중의 신분 상승 욕구

구성

발단	몽룡이 광한루에서 춘향을 보고 첫눈에 반해 그녀와 백년가약을 맺지만, 곧 동부승지가 된 아버지를 따라 한양으로 떠나게 됨
전개	남원에 새로 부임한 변학도는 춘향에게 수청을 강요하고, 춘향은 이를 거부하다 옥에 갇힘
위기	몽룡이 암행어사가 되어 남원으로 돌아오고, 신분을 감춘 채 걸인의 모습으로 춘향을 만남
절정	몽룡이 변학도의 생일잔치에 암행어사로 출두하고, 변학도를 봉고파직함
결말	춘향이 몽룡을 따라 서울로 올라가고, 두 사람은 행복하게 일생을 보냄

교과서 활동 깊이 보기

▶ 인물의 성격

춘향	몽룡과의 신의를 지키는 인물로, 의지가 굳고 뜻이 곧음
1	• 춘향과의 신의를 지킴 • 주도면밀하고 의뭉스러운(엉큼한) 데가 있음
변학도	• 부패한 지방 수령 • 어리석고 사치스러움

▶ 〈춘향전〉의 갈등 양상

몽룡 ↔ 변학도	2 를 응징하려는 몽룡과 부조리한 권력을 행사하는 변학도의 갈등
춘향 ↔ 변학도	정절을 지키려는 춘향과 권력을 이용하여 춘향을 취하려는 변학도의 갈등
춘향 ↔ 사회	퇴기 월매의 딸로서 몽룡과 사랑을 이루려는 춘향과 신분적 제약이 존재하는 사회의 갈등

▶ 한시의 기능 및 당시의 사회상

• 변학도의 사치스러운 생일잔치와 백성들의 고통을 대비하여, 탐관오리의 가혹한 정치 행태를 비판함
• 사건의 극적 긴장감을 고조시키며, 새로운 사건 전개(3 출두)를 암시함

↓

어사또의 시에 드러나는 사회상
탐관오리의 수탈이 심해 백성들이 고통을 받음

01 윗글에 대한 설명으로 적절하지 <u>않은</u> 것은?

① 운문을 삽입하여 주제 의식을 강조하고 있다.

② 대화를 활용하여 인물 간의 갈등을 드러내고 있다.

③ 반어적 표현으로 특정 인물의 행위를 비판하고 있다.

④ 열거와 대구를 활용하여 특정 장면을 구체적으로 묘사하고 있다.

⑤ 서술자가 개입하여 인물의 상황에 대해 주관적 인식을 드러내고 있다.

02 윗글의 내용에 대한 이해로 적절하지 <u>않은</u> 것은?

① 운봉은 걸인이 어사임을 알아차리고 시 짓기를 제안했다.

② 운봉은 이사출두에 대비하여 각 아전들이 일을 점검했다.

③ 어사또는 남루한 걸인 행색을 하여 자신의 신분을 감추었다.

④ 어사또는 본관 사또를 비판하고자 하는 의도를 담아 시를 썼다.

⑤ 본관 사또는 어사또가 지은 시의 뜻을 제대로 파악하지 못했다.

서술형

03 [A]에서 '피'와 '기름'이 내포하는 의미를 〈조건〉에 따라 쓰시오.

〈조건〉

1. 본관 사또와 같은 탐관오리의 횡포와 관련지을 것
2. '피와 기름은 ~을/를 의미한다.'의 형식으로 쓸 것

04 ⓐ에 대한 학생의 반응으로 가장 적절한 것은?

① 본관 사또의 천인공노(天人共怒)할 악행이 직접적으로 드러나는군.

② 표리부동(表裏不同)한 위정자의 위선적인 면모를 고발하고 있군.

③ 수탈을 견디지 못해 유리걸식(遊離乞食)하는 백성의 현실이 드러나는군.

④ 호사스러운 잔치를 벌이고 유유자적(悠悠自適)하는 양반의 생활이 드러나는군.

⑤ 백성의 고통을 외면하고 가렴주구(苛斂誅求)를 일삼는 관리의 행태를 비판하고 있군.

수능형

05 〈보기〉를 참고할 때, ㉠과 동일한 방식으로 표현한 것은?

〈보기〉

언어유희는 일종의 말장난으로, 말이나 글을 원래 용법과 다르게 사용하여 재미있게 표현하는 방법이다. 언어유희는 크게 네 가지로 나누어 볼 수 있는데, 동음이의어를 이용하는 경우, 비슷한 발음의 단어를 반복하여 리듬을 형성하는 경우, 어휘의 위치를 바꾸는 경우, 발음의 유사성을 이용하는 경우이다.

① 고추 당추 맵다 해도 시집살이 더 맵더라

② 문 들어온다, 바람 닫아라! 물 마르다, 목 들여라!

③ 마구간에 들어가 노새 원님을 끌어다가 등에 솔질을 솰솰하여

④ 자식 하나 우는 새요, 남편 하나 미련 새요, 나 하나만 썩는 새랴

⑤ 이 양반이 허리 꺾어 절반인지, 개다리소반인지, 꾸레미 전에 백반인지

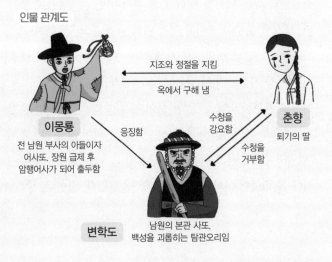

1등급 배경지식

전체 줄거리

숙종 대왕 즉위 초, 전라도 남원의 퇴기 월매와 성 참판 사이에서 태어난 춘향은 재주와 미모가 뛰어났다. 남원 부사의 자제 이몽룡은 단옷날 광한루에서 그네를 타는 춘향을 만나 사랑에 빠지고 부부의 연을 맺기로 약속한다. 한편, 몽룡의 부친이 동부승지가 되어 한양으로 떠나게 되면서 몽룡과 춘향은 이별하게 된다. 이후 변학도가 남원의 신임 사또로 부임하여 춘향에게 수청을 강요하지만, 춘향이 이를 거부하자 변학도는 춘향을 옥에 가둔다. 한양에서 암행어사가 된 몽룡은 자신의 신분을 감춘 채 걸인 행색으로 남원으로 내려가, 옥중에서 고통을 겪고 있는 춘향을 찾아간다. 춘향은 몽룡을 다시 만나 감격하면서도 초라한 행색의 몽룡을 걱정한다. 몽룡은 변학도의 생일잔치에 잠입했다가 암행어사로 출두하여 변학도와 탐관오리들을 심판하고 옥중에 있는 춘향을 구해 낸다. 춘향은 암행어사가 몽룡이었음을 알게 되어 기뻐한다. 이후 옥에서 풀려난 춘향은 몽룡을 따라 한양으로 올라가 정렬부인이 되고 몽룡과 백년해로한다.

인물 관계도

지조와 정절을 지킴
옥에서 구해 냄

이몽룡
전 남원 부사의 아들이자 어사또. 장원 급제 후 암행어사가 되어 출두함

응징함

수청을 강요함

춘향
퇴기의 딸

수청을 거부함

변학도
남원의 본관 사또. 백성을 괴롭히는 탐관오리임

가 이때에 어사또 부하들과 내통한다. <u>서리</u>를 보고 눈길을 보내니 서리, <u>중방</u> 거동 보소.
　조선 시대에 중앙 관아에 속하여 문서의 기록과 관리를 맡아보던 하급의 구실아치　고을 원의 시중을 들던 사람
<u>역졸</u>을 불러 단속할 제 이리 가며 수군, 저리 가며 수군수군. 서리, 역졸 거동 보소. <u>외올</u>
예전에 관원이 부리던 하인　　　　　　　　　　　여러 겹이 아닌 하나의 올로 뜬 망건
<u>망건</u> 공단 모자 새 <u>패랭이</u> 눌러쓰고, 석 자 <u>감발</u> 새 짚신에 한삼 <u>고의</u> 산뜻하게 차려입고,
　　　　대를 쪼개 엮어 만든 갓　　　발감개　　남자의 여름 홑바지
<u>육모 방망이</u> 사슴 가죽끈을 손목에 걸어 쥐고, 여기서 번쩍 저기서 번쩍, 남원읍이 우글
우글. 청파 역졸 거동 보소. 달 같은 마패를 햇빛같이 번쩍 들어, / "㉠암행어사 출두야."

㉡외치는 소리에 강산이 무너지고 천지가 뒤집히는 듯 초목금수(草木禽獸)인들 아니 떨랴.
남문에서, / "출두야." / 북문에서, / "출두야." / 동서문 출두 소리 청천(靑天)에 진동하고,
　"모든 아전들 들라." / 외치는 소리에 육방(六房)이 넋을 잃어,
　　　무장할 때 쓰던 채찍　　　조선 시대에 승정원 및 각 지방 관아에 둔 여섯 부서
　"공형이오." / 등채로 휘닥딱. / "애고 죽겠다." / "공방, 공방."
조선 시대에 각 고을의 세 구실아치. 호장, 이방, 수형리를 이름　　조선 시대에 공예·건축·토목 공사 등에 관한 일을 맡아보던 부서
　공방이 자리 들고 들어오며, / "㉢안 하겠다던 공방을 하라더니 저 불속에 어찌 들랴."
　등채로 휘닥딱. / "애고 박 터졌네."
　<u>좌수(座首), 별감(別監)</u> 넋을 잃고 이방, 호방 혼을 잃고 나졸들이 분주하네. 모든 수령
　　　　　　　　　싸리나 대오리로 만든 둥글고 긴 것. 술이나 장을 거르는 데 씀
도망갈 제 거동 보소. <u>인궤</u> 잃고 강정 들고, 병부 잃고 송편 들고, 탕건 잃고 <u>용수</u> 쓰고,
　　　관아에서 쓰는 도장을 넣어 두던 상자　　　　벼슬아치가 갓 아래 받쳐 쓰던 관의 하나
갓 잃고 소반 쓰고. 칼집 쥐고 오줌 누기. 부서지는 것은 거문고요 깨지는 것은 북과 장고
라. ⓐ본관 사또가 똥을 싸고 멍석 구멍 새앙쥐 눈 뜨듯하고, 안으로 들어가서,
　"어 추워라. 문 들어온다 바람 닫아라. 물 마르다 목 들여라."

나 "저 계집은 무엇인고?"
　형리 여쭈오되,
지방 관아의 형방에 속한 구실아치
　"기생 월매의 딸이온데 관청에서 포악한 죄로 옥중에 있삽내다."
　"무슨 죄인고?"
　형리 아뢰되,
　"본관 사또 수청 들라고 불렀더니 수절이 정절이라. ⓑ수청 아니 들려 하고 사또에게
　　　　　　　　　　　　　　　　　　정절을 지킴
악을 쓰며 달려든 춘향이로소이다."
　어사또 분부하되,
　"ⓒ너 같은 년이 수절한다고 관장에게 포악하였으니 살기를 바랄쏘냐. 죽어 마땅하되
내 수청도 거역할까?"
　춘향이 기가 막혀, / "ⓓ내려오는 관장마다 모두 명관(名官)이로구나. 어사또 들으시오.
층암절벽 높은 바위가 바람 분들 무너지며, ㉤청송녹죽 푸른 나무가 눈이 온들 변하리
　　　　　　　　　　　　　　　　푸른 대나무와 소나무
까. ⓓ그런 분부 마옵시고 어서 바삐 죽여 주오." / 하며,
　"향단아, 서방님 어디 계신가 보아라. 어젯밤에 옥 문간에 와 계실 제 천만당부하였더
니 어디를 가셨는지 나 죽는 줄 모르는가."
　어사또 분부하되, / ⓔ"얼굴 들어 나를 보라." / 하시니 춘향이 고개 들어 위를 살펴보
니, 걸인으로 왔던 낭군이 분명히 어사또가 되어 앉았구나. 반웃음 반울음에,
　"얼씨구나 좋을시고 어사 낭군 좋을시고. 남원 읍내 가을이 들어 떨어지게 되었더니, 객
사에 봄이 들어 이화춘풍(李花春風) 날 살린다. 꿈이냐, 생시냐? 꿈이 깰까 염려로다."

절정: 어사출두한 몽룡과 춘향의 재회

▶ **판소리계 소설의 특성**
① 의성어와 의태어를 활용한 운율 형성
→ 이리 가며 수군, 저리 가며 수군수군
→ 여기서 번쩍 저기서 번쩍
② 1 를 활용한 해학적 표현
→ 운봉 영장의 갈비를 가리키며, "갈비 한 대
먹고지고" – 동음이의어 활용
→ "어 추워라. 문 들어온다 바람 닫아라. 물 마
르다 목 들여라." – 어순 도치 활용
③ 말을 건네는 듯한 판소리 창자의 어투
→ 서리, 중방 거동 보소, 서리, 역졸 거동 보소,
청파 역졸 거동 보소.
→ 모든 수령 도망갈 제 거동 보소.
④ 2 의 개입에 의한 편집자적 논평
→ 어사또 상을 보니 어찌 아니 통분하랴.
→ 초목금수인들 아니 떨랴.
⑤ 4·4조 중심의 운문체가 섞여 나타남
→ 좌수, 별감 넋을 잃고 이방, 호방 혼을 잃고
→ "얼씨구나 좋을시고 어사 낭군 좋을시고."
⑥ 열거·대구·반복 등을 활용한 장면의 극대화
→ 공방 불러 돗자리 단속, 병방 불러 역마 단속,
~ 형방 불러 장부 단속, 사령 불러 숙직 단속.
→ 인궤 잃고 강정 들고, 병부 잃고 송편 들고,
~ 부서지는 것은 거문고요 깨지는 것은 북
과 장고라.
⑦ 한자어나 상투적 표현의 잦은 사용
→ 층암절벽 높은 바위가 바람 분들 무너지며.
청송녹죽 푸른 나무가 눈이 온들 변하리까.

▶ **〈춘향전〉의 주제 의식**

표면적 주제	• 신분을 초월한 남녀 간의 사랑 • 여성의 지조와 정절
이면적 주제	• 탐관오리의 횡포에 대한 비판 → 춘향이 변학도의 3 을 거부하는 부분, 몽룡이 변학도를 응징하는 부분 • 신분적 한계의 극복을 통한 인간 해방 → 퇴기의 딸인 춘향이 사대부인 몽룡과 혼인하여 신분적 제약에서 벗어나는 부분

▶ **〈춘향전〉의 변천**
〈춘향전〉은 근원 설화와 판소리를 계승한 고전
소설로 신소설과 영화, 드라마 등으로 재창작되
었다.

근원 설화	열녀 설화, 신원 설화, 관탈 민녀 설화, 염정 설화, 암행어사 설화
판소리	4
고전 소설	춘향전
신소설	옥중화(이해조)
현대적 재구성	영화 〈춘향뎐〉, 드라마 〈쾌걸 춘향〉

01 윗글의 갈래에 대한 설명으로 적절하지 <u>않은</u> 것은?

① 4·4조 운율의 운문체가 나타난다.
② 판소리가 문자로 정착된 서사 갈래이다.
③ 서술자가 독자에게 말을 건네는 어투가 나타난다.
④ 특정 장면을 구체화하여 서술하는 확장적 문체가 나타난다.
⑤ 유교적 가치관에 따른 상층 계층의 윤리의식이 이면적 주제로 나타난다.

02 윗글의 내용에 대한 이해로 적절하지 <u>않은</u> 것은?

① 본관 사또는 어사출두에 놀라 다급하게 달아났다.
② 아전들은 어사또의 부하들에게 등채로 매를 맞았다.
③ 춘향은 어사또의 정체를 알고 난 후에 몽룡을 원망하였다.
④ 어사또는 춘향을 모르는 체하고 춘향의 죄를 형리에게 물었다.
⑤ 어사또는 춘향에게 수청을 요구하며 춘향의 정절을 시험하였다.

03 윗글의 '어사또', '본관 사또', '춘향'에 대응하는 대상을 〈보기〉에서 찾아 각각 쓰시오.

〈보기〉

두터비 파리를 물고 두험* 우희 치다라 안자
건넛산 바라보니 백송골(白松鶻)*이 떠 잇거늘 가슴이 금즉하여 풀덕 뛰어 내닷다가 두험 아래 잣바지고
모쳐라 날낸 낼식만졍 에헐질 번 하괘라

*두험: 두엄. 풀, 짚 또는 가축의 배설물 따위를 썩힌 거름.
*백송골: 흰 송골매.

어사또	본관 사또	춘향

1등급 배경지식

판소리에서 소설로, 판소리계 소설의 양면성

서민들에 의하여 18세기 초반에 발생한 것으로 추정되는 공연 예술인 판소리와 판소리 사설을 소설화한 판소리계 소설의 밑바탕에는 서민 의식이 깔려 있어요. 전문 소리꾼에 의해 공연되는 판소리가 인기를 얻게 되자 '상좌객(上座客)'이라 불리는 양반 청자와 판소리를 후원하고 육성하는 양반이 등장했어요. 서민 예술인 판소리가 양반층의 후원에 의해 그 위상이 상승함에 따라 판소리 사설에는 서민층과 양반층의 의식 및 표현을 반영한 양면적 속성이 나타나게 되었어요. 판소리와 판소리계 소설에 나타나는 양면성은 주제적 측면과 언어적 측면으로 나누어 볼 수 있는데, 주제적 측면에서는 상층의 윤리적 이념과 하층의 현실적 욕망이 공존하는 양상을 띠어요. 언어적 측면에서는 구어와 문어, 고유어와 한자어, 비속한 언어와 규범적인 언어가 공존하는 양상이 나타난답니다.

04 ㉠~㉤에 대한 설명으로 적절하지 <u>않은</u> 것은?

① ㉠: 극적 반전의 계기로, 위기에 처한 춘향이 구제되는 사건을 나타내고 있다.
② ㉡: 과장된 표현을 활용하여 어사출두의 위세를 드러내고 있다.
③ ㉢: 비유적 표현을 활용하여 위급한 상황으로 인한 공방의 두려움을 부각하고 있다.
④ ㉣: 역설적 표현을 활용하여 어사또에 대한 춘향의 냉소적 태도를 드러내고 있다.
⑤ ㉤: 설의적 표현을 활용하여 춘향의 변함없는 절개를 강조하고 있다.

수능형

05 〈보기〉를 바탕으로 ⓐ~ⓔ를 감상한 내용으로 적절하지 <u>않은</u> 것은?

〈보기〉

〈춘향전〉은 신분의 차이를 뛰어넘는 남녀 간의 사랑을 그린 애정 소설이다. 표면적으로는 몽룡에 대한 정절을 지키고자 하는 춘향의 모습을 부각하여 열녀 의식을 고취하면서도 그 이면에는 불의에 대한 저항, 신분 차별과 부패한 탐관오리를 비판하고자 하는 민중들의 의식을 담아내고 있다.

① ⓐ에서는 우스꽝스러운 본관 사또의 모습을 통해 부패한 탐관오리에 대한 비판적 태도를 드러내는군.
② ⓑ에서는 수청을 요구하는 불의한 지배층에 저항하고자 하는 민중 의식이 드러나는군.
③ ⓒ에서는 춘향의 신분에 대한 차별적 인식을 비판하고자 하는 의도가 드러나는군.
④ ⓓ에서는 몽룡에 대한 정절을 지키기 위해 죽음을 각오하는 춘향의 의지가 드러나는군.
⑤ ⓔ에서는 시련을 견디고 신분 차이를 극복한 남녀 간의 진실한 사랑을 드러내는군.

애정 소설 〈춘향전〉의 전승과 재창작

〈춘향전〉은 한국 고전 소설의 최고 성과로 평가되는 작품으로 애정 소설의 대표작이기도 해요. 특히 〈춘향전〉은 잡가에서 인기 있는 소재였는데 잡가는 조선 말기에 평민들이 지어 부르던 노래를 말해요. 잡가는 기존의 판소리, 가사, 시조, 민요, 한시 등에서 대중적 취향과 욕구를 충족할 수 있는 표현을 골라 재구성되었어요. 잡가의 소재로 〈춘향전〉이 인기가 있었던 이유는 남녀 간의 애틋한 사랑을 다룬 〈춘향전〉이 대중의 정서적 욕구를 충족할 수 있는 요건을 갖추고 있기 때문이에요. 잡가의 한 종류로 경기 지방에서 불리던 12가지 노래인 12잡가 중에 〈소춘향가〉, 〈형장가〉, 〈집장가〉, 〈십장가〉는 모두 〈춘향전〉을 소재로 한 작품이에요. 후대로 오면서는 〈춘향전〉이 창극·희곡·영화·TV 드라마·만화·뮤지컬·발레 등 수많은 장르로 재구성되면서 폭넓은 영향력을 행사하고 있어요.

앞부분의 줄거리 부모님의 유산을 독차지한 형 놀보는 아우 흥보를 쫓아내고, 흥보는 품팔이를 하며 살아간다. 먹고살기 힘들었던 흥보는 놀보에게 양식을 얻으러 가지만 놀보 부부에게 매까지 맞고 돌아온다. 방법이 없어 곡식을 얻으러 관청에 갔던 흥보는 매품팔이 제안을 받고 병영을 찾아간다.
<u>예전에 관가에 가서 남의 매를 대신 맞아 주고 삯을 받던 일</u> <u>병마절도사가 있으며 군대가 머무르는 곳</u>

가 흥보 이른 말이,

"그리 말고 서로 가난 자랑하여 아무라도 제일 가난한 사람이 팔아 갑세."

그 말이 옳다 하고, / "저분 가난 어떠하오?"

"내 가난 들어 보오. 집이라고 들어가면 사방 어디로도 들어갈 작은 곳이 없어, 닫는 벼
<u>다리를 빨리 움직여 이동하는</u>
룩 쪼그려 앉을 데 없고 <u>삼순구식</u> 먹어 본 내 아들 없소."
   <u>삼십 일 동안 아홉 끼니밖에 먹지 못한다는 뜻으로, 몹시 가난함을 이르는 말</u>
한 놈 나앉으며, / "족히 먹고살 수는 있겠소. 저분 가난 어떠하오?"

"내 가난 들어 보오. 내 가난 남과 달라 이 대째 내려오는 광주산 사발 하나 선반에 얹
은 지가 팔 년이로되, 여러 날 내려오지 못하고 아침저녁으로 눈물만 뚝뚝 짓고 ㉠<u>부엌</u>
   <u>넓다리 윗부분의 림프샘이 부어 생긴 멍울</u>
<u>의 노랑 쥐가 밥을 주우려고 다니다가 다리에 가래톳이 서서 종기 터뜨리고 드러누운</u>
<u>지가 석 달 되었소.</u> 좌우 들으신 바 내 신세 어떠하오?"

김딱직이 썩 나앉으며, / "거기는 참으로 <u>장자</u>라 할 수 있소. 내 가난 들어 보오. (중략)
   <u>큰 부자를 점잖게 이르는 말</u>
집에 연기 나지 않은 지가 삼 년째 되었소. 좌우 들으신 바 내 신세 어떠하오? <u>아무 목</u>
<u>득의 아들놈도 못 팔아 갈 것이니."</u>
<u>'목득'은 이름이 무엇인지 모르는 귀신인 '목두기'를 이르는 말로, 자신 외에 누구도 매품을 팔 수 없다는 의미</u>
이놈 아주 거기서 계정을 먹더니라. 흥보 숨은 생각하니, 자기에게는 어느 시절에 차례
   <u>불평을 품고 떠드는 말과 행동</u>
가 돌아올 줄 몰라, / "동무님, 내 매품이나 잘 팔아 가지고 가오. 나는 돌아가오."

나 "얼씨구나 즐겁도다. 우리 낭군 병영 내려갔다 매 아니 맞고 돌아오니, 이런 <u>영화</u> 또
   <u>몸이 귀하게 되어 이름이 세상에 빛남</u>
있을까."

"배고픔을 생각하여 음식 노래 불러 보자. 무슨 밥이 좋던 게요? 보리밥이 좋거던. 무
슨 국이 좋던 게요? 비짓국이 좋거던. 음식을 맛있게 하여 먹으려면, 개장국에 늙은 호
박을 따 넣고 숭늉에는 고춧가루를 많이 치고 들기름을 많이 쳐. <u>사곰은 괴곰이 먹을</u>
<u>만하고,</u> 이만큼 시장할 때는 들깨 깻묵 두어 둘레쯤 먹고 찬물 댓 사발쯤 먹었으면 든
   <u>'곰'은 고기나 생선을 푹 삶은 국을 이르는 말로, '곰'의 하나인 '사곰' 중에서 '괴곰'이 먹을 만하다는 의미</u>
든커던."

이렇게 말을 할 제 흥보 아내 우는 말이,

"우정 <u>가장(家長) 애중(愛重)</u> 자식 배곯리고 못 입히는 내 설움 의논컨대 <u>피눈물이 반죽</u>
      <u>사랑하고 소중하게 여김</u>
<u>되면 아황 여영 설움이요,</u> (중략) 만경창파(萬頃蒼波) 너른 물을 말말이 다 되인들 끝없
<u>순임금이 죽은 후 부인인 아황과 여영 눈물을 뿌린 대나무가 반죽(斑竹), 즉 얼룩이 있는 대나무가 되었다는 고사의 내용</u>
는 이내 설움 어디다 하소연할꼬."

흥보 역시 슬퍼, 샘물같이 솟아 나오는 눈물 가랑비같이 흩뿌리며 목이 막혀 기절하더
니 다시 살아나서, 들릴 듯 말 듯한 말로 겨우 내어 기운 없이 가는 목소리를 처량하게 슬
피 울며 만류하여 이른 말이,

                                   <u>장래에 좋은 때를 만날 것이니</u>
"ⓐ<u>마음만 옳게 먹고 의롭지 않은 일 아니하면 장래 한때 볼 것이니 서러워 말고 살아</u>
<u>나세.</u>"
                  전개: 흥보가 매품 팔기를 포기하고, 가난을 서러워하던 흥보 부부가 희망을 품음

01 윗글의 갈래에 대한 설명으로 적절하지 <u>않은</u> 것은?

① 조선 후기 서민들의 의식이 반영되어 있다.

② 양반층과 서민층의 언어적 특징이 뒤섞여 있다.

③ 주인공은 주로 탁월한 능력을 지닌 비범한 인물이다.

④ 산문이지만 운율감이 느껴지는 표현이 자주 나타난다.

⑤ 판소리가 문자로 기록된 후 소설로 정착된 작품이다.

04 ㉠이 독자의 웃음을 유발하는 이유로 가장 적절한 것은?

① 지배층에 대한 비판을 담고 있기 때문이다.

② 인물의 우스꽝스러운 면모를 드러내고 있기 때문이다.

③ 서민층의 생활을 사실적으로 그려 내고 있기 때문이다.

④ 언어유희를 통해 해학적 분위기를 조성하고 있기 때문이다.

⑤ 인물이 자신의 가난한 정도를 과장되게 표현하고 있기 때문이다.

02 윗글의 내용과 일치하지 <u>않는</u> 것은?

① 김딱직은 자기만이 매품을 팔 수 있다고 자신했다.

② 흥보는 앞으로 좋은 일이 생길 것이라며 아내를 위로했다.

③ 흥보의 아내는 매품을 팔고 돌아온 흥보를 보며 기뻐했다.

④ 흥보는 가난 자랑으로 매품 파는 사람을 정하자고 제안했다.

⑤ 흥보의 아내는 자식을 제대로 먹이지 못해 설움과 슬픔을 느꼈다.

05 〈보기〉의 밑줄 친 부분과 관련 있는 당대의 모습을 윗글에서 찾아 요약한 것으로 가장 적절한 것은?

수능형

> ──(보기)──
>
> 〈흥보전〉은 중세에서 근대로의 이행기에 창작된 작품으로, 중세의 가치관과 근대의 가치관이 공존하는 모습을 보인다. 이 작품은 표면적으로는 형제간의 우애 등 유교 이념에 기반한 도덕적, 윤리적 주제 의식을 전달하지만, 이면적으로는 <u>조선 후기의 사회 변화를 반영한 사회적, 경제적 문제와 관련된 주제 의식</u>을 갖고 있다.

① 가족 간의 결속력이 점차 약해져 경로사상이 약화되었다.

② 물질주의적 가치관에 대한 사회적 반감이 널리 퍼져 있었다.

③ 매품을 팔아 생계를 이어 갈 정도로 궁핍한 백성들이 존재했다.

④ 관가에서 나랏일을 보는 벼슬아치들의 부정부패가 만연했다.

⑤ 기존의 신분 제도가 흔들리면서 빈부 격차를 극복할 수 있게 되었다.

03 ⓐ를 통해 알 수 있는 이 작품의 주제를 4음절의 한자 성어로 쓰시오.

1등급 배경지식

전체 줄거리

예전에 심술 고약한 놀보와 착한 흥보 형제가 살고 있었다. 형 놀보는 부모님이 돌아가시자 재산을 독차지하고 아우 흥보와 그의 가족들을 내쫓는다. 흥보는 놀보에게 양식을 얻으러 가지만 매까지 맞고 쫓겨나고, 여러 품팔이를 하며 살아가지만 가난에서 벗어나지 못한다. 어느 해 봄 흥보는 우연히 다리가 부러진 제비를 만나 치료해 주는데, 이듬해 봄에 그 제비가 흥보를 찾아와 박씨를 준다. 제비가 물어다 준 박씨를 심자 큰 박이 열리고, 흥보 부부가 박을 타자 그 속에서 금은보화가 나와 흥보 부부는 큰 부자가 된다. 놀보는 흥보가 부자가 된 사연을 듣고, 일부러 제비 다리를 부러뜨린 후 고쳐 준다. 이후 제비가 놀보에게 박씨를 물어 오지만 박에서는 온갖 몹쓸 것들이 나와 놀보는 패가망신한다. 이러한 놀보의 소식을 들은 흥보는 놀보에게 재물을 나누어 주고, 잘못을 뉘우친 놀보와 흥보 형제는 화목하게 살아간다.

인물 관계도

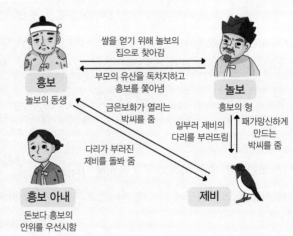

흥보 ──(쌀을 얻기 위해 놀보의 집으로 찾아감)──→ 놀보

놀보 ──(부모의 유산을 독차지하고 흥보를 쫓아냄)──→ 흥보

흥보 — 놀보의 동생

놀보 — 흥보의 형

제비 ──(금은보화가 열리는 박씨를 줌)──→ 흥보

놀보 ──(일부러 제비의 다리를 부러뜨림)── / ──(패가망신하게 만드는 박씨를 줌)── 제비

흥보 아내 ──(다리가 부러진 제비를 돌봐 줌)──→ 제비

흥보 아내 — 돈보다 흥보의 안위를 우선시함

04 구운몽 ❶ 김만중

고전 산문

>> 교과서 수록 지학

앞부분의 줄거리 남악 형산 연화봉의 승려 성진은 스승인 육관 대사의 명으로 용왕에게 다녀오던 중, 우연히 팔선녀와 만나 희롱하고서 부귀영화를 바라고 불도에 회의를 품게 되어 지옥으로 쫓겨나 염라대왕을 만난다.

가 "스님은 비록 몸은 남악 형산 연화봉에 있으나 이름은 지장보살의 책상 위에 있습니다. 과인은 스님이 큰 도를 깨우쳐 부처의 연꽃 자리에 올라앉으면 중생들이 음덕을 입으리라 여겼는데 지금 무슨 일로 이런 욕을 입으셨는지요?" / 성진은 아주 부끄러웠다. 오
_{육도 중생을 교화하는 보살}
_{남에게 알려지지 아니하게 행하는 덕행}
랜 후에 입을 열었다. / "제 멋모르고 **연화봉 돌다리에서 선녀들을 만나** 한때 마음을 누르지 못하여 사부에게 죄를 얻었습니다. 이리하여 대왕의 명령을 받게 되었습니다."

나 "황건역사가 육관 대사의 명을 받아 여덟 죄인을 거느리고 문밖에 이르렀습니다."

○성진은 이 말을 듣고 크게 놀랐다. 염라대왕이 죄인을 들이라고 했다. 팔선녀가 기어들어 와 뜰아래 무릎을 꿇었다. 염라대왕이 물었다. / "남악의 선녀들은 내 말을 들어라. 신선의 세계에는 원래 드넓고 아름다운 땅과 한없는 즐거움이 있는데 어찌 여기까지 이르렀느냐?" / 팔선녀가 부끄러움을 머금고 말했다. / "첩들은 위 부인의 명령을 받들어 육관 대사께 인사드리러 갔다가 돌아가는 길에 성진 스님을 만나 말을 나누었습니다. 대사께서 저희가 스님의 **맑은 세계**를 더럽혔다고 여기셔서 위 부인께 고해 대왕께 오게 했습니다. 첩들의 운명은 대왕 손에 달렸습니다. 엎드려 비옵건대, 대왕께서는 대자대비하신 마음으로 저희를 좋은 곳에 태어나게 해 주소서."
_{부처와 보살의 자비만큼 자비가 넓고 크신}

전개: 성진과 팔선녀가 지옥으로 쫓겨난 이유를 밝힘

중간 부분의 줄거리 속세(꿈)에서 양소유(성진)는 여덟 여인(팔선녀)과 차례로 인연을 맺고 부귀공명을 누린다.

다 "○우리도 한번 죽어 돌아가면 여기 있는 이 높은 누대도 자연스레 무너지고 좋은 연못은 메워질 것이오. 오늘 노래하고 춤추던 궁전이 시든 풀과 차가운 아지랑이로 덮일 것이오. 나무하고 소 먹이는 아이들이 슬픈 노래를 부르면서 탄식하며 왔다 갔다 하다가 서로 이르기를, '이는 양 승상과 처첩들이 노닐던 곳이라. 대승상의 부귀와 풍류, 낭자들의 옥용화태(玉容花態)는 벌써 사라졌도다' 할 것이오. 이런 것을 보면 인생이 어
_{옥같이 고운 용모와 꽃같이 아름다운 자태}
찌 한순간이 아니겠소? / 천하에 세 가지 도가 있으니, 유도(儒道), 선도(仙道), 불도(佛道)라오. 이 중에 불도가 가장 높지요. 유도는 그것이 온전히 이루어진다 해도 인륜을 밝히고 공을 세워 죽은 다음 이름을 남기는 데 그칠 뿐이고, 선도는 허탄한 데 가까워
_{거짓되고 미덥지 아니한}
예로부터 구하는 자는 많았지만 성과를 얻지는 못했소. ©진시황과 한나라 무제 그리고 현종 임금을 봐도 그렇지 않소? 내 나이 들어 벼슬에서 물러나 여기에 온 후, ②매일 밤 잠이 들면 꿈속에서 부들방석 위에서 참선을 했소. 필시 불가와 인연이 있는 듯하오.
_{선사에게 나아가 선도를 배워 닦거나, 스스로 선법을 닦아 구함}
내 장양이 신선 적송자를 따랐던 것을 본받아, 집을 버리고 도를 구하여 남해를 건너 관
_{중국 한나라의 정치가였던 장양이 인간사의 일을 버리고 적송자를 따라 노닐고자 한다며 정계에서 물러난 일}
음보살을 찾고, 오대에 올라 문수보살께 예를 행하여, 불생불멸의 도를 얻어 인간 세상
_{생겨나지도 않고 없어지지도 않고 항상 그대로 변함이 없음. 모든 존재의 실상을 이름}
의 괴로움을 벗고자 하오. 다만 ⑩그대들과 더불어 반생을 지냈고 오래지 않아 긴 이별을 하겠기에, 슬픈 마음이 절로 통소에 나타났소."

처첩들은 모두 전생에 남악의 선녀였고, 이제는 **세속의 인연이 다 끝날** 때였다.

절정: 인생무상을 느낀 소유가 불도에 정진할 것을 결심함

한눈에 정리하기

갈래	국문 소설, 양반 소설, 몽자류 소설
성격	전기적, 불교적, 이상적
주제	인생무상에 대한 깨달음과 이를 통한 허무의 극복

구성

발단	성진이 우연히 마주친 팔선녀와 희롱함
전개	성진과 팔선녀가 속세에서 각각 양소유와 여덟 여인으로 태어나 인연을 맺음
위기	양소유가 입신양명하고 부귀영화를 누림
절정	양소유가 인생무상을 느끼고, 한 불승이 나타나 그의 꿈을 깨움
결말	꿈에서 깬 성진과 팔선녀가 불도에 정진한 후 극락에 감

교과서 활동 깊이 보기

▶ 작품의 공간적 배경과 성진의 삶

현실 (천상계)	• 육관 대사의 제자로 불법을 배움 • 팔선녀와 마주친 이후 세속적 욕망에 사로잡힘 • 지옥으로 추방되었다가 인간 세상으로 보내짐

적강 ↓

꿈 (지상계)	• 양소유로 태어나 여덟 여인과 결연하고 입신양명, 부귀영화를 성취함 • [1]을 느낌

회귀 ↓

현실 (천상계)	• 깨달음을 얻고 불도에 정진함 • 팔선녀와 함께 극락으로 들어감

▶ 인물의 이름에 담긴 의미

성진 (性眞)	• '참된 본성'이라는 뜻: 불교에서 말하는 진정한 깨달음을 얻는다는 의미가 담김 • 원래 있어야 할 곳인 [2]의 세계로 되돌아감을 나타냄
소유 (少遊)	• '잠깐 노닐다.'라는 뜻 • 속세에서의 삶이 짧은 유희와 같다는 의미가 담김

▶ 〈구운몽〉과 〈조신 설화〉 비교

구분	〈구운몽〉	〈조신 설화〉
공통점	환몽 구조, [3]을 통한 깨달음, 인생무상의 주제 의식, 불교 귀의	
차이점	• 꿈꾸기 전 부귀공명을 바람 • 꿈속에서 입신양명하고 부귀영화를 누림	• 꿈꾸기 전 혼인을 바람 • 꿈속에서 가난으로 인해 비참하게 살게 됨

01 윗글에 대한 설명으로 적절하지 <u>않은</u> 것은?

① 제목에 글자 '몽'이 들어가는 몽자류 소설이다.

② 현실과 꿈을 오가는 환몽 구조를 취하고 있다.

③ 제목을 통해 인물, 주제, 구성을 암시적으로 드러낸다.

④ 불교를 중심으로 하되, 유교와 도교가 융합되어 사상적 배경을 이룬다.

⑤ 선인과 악인의 대립 및 염라대왕의 심판을 통해 권선징악의 주제를 강조한다.

02 ㉠~㉤에 대한 설명으로 가장 적절한 것은?

① ㉠: 팔선녀 역시 지옥에 올 것을 걱정하고 있었음을 드러낸다.

② ㉡: 유한한 인생과 부귀영화에 대한 무상함을 드러낸다.

③ ㉢: 성인(聖人)의 가르침을 따르고자 함을 나타낸다.

④ ㉣: 성진으로 살던 삶을 기억하고 그리워하고 있음을 보여 준다.

⑤ ㉤: 여덟 여인과의 이별을 받아들일 수 없음을 강조한다.

03 〈보기〉의 ⓐ에 해당하는 부분을 윗글에서 찾아 8어절로 쓰시오.

─── 보기 ───

주인공의 이름인 '성진(性眞)'은 불법을 통해 '참된[眞] 본성[性]'을 깨닫는다는 의미로, 성진이 하룻밤 꿈에서 깨어나 부처의 세계로 되돌아가 깨달음을 얻는 이 작품의 결말과도 연결된다. '性眞'의 의미가 실현되는 결말에 대한 암시는 ⓐ염라대왕의 말을 통해서도 확인할 수 있다.

04 〈보기〉는 윗글에 영향을 준 〈조신 설화〉의 줄거리이다. 윗글에만 나타나는 내용으로 적절한 것은?

─── 보기 ───

승려 조신은 태수 김흔의 딸을 연모하였는데, 그녀에게 배필이 생기자 관음보살상 앞에서 슬피 울다 잠이 든다. 꿈에서 김흔의 딸이 조신을 사모하였다며 찾아오고 둘은 부부의 연을 맺고 오십여 년을 함께 산다. 하지만 그동안 조신의 가족은 가난으로 인해 고통받다가 결국 아내의 제안으로 헤어지게 된다. 하룻밤 꿈에서 깨어난 조신은 세상사에 뜻이 없어져 이후 정토사를 짓고 수행하다가 종적을 감춘다.

① 주인공이 꿈을 통해 깨달음을 얻는다.

② 주인공이 사랑하는 이와의 결연을 성취한다.

③ 꿈을 꾸기 전 주인공이 세속적 욕망을 지닌다.

④ 주인공이 바라던 부귀영화가 꿈에서 실현된다.

⑤ 꿈속 삶의 시간이 현실에서 꿈꾼 시간보다 훨씬 길다.

수능형 🖉
05 〈보기〉의 ⓐ~ⓓ를 바탕으로 윗글을 이해한 내용으로 적절하지 <u>않은</u> 것은?

─── 보기 ───

〈구운몽〉의 공간적 배경은 천상계와 지상계로 나눌 수 있다. 천상계에서 ⓐ천상적 가치를 지향하던 성진은 ⓑ그 가치에 회의를 느끼는데, 이로 인해 지상계로 추방당한다. 지상계에서 양소유는 ⓒ세속적 가치를 추구하며 평생을 살았으나 말년에 이르러 ⓓ그 가치에 회의를 느낀다.

① 성진이 '연화봉 돌다리에서 선녀들을 만나'게 된 것이 ⓐ에서 ⓑ로 변하는 계기가 되었겠군.

② 성진의 '맑은 세계'가 더럽혀진 것은 ⓑ와 관련되겠군.

③ '대승상의 부귀와 풍류'는 ⓒ의 결과로 볼 수 있겠군.

④ '슬픈 마음'은 ⓓ에서 기인한 것이라고 볼 수 있겠군.

⑤ '세속의 인연이 다 끝'난 것은 성진이 ⓑ와 ⓓ를 동시에 느꼈기 때문이겠군.

👆 **1등급 배경지식**

전체 줄거리

중국 당나라 때 남악 형산 연화봉에서 불법을 가르치던 육관 대사는 동정호 용왕에게 사례하기 위해 제자인 성진을 보낸다. 용왕의 대접을 받고 취해서 돌아오던 성진은 돌다리에서 팔선녀와 마주쳐 노닌 후 속세의 삶을 동경하며 불도에 회의를 느낀다. 이에 육관 대사에 의해 성진은 물론 팔선녀도 지옥을 거쳐 인간 세상으로 보내진다.

성진과 팔선녀는 인간 세상에서 각각 양소유와 여덟 여인으로 태어난다. 양소유는 과거에 급제하고 나라에 공을 세워 높은 벼슬에 오르는 한편, 그 과정에서 여덟 여인과 차례로 인연을 맺고 화평하게 지내며 부귀영화를 누린다. 노년의 어느 날 잔치를 즐기던 양소유는 속세의 삶에 허망함을 느끼고 불도에 귀의할 뜻을 가진다. 이때 노승이 나타나 꿈을 깨우는데, 꿈에서 깬 성진은 깨달음을 얻는다. 팔선녀도 찾아와 성진과 함께 육관 대사의 가르침을 받아 큰 도를 깨치고, 이후 모두 극락세계로 떠난다.

인물 관계도

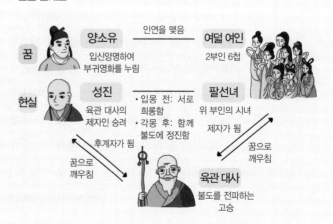

가 "소유가 일찍이 티베트를 정벌할 때 꿈에 동정호 용왕의 잔치에 참여하고 돌아왔지

요. 귀로에 잠시 남악에 올라 어떤 노대사(老大師)를 만났는데 법좌에서 제자들에게 불
돌아오는 길   설법, 독경, 강경, 법화 따위를 행하는 자리

경을 강론하시더군요. 사부께서는 꿈속에서 만났던 그 스님 아니십니까?"
교리를 설명하여 신자를 가르침

불승이 박장대소하며 말했다. / "그렇소. 맞소, 하나 꿈속에서 한 번 본 것은 기억하고,

십 년 동안 함께 살던 것은 기억하지 못하니, 누가 양 승상을 총명하다 했소?"

소유가 부끄러워하며 말했다. / "소유 열여섯 살 전에는 부모 곁을 떠나지 않았고, 열

여섯에 과거에 급제한 다음 계속 벼슬에 있어서 서울을 떠나지 않았습니다. 동쪽으로 연

나라에 사신으로 가고 서쪽으로 티베트를 정벌한 것 외에는 달리 발길이 머문 곳이 없으

니, 어느 때 사부를 십 년이나 쫓았겠습니까?"

불승이 웃으며 말했다. / "상공은 아직도 꿈에서 깨지 못했구려."

"사부께서는 소유를 크게 깨우치실 수 있겠습니까?" / "어렵지 아니하외다."

불승이 지팡이를 높이 들어 난간을 두어 번 세게 쳤다. 갑자기 흰 구름이 사방의 산골

짜기에서 뭉게뭉게 피어오르더니 마침내 누대를 감쌌다.

나 스스로 돌아보니 홀로 ⓐ작은 암자의 부들자리 위에 앉아 있었다. 향로에는 ⓑ불이

꺼졌고 ⓒ달은 어느덧 서쪽 봉우리에 걸려 있었다. ⓓ머리를 만져 보니 새로 깎은 듯 남

은 털이 까칠까칠한데 백팔 염주가 목 앞에 드리워져 있었다. 젊은 불승의 모습이지 ⓔ대

승상의 차림이 아니었다. 정신이 황홀하고 가슴이 두근거렸다. 오랜 후 마침내 자신이 연

화 도량의 성진임을 알게 되었다.
부처나 보살이 도를 얻는 곳. 또는 도를 얻으려고 수행하는 곳

돌이켜 생각하니, 처음에 사부의 꾸지람을 듣고 황건역사를 따라 풍도 지옥에 간 일,
도가에서 '지옥'을 이르는 말

인간 세상에 양씨 가문의 아들로 태어나 일찍 장원급제하여 한림이 된 일, 출정해서 삼

군을 이끌었고 조정에 들어가서는 백관의 우두머리가 된 일, 상소를 올려 사퇴하고 아침
모든 벼슬아치

저녁으로 한가로이 처첩들과 음주와 가무를 즐긴 일 등이 있었다. 모두 일장춘몽이었다.
한바탕의 봄꿈이라는 뜻으로, 헛된 영화나 덧없는 일을 비유적으로 이름

절정: 인생무상을 느낀 소유(성진)에게 불승(육관 대사)이 나타나 꿈을 깸

다 대사가 큰 소리로 물었다. / ㉠"성진아, 인간 세상의 재미가 어떻더냐?"

성진이 머리를 조아리고 눈물을 흘리며 말했다. / "크게 깨달았나이다. 제자가 못나서,

한때 마음을 잘못 먹어 만든 앙화니, 누구를 원망하며 누구를 탓하겠습니까? 마땅히 인간
지은 죄의 앙갚음으로 받는 재앙

세상에 머물며 영영 윤회의 죄과를 받아야 하거늘 사부께서 하룻밤 꿈으로 깨닫게 해 주
중생이 번뇌와 업에 의하여 삼계 육도의 생사 세계를 그치지 아니하고 돌고 도는 일

시니, 그 큰 은혜는 수천, 수만 겁이 지나도 갚을 수 없을 것입니다."

[A] ⎡ "네 스스로 흥이 나서 갔고 흥이 다해 돌아왔으니, 그사이에 내 무엇을 간여했겠느
        │   어떤 일에 간섭하여 참여함
        │ 냐? 또 네가 '인간 세상에 윤회할 일을 꿈으로 꾸었다'고 했으나, 이는 네가 꿈과 인
        │ 간 세상을 나누어 본 것일 뿐이라. 네 아직 꿈에서 완전히 깨지 못했도다. 장자가 꿈
        │ 에 나비가 되었는데, 꿈속의 나비 입장에서 보면 나비가 현실에서 장자가 된 것이라.
        │ 다시 생각하니 장자가 꿈에서 나비가 된 것인지, 나비가 꿈에서 장자가 된 것인지, 끝
        │ 내 분별할 수 없었느니라. 어느 것이 꿈이고 어느 것이 현실인지 누가 알겠느냐? 지
        │ 금 네가 성진을 네 몸으로 여기고, 네 몸이 꿈을 꾼 것이라고 하니, 너는 몸과 꿈이
        ⎣ 하나가 아니라고 말하는구나. 성진과 소유, 둘 중에 누가 꿈이고 누가 꿈이 아니냐."

결말: 육관 대사가 꿈에서 깨어난 성진에게 참된 이치를 깨닫게 함

▶ 교과서 활동 **깊이 보기**

▶ **'꿈'의 기능**

'꿈'은 성진과 팔선녀가 속세를 경험하게 함으로
써 인생의 무상함을 느끼게 하는 장치임

꿈을 꾸기 전	성진과 팔선녀가 세속적 욕망을 지 니고 인간 세상의 삶을 동경함

입몽 ↓

꿈	• 성진과 팔선녀의 바람과 욕망이 모두 성취됨 • 모든 것의 ___1___ 함을 깨달음

각몽 ↓

꿈에서 깬 후	불도에 귀의하여 육관 대사의 가르 침을 받으며 정진함

▶ **육관 대사의 역할**

인물들이 스스로 깨달 음을 얻도록 유도함	꿈을 통해 성진과 팔선녀가 속 세를 경험하게 함으로써 스스 로 인생무상의 깨달음을 얻을 수 있도록 유도함
인물들을 꿈에서 깨움	소유와 여덟 여인의 인연이 끝 나 갈 무렵 불승으로 나타나 이 들을 꿈에서 깨움
인물들이 참된 이치를 깨치게 함	• 꿈과 현실을 구분하는 것의 무 의미함을 이야기하며 성진이 참된 이치를 깨칠 수 있게 함 • 불도에 귀의한 성진과 팔선 녀에게 가르침을 베풀어 이 들이 궁극의 도를 얻게 함

▶ **작품의 주제**

꿈을 통한 성진의 깨달음	___2___의 말을 통한 깨달음
인간 세상의 부귀 공명은 모두 덧없 는 것임	꿈(인간 세상)과 현 실(불가의 세계)를 구분하는 것은 무 의미함
인생무상에 대한 깨달음	꿈과 현실의 이분 법적 구분을 넘어 서는 참된 이치에 대한 깨달음

중간 +

▶ **작품의 사상적 배경**

유교	• 양소유의 삶에 잘 나타남 • ___3___, 부귀공명이라는 당대 양반 사대부들의 이상적 삶의 모습이 반 영됨
불교	• 성진과 팔선녀가 인생무상이라는 깨 달음은 얻은 뒤 불도에 정진하게 되 는 결말에서 잘 나타남 • 공(空) 사상, 윤회 사상이 반영됨
도교	• 위 부인과 팔선녀, 용왕, 옥황상제 등 의 인물 및 도술 등 비현실적 요소에 서 잘 나타남 • 신선 사상(양소유의 아버지가 신선이 되는 등)이 반영됨

01 윗글의 서술상 특징으로 적절하지 <u>않은</u> 것은?

① 비유적 표현을 활용하여 공간적 배경을 묘사하고 있다.
② 전기적(傳奇的) 요소를 활용하여 사건을 전개하고 있다.
③ 인물의 말을 통해 과거 행적을 요약적으로 제시하고 있다.
④ 이야기 바깥의 서술자가 인물의 내면을 직접 제시하고 있다.
⑤ 열거의 방식을 통해 시간의 흐름에 따라 발생한 사건을 나열하고 있다.

02 윗글에서 대사 의 역할로 가장 적절한 것은?

① 주인공이 앞으로 겪게 될 일들을 예고해 준다.
② 주인공이 스스로 깨달음을 얻도록 이끌어 준다.
③ 주인공이 처한 위기를 해결할 방안을 알려 준다.
④ 주인공이 이상과 현실을 구분하도록 안내해 준다.
⑤ 주인공이 학문의 중요성을 깨닫도록 조언해 준다.

03 ㉠에 대한 성진의 대답을 〈보기〉와 같이 표현할 때, 빈칸에 들어갈 적절한 한자 성어를 윗글에서 찾아 쓰시오.

─〈보기〉─
"인간 세상의 공명이나 부귀영화, 남녀 사이의 정이 모두
　　　　　에 불과하다는 것을 깨달았습니다."

서술형 ✎
04 윗글의 제목에서 '운(雲)'의 의미를 주제와 관련지어 한 문장으로 서술하시오.

_____

05 [A]에서 말하고자 하는 바로 가장 적절한 것은?

① 몸과 꿈은 별개의 것으로 하나가 아니라는 참된 이치를 깨달아야 한다.
② 꿈과 현실을 구별하여 생각하는 것 자체가 무의미함을 깨달아야 한다.
③ 세속적 욕망을 극복하지 못하면 참된 도를 얻을 수 없다는 것을 명심해야 한다.
④ 꿈속의 일이 현실처럼 느껴진다 해도 결코 현실이 될 수 없다는 것을 알아야 한다.
⑤ 인간 세상의 일이 꿈결같이 허무하게 느껴지는 것은 당연하다는 것을 인식해야 한다.

수능형 📋
06 〈보기〉를 참고하여 ⓐ~ⓔ에 대해 이해한 내용으로 적절하지 <u>않은</u> 것은?

─〈보기〉─
〈구운몽〉에서 꿈에서 깨어난 주인공은 꿈속의 경험을 통해 꿈꾸기 이전보다 더욱 정진하여 득도하게 된다. (나)에서는 특히 입몽에서 각몽에 이르기까지 시간의 경과 및 입몽과 각몽이 이루어지는 공간 표현을 통해 주인공의 꿈속 경험이 실제로 단 하룻밤 사이에 일어난 것임을 강조하고 있다.

① ⓐ: 주인공의 입몽과 각몽이 이루어지는 공간이다.
② ⓑ: 주인공이 꿈꾸기 이전보다 더욱 정진하여 득도할 것임을 암시한다.
③ ⓒ: 주인공의 입몽에서 각몽에 이르기까지의 시간 경과를 보여 준다.
④ ⓓ: 꿈에서 깨어난 주인공의 모습과 시간의 경과를 함께 나타낸다.
⑤ ⓔ: 주인공이 겪은 꿈속의 경험을 환기한다.

👆 1등급 배경지식

몽자류 소설의 특징

'몽자류(夢字類) 소설'은 제목에 '몽(夢)' 자가 들어간 소설을 가리킨다. 몽자류 소설은 '현실 – 꿈 – 현실'의 환몽 구조로 이야기가 전개되는 것이 특징이다. 주인공의 입몽(入夢) 과정을 거쳐 현실에서 꿈으로 전환되는데, 꿈속에서 주인공은 현실과 다른 새로운 삶을 체험하고, 각몽(覺夢) 과정을 거쳐 현실로 돌아와 깨달음을 얻는다. 몽자류 소설에서는 주인공이 꿈을 통해 현실에 대한 깨달음을 얻기 때문에 꿈과 현실이 서로 유기적으로 연결된다. 〈조신 설화〉를 몽자류 소설의 연원이 되는 설화로 보며, 〈구운몽〉은 몽자류 소설의 효시가 되는 작품으로 일컬어진다.

〈구운몽〉의 창작 배경 및 제목의 의미

〈구운몽〉은 김만중이 남해로 유배되어 갔을 때 홀로 지낼 어머니를 위로하고자 지었다고 전해지는 고전 소설이다.
〈구운몽〉의 제목에는 인물, 주제, 구성 방식 등이 암시되어 있다. '구(九)'는 작품 속 중심인물인 '성진과 팔선녀' 아홉 명을 의미하고, '운(雲)'은 구름과 같은 헛됨, 허망함의 의미로 사용되어 부귀영화와 같은 세속적 욕망의 부질없음, 인생무상이라는 주제를 암시적으로 드러낸다. 그리고 '몽(夢)'은 인물이 체험한 꿈속의 일을 나타내는 것으로, 작품의 환몽 구조를 드러내는 한편, '일장춘몽'과 연결되어 인간사가 꿈과 같이 허망한 것이라는 주제 의식을 암시적으로 나타내기도 한다.

최척전 조위한

>> **교과서 수록** 창비

앞부분의 줄거리 남원 사람 최척은 옥영과의 혼인날을 기다리던 중 임진왜란에 의병으로 참전하게 된다. 혼인날이 지나도 최척이 돌아오지 않자 옥영의 모친은 부잣집 아들인 양생을 사위로 맞으려 하지만 옥영은 최척이 돌아오기를 기다린다. 결국 최척과 옥영은 혼인해 몽석을 낳고 행복하게 지내지만 정유재란으로 또다시 헤어진다.

가 이때 옥영은 왜적 돈우라는 자에게 붙잡혀 있었다. 돈우는 늙은 병사로, 살생을 하지 않는 불교 신자였다. 본래 장사꾼으로 항해에 능숙했으므로 왜장 소서행장이 그를 선장으로 발탁하였다. / 돈우는 명민한 옥영이 마음에 들었다. 그래서 혹 달아날까 싶어 좋은
　　　　　　　고니시 유키나가. 임진왜란과 정유재란에 조선을 침공한 장수
　　　총명하고 민첩한
옷과 맛난 음식을 주어 그 마음을 안심시키려 했다. 옥영은 물에 빠져 자살할 생각으로 몇 번이나 배에서 빠져나왔지만 그때마다 들켜서 뜻을 이루지 못했다.

　어느 날 밤 옥영의 꿈에 **장륙불**이 나타나 이렇게 말했다.
　　높이가 일 장(丈) 육 척(尺), 약 5미터가 되는 불상
　"나는 ㉠**만복사의 부처다. 죽어서는 안 된다! 훗날 반드시 기쁜 일이 있을 것이다.**"

　㉡옥영이 꿈에서 깨어 그 꿈을 가만히 생각해 보니 그런 일이 전혀 없으란 법도 없을 것 같았다. 이에 억지로 먹으며 목숨을 부지했다.

나 최척은 홀로 선창에 기대 자신의 신세를 생각하다가, 짐 꾸러미 안에서 퉁소를 꺼내
　　　　　　배의 창문
슬픈 곡조의 노래를 한 곡 불어 가슴속에 맺힌 슬픔과 원망을 풀어 보려 했다. ㉢최척의 퉁소 소리에 바다와 하늘이 애처로운 빛을 띠고 구름과 안개도 수심에 잠긴 듯했다. 뱃사람들도 그 소리에 놀라 일어나 모두들 서글픈 표정을 지었다. 그때 문득 **일본 배**에서 염불하던 소리가 뚝 그쳤다. 잠시 후 조선말로 시를 읊는 소리가 들렸다.

다 최척은 시 읊는 소리를 듣고는 깜짝 놀라 얼이 빠진 사람 같았다. ㉣저도 모르는 새 퉁소를 땅에 떨어뜨리고 마치 죽은 사람처럼 멍하니 서 있었다. 송우가 말했다.

　"왜 그래? 왜 그래?" / 거듭 물어도 대답이 없었다. 세 번째 물음에 이르러서야 비로소 최척은 뭔가 말을 하려 했지만 목이 막혀 말을 하지 못하고 눈물만 하염없이 흘렸다. 최척은 잠시 후 마음을 진정시킨 뒤 이렇게 말했다.

　"저건 내 아내가 지은 시일세. 우리 부부 말곤 아무도 알지 못하는 시야. 게다가 방금 시를 읊던 소리도 아내 목소리와 흡사해. 혹 아내가 저 배에 있는 게 아닐까? 그럴 리 없을 텐데 말야."

라 이윽고 해가 떠올랐다. 최척은 즉시 해안으로 내려가 일본 배 앞으로 다가갔다. 그리고는 **조선말로 물었다.** / "간밤에 시를 읊던 사람은 분명히 조선 사람이었소. ㉤**나 역시 조선 사람인데, 한번 만나 볼 수 있다면 그 기쁨이 타국을 떠돌아다니다가 자기 나라 사람** 비슷한 이를 보고 기뻐하는 데 견줄 수 있겠소?"

　옥영은 어젯밤 배 안에서 최척의 **퉁소 소리**를 들었다. 조선 가락인 데다 귀에 익은 곡조인지라, 혹시 자기 남편이 저쪽 배에 타고 있는 것이 아닐까 의심하여 시험 삼아 예전에 지었던 시를 읊어 본 것이었다. 그러던 차에 밖에서 최척이 말하는 소리를 듣고는 허둥지둥 엎어질 듯이 배에서 뛰어 내려왔다.

　최척과 옥영은 **마주 보고 소리치며 얼싸안고** 모래밭을 뒹굴었다. 기가 막혀 입에서 말이 나오지 않았다. **눈물이 다하자 피눈물이 나왔으며** 눈에 아무것도 보이지 않았다.

위기: 중국으로 갔던 최척과 일본으로 갔던 옥영의 재회

한눈에 **정리하기**

갈래	한문 소설, 애정 소설, 군담 소설, 전기 소설
성격	사실적, 우연적, 불교적
주제	전란으로 인한 가족의 이산과 재회

구성

발단	약혼한 최척과 옥영이 최척의 임진왜란 의병 참전으로 헤어짐
전개	최척과 옥영이 재회하여 혼인하지만 정유재란으로 다시 가족이 흩어짐
위기	최척과 옥영이 안남에서 재회하나 최척이 명나라 군사로 출전하여 포로가 됨
절정	최척이 포로수용소에서 맏아들 몽석과 만나 조선으로 탈출하고 옥영도 몽선 내외와 조선으로 돌아옴
결말	조선에서 가족들이 만나 행복하게 살아감

교과서 활동 **깊이 보기**

▸ 〈최척전〉의 구성 요소

인물	중심인물인 최척과 옥영, 그들의 가족과 돈우 등의 주변 인물이 모두 영웅적 인물이 아니라 평범한 인물임
사건	최척과 옥영 가족이 ☐1☐ 과정에서 만남과 헤어짐을 반복하다가 끝내 재회함
배경	• 시간적: 임진왜란, 정유재란, 명과 후금의 전쟁 • 공간적: 조선 남원을 중심으로 한 일본, 중국, 안남 등 동아시아 일대

▸ '옥영'의 인물상

부모가 아닌 자신의 뜻으로 배우자를 선택하고 남장을 하고 다니면서 가족과의 재회를 위해 굳은 ☐2☐와 슬기로 위기를 극복함

↓

적극적이고 주체적이며 강인한 여성상

▸ '장륙불'의 역할

만복사 장륙불
• 최척의 두 아들인 몽석과 몽선의 태몽에 등장함 • 옥영이 자결하려 할 때 꿈에 등장함 • 옥영이 최척이 속한 명나라 군대가 전멸했다는 소식을 들었을 때, 조선으로 돌아가던 중 해적을 만나 배를 잃었을 때 옥영의 꿈에 등장함

↓

• 초월적 존재로 옥영의 행동을 이끄는 역할을 함
• 미래의 일을 예언하여 ☐3☐ 역할을 함

01 윗글에 대한 설명으로 적절하지 <u>않은</u> 것은?

① 작품 속에 불교적 분위기가 드러난다.
② 영웅의 활약상을 중심으로 내용이 전개된다.
③ 헤어짐과 재회가 반복되는 구조가 나타난다.
④ 실제 발생했던 역사적 사건을 배경으로 한다.
⑤ 전란으로 인한 백성들의 고통을 사실적으로 그린다.

02 윗글에 나타난 고전 소설의 특징으로 적절하지 <u>않은</u> 것은?

① 시간의 흐름에 따라 이야기가 전개된다.
② 사건 전개 과정에 우연적 요소가 개입한다.
③ 작품 밖의 서술자가 인물의 심리를 서술한다.
④ 조력자의 도움으로 중심인물이 위기를 벗어난다.
⑤ 작품 전체적으로 '현실 – 꿈 – 현실'의 환몽 구조를 취한다.

03 ㉠~㉤에 대한 설명으로 적절하지 <u>않은</u> 것은?

① ㉠: 부정적 현실에 절망하는 옥영의 심리를 드러내는 역할을 하고 있다.
② ㉡: 옥영은 전쟁으로 인한 역경을 극복하고자 노력하는 의지적 태도를 보이고 있다.
③ ㉢: 여러 자연물에 감정을 이입하여 최척의 심리를 표현하고 있다.
④ ㉣: 최척은 옥영이 일본 배 안에 있을지도 모른다고 생각하여 놀라움을 나타내고 있다.
⑤ ㉤: 최척은 자신도 타국을 떠도는 조선 사람임을 밝히며 시를 읊은 사람을 확인하려 하고 있다.

04 〈보기〉와 같은 기능을 하는 소재를 윗글에서 찾아 3어절로 쓰시오.

> ─── 보기 ───
> 옥영이 최척에게 자신의 존재를 알린 수단

05 〈보기〉를 바탕으로 윗글을 감상한 내용으로 적절하지 <u>않은</u> 것은?

> ─── 보기 ───
> 〈최척전〉에서는 하나의 문제 상황이 해결되면 또 다른 문제가 등장하는 과정이 반복된다. 이 과정에서 도움을 주는 신이한 존재를 나타나게 하거나, 문제 해결의 계기가 되는 소재를 제시하거나, 공간적 배경을 확장하여 다양한 국적의 사람들을 등장시키는 등의 서사적 장치들이 사용된다.

① 옥영의 꿈에 나타난 '장륙불'은 옥영이 절망에서 벗어나는 데 도움을 주는 신이한 존재라고 볼 수 있겠군.
② 최척이 '일본 배'에 다가가 '조선말로 물'어보는 것과 '자기 나라 사람'을 만나려 하는 것은, 공간적 배경을 다양한 나라로 확장한 것과 관련이 있겠군.
③ 옥영이 들은 '통소 소리'는, 옥영과 최척의 이별이라는 문제 상황을 해결하는 계기가 된다고 볼 수 있겠군.
④ 최척과 옥영이 '마주 보고 소리치며 얼싸안'는 것은 문제의 해결에 따른 기쁨의 표현이겠군.
⑤ 최척과 옥영의 '눈물이 다하자 피눈물이 나왔'다는 것은 또 다른 문제 등장에 따른 인물의 불안감과 관련이 있겠군.

1등급 배경지식

전체 줄거리

남원의 유생 최척은 정 상사 아래서 공부하고 정 상사의 친척 옥영은 최척에게 마음이 끌려 시를 써 보낸다. 옥영의 모친 심 씨는 최척이 가난하다는 이유로 최척의 구혼을 거절하지만 옥영의 설득으로 둘은 약혼한다.
최척이 임진왜란에 의병으로 참전하여 혼인날이 지나도록 돌아오지 못하자 심 씨는 옥영을 부잣집 아들인 양생에게 시집보내려 한다. 그러나 옥영이 최척을 기다려 둘은 혼인하고 맏아들 몽석을 낳아 행복하게 살아간다.
정유재란으로 남원이 함락되자 최척 일가는 뿔뿔이 흩어지고 이후 가족을 찾지 못해 낙담한 최척은 명나라 장수 여유문을 만나 중국 절강성 소흥부에서 살아간다. 한편 옥영은 왜병 돈우에게 붙잡혀 일본으로 끌려가 배에서 부엌일을 하며 돈우와 함께 장사를 다닌다.
여러 해가 지난 뒤, 최척은 친구 송우와 함께 상선을 타고 떠돌다가 우연히 안남(베트남)에서 옥영을 만난다. 둘은 중국 항주에 정착하여 둘째 아들 몽선을 낳아 기르며 행복하게 지내지만, 이듬해 후금이 침입하자 최척은 명나라 군사로 출전하였다가 후금의 포로가 된다. 그는 포로수용소에서 맏아들 몽석과 극적으로 재회하고 함께 탈출하여 고국으로 향한다. 한편 옥영도 몽선 내외와 더불어 천신만고 끝에 고국으로 돌아와 일가가 다시 해후한다.

인물 관계도

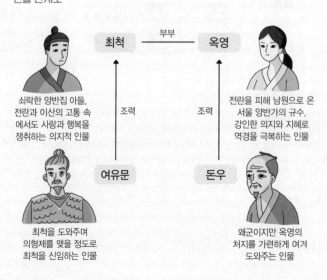

최척 ── 부부 ── 옥영

쇠락한 양반집 아들. 전란과 이산의 고통 속에서도 사랑과 행복을 쟁취하는 의지적 인물

↑ 조력

여유문
최척을 도와주며 의형제를 맺을 정도로 최척을 신임하는 인물

전란을 피해 남원으로 온 서울 양반가의 규수. 강인한 의지와 지혜로 역경을 극복하는 인물

↑ 조력

돈우
왜군이지만 옥영의 처지를 가련하게 여겨 도와주는 인물

개념 다지기 극 · 수필

01 극 갈래

1. 극 갈래의 개념과 특징

① 극 갈래는 서술자 없이 등장인물의 대사와 행동으로 사건을 전개하는 문학 양식이다. 무대 상연을 목적으로 하는 희곡과 영화 · 드라마의 제작을 목적으로 하는 시나리오가 극 갈래에 해당한다.

② 극 갈래는 사건이 현재 눈앞에서 일어나는 것처럼 표현하면서 대사와 행동, 지시문, 음향, 조명, 소품, 무대 장치 등으로 인물의 내면과 성격을 나타내고 작품의 분위기를 형성하기도 한다.

02 희곡

1. 희곡의 개념과 구성 요소

연극의 단락을 세는 단위. 한 막은 무대의 막이 올랐다가 다시 내릴 때까지를 말하며 하위 단위인 장(場)으로 구성됨

희곡은 공연을 목적으로 하는 연극의 대본으로 막과 장을 구성단위로 한다. 대사, 해설, 지시문으로 구성되며, 시 · 공간적 배경과 등장인물의 수에 제약이 있다.

해설		희곡의 처음 부분(극이 시작되기 전)에서 배경, 인물, 무대 장치 등을 소개하는 글
지시문 (지문)		등장인물의 표정이나 행동, 무대 효과 및 장치 등을 지시하는 글
	무대 지시문	배경, 무대 장치, 소품, 조명, 음향, 효과 등을 지시하는 글
	행동(동작) 지시문	등장인물의 표정, 말투, 심리, 행동, 등장과 퇴장 등을 지시하는 글
대사		등장인물이 하는 말
	대화	등장인물들이 서로 주고받는 말
	독백	등장인물이 상대방 없이 혼자 하는 말
	방백	등장인물이 말을 하고 있지만, 다른 등장인물에게는 들리지 않고 관객에게만 들리는 것으로 약속된 말

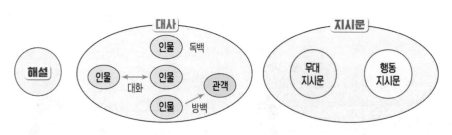

예 희곡의 예시

때   초겨울
장소   동리에서 멀리 떨어진 심산 고찰(深山古刹)
무대   숲을 뚫고 가는 산길이 산문(山門)으로 들어간다. 원내(院内)에 비각, 그 뒤로 산신당, 칠성당의 기와지붕, 재 올리는 오색기치(五色旗幟)가 날린다.
(중략)

이윽고 종소리 그친다.

초부: (지게를 지고 일어서며) 지금 그 종 네가 쳤니?
도념: 그럼요, 언제 내가 안 치구 다른 이가 쳤나요?
초부: 밤낮 나무해 가지구 비탈 내려가면서 듣는 소리지만 오늘은 왜 그런지 유난히 슬프구나.
– 함세덕, 〈동승〉

→ 해설
막이 오르기 전에 필요한 무대 장치, 때와 장소 등을 설명한 부분임

→ 무대 지시문
무대 장치 중 하나인 종소리의 쓰임을 지시함

→ 행동 지시문
괄호 안의 말은 초부의 행동을 지시함

→ 대화
초부와 도념이 서로 말을 주고받고 있음

개념 완성

01 극 갈래에 대한 설명으로 적절하지 <u>않은</u> 것은?

① 서술자와 해설자가 등장하지 않는다.
② 희곡과 시나리오는 극 갈래에 해당한다.
③ 음향과 조명으로 작품의 분위기를 형성한다.
④ 대사와 행동, 지시문으로 인물의 심리를 나타낸다.
⑤ 사건이 관객의 눈앞에서 일어나는 듯한 느낌을 준다.

02 희곡에서 무대 위 다른 등장인물은 들을 수 없고, 관객만 들리는 것으로 약속된 등장인물의 말을 독백이라고 한다.

O | X

03 〈보기〉의 빈칸에 들어갈 알맞은 말을 순서대로 쓰시오.

보기

희곡에서 인물의 표정, 심리, 말투 등을 지시하는 글을 (   ) 지시문이라고 하고, 소품, 조명, 효과 등을 지시하는 글을 (   ) 지시문이라고 한다.

04 〈보기〉에 제시된 희곡의 구성 요소가 <u>아</u>닌 것은?

보기

등장인물: 토끼, 자라, 용왕, 문어, 뱀장어, 전기뱀장어, 고등어, 꼴뚜기, 도루묵
장소: 바닷속 궁궐(용궁), 산속

제1장

(바닷속 궁궐)
용왕이 있는 용궁이 무대이다. / 용궁은 온갖 해초들이 넘실대는 화려한 궁전이다. / 가운데 용왕의 의자가 놓여 있다. / 막이 오르면 시름시름 앓고 있는 용왕이 의자에 앉아 있다.
(중략)
용왕: (야단치며) 내가 물속에 사는 온갖 약초를 다 먹어 보았지만, 아직도 아프질 않느냐!
고등어: 황공하오이다, 마마.
– 작자 미상, 〈토끼전〉

① 해설   ② 대화
③ 인물   ④ 지시문
⑤ 시간적 배경

03 시나리오

1. 시나리오의 개념과 구성 요소

시나리오는 영화 · 드라마 등을 만들기 위해 쓴 극본으로 장면(scene)을 구성단위로 한다. 장면 번호, 해설, 대사, 지시문으로 구성되며, 시 · 공간적 배경과 등장인물 수의 제약을 거의 받지 않는다.

장면 번호	S#(scene number)
해설	시나리오의 처음 부분에서 때와 장소, 배경, 인물 등을 소개하는 글
대사	인물들이 하는 말
지시문(지문)	인물의 표정이나 행동, 카메라 기법, 영상 편집 기술 등을 지시하는 글

2. 시나리오의 지시문

F.I. (fade-in)	화면이 처음에 어둡다가 점차 밝아지는 것	O.L. (overlap)	하나의 화면이 끝나기 전에 다음 화면이 겹치면서 앞선 화면이 차차 사라지게 하는 기법
F.O. (fade-out)	화면이 처음에 밝았다가 점차 어두워지는 것	C.U. (close-up)	등장하는 배경이나 인물의 일부를 화면에 크게 나타내는 것
E. (effect)	효과음		

3. 희곡과 시나리오의 특징 비교

	희곡	시나리오
공통점	• 인물의 대사와 행동으로 이야기가 전개됨 • 현재형으로 표현됨	• 사건을 인물의 대사와 행동, 지시문으로 제시함
차이점	• 무대 상연을 목적으로 함 • 시간과 공간, 등장인물 수에 제약이 있음 • 장과 막을 구성단위로 함	• 영화 · 드라마 제작을 목적으로 함 • 시간과 공간, 등장인물 수에 제약이 기의 없음 • 장면(scene)을 구성단위로 함 • 촬영을 고려한 특수 용어가 사용됨

04 수필

1. 수필의 개념

글쓴이의 생각, 체험 등을 정해진 형식이나 내용의 제한 없이 자유롭게 쓴 산문 형식의 글이다.

수필의 내용	글쓴이의 체험, 보고 들은 것, 인생, 자연, 사회 등 주변의 모든 것을 소재로 다룰 수 있음
수필의 형식	정해져 있지 않고 자유로움. 일기, 편지, 기행문, 감상문 등 매우 다양함

2. 수필의 특성

형식이 자유로운 글	특별히 정해진 형식 없이 자유롭게 서술함
개성적인 글	글쓴이의 개성이 직접적으로 드러남
비전문적인 글	누구나 쉽게 쓸 수 있는 대중적인 글임
고백적인 글	글쓴이('나')의 생각과 느낌을 솔직하게 고백함
신변잡기적인 글	일상생활의 무엇이든 글감이 될 수 있음
통찰과 교훈의 글	사물이나 인생에 대한 글쓴이의 깊이 있는 통찰과 교훈이 제시됨

예 수필의 예시
잘못을 알고서도 곧 고치지 않으면 몸의 패망하는 것이 나무가 썩어서 못 쓰게 되는 이상으로 될 것이고, 잘못이 있더라도 고치기를 꺼려 하지 않으면 다시 좋은 사람이 되는 것이 집 재목이 다시 쓰일 수 있는 이상으로 될 것이다. 이뿐만 아니라, 나라의 정사도 이와 마찬가지다. 모든 일에 있어서, 백성에게 심한 해가 될 것을 머뭇거리고 개혁하지 않다가, 백성이 못살게 되고 나라가 위태하게 된 뒤에 갑자기 변경하려 하면, 곧 붙잡아 일으키기가 어렵다.   – 이규보, 〈이옥설〉
→ 집을 수리하는 경험에서 얻은 깨달음을 인간의 삶과 나라의 정치 현실에 적용하여 표현하고 있다.

---

05 〈보기〉의 빈칸에 들어갈 알맞은 말을 쓰시오.

> ─〈보기〉─
> 시나리오의 구성 요소는 대사, (   ), 지시문, 장면 번호이다.

06 시나리오 기법에 대한 설명으로 적절하지 <u>않은</u> 것은?

① E.: 효과음
② F.I.: 화면이 처음에 어둡다가 점점 밝아지는 것
③ F.O.: 화면이 처음부터 어둡다가 점점 사라지는 것
④ C.U.: 배경이나 인물의 일부를 화면에 크게 나타내는 것
⑤ O.L.: 하나의 화면이 끝나기 진 다음 화면이 겹치면서 먼저 화면이 차차 사라지게 하는 것

07 희곡과 시나리오를 비교한 내용으로 적절하지 <u>않은</u> 것은?

① 희곡은 무대 상연을 전제로 한다.
② 시나리오는 장면(scene)을 구성단위로 한다.
③ 희곡과 시나리오는 모두 현재형으로 표현된다.
④ 희곡과 시나리오는 모두 등장인물 수에 제약이 없다.
⑤ 희곡과 시나리오는 모두 인물의 행동과 대사로 이야기가 전개된다.

08 글쓴이가 다른 인물의 체험을 들은 것에 대해 쓴 글도 수필이 될 수 있다.

〔 O | X 〕

09 수필의 특성으로 적절하지 <u>않은</u> 것은?

① 삶에 대한 교훈을 제시할 수 있는 글이다.
② 정해진 형식이 없어 자유롭게 쓸 수 있는 글이다.
③ 글쓴이의 생각을 진솔하게 고백할 수 있는 글이다.
④ 글쓴이의 개성을 직접적으로 드러낼 수 있는 글이다.
⑤ 어떠한 경험에 대한 통찰을 전문적으로 기술한 글이다.

10 영화를 보고 나서 쓴 감상문, 여행을 다녀와서 쓴 기행문은 수필이라고 할 수 있다.

〔 O | X 〕

극·수필

01 결혼 ❶ 이강백

앞부분의 줄거리 예쁜 여자와 결혼을 하고자 하는 빈털터리 '남자'는 부자로 보이도록 저택, 모자, 넥타이, 호사스러운 옷, 건장한 하인을 빌린다. 그러나 빌린 것들은 제각기 정해진 시간 동안에만 사용할 수 있다. '남자'는 맞선에서 만난 '여자'에게 자신이 가진 것들을 과시하고 사랑을 고백한다. '하인'은 중간중간 등장하여 물건의 대여 시간이 지나면 '남자'에게서 물건을 난폭하게 빼앗아 간다.

여자: 왜들 그러시죠?

남자: (씩씩거리면서 웃고 있다.) 이번엔 넥타이가 내 목에서 떠나갔습니다.

여자: (이해하지 못하겠다는 듯이) 네에?

남자: 뭐, 놀랄 게 못 됩니다. 그저 시간이 지난 것뿐이니까요. 안심하십쇼. 만약 내 목이 떠나가고 넥타이만 남았다면…… (겸연쩍은 듯 바라보고 있는 여자의 관심을 돌리려고) 그건 그렇구요, 당신 어머니 퍽 재미난 분이시군요. 나는 깊은 관심을 갖게 됐어요. 당 <u>쑥스럽거나 미안하여 어색한</u> 신의 어머니에 대해서. 그 맹세를 시키셨다는 어머니, 어떤 분인지 더 듣고 싶습니다. <u>맞선을 본 남자가 가난하면 되돌아오고, 부자면 꼭 붙잡아야 한다는 맹세</u> 어떠신가요? 어머니 성품이 너그러우시다든가…… 왜 그렇게 쳐다만 보십니까?

여자: 넥타이를……. / **남자:** 그것엔 관심 없습니다.

여자: 왜 빼앗기셨죠? (옆에 와 부동자세로 서 있는 하인을 훔쳐보며) 그것도 난폭하게. <u>움직이지 아니하고 똑바로 서 있는 자세</u>

남자: 그렇지요. 난폭하게 주인을 덮치는 그런 하인에겐 난 전혀 관심 없어요. 오히려 당신 어머니의 성품이 너그러우신지…….

여자: 하지만요, 저는……. (입을 다물어 버린다.)

남자: 알았어요. 문제는 빼앗긴 물건인가 본데, 그야 되돌려받기 어렵지는 않습니다. (하인에게 큰 소리로) 여봐, 가져와! (묵묵부답인 하인. 까치발을 딛고 일어나서 그의 귀에 속삭인다.) 여봐! 그 가져간 것 오 분만 더 빌려주게.

하인: (대답이 없다.) / **남자:** 딱 ⓐ<u>오 분</u>만 더. 사정해도 안 되겠나, 응?

하인: (반응이 없다.) / **남자:** 좋아, 좋다구.

여자: 뭐래요, 하인이? / **남자:** 네. 나더러 잘해 보라고 그럽니다.

남자, 관객석을 투덕투덕 걸어 다니다가 넥타이를 맨 남성 관객 앞에 앉는다.

남자: 물론 그래요. (속상하다는 듯이) 저 인정사정도 없는 하인이 나더러 잘해 보라고 그런 말 한마디 하진 않았어요. 하지만 말입니다, 나도 그래요, 기 죽을 필요야 없는 겁니다. 그렇잖아요? 도대체 지가 뭐라고 겨우 심부름이나 하는 주제에……. 속 좀 상합니다만, 그야 뭐 그건 당신에게도 마찬가지니까 말해 보나 마나겠구……. 저어, 당신 ㉠넥타이 참 좋습니다. 정말 좋아요. 아름다운 색깔, 기막히게 멋진 무늬, 딱 ⓑ<u>오 분</u>만 빌립시다. 정확하게 오 분만. 더 이상은 어기지 않겠습니다. 빌려주시렵니까? (남성 관객으로부터 넥타이를 빌려 착용하며) 고맙습니다. 빌린 동안에는 소중히 다룰 겁니다. 사실 이건 내 것이 아니라 당신 것인데…… 혹시 모르긴 하지요, 당신도 누구에게서 빌려 온 건지는. 아무튼 잘 사용하고 돌려 드리겠어요. 자아, 그럼 당신은 시간을 재고, 난 이만.

전개: '남자'가 '하인'에게 넥타이를 빼앗기자 관객에게 다시 넥타이를 빌림

🔖 **한눈에** 정리하기

갈래 현대 희곡, 단막극, 실험극

성격 교훈적, 풍자적, 희극적

주제 소유의 본질과 진정한 사랑의 의미

구성

발단	가난한 사기꾼인 '남자'가 결혼을 하기 위해 여러 가지 물건을 빌리고 부자 행세를 하며 맞선을 봄
전개	'여자'는 부유해 보이는 '남자'에게 호감을 느끼지만 정해진 시간이 되자 '남자'는 '하인'에게 빌린 물건을 하나씩 빼앗김
위기	'남자'가 빈털터리인 것을 알게 된 '여자'는 '남자'의 청혼을 거절하고 작별을 선언함
절정	'남자'는 소유의 본질과 사랑의 의미를 이야기하며 '여자'에게 결혼해 달라며 다시 청혼함
하강·대단원	'여자'가 '남자'의 진심을 깨닫고 청혼을 받아들이며 결혼을 하러 감

📖 **교과서 활동** 깊이 보기

▶ **'남자'와 '여자'의 태도**

남자	사실 빈털터리이면서, ⬚1⬚ 을 하기 위해 여러 가지 물건을 빌려 부유한 척 '여자'를 속임
여자	맞선을 본 남자가 부자면 꼭 붙잡아야 한다는 어머니의 말에 순종하며, '남자'가 부자라고 생각하여 황홀해함

↓

물질적(외면적) 조건을 중요하게 생각함

▶ **관객의 역할과 효과**

관객의 역할
• 극중 인물(⬚2⬚)이 말을 걸거나 소품을 빌림 • 극중 인물의 증인이 됨 • 극적 리듬을 조절함

효과
• 관객의 참여와 몰입을 유도함 • 주제 의식(우리가 가진 것은 모두 잠시 빌린 것이라는 ⬚3⬚ 의 본질)을 효과적으로 전달함

01 윗글의 갈래에 대한 설명으로 적절하지 <u>않은</u> 것은?

① 무대 상연을 전제로 한 연극 대본이다.
② 배우의 대사와 행동을 통해 사건을 전개한다.
③ 시·공간적 배경이나 등장인물의 수에 제약이 있다.
④ 무대 장치나 효과에 관한 내용은 지시문을 통해 제시된다.
⑤ 등장인물의 내적 갈등은 주로 서술자의 해설을 통해 제시된다.

02 윗글의 인물에 대한 이해로 가장 적절한 것은?

① '하인'은 '남자'의 간곡한 부탁에도 빼앗아 간 물건을 돌려주지 않고 있다.
② '남자'는 '여자'의 어머니가 성품이 너그러운 것을 다행으로 여기고 있다.
③ 관객은 빈털터리인 '남자'를 무시하면서도 자신의 넥타이를 빌려주고 있다.
④ '여자'는 '남자'와 '하인'의 행동을 통해 '남자'가 사기꾼이라는 것을 눈치채고 있다.
⑤ '남자'는 '하인'과 넥타이를 주고받는 행위를 통해 친밀한 관계라는 것을 증명하고 있다.

03 ⓐ, ⓑ에 대한 설명으로 가장 적절한 것은?

① ⓐ는 '남자'가 '여자'를 설득할 수 있는 시간이다.
② ⓐ는 '남자'가 '하인'에게 넥타이를 빌린 시간이다.
③ ⓑ는 '남자'가 '관객'과 대화를 주고받는 시간이다.
④ ⓑ는 '남자'가 넥타이를 잠시 소유할 수 있는 시간이다.
⑤ ⓐ와 ⓑ는 모두 '남자'가 넥타이를 빌릴 수 있는 시간이다.

04 작가가 ㉠을 통해 전달하고자 하는 의미를 다음 〈조건〉에 따라 한 문장으로 쓰시오.

──── 조건 ────
'소유하는 모든 ~은/는 ~것에 지나지 않는다.'의 형식으로 서술할 것

05 〈보기〉를 바탕으로 윗글을 감상한 내용으로 적절하지 <u>않은</u> 것은?

──── 보기 ────
　이 작품은 응접실 또는 아담한 소극장(小劇場) 같은 곳, 그런 실내(室內)에서 공연하기 알맞도록 썼다.
　무대를 따로 만들 필요도 있지 않고 별다른 조명이나 효과의 도움을 받지 않아도 된다. 그러나 절대적으로 필요한 것은 그 장소에 모인 사람들이다. 이 연극의 등장인물은 그들로부터 잠시 넥타이 등을 빌려야 한다. 이 빌린 물건들을 단순히 소도구로 응용하기 위해서만이 아니다. 이 작품을 검토하면 알겠으나, 이 잠시 빌렸다가 되돌려준다는 것엔 소유의 본질과 관련한 깊은 의미가 있고 이 연극에 있어 이 행위는 중대한 역할을 차지하게 된다.

① 아담한 소극장에서 공연을 함으로써 관객을 작품 속으로 쉽게 끌어들일 수 있겠군.
② 특별한 무대 장치보다 '남자'에게 넥타이를 빌려줄 관객이 더욱 중요한 역할을 하겠군.
③ '하인'이 '남자'의 물건을 하나씩 가져가는 것은 소유에는 정해진 시간이 있음을 드러내기 위한 의도이겠군.
④ '남자'가 관객의 넥타이를 빌렸다가 되돌려주는 것은 소유의 의미를 적극적으로 전달하기 위한 의도이겠군.
⑤ 관객이 절대적으로 필요한 것은 관객이 '남자'가 '여자'를 속이고 있는 상황에서 벗어나도록 하는 역할을 하기 때문이겠군.

👉 **1등급 배경지식**

전체 줄거리

'남자'가 등장하여 한 사기꾼의 이야기가 쓰인 이야기책을 관객 앞에서 낭독한다. 이야기책 속의 사기꾼은 외로움에 지쳐 결혼하고 싶지만 빈털터리이다. 그는 부자로 보이도록 저택, 각종 물건, 건장한 하인을 빌리지만, 빌린 것들은 제각기 정해진 시간 동안에만 사용할 수 있다. '남자'는 이야기 속의 사기꾼이 되어 결혼할 여자를 만나기 위해 여러 가지 물건을 빌려 놓고 '여자'와 맞선을 본다. '남자'는 '여자'를 만나자마자 청혼을 하고, '여자'는 '남자'에게 호감을 갖는다. 정해진 시간이 되자 '하인'은 '남자'가 빌린 물건을 하나씩 빼앗아 가고, '남자'는 소유한 모든 것은 잠시 빌린 것임을 깨닫게 된다. 그 사이 '하인'은 '남자'의 저고리를 빼앗아 가고, '남자'는 물건을 주인에게 돌려주면서 진심을 담아 '여자'에게 다시 청혼한다. '남자'가 빈털터리 사기꾼임을 알게 된 '여자'가 떠나려 하자, '남자'는 '여자'를 진심으로 아끼고 사랑하겠다고 맹세한다. 이때 '하인'이 나타나 '남자'를 구둣발로 차서 쫓아내려 하고, 되돌아온 '여자'는 '남자'의 청혼을 받아들인다.

인물 관계도

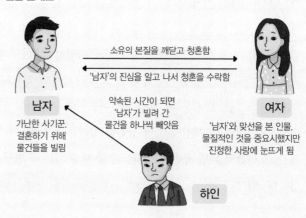

소유의 본질을 깨닫고 청혼함 →
← '남자'의 진심을 알고 나서 청혼을 수락함

남자
가난한 사기꾼.
결혼하기 위해
물건들을 빌림

약속된 시간이 되면
'남자'가 빌려 간
물건을 하나씩 빼앗음

여자
'남자'와 맞선을 본 인물.
물질적인 것을 중요시했지만
진정한 사랑에 눈뜨게 됨

하인

앞부분의 줄거리 '여자'는 어머니에게 가난한 남자와 결혼하지 않겠다는 맹세를 하고 '남자'와 맞선을 본다. '여자'는 '남자'에게 자기 별명인 '덤'에 대한 이야기를 해 주고, 어머니와 할머니의 사진을 보여 주기도 하며 시간을 보낸다. '남자'와 '여자'는 서로에게 사랑을 느끼며 행복해한다. 그러나 '여자'가 '남자'가 빈털터리 사기꾼임을 알면서 충격을 받고, '남자'는 진심을 다해 '여자'에게 청혼한다.

여자: ㉠맹세는요, 맹세는 어떻게 하죠? 어머니께 오른손을 든…….

남자: 글쎄 그건……. (탁상 위의 사진들을 쓸어 모아 여자에게 주면서) 이것을 보여 드립시다. **시간이 가고 남자에게 남는 건 사랑**이라면, 여자에게 남는 것은 무엇이겠습니까? 그건 ⓐ사진 석 장입니다. 젊을 때 한 장, 그다음에 한 장, 늙고 나서 한 장. 당신 어머니도 이해할 겁니다.

여자: 이해 못하실 걸요, 어머닌. (천천히 슬프고 낙담해서 사진들을 핸드백 속에 담는다.) 오늘 즐거웠어요. 정말이에요……. 그럼, 안녕히 계세요. /

여자, 작별 인사를 하고 문앞까지 걸어 나간다. /

> 위기: '남자'가 빈털터리인 것을 알게 되자 '남자'의 청혼을 거절하고 작별을 고하는 '여자'

남자: 잠깐만요, 덤…….

> 제 값어치 외에 거저로 조금 더 얹어 주는 일이나 물건

여자: (멈칫 선다. ㉡그러나 얼굴은 남자를 외면한다.)

남자: 가시는 겁니까, 나를 두고서? / 여자: (침묵)

남자: 덤으로 내 말을 조금 더 들어 봐요.

여자: (악의적인 느낌이 없이) 당신은 사기꾼이에요.

남자: 그래요, 난 사기꾼입니다. 이 세상 것을 잠시 빌렸었죠. 그리고 **시간이 되니까 하나둘씩 되돌려 줘야 했습니다.** 이제 난 본색이 드러나고 이렇게 빈털터리입니다. 그러나 덤, 여기 있는 사람들에게 물어봐요. 누구 하나 자신 있게 이건 내 것이다, 말할 수 있는가를. 아무도 없을 겁니다. 없다니까요. 모두들 덤으로 빌렸지요. **눈동자, 코, 입술, 그 어느 것 하나 자기 것이 아니고 잠시 빌려** 가진 거예요. (누구든 관객석의 사람을 붙들고 그가 가지고 있는 물건을 가리키며) 이게 당신 겁니까? **정해진 시간이 얼마**지요? 잘 아꼈다가 그 시간이 되면 꼭 돌려주십시오. 덤, 이젠 알겠어요?

여자, 얼굴을 외면한 채 걸어 나간다. / ㉢하인, 서서히 그 무서운 구둣발을 이끌고 남자에게 다가온다. 남자는 뒷걸음질을 친다. 그는 마지막으로 절규하듯이 여자에게 말한다. /

남자: 덤, 난 가진 것 하나 없습니다. 모두 빌렸던 겁니다. 그런데 덤, 당신은 어떻습니까? 당신이 가진 건 뭡니까? 무엇이 정말 당신 겁니까? ㉣(넥타이를 빌렸던 남성 관객에게) 내 말을 들어 보시오. 그럼 당신은 나를 이해할 거요. 내가 당신에게서 ⓑ넥타이를 빌렸을 때, 그때 내가 당신 물건을 어떻게 다뤘소? 마구 험하게 했었소? ㉤어딜 망가뜨렸소? 아니요, 그렇진 않았습니다. 오히려 빌렸던 것이니까 소중하게 아꼈다간 되돌려드렸지요. 덤, 당신은 내 말을 들었어요? 여기 증인이 있습니다. 이 증인 앞에서 약속하지만, 내가 이 세상에서 덤 당신을 빌리는 동안에, 아끼고, 사랑하고, 그랬다가 언젠가 **그 시간이 되면 공손하게 되돌려 줄 테요.** 덤! 내 인생에서 당신은 나의 소중한 덤입니다. 덤! 덤! 덤!

> 절정: 소유의 본질과 사랑의 의미를 이야기하며 진심으로 '여자'를 설득하는 '남자'

교과서 활동 깊이 보기

▶ **[앞부분]의 사건 전개**

'남자'와 '여자'가 맞선을 봄
• 남자: [1] 물건으로 부자인 척함
• 여자: '남자'가 부자라고 생각하여 호감을 느낌

↓

[2] 이 '남자'의 물건을 하나씩 회수함
• 남자: '여자'에게 사랑을 느끼고, '하인'에게 빌린 물건을 빼앗기면서도 행복해함
• 여자: '하인'의 난폭한 행동을 의아해하며, '남자'를 겸손한 부자라고 생각함

▶ **소유와 결혼에 대한 인식 변화**

남자	세상 모든 것은 영원히 소유할 수 없음 (소유의 본질) → 남에게 빌린 것은 소중하게 다룸 → [3] 도 세상으로부터 빌린 것임 → '여자'를 빌리는 동안 소중히 여기며 헌신적으로 사랑하겠다는 다짐을 함
여자	'남자'가 빈털터리임을 알았지만 '남자'의 진실된 사랑을 깨닫고 청혼을 수락함

↓

내면적 가치를 중요하게 생각함

▶ **'여자'의 별명('덤')에 얽힌 사연**

'여자'는 스스로를 아버지가 어머니에게 사랑을 주며 '덤'으로 준 것이라 생각함

↓

작가의 인식
세상의 모든 것은 잠시 빌린 것이기에, 우리가 인생에서 무엇인가를 갖는다면 그것은 '덤'일 뿐임

01 ㉠~㉤에 대한 설명으로 적절하지 <u>않은</u> 것은?

① ㉠: 대사를 통해 무대 위 다른 인물을 언급하며 심리적 갈등을 표현하고 있다.

② ㉡: 행동을 통해 남자를 떠나려고 결심하였음을 드러내고 있다.

③ ㉢: 인물 간의 거리를 좁히는 행동을 통해 극의 긴장감을 조성하고 있다.

④ ㉣: 명령형의 대사를 통해 관객을 극중 인물로 끌어들이고 있다.

⑤ ㉤: 자문자답 형식의 대사를 통해 '여자'에 대한 진심을 드러내고 있다.

02 '남자'의 대사를 통해 작가가 전달하고자 하는 바로 가장 적절한 것은?

① 소유에 대한 집착을 버려야만 진정한 사랑을 얻을 수 있다.

② 시간이 지나면 모든 것이 변하므로 현재의 삶에 충실해야 한다.

③ 진실한 사랑을 이루기 위해서는 경제적 능력이 뒷받침되어야 한다.

④ 물건을 소유하는 것과 사랑을 소유하는 것은 본질적으로 다른 가치를 지닌다.

⑤ 사랑하는 사람도 잠시 빌린 것이므로 사랑하는 동안 상대방을 아끼고 소중하게 여겨야 한다.

서술형✎

03 〈결혼〉의 주제를 고려하여, 윗글에 나타난 '소유에 대한 인식'을 〈조건〉에 맞게 쓰시오.

┌─────── 조건 ───────┐
1. '덤', '소유'를 문장에 모두 포함할 것
2. '우리가 인생에서 ~에 해당한다.'의 형식으로 서술할 것
└──────────────────┘

04 ⓐ, ⓑ에 대한 설명으로 가장 적절한 것은?

① ⓐ는 외적인 요소가 영원하지 않음을 드러낸다.

② ⓑ는 '남자'에 대한 '여자'의 사랑을 상징한다.

③ ⓐ는 물질적 가치를, ⓑ는 정신적 가치를 상징한다.

④ ⓐ는 '여자'의 아름다움을, ⓑ는 '남자'의 가난함을 부각하는 대상이다.

⑤ ⓐ와 ⓑ는 모두 관객에게 빌려서 사용하는 소도구이다.

수능형🖉

05 〈보기〉를 바탕으로 이 작품을 감상한 내용으로 적절하지 않은 것은?

┌─────── 보기 ───────┐
이 작품에서 '시간'은 작가의 의도를 드러내는 중요한 개념이다. 무대이자 저택은 '남자'가 주인에게 45분간 빌린 공간으로 '남자'는 이 시간이 지나면 저택에서 쫓겨나게 된다. '남자'가 빌린 물건들도 마찬가지이다. 이 과정에서 '남자'는 소유와 존재, 사랑과 결혼의 의미를 드러낸다.
└──────────────────┘

① '시간이 가고 남자에게 남는 건 사랑'이라는 것은, 시간이 흘러도 변함없이 '여자'를 사랑하겠다는 의미겠군.

② '시간이 되니까 하나둘씩 되돌려 줘야 했다'는 것에는, '남자'가 아무것도 소유한 것이 없는 빈털터리라는 의미가 담겨 있겠군.

③ '눈동자, 코, 입술, 그 어느 것 하나 자기 것이 아니고 잠시 빌려' 가졌다는 것은, 인간으로서 존재하는 삶도 빌린 것이라는 의미이겠군.

④ '정해진 시간이 얼마'인지 묻는 것에는, 인간이 소유한 것은 유한한 시간 속에서 존재한다는 의미가 담겨 있겠군.

⑤ '그 시간이 되면 공손하게 되돌려 줄 테요'라는 것은, 이별도 잠시 빌리는 것에 지나지 않으므로 이별을 거부하지 않고 받아들이겠다는 의미겠군.

👆 **1등급** **배경지식**

소유에 대한 인식을 보여 주는 '말을 빌린 이야기'

이곡의 〈차마설〉은 말을 빌려 탄 개인적 경험을 바탕으로 소유에 대한 성찰과 깨달음을 드러낸 고전 수필이에요. 글쓴이는 둔마를 빌려 탔을 때와 준마를 빌려 탔을 때, 말의 상태 차이에 따라 심리가 달라지는 것을 느껴요. 그리고 이 심리 변화가 자신이 소유하고 있는 것에 대해서는 더욱 극심할 것이라고 보고, 소유의 본질을 고민하지요. 그리고 세상의 부귀와 권세, 인간이 가진 것은 모두 남에게 빌린 것인데 모두 이것을 망각하고 마치 자신의 소유인 양 생각한다면서 소유에 대한 지나친 집착을 경계해야 함을 드러냅니다.

〈결혼〉에 나타나는 실험극으로서의 특성

〈결혼〉의 작중 인물인 '남자'는 소품들을 관객에게 빌리거나, 관객을 자신의 사랑을 맹세하는 증인으로 내세웁니다. 이는 무대와 객석의 경계를 허물고, 배우가 관객과 상호 작용하게 되는 효과를 불러오지요. 이를 통해 극중 인물과 관객의 거리는 좁혀지고, 관객은 극의 내용에 몰입하게 되며, 극의 주제에 보다 깊이 공감할 수 있게 돼요. 이 같은 실험극으로서의 특성은 특별한 무대 장치 없이 마당에서 공연되며 관객과 소통하는 한국 전통극의 성격과 유사하다고 볼 수 있어요.

>> 교과서 수록 미래엔

앞부분의 줄거리 동갑내기 사촌지간인 동주와 몽규는 1943년 일본에서 독립운동을 한 혐의로 체포된다. 일본의 특고 경찰은 동주에게 몽규와의 관계를 물으며 죄를 추궁하고, 동주는 형무소에 갇혀 과거를 회상한다. 회상 속에서 동주의 제안으로 두 사람은 서울에 있는 연희전문학교에 함께 진학한다. 두 사람은 뜻이 맞는 친구들과 함께 우리 민족의 문화와 정신을 담은 문예지를 만들고자 한다.

가 S# 33 옥인동 하숙집 (밤, 회상)
서울 종로구에 위치한 행정 구역
몽규: 관습과 이념을 타파하자고 하는 일이야. 시를 빼자 그래서? (한숨을 쉬며) 나는 이
부정적인 규정, 관습, 제도 등을 깨뜨려 버림
　 문예지를 하려는 이유와 목적이 있어. 시를 무시해서 하는 얘기가 아니야.

동주: 시도 자기 생각을 펼치기에 부족하지 않아. 사람 마음속에 살아 있는 진실을 드러내
　 야 문학은 온전하게 힘을 내는 거고, 그런 힘이 하나하나 모여야 세상이 변하는 거라고.

몽규: 그런 힘이 어떻게 모이는데? 세상을 변화시킬 용기가 없어서 문학으로 숨는 거밖
　 에 더 돼?

동주: 문학을 도구로밖에 보지 않는 사람들 눈에 그렇게 보이는 거지! 문학을 이용해서
　 예술을 팔아서 어떻게 세상을 변화시켰는데? 누가 그렇게 변화시킨 적이 있는데?

　　　　　　　　　　　　　　　　　　 전개: 문학에 대한 관점 차이로 갈등하는 동주와 몽규
같은 시각, 같은 장소에서 벌어지는 인물의 극적 관계나 극적 정황의 장면을 급격하게 번갈아 가며 보여 주는 기법
나 S# 97 취조실 (동주와 몽규 교차 편집)
피의자 등에게 죄나 잘못을 따져 묻거나 심문하는 방　　 글이나 글씨를 자기 손으로 직접 씀
어둠 속에서 다가오는 특고 형사. 속기사들이 수기를 한다. 책상에는 몽규가 앉아 있다. 서류
특별 고등 경찰. 일제가 정치 운동이나 사상운동을 단속하기 위해 둔 경찰
를 몽규 앞에 던지는 특고. 특고가 던진 서류 클로즈업(Close-Up).
영화나 텔레비전에서, 등장하는 배경이나 인물의 일부를
다 서류를 보는 몽규.
화면에 크게 나타내는 촬영 기법
특고: 명분이 아니라 사실이기 때문에 서명을 히리는 거다.
일을 꾀할 때 내세우는 구실이나 이유
몽규: 그래? 사실로 만들어 줄까? 얼마든지 해 주지.

특고: 죽음이 두렵지 않다면 당당하게 서류에 서명해라.

라 **몽규:** (이어서 읽으며) '비밀리에 조선어 문학과 서적을 유통시키며…….' 아, 내가 정
일제 강점기에 일본이 자기의 군대를 이르던 말
　 말 이렇게 못 해서 한스럽다. '징집령을 이용하여 황군 내 조선인 반군 조직을 결성하고
국가가 군대에 복무할 의무를 지닌 사람들을 현역에 복무하도록 소집하는 명령
　 활용할 군사적 계획을 지시했으며.' (　⊙　) 아, 이게 정말 이렇게 됐으면 얼마나
　 좋았겠냐. 내가 정말 그렇게 못 해서 너무 부끄러워서, 부끄러워서 서명을 한다. 부끄
　 러워서…….　/

특고가 말없이 바라본다. 항목마다 서명을 하는 몽규. 서명을 하는 몽규의 손 클로즈업.　/

특고: 몽규도 서명한 걸 너는 왜 못 해? 빨리 서명해!　/

서류를 드는 동주.　/

동주: 저는 서명하지 않겠습니다. 당신 말을 들으니 정말로 부끄러운 생각이 들어서 못
　 하겠습니다. 이런 세상에서 시를 쓰길 바라고 시인이 되길 원했던 게 너무 부끄럽고,
　 앞장서지 못하고 따라나서기만 한 게 또 너무 부끄럽고,　부끄럽고, 부끄러워서 서명을
　 못 하겠습니다.

자신 앞에 놓인 서류를 찢는 동주.　　　 절정: 특고가 준 서류에 서명을 하는 몽규와 서명을 하지 않는 동주

한눈에 정리하기

갈래 시나리오

성격 비극적, 서정적, 회상적

주제 일제 강점기, 암울한 시대 현실에 맞섰던 윤동주와 송몽규의 치열한 삶

구성

발단	어린 시절 함께 자란 동주와 몽규
전개	연희전문학교 진학 후, 시인의 꿈을 꾸던 동주와 조국 독립을 염원하던 몽규
위기	일본 유학을 떠난 동주와 몽규가 유학생들과 함께 독립운동 계획을 세움
절정	동주와 몽규가 일본 경찰에 체포당하여 취조를 당함
하강·대단원	동주와 몽규는 형무소에서 죽음을 맞고 해방 후 동주의 시집이 출간됨

교과서 활동 깊이 보기

▶ **S# 33에 나타난 동주와 몽규의 갈등**

표면적으로는 문예지에 　1　 를 실을지 말지를 놓고 갈등하지만, 이면적으로는 문학에 대한 관점이 달라 갈등하고 있다.

동주
• 시는 사람의 마음속 진실을 드러내고, 이 힘을 모으면 세상을 변화시킬 수 있음 • 문학을 특정 관습이나 이념을 위한 도구로 쓰는 것은 적절하지 않음

↑

몽규
• (시와 같은) 문학은 현실 도피의 수단임 • 문학을 관습과 이념을 타파하는 도구로 이용할 수 있음

▶ **S# 97에 나타난 동주와 몽규의 선택과 부끄러움의 이유**

	동주	몽규
선택	서류에 　2　 을 하지 않음	서류에 　2　 을 함
부끄러운 이유	부당한 현실 속에서 적극적으로 저항하지 못하고 시인을 꿈꾸었던 자신에 대한 부끄러움	서류에 적힌 내용대로 적극적인 저항 활동을 실천하지 못했던 것에 대한 부끄러움

▶ **S# 97에 나타난 표현 기법**

몽규와 동주를 　3　 함

특고가 준 서류에 서명하는 몽규와 서류를 찢는 동주를 교차 편집하여, 두 인물의 행동을 대비시키며 몽규와 동주가 부끄러움을 느낀 이유를 부각함

01 윗글의 갈래상 특징으로 적절하지 <u>않은</u> 것은?

① 장면에 따라 시·공간을 자유롭게 이동할 수 있다.
② 대사에 독백은 활용되지만 방백은 활용되지 않는다.
③ 작중 상황을 해설해 주는 내레이션이 나타나기도 한다.
④ 장면(scene) 단위로 구성되며 장면은 장면 번호로 구분된다.
⑤ 상영 시간을 고려하여 작품의 길이가 무한하게 늘어날 수 없다.

04 〈보기〉의 빈칸에 공통적으로 들어갈 말을 4음절로 쓰시오.

> 보기
>
> 몽규는 서류에 적힌 내용만큼 더 적극적으로 항거하지 못한 자신에 대한 (   )을/를 느끼고 있고, 동주는 부정적 현실 앞에서 소극적으로 행동한 자신에 대한 (   )을/를 느끼고 있다.

02 (가)에 대한 설명으로 적절하지 <u>않은</u> 것은?

① 문예지에 시를 수록할지 여부가 갈등의 난초가 되었다.
② 몽규는 문예지를 통해 관습과 이념을 타파하고자 한다.
③ 동주는 사람들의 마음속 진실이 문학의 힘을 만든다고 여긴다.
④ 동주는 문학을 이념 실현의 수단으로 삼으려는 태도를 비판한다.
⑤ 몽규는 세상을 변화시키기 위해 문예지에 시를 수록해야 한다고 주장한다.

수능형
05 〈보기〉를 바탕으로 (나)~(라)를 읽고 보인 반응으로 가장 적절한 것은?

> 보기
>
> 클로즈업(close-up) 기법은 인물이나 사물의 일부를 확대하여 보여 주는 촬영 기법으로, 인물의 내면이나 소재가 지닌 의미를 강조하는 효과를 가지고 있다. 또한 교차 편집은 서로 다른 장소에서 동시에 벌어지는 일을 교대로 보여 주는 편집 기법이다. 이 기법은 두 상황을 교차함으로써 두 사건의 차이를 부각하고, 갈등으로 인한 긴장감을 조성하며 관객의 몰입과 흥미를 유발한다.

① 특고가 던진 서류를 클로즈업함으로써 서류 내용이 진실임을 부각하고 있군.
② 동주와 몽규의 독백을 교차 편집함으로써 관객이 두 인물의 내면에 몰입하게 만들고 있군.
③ 서명하는 몽규의 손을 클로즈업함으로써 억압적 현실에 굴복한 인물의 내면을 강조하고 있군.
④ 동주와 몽규가 취조당하는 장면을 교차 편집함으로써 동주와 몽규 간의 갈등을 첨예하게 보여 주고 있군.
⑤ 강압적 요구를 받고 있는 두 인물을 교차 편집함으로써 사건에 대응하는 두 인물의 차이를 강조하고 있군.

03 ㉠에 들어갈 지시문으로 가장 적절한 것은?

① 어리둥절해하며
② 무표정한 얼굴로
③ 눈물을 글썽이며
④ 억울한 표정으로
⑤ 즐겁게 웃음을 지으며

1등급 배경지식

전체 줄거리

윤동주와 송몽규는 사촌지간으로 만주의 용정에서 같이 나고 자랐다. 동주는 시인을 꿈꾸었지만, 몽규는 이념과 정치에 관심을 갖고 억압된 식민지 조국의 현실을 극복하고자 한다. 동주는 독립운동을 위해 용정을 떠났다가 다시 돌아온 몽규에게 함께 연희전문학교에 진학하자고 제안한다. 두 사람은 함께 서울에서 학교를 다니면서 뜻있는 친구들을 모아 문예지를 만든다. 시인이 되고자 하는 동주는 절망적인 현실 앞에 고뇌하고, 함께 문예지를 만드는 여진에게 사랑을 느끼기도 하지만, 시인 정지용의 권유로 일본 유학을 계획한다. 동주는 몽규를 설득해 두 사람은 일본 유학길에 오른다. 그러나 일본 유학 생활 중, 동주와 몽규는 독립운동을 한 혐의로 체포되어 재판에서 유죄를 받고, 형무소에 갇혀 지내며 생체 실험까지 당하게 된다. 해방이 되기 전 결국 동주와 몽규는 형무소 안에서 생을 마감한다.

인물 관계도

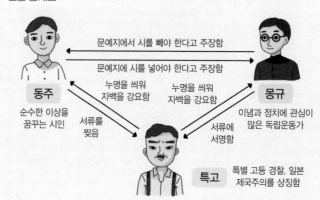

03 이와 개에 관한 명상 이규보

» 교과서 수록 지학, 천재(김수)

한 손님이 나에게 이런 말을 했다.

"엊저녁에 어떤 남자가 큰 몽둥이로 떠돌이 개를 쳐 죽이는 걸 봤는데, 너무도 불쌍하고 마음이 아프더군요. 그래서 앞으로 개고기나 돼지고기를 먹지 않기로 마음먹었습니다."

나는 이렇게 대꾸했다.

"어제 어떤 사람이 불이 이글이글한 화로 곁에 앉아서 이를 잡는 족족 태워 죽이는 걸 봤는데, 마음이 아파 다시는 이를 잡지 말아야겠다고 다짐했지요."

손님은 놀라며 이렇게 말했다.

"이는 하찮은 벌레 아닙니까. 나는 덩치가 있는 큰 짐승이 죽는 걸 보고 불쌍해서 그렇게 말한 것인데 당신은 이런 식으로 대꾸하다니, 나를 놀리는 게 아니오."

이 말을 듣고 나는 다음과 같이 말하였다.

"무릇 생명이 있는 것이라면, 사람으로부터 소나 말, 돼지와 염소, 개미 같은 곤충에 이르기까지, 삶을 사랑하고 죽음을 싫어하는 마음은 같은 법이라오. 어찌 꼭 큰 생물만이 죽음을 싫어하고 작은 생물은 그렇지 않다 하겠소? 그렇다면 개와 이의 죽음은 동일한 것이지요. 그래서 당신의 말에 대해 그렇게 대꾸한 것이지, 어떻게 일부러 당신을 놀리려고 한 말이겠소?

내 말을 믿지 못하겠거든 당신의 열 손가락을 한번 깨물어 보시구려. 어디 엄지손가락만 아프고 나머지는 아프지 않습디까? 한 몸에 있는 것이라면 크고 작은 마디 하나하나에 모두 생명이 깃들어 있기 때문에 똑같이 아픈 것이지요. 하물며 하늘로부터 제각각 숨과 기(氣)를 부여받은 존재로서, 어느 것은 죽음을 싫어하고 어느 것은 죽음을 좋아할 리가 있겠소?

그대는 물러가서 마음을 고요히 하고 가만히 생각해 보시오. 달팽이 뿔을 쇠뿔같이 보고, 메추라기*와 붕(鵬)새*를 평등하게 보게 된 연후에라야 나는 그대와 함께 도(道)에 대해 말할 수 있을 것이오."

---

*메추라기: 꿩과의 겨울 철새. 몸의 길이는 18cm 정도이며 누런 갈색과 검은색의 가는 세로무늬가 있다. 목 부분이 수컷은 붉은 밤색이고 암컷은 갈색을 띤 누런 흰색이다. 몸은 병아리와 비슷하나 꽁지가 짧다.
*붕새: 하루에 구만 리(里)를 날아간다는, 매우 큰 상상(想像)의 새.

한눈에 정리하기

갈래 고전 수필, 설(設)

성격 교훈적, 비유적, 관념적

주제 ① 모든 생명은 동등하게 소중함
② 선입견이나 편견에서 벗어나 사물의 본질을 파악해야 함

구성

기	손님이 개의 죽음을 안타깝게 생각함
승	'나'가 이의 죽음을 안타깝게 생각함
전	손님이 개의 죽음과 이의 죽음이 다르다며 '나'의 말을 반박함
결	'나'가 손님에게 개와 이의 죽음이 다르지 않음을 설명함

교과서 활동 깊이 보기

▶ 손님과 '나'의 대화를 통한 내용 전개

손님의 말	개의 죽음을 보고 안타까워함

↓

'나'의 대꾸	[1]을 보고 안타까워함

↓

손님의 반응	개의 죽음에 대해 이의 죽음으로 대꾸하는 것은 자신을 놀리는 것이라고 생각함

↓

'나'의 설명	개와 이의 죽음은 다르지 않음

▶ 생명에 가치에 관한 손님과 '나'의 생각

손님		'나'
외형의 크기에 따라 생명의 가치를 판단함	↔	외형의 크기와 상관없이 모든 생명의 가치는 동일함

주제(교훈)
선입견이나 [2]에서 벗어나 사물의 본질을 올바르게 파악해야 함

▶ 소재의 의미 및 역할

큰 것	개, 엄지손가락, 쇠뿔, 붕새
작은 것	이, [3], 달팽이 뿔, 메추라기

↓

다양한 소재를 통해 모든 생명체는 본질적으로 동일하다는 것을 강조함

▶ '교술'의 갈래적 특성

교술	글쓴이가 체험이나 관찰 등으로 외부 대상이나 세계에 대해 얻은 깨달음, 교훈을 전달하는 문학 양식 → 수필, 설(設), 기행문 등
구성 요소	글쓴이의 경험, 깨달음, 인생관, 가치관, 개성 등
특징	• 형식과 표현이 자유로움 • 주제가 다양함

01 윗글의 갈래에 대한 설명으로 적절하지 <u>않은</u> 것은?

① 작품 속 '나'는 글쓴이 자신을 가리킨다.
② 다른 갈래에 비해 형식과 표현이 자유롭다.
③ 실제 체험을 바탕으로 주관적 감상이나 성찰한 바를 나타낸다.
④ 전문적인 작가가 아닌 사람들은 쓰기 어려운 개성적인 글이다.
⑤ 깨달음이나 교훈을 전달하려는 목적으로 창작되어 글쓴이의 가치관이 잘 드러난다.

02 윗글에 쓰인 서술 방식으로 적절하지 <u>않은</u> 것은?

① 인물 간의 대화를 통해 글을 전개하고 있다.
② 우화를 통해 주제를 간접적으로 제시하고 있다.
③ 질문의 방식을 통해 상대의 주장을 반박하고 있다.
④ 예시와 비유를 통해 자신의 주장을 뒷받침하고 있다.
⑤ 일상적 소재를 활용하여 교훈적 의미를 전달하고 있다.

03 윗글의 내용에 대한 이해로 적절하지 <u>않은</u> 것은?

① 손님은 개와 이의 죽음은 본질적으로 다르다고 생각한다.
② 손님은 '나'의 말을 듣고 깨달음을 얻어 부끄러움을 느낀다.
③ '나'는 손님이 편협한 시각으로 세상을 바라보고 있다고 여긴다.
④ '나'는 생명이 있는 것이라면 모두 죽기를 싫어한다고 생각한다.
⑤ '나'는 생명의 가치를 대상의 외양 차이로 판단해서는 안 된다고 주장한다.

04 윗글에 나타난 '나'와 손님의 인식 차이를 〈조건〉에 따라 한 문장으로 서술하시오.

---조건---
1. 개와 이를 바라보는 '나'와 손님의 관점 차이에 주목할 것
2. '나', '손님', '생명', '가치'라는 단어를 포함할 것
3. 이어진문장으로 서술할 것

05 〈보기〉를 바탕으로 윗글을 감상한 내용으로 적절하지 <u>않은</u> 것은?

---보기---
'설(說)'은 구체적인 사물이나 사건을 소재로 그 이치를 밝히고 자신의 의견을 서술하는 한문 문체이다. 〈이와 개에 관한 명상〉은 '편견과 통찰'에 대한 글쓴이의 견해를 드러내는 작품으로, 대상의 본질을 꿰뚫는 통찰력은 편견에서 벗어나야 가능하다는 가르침을 주고 있다.

① 손님이 떠돌이 개의 죽음을 보고 불쌍한 마음이 든 것은 구체적인 사건에 해당하겠군.
② '나'가 이의 죽음을 보고 마음이 아팠다고 말한 것은 손님의 편견을 깨우쳐 주기 위한 의도이겠군.
③ 손님이 앞으로 이를 잡지 않기로 했다는 '나'의 말에 놀란 것은 자기의 편견을 조롱당했다고 느꼈기 때문이겠군.
④ '나'가 생명을 가진 것의 죽음을 모두 불쌍하게 여기는 것은 편견을 버리고 사물의 본질을 꿰뚫어 본 데서 나온 생각이겠군.
⑤ '나'가 손님에게 달팽이 뿔을 쇠뿔같이 보라고 한 것은 편견에서 벗어나 본질에 대해 통찰해 볼 것을 권유하는 말이겠군.

1등급 배경지식 이규보의 대표적 작품 - 〈슬견설〉과 〈이옥설〉

이규보는 〈이와 개에 관한 명상〉 외에도 〈이옥설〉이라는 한문 수필을 지은 작가예요. 참 〈이와 개에 관한 명상〉은 '개[犬 개 견]'와 '이[虱 이 슬]'에 관한 이야기라는 뜻에서 '슬견설'이라고도 불린답니다.
〈이옥설〉은 퇴락한 행랑채를 수리한 경험에서 얻은 깨달음을 전하고 있어요. 행랑채 세 칸 중 두 칸은 장마에 비가 샌 지가 오래되었으나 이럴까 저럴까 망설이다가 손을 대지 못했고, 나머지 한 칸은 비를 한 번 맞은 후 서둘러 기와를 갈았는데요. 시간이 흘러 수리하려고 보니 비가 샌 지 오래된 두 칸은 서까래, 추녀, 기둥, 들보가 모두 썩어서 수리비가 엄청나게 들었고요,

한 번밖에 비를 맞지 않았던 한 칸의 재목들은 완전하여 다시 쓸 수 있었던 까닭으로 비용이 많이 들지 않았다고 해요.
작가는 이 경험을 사람에게로 확장합니다. 사람도 자신의 잘못을 알고도 고치지 않는다면 점점 더 나빠질 것이고, 반대로 빨리 고친다면 다시 착한 사람이 될 수 있다고요.
또한 나라의 정치도 이와 같아서 백성을 좀먹는 무리를 내버려두었다가는 백성들이 도탄에 빠지고 나라가 위태로워질 것이니 늦기 전에 잘못을 바로잡아 정치를 바르게 해야 한다고 했어요.

풀 비린내에 대하여 나희덕

>> **교과서 수록** 미래엔, 지학

광주 비엔날레에서 태국의 작가 수라시 꾸솔웡의 〈감성적 기계〉라는 작품을 본 적이 있
<u>2년마다 열리는 대규모의 국제 미술 전람회</u>
다. 이 작품은 1965년형 폴크스바겐의 엔진과 핸들, 타이어, 섀시 등을 완전히 제거하고
<u>자동차 따위의 차대(차체를 받치며 바퀴에 연결되어 있는 철로 만든 테)</u>
차체를 뒤집어 그네 침대로 설치한 것이다. 그네 옆에는 타이어를 비롯한 부속을 재활용해
만든 의자들이 놓여 있었다. 차체로 만들어진 그네 침대 속에서 아이들이 텔레비전을 보고
있는 동안 나는 타이어를 쌓아 만든 의자에 걸터앉아 그 〈감성적 기계〉를 바라보았다. 흔
히 ㉠'달리는 무기'라고 불리는 자동차가 완전히 해체됨으로써 새로운 용도로 거듭난 모습
은 예술 고유의 전복성을 보여 줄 뿐 아니라 자동차에 대한 생각을 곱씹어 보게 했다.
<u>뒤집어엎는 성질</u>

(중략)

스웨덴의 생태주의자인 에민 텡스룀은 자동차라는 물건이 '자기 자신의 영토 안에 머물
고자 하는 의지와 이 영토 밖으로 움직일 필요성'을 동시에 충족해 준다고 말한 바 있다.
현대인들이 자동차라는 ㉡'아늑한 자궁'으로부터 잠시도 떨어지고 싶어 하지 않는 것도
바로 이 모순된 욕망을 자동차라는 공간이 해결해 주기 때문일 것이다. 앞에서 말한 〈감
성적 기계〉처럼 굳이 자동차를 해체하지 않아도 자동차는 이미 충분히 '감성적 기계' 노
릇을 하고 있는 셈이다.

하지만 얼마 안 가서 자동차에 대한 낯설고 당혹스러운 경험을 하게 되었다. 갑자기 서
울에 갈 일이 생겼는데 주말이라 차표를 구할 수 없었다. 몇 번을 망설이다가 나는 초보
주제에 식구들을 태우고 서울로 가는 고속 도로로 접어들었다. 무사히 서울에 도착해서
일을 보고 다음 날 밤에 광주로 돌아올 수는 있었다. 그런데 밤에 고속 도로를 달리다 보
니 차창에 무언가 타닥타닥 부딪치는 소리가 났다. 처음엔 그저 속도 때문에 모래 알갱이
같은 게 튀는 소리려니 했다. / 다음 날 아침 출근을 하려는데 유리창은 물론이고 앞 범퍼
에 푸르죽죽한 것들이 잔뜩 엉겨 있었다. 그것은 흙먼지가 아니라 수많은 풀벌레들이 달
리는 차체에 부딪혀 죽은 잔해였다. 마치 거대한 모터 주위에 두텁게 쌓여 있는 ㉢먼지
뭉치처럼 말이다. 그것을 닦아 내려다 나는 지난밤 엄청난 범죄라도 저지른 사람처럼 손
발이 후들후들 떨려 도망치듯 세차장으로 갔다. 그러나 세차 기계의 물살에도 엉겨붙은
풀벌레들의 흔적은 완전히 지워지지 않았다. 그 후로 운전대를 잡을 때마다 풀 비린내는
몸서리치는 기억으로 남았고, 나는 손을 씻고 또 씻었다. / 시속 100킬로미터 정도의 속
력에 그렇게 많은 풀벌레가 짓이겨졌다는 것도 믿기 어려웠지만, 이런 살상의 경험을 모
든 운전자들이 겪었으리라는 사실이야말로 나에게는 예상치 못한 충격이었다. 인간에게
는 편리하고 ㉣안락한 공간이 다른 생명을 해칠 수도 있다는 자각이 그제야 찾아왔다.

옛날 티베트의 승려들은 입을 열어 말을 할 때마다 공기 중의 미생물을 죽이게 될까 봐
얼굴에 일곱 겹의 천을 두르고 다녔다고 한다. 그렇게 생명을 아끼는 태도에 비하면 자동
차를 몰고 다니는 것 자체가 엄청난 살생 행위라고도 볼 수 있다. 그렇다고 하루아침에
차를 없앨 수도 없는 형편이어서 나는 자동차에 대한 태도를 정리할 필요를 느꼈다. 결국
차를 유지하되 사용을 최소화하고 의존도를 낮추는 선에서 타협할 수밖에 없었다. 그리
고 그 ㉤'감성적 기계'의 편안함에 길들여지려는 순간마다 그것이 풀 비린내뿐만 아니라
피비린내를 불러올 수도 있다는 자각을 잊지 않으려고 한다.

▶ 한눈에 정리하기

갈래 경수필

성격 일상적, 성찰적, 생태적

주제 ① 자동차 사용에 대한 바람직한 태도
② 문명의 이기 및 생태 문제에 대한 성찰

구성

처음	〈감성적 기계〉 관람을 계기로 자동차에 대해 생각함
중간	수많은 풀벌레를 죽게 한 충격적 경험을 통한 깨달음
끝	자동차와 관련한 글쓴이의 태도 정리

▷ 교과서 활동 깊이 보기

▶ **자동차의 성격**

달리는 무기	사고 위험성을 지닌 이동 수단
감성적 기계	자기 영토 안에 머물고자 하는 의지와 그 영토 밖으로 움직일 필요성이라는 현대인의 □1□ 을 동시에 충족해 줌

▶ **글의 흐름 및 글쓴이의 태도 변화**

〈감성적 기계〉 관람
'달리는 무기'라고 불리는 자동차가 완전히 해체되어 안락한 공간으로 바뀐 것을 보고 자동차에 대한 생각을 곱씹어 봄

↓

풀 비린내 사건 경험 이전(중략 부분)
• 처음 운전을 했을 때: 편리와 불안을 예민하게 느낌, 필요할 때만 차를 운전함
• 운전에 익숙해졌을 때: 무작정 차를 몰고 다니는 습관이 생김, 밀폐된 공간에 익숙해짐

↓

풀 비린내 사건 경험
수많은 생명을 죽였다는 것 + 모든 운전자들이 이런 □2□ 을 겪었을 것이라는 사실에 충격을 받음

↓

깨달음
인간에게는 편리하고 안락한 도구가 다른 □3□ 을 해칠 수도 있음을 자각함

↓

자동차에 대한 태도 정리
• 자동차 사용을 최소화하고 의존도를 낮춤
• 자동차가 더 많은 생명을 죽일 수 있는 무기라는 자각을 잊지 않으려고 함

▶ **'풀 비린내'의 의미**

풀 비린내
• 풀벌레들의 죽은 잔해에서 느낀 냄새
• 문명의 이기에 의해 파괴된 자연
• 살생을 저질렀다는 글쓴이의 죄의식

01 윗글의 서술 방식으로 가장 적절한 것은?

① 신변잡기적인 내용을 익살스럽게 그려 내고 있다.

② 자신의 체험을 통해 얻은 깨달음을 담담하게 전하고 있다.

③ 대상이 지닌 실용적 가치를 세밀하게 분류하여 제시하고 있다.

④ 사회적 쟁점에 대한 자신의 생각을 논리적으로 서술하고 있다.

⑤ 다양한 해석이 가능한 사건을 객관적인 시선으로 분석하고 있다.

02 감성적 기계에 대한 이해로 적절하지 않은 것은?

① 실제 자동차를 뒤집어 놓은 것은 자동차에 대한 통념을 뒤집으려는 의도를 보여 준다.

② 자동차를 해체하여 부품을 제거한 것은 자동차를 새로운 용도로 만들기 위한 것이다.

③ 글쓴이가 자동차라는 대상에 대해 깊이 있는 사색을 하게 되는 계기를 마련해 준다.

④ 작품을 감상하는 사람이 작품 안에 직접 들어가 안락함을 느낄 수 있도록 만들어졌다.

⑤ 에민 텡스룀이 말한 자동차에 대한 현대인들의 모순된 욕망을 시각적으로 보여 주기 위한 작품이다.

03 윗글에 대한 설명으로 적절하지 않은 것은?

① 글쓴이는 자동차의 안락함에 익숙해져 있었다.

② 글쓴이는 풀벌레를 죽였다는 죄책감에 오랫동안 시달렸다.

③ 글쓴이는 고속 도로를 운전하는 동안은 살생을 하고 있다는 인식이 없었다.

④ 글쓴이는 인간에게 유용한 도구가 다른 생명을 해칠 수도 있음을 깨달았다.

⑤ 글쓴이는 풀 비린내 사건을 경험한 이후 자동차를 남에게 넘기기로 결심했다.

04 ㉠~㉤ 중 의미하는 바가 다른 하나는?

① ㉠　　② ㉡　　③ ㉢　　④ ㉣　　⑤ ㉤

05 윗글에서 〈보기〉의 빈칸에 공통적으로 들어갈 알맞은 말을 찾아 2어절로 쓰시오.

〈보기〉

(　　　)은/는 글쓴이가 의도치 않게 죽인 풀벌레들을 감각적 이미지로 표현한 것으로, '피비린내'와 함께 인간의 문명의 이기로 인한 자연 파괴 및 살생을 의미한다. 나아가 (　　　)은/는 연약하고 죄 없는 생명들을 죽음에 이르게 했다는 글쓴이의 죄책감을 드러낸다.

수능형

06 윗글의 글쓴이가 〈보기〉의 화자에게 할 수 있는 말로 가장 적절한 것은?

〈보기〉

늦가을 배추 포기 묶어 주며 보니
그래도 튼실하게 자라 속이 꽤 찼다.
— 혹시 배추벌레 한 마리
이 속에 갇혀 나오지 못하면 어떡하지?
꼭 동여매지도 못하는 사람 마음이나
배추벌레에게 반 넘어 먹히고도
속은 점점 순결한 잎으로 차오르는
배추의 마음이 뭐가 다를까.
배추 풀물이 사람 소매에도 들었나 보다.

– 나희덕, 〈배추의 마음〉

① 제가 풀벌레의 죽음에서 깨닫게 된 것을 당신은 기꺼이 자기 몸을 내어 주는 배추의 희생에서 발견하셨군요.

② 제가 이제 자동차를 탈 때 가지게 된 마음과 당신이 배추를 꼭 동여매지 못하는 마음은 서로 다르지 않군요.

③ 제가 운전대를 잡을 때마다 손을 여러 번 씻는 마음과 배추벌레에게 반 넘어 먹히고도 순결한 잎으로 속을 영그는 배추의 마음이 서로 다르지 않군요.

④ 소중한 생명이 문명의 이기에 의해 파괴되었다는 본질을 파악하지 못하고, 당신은 소매에 배추 풀물이 든 외적인 상태 변화에만 신경 쓰는군요.

⑤ 눈에 보이지 않는 생명들까지도 소중하게 생각하는 옛날 티베트 승려들과는 달리, 당신은 배추의 성장을 위해 배추벌레를 희생시키고자 하는군요.

👆 **1등급 배경지식** 수라시 꾸솔웡의 〈감성적 기계〉

2002년 광주 비엔날레에 전시되었던 〈감성적 기계〉는 태국의 설치 미술가인 수라시 꾸솔웡(Surasi Kusolwong)의 작품이에요. 이 작품은 흔히 딱정벌레라고 불리는 폴크스바겐의 차체를 거꾸로 뒤집어 그네 침대로 기능할 수 있게 만든 것이었죠. 그리고 각종 휴식 장치들을 마련하여 관람객들이 이곳에서 텔레비전을 보고 인터넷을 하는 등 편안한 시간을 보낼 수 있도록 했어요. 신속한 이동의 수단인 자동차를 아늑한 휴식의 장소로 만들어 버린 것이지요. 당시 전시 주제는 '-멈-춤-, -P-A-U-S-E-, -止-'였는데요, 물건과 사람의 시간을 획기적으로 전복한 예술적 상상력이 잘 구현된 작품이라는 평가를 받기도 했어요.

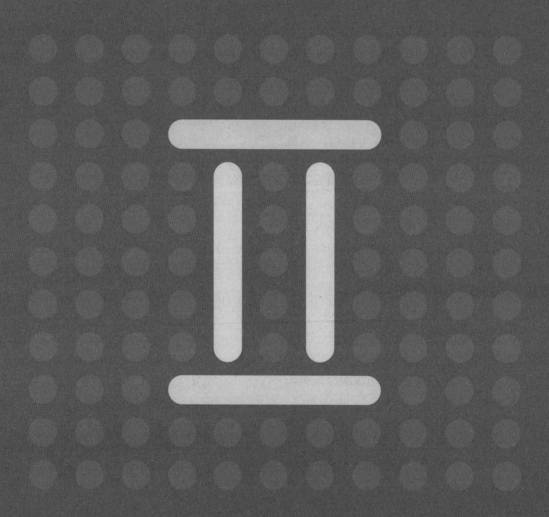

문법

01 음운과 음운 체계

1. 음운: 말의 뜻을 구별하여 주는 소리의 가장 작은 단위. 자음, 모음, 소리의 길이 등

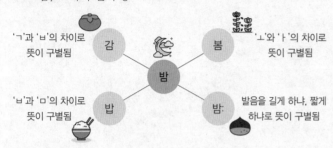

'ㄱ'과 'ㅂ'의 차이로 뜻이 구별됨 — 감

봄 — 'ㅗ'와 'ㅏ'의 차이로 뜻이 구별됨

밤

'ㅂ'과 'ㅁ'의 차이로 뜻이 구별됨 — 밥

밤ː — 발음을 길게 하냐, 짧게 하냐로 뜻이 구별됨

※ 최소 대립쌍: 위의 '밥–밤'과 같이 하나의 음운에 의해서만 뜻이 구별되는 단어들의 쌍을 가리킴

2. 음운 체계

(1) 자음: 공기의 흐름이 발음 기관의 장애를 받고 나오는 소리

조음 방법		입술소리 (양순음)	잇몸소리 (치조음)	센입천장소리 (경구개음)	여린입천장소리 (연구개음)	목청소리 (후음)
	조음 위치					
파열음	예사소리	ㅂ	ㄷ		ㄱ	
	된소리	ㅃ	ㄸ		ㄲ	
	거센소리	ㅍ	ㅌ		ㅋ	
마찰음	예사소리		ㅅ			ㅎ
	된소리		ㅆ			
파찰음	예사소리			ㅈ		
	된소리			ㅉ		
	거센소리			ㅊ		
비음		ㅁ	ㄴ		ㅇ	
유음			ㄹ			

국어의 자음 체계

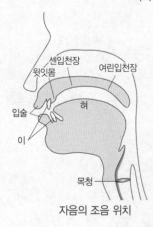

센입천장
윗잇몸
여린입천장
혀
입술
이
목청

자음의 조음 위치

• 입술소리: 두 입술 사이에서 나는 소리
• 잇몸소리: 혀끝이 윗잇몸에 닿거나 접근해서 나는 소리
• 센입천장소리: 혓바닥과 센입천장 사이에서 나는 소리
• 여린입천장 소리: 혀 뒷부분과 여린입천장 사이에서 나는 소리
• 목청소리: 목청 사이에서 나는 소리

(2) 모음: 공기의 흐름이 발음 기관의 장애를 받지 않고 나오는 소리. 발음하는 도중 입술 모양이나 혀의 위치가 변하지 않는 단모음과 입술 모양이나 혀의 위치가 달라지는 이중 모음이 있음

혀의 높낮이	혀의 앞뒤 위치 입술 모양	전설 모음		후설 모음	
		평순 모음	원순 모음	평순 모음	원순 모음
고모음		ㅣ	ㅟ	ㅡ	ㅜ
중모음		ㅔ	ㅚ	ㅓ	ㅗ
저모음		ㅐ		ㅏ	

국어의 단모음 체계

※ 이중 모음은 반모음과 단모음이 결합하여 이루어진 모음으로, 'ㅑ, ㅒ, ㅕ, ㅖ, ㅘ, ㅙ, ㅛ, ㅝ, ㅞ, ㅠ, ㅢ' 등이 있음. 반모음은 모음처럼 발음하지만 음절을 이루지 못하는 아주 짧은 모음으로, 자음처럼 홀로 쓰일 수 없어 항상 모음과 결합하여 쓰임

02 음운 변동

'음운 변동'이란 어떤 음운이 그것이 놓이는 환경에 따라 다른 음운으로 바뀌어 소리 나는 현상을 뜻함.

교체	한 음운이 다른 음운으로 바뀌는 현상
	음절의 끝소리 규칙, 비음화, 유음화, 구개음화, 된소리되기, 반모음화
탈락	원래 있던 음운이 없어지는 현상
	자음군 단순화, 'ㅡ' 탈락, 'ㅏ, ㅓ' 탈락, 'ㄹ' 탈락, 'ㅎ' 탈락
축약	두 개의 음운이 하나로 합쳐지는 현상
	거센소리되기
첨가	새로운 음운이 추가되는 현상
	'ㄴ' 첨가, 반모음 첨가

■ 교체

1. 음절의 끝소리 규칙

음절의 끝에서 발음되는 자음이 'ㄱ, ㄴ, ㄷ, ㄹ, ㅁ, ㅂ, ㅇ'의 7개로 제한되는 현상. 이 7개 외 다른 자음이 음절 끝에 올 경우에는 이 7개 자음 중 하나로 바뀌어 발음됨

부엌[부억]	낫[낟]	무릎[무릅]
음절 끝의 'ㅋ, ㄲ'은 [ㄱ]으로 발음됨	음절 끝의 'ㅅ, ㅆ, ㅈ, ㅊ, ㅌ, ㅎ'은 [ㄷ]으로 발음됨	음절 끝의 'ㅍ'은 [ㅂ]으로 발음됨

※ 받침 뒤에 모음으로 시작되는 형식 형태소가 올 경우 받침이 뒤 음절의 초성으로 이어져 그대로 소리 남. 이러한 연음은 음운 변동이 아님 ⓔ 꽃이[꼬치]

2. 비음화

(1) 파열음 'ㄱ, ㄷ, ㅂ'이 비음 'ㄴ, ㅁ' 앞에서 각각 비음 [ㅇ, ㄴ, ㅁ]으로 바뀌어 발음되는 현상

국물[궁물]	얻는[언ː는]	밥물[밤물]
파열음 'ㄱ'이 비음 'ㅁ' 앞에서 비음 [ㅇ]으로 바뀌어 발음됨	파열음 'ㄷ'이 비음 'ㄴ' 앞에서 비음 [ㄴ]으로 바뀌어 발음됨	파열음 'ㅂ'이 비음 'ㅁ' 앞에서 비음 [ㅁ]으로 바뀌어 발음됨

(2) 유음 'ㄹ'이 'ㄹ'을 제외한 자음 뒤에서 비음 [ㄴ]으로 바뀌어 발음되는 현상('ㄹ'의 비음화)

종로[종노]	침략[침ː냑]	독립[동닙]
유음 'ㄹ'이 'ㅇ' 뒤에서 비음 [ㄴ]으로 바뀌어 발음됨	유음 'ㄹ'이 'ㅁ' 뒤에서 비음 [ㄴ]으로 바뀌어 발음됨	유음 'ㄹ'이 'ㄱ' 뒤에서 비음 [ㄴ]으로 바뀌어 발음됨

3. 유음화

비음 'ㄴ'이 유음 'ㄹ'의 앞이나 뒤에서 유음 [ㄹ]로 바뀌어 발음되는 현상

칼날[칼랄]	난로[날ː로]
비음 'ㄴ'이 유음 'ㄹ' 뒤에서 유음 [ㄹ]로 바뀌어 발음됨	비음 'ㄴ'이 유음 'ㄹ' 앞에서 유음 [ㄹ]로 바뀌어 발음됨

※ '생산량[생산냥]'과 같이 유음화가 일어나지 않고, 'ㄹ'의 비음화가 일어나는 예외 사례도 존재함

4. 구개음화

끝소리가 'ㄷ, ㅌ'인 형태소가 모음 'ㅣ'나 반모음 'ㅣ'로 시작되는 형식 형태소와 만나면 구개음 [ㅈ, ㅊ]으로 바뀌어 발음되거나, 'ㄷ' 뒤에 형식 형태소(접미사) '-히-'가 올 때 'ㄷ'이 'ㅎ'과 결합하여 이루어진 'ㅌ'이 [ㅊ]으로 발음되는 현상

굳이[구지]	같이[가치]	묻히다[무치다]
끝소리 'ㄷ'이 'ㅣ'로 시작되는 형식 형태소와 만나 구개음 [ㅈ]으로 바뀌어 발음됨	끝소리 'ㅌ'이 'ㅣ'로 시작되는 형식 형태소와 만나 구개음 [ㅊ]으로 바뀌어 발음됨	'ㄷ'이 형식 형태소 '-히-'의 'ㅎ'과 결합하여 이루어진 'ㅌ'이 구개음 [ㅊ]으로 발음됨

※ 구개음화는 '실질 형태소 + 실질 형태소'의 경우나 하나의 형태소 안에서는 일어나지 않음

5. 된소리되기

예사소리 'ㄱ, ㄷ, ㅂ, ㅅ, ㅈ'이 특정 음운 환경에서 된소리 [ㄲ, ㄸ, ㅃ, ㅆ, ㅉ]으로 바뀌어 발음되는 현상

(1) 받침 'ㄱ, ㄷ, ㅂ' 뒤에 연결되는 'ㄱ, ㄷ, ㅂ, ㅅ, ㅈ'이 된소리로 바뀌어 발음되는 현상

국밥[국빱]	믿다[믿따]	입술[입쑬]
받침 'ㄱ' 뒤의 'ㅂ'이 된소리 [ㅃ]으로 바뀌어 발음됨	받침 'ㄷ' 뒤의 'ㄷ'이 된소리 [ㄸ]으로 바뀌어 발음됨	받침 'ㅂ' 뒤의 'ㅅ'이 된소리 [ㅆ]으로 바뀌어 발음됨

(2) 어간 받침 'ㄴ(ㄵ), ㅁ(ㄻ)' 뒤에 결합되는 어미의 첫소리 'ㄱ, ㄷ, ㅅ, ㅈ'이 된소리로 바뀌어 발음되는 현상

껴안다[껴안따]	감지[감ː찌]
어간 받침 'ㄴ' 뒤 어미의 첫소리 'ㄷ'이 된소리 [ㄸ]으로 바뀌어 발음됨	어간 받침 'ㅁ' 뒤 어미의 첫소리 'ㅈ'이 된소리 [ㅉ]으로 바뀌어 발음됨

(3) 한자어에서 'ㄹ' 받침 뒤에 연결되는 'ㄷ, ㅅ, ㅈ'이 된소리로 바뀌어 발음되는 현상

갈등[갈뜽]	일시[일씨]	발전[발쩐]
한자어 'ㄹ' 받침 뒤의 'ㄷ'이 된소리 [ㄸ]으로 바뀌어 발음됨	한자어 'ㄹ' 받침 뒤의 'ㅅ'이 된소리 [ㅆ]으로 바뀌어 발음됨	한자어 'ㄹ' 받침 뒤의 'ㅈ'이 된소리 [ㅉ]으로 바뀌어 발음됨

(4) 관형사형 어미 '-(으)ㄹ' 뒤에 연결되는 'ㄱ, ㄷ, ㅂ, ㅅ, ㅈ'이 된소리로 바뀌어 발음되는 현상

할 것을[할꺼슬]	갈 데가[갈떼가]	할 수는[할쑤는]
관형사형 어미 '-ㄹ' 뒤의 'ㄱ'이 된소리 [ㄲ]으로 바뀌어 발음됨	관형사형 어미 '-ㄹ' 뒤의 'ㄷ'이 된소리 [ㄸ]으로 바뀌어 발음됨	관형사형 어미 '-ㄹ' 뒤의 'ㅅ'이 된소리 [ㅆ]으로 바뀌어 발음됨

※ '-(으)ㄹ'로 시작되는 어미('-(으)ㄹ게, -(으)ㄹ걸, -(으)ㄹ세라, -(으)ㄹ지라도' 등)의 경우에도 된소리로 발음함
> 예 할게[할께], 할걸[할껄], 할세라[할쎄라], 할지라도[할찌라도]

6. 반모음화

모음으로 끝나는 어간 뒤에 주로 'ㅏ/ㅓ'로 시작하는 어미가 오는 경우, 어간의 단모음이 반모음으로 교체되는 현상

돌리- + -어서 → 돌려서[돌려서]	오- + -아 → 와[와]
어간의 단모음 'ㅣ'가 반모음 'ㅣ'로 바뀜	어간의 단모음 'ㅗ'가 반모음 'ㅗ'로 바뀜

※ 어미의 모음이 탈락한 것이 아니라 어간의 단모음이 반모음으로 교체된 것이므로 음운 수는 줄어들지 않고 음절 수가 줄어듦

■ 탈락

7. 자음군 단순화

음절 끝에 오는 겹받침의 두 자음 중 하나가 탈락되고 나머지 하나만 발음되는 현상

흙[흑], 삶[삼ː], 읊다[읍따]
• 겹받침 중 앞엣것(첫째 자음)이 탈락함
• 'ㄺ, ㄻ, ㄿ'이 [ㄱ, ㅁ, ㅍ]으로 발음됨

※ 용언 어간의 음절 끝 'ㄺ'은 'ㄱ'으로 시작하는 어미 앞에서 '읽고[일꼬]'와 같이 겹받침 중 뒤엣것이 탈락하여 [ㄹ]로 발음함

넓[넉], 앉다[안따], 여덟[여덜], 외곬[외골], 핥다[할따], 값[갑]
• 겹받침 중 뒤엣것(둘째 자음)이 탈락함
• 'ㄳ, ㄵ, ㄼ, ㄽ, ㄾ, ㅄ'이 [ㄱ, ㄴ, ㄹ, ㅂ]으로 발음됨

※ 예외적으로 '밟-'은 '밟때[밥:따]'와 같이 자음 앞에서 [밥]으로 발음함

좋고[조:코]	맏형[마텽]	입학[이팍]	놓지[노치]
예사소리 'ㄱ'이 'ㅎ'을 만나 거센소리 [ㅋ]으로 발음됨	예사소리 'ㄷ'이 'ㅎ'을 만나 거센소리 [ㅌ]으로 발음됨	예사소리 'ㅂ'이 'ㅎ'을 만나 거센소리 [ㅍ]으로 발음됨	예사소리 'ㅈ'이 'ㅎ'을 만나 거센소리 [ㅊ]으로 발음됨

8. 모음 탈락

(1) 'ㅡ' 탈락

어간 끝소리 'ㅡ'가 'ㅏ/ㅓ'로 시작하는 어미 앞에서 탈락하는 현상

담그- + -아 → 담가	크- + -어서 → 커서
어간의 끝소리 'ㅡ'가 'ㅏ'로 시작하는 어미를 만나 탈락함	어간의 끝소리 'ㅡ'가 'ㅓ'로 시작하는 어미를 만나 탈락함

(2) 'ㅏ, ㅓ' 탈락(동일 모음 탈락)

'ㅏ/ㅓ'로 끝나는 어간 뒤에 동일하게 'ㅏ/ㅓ'로 시작하는 어미가 올 때, 하나가 탈락하는 현상

가- + -아 → 가	서- + -어 → 서
'ㅏ'로 끝나는 어간과 'ㅏ'로 시작하는 어미가 만나 하나가 탈락함	'ㅓ'로 끝나는 어간과 'ㅓ'로 시작하는 어미가 만나 하나가 탈락함

9. 자음 탈락

(1) 'ㄹ' 탈락

어간의 끝소리 'ㄹ'이 'ㄴ, -(으)ㄹ, ㅂ, ㅅ, -(으)오'로 시작하는 어미 앞에서 탈락하는 현상, 복합어 형성 과정에서 형태소 끝소리 'ㄹ'이 'ㄴ, ㄷ, ㅅ, ㅈ' 앞에서 탈락하는 현상

날- + -는 → 나는 살- + -시- + -니 → 사시니	솔 + 나무 → 소나무 바늘 + -질 → 바느질
활용 과정에서 어간의 끝소리 'ㄹ'이 탈락함	합성어나 파생어 형성 과정에서 형태소 끝소리 'ㄹ'이 탈락함

(2) 'ㅎ' 탈락

어간의 끝소리 'ㅎ'이 모음으로 시작하는 어미나 접사 앞에서 탈락하는 현상

낳은[나은], 좋아[조:아]	많아[마:나], 싫어서[시러서]
어간의 끝소리 'ㅎ'이 모음과 모음 사이에서 탈락함	어간의 끝소리 'ㅎ'이 비음, 유음과 모음 사이에서 탈락함

■ 축약

10. 거센소리되기

예사소리 'ㄱ, ㄷ, ㅂ, ㅈ'이 'ㅎ'과 만나 두 음운이 하나로 줄어들어 거센소리 'ㅋ, ㅌ, ㅍ, ㅊ'으로 발음되는 현상

■ 첨가

11. 'ㄴ' 첨가

합성어나 파생어에서 앞말이 자음으로 끝나고 뒷말이 모음 'ㅣ'나 반모음 'ㅣ'로 시작될 때 [ㄴ]이 첨가되는 현상

솜이불[솜:니불], 담요[담:뇨]	맨입[맨닙], 한여름[한녀름]
합성어의 앞말이 자음으로 끝나고 뒷말이 'ㅣ', 'ㅣ'로 시작될 때 [ㄴ]이 첨가됨	파생어의 앞말이 자음으로 끝나고 뒷말이 'ㅣ', 'ㅣ'로 시작될 때 [ㄴ]이 첨가됨

※ 'ㄴ' 첨가는 필수적 현상은 아님. '월요일[워료일]'과 같이 'ㄴ' 첨가가 일어나지 않는 경우도 있고, '금융[금늉/그뮹]'과 같이 'ㄴ' 첨가가 일어난 발음과 그렇지 않은 발음을 모두 표준 발음으로 인정하기도 함

12. 반모음 첨가

모음으로 끝나는 어간 뒤에 'ㅓ, ㅗ'로 시작하는 어미가 결합할 때 반모음 'ㅣ'가 첨가되는 현상

피어[피여]	아니오[아니요]
모음 'ㅣ'로 끝나는 어간 뒤에 'ㅓ'로 시작하는 어미가 결합해 반모음 'ㅣ'가 첨가됨	모음 'ㅣ'로 끝나는 어간 뒤에 'ㅗ'로 시작하는 어미가 결합해 반모음 'ㅣ'가 첨가됨

※ 반모음 첨가는 항상 규칙적으로 일어나는 것은 아니며, 'ㅣ, ㅚ, ㅟ'로 끝나는 어간 뒤에 첨가되는 반모음 'ㅣ'는 표준 발음으로 허용됨. '피어', '아니오'의 경우도 [피어], [아니오]가 원칙이며 [피여], [아니요]는 허용됨

■ 참고

두음 법칙

한자어에서 일부 소리가 단어의 첫머리에서 발음되는 것을 꺼려 첫소리로 발음되지 않고, 다른 소리로 바뀌거나 없어지는 현상(교체 또는 탈락)

예 로인(老人) → 노인, 녀자(女子) → 여자

문법 01 음운

🗡️ 내신형

01 〈보기〉의 ㉠과 ㉡에서 일어나는 음운 변동이 적용된 예로 적절하지 않은 것은?

─〈보기〉─
서울역 → [서울녁] → [서울력]
⋮ ㉠   ⋮ ㉡

① ㉠: 남루[남ː누] ② ㉠: 솜이불[솜ː니불]
③ ㉡: 논리[놀리] ④ ㉡: 물놀이[물로리]
⑤ ㉡: 달님[달림]

02 〈보기〉의 ㉠~㉢에 해당하는 예로 적절하지 않은 것은?

─〈보기〉─
음운 변동 현상 중 '된소리되기'는 교체가 일어나는 환경에 따라 다음과 같이 나눌 수 있다.

㉠ 'ㄱ, ㄷ, ㅂ'으로 발음되는 받침 뒤에서 'ㄱ, ㄷ, ㅂ, ㅅ, ㅈ'이 된소리로 나는 경우
㉡ 용언 어간 받침 'ㄴ, ㅁ' 뒤에서 'ㄱ, ㄷ, ㅅ, ㅈ'으로 시작하는 어미가 된소리로 나는 경우
㉢ 한자어 'ㄹ' 받침 뒤에서 'ㄷ, ㅅ, ㅈ'이 된소리로 나는 경우

① ㉠: 잡다[잡따] ② ㉠: 낯설다[낟썰다]
③ ㉡: 신다[신ː따] ④ ㉡: 아침밥[아침빱]
⑤ ㉢: 갈등[갈뜽]

03 ㉠~㉢에서 일어나는 공통된 음운 변동 현상을 〈보기〉에서 찾아 쓰시오.

─〈보기〉─
국어의 음운 변동에는 음절의 끝소리 규칙, 비음화, 유음화, 거센소리되기, 'ㄴ' 첨가 등이 있다.

㉠ 벽난로[병날로]
㉡ 꽃망울[꼰망울]
㉢ 구급약[구ː금냑]

04 〈보기〉를 참고하여 음운 변동 현상에 대해 설명한 내용으로 적절하지 않은 것은?

─〈보기〉─
음운 변동 양상은 크게 교체, 탈락, 첨가, 축약으로 나눌 수 있다. 교체는 한 음운이 다른 음운으로 바뀌는 현상, 탈락은 원래 있던 음운이 없어지는 현상, 첨가는 원래 없던 음운이 생겨나는 현상, 축약은 두 개의 음운이 합쳐져서 하나로 줄어드는 현상이다.

① '놓치다[논치다]'는 교체가 1번 일어나 음운 수에 변화가 없다.
② '한여름[한녀름]'은 첨가가 1번 일어나 음운 수가 1개 늘어났다.
③ '벼훑이[벼훌치]'는 교체가 1번, 탈락이 1번 일어나 음운 수가 1개 줄어들었다.
④ '못하다[모ː타다]'는 교체가 1번, 축약이 1번 일어나 음운 수가 1개 줄어들었다.
⑤ '흙일[흥닐]'는 교체가 1번, 탈락이 1번, 첨가가 1번 일어나 음운 수에 변화가 없다.

05 〈보기〉의 ㉠~㉢에 해당하는 예로 적절하지 않은 것은?

─〈보기〉─
모음과 모음이 만날 때 모음이 탈락하거나, 단모음이 반모음으로 교체되거나, 반모음이 첨가된다.

㉠ 모음 탈락: 잠그-+-아 → [잠가], 가-+-아라 → [가라]
㉡ 반모음화: 피-+-어 → [펴], 보-+-아 → [봐ː]
㉢ 반모음 첨가: 끼-+-어 →[끼여], 뛰-+-어 → [뛰여]

① ㉠: 나서-+-어 → [나서]
② ㉡: 치-+-어서 → [치여서]
③ ㉡: 바꾸-+-어 → [바꿔]
④ ㉢: 아니-+-오 → [아니요]
⑤ ㉢: 쥐-+-어서 → [쥐여서]

서술형 ✏️

06 〈보기〉의 ㉠, ㉡에서 밑줄 친 단어의 발음을 각각 쓰고, 그와 같이 발음되는 이유를 서술하시오.

─〈보기〉─
㉠ 그는 밭이랑 논을 모두 팔았다.
㉡ 그는 밭이랑에 옥수수를 심었다.

07 <보기>를 바탕으로 음운 변동을 바르게 분석한 것은?

─── 보기 ───

음운의 변동은 어떤 음운이 다른 음운으로 바뀌는 교체, 어떤 음운이 없어지는 탈락, 새로운 음운이 생기는 첨가, 두 음운이 하나의 음운으로 합쳐지는 축약이 있다. 또한 음운 변동에 따라 음운의 개수가 변하기도 한다.

	단어	음운 변동 종류	음운 개수 변화
①	샅샅이[삳싸치]	교체, 탈락	늘어남
②	넓히다[널피다]	탈락, 첨가	늘어남
③	교육열[교:융녈]	교체, 첨가	줄어듦
④	해맑다[해막따]	교체, 탈락	줄어듦
⑤	국화꽃[구과꼳]	탈락, 축약	줄어듦

08 다음은 수업 장면의 일부이다. ⓐ와 ⓑ에 들어갈 말로 적절한 것은?

선생님: 음운의 변동에는 어떤 음운이 다른 음운으로 바뀌는 교체, 두 음운이 합쳐져 하나가 되는 축약, 원래 있던 한 음운이 없어지는 탈락, 없던 음운이 추가되는 첨가의 유형이 있습니다. 이러한 음운의 변동은 한 단어에서 두 가지 이상이 함께 나타나기도 합니다. 또한 음운의 변동 결과가 표기에 반영되기도 하고, 음운의 변동 후에 음운의 개수가 달라지기도 합니다. 그러면 다음 자료에 나타난 음운의 변동을 탐구해 봅시다.

    국밥[국빱], 굳히다[구치다], 급행열차[그팽녈차]

위 자료를 '국밥', 그리고 '굳히다, 급행열차'로 나눈다면, 그 기준은 무엇일까요?

학생: (ⓐ   )를 기준으로 나누었습니다.

선생님: 맞습니다. 그럼, '굳히다'와 '급행열차'에 공통으로 나타나는 음운의 변동은 무엇일까요?

학생: (ⓑ   )입니다.

	ⓐ	ⓑ
①	음운의 변동이 두 가지 이상 일어났는지	축약
②	음운의 변동이 두 가지 이상 일어났는지	교체
③	음운의 변동 결과 음운의 개수가 줄었는지	탈락
④	음운의 변동 결과 음운의 개수가 줄었는지	교체
⑤	음운의 변동 결과가 표기에 반영되었는지	축약

[09~10] 다음 글을 읽고 물음에 답하시오.

가 ○○고등학교 국어 자료실 게시판

┌─────────────────────────────────────┐
│ 묻고 답하기   [－][□][✕] │
├─────────────────────────────────────┤
│ 질문 '국'은 [국]으로 발음하는데, 왜 '국물'은 [궁물]로 발음하나요? │
│   └ 답변 '국물'은 비음화가 일어난 경우입니다. '국물'의 받침 │
│   'ㄱ'이 비음 'ㅁ' 앞에서 비음 'ㅇ'으로 바뀌어 [궁물]로 │
│   발음됩니다. │
└─────────────────────────────────────┘

나 우리말에는 (가)의 사례처럼 한 음운이 일정한 환경에 따라 다르게 발음되는 경우가 있다. 이런 현상을 '음운 변동'이라고 하며 비음화, 거센소리되기, 모음 탈락 등이 이에 해당한다.

비음화는 비음이 아닌 'ㄱ, ㄷ, ㅂ'이 뒤에 오는 비음 'ㄴ, ㅁ'의 영향을 받아 각각 비음인 'ㅇ, ㄴ, ㅁ'으로 바뀌어 발음되는 현상을 말한다. 이것은 한 음운이 다른 음운의 영향을 받아 비슷하거나 같은 소리로 바뀌는 원리로, '밥만', '닫는'도 각각 [밤만], [단는]으로 발음된다. 또한 '담력[담:녁]', '종로[종노]'처럼 'ㄹ'이 비음 'ㅁ, ㅇ' 뒤에서 비음 'ㄴ'으로 바뀌어 발음되는 것도 비음화이다.

거센소리되기는 'ㄱ, ㄷ, ㅂ, ㅈ'이 'ㅎ'과 합쳐져 거센소리인 'ㅋ, ㅌ, ㅍ, ㅊ'으로 발음되는 현상을 말한다. 예로 '축하'는 'ㄱ'과 'ㅎ'이 합쳐져서 하나의 음운인 'ㅋ'이 되어 [추카]로 발음되며, 음운의 개수도 5개에서 4개로 줄어든다.

모음 탈락은 두 모음이 이어질 때 그중 한 모음이 탈락하는 현상을 말한다. '가-+-아서'가 '가서[가서]'가 되거나 '담그-+-아'가 '담가[담가]'가 되는 경우가 그 예이다.

그리고 우리말에서 음절의 끝에서 발음되는 자음은 'ㄱ, ㄴ, ㄷ, ㄹ, ㅁ, ㅂ, ㅇ'뿐이므로 그 이외의 자음이 음절의 끝에 오면 앞에 제시된 자음 중 하나로 발음하게 되는데, 이것도 음운 변동 현상에 해당한다. '부엌[부억]', '옷[옫]'이 그 예이다.

한편 음운 변동은 한 단어 안에서 한 번만 일어나기도 하고, ⊙여러 차례 일어나기도 한다. 예를 들어 '앞마당'은 먼저 음절 끝의 자음 'ㅍ'이 'ㅂ'으로 바뀐 후 비음화가 일어나 [암마당]으로 발음된다.

09 밑줄 친 단어 중 ⊙에 해당하는 예로 적절한 것은?

① 그는 자신의 뜻을 굽히지[구피지] 않았다.
② 올 가을에는 작년[장년]보다 단풍이 일찍 물들었다.
③ 미리 준비하지 않고[안코] 이제야 허둥지둥하는구나.
④ 우리 집 정원에는 개나리, 장미꽃[장미꼳] 등이 있다.
⑤ 물감을 섞는[성는] 방법에 따라 표현 효과가 달라진다.

10 〈보기〉는 윗글을 바탕으로 탐구한 자료이다. ⓐ, ⓑ에 들어갈 단어를 바르게 짝지은 것은?

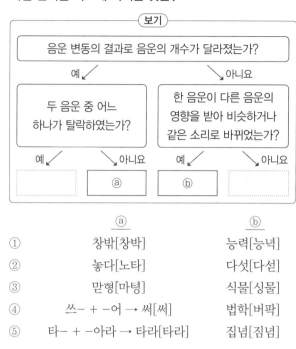

	ⓐ	ⓑ
①	창밖[창박]	능력[능녁]
②	놓다[노타]	다섯[다섣]
③	맏형[마텽]	식물[싱물]
④	쓰- + -어 → 써[써]	법학[버팍]
⑤	타- + -아라 → 타라[타라]	집념[짐념]

11 다음은 문법 학습지의 일부이다. ⓐ~ⓒ에 들어갈 내용으로 적절한 것은?

• 구개음화: 받침의 'ㄷ', 'ㅌ'이 'ㅣ'나 반모음 'ㅣ'로 시작하는 형식 형태소와 만나 [ㅈ], [ㅊ]으로 발음되는 현상

1. '끝인사'의 표준 발음이 [끄딘사]인 이유를 알아보자.
  '끝인사'에서 '끝'의 받침 'ㅌ' 뒤에 'ㅣ'로 시작하는 (ⓐ)가 오기 때문에 [끄딘사]로 발음된다.

2. '곧이'와 '곧이어'의 표준 발음은 무엇인지 알아보자.
  '곧이'의 '-이'는 부사를 만들어 주는 접사이다. 따라서 '곧이'의 표준 발음은 (ⓑ)이다. '곧이어'의 '이어'는 '앞의 말이나 행동 따위에 잇대어'라는 뜻을 지닌 부사이다. 따라서 '곧이어'의 표준 발음은 (ⓒ)이다.

	ⓐ	ⓑ	ⓒ
①	실질 형태소	[고지]	[고지어]
②	실질 형태소	[고디]	[고지어]
③	실질 형태소	[고지]	[고디어]
④	형식 형태소	[고디]	[고지어]
⑤	형식 형태소	[고지]	[고디어]

12 〈보기〉의 [학습 활동]을 수행한 결과로 적절하지 <u>않은</u> 것은?

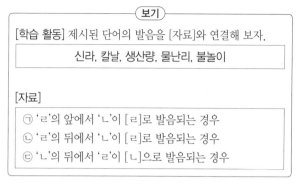

① '신라'는 ㉠에 따라 [실라]로 발음하는군.
② '칼날'은 ㉡에 따라 [칼랄]로 발음하는군.
③ '생산량'은 ㉢에 따라 [생산냥]으로 발음하는군.
④ '물난리'는 ㉠, ㉡에 따라 [물랄리]로 발음하는군.
⑤ '불놀이'는 ㉡, ㉢에 따라 [불로리]로 발음하는군.

13 〈보기〉의 '활동 1'과 '활동 2'를 연결하여 '활동 자료'의 단어를 탐구한 내용으로 적절한 것은?

[활동 자료]
국민[궁민], 글눈[글룬], 명랑[명낭], 신랑[실랑], 잡념[잠념]

[활동 1] 음운 변동이 있는 음운은 '1', 없는 유유우 '0'으로 표시하면 '국물[궁물]'은 '001000'으로 표시할 수 있습니다. '활동 자료'의 단어는 어떻게 표시될까요?

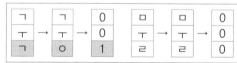

[활동 2] '활동 자료'의 단어를 발음할 때 순행 동화가 일어나는지 역행 동화가 일어나는지 알아봅시다.

• 순행 동화: 뒤의 음운이 앞의 음운의 영향을 받아 그와 비슷하거나 같게 소리 나는 현상
• 역행 동화: 앞의 음운이 뒤의 음운의 영향을 받아 그와 비슷하거나 같게 소리 나는 현상

① '국민'은 '001000'으로 표시할 수 있으므로 순행 동화이다.
② '글눈'은 '000100'으로 표시할 수 있으므로 역행 동화이다.
③ '명랑'은 '001000'으로 표시할 수 있으므로 순행 동화이다.
④ '신랑'은 '000100'으로 표시할 수 있으므로 역행 동화이다.
⑤ '잡념'은 '001000'으로 표시할 수 있으므로 역행 동화이다.

01 품사

문장 내 기능, 형태 변화, 의미 등의 기준에 따라 공통된 성질을 가진 단어끼리 묶어 놓은 갈래

형태	기능		의미
불변어 (활용 불가능)	체언	명사	이름을 나타냄
		대명사	이름을 대신 나타냄
		수사	수량과 순서를 나타냄
	수식언	관형사	체언, 그중 주로 명사를 수식함
		부사	주로 용언이나 문장을 수식함
	관계언	조사	말과 말의 관계를 나타냄
	독립언	감탄사	느낌, 부름이나 대답을 나타냄
가변어 (활용 가능)	용언	동사	움직임이나 작용을 나타냄
		형용사	상태와 성질을 나타냄
	서술격 조사 '이다'		예외적으로 가변어에 속함

※ 품사 통용: 한 단어가 둘 이상의 품사를 갖는 현상
　예 오늘은 금요일이다. (명사) / 오늘 비가 왔다. (부사)

1. 체언

문장에서 주로 주어, 목적어, 보어 등으로 쓰이며, 형태의 변화가 없고, 조사가 결합할 수 있음

(1) 명사

사물이나 사람의 이름을 나타내는 단어로, 모든 문장 성분이 될 수 있음

① 지시 범위에 따라

보통 명사	동일 속성을 지닌 대상들에 두루 쓰이는 이름 예 도시, 강, 사람
고유 명사	특정 사람이나 사물의 이름을 나타내는 이름 예 서울, 한강, 민수

② 자립성 유무에 따라

자립 명사	홀로 쓰일 수 있음 예 동물, 학교
의존 명사	홀로 쓰일 수 없고 관형어의 꾸밈을 받아야 함 예 것, 척, 데, 따름

③ 감정 유무에 따라

유정 명사	감정을 나타내는, 사람이나 동물을 가리킴 예 이순신, 개
무정 명사	감정을 나타내지 못하는, 식물이나 무생물을 가리킴 예 해바라기, 책

(2) 대명사

사물이나 사람, 장소 등의 이름을 대신하여 나타내는 단어로, 명사의 특징을 대부분 가짐

① 지시 대명사

사물 대명사	사물을 가리킴 예 이, 그, 저, 이것, 그것, 저것
처소 대명사	장소를 가리킴 예 여기, 거기, 저기, 이곳, 그곳, 저곳
부정칭 대명사	정해지지 않은 사물, 장소를 가리킴 예 어디, 무엇, 언제, 아무것
미지칭 대명사	모르는 사물, 장소를 가리킴 예 어디, 무엇, 언제

② 인칭 대명사

1인칭 대명사	화자가 자기 또는 자기 무리를 가리킴 예 나, 저, 우리, 저희
2인칭 대명사	청자를 가리킴 예 너, 너희, 자네, 당신, 그대
3인칭 대명사	화자, 청자를 제외한 제3의 인물을 가리킴 예 그, 그녀, 이분, 그분, 저분
재귀 대명사	앞에 나온 명사나 대명사를 다시 가리킴 예 자기, 저, 제, 저희, 당신
부정칭 대명사	한정되지 않은 대상을 가리킴 예 누구, 아무
미지칭 대명사	모르는 대상을 가리킴 예 누구

(3) 수사

수량이나 순서를 나타내는 단어

양수사	서수사
수효, 분량을 나타냄 예 하나, 둘	차례, 즉 순서를 나타냄 예 첫째, 둘째

2. 용언

문장에서 주로 서술어로 사용되고, 활용을 함

(1) 동사

사람이나 사물의 움직임이나 작용을 나타내는 단어

자동사	타동사
목적어를 필요로 하지 않음 예 앉다, 서다, 열리다, 보이다	목적어를 필요로 함 예 열다, 보다, 앉히다, 비우다

※ '앉다, 서다, 열다, 보다'는 원래 자동사나 타동사인 경우이고, '열리다, 보이다, 앉히다, 비우다'는 피동, 사동 접미사가 붙어 자동사나 타동사가 된 경우임

(2) 형용사

사람이나 사물의 성질이나 상태를 나타내는 단어

성상 형용사	지시 형용사
대상의 성질이나 상태를 직접 나타냄 예 희다, 착하다	대상의 성질이나 상태를 지시함 예 이러하다, 저러하다

※ 형용사는 동사와 달리 현재 시제 선어말 어미 '-ㄴ-/-는-', 의도나 목적을 나타내는 연결 어미와 결합하지 않으며, 명령형이나 청유형 종결 표현이 어려움
　예 젊는다(×), 좁으려고/좁고자(×), 좋아라/좋자(×)

(3) 본용언과 보조 용언

본용언	문장의 주체를 주되게 서술하며 보조 용언의 도움을 받음. 실질적 뜻을 나타냄 예 나는 수박을 먹고 싶다. → 수박을 먹다. (○)
보조 용언	본용언의 뒤에 붙어서 그것의 뜻을 보충함. 자립성이 희박함 예 나는 수박을 먹고 싶다. → 수박을 싶다. (×)

(4) 용언의 활용
용언의 어간에 어미가 결합하는 것

① 규칙 활용: 어간과 어미가 결합할 때 형태 변화가 없거나, 있는 경우에도 보편적 음운 규칙으로 설명됨
예 먹다 → 먹고, 먹어

'ㄹ' 탈락	어간의 'ㄹ'이 ㄴ, ㄹ, ㅂ, ㅅ, -오 앞에서 탈락함 예 울- + -니 → 우니
'ㅡ' 탈락	어간의 'ㅡ'가 '-아/-어'로 시작하는 어미 앞에서 탈락함 예 담그- + -아 → 담가, 쓰- + -어 → 써

② 불규칙 활용: 활용할 때 어간이나 어미의 기본 형태가 달라지며, 이를 보편적 음운 규칙으로 설명할 수 없음

어간이 바뀜	'ㅅ' 불규칙	짓다: 짓- + -어 → 지어
	'ㄷ' 불규칙	걷다: 걷- + -어 → 걸어
	'ㅂ' 불규칙	돕다: 돕- + -아 → 도와
	'ㄹ' 불규칙	흐르다: 흐르- + -어 → 흘러
	'ㅜ' 불규칙	푸다: 푸- + -어 → 퍼
어미가 바뀜	'어' 불규칙	하다: 하- + -어 → 하여
	'러' 불규칙	푸르다: 푸르- + -어 → 푸르러
어간, 어미가 모두 바뀜	'ㅎ' 불규칙	파랗다: 파랗- + -아 → 파래

3. 수식언
뒤에 오는 말을 꾸미는 기능을 함

(1) 관형사
체언 앞에 놓여 체언을 꾸며 주는 단어

성상 관형사	체언의 성질이나 상태를 나타냄 예 옛, 새, 헌
지시 관형사	어떤 대상을 가리킴 예 이, 그, 저, 이런, 그런, 저런
수 관형사	수량이나 순서를 표시함 예 한, 두, 세

(2) 부사
용언이나 관형사, 다른 부사, 문장 전체를 꾸며 주는 단어

성분 부사	성상 부사	상태, 정도, 성질을 한정하여 꾸밈 예 빨리, 많이, 너무, 깔깔, 사뿐사뿐
	지시 부사	시간이나 장소를 한정하여 꾸밈 예 오늘, 내일, 언제, 일찍이, 이리, 저리
	부정 부사	용언의 의미를 부정함 예 안, 못

	양태 부사	화자의 태도를 나타냄 예 과연, 설마, 비록, 부디
문장 부사	접속 부사	단어와 단어, 문장과 문장을 이어 줌 예 그리고, 그러나, 또는, 및, 혹은

4. 관계언(조사)
주로 체언에 붙어 그 말과 다른 말과의 문법적 관계를 표시하며, 자립적으로 쓰이지 않고 자립성이 있는 말 뒤에 붙어 쓰임

격 조사	• 앞에 오는 체언이 문장에서 갖는 일정한 자격을 나타냄 • 주격 조사(이/가, 께서, 에서), 목적격 조사(을/를), 보격 조사('되다, 아니다' 앞의 '이/가'), 관형격 조사(의), 부사격 조사(에서, 에게, 와/과 등), 호격 조사(아/야 등), 서술격 조사(이다)
보조사	체언, 부사, 어미 따위에 붙어 특별한 의미를 더해 줌 예 은/는, 도, 만, 뿐, 까지, 마저, 조차, 부터, 밖에, (이)나, (이)라도, (이)야말로, (이)요
접속 조사	둘 이상의 단어나 구를 같은 자격으로 이어 줌 예 와/과, 하고, (이)랑, (이)며

5. 독립언(감탄사)
다른 문장 성분과 문법적 관계를 맺지 않고 단독으로 쓰이며, 문장의 어느 곳에나 놓일 수 있음. 느낌, 부름, 대답 등을 직접 나타냄
예 앗, 깜짝이야! / 네, 알겠습니다.

02 형태소와 단어

1. 형태소
뜻을 가진 가장 작은 말의 단위. 형태소를 더 쪼개면 의미가 달라지거나 사라지게 됨

자립성의 유무에 따라	자립 형태소	홀로 쓰일 수 있는 형태소 → 명사, 대명사, 수사, 관형사, 부사, 감탄사
	의존 형태소	홀로 쓰일 수 없고 항상 다른 형태소와 함께 쓰이는 형태소 → 조사, 접사, 용언의 어간과 어미
의미의 성격에 따라	실질 형태소	실질적인 의미를 가지는 형태소 → 모든 자립 형태소, 용언의 어간
	형식 형태소	문법적 의미나 형식적 의미를 가지는 형태소 → 조사, 용언의 어미, 접사

자립	의존	자립	의존	의존	의존
꽃	이	활짝	피-	-었-	-다
실질	형식	실질	실질	형식	형식

2. 단어
홀로 쓰일 수 있는 말이나 그 말의 뒤에 붙어서 쉽게 분리될 수 있는 말. 하나의 형태소가 단어가 되기도 하고, 둘 이상의 형태소가 결합하여 단어를 이루기도 함

■ 문장 분석 예시

문장	나는 아침밥을 먹었다.							
단어	나	는	아침밥		을	먹었다		
형태소	나	는	아침	밥	을	먹–	–었–	–다
자립/의존 형태소	자립	의존	자립	자립	의존	의존	의존	의존
실질/형식 형태소	실질	형식	실질	실질	형식	실질	형식	형식

03 어근과 접사

1. 어근

단어의 실질적인 의미를 나타내는 부분 예 덮개, 공부하다

2. 접사

어근에 붙어 뜻을 한정하거나 문법적 기능을 더하는 부분

접두사	• 어근이나 기존의 단어 앞에 붙어서 그 의미를 제한해 주는 접사 • 대부분의 접두사는 뒤에 오는 말의 의미를 한정할 뿐, 품사를 바꾸지는 않으므로 한정적 접사임 예 덧신, 맨발, 헛돌다, 짓이기다
접미사	• 어근이나 기존의 단어 뒤에 붙어서 단어를 파생시키는 접사 • 접미사에는 앞에 오는 말의 품사를 바꾸거나 통사 구조에 영향을 주는 지배적 접사와 접두사와 마찬가지로 의미만을 한정하는 한정적 접사가 있음 예 잠꾸러기, 점쟁이, 먹이, 사람들

04 단어의 형성

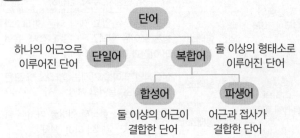

하나의 어근으로 이루어진 단어 — 단어 — 단일어 / 복합어 — 둘 이상의 형태소로 이루어진 단어

복합어 — 합성어 / 파생어

합성어: 둘 이상의 어근이 결합한 단어
파생어: 어근과 접사가 결합한 단어

1. 합성어 분류

(1) 의미 결합 양상에 따른 분류

대등 합성어	두 단어나 어근이 대등한 관계로 연결됨 예 남녀(남과 여), 오가다(오고 가다)
종속 합성어	두 단어나 어근 중 하나가 다른 것을 수식하는 관계로 연결됨 예 돌다리(돌로 된 다리), 뛰어가다(뛰어서 가다)
융합 합성어	두 단어나 어근의 원래 의미를 잃고 제3의 의미를 갖게 됨 예 춘추(春秋: 봄 + 가을) → 연세, 돌아가다(돌다 + 가다) → 죽다

(2) 단어 형성 방법에 따른 분류

① 통사적 합성어: 국어의 일반적인 구나 절 구성 방식과 일치하는 방식으로 이루어진 합성어

'관형어 + 명사' 구성	예 첫사랑(첫 + 사랑), 작은형(작은 + 형)
'명사 + 명사' 구성	예 봄비(봄 + 비)
'부사어 + 용언' 구성	예 잘하다(잘 + 하다)
'부사 + 부사' 구성	예 곧잘(곧 + 잘)
'체언 + 서술어' 구성	예 힘들다(힘이 들다), 본받다(본을 받다)
'용언 어간 + 어미 + 용언' 구성	예 잡아먹다(잡– + –아 + 먹다)

② 비통사적 합성어: 국어의 일반적인 구나 절 구성 방식과 어긋나는 방식으로 이루어진 합성어

'용언 어간 + 체언' 구성	예 덮밥(덮은 밥 → 관형사형 전성 어미 '–은' 생략)
'용언 어간 + 용언' 구성	예 검붉다(검고 붉다 → 어간 사이 연결 어미 '–고' 생략)
'부사 + 체언' 구성	예 산들바람(부사의 명사 수식 → 국어의 일반적 단어 배열 방식과 어긋남)

2. 파생어 분류

(1) 접두사에 의한 파생어

접두사 + 명사	예 군소리(군– + 소리), 돌배(돌– + 배), 한겨울(한– + 겨울)
접두사 + 용언	예 짓밟다(짓– + 밟다), 치솟다(치– + 솟다), 새까맣다(새– + 까맣다), 샛노랗다(샛– + 노랗다)

(2) 접미사에 의한 파생어

한정적 접사에 의한 파생	어근의 본래 품사가 유지됨 예 사냥(명사) → '사냥 + –꾼'(명사) 밀다(동사) → '밀– + –치– + –다'(동사)	
지배적 접사에 의한 파생	어근의 본래 품사가 바뀜	
	명사 파생 접미사	예 웃음, 말하기, 높이, 지우개
	동사 파생 접미사	예 공부하다, 높이다, 훌쩍이다
	형용사 파생 접미사	예 순수하다, 자랑스럽다, 정답다, 자유롭다
	부사 파생 접미사	예 깊이, 많이, 같이, 공평히

■ 직접 구성 요소

어떤 단어를 층위를 두고 분석할 때, 일차적으로 둘로 쪼개져 나오는 각각의 요소를 '직접 구성 요소(성분)'라 함. 합성이 된 뒤 파생이 되거나 파생이 된 뒤 합성이 되는 등 복잡한 과정을 거쳐 단어가 형성된 경우, 직접 구성 요소 분석을 통해 단어의 형성 과정을 알 수 있음

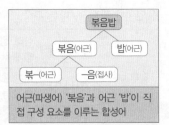

볶음밥 → 볶음(어근) / 밥(어근) → 볶–(어근) / –음(접사)

어근(파생어) '볶음'과 어근 '밥'이 직접 구성 요소를 이루는 합성어

문법 02 단어

내신형

01 〈보기〉의 [학습 활동]을 수행한 결과로 가장 적절한 것은?

〈보기〉

[학습 활동] 형태소란 뜻을 가진 가장 작은 말의 단위를 의미한다. 이를 바탕으로 아래 문장을 형태소 단위로 분석해 보자.

온 하늘이 별로 가득 찬 밤이었다.

① 온 / 하늘 / 이 / 별로 / 가득 / 찬 / 밤이었다
② 온 / 하늘 / 이 / 별로 / 가득 / 찬 / 밤 / 이 / 었다
③ 온 / 하늘 / 이 / 별 / 로 / 가득 / 찬 / 밤 / 이 / 었 / 다
④ 온 / 하늘 / 이 / 별 / 로 / 가득 / 차 / ㄴ / 밤 / 이 / 었 / 다
⑤ 온 / 하 / 늘 / 이 / 별 / 로 / 가득 / 차 / ㄴ / 밤 / 이 / 었 / 다

02 다음 밑줄 친 단어 중 품사가 다른 하나는?

① 학생 둘이 함께 우산을 쓰고 간다.
② 비가 한두 방울 떨어지기 시작했다.
③ 도서관은 매월 첫째 주 월요일에 쉰다.
④ 우리 집에는 고양이가 네 마리나 있다.
⑤ 탁자 위에 장미 다섯 송이가 놓여 있다.

03 〈보기〉의 ㄱ~ㄹ을 품사가 같은 것끼리 구분하고, 그 품사가 무엇인지 쓰시오.

〈보기〉

• 동생이 형㉠만큼 키가 크다.
• 나는 노력한 ㉡만큼 대가를 받았다.
• 그는 집을 대궐㉢만큼 크게 지었다.
• 주위가 숨소리가 들릴 ㉣만큼 조용했다.

04 〈보기〉에 제시된 ㉠~㉤의 품사를 바르게 구분한 것은?

〈보기〉

• 물결이 빛을 받아 ㉠빛나다.
• 마음이 ㉡슬퍼지고 허전하다.
• 꽃에서 ㉢향기로운 냄새가 났다.
• 사람이 ㉣늙는 것은 당연한 일이다.
• 문제를 푸는 데 시간이 ㉤부족하다.

	동사	형용사
①	㉠, ㉡	㉢, ㉣, ㉤
②	㉠, ㉣	㉡, ㉢, ㉤
③	㉡, ㉤	㉠, ㉢, ㉣
④	㉠, ㉡, ㉣	㉢, ㉤
⑤	㉡, ㉢, ㉤	㉠, ㉣

05 〈보기〉를 참고할 때, 다음 중 나머지와 종류가 다른 하나는?

〈보기〉

복합어는 파생어와 합성어로 나뉜다. 파생어는 어근에 접사가 결합한 것이고, 합성어는 어근과 어근이 결합한 것이다. '지우-(어근)+-개(접사)'는 파생어이고, '꽃(어근)+잎(어근)'은 합성어이다.

① 달리기 ② 나무꾼 ③ 높이다
④ 뛰놀다 ⑤ 치솟다

서술형

06 〈보기〉의 설명을 참고하여 ㉠~㉣을 분류하고, 그 이유를 쓰시오.

〈보기〉

합성어는 두 어근의 결합 방식에 따라 통사적 합성어와 비통사적 합성어로 나뉜다. 통사적 합성어는 어근의 결합 방식이 국어의 일반적인 구나 문장 구성 방식과 일치하는 것이고, 비통사적 합성어는 그렇지 않은 것이다.

㉠ 꺾쇠 ㉡ 앞서다 ㉢ 날뛰다 ㉣ 첫사랑

07 〈보기〉의 설명을 참고할 때, ㉠을 분석한 내용으로 적절하지 **않은** 것은?

──〈보기〉──

형태소란 뜻을 가진 가장 작은 말의 단위이다. 가장 작은 말의 단위라는 것은 더 이상 나눌 수 없으며, 더 나눌 경우 원래의 뜻이 사라지는 것을 말한다.

㉠우리 아기만 맨발로 잔디밭에서 놀았다.

① '우리'는 '우'와 '리'로 나누면 뜻이 사라지므로 하나의 형태소이다.
② '아기만'은 '아기'와 '만'으로 나눌 수 있으므로 두 개의 형태소이다.
③ '맨발'은 '맨-'과 '발'로 나눌 수 있으므로 두 개의 형태소이다.
④ '잔디밭'은 '잔디'와 '밭'으로 나눌 수 있으므로 두 개의 형태소이다.
⑤ '놀았다'는 '놀았-'과 '-다'로 나눌 수 있으므로 두 개의 형태소이다.

08 〈보기〉를 바탕으로 탐구한 내용으로 적절하지 **않은** 것은?

──〈보기〉──

• 동사와 형용사의 특징
▶ 동사는 선어말 어미 '-는-/-ㄴ-'의 결합으로, 형용사는 기본형으로 현재 시제를 나타냄.
▶ 관형사형 어미 '-(으)ㄴ'이 결합했을 때, 동사는 과거 시제를 나타내지만, 형용사는 현재 시제를 나타냄.

① '감이 떫다.'에서는 기본형으로 현재 시제를 나타내고 있기 때문에 '떫다'는 형용사이군.
② '책을 읽는다.'에서는 선어말 어미 '-는-'이 결합하여 현재 시제를 나타내고 있기 때문에 '읽다'는 동사이군.
③ '친구와 논다.'에서는 선어말 어미 '-ㄴ-'이 결합하여 현재 시제를 나타내고 있기 때문에 '놀다'는 동사이군.
④ '집에 간 사람'에서는 관형사형 어미 '-(으)ㄴ'이 결합하여 과거 시제를 나타내고 있기 때문에 '가다'는 동사이군.
⑤ '우리가 이긴 시합'에서는 관형사형 어미 '-(으)ㄴ'이 결합하여 현재 시제를 나타내고 있기 때문에 '이기다'는 형용사이군.

09 〈보기 1〉의 밑줄 친 부분에 해당하는 단어를 〈보기 2〉에서 있는 대로 모두 고른 것은?

──〈보기 1〉──

선생님: 하나의 단어가 수사로 쓰이기도 하고 수 관형사로도 쓰이는 경우가 많습니다. 그런데 항상 수 관형사로만 쓰이는 단어도 있습니다.

──〈보기 2〉──

• 나는 필통에서 연필 하나를 꺼냈다.
• 그 마트는 매월 둘째 주 화요일에 쉰다.
• 이번 학기에 책 세 권을 읽는 게 내 목표야.
• 여섯 명이나 이 일에 자원해서 정말 기쁘다.

① 하나　　② 세　　③ 하나, 여섯
④ 둘째, 세　　⑤ 둘째, 여섯

10 〈보기 1〉을 참고하여 〈보기 2〉의 ㉠~㉢을 이해한 것으로 적절하지 **않은** 것은?

──〈보기 1〉──

보조사는 앞말에 붙어 특별한 뜻을 더해 주는 기능을 한다. 격 조사가 문법적 관계를 나타내 주는 것과 달리, 보조사는 앞말에 결합되어 의미를 첨가하는 기능을 한다.

ㄱ. 소설만 읽지 말고 시도 읽어라.
ㄴ. 소설만을 읽지 말고 시도 읽어라.

위의 ㄱ에서 '만'은 앞 체언에 '한정'의 의미를 더해 주고 있으며, '도'는 앞 체언에 '역시, 또한'의 의미를 더해 주고 있다. 한편 ㄴ의 '만을'에서 확인할 수 있듯이, 보조사와 격 조사가 함께 나타날 수 있다. 이때 문법적 관계는 격 조사가 담당하고 보조사는 앞말에 특정한 의미를 더해 주는 기능을 한다.
보조사의 다른 특징은 결합할 수 있는 앞말이 체언에 국한되지 않고, 부사, 어미 등의 뒤에도 결합할 수 있다는 것이다. 또한 '격 조사+보조사' 혹은 '보조사+보조사'의 형태로도 결합할 수 있고, 격 조사 자리에 보조사가 나타날 수도 있다.

──〈보기 2〉──

㉠ 라면마저도 품절됐네.
㉡ 형도 동생만을 믿었다.
㉢ 그는 아침에만 운동했다.

① ㉠: 격 조사 뒤에 '역시, 또한'의 의미를 더해 주는 보조사가 덧붙고 있다.
② ㉡: 주격 조사 자리에 '도'라는 보조사가 나타나고 있다.
③ ㉡: 보조사 '만'과 격 조사 '을'이 함께 나타나고 있다.
④ ㉢: '에'는 체언에 결합하여 문법적 관계를 나타낸다.
⑤ ㉢: '만'은 보조사가 결합할 수 있는 앞말이 체언에 국한되지 않음을 보여 준다.

11 〈보기〉의 '자료'에서 '활동'의 a~c에 들어갈 단어로 적절하지 <u>않은</u> 것은?

─────────── 보기 ───────────

[자료] 용언: 검붉다, 먹히다, 자라다, 치솟다, 휘감다
[활동]
• 어간과 어근이 일치하는 단어를 모아 봅시다.
 ─ ____a____
• 어간과 어근이 일치하지 않는 단어를 모아 봅시다.
 ─ 어근의 앞이나 뒤에 접사가 결합한 단어: ____b____
 ─ 둘 이상의 어근이 결합한 단어: ____c____

─────────────────────────

① a: 휘감다   ② a: 자라다
③ b: 먹히다   ④ b: 치솟다
⑤ c: 검붉다

[12~13] 다음 글을 읽고 물음에 답하시오.

단어를 구성하는 요소에는 어근과 접사가 있다. 어근은 단어를 구성하는 요소 중 실질적인 의미를 나타내는 부분이며, 접사는 어근과 결합하여 어근에 특정한 의미를 더하거나 어근의 의미를 제한하는 부분이다. 접사는 어근의 앞에 위치하는 접두사와 어근 뒤에 위치하는 접미사로 나뉘는데, 항상 다른 말과 결합하여 쓰이기에 홀로 쓰이지 못함을 나타내는 붙임표(-)를 붙인다. 예를 들어 '햇-, 덧-, 들-'과 같은 말은 접두사이고, '-지기, -음, -게'와 같은 말은 접미사이다.

단어는 그 짜임에 따라 단일어와 복합어로 구분된다. 단일어는 하나의 어근으로만 이루어진 단어를 이르는 말이다. 그리고 복합어는 어근과 어근의 결합으로 이루어진 합성어와, 어근과 접사의 결합으로 이루어진 파생어를 아울러 이르는 말이다. 가령 '밤'이나 '문'과 같이 하나의 어근으로만 이루어진 단어는 단일어이며, 어근 '밤', '문'이 각각 또 다른 어근과 결합한 '밤나무', '자동문'은 합성어이다. 또한 어근 '밤'과 접두사 '햇-'이 결합한 '햇밤', 어근 '문'과 접미사 '-지기'가 결합한 '문지기'는 파생어이다.

복합어는 어근과 어근으로 이루어진 합성어나 어근과 접사로 이루어진 파생어에 어근이나 접사가 다시 결합하여 형성되기도 한다. 이와 같은 복잡한 짜임의 단어를 이해할 때 활용되는 방법으로 직접 구성 성분 분석이 있다. 직접 구성 성분 분석은 단어를 둘로 나누는 방법으로, 나뉜 두 부분 중 하나가 접사일 경우 그 단어를 파생어로 보고, 두 부분 모두 접사가 아닐 경우 합성어로 본다.

[A] 가령 단어 '코웃음'은 직접 구성 성분을 '코'와 '웃음'으로 보기에 합성어로 분류한다. 이는 '코'가 어근이며, '웃음'이 어근 '웃-'과 접미사 '-음'으로 이루어진 파생어임을 고려한 것이다. 그럼 '코웃음'의 직접 구성 성분을 '코웃-'과 '-음'으로 분석할 수도 있을까? 그러나 '코웃-'은 존재하지 않고 '코'와 '웃음'만 존재하며, 의미상으로도 '코+웃음'의 분석이 자연스럽기에 직접 구성 성분을 '코'와 '웃음'으로 분석한다. 이처럼 직접 구성 성분 분석은 단어의 짜임을 체계적으로 이해하는 데에 도움이 된다.

12 윗글에 대한 이해로 적절하지 <u>않은</u> 것은?

① 단일어는 하나의 어근으로만 이루어진다.
② 합성어나 파생어는 모두 복합어에 포함된다.
③ 접사는 홀로 쓰이지 못하기에 붙임표(-)를 붙인다.
④ 복합어는 접사가 어근과 결합하는 위치에 따라 둘로 나뉜다.
⑤ 접사는 어근과 결합하여 어근에 특정한 의미를 더하거나 어근의 의미를 제한한다.

13 [A]를 참고할 때, 〈보기〉의 ㉠에 해당하는 짜임을 가진 단어로 가장 적절한 것은?

─────────── 보기 ───────────

'가재의 집게발'에서 '집게발'은 아래와 같이 ㉠직접 구성 성분이 '[어근+접사]+어근'으로 분석되는 합성어이다.

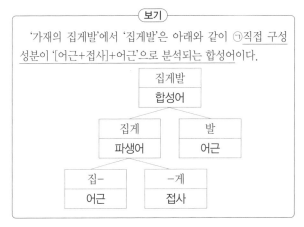

─────────────────────────

① 볶음밥   ② 덧버선   ③ 문단속
④ 들고양이   ⑤ 창고지기

개념 다지기 문장

01 문장 성분

생각이나 감정을 완결된 내용으로 표현하는 최소의 언어 형식을 '문장'이라 하고, 문장을 구성하면서 문장 안에서 일정한 문법적 기능을 담당하는 각 부분을 '문장 성분'이라 함

1. 주성분

문장의 골격을 이루는 문장 성분

주어	• 문장에서 동작이나 작용, 성질이나 상태의 주체를 나타냄 • 실현 방법: 체언(체언 구실을 하는 구나 절) + 주격 조사(이/가, 께서, 에서), 체언 + 보조사, 체언 단독 예 <u>사과가</u> 땅에 떨어졌다. / <u>할머니께서</u> 주무신다. 　 우리 <u>학교에서</u> 우승을 했다. / <u>철수도</u> 사과를 먹었다. 　 <u>너</u> 빵 먹었니?
서술어	• 주어의 동작이나 작용, 성질이나 상태 등을 나타냄 • 실현 방법: 용언 어간 + 어미, 체언 + 서술격 조사(이다), 서술절 예 하늘이 <u>푸르다.</u> / 그는 <u>노래하고,</u> 그녀는 <u>춤춘다.</u> 　 민호는 <u>학생이다.</u> / 나래는 <u>키가 작다.</u>
목적어	• 서술어의 동작의 대상이 됨 • 실현 방법: 체언(체언 구실을 하는 구나 절) + 목적격 조사(을/를), 체언 + 보조사, 체언 단독 예 철수가 <u>사과를</u> 먹었다. / 영희가 <u>사과도</u> 먹었다. 　 너 <u>빵</u> 먹었니?
보어	• '되다, 아니다'가 필요로 하는 필수 성분 중 주어가 아닌 것 • 실현 방법: 체언(체언 구실을 하는 구나 절) + 보격 조사(이/가), 체언 + 보조사, 체언 단독 예 물이 <u>얼음이</u> 되었다. / 누나는 <u>대학생은</u> 아니다. 　 나는 <u>바보</u> 아니야.

■ **서술어의 자릿수**: 서술어가 필수적으로 요구하는 문장 성분의 개수

한 자리 서술어	주어만 요구 예 날씨가 <u>좋다.</u>
두 자리 서술어	주어 + '목적어, 보어, 부사어' 중 하나 요구 예 나는 밥을 <u>먹었다.</u>
세 자리 서술어	'주어 + 목적어 + 부사어' 모두 요구 예 나는 지갑에 돈을 <u>넣었다.</u>

2. 부속 성분

주로 주성분을 수식하는 문장 성분

관형어	• 체언을 수식함 • 실현 방법: 관형사, 체언 + 관형격 조사(의), 체언 단독, 용언 어간 + 관형사형 전성 어미 예 나는 <u>새</u> 옷을 샀다. / 이것은 <u>경아의</u> 인형이다. 　 <u>시골</u> 풍경이 아름답다. / <u>자는</u> 아이를 깨웠다.
부사어	• 주로 용언을 수식하지만 관형사나 다른 부사, 문장 전체도 수식함 • 실현 방법: 부사, 체언 + 부사격 조사('에, 에서' 등), 용언 어간 + 부사형 전성 어미 예 날씨가 <u>아주</u> 화창하다. / 강아지가 <u>마당에서</u> 놀고 있다. 　 꽃이 <u>예쁘게</u> 피었다.

3. 독립 성분

다른 문장 성분과 관계를 맺지 않는 독립적 문장 성분

독립어	• 문장의 어느 성분과도 직접적인 관련이 없음 • 실현 방법: 감탄사, 체언 + 호격 조사(아/야, (이)여), 제시어 예 <u>어머,</u> 꽃이 피었구나! / <u>진우야,</u> 빨리 오렴. 　 <u>사랑,</u> 가슴 뛰는 단어!

02 문장의 구조

1. 이어진문장

홑문장과 홑문장이 이어진 것으로 '[주어 + 서술어] + [주어 + 서술어]'의 구조로 나타남

(1) **대등하게 연결된 이어진문장**: 앞 절과 뒤 절의 의미가 대등한 관계임. 대등적 연결 어미('-고, -(으)며, -(으)나, -지만, -거나, -든지' 등)로 결합됨

나열	예 인생은 <u>짧고,</u> 예술은 길다.
대조	예 비가 <u>오지만,</u> 기온은 높다.
선택	예 그녀는 휴일에 운동을 <u>하거나</u> 영화를 본다.

※ 종속적으로 연결된 이어진문장과 달리, 앞 절과 뒤 절의 순서를 바꾸어도 상관이 없음 예 형은 사과를 좋아하지만, 동생은 배를 좋아한다. → 동생은 배를 좋아하지만, 형은 사과를 좋아한다. (의미 동일)
※ 중복되는 성분의 생략이 가능함 예 형은 사과를 먹고, 동생은 배를 먹는다. → 형은 사과를, 동생은 배를 먹는다. (앞 절의 '먹고' 생략 가능)

(2) **종속적으로 연결된 이어진문장**: 앞 절과 뒤 절의 의미가 종속적 관계임. 종속적 연결 어미로 결합됨

원인 / 이유	연결 어미 '-아서/-어서', '-(으)니', '-(으)니까', '-(으)므로' 등 예 공부를 많이 <u>하니,</u> 시험 결과가 좋았다.
의도 / 목적	연결 어미 '-(으)러', '-(으)려고', '-고자', '-게', '-도록' 등 예 공부를 <u>하려고</u> 도서관에 갔다.
조건	연결 어미 '-(으)면', '-거든', '-아야/-어야/-여야' 등 예 열심히 <u>공부하면,</u> 시험에 합격할 수 있다.
배경 / 상황	연결 어미 '-ㄴ데' 등 예 여기가 우리 <u>고향인데</u> 경치가 좋지.
양보 / 가정	연결 어미 '-아도/-어도', '-더라도', '-(으)ㄴ들', '-(으)ㄹ지라도' 등 예 숙제가 <u>많아도,</u> 책은 꼭 읽는다.

※ 이 외에도 정도를 나타내는 '-ㄹ수록', 중단과 전환을 나타내는 '-다가' 등 다양한 종속적 연결 어미가 있음

(3) **접속 조사에 의한 이어진문장**: 접속 조사 '와/과'로 결합됨
예 나는 사과와 배를 좋아한다. → [나는 사과를 좋아한다.] + [나는 배를 좋아한다.]

2. 안은문장과 안긴문장

(1) 안은문장: 안긴문장을 포함하고 있는 문장

(2) 안긴문장: 다른 문장 속에 들어가 하나의 문장 성분처럼 쓰이는 문장(절)

명사절	• 문장에서 주어, 목적어, 보어 등의 기능을 함 • 실현 방법: 명사형 전성 어미 '-(으)ㅁ, -기'가 붙어서 만들어짐 　예 밥을 먹기가 싫다. (주어 기능) 　　　밥을 먹기를 좋아한다. (목적어 기능)
관형절 (관형사절)	• 문장에서 관형어의 기능을 함 • 실현 방법: 관형사형 어미 '-(으)ㄴ, -는, -(으)ㄹ, -던'이 붙어서 만들어짐 　예 첫째가 쓰던 장난감을 둘째에게 물려주었다.
부사절	• 문장에서 부사어의 기능을 함 • 실현 방법: 부사형 전성 어미 '-게, -도록'이나 부사 파생 접미사 '-이'에 의해 만들어짐 　예 그는 땀이 나도록 뛰었다. 　　　그는 말도 없이 떠나 버렸다.
서술절	• 문장에서 서술어의 기능을 함 • 다른 절과 달리, 절을 형성하는 별도의 문법 요소가 없음 　예 이 책은 재미가 없다. / 나는 키가 크다.
인용절	• 다른 사람의 말이나 글 등을 인용한 것이 절의 형식으로 안기는 것으로 문장에서 부사어의 기능을 함 • 실현 방법: 인용의 부사격 조사(직접 인용 '(이)라고', 간접 인용 '고')가 붙어 만들어짐 　예 소문을 들은 철수는 "그게 정말이야?"라고 물었다. (직접 인용) / 소문을 들은 철수는 그게 정말이냐고 물었다. (간접 인용)

03 문법 요소

1. 높임 표현

화자가 어떤 대상에 대해 높이거나 낮추는 태도를 언어적으로 나타내는 표현

(1) 주체 높임: 주어가 가리키는 대상, 즉 문장의 주체를 높임. 주체 높임 선어말 어미 '-(으)시-', 조사 '께서', 특수 어휘(진지, 말씀, 연세, 계시다, 잡수시다, 주무시다 등)를 통해 실현됨

직접 높임	문장의 주체를 직접 높임 　예 할머니께서 꽃을 심으신다. / 할머니께서 진지를 잡수신다.
간접 높임	문장의 주체와 관련된 대상(신체 일부, 소유물, 가족 등)을 높임으로써 주체를 간접적으로 높임 　예 할머니께서는 귀가 밝으시다. 　　　교장 선생님의 말씀이 있으시겠습니다.

※ 압존법: 주체가 화자보다는 높지만 청자보다 낮은 지위인 경우는 주체를 높이지 않음 예 할아버지, 아버지가 아직 안 왔어요.

(2) 객체 높임: 목적어나 부사어가 가리키는 대상, 즉 문장의 객체를 높임. 주로 '모시다, 뵙다, 여쭈다, 드리다' 등의 특수 어휘를 통해 실현되며, 조사 '께'와 함께 사용되기도 함

　예 나는 어머니께 꽃을 드렸다.

(3) 상대 높임: 화자가 청자를 높이거나 낮춤. 종결 표현으로 실현됨

구분	격식체	비격식체
높임 표현	하십시오체(아주 높임) 예 가십시오	해요체(두루 높임) 예 가요
	하오체(예사 높임) 예 가오	
낮춤 표현	하게체(예사 낮춤) 예 가게	해라체(두루 낮춤) 예 가
	해라체(아주 낮춤) 예 가라	

■ 상대 높임에 따른 종결 어미 체계

구분	격식체				비격식체	
	해라체	하게체	하오체	하십시오체	해체	해요체
평서문	-다	-네	-오	-ㅂ니다	-어, -지	-어요, -지요
의문문	-(느)냐	-(는)가	-오	-ㅂ니까	-어, -지	-어요, -지요
명령문	-어라	-게	-오	-ㅂ시오	-어, -지	-어요, -지요
청유문	-자	-세	-ㅂ시다	-십시다 (-으시지요)	-어, -지	-어요, -지요
감탄문	-(는)구나	-(는)구먼	-(는)구려		-어, -지	-어요, -지요

※ 상대 높임법은 겸양의 의미를 지닌 어휘를 통해 실현되기도 함
　예 선생님, 제 말씀 좀 들어 보세요. → '제'와 '말씀'은 화자를 낮추어 상대를 높임

2. 시간 표현

(1) 시제: 사건시와 발화시의 관계에 따라 과거 시제, 현재 시제, 미래 시제로 나뉨

과거 시제	• 사건시가 발화시보다 앞서는 시제 • 선어말 어미 '-았-/-었-', '-았었-/-었었-', '-더-', 관형사형 어미 '-(으)ㄴ', '-던' 및 '어제', '아까'의 같은 시간 부사어 등을 통해 실현됨 　예 민희는 어제 김밥을 먹었다. / 그녀가 읽은 책 　　　그는 기분이 좋아 보이더라.
현재 시제	• 사건시와 발화시가 일치하는 시제 • 선어말 어미 '-ㄴ-/-는-', 관형사형 어미 '-(으)ㄴ', '-는', 형용사나 서술격 조사 '이다'의 기본형, '오늘', '지금'과 같은 시간 부사어 등을 통해 실현됨 　예 아이들은 지금 낮잠을 잔다. / 그녀가 읽는 책 　　　그는 가수이다.
미래 시제	• 사건시가 발화시보다 나중인 시제 • 선어말 어미 '-겠-', 관형사형 어미 '-(으)ㄹ', 관형사형 어미 + 의존 명사 '-(으)ㄹ 것' 및 '내일', '곧'과 같은 시간 부사어 등을 통해 실현됨 　예 내일 눈이 오겠습니다. / 그녀가 읽을 책

※ 현재 시제는 보편적 사실, 확정적 미래의 일을 나타내기도 함
　예 지구는 자전을 한다. / 비행기가 곧 착륙한다.
※ 선어말 어미 '-겠-'은 추측이나 주체의 의지, 가능성이나 능력 등을 나타내기도 함
　예 지금쯤 그녀가 도착했겠다. (추측) / 이 일을 꼭 끝내겠다. (주체의 의지)
　　　나도 그 정도는 하겠다. (가능성이나 능력)

■ 절대 시제와 상대 시제

절대 시제	발화시를 기준으로 결정되는 시제	예 어제 도서관은 공부하는(상대 시제, 현재) 학생들로 붐볐다(절대 시제, 과거).
상대 시제	안은문장의 사건시에 한정하여 상대적으로 결정되는 시제. 안은문장의 사건시 기준으로 안긴문장의 시제를 판단함	

(2) 동작상: 시간의 흐름 속에서 동작이 일어나는 모습을 나타냄

진행상	• 시간의 흐름 속에서 어떤 동작이 계속 이어지고 있음을 표현함 • 주로 '-고 있다', '-아(어) 가다' 등에 의해 실현됨 예 형이 피자를 먹고 있다. / 밥이 되어 간다.
완료상	• 시간의 흐름 속에서 어떤 동작이 이미 끝났거나 끝난 후의 결과가 지속되고 있음을 표현함 • 주로 '-아(어) 버리다', '-아(어) 있다' 등에 의해 실현됨 예 형이 피자를 다 먹어 버렸다. / 밥이 다 되어 있다.

3. 피동, 사동 표현

(1) 피동 표현: 주어가 동작을 제힘으로 행하는 것을 '능동', 주어가 다른 주체에 의해 동작을 당하게 되는 것을 '피동'이라 함

파생적 피동	능동사(타동사) + 피동 접미사 '-이-, -히-, -리-, -기-'	예 보이다, 먹히다, 들리다, 안기다
	명사 + 접미사 '-되다', '-받다', '-당하다'	예 이해되다, 강요받다, 이용당하다
통사적 피동	'용언 어간 + -아지다/-어지다', '-게 되다'	예 이루어지다, 믿게 되다
어휘적 피동	'당하다'와 같은 어휘 사용	예 해고를 당하다

[접미사에 의한 파생적 피동]

능동 　(주어)　　(목적어)　　(서술어: 능동사)
　　　 경찰이　　범인을　　잡았다.

피동 　(주어)　　(부사어)　　(서술어: 피동사)
　　　 범인이　　경찰에게　잡혔다.

능동문의 주어가 피동문의 부사어로, 목적어가 주어로 바뀌고, 서술어는 능동사에서 피동사로 바뀜

■ 피동 표현의 문제

이중 피동	피동 표현을 실현하는 요소들을 둘 이상 겹쳐 사용함 예 오해가 풀려졌다. → 피동 접미사 '-리-'와 '-어지다' 표현을 겹쳐 사용
잘못된 피동 어휘	예 문이 저절로 닫아졌다(→ 닫혔다).

(2) 사동 표현: 주어가 직접 동작하는 것을 '주동', 주어가 남에게 어떤 동작을 하도록 시키는 것을 '사동'이라 함

파생적 사동	주동사(자동사, 타동사), 형용사 + 사동 접미사 '-이-, -히-, -리-, -기-, -우-, -구-, -추-'	예 속이다, 묻히다, 살리다, 맡기다, 지우다, 달구다, 낮추다
	명사 + 접미사 '-시키다'	예 이해시키다
통사적 사동	'-게 하다'	예 울게 하다
어휘적 사동	'시키다'와 같은 어휘 사용	예 일을 시키다

[접미사에 의한 파생적 사동]

주동 　(주어)　　(목적어)　　(서술어: 주동사)
　　　 아이가　　옷을　　입었다.

사동 　(주어)　　(부사어)　　(목적어)　　(서술어: 사동사)
　　　 엄마가　아이에게　옷을　　입혔다.

주동문이 사동문으로 바뀌는 경우 서술어의 자릿수가 변화함(두 자리 서술어 → 세 자리 서술어)

※파생적 사동과 통사적 사동의 의미 차이: 파생적 사동은 주어의 직접 행동과 간접 행동을 모두 나타낼 수 있으나, 통사적 사동은 주어의 간접 행동만 나타낼 수 있음

■ 사동 표현의 문제

사동 접미사 오용	의미상 사동 표현을 사용할 수 없는 경우에도 무리하게 사동 접미사를 사용함 예 가슴 설레이며(→ 설레며) 기다리던 여행
'-시키다' 오용	'-하다'를 쓸 수 있는데 무리하게 '-시키다'를 사용함 예 사람들이 정보를 무비판적으로 수용시켰다(→ 수용했다).

4. 종결 표현

평서문	어떤 일을 있는 그대로 설명하는 문장. 평서형 종결 어미 '-다', '-ㅂ(습)니다' 등으로 실현됨 예 오늘은 비가 온다. / 꽃이 아름답게 피었다.	
의문문	질문을 하거나 의문을 나타내는 문장. 의문형 종결 어미 '-(으)니', '-(느)냐', '-을까', '-ㄹ까', '-ㅂ(습)니까' 등으로 실현됨	
	판정 의문문	의문사 없이 긍정이나 부정 중 어느 한쪽의 대답을 요구하는 의문문 예 지금 비가 오고 있니?
	설명 의문문	의문사(누구, 언제, 무엇 등)를 사용하여 그에 대한 구체적인 설명을 요구하는 의문문 예 내일 언제 비가 올까?
	수사 의문문	대답을 요구하지 않고 서술이나 명령, 감탄 등의 효과를 내는 의문문 예 오늘 비가 온다면 얼마나 좋을까?
명령문	상대방에게 어떤 일을 하거나 하지 않도록 요구하는 문장. 명령형 종결 어미 '-아라/-어라' 등으로 실현됨 예 비가 오니 빨리 와라.	
청유문	상대방에게 어떤 일을 함께 하기를 요청하는 문장. 청유형 종결 어미 '-자', '-ㅂ(읍)시다' 등으로 실현됨 예 같이 우산을 쓰자.	
감탄문	화자의 느낌이나 놀람을 나타내는 문장. 감탄형 종결 어미 '-(는)구나', '-(는)군', '-(는)구먼' 등으로 실현됨 예 앗, 비가 오는구나!	

5. 부정 표현

구분	'안' 부정문 (단순 부정, 의지 부정)	'못' 부정문(능력 부정)
짧은 부정문	'안/아니' + 용언 예 나는 그를 안 만났다.	'못' + 용언 예 나는 그를 못 만났다.
긴 부정문	용언의 어간 + '-지 아니하다/않다' 예 나는 그를 만나지 않았다.	용언의 어간 + '-지 못하다' 예 나는 그를 만나지 못했다.

※ 명령문과 청유문의 경우, '말다' 부정문이 사용됨 예 그를 만나지 말자 / 마라.

6. 인용 표현

직접 인용	다른 사람의 말이나 글을, 형식과 내용을 그대로 유지한 채 인용함. 큰따옴표 + 조사 '라고'로 실현함 예 그녀는 어머니께 "저도 가야 해요?"라고 물었다.
간접 인용	다른 사람의 말이나 글을, 형식은 유지하지 않고 내용만 인용함. 따옴표 없이 조사 '고'를 붙여 실현함 예 그녀는 어머니께 자기도 가야 하냐고 물었다.

※ 직접 인용을 간접 인용으로 바꿀 경우, 인칭 대명사나 지시 표현, 높임 표현, 문장 종결 표현 등이 달라질 수 있음

문법 **03** 문장

📌 내신형

01 〈보기〉의 ㉠~㉢의 문장 성분에 대한 설명으로 적절하지 **않은** 것은?

───〈보기〉───
㉠ 할아버지께서 나에게 용돈을 주셨다.
㉡ 언니가 거실만 아주 깨끗이 청소했다.
㉢ 학생회에서 학교의 담벼락에 벽화를 그렸다.

① ㉠의 '할아버지께서'와 ㉢의 '학생회에서'는 주어이다.
② ㉠의 '나에게'는 서술어가 반드시 필요로 하는 부사어이다.
③ ㉠의 '용돈을', ㉡의 '거실만', ㉢의 '벽화를'은 목적어이다.
④ ㉡의 '아주'는 서술어 '청소했다'를 수식하는 부사어이다.
⑤ ㉢의 '학교의'는 체언에 관형격 조사가 결합한 관형어이다.

02 〈보기〉를 참고하여 ㉠~㉢의 밑줄 친 안긴문장의 유형을 적고, 그것이 문장 안에서 어떤 문장 성분으로 기능하는지 쓰시오.

───〈보기〉───

문장	안긴문장의 유형	문장 성분
이 책은 내가 도서관에서 빌린 것이다.	관형절	관형어

───
㉠ 언니는 눈이 무척 크다.
㉡ 누나는 먼지 하나 없이 방을 청소했다.
㉢ 동생은 형이 학교에서 돌아오기만을 기다렸다.

문장	안긴문장의 유형	문장 성분
㉠		
㉡		
㉢		

03 〈보기〉의 ㉠~㉢에 사용된 높임법의 종류를 바르게 분석한 것은?

───〈보기〉───
㉠ 선생님, 오늘 영미가 결석했습니다.
㉡ (친척들에게) 할아버지께서는 안방에 계십니다.
㉢ (아버지에게) 어머니께서 할머니께 홍시를 드리셨어요.

	㉠	㉡	㉢
①	주체	상대	객체, 상대
②	객체	주체, 객체	상대
③	객체	상대	주체, 객체
④	상대	주체, 상대	주체, 객체, 상대
⑤	상대	주체, 객체	주체, 상대

04 〈보기〉는 시제를 표현하는 방법이다. ㉠~㉢에 해당하는 예로 적절하지 **않은** 것은?

───〈보기〉───
㉠ 동사나 형용사에 선어말 어미 '-았-/-었-'이 결합하여 과거 시제를 나타낸다.
㉡ 동사나 형용사에 전성 어미 '-던'이 결합하여 과거 시제를 나타낸다.
㉢ 형용사에 선어말 어미가 결합하지 않고 현재 시제를 나타낸다.
㉣ 동사에 선어말 어미 '-ㄴ-/-는-'이 결합하여 현재 시제를 나타낸다.
㉤ 동사와 형용사에 선어말 어미 '-겠-'이 결합하여 미래 시제를 나타낸다.

① ㉠: 동생이 혼자서 케이크를 먹었다.
② ㉡: 큰형이 입던 옷이 나에게 꼭 맞다.
③ ㉢: 화단에 피어 있는 장미꽃이 무척 예쁘다.
④ ㉣: 저녁을 드신 아버지께서 거실에서 주무신다.
⑤ ㉤: 할아버지 댁의 감나무에도 감이 잘 익었겠다.

서술형✍

05 〈보기〉의 잘못된 높임 표현을 바르게 수정하고, 수정한 이유를 쓰시오.

───〈보기〉───
(같은 반 친구에게) 선생님께서 너에게 교무실로 오시래.

┈┈┈┈┈┈┈┈┈┈┈┈┈┈┈┈┈┈┈┈┈┈┈┈

06 〈보기〉의 ㉠~㉣에 해당하는 예로 적절한 것은?

〈보기〉

　주어가 행동이나 작용을 당하는 것을 피동 표현이라고 한다. 피동 표현은 피동 접미사 '-이-, -히-, -리-, -기-, -되다' 등에 의해 실현되는 ㉠파생적 피동과 '-어지다', '-게 되다'에 의해 실현되는 ㉡통사적 피동으로 나눌 수 있다. 한편 주어가 다른 대상에게 어떤 동작이나 행위를 하도록 하는 것을 사동 표현이라고 한다. 사동 표현은 사동 접미사 '-이-, -히-, -리-, -기-, -우-, -구-, -추-'에 의해 실현되는 ㉢파생적 사동과 '-게 하다'에 의해 실현되는 ㉣통사적 사동으로 나눌 수 있다.

① ㉠: 어머니가 아들에게 책을 읽혔다.
② ㉡: 그 사건은 역사에 기록될 것이다.
③ ㉢: 감독은 지친 선수들을 쉬게 했다.
④ ㉢: 나는 부모님께 합격 소식을 알렸다.
⑤ ㉣: 그는 이번 경기에 선발로 뛰게 되었다.

08 〈보기〉의 설명을 참고할 때, ㄱ~ㄷ에 대한 설명으로 옳지 <u>않은</u> 것은?

〈보기〉

　주체 높임은 문장의 주체를 높이는 것으로, 선어말 어미나 조사, 특수 어휘 등을 통해 실현된다. 또한 주체의 신체 부분, 소유물, 생각 등을 높여 주체를 간접적으로 높이기도 한다. 그리고 객체 높임은 목적어나 부사어가 지시하는 대상, 즉 문장의 객체를 높이는 것으로, 조사나 특수 어휘를 통해 실현된다. 또한 상대 높임은 청자를 높이거나 낮추는 것으로, 주로 종결 어미를 통해 실현된다.

　ㄱ. (어머니가 아들에게) 범서야, 할아버지께 과일 좀 갖다 드려라.
　ㄴ. (아들이 아버지에게) 아버지, 할머니는 제가 모시러 가겠습니다.
　ㄷ. (동생이 언니에게) 언니, 어머니가 우리에 대한 걱정이 많으셔.

① ㄱ은 종결 어미 '-어라'를 사용하여 청자인 '범서'를 낮추고 있다.
② ㄱ은 격 조사 '께'를 사용하여 문장의 주체인 '할아버지'를 높이고 있다.
③ ㄴ은 종결 어미 '-습니다'를 사용하여 청자인 '아버지'를 높이고 있다.
④ ㄴ은 특수 어휘 '모시다'를 사용하여 문장의 객체인 '할머니'를 높이고 있다.
⑤ ㄷ은 선어말 어미 '-으시-'를 사용하여 '어머니'의 생각인 '걱정'을 높여 주체를 간접적으로 높이고 있다.

🖊 수능형

07 〈보기〉의 ㉠~㉤에 대한 설명으로 적절하지 <u>않은</u> 것은?

〈보기〉

㉠ 그는 우리와 함께 일하기를 거부했다.
㉡ 개는 사람보다 후각이 훨씬 예민하다.
㉢ 나는 그가 우리를 도와준 일을 잊지 않았다.
㉣ 날이 추워지면 방한 용품이 필요하다.
㉤ 수만 명의 관객들이 공연장을 가득 메웠다.

① ㉠: '우리와 함께 일하기를'이 안은문장에서 목적어의 역할을 하고 있군.
② ㉡: '후각이 훨씬 예민하다'가 안은문장에서 서술어의 역할을 하고 있군.
③ ㉢: '그가 우리를 도와준'이 안은문장에서 관형어의 역할을 하고 있군.
④ ㉣: '날이 추워지다.'와 '방한 용품이 필요하다.'가 대등하게 이어진 문장이군.
⑤ ㉤: '관객들이'가 주어이고 '메웠다'가 서술어인 홑문장이군.

09 〈학습 활동〉을 수행한 결과로 적절하지 <u>않은</u> 것은?

〈학습 활동〉

　시제는 말하는 때인 발화시를 기준으로 동작이나 상태가 일어난 때인 사건시와의 선후 관계를 따져 과거 시제, 현재 시제, 미래 시제로 나누며, 선어말 어미나 관형사형 어미, 부사어 등을 통해 실현된다. 다음 자료를 분석해 보자.

　ㄱ. 창밖에는 눈이 내린다.
　ㄴ. 곧 강연을 시작하겠습니다.
　ㄷ. 이것은 그가 내일 입을 옷이다.
　ㄹ. 내가 만든 빵을 형이 맛있게 먹더라.

① ㄱ은 사건시와 발화시가 일치한다.
② ㄴ은 사건시가 발화시보다 앞선다.
③ ㄴ과 ㄷ 모두 부사어를 활용한 시간 표현이 나타난다.
④ ㄷ과 ㄹ 모두 관형사형 어미를 활용한 시간 표현이 나타난다.
⑤ ㄱ, ㄴ, ㄹ 모두 선어말 어미를 활용한 시간 표현이 나타난다.

10 밑줄 친 ㉠의 예로 적절한 것은?

> 우리말의 문장 유형은 평서문, 의문문, 명령문, 청유문, 감탄문으로 나뉘는데, 대개 특정한 종결 어미를 통해 실현된다. 그런데 경우에 따라 ㉠동일한 형태의 종결 어미가 서로 다른 문장 유형을 실현하기도 한다.

① -니 ┌ 너는 무엇을 먹었니?
　　　└ 아버님은 어디 갔다 오시니?

② -ㄹ게 ┌ 오늘은 내가 먼저 나갈게.
　　　　└ 내가 나중에 다시 전화할게.

③ -구나 ┌ 그것 참 그럴듯한 생각이구나.
　　　　└ 올해도 과일이 많이 열리겠구나.

④ -ㅂ시다 ┌ 지금부터 함께 청소를 합시다.
　　　　　└ 밥을 먹고 공원에 놀러 갑시다.

⑤ -어라 ┌ 늦을 것 같으니까 어서 씻어라.
　　　　└ 그 사람을 몹시도 믿고 싶어라.

11 〈보기〉의 '학습 자료'를 바탕으로 '학습 과제'를 수행한 결과로 적절하지 <u>않은</u> 것은?

> ───〈보기〉───
>
> [학습 자료]
> • 직접 인용: 원래의 말이나 글을 그대로 큰따옴표(" ")에 넣어 인용하는 것. 조사 '라고'를 사용함
> • 간접 인용: 인용된 말이나 글을 자신의 관점에서 다시 서술하여 표현하는 것. 조사 '고'를 사용함
>
> [학습 과제]
> 밑줄 친 부분에 주목하여 직접 인용을 간접 인용으로 바꾸어 보자.
>
> ㄱ. 지아가 "꽃이 벌써 <u>폈구나!</u>"라고 했다.
> 　　→ 지아가 꽃이 벌써 <u>폈다</u>고 했다.
> ㄴ. 지아가 "버스가 벌써 <u>갔어요.</u>"라고 했다.
> 　　→ 지아가 버스가 벌써 <u>갔다</u>고 했다.
> ㄷ. 나는 어제 지아에게 "<u>내일</u> 보자."라고 했다.
> 　　→ 나는 어제 지아에게 <u>오늘</u> 보자고 했다.
> ㄹ. 전학을 간 지아는 "<u>이</u> 학교가 좋다."라고 했다.
> 　　→ 전학을 간 지아는 <u>그</u> 학교가 좋다고 했다.
> ㅁ. 지아는 나에게 "민지가 <u>너</u>를 불렀다."라고 했다.
> 　　→ 지아는 나에게 민지가 <u>자기</u>를 불렀다고 했다.

① ㄱ　　② ㄴ　　③ ㄷ　　④ ㄹ　　⑤ ㅁ

12 다음은 문법 수업의 내용을 정리한 학생의 노트이다. 이를 바탕으로 〈보기〉의 ㉠~㉤을 이해한 내용으로 적절하지 <u>않은</u> 것은?

> 1. 피동의 개념
>   주어가 다른 주체에 의해 어떤 동작을 당하거나 영향을 받는 것
>
> 2. 피동 표현의 실현
>   • '-이-, -히-, -리-, -기-'와 같은 피동 접사에 의해 단형 피동으로 실현되거나 '-아/-어지다' 등에 의해 장형 피동으로 실현됨
>   • 피동 접사와 '-아/-어지다'를 같이 쓰는 이중 피동 표현은 잘못된 표현임

> ───〈보기〉───
> • 그녀의 손등이 고양이에게 ㉠긁혔다.
> • 형이 동생에게 아끼던 인형을 ㉡빼앗겼다.
> • 비가 내려서 운동장에 천막이 ㉢세워졌다.
> • 도화지의 질이 좋아서 그림이 잘 ㉣그려졌다.
> • 커다란 빵이 순식간에 여러 조각으로 ㉤나뉘었다.

① ㉠은 '긁-'에 접사 '-히-'가 결합하여 피동의 의미를 나타내는군.

② ㉡은 주어인 '형'이 '동생'에 의해 행위를 당하는 것을 표현하고 있군.

③ ㉢은 '세우-'에 '-어지다'가 결합하여 장형 피동으로 실현되었군.

④ ㉣은 접사 '-리-'와 함께 '-어지다'가 결합한 이중 피동 표현이군.

⑤ ㉤은 '나누-'에 접사 '-이-'가 결합하여 줄어든 형태가 나타난 피동 표현이군.

01 한글 맞춤법

1. 표기의 대원칙

제1항 한글 맞춤법은 표준어를 소리대로 적되, 어법에 맞도록 함을 원칙으로 한다.

[표음주의] 발음하는 대로 적는 것(표기가 용이함)

[표의주의] 각 형태소의 본 모양을 밝혀 적는 것(의미 파악이 쉬움)

제2항 문장의 각 단어는 띄어 씀을 원칙으로 한다.

2. 소리에 관한 것

(1) 된소리

제5항 한 단어 안에서 뚜렷한 까닭 없이 나는 된소리는 다음 음절의 첫소리를 된소리로 적는다.

두 모음 사이에서 나는 된소리	예 소쩍새, 기쁘다, 거꾸로
'ㄴ, ㄹ, ㅁ, ㅇ' 받침 뒤에서 나는 된소리	예 산뜻하다, 살짝, 담뿍, 몽땅

※ 다만, 'ㄱ, ㅂ' 받침 뒤에서 나는 된소리는, 같은 음절이나 비슷한 음절이 겹쳐 나는 경우가 아니면 된소리로 적지 아니한다. 예 국수, 갑자기 등

(2) 구개음화

제6항 'ㄷ, ㅌ' 받침 뒤에 종속적 관계를 가진 '-이(-)'나 '-히-'가 올 적에는 그 'ㄷ, ㅌ'이 'ㅈ, ㅊ'으로 소리 나더라도 'ㄷ, ㅌ'으로 적는다. (ㄱ을 취하고, ㄴ을 버림)

ㄱ	ㄴ	ㄱ	ㄴ	ㄱ	ㄴ
맏이	마지	걷히다	거치다	같이	가치
핥이다	할치다	굳이	구지	묻히다	무치다
해돋이	해도지	닫히다	다치다	끝이	끄치

(3) 'ㄷ' 소리 받침

제7항 'ㄷ' 소리로 나는 받침 중에서 'ㄷ'으로 적을 근거가 없는 것은 'ㅅ'으로 적는다.

→ 덧저고리, 돗자리, 엇셈, 웃어른, 핫옷, 무릇, 사뭇, 얼핏, 자칫하면, 뭇[衆], 옛, 첫, 헛

(4) 모음

제8항 '계, 례, 몌, 폐, 혜'의 'ㅖ'는 'ㅔ'로 소리 나는 경우가 있더라도 'ㅖ'로 적는다. (ㄱ을 취하고, ㄴ을 버림)

ㄱ	ㄴ	ㄱ	ㄴ	ㄱ	ㄴ	ㄱ	ㄴ
계수(桂樹)	게수	혜택(惠澤)	헤택	폐품(廢品)	페품	계집	게집
연몌(連袂)	연메	사례(謝禮)	사레	계시다	게시다	핑계	핑게

※ 다만, 다음 말은 본음대로 적는다. → 게송(偈頌), 게시판(揭示板), 휴게실(休憩室)

(5) 두음 법칙

제10항 한자음 '녀, 뇨, 뉴, 니'가 단어 첫머리에 올 적에는, 두음 법칙에 따라 '여, 요, 유, 이'로 적는다. (ㄱ을 취하고, ㄴ을 버림)

ㄱ	ㄴ	ㄱ	ㄴ	ㄱ	ㄴ
여자(女子)	녀자	유대(紐帶)	뉴대	연세(年歲)	년세
이토(泥土)	니토	요소(尿素)	뇨소	익명(匿名)	닉명

※ 다만, 다음과 같은 의존 명사에서는 '냐, 녀' 음을 인정한다.
→ 냥(兩), 냥쭝(兩-), 년(年)(몇 년)

[붙임 1] 단어의 첫머리 이외의 경우에는 본음대로 적는다.

예 남녀(男女), 당뇨(糖尿), 결뉴(結紐), 은닉(隱匿)

[붙임 2] 접두사처럼 쓰이는 한자가 붙어서 된 말이나 합성어에서, 뒷말의 첫소리가 'ㄴ' 소리로 나더라도 두음 법칙에 따라 적는다.

예 신여성(新女性), 공염불(空念佛), 남존여비(男尊女卑)

제11항 한자음 '랴, 려, 례, 료, 류, 리'가 단어의 첫머리에 올 적에는, 두음 법칙에 따라 '야, 여, 예, 요, 유, 이'로 적는다. (ㄱ을 취하고, ㄴ을 버림)

ㄱ	ㄴ	ㄱ	ㄴ	ㄱ	ㄴ
양심(良心)	량심	용궁(龍宮)	룡궁	역사(歷史)	력사
유행(流行)	류행	예의(禮儀)	례의	이발(理髮)	리발

※ 다만, 다음과 같은 의존 명사는 본음대로 적는다.
┌ 리(里): 몇 리냐?
└ 리(理): 그럴 리가 없다.

[붙임 1] 단어의 첫머리 이외의 경우에는 본음대로 적는다.

예 개량(改良), 협력(協力), 혼례(婚禮), 급류(急流), 진리(眞理)

※ 다만, 모음이나 'ㄴ' 받침 뒤에 이어지는 '렬, 률'은 '열, 율'로 적는다.
예 비율(比率) ○, 비률 × / 백분율(百分率) ○, 백분률 ×

[붙임 4] 접두사처럼 쓰이는 한자가 붙어서 된 말이나 합성어에서, 뒷말의 첫소리가 'ㄴ' 또는 'ㄹ' 소리로 나더라도 두음 법칙에 따라 적는다. 예 역이용(逆利用), 열역학(熱力學), 해외여행(海外旅行)

제12항 한자음 '라, 래, 로, 뢰, 루, 르'가 단어의 첫머리에 올 적에는, 두음 법칙에 따라 '나, 내, 노, 뇌, 누, 느'로 적는다. (ㄱ을 취하고, ㄴ을 버림)

ㄱ	ㄴ	ㄱ	ㄴ	ㄱ	ㄴ
낙원(樂園)	락원	뇌성(雷聲)	뢰성	내일(來日)	래일
누각(樓閣)	루각	노인(老人)	로인	능묘(陵墓)	릉묘

[붙임 1] 단어의 첫머리 이외의 경우에는 본음대로 적는다.

例 극락(極樂), 거래(去來), 연로(年老), 지뢰(地雷), 광한루(廣寒樓)

[붙임 2] 접두사처럼 쓰이는 한자가 붙어서 된 단어는 뒷말을 두음 법칙에 따라 적는다. 例 중노동(重勞動), 비논리적(非論理的)

(6) 겹쳐 나는 소리

제13항 한 단어 안에서 같은 음절이나 비슷한 음절이 겹쳐 나는 부분은 같은 글자로 적는다. (ㄱ을 취하고, ㄴ을 버림)

ㄱ	ㄴ	ㄱ	ㄴ	ㄱ	ㄴ
딱딱	딱닥	꼿꼿하다	꼿곳하다	똑딱똑딱	똑닥똑닥
씩씩	씩식	쌉쌀하다	쌉슬하다	누누이(屢屢-)	누루이

3. 형태에 관한 것

(1) 어간과 어미

제15항 용언의 어간과 어미는 구별하여 적는다.

例 먹다 / 먹고 / 먹어 / 먹으니

[붙임 1] 두 개의 용언이 어울려 한 개의 용언이 될 적에, 앞말의 본뜻이 유지되고 있는 것은 그 원형을 밝히어 적고, 그 본뜻에서 멀어진 것은 밝히어 적지 아니한다.

앞말의 본뜻이 유지되고 있는 것	例 넘어지다, 늘어나다, 늘어지다, 돌아가다, 되짚어 가다, 들어가다, 떨어지다, 벌어지다, 엎어지다
본뜻에서 멀어진 것	例 드러나다, 사라지다, 쓰러지다

[붙임 2] 종결형에서 사용되는 어미 '-오'는 '요'로 소리 나는 경우가 있더라도 그 원형을 밝혀 '오'로 적는다. (ㄱ을 취하고, ㄴ을 버림)

ㄱ	ㄴ	ㄱ	ㄴ
이것은 책이오.	이것은 책이요.	이리로 오시오.	이리로 오시요.

[붙임 3] 연결형에서 사용되는 '이요'는 '이요'로 적는다. (ㄱ을 취하고, ㄴ을 버림)

ㄱ	ㄴ
이것은 책이요, 저것은 붓이요, 또 저것은 먹이다.	이것은 책이오, 저것은 붓이오, 또 저것은 먹이다.

(2) 접미사가 붙어서 된 말

제19항 어간에 '-이'나 '-음/-ㅁ'이 붙어서 명사로 된 것과 '-이'나 '-히'가 붙어서 부사로 된 것은 그 어간의 원형을 밝히어 적는다.

'-이'가 붙어서 명사로 된 것	例 길이, 높이, 미닫이, 살림살이
'-음/-ㅁ'이 붙어서 명사로 된 것	例 걸음, 얼음, 웃음, 앎
'-이'가 붙어서 부사로 된 것	例 길이, 높이, 많이, 실없이
'-히'가 붙어서 부사로 된 것	例 밝히, 익히

※ 다만, 어간에 '-이'나 '-음'이 붙어서 명사로 바뀐 것이라도 그 어간의 뜻과 멀어진 것은 원형을 밝히어 적지 아니한다. 例 코끼리, 거름(비료), 노름(도박)

[붙임] 어간에 '-이'나 '-음' 이외의 모음으로 시작된 접미사가 붙어서 다른 품사로 바뀐 것은 그 어간의 원형을 밝히어 적지 아니한다.

명사로 바뀐 것	例 마감, 우스개, 얼개, 너머, 마개, 마중, 무덤, 쓰레기, 주검
부사로 바뀐 것	例 너무, 도로, 자주, 차마
조사로 바뀌어 뜻이 달라진 것	例 나마, 부터, 조차

제23항 '-하다'나 '-거리다'가 붙는 어근에 '-이'가 붙어서 명사가 된 것은 그 원형을 밝히어 적는다. (ㄱ을 취하고, ㄴ을 버림)

ㄱ	ㄴ	ㄱ	ㄴ	ㄱ	ㄴ	ㄱ	ㄴ
살살이	살사리	오뚝이	오뚜기	배불뚝이	배불뚜기	홀쭉이	홀쭈기

[붙임] '-하다'나 '-거리다'가 붙을 수 없는 어근에 '-이'나 또는 다른 모음으로 시작되는 접미사가 붙어서 명사가 된 것은 그 원형을 밝히어 적지 아니한다.

例 개구리, 기러기, 깍두기, 꽹과리, 날라리, 누더기, 동그라미, 두드러기, 매미, 부스러기, 뻐꾸기

제25항 '-하다'가 붙는 어근에 '-히'나 '-이'가 붙어서 부사가 되거나, 부사에 '-이'가 붙어서 뜻을 더하는 경우에는 그 어근이나 부사의 원형을 밝히어 적는다.

'-하다'가 붙는 어근에 '-히'나 '-이'가 붙는 경우	例 급히, 꾸준히, 딱히, 어렴풋이, 깨끗이
부사에 '-이'가 붙어서 역시 부사가 되는 경우	例 곰곰이, 더욱이, 생긋이, 오뚝이, 일찍이, 해죽이

[붙임] '-하다'가 붙지 않는 경우에는 소리대로 적는다.

例 갑자기, 반드시(꼭), 슬며시

(3) 합성어 및 접두사가 붙은 말

제27항 둘 이상의 단어가 어울리거나 접두사가 붙어서 이루어진 말은 각각 그 원형을 밝히어 적는다.

例 꺾꽂이, 부엌일, 헛웃음, 맞먹다, 샛노랗다, 시꺼멓다

제28항 끝소리가 'ㄹ'인 말과 딴 말이 어울릴 적에 'ㄹ' 소리가 나지 아니하는 것은 아니 나는 대로 적는다.

例 따님(딸-님), 바느질(바늘-질), 우짖다(울-짖다)

제29항 끝소리가 'ㄹ'인 말과 딴 말이 어울릴 적에 'ㄹ' 소리가 'ㄷ' 소리로 나는 것은 'ㄷ'으로 적는다.

例 반짇고리(바느질~), 숟가락(술~), 섣부르다(설~)

제30항 사이시옷은 다음과 같은 경우에 받치어 적는다.

1. 순우리말로 된 합성어로서 앞말이 모음으로 끝난 경우

뒷말의 첫소리가 된소리로 나는 것	예 나뭇가지, 햇볕
뒷말의 첫소리 'ㄴ, ㅁ' 앞에서 'ㄴ' 소리가 덧나는 것	예 아랫니, 냇물
뒷말의 첫소리 모음 앞에서 'ㄴㄴ' 소리가 덧나는 것	예 뒷일, 깻잎

2. 순우리말과 한자어로 된 합성어로서 앞말이 모음으로 끝난 경우

뒷말의 첫소리가 된소리로 나는 것	예 귓병, 찻잔, 핏기
뒷말의 첫소리 'ㄴ, ㅁ' 앞에서 'ㄴ' 소리가 덧나는 것	예 훗날, 툇마루
뒷말의 첫소리 모음 앞에서 'ㄴㄴ' 소리가 덧나는 것	예 예삿일, 훗일

3. 두 음절로 된 다음 한자어 → 곳간(庫間), 셋방(貰房), 숫자(數字), 찻간(車間), 툇간(退間), 횟수(回數)

> 제31항 두 말이 어울릴 적에 'ㅂ' 소리나 'ㅎ' 소리가 덧나는 것은 소리대로 적는다.

'ㅂ' 소리가 덧나는 것	예 볍씨(벼ㅂ씨), 입때(이ㅂ때), 햅쌀(해ㅂ쌀)
'ㅎ' 소리가 덧나는 것	예 머리카락(머리ㅎ가락), 살코기(살ㅎ고기), 수캐(수ㅎ개), 수컷(수ㅎ것), 수탉(수ㅎ닭), 안팎(안ㅎ밖), 암컷(암ㅎ것), 암탉(암ㅎ닭)

(4) 준말

> 제35항 모음 'ㅗ, ㅜ'로 끝난 어간에 '-아/-어, -았-/-었-'이 어울려 'ㅘ/ㅝ, ㅘㅆ/ㅝㅆ'으로 될 적에는 준 대로 적는다.

본말	준말	본말	준말	본말	준말	본말	준말
꼬아	꽈	꼬았다	꽜다	보아	봐	보았다	봤다
쏘아	쏴	쏘았다	쐈다	두어	둬	두었다	뒀다
쑤어	쒀	쑤었다	쒔다	주어	줘	주었다	줬다

[붙임 1] '놓아'가 '놔'로 줄 적에는 준 대로 적는다.

[붙임 2] 'ㅚ' 뒤에 '-어, -었-'이 어울려 'ㅙ, ㅙㅆ'으로 될 적에도 준 대로 적는다.

예 괴어(본말) - 괘(준말), 괴었다(본말) - 괬다(준말)

> 제40항 어간의 끝음절 '하'의 'ㅏ'가 줄고 'ㅎ'이 다음 음절의 첫소리와 어울려 거센소리로 될 적에는 거센소리로 적는다.

본말	준말	본말	준말	본말	준말	본말	준말
간편하게	간편케	다정하다	다정타	정결하다	정결타	흔하다	흔타

4. 띄어쓰기

(1) 조사

> 제41항 조사는 그 앞말에 붙여 쓴다.

※ 조사는 자립성이 있는 말 뒤에 붙을 때뿐만 아니라 조사가 둘 이상 연속되거나 어미 뒤에 붙을 때에도 그 앞말에 붙여 씀
예 꽃이, 꽃에서부터, 꽃이다, 꽃입니다, 어디까지나, 먹을게요

(2) 의존 명사, 단위를 나타내는 명사 및 열거하는 말 등

> 제42항 의존 명사는 띄어 쓴다.

예 나도 할 수 있다. / 먹을 만큼 먹어라. / 아는 이를 만났다.

> 제43항 단위를 나타내는 명사는 띄어 쓴다.

예 옷 한 벌, 열 살, 조기 한 손, 버선 한 죽, 북어 한 쾌

※ 다만, 순서를 나타내는 경우나 숫자와 어울리어 쓰이는 경우에는 붙여 쓸 수 있다.
예 두시 삼십분 오초, 삼학년, 1446년 10월 9일, 16동 502호, 제1실습실

(3) 보조 용언

> 제47항 보조 용언은 띄어 씀을 원칙으로 하되, 경우에 따라 붙여 씀도 허용한다. (ㄱ을 원칙으로 하고, ㄴ을 허용함)

ㄱ	ㄴ	ㄱ	ㄴ
불이 꺼져 간다.	불이 꺼져간다.	비가 올 듯하다.	비가 올듯하다.

※ 다만, 앞말에 조사가 붙거나 앞말이 합성 용언인 경우, 그리고 중간에 조사가 들어갈 적에는 그 뒤에 오는 보조 용언은 띄어 쓴다.
예 잘도 놀아만 나는구나! / 네가 덤벼들어 보아라. / 잘난 체를 한다.

(4) 고유 명사 및 전문 용어

> 제48항 성과 이름, 성과 호 등은 붙여 쓰고, 이에 덧붙는 호칭어, 관직명 등은 띄어 쓴다.

예 김양수(金良洙), 서화담(徐花潭), 채영신 씨, 충무공 이순신 장군

5. 그 밖의 것

> 제51항 부사의 끝음절이 분명히 '이'로만 나는 것은 '-이'로 적고, '히'로만 나거나 '이'나 '히'로 나는 것은 '-히'로 적는다.

'이'로만 나는 것	예 깨끗이, 따뜻이, 반듯이, 번번이, 틈틈이
'히'로만 나는 것	예 극히, 급히, 딱히, 속히, 엄격히, 정확히
'이, 히'로 나는 것	예 솔직히, 가만히, 쓸쓸히, 꼼꼼히, 열심히

> 제56항 '-더라, -던'과 '-든지'는 다음과 같이 적는다.

1. 지난 일을 나타내는 어미는 '-더라, -던'으로 적는다. (ㄱ을 취하고, ㄴ을 버림)

ㄱ	ㄴ
지난겨울은 몹시 춥더라.	지난겨울은 몹시 춥드라.

2. 물건이나 일의 내용을 가리지 아니하는 뜻을 나타내는 조사와 어미는 '(-)든지'로 적는다. (ㄱ을 취하고, ㄴ을 버림)

ㄱ	ㄴ
배든지 사과든지 마음대로 먹어라.	배던지 사과던지 마음대로 먹어라.

> 제57항 다음 말들은 각각 구별하여 적는다.

→ 마치다 / 맞히다, 이따가 / 있다가, 느리다 / 늘이다 / 늘리다, 안치다 / 앉히다, -(으)로서 / -(으)로써, 부치다 / 붙이다 등

문법 04 한글 맞춤법

📌 내신형

01 〈보기〉의 한글 맞춤법 규정에 따라 밑줄 친 단어를 바르게 표기한 것은?

──〈보기〉──
- 한자음 '녀, 뇨, 뉴, 니'가 단어 첫머리에 올 적에는, 두음 법칙에 따라 '여, 요, 유, 이'로 적는다.
- 한자음 '랴, 려, 례, 료, 류, 리'가 단어의 첫머리에 올 적에는, 두음 법칙에 따라 '야, 여, 예, 요, 유, 이'로 적는다.
- 한자음 '라, 래, 로, 뢰, 루, 르'가 단어의 첫머리에 올 적에는, 두음 법칙에 따라 '나, 내, 노, 뇌, 누, 느'로 적는다.
- 다만 '렬/률'의 경우는 모음이나 'ㄴ' 받침 뒤에 오면 '열/율'로 적는다.

① 그는 닉명(匿名)의 편지 한 통을 받았다.
② 어제는 낙뢰(落雷)를 동반한 소나기가 내렸다.
③ 왕비는 쌍용(雙龍)이 하늘로 오르는 꿈을 꾸었다.
④ 교통 법규의 위반률(違反率)이 올해 들어 늘고 있다.
⑤ 그 대학교는 학생들의 취업율(就業率)이 높은 편이다.

02 다음 중 밑줄 친 부분이 맞춤법에 어긋난 것은?

① 연재가 국어 문제를 맞혔다.
② 자세한 이야기는 이따가 만나서 하자.
③ 동생이 키가 자라서 바짓단을 늘였다.
④ 형이 솥에 쌀을 안치러 부엌으로 갔다.
⑤ 편지에 우표를 부쳐서 우체통에 넣었다.

03 〈보기〉의 단어들을 ㉠, ㉡에 따라 분류하시오.

──〈보기〉──
제1항 한글 맞춤법은 ㉠표준어를 소리대로 적되, ㉡어법에 맞도록 함을 원칙으로 한다.

장미, 주검, 벚꽃, 굳히다, 드러나다, 넘어지다

04 〈보기〉를 고려할 때, 다음 중 맞춤법에 어긋난 표기는?

──〈보기〉──
[제3장] 소리에 관한 것
제5항 한 단어 안에서 뚜렷한 까닭 없이 나는 된소리는 다음 음절의 첫소리를 된소리로 적는다.

1. 두 모음 사이에서 나는 된소리
2. 'ㄴ, ㄹ, ㅁ, ㅇ' 받침 뒤에서 나는 된소리

다만, 'ㄱ, ㅂ' 받침 뒤에서 나는 된소리는, 같은 음절이나 비슷한 음절이 겹쳐 나는 경우가 아니면 된소리로 적지 아니한다.

① 으뜸
② 담뿍
③ 짭잘하다
④ 소쩍새
④ 갑자기

05 〈보기〉의 ㉠, ㉡에 해당하는 예를 바르게 짝지은 것은?

──〈보기〉──
제15항 용언의 어간과 어미는 구별하여 적는다.
㉠ 두 개의 용언이 어울려 한 개의 용언이 될 적에, 앞말의 본뜻이 유지되고 있는 것은 그 원형을 밝히어 적는다.
㉡ 두 개의 용언이 어울려 한 개의 용언이 될 적에, 그 본뜻에서 멀어진 것은 밝히어 적지 아니한다.

	㉠	㉡
①	늘어나다	엎어지다
②	돌아가다	쓰러지다
③	돌아가다	자라나다
④	드러나다	쓰러지다
⑤	드러나다	틀어지다

서술형 ✏️

06 〈보기〉의 한글 맞춤법 규정을 참고하여 아래 문장에서 띄어쓰기가 잘못된 부분을 찾아 수정하고, 그 이유를 쓰시오.

──〈보기〉──
[제1장] 제2항 문장의 각 단어는 띄어 씀을 원칙으로 한다.
[제5장] 제41항 조사는 그 앞말에 붙여 쓴다.
       제42항 의존 명사는 띄어 쓴다.
       제43항 단위를 나타내는 명사는 띄어 쓴다.

그들은 / 콩 / 한쪽도 / 나눠 / 먹을만큼 / 우애가 / 깊다.

07 〈자료〉의 ⓐ와 ⓑ는 한글 맞춤법 규정에 맞게 표기한 것이다. 적용된 원칙을 〈보기〉에서 찾아 바르게 짝지은 것은?

― 자료 ―
ⓐ지붕 공사가 ⓑ마감 단계에 있다.

― 보기 ―
[한글 맞춤법]
제19항 어간에 '-이'나 '-음/-ㅁ'이 붙어서 명사로 된 것과 '-이'나 '-히'가 붙어서 부사로 된 것은 그 어간의 원형을 밝히어 적는다. ·········· ㉠
[붙임] 어간에 '-이'나 '-음' 이외의 모음으로 시작된 접미사가 붙어서 다른 품사로 바뀐 것은 그 어간의 원형을 밝히어 적지 아니한다. ·········· ㉡
제20항 명사 뒤에 '-이'가 붙어서 된 말은 그 명사의 원형을 밝히어 적는다.
[붙임] '-이' 이외의 모음으로 시작된 접미사가 붙어서 된 말은 그 명사의 원형을 밝히어 적지 아니한다. ········· ㉢

① ⓐ - ㉠　　② ⓐ - ㉡　　③ ⓑ - ㉠
④ ⓑ - ㉡　　⑤ ⓑ - ㉢

08 〈보기〉는 한글 맞춤법 규정의 일부를 정리한 것이다. 이를 읽고 탐구한 내용으로 적절하지 않은 것은?

― 보기 ―
제16항 어간의 끝음절 모음이 'ㅏ, ㅗ'일 때에는 어미를 '-아'로 적고, 그 밖의 모음일 때에는 '-어'로 적는다. ········· ㉠
제18항 다음과 같은 용언들은 어미가 바뀔 경우, 그 어간이나 어미가 원칙에 벗어나면 벗어나는 대로 적는다.
• '하다'의 활용에서 어미 '-아'가 '-여'로 바뀔 적 ········ ㉡
• 어간의 끝음절 '르' 뒤에 오는 어미 '-어'가 '-러'로 바뀔 적 ········· ㉢

① '시계를 보다.'에서 '보다'는 ㉠에 따라 어간 '보-'에 어미 '-아'가 결합해 '보아'로 적겠군.
② '간식을 먹다.'에서 '먹다'는 ㉠에 따라 어간 '먹-'에 어미 '-어'가 결합해 '먹어'로 적겠군.
③ '마당의 눈이 희다.'에서 '희다'의 어간 '희-'에 어미 '-아'가 결합하면 ㉡에 따라 '희여'로 적겠군.
④ '민수가 공부를 하다.'에서 '하다'의 어간 '하-'에 어미 '-아'가 결합하면 ㉡에 따라 '하여'로 적겠군.
⑤ '약속 장소에 이르다.'에서 '이르다'의 어간 '이르-'에 어미 '-어'가 결합하면 ㉢에 따라 '이르러'로 적겠군.

09 〈보기〉를 바탕으로 사이시옷 표기에 대해 이해한 내용으로 적절하지 않은 것은?

― 보기 ―
사이시옷이란 두 단어 또는 형태소가 결합하여 만들어진 합성어의 두 요소 사이에 표기하는 'ㅅ'을 말한다. '한글 맞춤법'에 따르면 다음과 같은 조건들이 만족되어야 사이시옷을 표기할 수 있다.
우선, 두 단어가 결합하는 형태가 고유어와 고유어의 결합, 고유어와 한자어의 결합, 한자어와 고유어의 결합으로 이루어진 합성어인 경우 사이시옷을 표기할 수 있다. 단일어이거나 접사가 결합하여 만들어진 단어인 파생어에는 사이시옷이 표기되지 않고, 외래어가 포함된 합성어나 한자어만으로 구성된 합성어의 경우에도 사이시옷은 표기되지 않는다. 단, '곳간(庫間), 셋방(貰房), 숫자(數字), 찻간(車間), 툇간(退間), 횟수(回數)'라는 한자어는 예외적으로 사이시옷을 표기한다.
다음으로 이러한 합성어의 앞말이 모음으로 끝나고 두 단어가 결합하여 발생하는 음운론적 현상이 다음 중 하나에 해당하여야 한다. 첫째, 뒷말의 첫소리가 된소리로 바뀌는 경우, 둘째, 뒷말의 첫소리 'ㄴ, ㅁ' 앞에서 'ㄴ' 소리가 덧나는 경우, 셋째, 뒷말의 첫소리 모음 앞에서 'ㄴㄴ' 소리가 덧나는 경우에 사이시옷을 표기할 수 있다.

① '아래옷'과 달리 '아랫마을'은 앞말의 끝소리에 'ㄴ' 소리가 덧나기 때문에 사이시옷이 표기된 것이겠군.
② '고깃국'과 달리 '해장국'은 앞말이 모음으로 끝나지 않았기 때문에 사이시옷이 표기되지 않은 것이겠군.
③ '코마개'와 달리 '콧날'은 뒷말의 첫소리 모음 앞에서 'ㄴㄴ' 소리가 덧나기 때문에 사이시옷이 표기된 것이겠군.
④ '우윳빛'과 달리 '오렌지빛'은 합성어를 구성하는 단어의 결합 형태를 고려하여 사이시옷을 표기하지 않은 것이겠군.
⑤ '모래땅'과 달리 '모랫길'은 두 단어가 결합할 때 뒷말의 첫소리가 된소리로 바뀌었기에 사이시옷이 표기된 것이겠군.

[10~11] 다음 글을 읽고 물음에 답하시오.

한글 맞춤법 총칙 제1항은 '한글 맞춤법은 표준어를 소리대로 적되, 어법에 맞도록 함을 원칙으로 한다.'이다. 이는 한글 맞춤법의 대원칙을 밝히는 조항으로, 한글 맞춤법은 이 조항에 따라 표준어를 표음 문자인 한글로 올바르게 적는 방법이다.

먼저 '표준어를 소리대로 적는다'는 원칙은 한글 맞춤법이 표준어를 대상으로 한다는 뜻이 담겨 있다. 그리고 '소리대로' 적는다는 것은 표준어를 적을 때 발음에 따라 적는다는 뜻이다. 이는 자음이나 모음과 같은 음소를 조합하여 다양한 말소리를 그대로 기호로 나타낼 수 있는 표음 문자인 한글의 기본 기능에 충실한 원칙이다. 이를테면 [나무]라고 소리 나는 표준어는 'ㄴ'과 'ㅏ'로 조합된 한 음절과 'ㅁ'과 'ㅜ'로 조합된 한 음절을 그대로 '나무'로 적는 것이다.

그런데 '표준어를 소리대로 적는다'는 원칙만으로 충분하지 않은 경우가 있다. 그래서 '어법에 맞도록 한다'는 원칙을 제시한다. 예를 들어 체언 '빛'에 다양한 조사가 결합한 형태를 소리 나는 대로 적으면, '비치', '빋또', '빈만' 등이 된다. 하지만 이렇게 적으면 '빛'이라는 하나의 말이 여러 가지로 표기되어 실질 형태소의 본 모양과 형식 형태소의 본 모양이 무엇인지, 둘의 경계가 어디인지를 알아보기가 어렵다. 이와 달리 실질 형태소와 형식 형태소를 구분해서 어법에 맞도록 '빛이', '빛도', '빛만' 등으로 적으면 의미와 기능을 나타내는 각각의 형태소의 모양이 일관되게 고정되어서 뜻을 파악하기가 쉽고 독서의 능률도 향상된다. 이렇게 체언과 조사를 구분해서 표준어를 표기하는 원칙은 한글 맞춤법 제14항에서 자세히 밝히고 있는데, 이는 용언의 어간 뒤에 어미가 결합할 때도 동일하게 적용되는 경우가 있다. 한글 맞춤법 제15항에 따르면, '먹어서'는 [머거서]로 발음되지만 실질 형태소인 어간 '먹-'과 형식 형태소인 어미 '-어서'를 구별하여 적는다.

한편 한글 맞춤법에서는 단어의 일부분이 줄어든 준말의 표기 방법을 따로 규정하고 있다. 한글 맞춤법 제32항에서는 어근이나 어간에서 끝음절의 모음이 줄어들고 자음만 남는 경우 자음을 앞 음절의 받침으로 적는다는 것을 다루고 있다. 그 예로 '어제저녁'이 줄어들어 '엊저녁'으로도 적는 경우를 들 수 있다. '어제저녁'의 준말의 발음인 [얻쩌녁]을 소리 나는 대로 적으면 그 원래 뜻을 파악하기 어렵다. 그래서 '어제저녁'과의 형태적 연관성이 드러나도록 '엊저녁'으로 표기하는 것이다. 이는 표준어를 소리대로 적는다는 원칙만으로 충분하지 않은 경우, 어법에 맞도록 표기한 것이라 할 수 있다.

10 윗글을 이해한 내용으로 적절하지 <u>않은</u> 것은?

① '부엌'은 각 음절을 소리 나는 대로 표기한 경우이다.
② 한글은 음소를 조합하여 다양한 말소리를 기호로 나타낼 수 있다.
③ '모이'는 'ㅁ'과 'ㅗ'로 조합된 한 음절과 'ㅣ'로 된 한 음절을 소리 나는 대로 적은 것이다.
④ '웃으면'은 실질 형태소와 형식 형태소의 경계가 드러나도록 어법에 맞게 표기한 경우이다.
⑤ '갈비탕을 시켜 먹었다.'와 '갈비탕을 식혀 먹었다.'를 소리 나는 대로 적으면 의미의 구별이 어려운 경우가 생길 수 있다.

11 윗글을 바탕으로 〈보기〉의 ㉠~㉤을 '탐구 과정'에 따라 분류할 때, [A]에 들어갈 예만을 고른 것은?

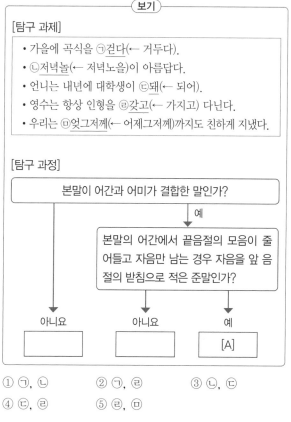

─────── 보기 ───────

[탐구 과제]
• 가을에 곡식을 ㉠걷다(← 거두다).
• ㉡저녁놀(← 저녁노을)이 아름답다.
• 언니는 내년에 대학생이 ㉢돼(← 되어).
• 영수는 항상 인형을 ㉣갖고(← 가지고) 다닌다.
• 우리는 ㉤엊그제께(← 어제그저께)까지도 친하게 지냈다.

[탐구 과정]

본말이 어간과 어미가 결합한 말인가?

본말의 어간에서 끝음절의 모음이 줄어들고 자음만 남는 경우 자음을 앞 음절의 받침으로 적은 준말인가?

아니요   아니요   예
              [A]

① ㉠, ㉡   ② ㉠, ㉣   ③ ㉡, ㉢
④ ㉢, ㉣   ⑤ ㉣, ㉤

01 국어사 시대 구분

| 고려 건국 | | 임진왜란 | | 갑오개혁 | |

고대 국어 (~9세기)	중세 국어 (10~16세기)	근대 국어 (17~19세기)	현대 국어 (20세기~)
고려 건국 이전까지	• 전기 중세 국어: 고려 건국~훈 민정음 창제 • 후기 중세 국어: 훈민정음 창제 ~임진왜란	임진왜란 ~ 갑오개혁	갑오개혁 이후

02 한글의 제자 원리

1. 상형
초성자 기본자는 발음 기관, 중성자 기본자는 하늘, 사람, 땅의 형상을 본떠 만듦

2. 가획
초성자 기본자에 획을 더하여 새 글자를 만듦

구분	기본자	1획 가획자	2획 가획자	이체자
어금닛소리(아음)	ㄱ	ㅋ		ㆁ
혓소리(설음)	ㄴ	ㄷ	ㅌ	ㄹ(반설음)
입술소리(양순음)	ㅁ	ㅂ	ㅍ	
잇소리(치음)	ㅅ	ㅈ	ㅊ	ㅿ(반치음)
목구멍소리(후음)	ㅇ	ㆆ	ㅎ	

※ 이체자: 소리가 세어짐을 나타내는 가획의 의미가 없이 모양을 달리하는 글자

3. 합성
기본자 외 8개 중성자는 기본자를 합해 만듦

상형	기본자	초출자	재출자
천(天): 하늘을 본뜸	·	·+ㅡ→ㅗ ㅣ+·→ㅏ	ㅗ+·→ㅛ ㅏ+·→ㅑ
지(地): 땅을 본뜸	ㅡ	ㅡ+·→ㅜ	ㅜ+·→ㅠ
인(人): 사람을 본뜸	ㅣ	·+ㅣ→ㅓ	ㅓ+·→ㅕ

4. 종성부용초성
종성자는 별도로 만들지 않고 초성자를 다시 사용함

※ 한글의 운용 원리
• 병서: 기존 글자를 가로로 나란히 씀 예 ㄲ, ㄸ, ㅃ
• 연서: 기존 글자를 세로로 나란히 씀 예 ㅸ, ㅹ, ㆄ, ㅱ
• 합용: 기존 글자를 붙여 새 글자를 만듦 예 ㅗ+ㅏ→ㅘ
• 부서: 중성인 모음은 초성의 아래나 오른쪽에 붙여 씀

03 중세 국어

1. 음운

(1) 자음
① 'ㆁ, ㅿ, ㆆ, ㅸ' 등 현대 국어에 없는 자음이 있었음

② 된소리(경음) 계열이 나타남 예 쑴(>꿈), 쓸(>뿔)

③ 'ㅳ, ㅄ, ㅶ, ㅴ' 등 음절 첫머리에 오는 둘 이상의 자음 연속체인 어두 자음군이 쓰임 예 뜯(志), 발(米), 때(時)

(2) 모음
① 'ㅣ, ㅡ, ㅓ, ㅜ, ·, ㅏ, ㅗ'의 7개 단모음(현대 국어에 없는 '·' 포함)과 'ㅐ, ㅒ, ㅚ, ㅔ, ㅢ, ㅑ, ㅛ, ㅕ, ㅠ, ㅘ, ㅝ, ㅟ' 등의 다양한 이중 모음이 존재함

② 양성 모음은 양성 모음끼리, 음성 모음은 음성 모음끼리 어울리는 모음 조화가 비교적 잘 지켜짐

어근 + 접사	양성 모음 예 높-+-이, 날-+-개
	음성 모음 예 열-+-음, 굽-+-의
체언 + 조사	양성 모음 예 사룸 + 울, 못 + 애
	음성 모음 예 꿈 + 으로, 우ㅎ + 의
용언 어간 + 어미	양성 모음 예 알-+-아라, 앉-+-아셔
	음성 모음 예 두-+-어라, 얻-+-으면

(3) 성조
소리의 높낮이를 통해 단어의 뜻을 구분함. 글자 왼쪽에 찍는 방점을 통해 나타냄. 평성(낮은 소리, 점 없음), 거성(높은 소리, 점 한 개), 상성(낮았다가 높아지는 소리, 점 두 개)이 있음

※상성은 현대 국어의 장음에 반영되어 있음

(4) 음운 변동
구개음화, 두음 법칙, 원순 모음화가 나타나지 않음
예 펴디, 니르고져, 스물

2. 표기

(1) 종성 표기
8종성 → 종성에서 발음되는 자음이 8개(ㄱ, ㄴ, ㄷ, ㄹ, ㅁ, ㅂ, ㅅ, ㆁ)로, 받침에도 8개의 자음이 표기됨

(2) 띄어쓰기
띄어쓰기를 하지 않음 예 불휘기픈남ᄀᆞᆫᄇᆞᄅᆞ매아니뮐씨

(3) 이어 적기(연철)
중세 국어에 주로 쓰임. 받침 있는 체언이나 용언의 어간에 모음으로 시작되는 조사나 어미가 붙을 때 앞말의 종성을 뒷말의 초성으로 내려 적음 예 시미(심 + 이), 기픈(깊-+-은)

■ 거듭 적기와 끊어 적기

거듭 적기 (중철)	앞말에 종성을 적고 뒷말의 초성에도 앞말의 종성을 내려 적음(과도기적 표기) 예 심미(샘이), 님믈(님을)
끊어 적기 (분철)	앞말에 종성을 적고 뒷말의 초성에는 'ㅇ'을 적는 것. 소리 나는 대로 적는 이어 적기와 달리 형태소를 밝혀 적는 표기임 예 몸이며(몸 + 이며), 안아(안– + –아), 담아(담– + –아)

(4) 동국정운식 한자음 표기

한자음을 중국 원음에 가깝게 표기하려는 것. 받침이 없는 글자에도 형식적 종성을 넣어 적음 예 솅종(세종)

3. 문법

(1) 조사와 어미

① 주격 조사

형태	음운 환경	예
이	선행 체언의 말음이 자음일 때	• 곶 + 이 → 고지(꽃이) • 世尊 + 이 → 世尊이(세존이)
ㅣ	선행 체언의 말음이 'ㅣ'나 반모음 'ㅣ' 이외의 모음일 때	• 홇 바 + ㅣ → 홇 배(할 바가) • 始祖 + ㅣ → 始祖ㅣ(시조가)
∅	선행 체언의 말음이 'ㅣ'나 반모음 'ㅣ'일 때	• 불휘 + ∅ → 불휘(뿌리가) • 아히 + ∅ → 아히(아이가)

② 목적격 조사

형태	음운 환경		예
을	선행 체언의 발음이 자음일 때	양성 모음 뒤	사룸 + 을 → 사루믈(사람을)
을		음성 모음 뒤	뜯 + 을 → 뜨들(뜻을)
룰	선행 체언의 말음이 모음일 때	양성 모음 뒤	죠히 + 룰 → 죠히룰(종이를)
를		음성 모음 뒤	부텨 + 를 → 부텨를(부처를)

※ 선행 체언의 말음이 모음일 때 '룰/를' 대신 'ㄹ'이 사용되기도 함
예 머리 + ㄹ → 머릴(머리를)

③ 관형격 조사

형태	음운 환경		예
이	유정 명사이면서 높임의 대상이 아닌 경우	양성 모음 뒤	눔 + 이 → 누미(남의)
의		음성 모음 뒤	거붑 + 의 → 거부븨(거북의)
ㅅ	유정 명사이면서 높임의 대상인 경우		부텨 + ㅅ → 부텻(부처의)
	무정 명사		나모 + ㅅ → 나못(나무의)

④ 부사격 조사

형태	음운 환경	예
애	양성 모음으로 끝나는 체언 뒤	바롤 + 애 → 바루래(바다에)
에	음성 모음으로 끝나는 체언 뒤	꿈 + 에 → 꾸메(꿈에)
예	모음 'ㅣ'나 반모음 'ㅣ'로 끝나는 체언 뒤	• 서리 + 예 → 서리예(가운데에) • 비 + 예 → 비예(배에)

이	양성 모음으로 끝나는 특수한 체언 뒤	밤 + 이 → 바미(밤에)
의	음성 모음으로 끝나는 특수한 체언 뒤	올흔녁 + 의 → 올흔녀긔(오른쪽에)

※ '이/의'는 신체, 방위, 처소, 시간 등을 뜻하는 무정 체언이 오는 경우에 쓰였음

⑤ 호격 조사

형태	음운 환경	예
아, 야/여	평칭 뒤	阿難 + 아 → 阿難아(아란아)
하	존칭 뒤	님금 + 하 → 님금하(임금이시여)

⑥ 서술격 조사

형태	음운 환경	예
이라	선행 체언의 말음이 자음일 때	일훔 + 이라 → 일후미라(이름이다)
ㅣ라	선행 체언의 말음이 'ㅣ'나 반모음 'ㅣ' 이외의 모음일 때	부텨 + ㅣ시니라 → 부톄시니라(부처이시다)
∅라	선행 체언의 말음이 'ㅣ'나 반모음 'ㅣ'일 때	• 머리 + 라 → 머리라(머리이다) • 불휘 + 라 → 불휘라(뿌리이다)

⑦ 명사형 어미: '–옴/–움'이 주로 사용됨
예 뿌메(쁘–+–움+에)

(2) 의문문 표현

① 의문사 유무에 따라

구분	형태	예
판정 의문문	• 의문사가 없고 '예, 아니요' 판정을 요구함 • 체언 뒤에 바로 의문 보조사 '가', '아'가 붙음 • '–ㄴ가', '–ㄹ가', '–녀', '–려' 등 '–아/–어' 계열의 종결 어미가 쓰임	• 이 쓰리 너희 죵가 (이 딸이 너희들의 종인가?) • 져므며 늘구미 잇누녀(젊으며 늙음이 있느냐?)
설명 의문문	• 의문사가 있고 의문사에 대한 설명을 요구함 • 체언 뒤에 바로 의문 보조사 '고', '오'가 붙음 • '–ㄴ고', '–ㄹ고', '–뇨', '–료', '–오' 등 '–오' 계열의 종결 어미가 쓰임	• 이 엇던 光明(광명)고(이것이 어떤 광명인가?) • 므슴 마룰 니루누뇨(무슨 말을 말하느냐?)

② 주어의 인칭에 따라

구분	형태	예
1인칭, 3인칭	의문 보조사 '가', '아', '고', '오' 및 의문형 어미 '–ㄴ가', '–ㄹ가', '–ㄴ고', '–ㄹ고' 등이 쓰임	• 이는 賞(상)가 罰(벌)아(이는 상인가 벌인가?) • 엇논 藥(약)이 므스 것고(얻는 약이 무엇이냐?) • 서경은 평안흔가 몯흔가 (서경은 평안한가 못한가?)
2인칭	의문사의 유무와 상관없이 '–ㄴ다' 등이 쓰임	• 네 쁘덴 엇뎨 너기는다(네 뜻에는 어떻게 여기느냐?) • 네 엇지 深夜(심야)의 운다(네 어찌 깊은 밤에 우는가?)

(3) 높임 표현

① **주체 높임**: 선어말 어미 '-시-, -샤-'가 사용됨

형태	음운 환경	예
-(♀/으)시-	후행 어미의 첫소리가 자음일 경우	가시니(가-+-시-+-니)
-(♀/으)샤-	후행 어미의 첫소리가 모음일 경우	• 가샴(가-+-샤-+-옴) • ᄀᆞᄅᆞ샤디(ᄀᆞᆯ-+-ᄋᆞ샤-+ -오디)

※ 후행 어미의 첫소리가 모음일 경우, 주체 높임 선어말 어미 '-샤-'가 쓰이면서 뒤에 오는 모음 어미를 탈락시킴. 이에 따라 표기에는 모음 어미가 드러나지 않음

② **객체 높임**: 선어말 어미 '-숩-, -즙-, -ᅀᆞᆸ-'이 사용됨. '-숩-, -즙-, -ᅀᆞᆸ-'은 선행 어간의 끝소리와 후행 어미의 첫소리에 따라 '-ᄉᆞᆯ-, -ᄌᆞᆯ-, -ᅀᆞᆯ-'으로 형태가 달라지기도 함

형태	음운 환경		예
	선행 어간의 끝소리	후행 어미의 첫소리	
-숩-	ᄀ, ᄇ, ᄉ, ᄒ	자음	막숩거늘(막-+-숩-+-거늘)
-ᄉᆞᆯ-		모음	돕ᄉᆞᄫᆞ니(돕-+-ᄉᆞᆯ-+-ᄋᆞ니)
-즙-	ᄃ, ᄌ, ᄎ	자음	듣즙게(듣-+-즙-+-게)
-ᄌᆞᆯ-		모음	얻ᄌᆞᄫᆞ(얻-+-ᄌᆞᆯ-+-ᄋᆞ)
-ᅀᆞᆸ-	울림소리(모음, ㄴ, ㄹ, ㅁ)	자음	보ᅀᆞᆸ게(보-+-ᅀᆞᆸ-+-게)
-ᅀᆞᆯ-		모음	ᄀᆞ초ᅀᆞᄫᅡ(ᄀᆞ초-+-ᅀᆞᆯ-+-아)

※ 현대 국어에서 객체 높임은 주로 특수 어휘(드리다 등)에 의해 실현된다는 점에서 중세 국어와 차이가 있음

③ **상대 높임**: 선어말 어미 '-이-'(평서형), '-잇-'(의문형)과 종결 표현 'ᄒᆞ라체', 'ᄒᆞ야쎠체', 'ᄒᆞ쇼셔체' 등이 사용됨
예 업스이다(없습니다.) / 가시리잇고(가시겠습니까?)

4. 어휘

(1) **고유어**: 현대 국어에서 잘 쓰이지 않는 고유어가 다수 존재함 (중세 국어에서 쓰이던 고유어가 현대 국어로 오면서 한자어로 대체된 경우가 많음)
예 ᄀᆞᄅᆞᆷ(강), 뫼(산), 미르(용)

(2) **한자어와 외래어**: 중국에서 유입된 한자어, 몽골어, 여진어 등에서 온 외래어가 존재함
예 붇[筆], 바톨[勇士], 투먼[豆滿]

(3) **현대 국어로 오면서 의미가 달라진 어휘**

의미 축소	단어의 의미 영역이 좁아짐	예 놈(사람 → '남자'를 낮잡아 이르는 말)
의미 확대	단어의 의미 영역이 넓어짐	예 영감(벼슬 이름 → 나이가 많아 중년이 지난 남자를 대접하여 이르는 말)
의미 이동	단어의 의미가 달라짐	예 어엿비(불쌍하게 → 예쁘게)

(4) 'ᅙ' 종성 체언과 'ㄱ' 덧생김 체언

'ᅙ' 종성 체언	'ㄱ' 덧생김 체언
조사와 결합할 때 'ᅙ'이 실현되는 체언 예 돌ᅙ[石] + 이 → 돌히(돌이) 돌ᅙ + 과 → 돌콰(돌과)	조사와 결합할 때 체언 끝음절의 모음이 탈락한 뒤 'ㄱ'이 덧붙는 체언 예 나모 + 이 → 남기(남ㄱ[木] + 주격 조사 '이')

04 근대 국어

1. 음운

(1) **자음과 모음**

자음	• 'ㅸ, ᅙ, ᅀ'이 사라짐 • 'ㆁ'은 종성에서만 실현되고 글꼴도 'ㅇ'으로 변화함 예 양>양[樣] • 'ㅂ'계, 'ㅄ'계 어두 자음군이 사라지면서 된소리로 바뀜 예 ᄣᅢ>쌔(때), ᄠᅳᆮ>쁟(뜻)
모음	• 8개의 단모음 체계(ㅣ, ㅡ, ㅓ, ㅜ, ㅏ, ㅗ, ㅐ, ㅔ)가 됨 • 'ㆍ'가 소실되면서 둘째 음절 이하에서 주로 'ㅡ'로 바뀌고, 이후 첫째 음절에서 주로 'ㅏ'로 변화함 예 ᄀᆞᄅᆞ치다>ᄀᆞ르치다>가르치다

(2) **음운 변동**: 구개음화, 두음 법칙, 원순 모음화가 나타남
예 그티디>그치지, 님금>임금, 믈>물

2. 표기

(1) **종성 표기**: 7종성 → 'ㄱ, ㄴ, ㄹ, ㅁ, ㅂ, ㅅ, ㅇ'의 7개 글자를 주로 사용함. 발음상 종성의 'ㅅ'이 'ㄷ'으로 발음되었으나, 표기상 'ㄷ' 대신 'ㅅ'을 사용함 예 밋다(믿다)

(2) **거듭 적기(중철)**: 이어 적기(연철)가 끊어 적기(분철)로 바뀌어 가는 과정의 과도기적 표기가 나타남
예 기픈(이어 적기) – 깁픈(거듭 적기) – 깊은(끊어 적기)

3. 문법

(1) **주격 조사**: '가'가 사용됨

(2) **불규칙 활용**: 'ᅀ'이 소실되면서 'ㅅ' 불규칙 활용으로 변함
예 지서>지어

(3) **선어말 어미**

객체 높임	객체 높임 선어말 어미 '-숩-/-즙-/-ᅀᆞᆸ-'이 객체 높임에 쓰이지 않고, 화자의 겸양(공손)을 나타내는 선어말 어미 '-ᄉᆞ오-/-ᄌᆞ오-/-오-'로 변화함
과거 시제	과거 시제 선어말 어미 '-앗-/-엇-'이 확립됨

4. 어휘

서구 문물 및 사상의 유입으로 관련 어휘들이 들어옴
예 자명종(自鳴鐘), 천주교(天主敎)

문법 05 국어사

🖈 내신형

[01~04] 다음 글을 읽고 물음에 답하시오.

　나·랏 ㉠:말ᄊᆞ·미 中듕國·귁·에 달·아 文문字·ᄍᆞ·와·로 서르
ᄉᆞᄆᆞᆺ·디 아·니ᄒᆞᆯ·씨 ·이런 젼·ᄎᆞ·로 어·린 ㉡百·빅姓·셩·이
니르·고·져 ·홇 ·배 **이·셔·도** 무·ᄎᆞᆷ :내 ㉢제 ·ᄠᅳ·들 시·러 펴
·디 :몯ᄒᆞᇙ ㉣·노·미 하·니·라 ㉤·내 **이·를** 爲·윙·ᄒᆞ·야 :어엿
·비 너·겨 ·새·로 ·스·믈 여·듫 字·ᄍᆞ·를 밍·ᄀᆞ노·니 :사ᄅᆞᆷ:마
·다 :ᄒᆡ·여 ·수·빙 니·겨 ·날·로 **·ᄡᅮ·메** 便뼌安ᅙ한·킈 ᄒᆞ·고·져
ᄒᆞᇙ ᄯᆞᄅᆞ·미니·라　　　　　　　　　　 – 〈세종어제훈민정음〉

[현대어 풀이]

　우리나라의 말이 중국과 달라 한자와는 서로 통하지 아니하
여서 이런 까닭으로 어리석은 백성이 이르고자 하는 바가 있어
도 마침내 제 뜻을 펴지 못하는 사람이 많다. 내가 이를 가엾게
생각하여 새로 스물여덟 글자를 만드니, 모든 사람으로 하여금
쉽게 익혀서 날마다 쓰는 데 편하게 하고자 할 따름이다.

---

01 윗글에 대한 설명으로 적절하지 <u>않은</u> 것은?

① 병서와 연서의 원리가 나타난다.
② 어두에 둘 이상의 자음이 올 수 없었다.
③ 방점을 찍어 소리의 높낮이를 표시하였다.
④ 현대 국어에 사용되지 않는 음운이 있었다.
⑤ 소리 나는 대로 이어 적는 표기가 사용되었다.

02 〈보기〉에 제시된 단어의 의미 변화 양상을 바르게 연결한
것은?

〈보기〉

중세 국어 단어	중세 국어 의미	현대 국어 의미
어린	어리석은	나이가 적은
놈	사람	남자를 낮추어 이르는 말
어엿비	가엾게	예쁘게

	어린	놈	어엿비
①	의미의 확대	의미의 축소	의미의 축소
②	의미의 축소	의미의 확대	의미의 이동
③	의미의 축소	의미의 이동	의미의 확대
④	의미의 이동	의미의 확대	의미의 축소
⑤	의미의 이동	의미의 축소	의미의 이동

03 윗글에서 알 수 있는 중세 국어와 현대 국어의 문법적 차
이로 적절하지 <u>않은</u> 것은?

① 나랏: 중세 국어에서는 현대 국어와 달리 무정 명사
뒤에 관형격 조사 'ㅅ'이 쓰였다.
② 니르고져: 중세 국어에서는 현대 국어와 달리 두음
법칙이 적용되지 않아 어두에 'ㅣ' 모음과 결합한 'ㄴ'
이 쓰일 수 있었다.
③ 이셔도: 중세 국어에서는 현대 국어와 달리 주체를
높이는 선어말 어미 '-시-'의 형태가 환경에 따라
'셔'로 나타나기도 하였다.
④ 이룰: 중세 국어에서는 현대 국어와 달리 모음으로
끝나는 체언 뒤에 목적격 조사 '룰'이 쓰였다.
⑤ 뿌메: 중세 국어에서는 현대 국어와 달리 음성 모음을
갖는 어간 뒤에서 명사형 전성 어미 '-움'이 쓰였다.

서술형 ✎
04 '현대어 풀이'를 참고하여 ㉠~㉤ 중 주격 조사가 결합하
지 않은 것을 찾고, 그 이유를 서술하시오.

---

05 〈보기〉에 대한 설명으로 적절하지 <u>않은</u> 것은?

〈보기〉

　불·휘 기·픈 남·ᄀᆞᆫ 보·ᄅᆞ·매 아·니 :뮐·씨 곶 :됴·코 여·름
·하ᄂᆞ·니 :시·미 기·픈 ·므·른 ·ᄀᆞ무·래 아·니 그·츨·씨 :내
:히 이·러 바·ᄅᆞ·래 ·가ᄂᆞ·니
　　　　　　　　　　　　　 – 〈용비어천가〉 제2장

[현대어 풀이]

　뿌리가 깊은 나무는 바람에 아니 움직이므로 꽃이 좋고 열
매가 많으니, 샘이 깊은 물은 가뭄에 아니 그치므로 내가 이
루어져 바다에 가느니

① '불휘'와 '내히'를 통해 'ㅣ' 형태의 주격 조사가 쓰였
음을 알 수 있다.
② '뮐씨'를 통해 현대 국어에 쓰이지 않는 형태의 어휘
가 존재하였음을 알 수 있다.
③ '므른'을 통해 체언과 조사 사이에 모음 조화가 지켜
졌음을 알 수 있다.
④ 'ᄇᆞᄅᆞ매', '바ᄅᆞ래'를 통해 양성 모음으로 끝나는 체언
뒤에 부사격 조사 '애'가 결합하였음을 알 수 있다.
⑤ '남ᄀᆞᆫ'과 '내히'를 통해 환경에 따라 'ㄱ'이 덧생기는 체
언과 종성에 'ㅎ'을 갖는 체언이 있었음을 알 수 있다.

06 〈보기〉를 바탕으로 중세 국어의 특징을 탐구한 내용으로 적절하지 <u>않은</u> 것은?

────── 보기 ──────

녜 小學(쇼학)애 사ᄅᆞᆷᄋᆞᆯ ᄀᆞᄅᆞ츄디 믈 ᄲᅳ리고 ᄡᅳᆯ며 應(응)ᄒᆞ며 對(ᄃᆡ)ᄒᆞ며【應(응)ᄋᆞᆫ 블러든 디답홈이오 對(ᄃᆡ)ᄂᆞᆫ 무러든 디답홈이라】나ᅀᆞ며 므르ᄂᆞᆫ 졀ᄎᆞ와 **어버이ᄅᆞᆯ ᄉᆞ랑ᄒᆞ며** 얼운을 공경ᄒᆞ며 스승을 존디ᄒᆞ며 벋을 親(친)히 홀 道(도)로ᄡᅥ ᄒᆞ니 다 뻐 몸을 닷ᄀᆞ며 집을 ᄀᆞᄌᆞ기ᄒᆞ며 **나라ᄒᆞᆯ** 다ᄉᆞ리며 天下(텬하)ᄅᆞᆯ 平(평)히 홀 근본을 ᄒᆞᄂᆞᆫ 배니

[현대어 풀이]

옛날 소학에 사람을 가르치되, 물을 뿌리고 쓸며, 응하며 대하며【응은 부르거든 대답하는 것이요, 대는 묻거든 대답하는 것이다.】나아가며 물러나는 절차와, 어버이를 사랑하며 어른을 공경하며 스승을 존대하며 벗을 친히 할 도로써 하니, 다 그로써 몸을 닦으며 집을 가지런히 하며 나라를 다스리며 천하를 평히 할 근본을 하는 바이니

① '녜'를 보니 현대 국어와 달리 두음 법칙이 적용되었음을 알 수 있군.
② 'ᄲᅳ리고'와 'ᄡᅳᆯ며'를 보니 현대 국어와 달리 초성에 서로 다른 두 개의 자음이 함께 쓰였음을 알 수 있군.
③ '어버이ᄅᆞᆯ'을 보니 현대 국어와 달리 목적격 조사 'ᄅᆞᆯ'이 쓰였음을 알 수 있군.
④ 'ᄉᆞ랑ᄒᆞ며'를 보니 현대 국어와 달리 'ㆍ'가 표기에 사용되었음을 알 수 있군.
⑤ '나라ᄒᆞᆯ'을 보니 현대 국어와 달리 'ㅎ'을 끝소리로 가진 체언이 있었음을 알 수 있군.

07 〈보기〉를 바탕으로 중세 국어의 특징을 탐구한 내용으로 적절하지 <u>않은</u> 것은?

────── 보기 ──────

ᄒᆞᆯᄅᆞᆫ 조심 아니 ᄒᆞ샤 브를 **ᄢᅳ긔** ᄒᆞ야시ᄂᆞᆯ 그 아비 그 ᄣᅡ니믈 구짖고 北(북)녁 堀(굴)애 **브리ᅀᆞ바** ᄇᆞᆯ 가져오라 ᄒᆞ야ᄂᆞᆯ 그 ᄣᅡ니미 아비 말 드르샤 北堀(북굴)로 **가시니 거름**마다 발 드르신 짜해 다 蓮花(연화)ᅵ 나니 **자최ᄅᆞᆯ 조차**

– 《석보상절》

[현대어 풀이]

하루는 조심하지 아니하시어 불을 꺼지게 하시거늘, 그 아비가 그 따님을 꾸짖고, 북녘 굴에 시켜서 불을 가져오라고 하거늘, 그 따님이 아비의 말을 들으시어 북굴로 가시니, 걸음마다 발 드신 땅에 다 연꽃이 나니, 자취를 좇아

① 'ᄢᅳ긔'를 보니 현대 국어와 달리 초성에 어두 자음군이 쓰였음을 알 수 있군.
② 'ᄣᅡ니믈, 자최ᄅᆞᆯ'을 보니 중세 국어에서도 앞말의 받침 유무에 따라 목적격 조사의 형태가 다르게 쓰였음을 알 수 있군.
③ '브리ᅀᆞ바'를 보니 현대 국어와 달리 'ㅿ'과 'ㅸ'이 표기에 사용되었음을 알 수 있군.
④ '가시니'를 보니 중세 국어에서도 주체를 높이는 특수 어휘가 사용되었음을 알 수 있군.
⑤ '거름, 조차'를 보니 현대 국어와 달리 이어 적기를 하였음을 알 수 있군.

08 〈보기〉에 대한 이해로 적절하지 <u>않은</u> 것은?

────── 보기 ──────

ㄱ. **羅睺羅(라후라)ᅵ** 得道(득도)ᄒᆞ야 도라가ᅀᅡ **어미ᄅᆞᆯ** 濟渡(제도)ᄒᆞ야
(라후라가 득도하여 돌아가서 어미를 제도하여)

ㄴ. **瞿曇(구담)이** 오ᄉᆞᆯ 니브샤 深山(심산)애 드러 果實(과실)와 믈와 좌시고
(구담의 옷을 입으시어 깊은 산에 들어 과일과 물을 자시고)

ㄷ. **南堀(남굴)ㅅ 仙人(선인)이** ᄒᆞᆫ **ᄯᆞᄅᆞᆯ** 길어 내니 …… **時節(시절)에** 자최마다 蓮花(연화)ᅵ 나ᄂᆞ니이다
(남굴의 선인이 한 딸을 길러 내니 …… 시절에 자취마다 연꽃이 납니다.)

ㄹ. 네가짓 受苦(수고)ᄂᆞᆫ 生(생)과 老(로)와 **病(병)과** 死(사)왜라(네 가지 괴로움은 태어남과 늙음과 병듦과 죽음이다.)

① ㄱ의 '羅睺羅(라후라)ᅵ'와 ㄷ의 '仙人(선인)이'에는 주어의 자격을 부여해 주는 조사의 형태가 서로 다르게 사용되었군.
② ㄱ의 '어미ᄅᆞᆯ'과 ㄷ의 'ᄯᆞᄅᆞᆯ'에는 목적어의 자격을 부여해 주는 조사의 형태가 서로 동일하게 사용되었군.
③ ㄴ의 '瞿曇(구담)이'와 ㄷ의 '南堀(남굴)ㅅ'에는 모두 관형어의 자격을 부여해 주는 조사가 사용되었군.
④ ㄴ의 '深山(심산)애'와 ㄷ의 '時節(시절)에'에는 모두 부사어의 자격을 부여해 주는 조사가 사용되었군.
⑤ ㄴ의 '果實(과실)와'와 ㄹ의 '病(병)과'에는 모두 단어와 단어를 이어 주는 조사가 사용되었군.

09 〈보기 1〉을 바탕으로 〈보기 2〉의 ㉠~㉤을 탐구한 내용으로 적절하지 않은 것은?

보기 1

조사와 어미는 앞말의 뒤에 붙어서 문장 안에서 문법적 의미를 표시한다는 점에서 유사한 특징을 지닌다.

보기 2

나랏 말ᄊᆞ미 ㉠中듕國귁에 달아 文문字ᄍᆞᆼ와로 서르 ᄉᆞᄆᆞᆺ디 ㉡아니ᄒᆞᆯᄊᆡ 이런 젼ᄎᆞ로 ㉢어린 百ᄇᆡᆨ姓셩이 니르고져 ᄒᆞᇙ ㉣배 이셔도 ᄆᆞᄎᆞᆷ내 제 ㉤ᄠᅳ들 시러 펴디 몯ᄒᆞᇙ 노미 하니라

– 《훈민정음》 언해

[현대어 풀이]

우리나라의 말이 중국과 달라 문자와 서로 통하지 아니하므로 이런 까닭으로 어리석은 백성이 말하고자 하는 바가 있어도 마침내 제 뜻을 능히 펴지 못하는 사람이 많다.

	탐구 대상	비교 대상	탐구한 내용
①	㉠의 '에'	'중국과'의 '과'	'에'는 앞말이 장소임을 표시하는 조사이다.
②	㉡의 '–ㄹ씨'	'아니하므로'의 '–므로'	'–ㄹ씨'는 앞말이 뒤에 오는 내용과 인과 관계로 연결됨을 표시하는 어미이다.
③	㉢의 '–ㄴ'	'어리석은'의 '–은'	'–ㄴ'은 앞말이 뒤에 오는 말을 수식함을 표시하는 어미이다.
④	㉣의 'ㅣ'	'바가'의 '가'	'ㅣ'는 앞말이 문장의 주어임을 표시하는 조사이다.
⑤	㉤의 '을'	'뜻을'의 '을'	'을'은 앞말이 문장의 목적어임을 표시하는 조사이다.

10 〈보기 1〉을 바탕으로 〈보기 2〉의 ⓐ~ⓖ를 탐구한 내용으로 적절하지 않은 것은?

보기 1

현대 국어의 표기는 '표준어를 소리대로 적되, 어법에 맞도록 함을 원칙으로 한다.'라는 한글맞춤법 규정을 따른다. 표준어를 소리대로 적는다는 것은 표준어를 발음 나는 대로 적는 표음주의를, 어법에 맞도록 한다는 것은 각 형태소의 본 모양을 밝혀 적는 표의주의를 채택한 것이다. 그런데 일반적인 활용 규칙에서 어긋나는 경우, 합성어나 파생어를 구성함에 있어서 구성 요소가 본뜻에서 멀어진 경우 등에는 표음주의가 채택된다.

이러한 표기 원칙이 제정되기 전 국어의 표기 방식은 이어 적기, 끊어 적기, 거듭 적기 등의 다양한 방식으로 나타났다. 자음으로 끝나는 체언이 모음으로 시작되는 조사를 만나거나 자음으로 끝나는 용언의 어간이나 어근이 모음으로 시작되는 어미나 접사를 만날 때, 이어 적기는 앞 형태소의 끝소리를 뒤 형태소의 첫소리로 옮겨 적는 방식이고, 끊어 적기는 실제 발음과는 달리 형태소의 본 모양을 밝혀서 끊어 적는 방식이다. 그리고 거듭 적기는 앞 형태소의 끝소리를 뒤 형태소의 첫소리에도 다시 적는 표기 방식으로, '말씀+이'를 '말씀미'와 같은 방식으로 적는 것이다. 한편 'ㅋ, ㅌ, ㅍ'을 'ㄱ, ㄷ, ㅂ'과 'ㅎ'으로 나누어 표기하는 방식인 재음소화 표기가 나타나기도 했는데, '깊이'를 '깁히'와 같이 적는 경우를 예로 들 수 있다.

보기 2

• 머리셔 ᄇᆞ라매 ⓐ노ᄑᆡ 하ᄂᆞᆯ해 다핫고 갓가이셔 보니 아ᄉᆞ라히 하ᄂᆞᆯ햇 ⓑᄆᆞ레 ᄌᆞᆷ겻ᄂᆞ니
(멀리서 바람에 높이 하늘에 닿았고 가까이서 보니 아스라이 하늘의 물에 잠겼나니) – 《번역박통사》

• 고경명은 광쥐 ⓒ사ᄅᆞᆷ이니 임진왜난의 의병을 슈챵ᄒᆞ야 금산 ⓓ도적글 티다가 패ᄒᆞ여
(고경명은 광주 사람이니 임진왜란에 의병을 이끌어 금산 도적을 치다가 패하여) – 《동국신속삼강행실도》

• ⓔ븕은 긔운이 하ᄂᆞᆯ을 ᄯᅱ노더니 이랑이 소ᄅᆡ를 ⓕ놉히 ᄒᆞ야 나를 불러 져긔 믈 밋ᄎᆞᆯ 보라 웨거ᄂᆞᆯ 급히 눈을 ⓖ드러 보니
(붉은 기운이 하늘을 뛰놀더니 이랑이 소리를 높이 하여 나를 불러 저기 물 밑을 보라 외치거늘 급히 눈을 들어 보니)

– 《의유당관북유람일기》

① ⓐ는 이어 적기를 하고 있는 반면 ⓕ는 거듭 적기를 하고 있군.
② ⓑ는 앞 형태소의 끝소리를 뒤 형태소의 첫소리로 옮겨 적고 있군.
③ ⓒ는 체언과 조사가 결합할 때 형태소의 본 모양을 밝혀서 끊어 적고 있군.
④ ⓓ는 앞 형태소의 끝소리를 뒤 형태소의 첫소리에도 다시 적고 있군.
⑤ ⓔ와 ⓖ는 용언의 어간이 모음으로 시작하는 어미를 만날 때 표기하는 방식이 서로 다르군.

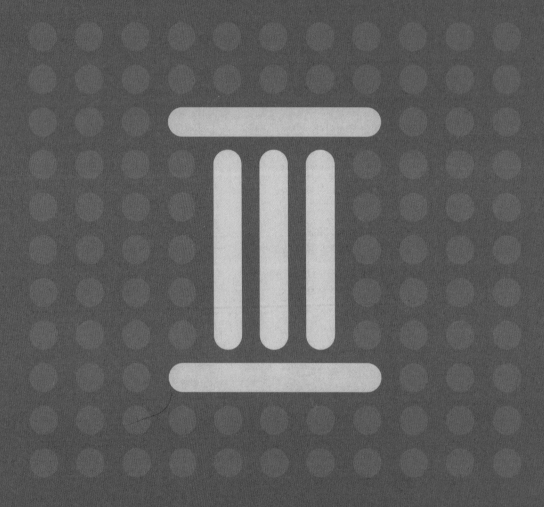

읽기

개념 다지기 읽기

01 논증 파악하며 읽기

1. 논증
주장이 정당함을 입증하기 위해 이유와 근거를 제시하는 방식 또는 주장과 이를 뒷받침하는 이유 및 근거 사이의 관계를 말한다.

2. 논증의 요소

주장	내세우고자 하는 글쓴이의 의견 예) 서머 타임제(여름에 긴 낮 시간을 효과적으로 이용하기 위해 표준 시간보다 시각을 앞당기는 제도)를 시행하면 에너지 부족 문제를 해결할 수 있다.
이유	주장을 가능하게 하는 원인이나 조건 등의 주관적 요인 예) 서머 타임제를 시행하면 전력 소비량이 감소하기 때문이다.
근거	이유를 뒷받침하는 사실이자 주장을 지지하는 객관적 자료 예) ○○ 전력 연구소의 조사에 의하면 서머 타임제를 시행하면 총 전력 소비량의 0.28%가 감소할 것으로 예상된다.
예상 반론과 이에 대한 반박	독자가 제기할 것으로 예상되는 반대 의견과 이에 대한 글쓴이의 반박 예) 서머 타임제가 시행되면 생체 리듬이 깨져 건강에 악영향을 줄 것이라는 우려가 있을 수 있다. 그러나 서머 타임제가 시행되면 일광 노출 시간이 늘어나 건강에 긍정적인 영향을 끼친다는 연구 결과가 발표되었다.

3. 대표적인 논증의 방법

연역	일반적인 사실을 전제로 하여 구체적, 개별적인 사실을 결론으로 이끌어 내는 논증 방법 예) [대전제] 인간은 모두 죽는다. [소전제] 소크라테스는 인간이다. [결론] 따라서 소크라테스는 죽는다.
귀납	여러 구체적이고 개별적인 사실로부터 일반적이고 보편적인 주장을 이끌어 내는 논증 방법 예) 지금까지 발견된 모든 까마귀는 검은색이었다. 따라서 앞으로 발견될 까마귀도 모두 검은색일 것이다.

4. 논증의 타당성을 평가하는 기준

- 글쓴이의 주장은 뚜렷하고 분명한가?
- 이유와 근거는 주장을 뒷받침하기에 충분하고 타당한가?
- 근거는 정확하고 믿을 만한가?
- 적절한 논증 방법을 설득력 있게 사용하고 있는가?

5. 자신의 관점에서 논증을 재구성하며 읽는 방법

- 글쓴이의 주장과 이를 뒷받침하는 이유와 근거, 사용한 논증 방법의 타당성을 평가하고 자신의 관점을 정함
- 글쓴이의 주장에 동의할 때: 글에 제시된 이유 외에 추가할 수 있는 이유와 그 이유를 뒷받침하는 근거를 제시함
- 글쓴이의 주장에 동의하지 않을 때: 자신의 관점에서 주장을 밝히고, 주장을 뒷받침하는 이유와 근거, 예상되는 반론과 이에 대한 반박을 제시함

02 진로 탐색을 위한 읽기

진로나 관심 분야에 따라 다양한 글을 선택하여 읽기 ▶ 진로나 관심 분야와 관련하여 의미 있는 정보 선별하기 ▶ 의미 있는 정보를 통합하고 재구성하여 공유하기

자신의 진로를 구체화하고 관심 분야를 깊이 있게 이해할 수 있음

개념 완성

01 논증과 논증 요소에 대한 설명으로 적절하지 **않은** 것은?

① 논증은 주장의 정당함을 입증하는 방식이다.

② 주장은 글쓴이가 내세우고자 하는 의견이다.

③ 이유는 주장을 가능하게 하는 객관적 자료로 항상 생략 가능하다.

④ 근거는 이유를 논리적으로 뒷받침함으로써 주장을 지지하는 자료이다.

⑤ 예상 반론에 대한 반박은 상대방이 제기할 수 있는 반대 의견을 미리 예측하고 이에 대응하는 것이다.

02 〈보기〉에 사용된 논증 방법을 '연역'과 '귀납' 중 골라 쓰시오.

> 보기
>
> 인간의 몸은 자신의 것이 아닌 물질이 체내로 유입되면 면역 반응을 일으킨다. 이종 이식은 동물의 조직이나 장기 등을 인간에게 이식하는 것이다. 따라서 이종 이식은 인간에게 면역 반응을 일으킨다.

03 〈보기〉에 사용된 논증 방법을 '연역'과 '귀납' 중 골라 쓰시오.

> 보기
>
> 우리나라를 비롯하여 여러 아시아 국가에서 기록적인 더위가 이어지고 있다. 미국 남부에서는 위성 관측이 시작된 이래 최고 기온을 기록했으며 극지방에서도 역대 고온 기록을 경신했다. 그래서 기상학자들은 전 세계적으로 극단적인 폭염이 나타나고 있다고 보고 있다.

04 논증의 타당성을 평가하는 방법으로 적절하지 **않은** 것은?

① 글쓴이의 주장이 명확한지 살펴본다.

② 논증의 흐름이 일관되게 전개되고 있는지 판단해 본다.

③ 논증 방법을 설득력 있게 사용하고 있는지 평가해 본다.

④ 이유와 근거가 주장을 논리적으로 뒷받침하는지 평가해 본다.

⑤ 근거가 출처가 확실한 국내 언론사의 기사만을 포함하고 있는지 확인해 본다.

03 복합양식의 글 읽기

1. 복합양식

문자, 소리, 그림, 사진, 표, 그래프, 동영상 등 다양한 양식이 복합적으로 작용하여 의미를 구성하는 표현 양식이다. 오늘날에는 복합양식의 글이나 자료로 소통하는 경우가 많다.

개념 더하기 양식의 유형별 특성

그림, 사진	정보를 직관적으로 보여 줌	그래프	수량의 비교나 수량의 변화를 효과적으로 보여 줌
표	많은 정보를 압축적으로 보여 줌	동영상	정보를 생생하고 흥미롭게 전달함

2. 복합양식으로 구성된 글이나 자료의 읽기 방법

글쓴이의 관점과 의도 파악	글쓴이가 복합양식을 사용하여 어떤 관점과 의도를 전달하는지 파악하기
표현 방법의 적절성 평가	제시된 표현 방법이 무엇인지 분석하고 그 표현 방법이 글쓴이의 관점이나 의도를 효과적으로 드러내는지 평가하기
내용의 타당성, 신뢰성 평가	• 글쓴이의 관점과 의도가 타당하고 적절한지 평가하기 • 글쓴이가 편파적인 관점에서 사실을 은폐하거나 왜곡하고 있지 않은지 평가하기 • 정보의 출처가 신뢰할 수 있는지, 제시된 자료가 최신 정보를 반영하고 있는지 파악하기

04 주제 통합적 읽기

동일한 화제에 대해 서로 다른 관점을 지닌 글을 비교하며 통합적으로 읽고 재구성하는 독서 활동이다.

1. 주제 통합적 읽기의 방법

읽기 목적을 구체적으로 설정하기 → 글, 자료의 내용을 비교하며 분석하기 → 읽기 목적을 고려하여 유의미한 정보를 선별하기 → 정보 간에 상충되거나 모순되는 점이 없는지 확인하고, 있다면 어느 쪽이 더 타당한지 평가하기 → 얻은 정보를 바탕으로 자신의 견해를 재구성하기

2. 주제 통합적 읽기의 효과

• 한 가지 주제를 폭넓게 이해하고 깊이 있는 지식을 쌓을 수 있음
• 여러 글과 자료의 관점을 비교 · 대조하여 종합하는 능력을 키울 수 있음
• 다양한 관점을 비판적으로 수용하고 자신의 관점을 수립하는 태도를 기를 수 있음

05 사회적 소통으로서의 읽기

1. 사회적 독서: 다른 사람들과 함께 글이나 자료를 읽고 그에 대한 생각을 공유하는 독서 활동이다.

예 독서 동아리나 독서 모임 참여, 블로그나 SNS 등에 독서 활동의 결과를 공유하는 것

2. 사회적 독서의 의의

• 지식과 정보를 교류하고 서로 다른 삶의 방식과 가치관을 이해할 수 있음
• 자신이 속한 공동체 구성원들과 유대감을 나누고 협력함으로써 사회 문화를 발전시킬 수 있음

개념 완성

05 그림, 표, 그래프, 사진, 동영상 등 다양한 양식이 복합적으로 사용되어 의미를 구성하는 표현 양식을 (   )(이)라고 한다.

06 오늘날에는 매체 환경이 발달하여 복합양식으로 구성된 글이나 자료로 소통하는 경우가 많다. ⓞ | X

07 복합양식으로 구성된 글이나 자료를 읽는 방법으로 적절하지 않은 것은?

① 정보의 출처가 분명하고 믿을 만한지 판단한다.
② 표현 방법이 얼마나 많이 사용되었는지 평가한다.
③ 글이나 자료에 반영된 글쓴이의 관점과 의도를 파악한다.
④ 사용된 표현 방법이 글쓴이의 관점을 효과적으로 드러내는지 평가한다.
⑤ 글쓴이의 관점에 특정 집단에 대한 고정 관념이 나타나 있지 않은지 판단한다.

08 동일한 화제에 대해 서로 다른 관점을 지닌 글을 읽을 때에는 상충되는 정보를 제외하고 자신의 견해를 재구성해야 한다. ⓞ | X

09 사회적 독서 활동과 가장 거리가 먼 것은?

① 서점에서 책을 골라서 읽고 독서 일기 쓰기
② 지역 도서관에서 열리는 독서 토론에 참여하기
③ 온라인 독서 모임 게시판에 책을 추천하는 글 쓰기
④ 친구가 블로그에 게시한 소설 감상문을 읽고 자신의 생각을 댓글로 달기
⑤ 독서 동아리에서 선정한 책을 읽고 함께 나누고 싶은 이야깃거리를 질문으로 만들기

인간의 뇌와 인공 지능 김상욱

>> 교과서 수록 지학

우리 몸의 신경계는 몸 외부에서 오는 각종 신호를 뇌로 전달하고, 신호를 받은 뇌는 적절한 결정을 내리며, 그 결과를 다시 신호로 몸에 보내어 반응하도록 한다. 이 과정에서 신호 전달을 매개하는 것이 신경 세포이고, 뇌도 신경 세포가 모여서 된 것이다. 신경 세포는 비유하자면 줄기 달린 양파같이 생겼다. 양파의 뿌리에 해당하는 부분을 ㉠'가지 돌기'라 하는데, 이곳으로 신호가 입력된다. 기다란 줄기 부분을 ㉡'축삭 돌기'라고 하며 이곳으로 신호가 출력된다. 쉽게 말해서 여러 개의 뿌리(가지 돌기)로 들어온 신호들이 양파(몸통)로 모여 줄기(축삭 돌기)로 나간다고 볼 수 있다. 이때 신호는 전류가 흐르거나 흐르지 않거나 하는 것을 가리킨다.

신경 세포들은 ㉢'시냅스 틈'이라는 좁은 간격(20~40nm 정도)을 사이에 두고 연결되어 있다. 나트륨 이온의 파도로 진행하는 전기 신호가 신경 세포의 한쪽 끝에 있는 시냅스에 도달하면, 시냅스에서 화학 물질이 분비되기 시작한다. 화학 물질의 이름은 '아세틸콜린'이다. 아세틸콜린이 시냅스를 지나 상대 신경 세포에 도착하면 그쪽 신경 세포에 전기 신호가 만들어진다. 이 시냅스의 놀라운 점은 유연하다는 것이다. 시냅스를 통한 신호 전달의 크기는 조건에 따라 변화하는데, 자주 사용하는 시냅스 연결은 강화되고 사용하지 않는 연결은 약화된다. 기억과 학습의 근본 원리인 이것을 '신경 가소성'이라고 부른다.

신경계에서는 여러 '가지 돌기'를 통해 전기 신호가 들어오는데, 이것이 입력 신호이다. 이 신호들은 신경 세포 몸통에서 합쳐진다. 신경 세포는 전체 전위가 임곗값 이상으로 커질 때에만 신호를 내보내는데, '축삭 돌기'를 통해 나가는 이것이 출력 신호이다. 출력 신호는 이제 다른 신경 세포의 입력 신호가 된다. 이때 같은 입력이라도 시냅스의 결합 강도에 따라 영향이 달라진다. 기억은 시냅스의 결합 강도에 저장되어 있으며, 이 결합 강도가 강화되는 것을 학습이라고 한다. 이런 신경계의 특징을 컴퓨터 프로그램으로 구현하기만 하면 인공 신경망을 만들 수 있다.

<blockquote>사물이 어떠한 기준에 의하여 분간되는 한계의 값</blockquote>

옆의 그림은 전형적인 인공 신경망의 모습이다. 원은 신경 세포에 해당하며, 화살표 방향으로 신호가 이동한다. 신호들이 입력층의 신경 세포에서 숨겨진 층의 신경 세포로 이동하는데, 대개 전류가 흐르는 것을 1, 흐르지 않는 것을 0으로 나타낸다. 그리고 전달 통로이자 시냅스에 해당하는 화살표 각각에 가중치를 주면 된다. 가중치는 학습에 따라 바뀐

<blockquote>일반적으로 평균치를 산출할 때 개별치에 부여되는 중요도</blockquote>

다. 숨겨진 층에 있는 하나의 신경 세포는 자신에게 들어오는 모든 신호에 가중치를 곱하여 더한 값을 보고 이것이 정해진 임곗값을 넘을 때에만 1을 출력하면 된다. 이런 식으로 숨겨진 층의 모든 신경 세포가 계산을 수행하고, 그다음 층으로 신호를 넘겨주면 최종적인 결과물을 얻는다. 입력이나 출력 모두 0과 1의 나열이다. 이때 주어진 입력에 대해 원하는 출력이 나오게 하려면 화살표들이 적절한 가중치를 가져야 하는데, 학습을 통해 최적의 가중치를 찾는 것이 인공 신경망의 핵심이다. 가중치를 조금씩 바꾸어 가며 입력을 넣고 출력을 확인하는 작업을 수도 없이 반복하는 것만으로 충분하다는 점이 중요하다.

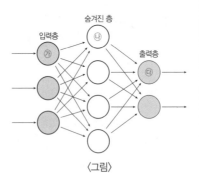

〈그림〉

한눈에 정리하기

갈래 설명문

성격 분석적

주제 인간의 신경계 작용 원리를 응용한 인공 신경망의 작동 원리

구성

1문단	신경계의 역할과 신경 세포의 구조
2문단	시냅스의 특징과 신경 가소성의 의미
3문단	신경계의 작용 원리
4문단	인공 신경망의 작동 원리

교과서 활동 깊이 보기

▶ 신경 세포의 구조와 시냅스

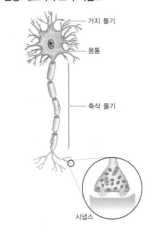

▶ 시냅스를 통한 신호 전달 과정

신경 세포의 한쪽 끝에 있는 시냅스에 전기 신호 도달 → 시냅스에서 화학 물질 [1] 분비 → 상대 신경 세포에 아세틸콜린 도착 → 상대 신경 세포에서 전기 신호 생성 ……

▶ 신경계와 인공 신경망의 원리

신경계	인공 신경망
• 입력 신호가 시냅스를 통해 전달되면서 학습이 이루어짐 • 시냅스의 결합 강도에 따라 신호 전달의 크기가 달라짐	• 입력층의 신호가 화살표를 따라 이동하여 숨겨진 층을 지나 출력됨 • [2]에 따라 출력이 달라짐

신경 가소성의 원리
기억과 학습의 근본 원리

▶ '학습'의 의미

신경계	인공 신경망
시냅스 연결이 반복됨으로써 결합 강도가 강화되는 것	[3]의 가중치를 찾기 위해 가중치를 조절하여 입력·출력 과정을 반복하는 것

01 윗글에 대한 설명으로 적절한 것은?

① 두 대상의 장단점을 제시하여 글의 내용을 체계적으로 전달하고 있다.
② 설명 대상을 독자에게 친숙한 대상에 빗대어 글의 이해를 돕고 있다.
③ 통계 자료와 구체적인 수치를 활용하여 글의 신뢰성을 높이고 있다.
④ 중심적인 설명 대상의 의의와 한계를 제시하며 글을 마무리하고 있다.
⑤ 글 전체를 통시적으로 구성하여 시간의 흐름에 따른 대상의 변화 양상을 보여 주고 있다.

02 윗글을 통해 알 수 있는 내용으로 가장 적절한 것은?

① 신경 세포가 밀집된 뇌는 신경계에 포함되지 않는다.
② 학습이 일어나면 시냅스 틈 간격이 20㎚ 이하로 줄어들게 된다.
③ 신경계에서 일어나는 학습은 아세틸콜린의 분비와는 관련이 없다.
④ 인공 신경망이 원활하게 작동되기 위해서는 최적의 가중치를 입력해야 한다.
⑤ 임곗값이 3일 때, 신경 세포의 전체 전위가 2이면 출력 신호가 나가지 않는다.

03 윗글에서 〈보기〉의 빈칸에 들어갈 알맞은 구절을 찾아 2어절로 쓰시오.

―― 보기 ――

인공 신경망은 우리 인간의 신경 세포가 기억하고 학습하는 원리인 _____을/를 적용하여 만든 컴퓨터 시스템으로, 인간이 특별한 명령을 내리지 않더라도 스스로 학습하여 결과물을 내놓게 된다.

04 ㉠~㉢에 대한 설명으로 적절하지 <u>않은</u> 것은?

① ㉠은 신호가 입력되는 부분이고, ㉡은 신호가 출력되는 부분이다.
② ㉠에서 ㉡으로 이동하는 신호는 나트륨 이온으로 전달되는 전기 신호이다.
③ ㉠과 ㉡은 신경 세포 내부의 기관이지만, ㉢은 신경 세포 외부의 공간에 해당한다.
④ ㉠에서는 전기 신호가 화학 신호로 전환되는 데 비해, ㉡에서는 화학 신호가 전기 신호로 전환된다.
⑤ ㉡, ㉢, ㉠ 순으로 이어지는 신호 전달이 잦아지면 시냅스 연결이 강화되어 기억과 학습이 이루어진다.

수능형

05 윗글의 〈그림〉 ㉮~㉱에 대해 나타낸 반응으로 적절하지 <u>않은</u> 것은?

① ㉮는 특별한 연산을 하지 않고, 입력값을 숨겨진 층으로 보내는 역할을 하는군.
② ㉯는 가중치가 반영되는 곳으로, 들어오는 모든 신호에 각각 가중치를 곱한 다음 이를 모두 더하는 연산이 이루어지겠군.
③ ㉯에서 이루어진 연산의 결괏값이 0과 1의 사이에 있는 값이라면 적절한 가중치를 찾기 위해 그 값이 그대로 출력되겠군.
④ ㉱로 전달된 값이 1이라면 ㉯에서 최종적으로 합쳐진 값이 임곗값을 넘었다는 것을 의미하겠군.
⑤ ㉮에서 ㉯로 보내는 값과 ㉯에서 ㉱로 보내는 값은 모두 0과 1의 나열이라는 공통점을 지니겠군.

👆 **1등급 배경지식**

인공 지능의 발전

1956년 존 매카시에 의해 '인공 지능(artificial intelligence)'이라는 용어가 최초로 사용되었어요. 최초의 인공 신경망 알고리즘인 퍼셉트론, 기계 학습, 딥 러닝 등을 거치며 연구되어 온 인공 지능은 현재 다양한 분야에 적용, 응용되고 있어요.

• 퍼셉트론: 1957년 프랑스 로젠블랫에 의해 개발되었어요. '퍼셉트론'은 인공 신경망을 구성하는 기본 단위를 가리키며, 작동 방식은 뇌의 신경 세포에서 착안했어요. 여러 수치형 데이터를 입력값으로 하며, 각각에 가중치를 곱하여 합산한 후 활성화 함수를 거쳐 출력값을 생성해요.
• 기계 학습: 컴퓨터 프로그램이 스스로 학습을 거쳐 문제를 해결하는 것으로, '머신 러닝(Machine Learning)'이라고도 해요. 지도 학습, 비지도 학습, 강화 학습 등이 있어요.
• 딥 러닝: 기계 학습의 일종으로, 다층 구조의 인공 신경망을 기반으로 해요.

인공 지능의 응용 분야

인공 신경망	인간 및 동물의 뇌의 신경 세포와 신경계 작용 원리를 모방한 알고리즘으로, 이미지와 자연어 처리, 음성 인식 등의 기반이 되는 인공 지능의 기본 분야
자연어 처리	컴퓨터를 통해 인간의 자연어(일반 사회에서 자연적으로 발생하여 의사소통에 사용되는 언어)를 분석 및 처리하는 분야
컴퓨터 비전	컴퓨터를 이용해 인간의 시각 능력을 구현하는 분야로, 로봇 등으로 수집된 영상 정보를 바탕으로 한 인지 및 판단, 인간의 눈의 기능을 기계에 접목한 실시간 자율 주행 등을 연구함
로봇 공학	로봇의 설계, 제작, 제어, 운용 등 로봇에 관한 모든 기술을 연구하며, 인공 지능 기술이 집대성되는 분야

윤리적 소비 김선화, 신효진

>> 교과서 수록 비상(박)

일반적으로 소비자의 구매 행위는 좋은 품질의 재화 또는 서비스를 저렴하게 구입하는 것에 초점을 두고 있다고 생각되었다. 하지만 재화의 품질이 뛰어나거나 브랜드 파워가 크더라도 그것이 비윤리적인 노동 환경에서 만들어졌다는 사실을 접하면 구매를 꺼리고 더 나아가 불매 운동을 벌이거나, 때론 가격이 더 비싸더라도 환경 친화적인 제품이나 공정 무역 제품을 구매하는 경우도 있다. 이러한 구매 활동을 ㉠윤리적 소비라고 부른다.
개발 도상국 생산자의 노동에 정당한 대가를 지불하는 등 윤리적 측면을 고려한 무역
이는 소비를 통해 보다 공정하고 포용적이며 친환경적인 사회 구조를 만들어 가는 데 실질적인 역할을 하고, 사회의 긍정적 변화에 영향을 미칠 수 있다는 생각에 기반한다.

윤리적 소비는 자본주의가 먼저 발달한 나라들에서부터 시작되었다. 이는 ㉡기존 소비 활동에 대한 반성에서부터 비롯된 것이다. 시장의 이익 극대화에 집중한 소비 시스템은 소비 활동에서 소비자의 객체화를 가속했고, 기업의 이윤 창출 과정에서 아동 노동 착취, 무분별한 동물 실험, 환경 파괴 등의 문제가 발생했다. 그러다가 자신의 소비와 사회적 책임을 연결하려는 소비자들의 의식 변화와 함께, 개인의 만족을 위한 소비에서 나아가 당면한 사회 문제를 소비 활동을 통해 해결하고자 하는 대안적 소비 활동이 나타난 것이다. 재화와 서비스 구매에서 소비자 스스로 책임 있는 태도를 갖는 윤리적 소비는 그래서 소비자 운동의 하나로 이해된다.

윤리적 소비는 윤리적 가치를 담은 제품의 소비를 통해 세상이 좀 더 나아지는 데 기여할 수 있다는 인식이 확산되면서 점차 많은 사람들의 호응을 얻게 되었다. 2019년 영국의 윤리적 소비 관련 지출 규모는 411억 파운드(한화 약 62조 원)로 조사가 시작된 1999년 이후 가장 높은 수치를 기록하였고, 가구당 윤리적 소비 관련 물품 구입 지출은 2018년 기준 1,278파운드(한화 약 191만 원)로 1999년 202파운드(한화 약 30만 원)와 비교해 약 6.3배 증가하였다. 이러한 추세는 비단 영국뿐만 아니라 전 세계적으로 나타나고 있다.

윤리적 소비의 첫걸음은 나 자신에게 가장 걱정스러운 문제가 무엇인지를 확인하는 것에서부터 시작된다. 사람에 따라 기후 변화나 동물 복지를 가장 중요하게 생각할 수도 있고, 노동 문제를 가장 중요하게 여길 수도 있다. 각자의 관심사가 다르기 때문에 그 우선순위는 상이하며, 결과적으로 윤리적 소비는 다양한 스펙트럼을 갖는다. 연구자마다 윤리적 소비를 바라보는 기준도 다양한데, 예를 들어 윤리적 소비를 크게 긍정적 구매 행동과 부정적 구매 행동으로 구분하기도 하고, 불매 운동, 적극적 구매, 제품 및 서비스의 충분한 비교를 통한 구매, 생협 등을 매개로 한 관계적 구매, 지속 가능한 구매 등으로 세분하기도 한다.
생활 협동조합 둘 사이에서 양편의 관계를 맺어 줌

윤리적 소비는 소비 활동과 관계된 정치·사회·경제·문화 등 전반적 영역과 맞닿아 있으며, 소비와 얽힌 여러 관계를 바꿀 수 있다. 즉 ㉰'투표'와 같은 힘을 갖고 있다. 그렇기 때문에 건강과 안전, 환경, 인권, 노동 문제 등의 해결을 추구하는 윤리적 소비의 실천은 중요하다. 소비에는 나 자신뿐만 아니라 우리 모두의 미래를 위해 고민해야 하는 사회적 이슈가 깃들어 있기 때문이다.
서로 다투는 중심이 되는 점. 쟁점

한눈에 정리하기

갈래 설명문

성격 논리적

주제 윤리적 소비를 실천해야 하는 필요성

구성

1문단	윤리적 소비의 개념
2문단	윤리적 소비의 등장 배경
3문단	윤리적 소비의 증가 추세
4문단	윤리적 소비의 양상
5문단	윤리적 소비의 의의

교과서 활동 깊이 보기

▶ **윤리적 소비의 등장 배경**

자본주의 발달 과정에서 이익 극대화에 집중된 소비 시스템 형성

↓

소비자의 객체화 가속, 기업의 이윤 창출을 위한 각종 문제 발생

↓

기존 소비 활동에 대한 반성과 소비자들의 의식 변화

↓

소비 활동을 통해 사회 문제를 해결하려는 [1]적 소비 활동인 윤리적 소비 등장

▶ **윤리적 소비의 양상**

재화와 서비스 구매에서 소비자 스스로 [2] 있는 태도를 갖는 윤리적 소비는 소비자 개인의 관심사나 우선순위가 달라 다양한 양상으로 나타남

부정적 구매 행동	긍정적 구매 행동

윤리적 소비

불매 운동	적극적 구매	비교 구매	관계적 구매	지속 가능한 구매

▶ **소비에 대한 글쓴이의 관점**

소비 활동
• 정치·사회·경제·문화 등 전반적 영역과 관계를 맺고 있음 • 공동체의 미래를 위해 고민해야 하는 사회적 이슈가 깃들어 있음

↓

윤리적 소비를 통해 건강, 안전, 환경, 인권, 노동 문제 등의 해결 추구 가능

↓

윤리적 소비 [3]의 중요성 강조

01 윗글에 대한 설명으로 적절하지 <u>않은</u> 것은?

① 대상의 실천이 중요함을 인과적 서술로 강조하고 있다.

② 구체적 수치를 들어 대상의 변화 추이를 나타내고 있다.

③ 다양한 대상의 양상 구분을 예시를 통해 보여 주고 있다.

④ 인식의 변화와 결부하여 대상의 등장 배경을 제시하고 있다.

⑤ 유추의 방식을 사용하여 대상이 지닌 단점을 부각하고 있다.

04 윗글의 '윤리적 소비'를 실천하는 사례로 보기 <u>어려운</u> 것은?

① 생산 과정에서 아동 노동을 이용했다고 밝혀진 회사의 제품을 구매하지 않는다.

② 친환경 마크가 없는 제품 구매는 지양하고, 친환경 마크가 있는 제품을 구매한다.

③ 개발 도상국에서 생산된 값싼 제품을 구매하되, 사용 기간을 짧게 하여 자주 구매한다.

④ 같은 종류의 다른 제품에 비해 가격이 더 비싸도 공정 무역 인증을 받은 제품을 구매한다.

⑤ 생활 협동조합에 가입하여서 그 조합에서 소개하거나 유통하는 제품들을 주로 구매한다.

02 ㉠과 ㉡에 대한 설명으로 가장 적절한 것은?

① ㉠과 ㉡은 모두 브랜드 파워에 좌우된다.

② ㉠과 ㉡은 모두 가격이 저렴할수록 더 늘어난다.

③ ㉠은 도덕적 정당성을, ㉡은 경제적 합리성을 중시한다.

④ ㉠은 자본주의 소비 시스템 안에, ㉡은 자본주의 소비 시스템 밖에 있다.

⑤ ㉠은 점차 늘어나고 있지만, ㉡은 점차 줄어들었다가 다시 늘어나고 있다.

수능형

05 윗글의 글쓴이의 관점에서 〈보기〉의 소비 양상을 평가한 내용으로 가장 적절한 것은?

〈보기〉

가격 대비 성능의 비율을 뜻하는 말인 '가성비'라는 말이 쓰이다가, 요즘에는 가격 대비 심리적 만족도를 뜻하는 '가심비'라는 말이 유행하고 있다. 이것은 최근 소비자들이 소비 행위에서 자신의 심리적 만족감을 중시한다는 것을 보여 준다. 자신의 개성을 드러내고 취향을 충족하는 상품을 소비하면서 심리적 만족감을 극대화하는 것이다.

① 자신의 가치관에 따라 소비를 결정하는 것은 윤리적 소비와는 다른 속성을 보여 주는군.

② 취향을 만족하기 위해 가격을 고려하지 않는다는 점에서 비합리적인 소비라고 할 수 있겠군.

③ 가심비를 중시하는 소비는 유행을 따르는 것이므로 윤리적 소비처럼 비주체적인 소비 행태이군.

④ 소비가 개인의 선택 문제이기는 하지만 소비 행위의 사회적 기능에 대한 고려가 없다는 점이 아쉽군.

⑤ 윤리적 소비의 양상은 다양한 데 비해 가심비를 중시하는 소비는 부정적 구매 활동에 한정되어 있군.

서술형

03 ㉮과 같이 표현할 수 있는 이유가 무엇인지, 〈조건〉에 따라 한 문장으로 서술하시오.

〈조건〉

1. '투표가 ~ 이끌어 내듯이, 윤리적 소비는 ~ 기 때문이다.' 라는 문장 형식으로 서술할 것

2. 윤리적 소비를 통해 해결할 수 있는 문제들을 3가지 이상 포함할 것

👆 **1등급 배경지식**

공정 무역

국제 무역에서 국가 간 동등한 위치와 상호 존중을 추구하는 것으로, 저개발국과 선진국 간의 불공정한 무역 구조로 인한 노동과 인권 문제, 부의 편중과 빈곤, 환경 문제 등을 해결하려는 취지에서 대두되었어요. 대표적인 공정 무역 품목으로는 커피가 있지요.

공정 무역의 주요 원칙으로는 생산자와의 합의를 통한 공정한 가격 책정과 지불, 생산자 단체와의 직거래, 장기 계약을 통한 생산 환경 보호, 건강한 노동 환경 보장, 환경 보호 등이 있어요. 이렇게 생산된 공정 무역 제품들을 소비자는 윤리적 소비를 통해 구매하게 되는 것이지요.

생활 협동조합

'협동조합'은 경제적으로 약자의 처지에 놓여 있는 소비자, 농·어민, 중소기업자 등이 각자의 생활이나 사업의 개선을 위하여 만든 협력 조직을 말하는데, '생활 협동조합'은 소비자가 자금을 모아 조직한 협동조합으로서, 생필품을 직접 사들여 조합원들에게 저렴하게 제공하는 것을 목적으로 해요. 줄여서 '생협'이라고도 하지요.

대개 생산자와 소비자 간 직거래를 통해 구매가 이루어지기 때문에 중간 마진이 없어 가격을 낮출 수 있어요. 또한 생협과 생산자들이 미리 공급량과 가격을 결정하므로 가격 안정성이 확보된다는 장점이 있어요.

03 인간과 동물의 공존 고봉준

>> 교과서 수록 창비

가 반려동물 양육 인구 1,500만 시대. 반려동물을 위한 미용실, 호텔, 카페 등 '펫 산업'의 규모도 매년 가파른 성장세를 이어 가고 있다. 하지만 반려동물에 대한 우리의 인식 수준은 동물을 물건 내지 상품으로 간주하는 차원을 벗어나지 못하고 있다. 현대 사회에
_{상태, 모양, 성질 따위가 그와 같다고 봄. 또는 그렇다고 여김}
서 동물에 대한 인간의 태도를 결정짓는 기본적 조건은 소유 관계이다. 우리에게 동물은 생명 이전에 소유물로 간주된다. 이러한 인식의 출발점은 자본주의이다. 자본주의는 인간의 모든 행위가 이윤 동기에 따라 결정되는 시스템인데, 우리가 동물을 마주하는 공간들은 모두 화폐와 이익에 의해 관계가 형성되는 장소이다. 산업은 동물을 생명이 아니라 물건의 관점에서 바라보는 시선을 정당화하며, 동물 학대에 대한 정당화는 물론, 고통을 호소하는 동물의 목소리도 들리지 않게 만든다. 이러한 문화는 결국 인간마저도 수단으로 간주하는 현상을 낳는다.

나 ⓐ동물에 대한 현대인의 태도를 결정짓는 또 하나의 조건은 '공장식 축산'과 '도축의 산업화', 즉 '육류 산업'이다. 가축은 생명이 아니라 고깃덩어리로 취급될 뿐이고, 이러한 산업의 시선에서 우리는 동물을 생명체로 감각하는 능력을 잃어버리고 기능과 용도로만 받아들이게 되며, 끝내 인간조차 동일한 방식으로 인식하지 않을 수 없게 된다. 또한 다수의 학자들은 육류 산업이 기후 변화, 지구 온난화, 기아 문제를 일으키는 주요 원인의 하나라고 설명하고 있고, 전문가들은 현대인들에게 각종 질환 때문에 육식을 줄이거나 채식을 하라는 권고를 하고 있기도 하다.

다 그러나 현대 사회에서 동물에게 발생하는 모든 문제가 자본주의 탓은 아니다. 동물 학대 현상의 대부분은 동물이 인간보다 지위가 낮은 존재이므로 주체인 인간이 마음대로 해도 된다는 잘못된 생각에서 발생한다. 인간 이외의 존재들을 인간의 목적을 위한 수단으로 활용할 수 있다는 주장을 '인간 중심주의'라고 하며 이는 ㉠데카르트 이후 서구의 근대적 자연관에 근거한다. 또한 자신이 속한 종의 구성원들에게는 하지 않을 행동을 다른 종에게는 저지르는 차별의 논지를 '종 차별주의'라고 한다.

라 최근 동물권에 관한 논의가 활성화되고 있는데, 동물권 운동은 인간과 동물이 권리의 층위에서 동등하다고 주장하며 인간 중심주의를 비판한다. 윤리학자 ㉡피터 싱어는 인간과 동물이 동일하게 권리를 갖는 이유는 그들이 모두 고통을 느끼기 때문이라고 말한다. 많은 사람들이 이성이나 언어의 유무를 기준으로 동물과 인간이 다르다고 주장하는 반면 피터 싱어는 감성적 능력에 해당하는 고통을 기준으로 동물과 인간이 동일하다고 주장한 것이다.

마 결론적으로 동물에 관한 문제의 근본적 해결책은 동물에 대한 그릇된 인식과, 인간이 세계의 중심이고 주인이라는 믿음을 내려놓는 일에서 시작되어야 하며, 궁극적으로는 인간과 동물의 바람직한 공존 방식을 모색하는 데 있다. 동물을 소유물이나 도구가 아니라 함께 살아가는 삶의 동반자로 받아들일 때에야 올바른 의미의 공존이 가능해진다. 그렇다면 동물권은 동물이 소유물이나 거래 대상이 아닌 생명으로, 주체로, 나아가 인간의 진정한 반려로 간주되는 사회에서 동물에게 주어지는 권리일 것이다.

한눈에 정리하기

갈래 논설문

성격 인과적

주제 인간과 동물의 공존을 위해 동물을 동반자로 받아들이는 인식이 필요함

구성

(가)	동물에 대한 그릇된 인식 ① – 동물을 소유물로 보는 인식
(나)	동물에 대한 그릇된 인식 ② – 동물에 대한 도구적 인식
(다)	인간과 동물에 대한 잘못된 신념 – 인간 중심주의와 종 차별주의
(라)	동물권 운동과 피터 싱어의 견해
(마)	인간과 동물의 공존을 위한 해결책과 동물권의 의미

교과서 활동 깊이 보기

▶ **동물에 대한 현대인의 인식과 결과**

자본주의적 [1] 관념
• 이윤 동기에 따라 인간의 모든 행위가 결정되는 자본주의에 기반함 • 동물을 생명이 아닌 물건이나 상품으로 여김

도구적 인식
• 공장식 축산, 도축의 산업화와 같은 육류 산업에 기반함 • 동물을 생명이 아닌 고기(식량)로만 여김

동물의 지위가 인간보다 낮으므로 인간이 마음대로 해도 된다는 생각
인간 중심주의와 종 차별주의

↓

• 동물 학대 및 동물의 고통 외면
• 동물을 기능과 용도로만 간주하고 수단화할 뿐만 아니라 인간마저 수단화함

▶ **동물에 대한 새로운 인식**

동물권 운동
인간과 동물의 권리가 동등하다고 주장함

피터 싱어의 관점
인간과 동물은 동일하게 [2]을 느끼므로 동일한 권리를 가짐

▶ **글쓴이의 주장과 이유 및 근거**

주장
인간과 동물의 바람직한 [3]을 위해 동물에 대한 잘못된 인식과 태도를 바꾸어야 함

이유
동물에 대한 잘못된 인식과 태도가 인간과 동물의 바람직한 공존을 방해함

근거
동물에 대한 잘못된 인식과 태도 → 동물 학대, 동물의 고통 외면, 동물과 인간의 수단화 및 도구화

01 (가)~(마)의 중심 내용으로 적절하지 않은 것은?

① (가): 동물을 소유의 대상이자 물건으로 여기는 인식
② (나): 동물을 식량 공급 수단으로 여기는 도구적 인식
③ (다): 인간과 동물의 공존을 막는 두 가지 관점
④ (라): 동물권 운동가들과 피터 싱어의 견해 차이
⑤ (마): 인간과 동물의 공존을 위한 바람직한 해결 방안

04 윗글로 보아 ⓐ와 가장 거리가 먼 것은?

① 반려동물을 상품으로 취급하는 태도
② 동물을 생명이 아닌 물건으로 간주하는 인식
③ 동물을 생명체가 아닌 고기로만 여기는 사고
④ 공장식 축산과 도축의 산업화를 정당화하는 주장
⑤ 인간에게 질병을 옮기는 원인으로서 동물을 보는 인식

02 윗글의 글쓴이가 주장하는 '동물권'의 개념으로 가장 적절한 것은?

① 일정 수준의 자격을 갖춘 동물에게 부여할 수 있는 도덕적인 지위로서의 권리
② 생활 환경이나 생명 유지 차원에서 동물과 인간이 완전히 동일하게 가지는 권리
③ 동물들이 학대받거나 비윤리적인 사육이 일어나지 않도록 동물들에게 부여하게 되는 법적인 권리
④ 식량을 제공하는 동물들을 제외하고 인간과 삶을 함께하는 반려동물들에게만 주어질 수 있는 권리
⑤ 동물도 하나의 생명이자 주체로 인식되고 인간의 진정한 반려로 여겨지는 사회에서 동물이 가지는 권리

수능형

05 윗글의 ㉠과 ㉡이 〈보기〉에 대해 나타낼 반응으로 가장 적절한 것은?

〈보기〉

옛날 중국 진나라의 병사들이 배를 타고 장강을 거슬러 올라가던 중, 새끼 원숭이 한 마리를 잡아 와 긴 항해의 지루함을 달래었다. 그런데 어미 원숭이가 울면서 계속 배를 따라왔다. 1백여 리를 따라오던 어미 원숭이는 배가 잠시 멈추자 배에 뛰어올라 새끼를 구하고자 했으나, 지쳐 쓰러져 죽고 말았다. 병사들이 죽은 어미의 배가 이상하여 배를 갈라 보았더니, 창자가 마디마디 끊겨져 있었다.

– '단장지애(斷腸之哀)' 고사

① ㉠: 새끼 원숭이와 달리 어미 원숭이가 계속 따라왔다는 점에서, 동물도 주체이며 객체가 될 수 없다.
② ㉠: 어미 원숭이의 창자가 끊어진 것은, 동물이 인간보다 감성적인 능력이 뛰어나다는 것을 보여 준다.
③ ㉡: 어미 원숭이가 자식을 구하려 하며 큰 고통을 느낀 것처럼, 동물들도 우리 인간과 다를 바 없다.
④ ㉡: 어미 원숭이가 이성적 사고를 하지 못한 것에서 알 수 있듯이, 동물은 인간보다 열등한 존재이다.
⑤ ㉡: 새끼 원숭이가 인간의 유흥 수단이 되었던 것처럼, 동물은 예전부터 인간을 위해 존재해 온 생물이다.

03 윗글에서 〈보기〉의 ㉮에 들어갈 알맞은 구절을 찾아 2어절로 쓰시오.

〈보기〉

문제 상황	현대 사회에서 인간과 동물이 공존하지 못함
문제 원인	• 동물에 대한 그릇된 인식 • ㉮ 및 종 차별주의
해결 방안	동물을 소유물이나 도구가 아니라 함께 살아가는 동반자로 받아들여야 함

1등급 배경지식

동물에 대한 전통적인 서양 철학자들의 입장

전통적으로 서양 철학에서는 동물의 권리를 중시하지 않는 관점이 대세를 형성해 왔어요. 아리스토텔레스는 식물은 동물을 위해, 동물은 인간을 위해 존재하므로 인간의 필요를 위해 동물을 이용하는 것은 문제가 되지 않는다고 보았지요. 데카르트는 동물에게 정신이 없기 때문에 고통 역시 느낄 수 없다고 보아, 동물 해부 실험을 마취도 없이 실시하기도 했어요. 칸트 역시 동물의 이익보다 인간의 이익이 우선시되어야 한다고 보았어요. 다만 칸트는 동물을 잔혹하게 대해선 안 된다고 보았는데 이조차 인간의 도덕성을 훼손할 수 있다는 이유 때문이었어요.

동물에 대한 생명 윤리학자들의 입장

생명 윤리학자들은 동물도 인간과 마찬가지로 고통을 느끼기 때문에 인간과 동등하게 배려되어야 한다고 보아요. 대표적인 생명 윤리학자로는 피터 싱어가 있는데, 그는 공리주의에 입각하여 인간과 마찬가지로 동물 역시 고통을 최소화하고 복지를 최대화해야 한다고 주장하며 동물 실험 등을 반대하고 있어요. 한편 레건과 같은 철학자는 각각의 동물 개체가 삶의 주체로서 고유한 가치를 지닌 존재이므로 존중받아야 하고 실험 등에서 수단적으로 이용되어선 안 된다고 주장하기도 했어요.

인공 지능과 예술 최선주

>> 교과서 수록 동아

인공 지능은 창의적일 수 있는가? 인공 지능 창작의 예술적 가능성을 탐구하기 위해 가장 먼저 해결해야 할 질문이다. 일반적으로 창의성은 '새롭고 독창적인 것을 만들어 내는 능력', '전통적인 사고방식에서 벗어나서 비일상적인 생각을 산출하는 능력'을 의미하는데, 보든은 창의적인 행위를 불러일으키는 원인 중 하나로 우연성을 들었다. 이때 우연성은 무작위나 특별한 노력 없이 얻어지는 우연을 의미하지 않는다. 창의성이 발휘되려면
일부러 꾸미거나 뜻을 더하지 아니함
복잡한 지적 구조가 뒷받침되어야 된다. 즉 창의성이란 원료가 되는 아이디어를 결합해 재생산한 결과이고, 우연성은 그 과정에서 발생한다.

이제 ㉮'인공 지능은 창의적일 수 있는가?'라는 질문에 답할 수 있는 근거를 얻었다. 컴퓨터에 주입된 지적 구조를 바탕으로 데이터를 선택하고 연결하는 것보다 간단한 일은 없다. 게다가 현대적 인공 지능은 방대한 양의 데이터에서 무궁무진한 조합을 만들어 낼수 있다. 그러나 초기 인공 지능은 수학적 논리를 이용해 답을 추론하는 프로그램이었기에 한계에 부딪혔다. 인공 지능의 논리 구조는 문제의 답을 찾는 활동은 할 수 있었지만, 불확실성을 다루는 데는 취약했기 때문이다. 이를 해결하기 위해 학자들은 논리적 토대에 통계학과 확률론을 결합했고 이것이 바로 확률론적 프로그래밍이다.

한편 우연성을 탐구한 많은 작곡가 중 가장 대표적인 인물은 존 케이지다. 케이지는 기존의 논리성과 합리성에서 벗어나는 음악을 작곡하고자 우연성을 이용했다. 그의 작품 ㉠〈상상 풍경 4〉는 작가가 통제할 수 없는 방대한 데이터베이스를 활용한 작품이다. 이 작품의 연주를 위해서는 12대의 라디오에 각각 2명씩, 총 24명의 연주자가 필요하다. 연주자는 악보에 따라 라디오 주파수, 볼륨, 톤을 조절하는데, 이들이 보는 악보는 케이지가 동전을 던져 작곡한 12개의 각기 다른 악보다. 또한 연주 장소마다 청취할 수 있는 라디오 주파수가 다르기 때문에 어떤 소리가 들릴지 결과를 예측할 수 없다.

이 작품의 우연성은 케이지가 작곡을 하기 위해 동전을 던질 때, 연주자가 악보를 보고 연주할 때, 그리고 실시간으로 변화하는 라디오에 의해 발생한다. ㉡〈상상 풍경 4〉와 인공 지능 창작의 공통점은 창의성을 위해 기계적 우연성을 사용한다는 점이다. 이들은 모두 각자의 데이터베이스에서 창작에 유효한 데이터를 가져오는데 그 방법은 우연성에 기댄다. 기존의 패턴에 새로운 패턴이 더해지고, 둘 사이 적절한 균형이 지켜져 창의적인 결과물이 나올 수 있었던 것이다.

인간의 창의성도 아이디어를 결합하고 재생산하는 기계적 행위 속에서 발생한다. 물론 기계적 우연성과 보편적 의미에서의 창의성을 동일하게 보는 것은 창의성을 매우 좁은 의미로 해석하는 것이다. 그러나 주목할 것은 인공 지능 역시 데이터를 조합하는 과정을 통해 창의적으로 보이는 결과물을 선보일 수 있다는 사실이다. 인공 지능도 인간만큼 혹은 그 이상의 데이터를 구축하고, 이를 절묘하게 조합하는 확률론적 알고리즘을 갖추고
어떤 문제의 해결을 위하여, 입력된 자료를 토대로 하여 원하는 출력을 유도하여 내는 규칙의 집합
있다. 인공 지능의 결과물을 인간의 예술과 동등하다고 볼 수는 없겠지만, 기계적 우연성을 바탕으로 한 예술적 가능성을 확인할 수는 있을 것이다.

한눈에 정리하기

갈래 논설문

성격 비교적

주제 인공 지능이 만들어 낸 결과물에서 확인할 수 있는 예술 작품으로서의 가능성

구성

1문단	창의성의 개념과 우연성
2문단	인공 지능의 창의적 성격
3문단	우연성을 이용한 존 케이지의 작품 〈상상 풍경 4〉
4문단	〈상상 풍경 4〉에서 발생되는 우연성
5문단	인공 지능의 창의성과 예술적 가능성

교과서 활동 깊이 보기

▶ 인공 지능의 창의성에 대한 견해

창의성
복잡한 [1] 구조를 바탕으로 발휘됨 → 아이디어를 결합해 재생산한 결과

우연성
• 창의적 행위를 불러일으키는 원인 중 하나 • 무작위나 특별한 노력 없이 얻어지는 것이 아니라 아이디어를 결합해 재생산하는 과정에서 발생함

↓

인공 지능은 창의적일 수 있음
지적 구조를 바탕으로 방대한 데이터의 무궁무진한 조합 가능, 확률론적 프로그래밍 → 데이터 결합과 재생산 과정에서 우연성 발생 가능

▶ 존 케이지의 〈상상 풍경 4〉

성격	[2] 을 이용해 만든 음악
연주 요소	12대의 라디오, 24명의 연주재(각 라디오당 2명), 12개의 악보
악보 창작	12개의 악보는 케이지가 동전을 던져 작곡함
연주 방법	연주자가 악보에 따라 라디오 주파수, 볼륨, 톤을 조절함
특징	연주 장소에 따른 라디오 주파수의 차이로 어떤 소리가 들릴지 결과를 예측할 수 없음

▶ 글쓴이의 주장과 근거

주장	인공 지능의 결과물에서 예술 작품으로서의 가능성을 확인할 수 있다.
이유	인공 지능의 결과물도 인간의 창작물과 같이 [3] 우연성을 바탕으로 하기 때문이다.
근거	존 케이지의 〈상상 풍경 4〉와 인공 지능의 결과물은 모두 우연성에 기대 데이터들을 조합하는 과정을 거쳐 만들어진 것이다.

01 윗글을 읽고 답할 수 <u>없는</u> 질문은?

① 인공 지능은 창의적일 수 있는가?
② 인공 지능이 지닌 장점은 무엇인가?
③ 초기 인공 지능의 문제점은 무엇인가?
④ 존 케이지의 음악적 경향성은 어떠한가?
⑤ 인공 지능이 창작한 예술의 예는 무엇인가?

02 ㉠에 대한 설명으로 적절하지 <u>않은</u> 것은?

① 기존 음악과 달리 악기 소리나 사람의 노랫소리로만 구성되어 있지 않다.
② 작품 연주에 12대의 라디오와 24명의 연주자, 라디오 숫자만큼의 악보가 필요하다.
③ 연주 시간에 따라 작품을 구성하는 소리가 달라지지만 연주 장소는 우연성과 관련이 없다.
④ 연주자는 악보를 보고 라디오 주파수를 맞출 뿐만 아니라 볼륨과 톤을 조절하는 역할을 한다.
⑤ 작가의 작곡 과정, 연주 과정, 그리고 실시간으로 바뀌는 라디오의 특성이 우연성을 형성한다.

03 ㉡에 해당하는 요소로 가장 적절한 것은?

① 기계적 우연성을 기반으로 창의성을 형성한다.
② 기존의 방대한 데이터베이스를 통제하여 결합한다.
③ 기계적 우연성과 보편적 의미에서의 창의성을 모두 가진다.
④ 무작위적 우연을 통해 기존의 논리성과 합리성에서 벗어난다.
⑤ 논리적 알고리즘과 확률론적 알고리즘을 통해 불확실성을 제거한다.

서술형

04 윗글과 〈보기〉를 참고하여 ㉮를 한 문장으로 쓰시오.

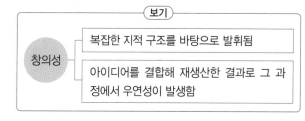

보기

창의성
- 복잡한 지적 구조를 바탕으로 발휘됨
- 아이디어를 결합해 재생산한 결과로 그 과정에서 우연성이 발생함

수능형

05 윗글의 글쓴이(A)와 〈보기〉의 글쓴이(B)가 나눈 대화의 내용으로 적절하지 <u>않은</u> 것은?

보기

예술의 가치는 창작자의 생애와 정신에 기반한 희소성에 의해 매겨진다. 예를 들어 고흐의 작품은 예술을 향한 추구를 멈추지 않았던 그의 삶과 따로 떼어서 이해하거나 평가할 수 없다. 그러므로 인공 지능이 아무리 뛰어난 예술 작품을 모방하여 결과물을 만든다고 하더라도, 그것은 예술 작품으로서의 가치를 인정받기 어렵다.

① A: 저는 인공 지능이 만든 결과물에 창의성이 있다면 그것은 예술로서의 가능성이 있다고 봅니다.
② B: 글쎄요. 인공 지능의 창작물은 지금까지 존재해 온 예술 작품들을 모방한 것일 뿐이지 않나요?
③ A: 물론 인공 지능이 만든 결과물을 인간의 예술과 완전히 동일시할 수는 없겠지만 창의성이 발현되는 것도 사실이에요.
④ B: 그렇지 않아요. 인공 지능의 결과물에는 창작자의 생애와 정신에 기반한 희소성이 없어요.
⑤ A: 하지만 인공 지능이 만든 결과물 역시 우연성에 의해 유일한 존재가 될 수 있다는 점에서 희소성을 가질 수 있어요.

👆 **1등급** **배경지식**

인공 지능을 활용한 예술 창작 시도

인공 지능이 만들어 낸 결과물을 예술로 인정할지 여부에 대한 논쟁이 지속되는 가운데, 인공 지능을 활용하여 작품을 창작하려는 예술가들의 시도는 지속적으로 나타나고 있어요. 이러한 시도는 인공 지능이 예술가의 창작 활동을 돕는 조력자 역할을 충실히 수행할 수 있고, 그 과정에서 예상 밖의 새로운 결과물이 탄생할 수 있다는 점에서 사람들의 주목을 받고 있어요. 반면 인공 지능이 생성하는 결과물은 기존의 예술 작품을 토대로 학습한 것이기 때문에, 인공 지능의 도움을 받아 창작된 작품의 경우 저작권 침해 문제가 발생할 수 있다는 위험성 역시 존재해요.

넥스트 렘브란트 프로젝트

'넥스트 렘브란트'는 2016년 미국의 마이크로소프트 사와 네덜란드의 델프트 공과 대학교, 그리고 렘브란트 미술관이 공동으로 참여한 예술 프로젝트로, 인공 지능으로 렘브란트의 그림을 재현하려는 시도예요. 인공 지능이 렘브란트 작품의 특징 및 창작 기법을 분석한 다음, 작가 특유의 작품 질감과 붓 터치를 재현하여 3D 인쇄를 통해 그림을 만들어 냄으로써 비록 인공 지능이 새로운 예술 작품을 창작한 것은 아니지만, 사람들로 하여금 인공 지능도 예술 작품을 만들어 낼 수 있다는 인식을 갖게 하였어요.

IV

듣기·말하기·쓰기

01 대화의 원리와 담화 관습

1. 대화의 원리

(1) **협력의 원리**: 대화의 목적과 방향에 맞게 상호 협력하여 대화해야 한다는 원리

양의 격률	대화 목적에 필요한 분량의 정보를 제공함
질의 격률	타당한 근거를 들고 진실을 말함
관련성의 격률	대화의 목적이나 주제에 관련된 내용을 말함
태도의 격률	모호하거나 중의적인 표현을 피하고 명료하게 말함

(2) **공손성의 원리**: 대화 상대를 배려하고 존중하면서 공손하고 예의 있게 말해야 한다는 원리

요령의 격률	상대에게 부담되는 표현은 줄이고 이익이 되는 표현은 늘림
관용의 격률	자신에게 이익이 되는 표현은 줄이고, 부담을 주는 표현은 늘림
칭찬의 격률	상대를 비난하는 표현은 줄이고 칭찬하는 표현은 늘림
겸양의 격률	자신을 칭찬하는 표현은 줄이고 낮추는 표현은 늘림
동의의 격률	자신과 상대의 의견상 차이점은 줄이고 공통점은 늘림

(3) **체면 유지의 원리**: 대화 상대의 체면을 손상하는 말은 피하고 체면을 지켜 줌으로써 갈등을 최소화해야 한다는 원리

체면 유지의 원리를 지키기 위한 방법
• 상대의 부담을 줄이는 표현을 사용함
• 요청을 할 때에는 간접적으로 표현함
• 유대감을 나타내고 상대를 존중하는 표현을 사용함

2. 담화 관습

'담화 관습'이란 언어문화를 공유하는 공동체에서 오랜 시간에 걸쳐 형성된 듣기·말하기 방식이나 태도, 습관을 말한다.

(1) 시간에 따른 담화 관습의 변화

전통적인 담화 관습	• 말의 신중함을 강조하고 말을 아끼는 것이 바람직하다고 봄 • 단정적으로 말하기보다는 돌려 말함으로써 의사를 간접적으로 전달함 • 겸양과 공손의 태도를 중시함
오늘날의 담화 관습	• 자신의 생각이나 감정을 솔직하고 명확하게 전달함 • 줄임말이나 신조어를 많이 사용함

(2) 담화 관습에 대한 비판적 성찰
상대방을 존중하고 배려하는 언어를 사용하고, 차별적 표현을 공정한 표현으로 바꾸는 등 공동체의 담화 관습을 바람직하게 개선하도록 노력해야 한다.

02 토론

1. 토론의 개념

'토론'이란 어떤 논제에 대하여 찬성 측과 반대 측으로 나뉘어 자신의 주장이 옳다는 것을 입증하고, 상대방의 의견을 논리적으로 반박하는 경쟁적 의사소통 방식이다.

개념 더하기 ➕ 반대 신문식 토론과 말하기

'반대 신문식 토론'이란 찬성 측과 반대 측이 반대 신문을 통해 상대 측의 의견을 반박하는 토론의 한 유형이다.

입론	쟁점에 대한 자신의 견해를 밝히고 그에 합당한 이유와 근거를 제시하여 자신의 주장이 타당함을 입증하는 말하기
반대 신문	신뢰성, 타당성, 공정성을 기준으로 상대측 발언의 오류를 지적하는 말하기
반론	입론과 반대 신문에서 드러난 쟁점 중 자신에게 유리한 쟁점을 선택하여 자신의 입장이 우위에 있음을 입증하는 말하기

2. 토론의 논제와 쟁점

(1) **논제**: 토론의 주제로, 찬성 측과 반대 측으로 입장이 명확하게 나뉘는 명제

사실 논제	어떤 대상이나 사안이 사실인지 아닌지에 대해 따지는 논제 예 인스턴트 음식은 건강에 해롭다.
가치 논제	어떤 대상이나 사안이 옳은지 옳지 않은지에 대해 따지는 논제 예 선의의 거짓말은 바람직하다.
정책 논제	어떤 일이나 정책을 시행해야 하는지 하지 말아야 하는지에 대해 따지는 논제 예 국립 공원에 케이블카를 설치해야 한다.

(2) **쟁점**: 토론에서 찬성 측과 반대 측의 의견이 대립하는 세부 주장. 논제와 관련하여 반드시 짚어야 하는 쟁점을 '필수 쟁점'이라 함

정책 논제의 필수 쟁점
• 문제의 심각성: 그 정책으로 해결해야 하는 문제는 시급하게 조치해야 할 만큼 심각한가?
• 해결 가능성: 그 정책은 문제를 해결할 수 있으며 실행 가능한가?
• 이익 및 비용: 그 정책의 이익(효과)은 비용보다 큰가?

3. 토론의 논증

(1) **논증 구성 방법**: 토론에서는 쟁점별로 논증을 구성하여 말해야 한다. 이때 논증은 자신의 주장이 옳다는 것을 입증하는 것으로 '주장, 이유, 근거'로 구성된다.

(2) **논증의 적절성 평가**: 토론에서는 발언자가 내세우는 주장과 이를 뒷받침하는 이유 및 근거가 논리적으로 적절한지 그 타당성, 신뢰성, 공정성을 평가하며 들어야 한다.

4. 토론 참여자의 역할

사회자	• 토론 배경과 논제를 소개하고, 토론 규칙과 토론자의 발언 순서를 안내함 • 토론자의 발언을 요약, 정리하고 토론 내용이 주제에서 벗어나지 않도록 토론을 진행함
토론자	• 논제의 쟁점을 파악하고 상대측이 제시할 이유와 근거를 고려하여 필요한 자료를 충분히 수집함 • 상대를 존중하고 예의 있는 태도로 자신의 주장을 명확하게 제시함
청중	중립적이고 객관적인 입장에서 찬성 측과 반대 측 주장의 일관성, 이유와 근거의 신뢰성, 타당성 등을 평가하며 토론을 경청함

03 협상

1. 협상의 개념

'협상'이란 개인이나 집단 사이에서 각자의 이익이나 주장이 달라 생기는 문제를 해결하기 위해 서로 타협하고 의견을 조정하면서 해결 방법을 찾아가는 협력적 의사소통 방식이다.

> **개념 더하기 ⊕ 협상과 토의, 토론의 비교**
>
> 협상은 참여자 모두가 만족하는 결과를 도출하기 위해 협력적 의사소통을 한다는 점에서는 토의와 유사하고, 갈등 관계에 있는 상대를 논리적으로 설득한다는 점에서는 토론과 유사하다.

2. 협상 용어

의제	협상에서 의논할 문제, 합의가 필요한 사안
제안	협상 참여자가 내놓는 방안이나 의견
합의안	협상 참여자 간 조정을 거쳐 의견을 종합한 방안

3. 협상의 절차

시작 단계	조정 단계	해결 단계
서로의 입장을 확인하는 단계	▶ 서로의 제안을 검토하면서 입장 차이를 좁히는 단계	▶ 제시된 대안을 재구성하여 합의에 이르는 단계

4. 협상의 전략

시작 단계	의제와 상대방의 입장을 확인하여 문제 해결 가능성을 모색하고 목표를 수립함
조정 단계	• 상대방의 표면적 입장 이면에 숨겨진 근원적 동기를 고려함 • 상대방이 원하는 것 중에서 자신이 원하는 것과 양립할 수 있는 것을 탐색함 • 상대방의 처지와 관점을 이해하고 우호적인 자세로 임함 • 양측의 입장 차이를 좁히고 합의를 유도하기 위해 양보할 수 있는 지점을 찾음 • 최선책이 수용되지 않았을 때를 고려하여 차선책을 마련함
해결 단계	• 상대방 또한 만족할 수 있는 최선의 합의안을 마련함 • 합의 사항을 점검하고 이행 방법을 명확히 함

04 발표

1. 발표의 개념과 목적

(1) 발표의 개념

'발표'란 여러 사람 앞에서 자신의 생각이나 의견 또는 어떤 사실이나 정보를 드러내어 알리는 의사소통 방식이다.

(2) 발표의 목적

정보 전달	연구 결과와 같은 사실적 정보를 전달함
설득	어떤 사안에 대한 자신의 생각을 밝히고 다른 사람을 설득함

2. 청중과 소통하며 발표하기

(1) 청중을 고려한 발표 준비

① 예상 청중 분석: 발표 목적을 효과적으로 달성하기 위해서는 발표를 준비할 때 청중의 연령대나 성별, 교육 수준이나 지식 수준, 배경지식, 관심 분야, 가치관 등 예상 청중에 대해 분석해야 한다.

② 발표 내용의 선정과 구성: 예상 청중에 대한 분석 결과를 고려하여 내용을 선정하고 청중이 그 내용을 정확하게 이해할 수 있도록 내용을 체계적으로 조직하여 구성한다.

도입	• 청중의 관심을 유발하고, 발표의 목적과 배경을 소개함 • 발표의 전체 내용을 개관하여 제시함
전개	• 시·공간적 구성, 비교·대조 구성, 원인·결과 구성, 문제·해결 구성 등으로 중심 내용을 적절하게 조직하여 제시함 • 사진, 도표, 영상 등의 시청각 자료를 활용하고 구체적 사례를 제시함
정리	• 중심 내용을 요약·강조하고 당부하는 내용이나 의견을 추가함 • 청중과 질의응답을 함

(2) 청중을 고려한 발표 실행: 상황에 맞는 발표 전략을 사용하여 청중의 흥미와 관심, 공감을 유도하며 발표한다.

언어적 표현 전략	준언어적 표현 전략	비언어적 표현 전략
질문, 구체적인 사례, 유머, 자신의 경험담 등을 제시함	말의 어조, 속도, 목소리의 크기 등을 조절함	시선, 표정, 손짓이나 몸동작 등을 적절하게 사용함

05 사회적 소통 과정과 말의 영향력

개인의 말이 사회에 미치는 영향력을 고려하여 거짓된 내용이나 왜곡된 사실을 전달하지 않도록 경계하고, 책임감 있는 자세로 사회적 소통 과정에 참여해야 한다.

01 듣기 · 말하기

⚡ **내신형**

01 〈보기〉의 ㉠을 제시된 바와 같이 고쳤을 때, 고려했을 대화의 원리로 가장 적절한 것은?

─〈보기〉─

지원: 진우야, 우리 저녁 먹으러 가자. 뭐 먹을까?
진우: ㉠글쎄, 난 아무거나 다 좋은데…….
　　　→ 교문 앞에 새 분식집이 생겼던데, 거기 갈까?

① 상대의 의견에 동의함으로써 상대와의 의견 차이를 최소화한다.
② 타당한 근거를 바탕으로 진실이라고 생각하는 정보를 제공한다.
③ 상대방의 기분이 상하지 않도록 자신의 생각을 완곡하게 전달한다.
④ 상대에게 부담되는 표현을 줄이고 자신에게 부담이 되는 표현은 늘린다.
⑤ 대화에 필요한 정보를 충분히 제공하고 자신의 의견을 분명하게 제시한다.

02 〈보기〉의 발표 계획서를 고려할 때, 이 발표에서 활용할 수 있는 발표 전략으로 적절하지 <u>않은</u> 것은?

─〈보기〉─

• 발표 주제: 인공 지능 심판의 도입 배경과 기대 효과
• 발표 목적: 인공 지능 심판이 무엇인지 소개하고 그 도입 배경과 기대 효과를 설명함
• 청중의 특성

연령대	청소년
관심도	인공 지능 심판에 대한 관심이 보통임
배경지식	인공 지능 심판이 진행하는 경기를 본 적은 있으나 특별한 배경지식은 없음

① 발표 도입부에서 인공 지능 심판을 처음 접했던 자신의 경험담을 소개하며 청중의 관심을 유발한다.
② 발표 도입부에서 인공 지능 심판이 진행하는 경기를 본 적이 있는지 질문하여 청중의 경험을 환기한다.
③ 발표 전개부에서 인공 지능 심판의 역할을 보여 주는 실제 경기 영상을 제시하여 청중의 집중도를 높인다.
④ 발표 전개부에서 인공 지능 심판이 판정의 정확성을 높이기 위해 사용되었음을 사진 자료로 설명함으로써 청중의 이해를 돕는다.
⑤ 발표 정리부에서 인공 지능 심판으로 인한 논란을 강조하여 청중의 경각심을 유발한다.

03 〈보기〉의 논제와 발언 순서로 토론을 할 때, 토론 참여자가 계획한 말하기 내용으로 적절하지 <u>않은</u> 것은?

─〈보기〉─

• 논제: 학교 산책로에 쓰레기통을 설치해야 한다.
• 발언 순서: 사회자 → '찬성 1' 입론 → '반대 1' 입론 → '반대 2' 반론 → '찬성 2' 반론

① 사회자: 학교 산책로에 쓰레기통이 없어서 발생하는 문제 상황을 소개하고 토론의 논제를 제시한다.
② 찬성 1: 산책로를 이용하지 않는 학생들 중 80%가 산책로에 쓰레기가 많아서 산책로를 이용하지 않는다는 설문 조사의 결과를 근거로 들어 산책로에 쓰레기통을 설치해야 한다고 주장한다.
③ 반대 1: 쓰레기통을 설치하면 쓰레기통을 관리해야 하는 학생들의 부담이 커진다는 이유를 들어 산책로 쓰레기통 설치를 반대한다고 주장한다.
④ 반대 2: 쓰레기로 인해 학생들의 산책로 이용이 저조하다는 찬성 측의 발언을 예상하고, 분리수거가 가능한 쓰레기통을 설치하면 학생들의 산책로 이용률을 높일 수 있다고 대안을 제시한다.
⑤ 찬성 2: 쓰레기통을 관리해야 하는 학생들의 부담이 커질 것이라는 반대 측의 발언을 예상하고, 학급별로 순서를 정하여 쓰레기통을 관리하도록 하면 쓰레기통 관리에 대한 부담을 줄일 수 있다고 대안을 제시한다.

04 다음은 교실의 냉방기 이용에 대한 '학생 대표'와 '시설 담당'의 협상 중 일부이고, 〈보기〉는 '학생 대표'가 활용한 협상 전략을 정리한 것이다. ㉠과 ㉡에 각각 들어갈 알맞은 말을 쓰시오.

학생 대표: 교실의 냉방기를 자유롭게 사용할 수 없어서 학생들의 불만이 많습니다. 학생들이 원할 때 냉방기를 조절할 수 있도록 조치가 필요합니다.
시설 담당: 냉방기 조절을 제한하지 않으면 무분별한 사용으로 에너지 낭비가 클 것 같아 염려됩니다.
학생 대표: 그렇다면 상대적으로 온도가 높은 오후에만 학생들이 냉방기를 조절할 수 있도록 하면 어떨까요?

─〈보기〉─

양측의 입장 (㉠)을/를 좁히고 최선의 합의안을 마련하기 위해 자신의 요구 사항 중 일부를 (㉡)한다.

05 다음은 학생의 발표이다. 발표에 반영된 학생의 말하기 계획으로 적절한 것은?

> 지난주 화재 대피 훈련 때 비상구를 찾는 방법에 대해 배웠습니다. 잘 기억하고 있나요? (청중의 반응을 확인하며) 잘 기억하고 있네요. 그런데 치솟는 불길과 짙은 연기 등으로 인해 비상구를 찾을 수 없을 때는 어떻게 해야 할까요? 이런 의문이 생겨 조사한 '피난 기구'에 대해 발표하겠습니다. 피난 기구는 피난 시설 중 하나로 화재 시 사람들을 안전한 장소로 피난시킬 수 있는 기구를 말합니다.
>
> 먼저 설명할 피난 기구는 '완강기'입니다. ([자료 1]을 제시하며) 이것은 완강기를 설치한 모습입니다. 완강기는 화재 시 높은 층에서 땅으로 내려올 수 있게 만든 비상용 기구입니다. 화재가 발생하면 먼저 화면과 같이 연결 고리를 지지대에 걸어 고정하고 로프릴을 밖으로 던집니다. 그다음 여기 보이는 가슴벨트를 겨드랑이 밑에 걸고 단단히 조인 후 건물 밖으로 몸을 내밀어 내려갑니다. 연결 고리 바로 아래에 속도 조절기가 보이죠? 이것이 일정한 속도로 내려가게 해 주니 무서워하지 않아도 됩니다. 한 사람이 탈출한 후 올라온 로프릴을 다시 던지면 가슴벨트가 올라와 다음 사람이 이용할 수 있습니다. 그런데 구조나 사용 방법은 완강기와 동일하지만 반복해서 사용할 수 없는 '간이 완강기'도 있습니다. 보관함에 완강기의 종류가 적혀 있으니 잘 보고 사용해야 합니다.
>
> 다음 피난 기구는 '구조대'입니다. 구조대는 특수한 섬유로 만든 긴 터널로, 화재 발생 시 지상까지 이어져 피난할 수 있는 기구입니다. ([자료 2]를 제시하며) 화면에 보이는 그림은 경사식 구조대로, 평소에는 접어서 함에 보관하다가 설치를 하면 이런 형태가 됩니다. 구조대는 다른 피난 기구와 달리 건물 밖에 있는 사람이 설치를 도와줘야 한다는 특징이 있습니다. 화재가 발생하면 보관함을 열어 구조대를 밖으로 던지고 건물 밖에 있는 사람이 구조대를 땅에 고정시켜 화면과 같이 터널 모양이 되도록 만듭니다. 그다음 양팔과 다리로 속도를 조절하며 안전하게 탈출하면 됩니다.
>
> 이러한 피난 기구들은 건물의 목적이나 높이에 따라 설치할 수 있는 종류가 법으로 정해져 있는데, 그중 건물 구조에 적합한 것을 일정 수량 이상으로 설치해야 합니다. 화재 상황에서 안전하게 대피할 수 있도록 평소에 피난 기구 위치에 관심을 가지고, 사용 방법을 숙지하기 바랍니다.

① 발표 대상과 관련된 법률을 인용하여 청중에게 정보의 중요성을 강조해야겠어.

② 발표에 활용한 자료의 출처를 밝혀 발표 내용에 대한 청중의 신뢰를 얻어야겠어.

③ 청중과 공유하고 있는 내용을 언급하며 발표 제재를 선정하게 된 계기를 밝혀야겠어.

④ 질문에 대한 반응을 확인하며 청중이 발표의 중심 내용에 대해 이해한 정도를 점검해야겠어.

⑤ 도입부에서 발표 내용의 순서를 제시하여 청중이 발표 내용을 예측하며 들을 수 있게 해야겠어.

[06~07] 다음은 시사 동아리 학생들이 나눈 대화이다. 물음에 답하시오.

학생 1: ㉠지난 시간에 교지에 실을 글의 주제에 대해 찾아보기로 했잖아. 의견을 공유해 볼까?

학생 2: 우리 학교 학생들이 관심을 가질 만한 사회 문제를 다루기로 했지? ⌉

학생 3: 이분법적 사고에 대해 다루어 보는 건 어때? 얼마 전에 이분법적 사고가 사회 갈등을 부추긴다는 기사를 읽었는데 인상적이었어. [A]

학생 1: ㉡이분법적 사고? 좀 더 자세히 이야기해 줄래?

학생 3: 이분법적 사고는 어떤 대상이나 현상을 둘로만 나누어 한정하여 사고한다는 뜻이래. 이러한 사고방식이 누군가를 배제하거나 차별하게 만들 수도 있다고 하더라고.

학생 2: 그래? 이분법적 사고가 차별을 만드는 구체적인 상황을 이야기해 주면 좋겠어.

학생 3: 요즘 성격 유형 검사가 유행이잖아. 특정 성격 유형에 대한 편견 때문에 차별받는다고 느끼는 사람들이 많아졌대. ⌉

학생 1: 혹시 성격을 내향형이나 외향형같이 둘로 나누는 것이 문제가 되는 거야? 그게 꼭 나쁜 점만 있는 건 아니잖아. [B]

학생 3: 성격 유형을 나누는 것 자체는 문제가 아니야. 서로를 더 잘 이해하기 위한 하나의 방법이니까. 하지만 사람의 성격을 둘 중의 하나로만 보고 특정 유형에 대해 가치 판단을 내리거나 차별하는 것은 문제인 거지.

학생 2: 상황에 따라 외향성과 내향성이 드러나는 정도가 다를 수 있는데, 둘 중 하나의 성격만 가진 것으로 판단하고 차별하는 것이 문제라는 거지? 이런 현상을 보여 주는 예가 더 있을까? ㉢우리에게 익숙한 것 위주로 이야기해 보자.

학생 1: 성공 아니면 실패, 두 가지 극단적인 방향으로만 삶을 평가하는 것이 대표적인 예라고 생각해.

학생 3: 그것뿐 아니라 세대나 이념 등 우리 사회의 많은 부분에서 이런 현상을 찾아볼 수 있어.

학생 2: 맞아. 단순히 나이만을 기준으로 세대를 나누고, 한 세대의 특징을 일반화해서 개인을 판단하고 희화화하는 모습이 많이 보이더라. ㉣그럼 오늘 이야기한 내용을 바탕으로 글을 한번 써 볼까?

학생 3: 좋아. ㉤다음 시간에는 개요를 작성해야 하니 필요한 자료를 각자 수집해 오자. 그러면 내가 개요를 바탕으로 초고를 써 볼게. 검토 부탁해.

학생 1, 2: 알았어.

06 대화의 흐름을 고려할 때, ㉠~㉤에 대한 이해로 적절하지 <u>않은</u> 것은?

① ㉠: 대화 참여자에게 지난 활동의 대화 내용을 환기하고 있다.

② ㉡: 대화 참여자에게 발언 내용에 대해 추가 설명을 요청하고 있다.

③ ㉢: 대화 참여자에게 앞으로 진행될 대화 내용의 범위를 한정하고 있다.

④ ㉣: 대화 참여자에게 자신이 제안한 내용에 대한 동의 여부를 재차 확인하고 있다.

⑤ ㉤: 대화 참여자에게 다음 활동을 예고하며 준비 사항을 안내하고 있다.

07 [A], [B]에 대한 설명으로 가장 적절한 것은?

① [A]의 학생 2는 대화 상대에게 자신의 의견을 여러 개 제시한 후 선택을 요구하고 있다.

② [A]의 학생 3은 대화 상대가 발언한 내용과 관련하여 자신의 경험을 제시하고 있다.

③ [B]의 학생 3은 대화 상대에게 사회적 통념을 제시하며 공감을 유도하고 있다.

④ [B]의 학생 1은 대화 상대가 제기한 의문을 해소하기 위한 방안을 제안하고 있다.

⑤ [A]의 학생 3과 [B]의 학생 1은 모두, 대화 상대의 의견을 수용하여 자신의 견해를 수정하고 있다.

[08~09] 다음은 학생들이 실시한 토론의 일부이다. 물음에 답하시오.

사회자: 오늘은 '별점 평가제는 폐지되어야 한다.'라는 논제로 토론하려고 합니다. 먼저 찬성 측이 입론한 후 반대 측에서 반대 신문을 진행하겠습니다.

찬성 1: 별점 평가제는 폐지되어야 합니다. 첫째, 별점 평가는 신뢰성이 낮습니다. 왜냐하면 별점을 매길 때 만족도에 대한 개인의 주관이 강하게 개입되어 객관적이지 못하기 때문입니다. 또한 별점 평가의 단계별 척도인 별 한 개에 부여하는 가치도 사람마다 다릅니다. 둘째, 별점 평가제는 판매자에게 큰 피해를 줄 수 있습니다. 별점 평가가 매출에 큰 영향을 주는데, 몇몇 소비자들이 악의적으로 매긴 허위 별점이 다른 소비자들에게 영향을 미쳐 판매가 급감한 사례를 흔히 들을 수 있습니다.

반대 2: 악의적으로 매긴 허위 별점으로 인한 판매자들의 피해 사례를 흔히 들을 수 있다고 하셨는데요, 그렇게 말씀하신 근거를 구체적으로 제시해 주시겠습니까? ⎤

찬성 1: 지난달 ○○신문에 보도된 통계 자료에 따르면 전체 판매자들의 70% 정도가 악의적인 허위 별점 때문에 큰 폭의 판매량 감소를 경험했다고 합니다. ⎦ [A]

사회자: 이번에는 반대 측이 입론한 후 찬성 측에서 반대 신문을 해 주십시오.

반대 1: 별점 평가제는 폐지되어서는 안 됩니다. 첫째, 별점 평가제는 소비자가 합리적인 소비를 할 수 있도록 도와줍니다. 왜냐하면 직관적으로 표현된 별점 평가를 통해 소비자들은 구매에 필요한 정보를 쉽고 빠르게 얻을 수 있기 때문입니다. 또한 별점 평가의 결과는 많은 사람의 평가가 누적된 것이므로 신뢰할 수 있습니다. 둘째, 별점 평가제 폐지는 소비자들에게 큰 피해를 줍니다. 별점 평가제는 이미 소비자들이 자유롭게 의사 표현을 할 수 있는 통로로 자리 잡았습니다. 별점 평가제가 폐지되면 그러한 표현의 자유가 침해될 것입니다.

찬성 2: 별점 평가제가 소비자들이 의사 표현을 할 수 있는 통로로 자리 잡았다고 하셨는데요, 별점 평가 외에도 다양한 방식으로 자신의 의사를 자유롭게 표현할 수 있다고 생각하는데, 이에 대한 의견을 말씀해 주시겠습니까? ⎤ [B]

반대 1: 물론 다른 방식으로 평가를 할 수 있습니다. 하지만 원하는 방식으로 의사를 표현할 수 있는 권리는 보장되어야 하고, 현재 이미 많은 소비자들이 별점을 통해 자신들의 의사를 표현하고 있습니다. ⎦

08 위 토론의 '입론'을 정리한 내용으로 적절하지 <u>않은</u> 것은?

구분	주장	근거
찬성	별점 평가제는 신뢰성이 떨어진다.	• 별점 평가제는 주관이 개입된다. ·········· ① • 척도에 부여하는 가치가 사람마다 다르다. ·········· ②
	별점 평가제는 판매자에게 큰 피해를 줄 수 있다.	• 별점 평가제는 판매자의 매출에 큰 영향을 준다. • 악의적인 별점으로 인해 판매가 급감한 사례가 있다. ····· ③
반대	소비자가 합리적인 소비를 할 수 있도록 도와준다.	• 소비자가 물건을 구매할 때 필요한 정보를 쉽고 빠르게 얻을 수 있다. • 별점 평가의 결과는 직관적으로 확인될 수 있으므로 신뢰할 수 있다. ·········· ④
	별점 평가제 폐지는 소비자에게 큰 피해를 준다.	• 소비자의 표현의 자유가 침해된다. ·········· ⑤

09 [A]와 [B]에 대한 설명으로 가장 적절한 것은?

① [A]의 '반대 2'와 [B]의 '찬성 2'는 모두, 상대측 근거의 적절성에 의문을 제기한 후 추가 자료를 요구하고 있다.

② [A]의 '반대 2'와 [B]의 '찬성 2'는 모두, 상대측의 발언 일부를 재진술한 후 자신의 질문에 응답할 것을 요청하고 있다.

③ [A]의 '반대 2'와 [B]의 '찬성 2'는 모두, 상대측의 주장이 실현되었을 때를 가정한 후 예상되는 문제점을 언급하고 있다.

④ [A]의 '찬성 1'과 [B]의 '반대 1'은 모두, 상대측의 문제 제기를 일부 인정한 후 자신의 의견과 절충하고 있다.

⑤ [A]의 '찬성 1'과 [B]의 '반대 1'은 모두, 상대측이 사용한 용어의 모호성을 언급한 후 상대측의 질문이 논제에서 벗어난다고 지적하고 있다.

10 다음은 거란의 '소손녕'과 고려의 '서희' 간에 이루어진 협상의 일부이다. [A]에 나타난 문제 해결 전략으로 가장 적절한 것은?

> 서기 993년, 거란의 소손녕이 고려에 항복을 요구하기 위해 80만 병력을 앞세워 침범하자, 이 위기를 평화적으로 해결하려고 고려의 서희가 거란 진영에 도착하였다.
>
> 소손녕: 나는 대국의 귀인이오. 절을 올리는 예를 갖추시오.
> 서희: 무슨 말인가? 신하가 임금을 대할 때 뜰에서 절하는 것은 예법에 있는 일이나, 두 나라의 대신이 대면하는 좌석에서 절하는 일은 없는 법이오.
>
> 뜰에서 마주 절을 한 후에 마루로 올라가서 마주 앉았다.
>
> 소손녕: 당신의 나라는 옛 신라 땅에서 일어났기에 고구려의 옛 땅은 우리 거란의 것이오. 그러니 우리 땅에서 물러나시오.
> 서희: 그렇지 않소. 우리 고려가 바로 고구려를 계승한 나라요. 그래서 나라 이름을 고려라고 부르고 평양을 서경으로 정한 것이오. 그렇게 말한다면 현재 거란 땅인 동경이 우리 국토 안에 들어와야 하거늘 어떻게 우리가 침범했다는 말을 하시오? [A]
> 소손녕: 그럼, 그건 그렇다고 치고……. 으흠, 여진을 비롯한 이웃 국가들이 모두 우리와 국교를 맺고 있는데, 왜 고려만은 우리와 국교를 통하지 않는가?
> 서희: 산에 산적이 우글거리는데, 어찌 산에 오를 수 있겠소?
> 소손녕: 도적들 때문에…….
> 서희: (고개를 끄덕이며) 그렇소. 이 지도를 보시오. (지도를 가리키며) 여진이 가로막고 있어 우리도 어쩔 수 없단 말이오. 압록강 안팎은 우리의 영토인데 지금 여진이 그곳을 강점하여 거란으로 가는 길을 막고 있으니, 귀국에 가는 것은 바다를 건너는 것보다 어렵소. 그러니 어찌 국교를 맺을 수가 있겠소.
> 소손녕: 그렇군요. 음…… 그럼, 여진을 먼저 몰아내야겠군.
> 서희: 그렇소. 만일 여진을 몰아내고 고려가 옛 땅을 회복하면, 그때는 귀국과 국교를 통할 수 있을 것이오.
> 소손녕: 좋소! 그럼 그렇게 합시다.

① 상대의 내적 의도를 간파하여 미리 대처하고 있다.
② 자신의 약점을 파악하고 이에 대한 대비를 하고 있다.
③ 상대의 논리를 역이용하여 자신의 입장을 밝히고 있다.
④ 상대의 처지에 공감하며 상호 간의 갈등을 조정하고 있다.
⑤ 상대의 감정에 호소하며 자신의 요구 사항을 전달하고 있다.

01 작문 관습과 쓰기 과정

1. 언어 공동체와 작문 관습

(1) 언어 공동체: 특정한 의사소통 방식과 태도를 공유하는 언어 집단으로, 지역, 세대, 성, 문화에 따라 다양하게 구성될 수 있음

(2) 작문 관습: 언어 공동체에서 특정한 방식의 의사소통이 반복되면서 형성된 사회·문화적 관습의 일부로, 작문 주제나 내용을 비롯하여 글의 종류나 갈래에 따라 일반적으로 활용되는 전개 방식, 표현 방법 등을 말함

2. 쓰기 맥락의 분석

쓰기는 구체적인 상황과 사회·문화적 맥락 안에서 이루어지는 의사소통 행위이므로 글을 쓸 때에는 글의 주제, 글을 쓰는 목적, 예상 독자, 글을 실을 매체와 같은 쓰기 맥락을 분석해야 한다.

3. 쓰기 과정과 점검

(1) 쓰기 과정

계획하기	글의 주제, 글을 쓰는 목적, 글을 실을 매체, 예상 독자 등 쓰기 맥락을 분석함
내용 생성하기	글의 주제와 관련된 여러 생각을 떠올리고 자료를 수집함
내용 조직하기	핵심 내용과 자료를 체계적으로 배열하여 글의 개요를 작성함
표현하기	작성한 개요를 바탕으로 효과적인 표현 전략을 사용하여 초고를 작성함
고쳐쓰기	작성된 글을 점검하여 문제점을 발견하고 이를 수정함

(2) 쓰기 과정에 따른 점검 내용

계획하기	쓰기 목적을 구체적으로 설정하고 예상 독자의 특성을 적절하게 분석하였는가?
내용 생성하기	떠올린 생각이나 수집한 자료가 글의 주제와 관련이 있으며 글의 목적을 달성하는 데 도움이 되는가?
내용 조직하기	•글의 종류에 따른 작문 관습을 파악하여 개요 작성에 반영했는가? •선별한 자료를 적절한 위치에 배열하였는가?
표현하기	•글의 목적을 고려하고 개요의 흐름을 반영하여 글을 썼는가? •예상 독자를 고려하여 적절한 표현을 사용했는가?
고쳐쓰기	•쓰임이 부적절한 단어, 맞춤법이나 띄어쓰기의 오류는 없는가? •문장 성분 간의 호응이나 연결하는 말이 어색한 부분은 없는가? •주제에서 벗어난 문장은 없는가?

※ 글쓴이는 쓰기 과정 동안 쓰기 목적을 달성하기 위해 사용하는 방법인 쓰기 전략 역시 점검·조정하며 글을 수정하고 보완한다.

4. 쓰기 윤리의 준수

개인적 쓰기 윤리	자신의 생각과 느낌, 경험 등을 진실하게 씀
사회적 쓰기 윤리	다른 사람의 글이나 자료를 무단으로 베끼지 않으며, 다른 사람의 글이나 자료를 활용할 때에는 허락을 얻거나 출처를 명확히 밝힘

02 사회적 쟁점에 대한 글 쓰기

1. 사회적 쟁점에 대한 글

사회적 쟁점은 특정한 사안에 대해 다양한 이해관계를 지닌 개인이나 집단의 견해가 충돌할 때 발생하는 것으로, 이에 대한 자신의 견해를 글로 표현함으로써 공동체의 문제를 해결할 수 있다.

2. 사회적 쟁점에 대한 글 쓰기 과정

계획하기	•신문 기사나 텔레비전 뉴스 등에서 사회적 쟁점이 되는 문제를 찾아 글의 주제를 정함 •사회적 쟁점에 대한 다양한 관점을 살핀 후 자신의 관점을 수립함 •글의 목적을 정하고, 예상 독자, 글을 실을 매체 등을 분석함
내용 생성하기	•예상 독지의 특성을 고려하여 다양한 매체에서 필요한 자료를 수집함 •타당성, 신뢰성, 공정성 등을 평가하여 자료를 선별함
내용 조직하기	자신의 견해를 드러내는 데 적절한 내용 전개의 원리를 정하고, 선별한 자료를 배열하여 개요를 작성함
표현하기, 고쳐쓰기	•초고를 작성하고 점검함 •부족한 부분을 보완하여 고쳐 씀

개념 더하기➕ 내용 전개의 일반적 원리

글을 쓸 때에는 글의 목적이나 내용에 적합한 내용 전개의 원리를 고려해야 한다.

시간적 순서의 원리	시간의 흐름이나 시간의 전후에 따라 내용을 전개하는 것 예 교통수단의 발전 과정을 시간의 흐름에 따라 설명함
공간적 순서의 원리	공간의 멀고 가까움, 상하좌우에 따라 내용을 전개하는 것 예 박물관의 모습을 공간에 따라 묘사함
논리적 순서의 원리	귀납이나 연역 등 논리적 관계에 따라 내용을 전개하는 것 예 환경 오염에 따른 다양한 피해 사례를 들어 환경 보호에 힘쓰자고 주장함

3. 사회적 쟁점에 대한 글을 쓸 때 점검할 내용

•사회적 쟁점에 대한 자신의 관점을 명료하게 드러내었는가?
•타당한 이유와 근거를 바탕으로 견해를 드러내었는가?
•견해를 드러내는 데 적절한 내용 전개의 원리를 사용하였는가?

03 개성이 드러나는 글 쓰기

1. 개성이 드러나는 글
자신만의 관점으로 일상의 경험에 가치를 부여하고 그것을 자신의 고유한 목소리가 드러나도록 표현하면 개성 있는 글이 된다.

2. 개성이 드러나는 글을 쓰는 방법

- 자신의 특별한 경험이나 일상에서 의미 있었던 경험을 떠올리고, 그로부터 얻은 깨달음을 정리함
- 경험을 다른 사람들과 구별되는 자신만의 차별화된 관점으로 해석함
- 독특하고 특색 있는 문체나 표현 방법을 사용함

04 논증하는 글 쓰기

1. 논증하는 글
근거를 제시하여 자신의 주장이 타당하다는 것을 논리적으로 증명하는 글로, 주장과 그 주장을 지지하는 객관적 자료인 근거, 근거를 바탕으로 주장을 가능하게 만드는 주관적 요인인 이유, 예상되는 반론과 이에 대한 반박 등의 논증 요소로 이루어진다.

2. 논증하는 글의 일반적인 구조

서론	주제의 배경이나 문제 상황, 글쓴이의 주장을 제시함
본론	주장에 대한 이유와 근거, 예상되는 반론과 그에 대한 반박을 제시함
결론	주장을 다시 한 번 강조하고, 전망 등을 제시하며 마무리함

3. 논증하는 글 쓰기 과정

계획하기	• 관심 분야나 사회적 쟁점 중 논증할 만한 주제를 찾아 자신의 관점을 세움 • 예상 독자, 글을 실을 매체 등 쓰기 맥락을 분석함
내용 생성하기	• 자신의 관점과 일치하거나 반대되는 견해 모두를 찾아보고 그 근거를 살핌 • 자신의 주장을 뒷받침할 수 있는 근거 자료를 수집함
내용 조직하기	적절한 논증 방법을 사용하여 논증 요소(주장, 이유, 근거, 예상되는 반론과 그에 대한 반박) 간의 관계를 효과적으로 조직함
표현하기, 고쳐쓰기	• 서론, 본론, 결론의 내용을 작성함 • 타당성, 통일성, 응집성 등을 기준으로 초고를 점검하고 고쳐 씀

4. 논증하는 글을 쓸 때 점검할 내용

- 주장을 명확하게 제시하였는가?
- 이유가 주장을 적절히 뒷받침하였는가?
- 근거가 충분하고 타당하며 신뢰할 수 있는가?
- 예상되는 반론을 제시하고 적절히 반박하였는가?
- 연역, 귀납 등의 논증 방법을 적절히 활용하여 설득력 있게 내용을 조직하였는가?

05 복합양식 자료가 포함된 공동 보고서 쓰기

1. 복합양식 자료가 포함된 공동 보고서
(1) 복합양식 자료: 문자, 그림, 표, 그래프, 사진, 동영상 등 여러 양식이 복합적으로 사용된 자료

보고서에 사용되는 자료의 선별 기준

- 보고서의 주제와 관련된 자료인가?
- 자료의 관점이 편향되지 않고 객관적인가?
- 자료에 과장, 축소, 왜곡된 내용은 없는가?
- 설문 또는 실험의 절차, 과정, 횟수 등이 적합한가?
- 출처가 분명하고 믿을 만한가?

(2) 공동 보고서: 특정한 주제에 관심이 있는 사람들이 함께 모여 어떤 목적을 가지고 조사, 연구, 관찰, 답사, 실험 등을 수행한 뒤 그 절차와 결과를 정리하여 쓴 글

보고서의 일반적인 목차	
서론	• 조사 동기 및 목적, 조사의 필요성 • 조사 계획(조사 기간과 대상, 조사 내용과 방법)
본론	조사에 따른 조사 결과물
결론	• 조사 결과를 바탕으로 도출한 결론 • 조사의 한계와 소감, 제언 등
참고 자료	참고하거나 인용한 정보의 출처

2. 공동 보고서 쓰기 과정

계획하기	• 구성원들이 공통적으로 관심을 갖고 있는 조사 주제를 찾고, 조사 목적을 정함 • 조사 방법과 조사 내용(조사 대상의 개념, 실태, 문제 현상, 문제 원인, 해결 방안, 장·단점, 기대 효과, 영향 등)을 구체적으로 정리하여 보고서의 목차를 구성함
내용 생성하기	조사 주제와 목적에 맞는 자료를 수집하고, 정보의 신뢰성을 평가하여 자료를 선별함
내용 조직하기	선별한 자료를 보고서 형식에 맞게 체계적으로 조직함
표현하기, 고쳐쓰기	• 협력적 태도로 공동 보고서를 작성함 • 글을 평가하고 고쳐 씀

3. 공동 보고서를 쓸 때 점검할 내용

- 조사 주제와 목적에 맞는 내용인가?
- 중복되거나 상충되는 내용은 없는가?
- 편견이나 고정 관념 없이 공정한 시각에서 정보가 제시되었는가?
- 복합양식 자료를 적절하게 사용하였는가?
- 명료하고 객관적인 표현을 사용하였는가?
- 인용한 자료의 출처를 분명하게 밝혔는가?

4. 공동 보고서를 쓸 때 필요한 태도

- 자신의 쓰기 경험을 다른 사람과 공유함
- 주제에 관한 생각이나 의견이 다를 수 있음을 이해함
- 서로 간의 차이를 조율하며 협력적으로 문제를 해결함

02 쓰기

🗡 내신형

[01~03] (가)는 학생이 분석한 쓰기 맥락이고, (나)는 (가)를 바탕으로 학생이 작성한 초고이다. 물음에 답하시오.

가 쓰기 맥락

주제	'채식하는 날' 도입의 이점
목적	'채식하는 날' 도입에 대한 학생들의 부정적 인식 해소
글을 실을 매체	우리 학교 누리집 게시판
예상 독자	우리 학교 학생 전체

나 학생의 초고

최근 우리 학교에서는 '채식하는 날' 도입 여부에 대한 논의가 활발하게 진행 중이다. '채식하는 날'이 도입되면 매주 월요일에는 육류, 계란 등을 제외한 채식 중심의 급식이 제공된다. 그런데 '채식하는 날' 도입에 대한 설문 조사 결과, 약 65%의 학생이 반대하는 것으로 나타났다. 하지만 나는 '채식하는 날'을 도입해야 한다고 생각한다.

먼저 '채식하는 날'이 도입되면 학생들의 채소류 섭취가 늘어 학생들의 건강에 유익할 것이다. 우리 학교 학생들은 급식 시간에 육류 음식을 골라 먹는 경향이 강해 잔반에서 채소류가 차지하는 비율이 높다. 영양 선생님께서는 '채식하는 날'을 도입하면 다양한 방식으로 조리한 맛있는 채소류 음식을 제공할 예정이며, 학생들이 채소류 음식을 즐기게 되면 식습관도 개선되고 영양소를 골고루 섭취하게 되어 몸도 건강해질 것이라고 말씀하셨다. ⓐ<u>최근에는 맛과 식감을 실제 고기와 구분하기 어려운 대체육 상품이 출시되었다.</u>

다음으로 '채식하는 날'이 도입되면 육류 소비 과정에서 발생하는 온실가스의 배출을 줄여 지구의 기후 위기를 막는 데 보탬이 될 수 있다. 한 공공 기관에서는 채식 중심의 급식 제도를 운영하여 온실가스 감축 목표를 달성했다고 홍보하기도 했다. 통계에 따르면 현재 전 세계 온실가스 배출원 중에서 축산 분야가 가장 높은 비율을 차지한다. 따라서 채식을 함으로써 육류 소비를 적게 하면 온실가스 배출을 줄이는 데 기여할 수 있다.

이처럼 '채식하는 날'은 건강에 도움이 될 뿐만 아니라 기후 위기를 막는 데에도 기여한다. 따라서 우리 학교에서도 '채식하는 날'을 도입해야 한다.

01

〈보기〉는 학생이 예상 독자 분석을 위해 찾아본 설문 조사 결과이다. ㉠~㉢을 바탕으로 학생이 세운 작문 계획으로 적절하지 않은 것은?

> 보기
>
> '채식하는 날' 도입에 대한 우리 학교 학생들의 설문 조사 결과
> • '채식하는 날' 도입 찬성 35.5%, 반대 64.5%
> • '채식하는 날' 도입에 부정적인 이유: '㉠채식 급식은 맛이 없다.', '㉡채식은 건강에 도움이 안 된다.', '㉢채식이 기후 위기 극복에 어떤 기여를 하는지 모르겠다.' 등
> • '채식하는 날' 도입에 대한 기타 의견: '㉣왜 도입해야 하는지 모르겠다.', '㉤어떻게 운영되는지 모르겠다.' 등

① ㉠을 고려하여, 채소류의 맛이 육류의 맛보다 떨어지는 이유를 제시한다.

② ㉡을 고려하여, 채소류 섭취를 늘리면 영양소를 균형 있게 섭취하게 되어 건강에 도움이 됨을 밝힌다.

③ ㉢을 고려하여, 채식을 통해 육류 소비를 줄이면 온실가스 배출을 줄일 수 있다는 점을 밝힌다.

④ ㉣을 고려하여, 급식 시간에 관찰한 학생들의 식습관과 잔반 문제를 들어 '채식하는 날' 도입의 필요성을 밝힌다.

⑤ ㉤을 고려하여, 매주 월요일에 육류, 계란 등을 제외한 채식 중심 급식을 제공할 예정임을 설명한다.

02

(나)를 보완하기 위해 추가로 수집한 자료로 적절한 것을 다음에서 모두 골라 바르게 짝지은 것은?

> ㉮ 채식 급식 메뉴 개발에 어려움을 호소하는 영양사의 인터뷰
> ㉯ 채식의 온실가스 감축 효과를 다룬 유엔식량농업기구의 보고서
> ㉰ 동물성 식품에만 존재하는 필수 영양 성분을 소개한 신문 기사
> ㉱ 지나친 육류 섭취에 따른 영양 불균형이 건강에 끼치는 악영향을 다룬 전문 서적

① ㉮, ㉰   ② ㉮, ㉱   ③ ㉯, ㉰

④ ㉯, ㉱   ⑤ ㉰, ㉱

서술형 ✏

03

(나)를 점검하여 고쳐 쓸 때, ⓐ에 대한 수정 계획을 〈조건〉에 맞게 쓰시오.

> 조건
>
> 1. 수정해야 하는 이유와 수정 방안을 모두 쓸 것
> 2. '~이므로 ~한다.'와 같이 한 문장으로 쓸 것

04 보고서 작성 시 주의해야 할 점으로 적절하지 <u>않은</u> 것은?

① 명료하고 객관적인 표현으로 작성한다.
② 조사 내용은 항목화하여 체계적으로 제시한다.
③ 대표성과 권위를 지닌 최신의 연구 자료를 사용한다.
④ 다른 사람의 글이나 자료는 출처를 생략하고 활용한다.
⑤ 원하는 결과를 얻기 위해 조사 내용을 왜곡하지 않는다.

① 두 개의 틀 안에 갇힌 사람들
 – 이분법적 사고로 인한 부정적인 자아상
② 성격 유형 검사의 장점과 단점
 – 색안경을 벗으면 사람이 보입니다
③ 세대 차이로 빚어진 사회적 갈등
 – '우리'와 '그들', 서로에게 붙이는 또 다른 이름표
④ 이분법적 사고, 무엇이 문제인가
 – '내가 평가하는 나'와 '남이 평가하는 나'
⑤ 편견과 차별을 만드는 이분법적 사고
 – 흑 아니면 백으로만 칠해지는 세상

🖊 수능형

05 〈보기〉에 제시된 학생들의 조언에 따라 다음 글의 제목을 작성한 것으로 가장 적절한 것은?

요즘 성격 유형 검사에 대한 사람들의 관심이 높아지면서 성격 유형 검사에 과몰입하는 사람이 늘고 있다. 이들은 성격 유형의 지표에 따라 성격을 양분하여 일반화하기도 하는데, 이러한 이분법적 사고 방식은 바람직하지 않다. 이분법적 사고란, 어떤 대상이나 현상을 둘로만 나누어 한정하여 사고하는 것을 말한다. 이러한 이분법적 사고에 매몰되면 다양한 사회 문제가 나타날 수 있다.

이분법적 사고에 매몰되면 첫째, 자기가 속한 집단에 대한 인식이 자신의 자아상에 부정적인 영향을 미칠 수 있다. 사회 심리학자 헨리 타이펠은 인간의 사회적 정체성은 자기 인식에 지대한 영향을 미친다고 보았다. 이는 이분법적 사고에 의해 형성된, 특정 집단에 대한 고정 관념이 자기 자신에게로 향하여 본인의 역량에 영향을 미칠 수 있다는 말이다. 예를 들어, '저는 내향형이라 발표를 못해요.', '저는 외향형이라 집중하는 게 힘들어요.'와 같이 자신의 성격 유형을 일종의 행동 양식으로 받아들이고 스스로 한계를 정하여 성장하고 발전할 수 있는 기회를 놓칠 수도 있는 것이다.

둘째, 다른 집단에 대한 편견과 고정 관념이 사회적 갈등으로 이어질 수 있다. 즉, 자신이 속하지 않은 다른 집단을 자신과 경계 짓고 '틀린' 것으로 판단하는 편협한 생각이 그 집단에 대한 차별과 혐오로 이어질 수 있다는 것이다. 예를 들어 특정 세대를, 조직에 잘 융화되지 못하고 본인의 주관만 내세우며 사회성이 결여된 주체로 묘사하여 희화화하는 경우가 있다. 이는 개인의 특성을 집단 전체의 특성으로 단순화하고 특정 세대에 대한 부정적인 감정을 부추기는 것이다.

인간은 누구나 대상을 양분해서 사고하는 경향을 어느 정도 가지고 있다. 하지만 선이 아니면 악, 아름다움이 아니면 추함 등 두 가지 극단적인 방향으로만 세상을 판단하는 것은 다양성을 추구하는 사회가 지향할 방식으로 바람직하지 않다. 따라서 우리는 이러한 이분법적 사고를 경계하고, 다름을 인정하는 자세를 가져야 한다.

〈보기〉

학생 1: 제재의 특성을 드러내는 표제와 부제를 붙여 보자.
학생 2: 부제에는 친구들의 관심을 끌 수 있도록 비유적인 표현을 사용하는 게 좋겠어.

06 다음은 작문 상황과 이를 바탕으로 학생이 작성한 초고이다. 〈보기〉에 제시된 초고를 작성하기 전에 학생이 떠올린 생각 중 학생의 초고에 반영되지 <u>않은</u> 것은?

• 작문 상황: 지역 신문의 독자 기고란에 그린 워싱과 관련해 주장하는 글을 쓰려고 함

• 초고

최근 친환경 제품에 대한 소비자의 관심이 높아지면서 친환경 제품 소비가 활성화되고 있는데 이 과정에서 그린 워싱이 증가하고 있다. '그린 워싱(green washing)'이란 기업이 소비자로 하여금 제품이나 제품 생산 과정 등을 친환경적인 것으로 오해하도록 하는 경우를 말한다. 이는 소비자가 정확한 정보를 제공받을 권리를 침해하고, 친환경 제품 생산 업체에 피해를 주어 친환경 제품 시장의 공정한 경쟁 질서를 저해할 수 있다.

그린 워싱이 증가하는 원인은 무엇일까? 우선 기업이 환경 문제에 대한 소비자의 관심을 단순히 마케팅의 수단으로 이용하기 때문이다. 더불어 제도적 측면에서 친환경을 평가할 수 있는 법률적 기준이 빠르게 변화하는 시장 상황에 대처할 수 있을 정도로 구체화되어 마련되지 않았기 때문이다. 또한 소비자는 친환경적인 소비에 관심은 있으나 상대적으로 환경 마크를 비롯한 친환경 제품과 관련된 정보에 대해 잘 알지 못해 친환경 제품을 제대로 선별하여 구매하지 못하는 경우가 많기 때문이다.

그린 워싱을 해결하기 위해서는 무엇보다 기업은 기업 윤리를 재정립하고 소비자가 환경과 관련된 제품 정보를 오해하지 않도록 정보를 투명하게 공개해야 한다. 정부는 시장 상황을 고려해 친환경과 관련된 법률적 기준을 보완함으로써 소비자들이 그린 워싱을 명확히 인식할 수 있도록 지원해야 한다. 소비자는 그린 워싱 여부를 판단할 수 있도록 친환경 제품에 대한 정확한 정보를 찾아보는 태도를 지녀야 한다.

그린 워싱은 소비자를 기만하는 행위이다. 그러므로 사회 구성원 모두가 협력하여 그린 워싱을 해결해야 한다. 그린 워싱을 해결하면 사회가 지향하는 친환경적 가치를 실현할 수 있을 것이다.

- 공정한 경쟁 질서에 대한 소비자와 기업의 입장을 대조하여 제시해야겠어. ⋯⋯⋯⋯⋯⋯⋯⋯⋯⋯⋯⋯⋯⋯⋯ ⓐ
- 문답의 방식을 활용해 그린 워싱의 증가 원인을 제시해야겠어. ⋯⋯⋯⋯⋯⋯⋯⋯⋯⋯⋯⋯⋯⋯⋯⋯⋯⋯⋯⋯ ⓑ
- 예상 독자의 이해를 돕기 위해 그린 워싱의 개념을 제시해야겠어. ⋯⋯⋯⋯⋯⋯⋯⋯⋯⋯⋯⋯⋯⋯⋯⋯⋯⋯⋯ ⓒ
- 그린 워싱이 미치는 부정적인 영향을 소비자와 생산 업체의 측면에서 제시해야겠어. ⋯⋯⋯⋯⋯⋯⋯⋯⋯ ⓓ
- 그린 워싱의 해결 방안을 기업, 정부, 소비자의 측면으로 나누어 체계적으로 제시해야겠어. ⋯⋯⋯⋯⋯⋯ ⓔ

① ⓐ   ② ⓑ   ③ ⓒ   ④ ⓓ   ⑤ ⓔ

07 다음은 작문 상황에 따라 쓴 학생의 초고이다. 〈보기〉에 제시된 글을 쓰기 전 학생이 구상한 내용 중 초고에 반영되지 <u>않은</u> 것은?

[작문 상황]
　자신의 경험을 바탕으로 정서를 표현하는 글을 쓴다.

[초고]
　우리 할머니 댁은 남쪽 바다의 작은 섬에 있다. 내가 어렸을 때 우리 가족은 연휴나 방학이 되면 매번 할머니 댁을 방문했다. 나는 할머니 댁이 있는 섬에 가면 바다에서 헤엄을 치거나 바위틈에서 고둥과 게를 잡기도 했고 산에서 신나게 쌀 포대로 눈썰매를 타기도 했다. 그렇지만 무엇보다 가장 기억에 남는 것은 할머니와 함께 보냈던 시간이다.
　할머니 댁은 섬 서쪽 바닷가의 큰 등대 근처에 있었다. 검정 바위로 만들어진 거북이 조각상이 새하얀 등대를 이고 있어서 동생과 나는 그 등대를 '거북이 등대'라고 불렀다. 아버지 차를 타고 가다가 거북이 등대가 환하게 웃으며 나를 반기면 할머니 댁에 가까워진 것이라서 할머니를 곧 뵙는다는 생각에 마음이 설레곤 했다. 할머니는 늘 우리를 마중 나오셨고, 나는 반가운 마음에 한달음에 뛰어가서 할머니 품에 안겼었다.
　할머니는 마당 텃밭에서 옥수수를 기르셨다. 늦봄에 할머니 댁에 가면 할머니와 같이 옥수수 씨를 뿌렸고, 여름 방학에는 점점 자라는 옥수수에 물 주는 일을 도와드렸다. 그러다 참지 못하고 옥수수 껍질을 살짝 열어서 얼마나 익었는지 들여다보다가 할머니께 꾸중을 듣기도 했다. 꾸중을 듣고 시무룩해 있는 나에게 할머니는, "뭐든지 다 때가 있고 시간이 필요한 법이란다. 기다릴 줄 알아야 해."라며 토닥여 주셨다. 나는 익어 가는 옥수수를 보며 기다림의 소중함을 깨달았다. 늦여름에는 연두색 옥수수수염이 점점 갈색빛으로 물들며 옥수수가 여물었다. 가을에는 기다림의 결실인 샛노란 옥수수를 수확하며 나는 한 뼘 더 성장했다.

　할머니께서 끓여 주신 갈칫국을 먹었던 기억도 있다. 서울에서 갈치로 만든 음식을 먹다 보면 갈칫국을 끓여 주시던 할머니 생각이 나서 할머니가 그리워진다. 갈칫국은 양념장을 넣어 칼칼하게 졸인 갈치조림과 달리 갈치, 늙은 호박, 배추를 넣어서 맵지 않도록 맑게 끓인 요리이다. 내가 갈칫국이 먹고 싶다고 하면 할머니는 이른 새벽부터 어시장에서 싱싱한 갈치를 사 오셔서 갈칫국을 해 주셨다. 할머니의 갈칫국에서는 시원하면서도 구수한 맛이 났다. 지금도 그 맛이 혀끝에 맴돈다. 갈칫국을 맛있게 먹는 나를 흐뭇하게 바라보시던 할머니를 떠올리면 마음이 포근하고 따뜻해진다.
　지금은 어렸을 때만큼 할머니를 자주 뵈러 가지 못해 할머니와의 추억이 더욱 소중하게 다가온다.

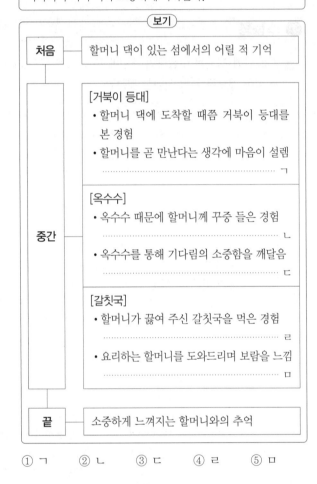

① ㄱ   ② ㄴ   ③ ㄷ   ④ ㄹ   ⑤ ㅁ

[08~09] 다음 글을 읽고 물음에 답하시오.

[작문 상황]
- 작문 과제: 우리 주변의 문제를 찾고, 그에 대한 자신의 생각을 밝히는 글 쓰기
- 글의 목적: 학교 건물의 문제점을 알리고 개선 방안을 제시하려고 함

[학생의 초고]

여러분은 학교에서 얼마나 많은 시간을 보내고 있는지 생각해 본 적이 있습니까? 학생들이 오래 머무는 공간인 학교는 학생들의 생활에 많은 영향을 끼칩니다. 그만큼 학교는 학생에게 중요한 곳이지만 현재 학교 건물의 공간에는 문제가 있다고 생각합니다. 그래서 저는 학교 건물의 문제점을 살펴보고 이를 개선할 수 있는 방안에 대해 이야기해 보려고 합니다.

특별 활동실, 강당, 식당, 도서관 등의 다양한 시설이 학교 건물 안에 생겨나면서 학생들이 사용하는 실내 건물 면적은 점점 늘어났습니다. 하지만 학교가 들어선 땅의 면적은 그대로이기 때문에 학교 건물은 점차 고층화될 수밖에 없었습니다. 저는 이러한 학교의 고층화로 인해 몇 가지 문제가 생겼다고 생각합니다.

우선 학생들이 쉬는 시간을 활용하는 데 제약이 생깁니다. 제한된 시간 안에 매번 몇 층의 계단을 내려가 밖에 나갔다 오기는 어렵습니다. 이렇다 보니 학생들은 거의 교실에서만 지내게 되었고, 운동장에 나가거나 야외 활동을 할 기회도 자연스럽게 줄어들게 되었습니다.

또한 학교의 고층화로 인해 교실의 천장 높이도 제한적일 수밖에 없습니다. 높은 천장이 학생들의 창의력을 향상시키는 데 도움이 된다는 사실을 아십니까? 그런데 우리나라의 교실은 보통 2.6미터 정도의 높이로 동일하다고 합니다. 천장 높이를 높게 하면 층간 높이도 같이 높아지기 때문에 지금보다 높은 천장을 만들기가 어려웠던 것입니다.

학교의 고층화로 인해 생긴 문제점을 해결하려면 건물을 새로 짓는 방법밖에 없다고 생각할 수도 있습니다. 그러나 최근 학생 수가 줄고 빈 교실이 생기면서 학교 건물이 달라질 수 있는 기회가 생겼습니다. 그래서 저는 학급의 교실을 되도록 저층에 배치하는 방안을 제안합니다. 그러면 학생들이 좀 더 쉽게 운동장에 나가서 공놀이를 하거나 학교 정원을 거닐며 가볍게 산책을 즐길 수도 있을 것입니다. 또한 일부 빈 교실은 천장을 기존보다 높게 만들어 이러한 공간에서 학생들이 다양하고 창의적인 활동을 할 수 있게 하려는 시도도 필요하다고 생각합니다.

08 '학생의 초고'에 대한 설명으로 가장 적절한 것은?

① 새로운 이론들을 비교하며 주제를 부각하고 있다.
② 질문의 방식을 활용하여 독자의 관심을 끌고 있다.
③ 용어의 개념을 정의하며 현상에 대해 설명하고 있다.
④ 자료의 출처를 언급하며 내용의 신뢰성을 높이고 있다.
⑤ 관용 표현을 사용하여 상황의 심각성을 드러내고 있다.

09 〈보기〉는 '학생의 초고'를 보완하기 위해 추가로 수집한 자료이다. 이를 활용할 방안으로 적절하지 <u>않은</u> 것은?

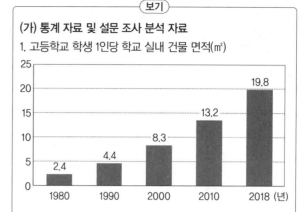

───── 보기 ─────

(가) 통계 자료 및 설문 조사 분석 자료

1. 고등학교 학생 1인당 학교 실내 건물 면적(㎡)

1980	1990	2000	2010	2018 (년)
2.4	4.4	8.3	13.2	19.8

2. 쉬는 시간 활용에 대한 설문 조사 분석 자료

A고등학교 학생들을 상대로 조사한 '쉬는 시간에 주로 어디에 있나요?'라는 질문에 '교실 등 실내'라고 답한 학생이 73%, '운동장 등 실외'라고 답한 학생이 27%였음. '교실 등 실내'라고 답한 학생들에게 그 이유를 물은 결과 '교실에서 운동장까지 내려가기 너무 멀어서'라는 답변이 57%로 가장 높은 비율을 차지함

(나) 신문 기사

천장의 높이와 창의력 사이에 상관관계가 있다는 연구 결과가 발표되었다. 조운 메이어스-레비 교수의 연구에 의하면 각각 2.4미터, 2.7미터, 3미터의 천장이 있는 공간에서 학생들에게 시험을 보게 한 결과, 3미터 천장의 공간에서 시험을 본 학생들이 낮은 천장의 공간에서 시험을 본 학생들에 비해 창의적 문제를 2배나 더 많이 해결한 것으로 나타났다.

(다) 전문가 인터뷰

학생들은 하루의 대부분을 교실이나 복도 등 주로 실내에서 생활하는 경우가 많습니다. '지식은 책에서 배우고, 지혜는 자연에서 배운다.'라는 말이 있습니다. 학생들이 학교에서 자주 실외로 나가 바깥 풍경을 만날 수 있도록 공간을 개선할 필요가 있습니다.

① (가)-1을 학생들이 학교에서 사용하는 실내 건물 면적이 늘어났다는 내용의 보충 자료로 활용한다.
② (가)-2를 학교의 고층화로 인해 학생들이 쉬는 시간에도 주로 교실에서 지내게 된다는 내용을 뒷받침하는 자료로 활용한다.
③ (나)를 교실 천장의 높이가 학생들의 창의력 향상에 영향을 준다는 내용의 근거 자료로 활용한다.
④ (가)-1과 (나)를 학교 실내 건물의 활용도를 높이는 것보다 천장 높이를 개선하는 것이 더 시급함을 밝히는 추가 자료로 활용한다.
⑤ (가)-2와 (다)를 교실에서 실외로 이동하는 시간을 줄이기 위한 공간 개선의 필요성을 강조하는 자료로 활용한다.

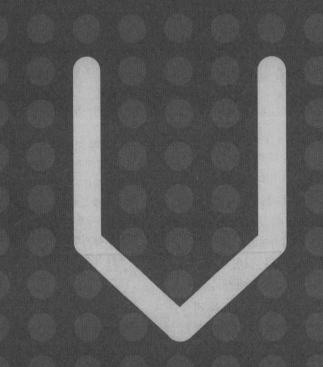

매체

01 매체

개념 다지기) 매체

01 매체와 소통 문화의 변화

1. 매체
(1) 매체의 개념: 의사소통의 매개체로 생각이나 정서, 다양한 정보와 지식을 전달하고 공유하는 수단

(2) 매체의 유형과 특성

음성 언어	• 듣기와 말하기를 중심으로 의미를 주고받음 • 화자와 청자가 직접 대면하여 소통이 이루어짐 • 다른 시·공간의 사람과는 소통이 어려우며, 지식과 정보의 보존이 잘 이루어지지 않음	
문자 언어	• 쓰기와 읽기를 중심으로 소통이 이루어짐 • 음성 언어의 시·공간적 제약을 극복함 • 지식과 정보의 기록과 축적이 가능함	
인쇄 매체	• 인쇄술의 발달로 정보의 대량 생산 및 유통이 가능해지면서 지식의 대중화를 이룸 • 문자 언어를 중심으로 사진, 그림 등 시각적 이미지를 함께 활용함 예 책, 신문 등	
전파 매체	• 전자 기술의 발달로 불특정 다수의 사람에게 시·공간의 제약 없이 정보를 대량으로 전달할 수 있게 됨 • 한정된 정보 생산자에 의해 정보가 일방향적으로 제공되며 수용자와 소통하는 통로가 제한적임	
	음성 매체(청각 매체)	**영상 매체(시청각 매체)**
	소리, 음성을 활용함 예 라디오 등	소리, 음성, 문자, 이미지가 복합된 영상을 활용함 예 텔레비전, 영화 등
디지털 매체	• 디지털 기술의 발전으로 컴퓨터, 스마트폰 등이 등장하고 대중화되면서 정보의 전달과 공유가 다양한 형태로 이루어짐 • 음성, 문자, 이미지, 동영상 등이 혼합되어 활용됨 • 정보 생산자와 수용자의 경계가 허물어지고 실시간으로 상호 작용하는 쌍방향적 소통이 가능해짐	

2. 디지털 매체를 기반으로 한 소통 문화의 특징
무선 인터넷과 스마트폰 등이 발달하면서 포털 사이트, 사회 관계망 서비스(SNS), 온라인 동영상 플랫폼 등이 일상적으로 사용되고 디지털 매체가 다른 사람과 소통하는 주된 통로로 자리 잡게 되었다.

쌍방향성	정보 생산자와 수용자가 수평적인 관계에서 쌍방향으로 소통함
복합양식성	언어적 표현뿐만 아니라 다양한 시청각 자료 활용 가능 → 문자, 영상, 소리 등을 복합적으로 사용하여 소통함
비대면성	대면하지 않고도 직접 만난 것처럼 화상 통화를 하거나 실시간으로 대화를 주고받을 수 있음
편의성	자료를 쉽게 저장, 복사할 수 있어 의사소통과 정보의 공유가 수월해짐

※ 디지털 매체의 사회적 파급력: 매체 자료가 불특정 다수에게 빠르게 전달되어 사회에 큰 영향을 미칠 수 있음

02 매체 자료의 제작

1. 매체 자료 제작 시 고려할 사항
(1) 소통 맥락: 매체 자료를 통해 전달하고자 하는 주제, 소통의 목적, 예상 수용자의 특성 등

소통의 목적	정보 전달, 설득, 정서 표현, 친교 등
수용자의 특성	나이, 성별, 배경지식, 관심사, 매체 활용 능력 등

(2) 매체 특성: 인쇄 매체, 영상 매체, 디지털 매체 등 매체마다 소통 방식이나 정보 확산의 속도 및 범위 등 그 영향력이 다르므로 매체가 지닌 특성을 고려하여 매체 자료를 제작해야 한다.

2. 매체 자료의 제작 과정
(1) 매체 자료의 제작 계획: 소통 맥락을 분석하고, 매체 특성을 고려하여 제작 가능한 매체 자료 유형을 선정한다.

매체 유형	매체 자료 유형
음성 매체	라디오 방송, 노래 등
인쇄 매체	책, 잡지, 종이 신문, 포스터 등
영상 매체	텔레비전 방송, 광고, 영화 등
디지털 매체	인터넷 게시글, 카드 뉴스, 웹툰 등

개념 더하기) 매체 자료의 유형별 구성 요소

책	제목, 본문, 그림이나 사진 등
신문 기사	표제, 부제, 리드, 본문, 사진 등
텔레비전 방송	프로그램 제목, 영상, 자막, 내레이션, 음향, 음성, 음악 등
광고	광고 문구, 이미지, 배경 음악 등
인터넷 게시글	글, 하이퍼링크, 댓글, 음악, 동영상 등
카드 뉴스	그림, 사진, 글 등

(2) 제작 기획서 작성: 선정한 매체 자료의 특성을 고려하여 매체 활용 전략 등 구체적인 제작 계획을 세워 제작 기획서를 작성한다.

매체 활용 전략을 세울 때 고려할 사항
• 매체 자료의 특성에 맞는 효과적인 표현 방법 • 소리, 음성, 문자, 이미지, 동영상 등 복합적인 요소로 이루어지는 매체 언어의 특징

(3) 자료 수집 및 내용 구성: 제작 계획을 바탕으로 신뢰할 수 있는 다양한 자료를 수집하고, 체계적으로 내용을 구성한다.

(4) 제작 및 점검: 소통 맥락과 매체 특성을 고려하여 매체 자료를 제작하고, 점검한 후 수정할 부분을 보완한다.

매체 자료 제작 시 점검할 사항
• 저작권이나 초상권을 침해하지 않는 등 사회적 소통 윤리 준수 여부 • 매체의 파급력과 복합양식성, 소통 방식 등의 고려 여부

(5) 제작 결과 공유: 매체 자료를 공유하고, 반응 표시와 댓글 등을 통해 소통한다.

03 사회적 의제를 다루는 매체 자료

1. 사회적 의제와 매체 자료
'사회적 의제'란 사회적으로 관심을 가지고 논의하여 해결해 나가야 할 문제이다. 사람들은 다양한 매체 자료를 통해 경제, 정치, 사회 복지 등의 사회적 의제를 접하게 된다.

2. 사회적 의제를 다룬 매체 자료의 수용
매체 자료에는 생산자의 특정한 관점과 의도가 반영되어 있으므로, 수용자들은 사회·문화적 맥락을 고려하여 매체 자료의 목적과 의도, 관점, 정보의 신뢰성과 타당성 등을 비판적으로 분석하며 매체 자료가 전달하는 내용을 주체적으로 수용해야 한다.

사회적 의제를 다룬 매체 자료의 비판적 분석 기준
• 어떤 사회·문화적 맥락에서 제작되었는가? • 매체 자료의 내용이 객관적 사실에 근거하는가? • 매체 자료에 드러나는 매체 자료 생산자의 의도는 무엇인가? • 매체 자료에 의도적으로 누락된 내용이나 강조된 내용이 있는가? • 사회적 의제에 대한 매체 자료 생산자의 관점이 편향되어 있지 않은가?

3. 매체 자료의 유형별 수용 방법
(1) 텔레비전 뉴스

• 뉴스에 포함된 이미지와 자막의 역할을 파악함 • 뉴스 속 정보의 출처가 믿을 만한지, 뉴스가 다양한 관점을 균형 있게 다루는지 따져 봄

(2) 인터넷 개인 방송

• 섬네일의 이미지 및 자막 사용 이유와 그 의미를 분석함 • 대상을 촬영하는 카메라의 높이나 각도에 반영된 제작자의 의도를 생각함 • 양식 설명란에서 제작자가 입력한 영상에 대한 정보를 확인함

(3) 인터넷 신문

• 표제와 부제가 기사 내용을 압축하는지, 독자의 호기심을 자극하기 위해 쓰였는지 판단함 • 첨부된 사진이 뉴스와 관련이 있는지 따져 봄 • 기사 내용이 편견에 치우치지 않고 공정한지, 믿을 만한 정보를 제시하고 있는지 평가함 • 같은 주제를 상이한 관점에서 다룬 다른 매체 자료와 비교함

04 매체 비평

1. 매체 비평
'매체 비평'이란 다양한 매체 자료를 주체적인 관점에서 해석하고, 객관적인 근거와 타당한 기준을 들어 매체 자료의 가치를 평가하는 것이다.

내용 측면에 대한 비평	매체 자료에 드러나는 관점이나 의도, 매체 자료의 주제 등의 타당성을 평가함
형식 측면에 대한 비평	표현 방법이 매체 유형에 맞는지 그 효과와 적절성에 대해 평가함

2. 매체 자료를 비평할 때 고려할 사항

• 매체 자료에서 다루는 내용을 신뢰할 수 있는가? • 매체 자료에 사용된 표현 기법이 효과적인가? • 매체 자료가 현실을 재현하는 방식이 적절한가? 　(사건·생섬·인물 등을 재현하기 위해 선택되거나 배제된 요소, 성·연령·지역·직업·계층 등과 관련된 고정 관념 등 고려) • 매체 자료가 사회에 미칠 영향은 어떠한가?

3. 매체 자료의 비평 과정

매체 자료 선정하기	매체 자료의 생산자, 수용자, 사회·문화적 맥락 등을 고려하여 비평 대상을 선정함
매체 자료 비평하기	• 매체 자료를 자신의 관점에서 해석·평가함 • 다양한 매체 비평 자료를 참조하여 자신이 비평한 내용과 비교함 • 평가 내용을 근거와 함께 논리적으로 제시함

4. 매체 자료의 유형별 비평 내용

광고 비평	• 무엇을 누구에게 광고하려 하는가? • 음성, 이미지, 영상, 배경 음악 등 광고를 구성하는 복합양식 요소가 광고의 내용을 효과적으로 전달하는가?
영화 비평	• 영화를 만든 목적과 전달하고자 하는 주제는 무엇인가? • 카메라 숏, 편집, 소리, 색감, 서사의 전개 방식 등 영화가 관객의 주목을 끌기 위해 사용한 표현 기법은 무엇인가? • 영화에서 특정 개인이나 집단은 어떻게 묘사되고 있는가?
텔레비전 예능 프로그램 비평	• 방송 광고 규제 등 사회적 규범이나 규제를 지키고 있는가? • 상업적 이익이나 사회적 목적 등 생산자가 의도한 목적이 적절한가? • 수용자의 주목을 끌기 위해 자극적이거나 선정적인 표현 기법을 사용하고 있지 않은가?

내신형

01 다음 중 디지털 매체에 대한 설명으로 적절하지 <u>않은</u> 것은?

① 시·공간의 제약을 비교적 받지 않는다.
② 정보 확산의 범위가 넓고 파급력이 강하다.
③ 인터넷의 발달과 스마트폰의 대중화를 기반으로 한다.
④ 직접 대면하지 않고도 다수의 사람들과 소통할 수 있다.
⑤ 소리, 음성, 문자, 이미지가 복합된 대량의 정보를 한 번에 전달하기 어렵다.

02 다음은 인터넷 포털 사이트에서 뉴스를 검색한 화면이다. 이에 대한 수용 태도로 적절하지 <u>않은</u> 것은?

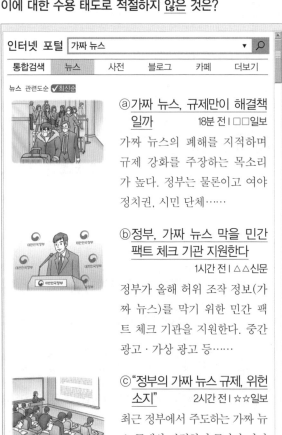

03 ㉠~㉢의 소통 목적을 바르게 짝지은 것은?

> ㉠ 동아리실 사용 원칙과 관련된 학생회 회의록을 사회 관계망 서비스(SNS)에 올림
> ㉡ 교실에 CCTV를 설치할 것을 주장하는 포스터를 만들어 교문에 붙임
> ㉢ 전학 가는 친구에게 친구와 나눈 그동안의 추억이 담긴 동영상을 만들어 선물함

	㉠	㉡	㉢
①	설득	친교	정보 전달
②	설득	정보 전달	친교
③	친교	설득	정보 전달
④	정보 전달	친교	설득
⑤	정보 전달	설득	친교

이 화면에 대한 선택지(우측 상단):

① ⓐ~ⓓ의 표제가 기사의 내용을 압축하고 있는지 따져 본다.
② ⓐ~ⓓ의 제공 시간을 확인하여 각 언론사의 관점을 비교한다.
③ ⓐ~ⓓ의 본문 내용이 편견에 치우치지 않고 공정한지 평가한다.
④ ⓐ~ⓓ에 사용된 사진이 기사 내용과 관련되어 있는지 판단한다.
⑤ ⓐ~ⓓ를 통해 정부의 가짜 뉴스 규제에 대한 다양한 관점을 비교한다.

04 〈보기〉의 매체 자료를 비평하기 위한 질문으로 적절하지 <u>않은</u> 것은?

> **보기**
> ㉠ 텔레비전 예능 프로그램
> ㉡ 잡지에 실린 휴대용 선풍기 광고
> ㉢ 배드민턴 스타를 꿈꾸는 청소년들의 이야기를 담은 영화

① ㉠: 시청자의 흥미를 끌기 위해 자극적으로 연출된 장면이 있는가?
② ㉡: 사용된 이미지와 문구가 강조하고 있는 것은 무엇인가?
③ ㉡: 제품의 성능을 입증하기 위해 유명 연예인이 등장하고 있는가?
④ ㉢: 청소년 관객들에게 어떤 메시지를 주는가?
⑤ ㉢: 카메라 숏, 편집 등 주제를 효과적으로 전달하기 위해 어떤 기법이 사용되었는가?

서술형 ✎

05 〈보기〉를 참고하여 디지털 매체를 기반으로 한 소통 문화의 특징을 〈조건〉에 맞게 쓰시오.

─── 보기 ───

실시간으로 진행되는 인터넷 개인 방송은 영상과 채팅의 결합을 통해 방송 내용의 생산과 수용이 이루어진다. 수용자는 방송 중 채팅을 통해 이어질 방송의 내용과 순서를 정하는 데 영향을 미친다. 생산자는 수용자의 반응을 반영하여 이미 제시된 방송의 내용을 추가, 보충하거나 정정할 수 있다.

─── 조건 ───

1. 정보 생산자와 수용자 사이의 관계를 중심으로 디지털 매체를 기반으로 한 소통 문화의 특징을 쓸 것
2. 한 문장으로 쓸 것

📝 **수능형**

[06~08] (가)는 인쇄 매체의 기사이고, (나)는 (가)를 바탕으로 학생이 만든 카드 뉴스이다. 물음에 답하시오.

가　　　청소년의 사회 참여, 현주소는 어디인가?

청소년 사회 참여는 청소년이 사회 문제나 정치 문제에 관심을 갖고 의사 결정 과정에 참여해 영향력을 행사하는 것을 말한다. 지난해 발표된 ○○ 기관 보고서에 따르면, '청소년노 사회 참여가 필요하다.'라고 응답한 청소년은 무려 88.3%에 달한다.

그렇다면 실제로 얼마나 많은 청소년에게 사회 참여 활동 경험이 있을까? ○○ 기관 통계 자료에 따르면, 사회 참여 활동 경험이 있다고 응답한 청소년은 21%에 그쳤다.

전문가들은 청소년이 주도하는 사회 참여 활동 기회가 부족하여 참여가 확산되지 못하고 있다고 지적한다. 현재의 청소년 사회 참여 활동이 기관을 중심으로 운영되기 때문에 활동을 확산해 나가는 데에 한계가 있다는 것이다. 따라서 청소년이 자신이 속한 공동체의 문제 해결을 위한 의사 결정 과정에 능동적으로 참여할 수 있는 사회적 분위기가 만들어져야 한다고 주장한다. □□고 3학년 김 모 학생은 사회 참여 활동을 경험하면서 배운 것이 많지만 지속적으로 참여할 수 없어서 아쉬웠다고 하였다. 이에 덧붙여 앞으로는 스스로 문제를 찾아 해결하는 활동을 해 보고 싶다고 말했다.

△△대 사회학과 김◇◇ 교수는 "청소년의 사회 참여 활동은 사회성을 향상하여 민주 시민으로서의 자질을 갖추는 데 도움이 될 수 있습니다."라고 강조하며, "사회 참여 활성화를 위해 기관 중심의 청소년 참여와 청소년이 주도가 된 사회 참여가 함께 이루어지는 방향으로 나아가야 합니다."라고 하였다.

－ 박▽▽ 기자 －

나

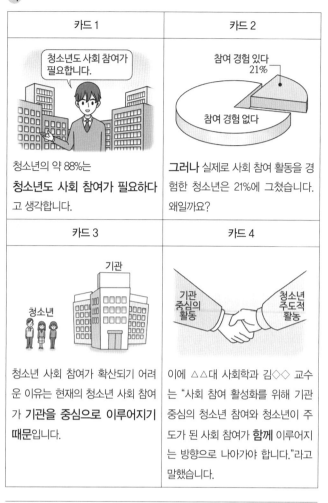

카드 1	카드 2
청소년도 사회 참여가 필요합니다. 청소년의 약 88%는 **청소년도 사회 참여가 필요하다**고 생각합니다.	참여 경험 있다 21% 참여 경험 없다 **그러나** 실제로 사회 참여 활동을 경험한 청소년은 21%에 그쳤습니다. 왜일까요?

카드 3	카드 4
청소년 기관 청소년 사회 참여가 확산되기 어려운 이유는 현재의 청소년 사회 참여가 **기관을 중심으로 이루어지기** 때문입니다.	기관 중심의 활동 청소년 주도적 활동 이에 △△대 사회학과 김◇◇ 교수는 "사회 참여 활성화를 위해 기관 중심의 청소년 참여와 청소년이 주도가 된 사회 참여가 **함께** 이루어지는 방향으로 나아가야 합니다."라고 말했습니다.

06 (가), (나)를 수용할 때 유의할 점으로 가장 적절한 것은?

① (가)는 다양한 이론을 종합하여 해결 방안을 마련하고 있으므로 이론에 대한 왜곡이 없는지 확인해야 한다.

② (나)는 제시된 정보 중 출처를 밝히지 않은 것이 있으므로 신뢰할 수 있는 정보인지 확인해야 한다.

③ (나)는 의견이 대립하고 있는 상황을 다루고 있으므로 편파적으로 서술되지 않았는지 확인해야 한다.

④ (가)와 (나)는 예상되는 반론에 반박하고 있으므로 논리적 타당성을 갖추었는지 확인해야 한다.

⑤ (가)와 (나)는 작성자의 주장이 나열되고 있으므로 납득할 만한 근거를 갖추고 있는지 확인해야 한다.

07 (나)를 제작하는 과정에서 반영된 학생의 계획으로 적절하지 <u>않은</u> 것은?

① '카드 1'에는 (가)의 보고서에 담긴 사회 참여 필요성에 대한 청소년의 인식을 보여 주기 위해 청소년이 말하는 이미지로 제시해야겠군.

② '카드 2'에는 (가)의 사회 참여 활동을 경험해 본 청소년의 비율을 그래프로 시각화하여 문제 상황을 드러내야겠군.

③ '카드 3'에는 (가)의 기관 중심의 사회 참여를 선호하는 청소년의 경향을 드러내기 위해 기관의 이미지를 더 크게 그려야겠군.

④ '카드 4'에는 (가)의 청소년 사회 참여 활동의 두 가지 유형이 서로 조화를 이루는 이미지를 제시해야겠군.

⑤ '카드 4'에는 (가)의 청소년 사회 참여에 관한 교수 인터뷰 내용 중 활성화의 방향에 해당하는 내용을 문구로 제시해야겠군.

08 다음의 '카드 뉴스 보완 방향'을 고려할 때, '카드 A', '카드 B'의 활용 방안으로 가장 적절한 것은?

• 카드 뉴스 보완 방향: 우리 학교 학생을 대상으로 하는 캠페인에 활용하기 위해 (나)에 카드 A, B를 추가

카드 A	카드 B
왜 사회 참여 활동을 하지 않나요?	청소년 사회 참여 어렵지 않습니다. **주변의 문제부터 하나씩! 차근차근!**

카드 A:

응답 내용	비율(%)
사회 참여가 어렵게 느껴져서	63
⋮	⋮

우리 학교 학생 중 사회 참여 경험이 없는 학생들에게 그 이유를 물었더니 위와 같은 결과가 나왔습니다.

카드 B:  우리 학교 쓰레기 분리배출 캠페인 / 우리 학교 앞 신호등 설치 건의

① (나)에서 청소년의 사회 참여가 필요한 이유는 언급하지 않았으므로 '카드 A'를 활용하여 그 이유를 보여 준다.

② (나)에서 청소년 주도의 사회 참여 기회가 부족함을 지적하였으므로 '카드 A'를 활용하여 우리 학교 학생들의 사회 참여 이유를 제시한다.

③ (나)에서 청소년 사회 참여 확산이 어려운 이유를 언급하지 않았으므로 '카드 A'를 활용하여 그에 대한 우리 학교 학생들의 생각을 보여 준다.

④ (나)에서 사회 참여가 청소년에게 미치는 영향을 강조하였으므로 '카드 B'를 활용하여 우리 학교 주변의 문제를 알려 준다.

⑤ (나)에서 청소년이 주도적으로 사회 참여를 할 수 있는 구체적 방법을 제시하지 않았으므로 '카드 B'를 활용하여 우리 학교 학생들이 실천할 수 있는 방법을 제안한다.

[09~11] (가)는 학생들이 학생회장 후보자 홍보 동영상 제작 준비를 위해 휴대 전화 메신저로 나눈 대화이고, (나)는 (가)를 바탕으로 작성한 이야기판이다. 물음에 답하시오.

가

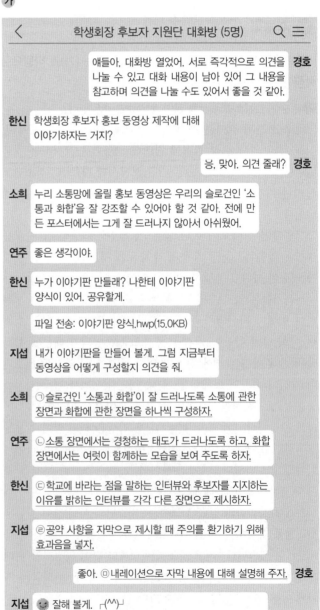

경호 얘들아, 대화방 열었어. 서로 즉각적으로 의견을 나눌 수 있고 대화 내용이 남아 있어 그 내용을 참고하며 의견을 나눌 수도 있어서 좋을 것 같아.

한신 학생회장 후보자 홍보 동영상 제작에 대해 이야기하자는 거지?

경호 응, 맞아. 의견 줄래?

소희 누리 소통망에 올릴 홍보 동영상은 우리의 슬로건인 '소통과 화합'을 잘 강조할 수 있어야 할 것 같아. 전에 만든 포스터에서는 그게 잘 드러나지 않아서 아쉬웠어.

연주 좋은 생각이야.

한신 누가 이야기판 만들래? 나한테 이야기판 양식이 있어. 공유할게.

파일 전송: 이야기판 양식.hwp(15.0KB)

지섭 내가 이야기판을 만들어 볼게. 그럼 지금부터 동영상을 어떻게 구성할지 의견을 줘.

소희 ㉠슬로건인 '소통과 화합'이 잘 드러나도록 소통에 관한 장면과 화합에 관한 장면을 하나씩 구성하자.

연주 ㉡소통 장면에서는 경청하는 태도가 드러나도록 하고, 화합 장면에서는 여럿이 함께하는 모습을 보여 주도록 하자.

한신 ㉢학교에 바라는 점을 말하는 인터뷰와 후보자를 지지하는 이유를 밝히는 인터뷰를 각각 다른 장면으로 제시하자.

지섭 ㉣공약 사항을 자막으로 제시할 때 주의를 환기하기 위해 효과음을 넣자.

경호 좋아. ㉤내레이션으로 자막 내용에 대해 설명해 주자.

지섭 😊 잘해 볼게. ┌(^^)┘

(나)

장면	장면 설명
S#1 소통과 화합	(우측 상단에 슬로건 제시) 학생들과 함께, 후보자가 힘찬 발걸음으로 등교한다. [자막] 기호 ×번 김□□
S#2	후보자가 귀 옆에 양손을 가져다 댄다. [효과음] (자막이 나올 때) 빠밤 [자막] 학급별 소통함 제작 [내레이션] 여러분의 목소리를 귀 기울여 듣겠습니다.
S#3	세 학생이 어깨동무를 한다. [효과음] (자막이 나올 때) 빠밤 [자막] 한마음 축제 개최 [내레이션] 축제를 통해 하나가 되는 ○○고를 만들겠습니다.
S#4	학교에 바라는 점을 말하는 한 학생의 인터뷰를 제시한다.
S#5 투표함	투표하는 손을 보여 준다. [자막] 당신의 한 표를 기호 ×번에 행사하세요.

09 (가)의 대화에 대한 설명으로 가장 적절한 것은?

① '한신'은 동영상이 게재되는 매체의 정보 유통 방식을 언급하며 동영상의 구성 방향을 제안하고 있다.

② '소희'는 매체 언어의 표현 전략을 비교하여 매체 언어를 새롭게 표현하는 방법의 중요성을 설명하고 있다.

③ '연주'는 문자와 그림말이 어우러져 만들어 내는 의미를 제시하여 동영상 제작에 대한 공감을 나타내고 있다.

④ '경호'는 휴대 전화 메신저의 특성을 언급하며 해당 매체로 대화하는 것에 대한 긍정적인 태도를 나타내고 있다.

⑤ '지섭'은 대화가 이루어지는 매체의 정보 전달 효과를 고려하여 동영상 제작의 절차와 역할 분담 방안을 제시하고 있다.

10 ㉠~㉤ 중 (나)에 반영되지 않은 것은?

① ㉠   ② ㉡   ③ ㉢   ④ ㉣   ⑤ ㉤

11 다음은 (나)에 대한 검토 내용을 정리한 것이다. 이를 바탕으로 (나)를 수정하기 위한 방안으로 적절하지 않은 것은?

〈이야기판 검토 결과〉

S#1	후보자의 힘찬 발걸음을 부각할 수 있는 배경 음악이 필요함
	후보자와 함께 새로운 출발을 할 수 있다는 내용이 자막에 제시되어야 함
S#2~S#4	슬로건을 일관되게 노출하여 강조할 필요가 있음
S#4	인터뷰 내용의 전달 효과를 높여야 함
S#5	공약의 실현 가능성을 인상적으로 제시하며 마무리해야 함

① S#1에 밝고 역동적인 느낌의 음악을 배경 음악으로 제시한다.

② S#1의 자막을 '기호 ×번 김□□와 함께 새로운 학교생활이 시작됩니다.'로 수정한다.

③ S#2~S#4에 S#1처럼 화면 우측 상단에 '소통과 화합'이라는 문구를 추가한다.

④ S#4에 인터뷰의 핵심 내용을 나타내는 말들을 자막으로 제시한다.

⑤ S#5에 학생회장 후보자가 자막을 힘주어 읽는 내레이션을 추가한다.

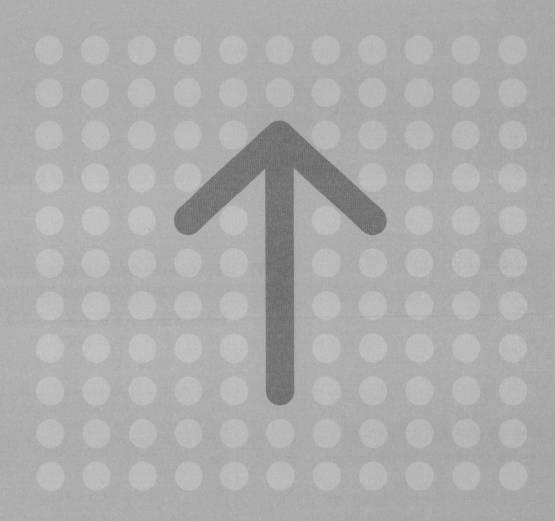

부록

기출로 어휘력 키우기

- 사전적 의미
- 문맥적 의미
- 바꿔 쓰기

기출로 어휘력 키우기

✦ 사전적 의미

01 ⓐ~ⓔ의 사전적 의미로 적절하지 <u>않은</u> 것은?

> • 국민과 법이 추구하는 정의가 서로 같고, ⓐ<u>적법</u>한 절차에 의해서 법이 제정된 경우에는 타당성이 있다고 할 수 있다.
> • 만약 시행일을 규정하지 않은 경우에는 법을 공포한 날로부터 20일이 ⓑ<u>경과</u>되면 법의 효력이 자동적으로 발생한다.
> • 폐지일이 규정되지 않은 경우에는 구법의 내용과 상충되는 신법이 시행되었을 때 구법의 효력이 소멸된다. 법의 효력은 시행 후에 발생한 사항에만 적용되며 ⓒ<u>시행</u> 이전에 발생한 사항에 대해서는 적용되지 않는다.
> • 법을 ⓓ<u>소급</u>해서 적용할 경우 이미 신법 시행 이전에 적법하게 취득한 권리를 침해하여 사회적 혼란을 일으킬 수 있기 때문이다.
> • 그런데 주한 외교 사절은 기본적으로 우리나라의 법을 준수해야 하지만, ⓔ<u>면책</u> 특권 때문에 예외적으로 법의 효력이 발생하지 않는다.

① ⓐ: 법규에 맞음.
② ⓑ: 시간이 지나감.
③ ⓒ: 어려운 점을 무릅쓰고 행함.
④ ⓓ: 과거에까지 거슬러 올라가서 미치게 함.
⑤ ⓔ: 책임이나 책망을 면함.

출처 2024년 6월 고1 교육청 | 사회　　　　**답** ③

'시행(施行)'의 사전적 의미는 '법령을 공포한 뒤에 그 효력을 실제로 발생시키는 일'이다. '어려운 점을 무릅쓰고 행함'은 '강행(強行)'의 사전적 의미이다.

◎오답 풀이

① '적법(適法)'의 사전적 의미는 '법규에 맞음. 또는 알맞은 법'이다.
② '경과(經過)'의 사전적 의미는 '시간이 지나감'이다.
④ '소급(遡及)'의 사전적 의미는 '과거에까지 거슬러 올라가서 미치게 함'이다.
⑤ '면책(免責)'의 사전적 의미는 '책임이나 책망을 면함'이다.

---

02 ⓐ~ⓔ의 사전적 의미로 적절하지 <u>않은</u> 것은?

> • 기원전 3세기경 중국의 전국시대 말기는 침략과 정벌의 전쟁이 빈번하게 벌어지는 혼란의 시대였다. 이와 동시에 국가의 혼란을 해결하기 위한 길을 ⓐ<u>모색</u>한 여러 사상들이 융성한 시대이기도 했다.
> • 예란 위를 ⓑ<u>축적</u>하여 완전한 인격체가 된 성인(聖人)이 일찍이 사회의 혼란을 우려해 만든 일체의 사회적 규범을 말한다.
> • 순자는 인간의 후천적 노력을 바탕으로 한 인간과 사회의 변화 가능성을 ⓒ<u>신뢰</u>한 사상가라 할 수 있다.
> • 자연 상태에서 인간은 자기 보존을 위해 자신의 이익만을 추구하면서 끊임없이 싸우게 되는데 그는 전쟁과도 같은 이 상황을 '만인에 대한 만인의 투쟁'이라 ⓓ<u>명명</u>한다.
> • 통치자가 개인들로부터 위임받은 권리를 정당하게 행사하여 개인들 간의 투쟁을 해소함으로써 비로소 평화로운 사회가 ⓔ<u>구현</u>된다.

① ⓐ: 일이나 사건 따위를 해결할 수 있는 방법이나 실마리를 더듬어 찾음.
② ⓑ: 지식, 경험, 자금 따위를 모아서 쌓음.
③ ⓒ: 자기의 주장을 굽혀 남의 의견을 좇음.
④ ⓓ: 사람, 사물, 사건 등의 대상에 이름을 지어 붙임.
⑤ ⓔ: 어떤 내용이 구체적인 사실로 나타나게 함.

출처 2024년 3월 고1 교육청 | 인문　　　　**답** ③

'신뢰(信賴)'의 사전적 의미는 '굳게 믿고 의지함'이다. '자기의 주장을 굽혀 남의 의견을 좇음'은 '양보(讓步)'의 사전적 의미이다.

◎오답 풀이

① '모색(摸索)'의 사전적 의미는 '일이나 사건 따위를 해결할 수 있는 방법이나 실마리를 더듬어 찾음'이다.
② '축적(蓄積)'의 사전적 의미는 '지식, 경험, 자금 따위를 모아서 쌓음. 또는 모아서 쌓은 것'이다.
④ '명명(命名)'의 사전적 의미는 '사람, 사물, 사건 등의 대상에 이름을 지어 붙임'이다.
⑤ '구현(具現)'의 사전적 의미는 '어떤 내용이 구체적인 사실로 나타나게 함'이다.

03 @~@의 사전적 의미로 적절하지 <u>않은</u> 것은?

> • '현실 요법'에서는 개인의 모든 행동은 기본 욕구를 충족시키기 위해서 그 자신이 선택하는 것이라 보았다. 만약 이러한 선택으로 문제가 발생한다면 다섯 가지 기본 욕구를 실현 가능한 수준으로 타협하고 조절해 새로운 선택을 할 필요가 있다고 ⓐ제안했다.
> • 셋째는 '힘의 욕구'로, 경쟁하여 성취하고 인정받고 싶어 하는 욕구이다. 이 욕구가 강한 사람은 직장에서의 성공과 명예를 중시하고 높은 사회적 지위에 ⓑ도달하기 위해 노력한다.
> • 또 자유의 욕구와 힘의 욕구 모두가 강한 사람은 자신이 ⓒ선호하는 것을 우선시하고 이것이 방해받으면 불편해하며 주변 사람들과 갈등을 일으킬 수 있다.
> • 이 경우 힘의 욕구를 조절하도록 이끌 수 있는데, 타인과의 사소한 의견 충돌 상황에서 자기주장을 강조하기보다 타인의 마음을 헤아리고 그 의견을 ⓓ겸허하게 수용하는 연습을 하게 할 수 있다.
> • 현재 현실 요법은 상담 분야에서 호응을 얻어 심리 상담에 널리 ⓔ활용되고 있다.

① ⓐ: 안이나 의견으로 내놓음.
② ⓑ: 사람이나 동식물 따위가 자라서 점점 커짐.
③ ⓒ: 여럿 가운데서 특별히 가려서 좋아함.
④ ⓓ : 스스로 자신을 낮추고 비우는 태도가 있음.
⑤ ⓔ: 충분히 잘 이용함.

출처 2023년 6월 고1 교육청 | 인문   **답** ②

'도달(到達)'의 사전적 의미는 '목적한 곳이나 수준에 다다름'이다. '사람이나 동식물 따위가 자라서 점점 커짐'이라는 의미를 가진 단어는 '성장(成長)'이다.

◎오답 풀이

① '제안(提案)'은 '안이나 의견으로 내놓음'이라는 의미로 사용되었다.
③ '선호(選好)'는 '여럿 가운데서 특별히 가려서 좋아함'이라는 의미로 사용되었다.
④ '겸허(謙虛)'는 '스스로 자신을 낮추고 비우는 태도가 있음'이라는 의미로 사용되었다.
⑤ '활용(活用)'은 '도구나 물건 따위를 충분히 잘 이용함'이라는 의미로 사용되었다.

---

04 @~@의 사전적 의미로 적절하지 <u>않은</u> 것은?

> • 프로이트는 정신 질환을 겪는 환자들을 치료하면서 인간에게 의식과는 다른 무의식 세계가 있다는 것을 발견하였다. 이에 그는 인간을 무의식의 지배를 받는 비합리적 존재로 간주하고, 정신 분석 이론을 통해 인간의 정신세계를 ⓐ규명하려 하였다.
> • 억압은 자아가 수용하기 힘든 욕구를 무의식 속으로 억누르는 것을, 승화는 그러한 욕구를 예술과 같이 가치 있는 활동으로 ⓑ전환하는 것을 의미한다.
> • 이러한 프로이트의 이론은 기존의 이론에서 ⓒ간과한 무의식에 대한 탐구를 통해 인간 이해에 대한 지평을 넓혔다는 평을 받고 있다.
> • 자아는 의식을 지배하는 동시에 무의식과 교류하며 이를 조정하는 역할을 한다. 개인 무의식은 의식에 의해 ⓓ배제된 생각이나 감정, 기억 등이 존재하는 영역이다.
> • 이 과정에서 자아는 자신의 또 다른 모습인 그림자와 ⓔ대면하게 되고, 집단 무의식에 존재하는 여러 원형들을 발견하게 된다.

① ⓐ: 어떤 사실을 자세히 따져서 바로 밝힘.
② ⓑ: 주기적으로 자꾸 되풀이하여 돎.
③ ⓒ: 큰 관심 없이 대강 보아 넘김.
④ ⓓ: 받아들이지 아니하고 물리쳐 제외함.
⑤ ⓔ: 서로 얼굴을 마주 보고 대함.

출처 2023년 3월 고1 교육청 | 인문 복합   **답** ②

'전환(轉換)'의 사전적 의미는 '다른 방향이나 상태로 바뀌거나 바꿈'이다. '주기적으로 자꾸 되풀이하여 돎'이라는 의미를 가진 단어는 '순환(循環)'이다.

◎오답 풀이

① '규명(糾明)'의 사전적 의미는 '어떤 사실을 자세히 따져서 바로 밝힘'이다.
③ '간과(看過)'의 사전적 의미는 '큰 관심 없이 대강 보아 넘김'이다.
④ '배제(排除)'의 사전적 의미는 '받아들이지 아니하고 물리쳐 제외함'이다.
⑤ '대면(對面)'의 사전적 의미는 '서로 얼굴을 마주 보고 대함'이다.

기출로 어휘력 키우기

05 ⓐ~ⓔ의 사전적 의미로 적절하지 <u>않은</u> 것은?

> - 그는 자신이 살던 현실의 문제에 실리적으로 ⓐ대처하고 정치적인 분열을 적극적으로 막아 나라의 부강과 백성의 평안을 이루고자 하였다.
> - 하지만 군주가 마음대로 법을 만들면 백성의 삶이 ⓑ피폐해질 수 있으므로 군주는 이익을 추구하는 백성의 본성을 고려해 백성의 삶이 윤택해질 수 있는 법을 만들어야 한다고 보았다.
> - 또한 관중은 군주가 자신에 대해서는 존귀하게 여기지 않는 것을 '패(覇)'라고 ⓒ규정하였는데, 이를 바탕으로 군주도 법의 적용에서 예외가 되지 않아야 한다고 주장하였다.
> - 치세를 만드는 군주는 재능과 지식이 출중해 신하를 능력에 맞게 발탁하여 일을 분배할 줄 알거나, 재능과 지식은 ⓓ부족하지만 현명한 신하를 분별하여 그에게 나라의 일을 맡길 줄 안다.
> - 이는 군주의 존재 근거가 백성이라고 보는 민본관에 의한 것으로, 조세 부담을 줄이는 등 백성의 경제적 기반을 유지할 수 있는 정책을 펼쳐야 함을 ⓔ역설한 것이다.

① ⓐ: 어떤 정세나 사건에 대하여 알맞은 조치를 취함.
② ⓑ: 지치고 쇠약해짐.
③ ⓒ: 바로잡아 고침.
④ ⓓ: 필요한 양이나 기준에 미치지 못해 충분하지 아니함.
⑤ ⓔ: 자신의 뜻을 힘주어 말함.

출처 2022년 11월 고1 교육청 | **인문**   **답** ③

'규정(規定)'의 사전적 의미는 '내용이나 성격, 의미 따위를 밝혀 정함'이다. '바로잡아 고침'은 '수정(修正)'의 사전적 의미이다.

◎오답 풀이

① '대처(對處)'는 '어떤 정세나 사건에 대하여 알맞은 조치를 취함'을 의미한다.
② '피폐(疲弊)'는 '지치고 쇠약하여짐'을 의미한다.
④ '부족(不足)'은 '필요한 양이나 기준에 미치지 못해 충분하지 아니함'을 의미한다.
⑤ '역설(力說)'은 '자신의 뜻을 힘주어 말함'을 의미한다.

---

06 ⓐ~ⓔ의 사전적 의미로 적절하지 <u>않은</u> 것은?

> - 양전자 단층 촬영(PET)은 세포의 대사량 등 인체에 대한 정보를 확인하기 위해 몸속에 특정 물질을 ⓐ주입하여 그 물질의 분포를 영상화하는 기술이다.
> - 세포 내에 축적된 방사성 추적자의 방사성 동위 원소는 붕괴되면서 양전자를 ⓑ방출한다. 방출된 양전자는 몸속의 전자와 결합하여 소멸하는데, 이때 두 입자의 질량이 에너지로 바뀐다.
> - 몸 밖으로 나온 감마선은 PET 스캐너를 통해 검출되는데, PET 스캐너는 수많은 검출기가 검사 대상을 원형으로 둘러싸고 있는 구조이다. 180도로 방출된 한 쌍의 감마선은 각각의 진행 방향에 있는 검출기에 ⓒ도달하게 된다.
> - PET 스캐너는 동시 계수로 인정할 수 있는 최대 시간 폭인 동시 계수 시간 폭을 설정하고 동시 계수 시간 폭 안에 들어온 경우를 유효한 성분으로 ⓓ간주한다.
> - 따라서 PET 영상의 정확도를 높이기 위해서는 산란 계수와 랜덤 계수의 검출을 최소화하기 위해 동시 계수 시간 폭을 적절하게 ⓔ설정하는 것이 중요하다.

① ⓐ: 흘러 들어가도록 부어 넣다.
② ⓑ: 입자나 전자기파의 형태로 에너지를 내보내다.
③ ⓒ: 목적한 곳이나 수준에 다다르다.
④ ⓓ: 유사한 점에 기초하여 다른 사물을 미루어 추측하다.
⑤ ⓔ: 새로 만들어 정해 두다.

출처 2021년 11월 고1 교육청 | **과학**   **답** ④

'간주(看做)하다'의 사전적 의미는 '상태, 모양, 성질 따위가 그와 같다고 보거나 그렇다고 여기다.'이다. '유사한 점에 기초하여 다른 사물을 미루어 추측하다.'는 '유추(類推)하다'의 사전적 의미이다.

◎오답 풀이

① '주입(注入)하다'의 사전적 의미는 '흘러 들어가도록 부어 넣다.'이다.
② '방출(放出)하다'의 사전적 의미는 '입자나 전자기파의 형태로 에너지를 내보내다.'이다.
③ '도달(到達)하다'의 사전적 의미는 '목적한 곳이나 수준에 다다르다.'이다.
⑤ '설정(設定)하다'의 사전적 의미는 '새로 만들어 정해 두다.'이다.

07 ⑤~⑩의 사전적 의미로 적절하지 <u>않은</u> 것은?

> - 가격 변화에 따른 수요량의 변화가 ⑤민감하면 탄력적이라 하고, 가격 변화에 따른 수요량의 변화가 민감하지 않으면 비탄력적이라고 한다.
> - 어떤 상품에 ⑥밀접한 대체재가 있으면, 소비자들은 그 상품 대신에 대체재를 사용할 수 있으므로 그 상품 수요의 가격 탄력성은 탄력적이다.
> - 필수재 수요의 가격 탄력성은 대체로 비탄력적인 반면에, 사치재 수요의 가격 탄력성은 대체로 탄력적이다. 예를 들어 필수재인 휴지의 가격이 오르면 아껴 쓰기는 하겠지만 그 수요량이 ⑥급격하게 줄어들지는 않는다.
> - 소득에서 차지하는 비중이 큰 상품의 가격이 인상되면 개인의 소비 생활에 지장을 ⑨초래할 수 있으므로 그만큼 가격 변화에 민감하게 반응할 수밖에 없다.
> - 총수입은 상품 판매자의 판매 수입이며 동시에 상품에 대한 소비자의 지출액인데, 이는 상품의 가격에 거래량을 곱한 수치로 ⑩산출할 수 있다.

① ⑤: 자극에 빠르게 반응을 보이거나 쉽게 영향을 받음.
② ⑥: 아주 가깝게 맞닿아 있음.
③ ⑥: 변화의 움직임 따위가 급하고 격렬함.
④ ⑨: 일의 결과로서 어떤 현상을 생겨나게 함.
⑤ ⑩: 어떤 일에 필요한 돈이나 물자 따위를 내놓음.

출처 2021년 6월 고1 교육청 | 사회　　　**답** ⑤

'산출(算出)'의 사전적 의미는 '계산하여 냄'이다. '어떤 일에 필요한 돈이나 물자 따위를 내놓음'을 뜻하는 단어는 '출자(出資)'이다.

◉오답 풀이
① '민감(敏感)'은 '자극에 빠르게 반응을 보이거나 쉽게 영향을 받음. 또는 그런 상태'를 의미한다.
② '밀접(密接)'은 '아주 가깝게 맞닿아 있음. 또는 그런 관계에 있음'을 의미한다.
③ '급격(急激)'은 '변화의 움직임 따위가 급하고 격렬함'을 의미한다.
④ '초래(招來)'는 '일의 결과로서 어떤 현상을 생겨나게 함'을 의미한다.

---

08 ⓐ~ⓔ의 사전적 의미로 적절하지 <u>않은</u> 것은?

> - 여기서 우리는 은행의 기능을 알 수 있다. 첫째, 돈의 여유가 있는 사람으로부터 자금을 ⓐ조성하여 이를 필요로 하는 사람에게 융통해 주는 금융 중개 기능이다.
> - 은행은 자금 수요자의 수익성과 안전성을 정확하게 평가할 수 있는 안목과 정보를 가지고 있어서, 조성된 자금이 한층 더 건전하고 수익성 높은 곳으로 투자되도록 ⓑ유도하기도 한다.
> - 그러나 맡아 놓은 금의 일부만 지급 준비용으로 ⓒ보유하고 나머지를 다른 사람에게 대출해 줄 경우 사정은 달라진다.
> - 자금의 ⓓ조달 원천을 나타내는 자본 및 부채의 내역은 대차 대조표의 오른편에 기록되며, 자금의 운영 상태를 나타내는 자산의 내역은 왼편에 기록된다.
> - 오른편을 보면 예금이 가장 큰 비중을 차지하고 있음을 알 수 있는데, 은행의 입장에서 예금은 언제든 ⓔ요구가 있으면 지급해야 하는 부채의 성격을 갖는다.

① ⓐ: 어떤 기준이나 실정에 맞게 정돈함.
② ⓑ: 사람이나 물건을 목적한 장소나 방향으로 이끎.
③ ⓒ: 가지고 있거나 간직하고 있음.
④ ⓓ: 자금이나 물자 따위를 대어 줌.
⑤ ⓔ: 받아야 할 것을 필요에 의하여 달라고 청함.

출처 2020년 9월 고1 교육청 | 사회　　　**답** ①

'조성(造成)'의 사전적 의미는 '무엇을 만들어서 이룸'이다. '어떤 기준이나 실정에 맞게 정돈함'을 의미하는 단어는 '조정(調整)'이다.

◉오답 풀이
② '유도(誘導)'는 '사람이나 물건을 목적한 장소나 방향으로 이끎'을 의미한다.
③ '보유(保有)'는 '가지고 있거나 간직하고 있음'을 의미한다.
④ '조달(調達)'은 '자금이나 물자 따위를 대어 줌'을 의미한다.
⑤ '요구(要求)'는 '받아야 할 것을 필요에 의하여 달라고 청함. 또는 그 청'을 의미한다.

09 ⓐ~ⓔ의 사전적 의미로 적절하지 <u>않은</u> 것은?

> • "칼을 쓰는 자는 칼로 망한다."라는 말을 하나의 교훈적인 말로 받아들이는 사람은 그것이 하나의 ⓐ보편적인 법칙 같은 것을 뜻하는 것으로 이해하기 때문에 전체 긍정으로 읽게 되는 것이다.
> • 전체 중에서 단 한 사람에 대한 긍정을 한 것도 부분 긍정으로 ⓑ일반화시킬 수밖에 없으며, 한 사람만 제외한 다른 모든 사람들에 대한 긍정도 부분 긍정으로 ⓒ간주할 수밖에 없다.
> • 일상 언어의 문장은 그것이 어떤 사실을 긍정하는 것일지라도 위에서 ⓓ검토해 본 예문들처럼 그것의 논리적 의미가 분명치 못한 것이 많다.
> • 이러한 문제는 논리학의 범위에 속하지 않는 것이므로 그것을 사용하는 사람이 자기대로 ⓔ타당한 이해를 할 수밖에 없는 것이다.

① ⓐ: 두루 널리 미치는
② ⓑ: 구체적인 것으로 됨
③ ⓒ: 상태, 모양, 성질 따위가 그와 같다고 봄
④ ⓓ: 사실이나 내용을 분석해 따짐
⑤ ⓔ: 일의 이치로 보아 옳은

출처 2020년 6월 고1 교육청 | 인문　　답 ②

'일반화(一般化)'의 사전적 의미는 '개별적인 것이나 특수한 것이 일반적인 것으로 됨. 또는 그렇게 만듦'이다. '구체적인 것으로 됨'은 '구체화(具體化)'의 사전적 의미이다.

◎오답 풀이

① '보편적(普遍的)'은 '두루 널리 미치거나 통하는'이라는 의미로 사용되었다.
③ '간주(看做)'는 '상태, 모양, 성질 따위가 그와 같다고 봄. 또는 그렇다고 여김'이라는 의미로 사용되었다.
④ '검토(檢討)'는 '어떤 사실이나 내용을 분석하여 따짐'이라는 의미로 사용되었다.
⑤ '타당(妥當)'한'은 '일의 이치로 보아 옳은'이라는 의미로 사용되었다.

10 ⓐ~ⓔ의 사전적 의미로 적절하지 <u>않은</u> 것은?

> • 당시 산업화에 뒤처진 이탈리아는 산업화에 대한 열망과 민족적 자존감을 ⓐ고양시킬 수 있는 새로운 예술을 필요로 하였다.
> • 그들은 대상의 움직임의 ⓑ추이를 화폭에 담아냄으로써 대상을 생동감 있게 형상화하려 하였다.
> • '질주하고 있는 말의 다리는 4개가 아니라 20개다.'라는 미래주의 선언의 내용은, 분할주의 기법을 통해 대상의 역동성을 ⓒ지향하고자 했던 미래주의 화가들의 생각을 잘 드러내고 있다.
> • 역선을 사용하여 대상의 모습을 나타내면 대상이 다른 대상이나 배경과 구분이 모호해지는 상호 침투가 발생해 대상이 사실적인 형태보다는 ⓓ왜곡된 형태로 표현된다.
> • 기존의 전통적인 서양 회화가 대상의 고정적인 모습에 ⓔ주목하여 비례, 통일, 조화 등을 아름다움의 요소로 보았다면, 미래주의 회화는 움직이는 대상의 속도와 운동이라는 미적 가치에 주목하여 새로운 미의식을 제시했다는 점에서 의의를 찾을 수 있다.

① ⓐ: 정신이나 기분 따위를 북돋워서 높임.
② ⓑ: 시간의 경과에 따라 변하여 나감.
③ ⓒ: 어떤 목표로 뜻이 쏠리어 향함.
④ ⓓ: 사실과 다르게 해석하거나 그릇되게 함.
⑤ ⓔ: 자신의 의견이나 주의를 굳게 내세움.

출처 2020년 3월 고1 교육청 | 예술　　답 ⑤

'주목(注目)'의 사전적 의미는 '관심을 가지고 주의 깊게 살핌. 또는 그 시선'이다. '자신의 의견이나 주의를 굳게 내세움'은 '주장(主張)'의 사전적 의미이다.

◎오답 풀이

① '고양(高揚)'의 사전적 의미는 '정신이나 기분 따위를 북돋워서 높임'이다.
② '추이(推移)'의 사전적 의미는 '일이나 형편이 시간의 경과에 따라 변하여 나감. 또는 그런 경향'이다.
③ '지향(志向)'의 사전적 의미는 '어떤 목표로 뜻이 쏠리어 향함. 또는 그 방향이나 그쪽으로 쏠리는 의지'이다.
④ '왜곡(歪曲)'의 사전적 의미는 '사실과 다르게 해석하거나 그릇되게 함'이다.

11 ⊙~⊚의 사전적 의미로 적절하지 않은 것은?

• 경제 주체가 거래 의사와 능력을 가진 상대방을 탐색하는 과정, 가격이나 교환 조건을 상대방과 협상하여 계약을 하는 과정, 또 계약 후 계약 ⊙이행 여부를 확인하고 강제하는 과정 등에서 발생하는 비용을 거래 비용이라고 할 수 있다.

• 거래 비용 이론에서는 기업은 시장에서 재화를 거래할 때 발생하는 거래 비용인 '시장 거래 비용'을 줄이기 위해, 재화를 자체적으로 생산하는 것에 대해 ⊙고려하게 된다고 보았다.

• 다음으로 인간은 효용의 극대화를 위해 자신의 이익만을 추구하는 기회주의적 ⓒ면모를 보일 가능성이 높다는 것이다.

• 이때 자산 특수성이 높으면 경제 주체들은 기회주의적으로 행동할 가능성이 커질 수 있기 때문에 이를 ⓔ보완하고자 다양한 안전장치를 마련하려 할 것이다.

• 다음으로 거래 상대의 정보를 확인할 수 없는 상황에서 거래 주체는 자신의 이익을 위해 정보를 ⓜ공유하지 않을 가능성이 높다.

① ⊙: 둘 이상의 일을 한꺼번에 행함.
② ⊙: 생각하고 헤아려 봄.
③ ⓒ: 사람이나 사물의 겉모습이나 그 됨됨이.
④ ⓔ: 모자라거나 부족한 것을 보충하여 완전하게 함.
⑤ ⓜ: 두 사람 이상이 한 물건을 공동으로 소유함.

출처 2019년 11월 고1 교육청 | 사회　　　　**답** ①

'둘 이상의 일을 한꺼번에 행함.'은 '병행(竝行)'의 사전적 의미이다. '이행(履行)'의 사전적 의미는 '실제로 행함'이다.

◎오답 풀이

② '고려(考慮)'의 사전적 의미는 '생각하고 헤아려 봄'이다.
③ '면모(面貌)'의 사전적 의미는 '사람이나 사물의 겉모습. 또는 그 됨됨이'이다.
④ '보완(補完)'의 사전적 의미는 '모자라거나 부족한 것을 보충하여 완전하게 함'이다.
⑤ '공유(共有)'의 사전적 의미는 '두 사람 이상이 한 물건을 공동으로 소유하거나 이용함'이다.

12 ⓐ~ⓔ의 사전적 의미로 직질하지 않은 것은?

• 그는 현실 세계에 존재하는 모든 것의 근원을 이데아로 ⓐ상정하고 이데아를 영원하고 불변하는 존재, 그 자체로 완전한 진리로 여겼다.

• 니체는 형이상학적 이원론이 진리를 영원불변한 것으로 고정하고, 현실 너머의 이상 세계와 초월적 대상을 생명의 근원으로 설정함으로써 인간이 현실의 삶을 부정하도록 만들었다고 보았다. 그래서 생명의 근원과 삶의 의미를 상실한 인간은 허무에 ⓑ직면하게 되었다는 것이다.

• 니체는 허무에서 벗어나기 위해서는 생명의 본질을 ⓒ회복해야 한다고 했다. 그는 인간이 자신의 삶을 지탱할 수 있게 하는 것을 '힘에의 의지'로 보았다.

• 이러한 니체의 철학적 견해는 20세기 초의 예술가들에게 많은 영향을 주었는데, 특히 회화에서 독일의 표현주의가 니체의 철학을 ⓓ수용했다.

• 표현주의 화가들은 이성과 합리성의 가치를 추구하던 당시 사회의 분위기에 ⓔ반발하며 예술가로서의 감정적, 주관적인 표현을 예술이 추구해야 하는 가치로 보았다.

① ⓐ: 어떤 정황을 가정적으로 생각하여 단정함.
② ⓑ: 어떠한 일이나 사물을 직접 당하거나 접함.
③ ⓒ: 온전하게 보호하여 유지함.
④ ⓓ: 어떠한 것을 받아들임.
⑤ ⓔ: 어떤 상태나 행동 따위에 대하여 거스르고 반항함.

출처 2019년 9월 고1 교육청 | 인문·예술 복합　　　　**답** ③

'회복(回復)'은 '원래의 상태로 돌이키거나 원래의 상태를 되찾음'을 의미한다. '온전하게 보호하여 유지함'은 '보전(保全)'의 사전적 의미이다.

◎오답 풀이

① '상정(想定)'은 '어떤 정황을 가정적으로 생각하여 단정함'을 의미한다.
② '직면(直面)'은 '어떠한 일이나 사물을 직접 당하거나 접함'을 의미한다.
④ '수용(受容)'은 '어떠한 것을 받아들임'을 의미한다.
⑤ '반발(反撥)'은 '어떤 상태나 행동 따위에 대하여 거스르고 반항함'을 의미한다.

13 ⓐ~ⓔ의 사전적 의미로 적절하지 <u>않은</u> 것은?

> • 최근 예술 분야에서는 과학 기술을 이용하여 새로운 장르를 ⓐ개척하려는 시도가 이루어지고 있다. 이러한 배경을 바탕으로 등장한 예술의 하나가 바로 '엑스레이 아트(X-ray Art)'이다.
> • 엑스레이 아트의 거장인 닉 베세이는 엑스레이를 활용하여 오브제 내부에 ⓑ주목한 작품을 만들었다.
> • 엑스레이 아트의 창작 의도를 ⓒ구현하기 위해서는 오브제의 특성을 고려해야 한다. 이는 오브제의 재질과 두께에 따라 엑스레이의 투과율이 달라지기 때문이다.
> • 그리고 오브제가 겹쳐 있을 경우, 창작 의도와 다른 사진이 나올 수 있으므로 이를 고려하여 오브제를 적절하게 ⓓ배치하고 촬영 각도를 결정한다.
> • 엑스레이 아트는 발상의 전환을 통해 감상자들에게 기존의 예술 작품과는 다른 미적 감수성을 불러일으킨다는 점에서 현대 예술의 외연을 넓히는 데 ⓔ기여하였다는 평가를 받고 있다.

① ⓐ: 새로운 물건을 만들거나 새로운 생각을 내어놓음.
② ⓑ: 관심을 가지고 주의 깊게 살핌.
③ ⓒ: 어떤 내용이 구체적인 사실로 나타나게 함.
④ ⓓ: 사람이나 물자 따위를 일정한 자리에 알맞게 나누어 둠.
⑤ ⓔ: 도움이 되도록 이바지함.

출처 2019년 3월 고1 교육청 | 예술　　　**답** ①

'새로운 물건을 만들거나 새로운 생각을 내어놓음'을 뜻하는 말은 '개발(開發)'이다. '개척(開拓)'의 사전적 의미는 '새로운 영역, 운명, 진로 따위를 처음으로 열어 나감'이다.

◎오답 풀이
② '주목(注目)'의 사전적 의미는 '관심을 가지고 주의 깊게 살핌. 또는 그 시선'이다.
③ '구현(具現)'의 사전적 의미는 '어떤 내용이 구체적인 사실로 나타나게 함'이다.
④ '배치(配置)'의 사전적 의미는 '사람이나 물자 따위를 일정한 자리에 알맞게 나누어 둠'이다.
⑤ '기여(寄與)'의 사전적 의미는 '도움이 되도록 이바지함'이다.

---

14 ⓐ~ⓔ의 사전적 의미로 적절하지 <u>않은</u> 것은?

> • 관여도란 주어진 상황에서 특정 제품에 대해 개인이 자신과의 관련성을 ⓐ지각하는 정도를 의미한다. 소비자의 관여도를 결정하는 요인에는 '개인적 요인', '제품에 의한 요인', '상황적 요인'이 있다.
> • 소비자는 이 요인을 통해 의미를 ⓑ부여한 특정 제품에 지속적으로 높은 관여도를 가지게 된다.
> • 예를 들어 실용성을 극대화하여 제작된 특정 주방 기기가 있다고 한다면, 실용성을 ⓒ추구하는 대다수의 소비자들은 이 제품이 자신들의 욕구를 충족시켜 줄 수 있다고 생각하여 해당 제품에 높은 관여도를 가지게 된다.
> • 두 번째 차원은 소비자가 제품에 대해 반응하는 ⓓ경향에 따라 이성적 관여와 감성적 관여로 구분하는 것이다.
> • 따라서 제품 판매자들은 FCB Grid 모델을 활용하되 제품 판매와 관련된 역동적이고 복잡한 제반 여건을 ⓔ반영하여 판매 전략을 세울 필요가 있다.

① ⓐ: 그러하다고 생각하여 옳다고 인정함.
② ⓑ: 사물이나 일에 가치, 의의 따위를 붙여 줌.
③ ⓒ: 목적을 이룰 때까지 뒤좇아 구함.
④ ⓓ: 현상이나 사상, 행동 따위가 어떤 방향으로 기울어짐.
⑤ ⓔ: 다른 것에 영향을 받아 어떤 현상을 나타냄.

출처 2018년 11월 고1 교육청 | 사회　　　**답** ①

'지각(知覺)'의 사전적 의미는 '감각 기관을 통하여 대상을 인식함'이다. '그러하다고 생각하여 옳다고 인정함'은 '긍정(肯定)'의 사전적 의미이다.

◎오답 풀이
② '부여(附與)'의 사전적 의미는 '사람에게 권리·명예·임무 따위를 지니도록 해 주거나, 사물이나 일에 가치·의의 따위를 붙여 줌'이다.
③ '추구(追求)'의 사전적 의미는 '목적을 이룰 때까지 뒤좇아 구함'이다.
④ '경향(傾向)'의 사전적 의미는 '현상이나 사상, 행동 따위가 어떤 방향으로 기울어짐'이다.
⑤ '반영(反映)'의 사전적 의미는 '다른 것에 영향을 받아 어떤 현상이 나타남. 또는 어떤 현상을 나타냄'이다.

15 ⓐ∼ⓔ의 사전적 의미로 적절하지 않은 것은?

> • 초고층 건물은 높이가 200미터 이상이거나 50층 이상인 건물을 말한다. 이런 초고층 건물을 지을 때는 건물에 ⓐ작용하는 힘을 고려해야 한다.
> • 수직 하중을 견디기 위해서 ⓑ고안된 가장 단순한 구조는 보기둥 구조이다. 보기둥 구조는 기둥과 기둥 사이를 가로지르는 수평 구조물인 보를 설치하고 그 위에 바닥판을 놓은 구조이다.
> • 보기둥 구조에서는 설치된 보의 두께만큼 건물의 한 층당 높이가 높아지지만, 바닥판에 작용하는 하중이 기둥에 집중되지 않고 보에 의해 ⓒ분산되기 때문에 수직 하중을 잘 견딜 수 있다.
> • 아웃리거 – 벨트 트러스 구조에서 벨트 트러스는 철골을 사용하여 건물의 외부 기둥들을 삼각형 구조의 트러스로 짜서 벨트처럼 둘러 싼 것으로 수평 하중을 ⓓ지탱하는 역할을 한다.
> • 그리고 아웃리거는 콘크리트를 사용하여 건물 외벽에 설치된 벨트 트러스를 내부의 코어와 ⓔ견고하게 연결한 것으로, 아웃리거와 벨트 트러스는 필요에 따라 건물 중간중간에 여러 개가 설치될 수 있다.

① ⓐ: 어떠한 현상을 일으키거나 영향을 미침.
② ⓑ: 연구하여 새로운 것을 생각해 냄.
③ ⓒ: 갈라져 흩어짐.
④ ⓓ: 어떤 상태나 현상을 그대로 보존함.
⑤ ⓔ: 굳고 단단함.

출처 2018년 3월 고1 교육청 | 기술   답 ④

'지탱(支撐)'은 '오래 버티거나 배겨 냄'을 의미한다. '어떤 상태나 현상을 그대로 보존함'을 의미하는 단어는 '유지(維持)'이다.

오답 풀이
① '작용(作用)'은 '어떠한 현상을 일으키거나 영향을 미침'을 의미한다.
② '고안(考案)'은 '연구하여 새로운 것을 생각해 냄. 또는 그 안'을 의미한다.
③ '분산(分散)'은 '갈라져 흩어짐. 또는 그렇게 되게 함'을 의미한다.
⑤ '견고(堅固)'는 '굳고 단단함'을 의미한다.

---

16 ⓐ∼ⓔ의 사전적 의미로 적절하지 않은 것은?

> • 경매를 통한 가격 결정 방식은 수요자들이 해당 재화의 가치를 서로 다르게 평가하고 있거나, 해당 재화의 가치를 정확히 ⓐ가늠할 수 없을 때 주로 사용된다.
> • 커피나무는 환경에 ⓑ민감한 식물로, 일조량과 온도와 토질에 따라서 생두의 맛과 품질이 천차만별이다. 그래서 같은 지역이라 하더라도 매년 커피 생두의 품질이 달라지는 것이다. 이처럼 생두의 품질이 매년 다양한 이유로 달라지는 상황에서 해당 커피 생두의 가치를 결정하는 가장 수월한 방법은 단연 경매라 할 수 있다.
> • 특정 재화의 판매자가 한 명인데, 이를 구매하고자 하는 사람이 여러 명이라면 경매를 통해 가장 높은 가격을 ⓒ지불하고자 하는 사람에게 판매할 수 있다.
> • 경매는 입찰 방식의 공개 ⓓ여부에 따라 공개 구두 경매와 밀봉 입찰 경매로 구분할 수 있다.
> • 밀봉 입찰 경매는 낙찰자가 지불하는 금액을 어떻게 결정하느냐에 따라 최고가 밀봉 경매와 차가 밀봉 경매로 ⓔ구분된다.

① ⓐ: 목표나 기준에 맞고 안 맞음을 헤아려 봄.
② ⓑ: 자극에 빠르게 반응을 보이거나 쉽게 영향을 받음.
③ ⓒ: 어떠한 것을 받아들임.
④ ⓓ: 그러함과 그러하지 아니함.
⑤ ⓔ: 일정한 기준에 따라 전체를 몇 개로 갈라 나눔.

출처 2017년 6월 고1 교육청 | 사회   답 ③

'지불(支拂)'의 사전적 의미는 '돈을 내어줌. 또는 값을 치름'이다. '어떠한 것을 받아들임'은 '수용(受容)'의 사전적 의미이다.

오답 풀이
① '가늠'의 사전적 의미는 '목표나 기준에 맞고 안 맞음을 헤아려 봄. 또는 헤아려 보는 목표나 기준'이다.
② '민감(敏感)'의 사전적 의미는 '자극에 빠르게 반응을 보이거나 쉽게 영향을 받음. 또는 그런 상태'이다.
④ '여부(與否)'의 사전적 의미는 '그러함과 그러하지 아니함'이다.
⑤ '구분(區分)'의 사전적 의미는 '일정한 기준에 따라 전체를 몇 개로 갈라 나눔'이다.

✦ 문맥적 의미

17 ⓐ와 문맥상 의미가 가장 가까운 것은?

> 과실은 결과 발생의 위험성에 대한 인식의 유무와 형법상의 과실범 규정에 따라 그 유형을 나눌 수 있다. 먼저 인식의 유무에 따라 과실의 유형을 나누면 '인식 없는 과실'과 '인식 있는 과실'로 나눌 수 있다. 자동차 운전을 하면서 통화를 하다가 정지 신호를 보지 못하고 통과하던 중 교통사고를 ⓐ일으킨 경우, 운전 중 통화 행위가 사고를 발생시킬 수 있는 위험한 행동이라고 인식하지 못하였다면 운전자의 행위는 인식 없는 과실에 해당한다.

① 동생이 학교에서 말썽을 일으켰다.
② 말이 먼지를 일으키며 달려가고 있다.
③ 그는 넘어지자마자 재빨리 몸을 일으켰다.
④ 선풍기는 전기를 동력으로 삼아 바람을 일으킨다.
⑤ 우리는 무너진 집안을 일으키기 위해 열심히 노력했다.

출처 2024년 9월 고1 교육청 | 사회   **답** ①

ⓐ의 '일으키다'는 '어떤 사태나 일을 벌이거나 터뜨리다'라는 의미로 사용되었다. '동생이 학교에서 말썽을 일으켰다.'의 '일으키다' 역시 문맥상 '어떤 사태나 일을 벌이다.'라는 의미로 사용되었다.

⊘오답 풀이

② '물리적이거나 자연적인 현상을 만들어 내다.'라는 의미로 사용되었다.
③ '일어나게 하다.'라는 의미로 사용되었다.
④ '물리적이거나 자연적인 현상을 만들어 내다.'라는 의미로 사용되었다.
⑤ '무엇을 시작하거나 흥성하게 만들다.'라는 의미로 사용되었다.

18 문맥상 의미가 ⓐ와 가장 가까운 것은?

> 최근 인구 증가와 기후 변화로 전 세계적인 물 부족 현상이 발생하고 있다. 지구상에 존재하는 물의 대부분은 해수이며 염분이 없는 물인 담수는 전체의 약 2.5%이다. 담수 중에서도 빙하, 지하수 등을 제외하면 인간이 손쉽게 활용할 수 있는 것은 물의 총량 중 극히 일부에 지나지 않는다. 따라서 해수를 담수로 ⓐ만드는 여러 가지 기술이 연구되어 왔다.

① 새 학년을 맞아 동아리를 만들었다.
② 경기 규칙을 새롭게 만드는 일은 어렵다.
③ 시를 소설로 만드는 과정은 매우 흥미롭다.
④ 생일 선물로 친구에게 줄 케이크를 만드는 중이다.
⑤ 송진을 채취하기 위해 소나무에 칼로 흠집을 만들었다.

출처 2024년 6월 고1 교육청 | 기술   **답** ③

ⓐ의 '만들다'는 '무엇이 되게 하다.'의 의미로 사용되었다. '시를 소설로 만드는 과정은 매우 흥미롭다.'의 '만들다' 역시 문맥상 '무엇이 되게 하다.'라는 의미로 사용되었다.

⊘오답 풀이

① '기관이나 단체 따위를 결성하다.'라는 의미로 사용되었다.
② '규칙이나 법, 제도 따위를 정하다.'라는 의미로 사용되었다.
④ '노력이나 기술 따위를 들여 목적하는 사물을 이루다.'라는 의미로 사용되었다.
⑤ '허물이나 상처 따위를 생기게 하다.'라는 의미로 사용되었다.

19 밑줄 친 부분의 문맥적 의미가 ⓐ와 가장 유사한 것은?

> 일반적으로 제조 원가와 비제조 원가의 합에 예상 수익을 더한 것이 판매 가격이 된다. 원가 회계에서는 제조 원가를 계산할 때 단위당 제조 원가를 기준으로 한다. 여기서 단위당 제조 원가는 특정 기간에 생산된 제품 한 개의 제조 원가를 의미하는 것으로, 발생한 제조 원가의 총액을 총생산량으로 ⓐ나누어 구한다.

① 20을 5로 나누면 4가 된다.
② 나와 내 동생은 피를 나눈 형제이다.
③ 나는 고향 친구와 이야기를 나누었다.
④ 나는 아내와 모든 즐거움을 나누며 살았다.
⑤ 그들은 물건을 불량품과 정품으로 나누는 작업을 한다.

출처 2023년 11월 고1 교육청 | 사회   **답** ①

ⓐ의 '나누다'는 '나눗셈을 하다.'라는 의미로 사용되었다. '20을 5로 나누면 4가 된다.'의 '나누다' 역시 '나눗셈을 하다.'라는 의미로 사용되었다.

⊘오답 풀이

② '같은 핏줄을 타고나다.'라는 의미로 사용되었다.
③ '말이나 이야기, 인사 따위를 주고받다.'라는 의미로 사용되었다.
④ '즐거움이나 고통, 고생 따위를 함께하다.'라는 의미로 사용되었다.
⑤ '여러 가지가 섞인 것을 구분하여 분류하다.'라는 의미로 사용되었다.

20 문맥상 ㉠과 가장 가까운 의미로 쓰인 것은?

> LSB는 색상 변화에 가장 영향을 적게 주는 오른쪽 마지막 최하위 비트를 ㉠말한다. LSB 치환 과정에서는 원본 이미지에 시각적인 변화를 주지 않기 위해 워터마크 이미지의 픽셀 데이터를 원본 이미지의 각 픽셀의 LSB에 하나씩 나누어 숨긴다.

① 북극은 지구 자전축의 북쪽 끝을 말한다.
② 선생님은 그 작가에 대해 항상 좋게 말했다.
③ 난 내 생각을 다른 사람에게 솔직하게 말한다.
④ 친구에게 동생이 오면 문을 열어 달라고 말했다.
⑤ 그녀에게 약속 장소를 말하지 않은 것이 생각난다.

출처 2023년 9월 고1 교육청 | 기술   답 ①

㉠의 '말하다'는 문맥상 'LSB는 오른쪽 마지막 최하위 비트이다.'라는 뜻을 나타내므로, '어떤 사정이나 사실, 현상 따위를 나타내 보이다.'라는 의미로 사용되었다. '북극은 지구 자전축의 북쪽 끝을 말한다.'의 '말하다' 역시 '어떤 사실을 나타내 보이다.'라는 의미로 사용되었다.

◎ **오답 풀이**
② '평하거나 논하다.'라는 의미로 사용되었다.
③ '생각이나 느낌 따위를 말로 나타내다.'라는 의미로 사용되었다.
④ '무엇을 부탁하다.'라는 의미로 사용되었다.
⑤ '어떠한 사실을 말로 알려 주다.'라는 의미로 사용되었다.

---

21 문맥상 ⓐ의 의미와 가장 가까운 것은?

> 이 밖에도 석빙고 외부에 흙을 덮어 내부로 유입되는 에너지가 잘 차단되도록 하였고 풀을 심어 태양의 복사 에너지로 인해 내부의 온도가 상승하는 것을 최대한 막고자 하였다. 또한 얼음을 저장하는 빙실은 온도 유지를 위해 주변 지반에 비해 낮게 만들었다.
> 석빙고는 조상들의 지혜가 집약된 천연 냉장고로, 당시 다른 나라의 장치에 비해서도 기술이 ⓐ떨어지지 않는 건축물이다

① 그의 실력은 평균보다 떨어지는 편이다.
② 곧 너에게 중요한 임무가 떨어질 것이다.
③ 이미 그 일에 정이 떨어진 지 꽤 되었다.
④ 아이는 잠시도 엄마에게서 떨어지지 않으려고 한다.
⑤ 배가 고프다는 말이 떨어지기가 무섭게 밥상이 나왔다.

출처 2022년 9월 고1 교육청 | 기술   답 ①

ⓐ의 '떨어지다'는 '다른 나라의 장치에 비해서도 기술이 떨어지지 않는'이라는 맥락에서 사용되었으므로, '다른 것보다 수준이 처지거나 못하다.'라는 의미로 사용되었다. '그의 실력은 평균보다 떨어지는 편이다.'의 '떨어지다' 역시 '수준이 처지거나 못하다.'라는 의미로 사용되었다.

◎ **오답 풀이**
② '명령이나 허락 따위가 내려지다.'라는 의미로 사용되었다.
③ '정이 없어지거나 멀어지다.'라는 의미로 사용되었다.
④ '함께 하거나 따르지 않고 뒤에 처지다.'라는 의미로 사용되었다.
⑤ '말이 입 밖으로 나오다.'라는 의미로 사용되었다.

---

22 문맥상 ⓐ와 의미가 가장 유사한 것은?

> 중화(中華)사상은 한족(漢族)이 자신들을 세계의 중심을 의미하는 중화로 생각하고, 주변국들이 자신들의 발달된 문화와 예법을 받아들여야 한다고 생각한 사상이다. 조선은 중화사상을 수용하여 한족 왕조인 명나라의 문화를 받아들이는 것을 당연시하였다. 17세기에 이민족이 ⓐ세운 청나라가 중국 땅을 차지하였지만, 조선은 청나라를 중화라고 생각하지 않고 명나라의 부활을 고대하였다.

① 그는 새로운 회사를 세웠다.
② 국가의 기강을 바로 세워야 한다.
③ 집을 지을 구체적인 방안을 세웠다.
④ 두 귀를 쫑긋 세우고 말소리를 들었다.
⑤ 도끼날을 잘 세워야 나무를 쉽게 벨 수 있다.

출처 2022년 6월 고1 교육청 | 인문   답 ①

ⓐ의 '세우다'는 '나라나 기관 따위를 처음으로 생기게 하다.'라는 의미로 사용되었다. '그는 새로운 회사를 세웠다.'의 '세우다' 역시 '기관을 처음으로 생기게 하다.'라는 의미로 사용되었다.

◎ **오답 풀이**
② '질서나 체계, 규율 따위를 올바르게 하거나 짜다.'라는 의미로 사용되었다.
③ '계획, 방안 따위를 정하거나 짜다.'라는 의미로 사용되었다.
④ '처져 있던 것을 똑바로 위를 향하여 곧게 하다.'라는 의미로 사용되었다.
⑤ '무딘 것을 날카롭게 하다.'라는 의미로 사용되었다.

23 문맥상 의미가 ⓐ와 가장 가까운 것은?

> 마르크스의 이러한 주장과 달리 보드리야르는 교환 가치가 아닌 사용 가치가 경제적 가치를 결정하며, 자본주의 사회는 소비 우위의 사회라고 주장했다. 이때 보드리야르가 제시한 사용 가치는 사물 자체의 유용성에 대한 가치가 아니라 욕망의 대상으로서 기호(sign)가 ⓐ지니는 기능적 가치, 즉 기호 가치를 의미한다.

① 그는 항상 지갑에 현금을 지니고 있었다.
② 그녀는 어릴 때의 모습을 그대로 지니고 있다.
③ 우리는 자기가 맡은 일에 책임을 지녀야 한다.
④ 사람은 누구나 고정 관념을 지니고 살기 마련이다.
⑤ 그는 어린 시절의 추억을 항상 마음속에 지니고 있다.

출처 2022년 3월 고1 교육청 | 사회   답 ④

ⓐ의 '지니다'는 '바탕으로 갖추고 있다.'라는 의미로 사용되었다. '사람은 누구나 고정 관념을 지니고 살기 마련이다.'의 '지니다' 역시 '바탕으로 갖추고 있다.'라는 의미로 사용되었다.

◎ 오답 풀이
① '몸에 간직하여 가지다.'라는 의미로 사용되었다.
② '본래의 모양을 그대로 간직하다.'라는 의미로 사용되었다.
③ '어떠한 일 따위를 맡아 가지다.'라는 의미로 사용되었다.
⑤ '기억하여 잊지 않고 새겨 두다.'라는 의미로 사용되었다.

24 다음 중 ⓐ와 ⓑ의 의미로 쓰인 예가 바르게 짝지어진 것은?

> • 아퀴나스에 ⓐ따르면 인간의 욕구는 감각적 욕구와 지적 욕구로 구별되는데, 이는 선을 추구한다는 점에서는 동일하지만 크게 두 가지 차이점이 있다.
> • 그는 어떤 경향성과도 무관하거나 심지어 경향성을 거스르지만, 도덕 법칙을 ⓑ따르려는 의무로서의 사랑을 실천하는 것만이 참된 도덕적 가치를 지닌다고 보았다.

① ⓐ: 경찰이 범인의 뒤를 따랐다.
  ⓑ: 춤으로는 그를 따를 자가 없다.
② ⓐ: 그는 법에 따라 일을 처리했다.
  ⓑ: 우리는 의회의 결정을 따르겠다.
③ ⓐ: 개발에 따른 공해 문제가 심각하다.
  ⓑ: 우리 집 개는 아버지를 유난히 따른다.
④ ⓐ: 아무도 그의 솜씨를 따를 수 없었다.
  ⓑ: 그는 유행을 따라서 옷을 입었다.
⑤ ⓐ: 사용 목적에 따라서 물건을 분류했다.
  ⓑ: 나는 강을 따라 천천히 내려갔다.

출처 2021년 11월 고1 교육청 | 인문   답 ②

ⓐ의 '따르다'는 '어떤 경우, 사실이나 기준 따위에 의거하다.'라는 의미로 사용되었고, '그는 법에 따라 일을 처리했다.'의 '따르다' 역시 '법에 의거하다.'라는 의미로 사용되었다. ⓑ의 '따르다'는 '관례, 유행이나 명령, 의견 따위를 그대로 실행하다.'의 의미로 사용되었고, '우리는 의회의 결정을 따르겠다.'의 '따르다' 역시 '의회의 결정을 그대로 실행하다.'라는 의미로 사용되었다.

◎ 오답 풀이
① ⓐ는 '다른 사람이나 동물의 뒤에서, 그가 가는 대로 같이 가다.'라는 의미로 사용되었다. ⓑ는 '앞선 것을 좇아 같은 수준에 이르다.'라는 의미로 사용되었다.
③ ⓐ는 '어떤 일이 다른 일과 더불어 일어나다.'라는 의미로 사용되었다. ⓑ는 '좋아하거나 존경하여 가까이 좇다.'라는 의미로 사용되었다.
④ ⓐ는 '앞선 것을 좇아 같은 수준에 이르다.'라는 의미로 사용되었다. ⓑ는 '관례, 유행이나 명령, 의견 따위를 그대로 실행하다.'라는 의미로 사용되었다.
⑤ ⓐ는 '어떤 경우, 사실이나 기준 따위에 의거하다.'라는 의미로 사용되었다. ⓑ는 '일정한 선 따위를 그대로 밟아 움직이다.'라는 의미로 사용되었다.

25 ⓐ, ⓑ의 의미로 쓰인 예가 바르게 짝지어진 것은?

> • 북아메리카 원주민들에게는 독특한 방식으로 선물을 ⓐ주는 '포틀래치(potlatch)'라는 관습이 있다.
> • 이때 포틀래치와 같이 상대방에게 선물을 주는 행위가 상대방에게 부채감을 ⓑ주고, 이 부채감이 다시 선물을 주는 행위로 이어지게 만들어 결국 교환이 이루어지도록 한다는 것이다.

① ┌ ⓐ: 그는 아이에게 용돈을 주었다.
  └ ⓑ: 지나친 기대는 학생에게 부담을 준다.

② ┌ ⓐ: 선생님께서 학생에게 책을 주셨다.
  └ ⓑ: 그는 개에게 먹이를 주고 집을 나섰다.

③ ┌ ⓐ: 오늘부터 너에게 3일의 시간을 주겠다.
  └ ⓑ: 나는 너에게 중요한 임무를 주겠다.

④ ┌ ⓐ: 여행은 우리에게 기쁨을 주는 일이다.
  └ ⓑ: 손에 힘을 더 주고 손잡이를 돌려야 한다.

⑤ ┌ ⓐ: 그 사람은 모두에게 정을 주는 사람이다.
  └ ⓑ: 어머니는 우리에게 조건 없이 사랑을 주는 분이다.

출처 2021년 9월 고1 교육청 | 인문   답 ①

ⓐ의 '주다'는 '물건 따위를 남에게 건네어 가지거나 누리게 하다.'라는 의미로 사용되었고, '그는 아이에게 용돈을 주었다.'의 '주다' 역시 '물건(용돈)을 아이에게 건네어 가지게 하다.'라는 의미로 사용되었다. ⓑ의 '주다'는 남에게 어떤 일이나 감정을 겪게 하거나 느끼게 하다.'라는 의미로 사용되었고, '지나친 기대는 학생에게 부담을 준다.'의 '주다' 역시 '학생에게 부담을 겪게 하다.'라는 의미로 사용되었다.

오답 풀이

② ⓐ와 ⓑ 모두 '물건 따위를 남에게 건네어 가지거나 누리게 하다.'라는 의미로 사용되었다.

③ ⓐ는 '시간이나 공간 따위를 남에게 허용하다.'라는 의미로 사용되었다. ⓑ는 '남에게 어떤 역할 따위를 가지게 하다.'라는 의미로 사용되었다.

④ ⓐ는 '남에게 어떤 일이나 감정을 겪게 하거나 느끼게 하다.'라는 의미로 사용되었다. ⓑ는 '속력이나 힘 따위를 내다.'라는 의미로 사용되었디.

⑤ ⓐ는 '다른 사람에게 정이나 마음을 베풀거나 터놓다.'라는 의미로 사용되었다. ⓑ는 '남에게 어떤 일이나 감정을 겪게 하거나 느끼게 하다.'라는 의미로 사용되었다.

---

26 문맥상 ㉮와 가장 가까운 의미로 쓰인 것은?

> 자동차에서 배출되는 오염 물질로 인한 대기 오염 및 기후 변화 문제가 심각해지면서 세계 각국은 온실가스의 배출 억제를 위해 자동차 분야 규제를 강화하고 있어 오염 물질의 배출이 적은 친환경차가 주목을 ㉮받고 있다.

① 회사의 미래를 위해 신입 사원을 받아야 하겠군.
② 네가 원하는 요구 조건은 무엇이든지 받아 주겠다.
③ 그 아이는 막내로 태어나 집에서 귀염을 받고 자랐다.
④ 그는 좌회전 신호를 받고 천천히 차의 속도를 높였다.
⑤ 예전에는 빗물을 큰 물통에 받아 빨래하는 데 쓰기도 했다.

출처 2021년 9월 고1 교육청 | 기술   답 ③

㉮의 '받다'는 '다른 사람이나 대상이 가하는 행동, 심리적인 작용 따위를 당하거나 입다.'라는 의미로 사용되었다. '그 아이는 막내로 태어나 집에서 귀염을 받고 자랐다.'이 '받다' 역시 '다른 사람이나 대상이 가하는 심리적인 작용(귀염)을 입다.'라는 의미로 사용되었다.

오답 풀이

① '사람을 맞아들이다.'라는 의미로 사용되었다.

② '다른 사람의 어리광 따위에 무조건 응하다.'라는 의미로 사용되었다.

④ '요구, 신청, 질문, 공격, 도전, 신호 따위의 작용을 당하거나 거기에 응하다.'라는 의미로 사용되었다.

⑤ '흐르거나 쏟아지거나 하는 것을 그릇 따위에 담기게 하다.'라는 의미로 사용되었다.

---

27 ⓐ와 문맥적 의미가 가장 유사한 것은?

> 정약용은 인간에게 '감각적 욕구에서 비롯된 기호'와 '도덕적 욕구에서 비롯된 기호'가 있다고 보았다. 먼저, 감각적 욕구에서 비롯된 기호는 생명이 있는 모든 존재가 지니는 육체의 경향성으로, 맛있는 것을 좋아하고 맛없는 것을 싫어하는 것을 예로 ⓐ들 수 있다.

① 명확한 증거를 들었다.
② 감기가 들어 약을 먹었다.
③ 마음에 드는 사람이 있다.
④ 우리 집은 햇볕이 잘 든다.
⑤ 상자 안에 선물이 들어 있다.

출처 2021년 6월 고1 교육청 | 인문   답 ①

ⓐ의 '들다'는 '설명하거나 증명하기 위하여 사실을 가져다 대다.'라는 의미로 사용되었다. '명확한 증거를 들었다.'의 '들다' 역시 '증명하기 위하여 사실을 가져다 대다.'라는 의미로 사용되었다.

오답 풀이

② '몸에 병이나 증상이 생기다.'라는 의미로 사용되었다.

③ '어떤 물건이나 사람이 좋게 받아들여지다.'라는 의미로 사용되었다.

④ '빛, 볕, 물 따위가 안으로 들어오다.'라는 의미로 사용되었다.

⑤ '안에 담기거나 그 일부를 이루다.'라는 의미로 사용되었다.

28 문맥상 의미가 ⓐ와 가장 가까운 것은?

> 직접 매핑은 CPU가 요청한 데이터가 캐시 기억 장치에 있는지 확인할 때 해당 라인만 검색하면 되기 때문에 검색 속도가 빠르다. 그리고 회로의 구조가 단순하여 시스템을 구성하는 비용이 저렴한 장점이 있다. 하지만 같은 라인에 저장되어야 하는 서로 다른 블록을 CPU가 번갈아 요청하는 경우, 계속 캐시 미스가 발생해서 반복적으로 블록이 교체되므로 시스템의 효율이 ⓐ떨어질 수 있다.

① 엔진의 성능이 떨어져서 큰일이다.
② 소매에서 단추가 떨어져서 당황했다.
③ 감기가 떨어지지 않아 큰 고생을 했다.
④ 해가 떨어지기 전에 이 일을 마치기로 했다.
⑤ 굵은 빗방울이 머리에 한두 방울씩 떨어지기 시작했다.

출처 2020년 9월 고1 교육청 | **기술**　　　**답** ①

ⓐ의 '떨어지다'는 '값, 기온, 수준, 형세 따위가 낮아지거나 내려가다.'라는 의미로 사용되었다. '엔진의 성능이 떨어져서 큰일이다.'의 '떨어지다' 역시 '수준 따위가 낮아지다.'라는 의미로 사용되었다.

◎오답 풀이

② '달렸거나 붙었던 것이 갈라지거나 떼어지다.'라는 의미로 사용되었다.
③ '병이나 습관 따위가 없어지다.'라는 의미로 사용되었다.
④ '해, 달이 서쪽으로 지다.'라는 의미로 사용되었다.
⑤ '위에서 아래로 내려지다.'라는 의미로 사용되었다.

29 문맥상 ㉠의 단어와 가장 가까운 의미로 쓰인 것은?

> 동위 원소 중에는 양성자의 수가 중성자의 수에 비해 너무 많거나 또는 그 반대의 이유로 본래 원자핵의 상태가 불안정한 원소들이 있다. 그래서 불안정한 원자핵이 스스로 방사선을 방출하고 이를 통해 에너지를 잃고 안정된 상태로 가는 과정을 거치는데 이를 방사성 붕괴 또는 핵붕괴라 한다. 동위 원소 중 방사성 붕괴를 ㉠일으키는 동위 원소를 방사성 동위 원소라 한다.

① 세찬 바람이 거친 파도를 일으켰다.
② 그의 행동은 모두에게 오해를 일으켰다.
③ 그는 혼자 힘으로 쓰러진 가세를 일으켰다.
④ 아침에 몸이 피곤했지만 억지로 몸을 일으켰다.
⑤ 그녀는 자전거를 타다 넘어진 아이를 일으켰다.

출처 2020년 6월 고1 교육청 | **과학**　　　**답** ①

㉠의 '일으키다'는 '물리적이거나 자연적인 현상을 만들어 내다.'라는 의미로 사용되었다. '세찬 바람이 거친 파도를 일으켰다.'의 '일으키다' 역시 '자연적인 현상을 만들어 내다.'라는 의미로 사용되었다.

◎오답 풀이

② '생리적이거나 심리적인 현상을 생겨나게 하다.'라는 의미로 사용되었다.
③ '무엇을 시작하거나 흥성하게 만들다.'라는 의미로 사용되었다.
④ '일어나게 하다.'라는 의미로 사용되었다.
⑤ '일어나게 하다.'라는 의미로 사용되었다.

30 ⓐ와 문맥적 의미가 가장 유사한 것은?

> 상변화 물질을 활용하여 열 병합 발전소에서 인근 지역 공동 주택으로 열을 수송하는 과정을 통해 이를 살펴보자. 열 병합 발전소에서는 발전에 사용된 수증기를 열 교환기로 ⓐ보낸다. 열 교환기로 이동한 수증기는 열 수송에 사용되는 물에 열을 전달하여 물을 데운다. 이 물 속에는 고체 상태의 상변화 물질이 담겨 있는 마이크로 단위의 캡슐이 섞여 있다.

① 그는 선물을 동생 집으로 보냈다.
② 그는 그저 멍하니 세월만 보냈다.
③ 그는 아들을 작년에 장가를 보냈다.
④ 관객들은 연주자에게 박수를 보냈다.
⑤ 그녀는 슬피 울며 정든 친구를 보냈다.

출처 2019년 11월 고1 교육청 | 기술   답 ①

ⓐ의 '보내다'는 '사람이나 물건 따위를 다른 곳으로 가게 하다.'라는 의미로 사용되었다. '그는 선물을 동생 집으로 보냈다.'의 '보내다' 역시 '물건(선물)을 다른 곳(동생 집)으로 가게 하다.'라는 의미로 사용되었다.

◎오답 풀이
② '시간이나 세월이 지나가게 하다.'라는 의미로 사용되었다.
③ '결혼을 시키다.'라는 의미로 사용되었다.
④ '상대편에게 자신의 마음가짐을 느끼어 알도록 표현하다.'라는 의미로 사용되었다.
⑤ '놓아주어 떠나게 하다.'라는 의미로 사용되었다.

---

31 문맥상 의미가 ⓐ와 가장 가까운 것은?

> 세포 안에 불필요한 단백질과 망가진 세포 소기관이 쌓이면 세포는 세포막을 이루는 구성 성분을 이용해 이를 이중막으로 둘러싸 작은 주머니를 만든다. 이 주머니를 '오토파고솜'이라고 ⓐ부른다. 오토파고솜은 세포 안을 둥둥 떠다니다가 리소좀을 만나서 합쳐진다. '리소좀'은 단일막으로 둘러싸인 구형의 구조물로 그 속에 가수 분해 효소를 가지고 있어 오토파지 현상을 주도하는 역할을 한다.

① 그는 속으로 쾌재를 불렀다.
② 푸른 바다가 우리를 부른다.
③ 그 가게에서는 값을 비싸게 불렀다.
④ 도덕 기준이 없는 혼돈 상태를 아노미라고 부른다.
⑤ 그녀는 학교 앞을 지나가는 친구를 큰 소리로 불렀다.

출처 2019년 9월 고1 교육청 | 과학   답 ④

ⓐ의 '부르다'는 '무엇이라고 가리켜 말하거나 이름을 붙이다.'라는 의미로 사용되었다. '도덕 기준이 없는 혼돈 상태를 아노미라고 부른다.'의 '부르다' 역시 같은 의미로 사용되었다.

◎오답 풀이
① '구호나 만세 따위를 소리 내어 외치다.'라는 의미로 사용되었다.
② '어떤 방향으로 따라오거나 동참하도록 유도하다.'라는 의미로 사용되었다.
③ '값이나 액수 따위를 얼마라고 말하다.'라는 의미로 사용되었다.
⑤ '말이나 행동 따위로 다른 사람의 주의를 끌거나 오라고 하다.'라는 의미로 사용되었다.

---

32 문맥상 의미가 ㉠과 가장 가까운 것은?

> 그 밖에 원재료 또는 부품 제조업자의 경우에는 해당 원재료 또는 부품을 사용한 제조물 제조업자의 설계 또는 제작에 관한 지시로 인하여 결함이 발생하였다는 사실을 입증하면 책임을 지지 않아도 된다. 그러나 면책 사유에 해당하더라도 제조업자가 제조물의 결함을 ㉠알면서도 적절한 피해 예방 조치를 하지 않은 경우, 또는 주의를 기울였다면 충분히 알 수 있었을 결함을 발견하지 못한 경우에는 책임을 피할 수 없다.

① 이 문제는 당신이 알아서 처리해야 한다.
② 밖으로 나와서야 날씨가 추운 것을 알았다.
③ 그녀는 차는 없었지만 운전을 할 줄 알았다.
④ 그 사람은 공부만 알지 세상 물정을 통 모른다.
⑤ 그녀는 그의 사랑 고백을 농담으로 알고 지나쳤다.

출처 2019년 6월 고1 교육청 | 사회   답 ②

㉠의 '알다'는 '어떤 사실이나 존재, 상태에 대해 의식이나 감각으로 깨닫거나 느끼다.'라는 의미이다. '밖으로 나와서야 날씨가 추운 것을 알았다.'의 '알다' 역시 같은 의미로 사용되었다.

◎오답 풀이
① '사람이 어떤 일을 어떻게 할지 스스로 정하거나 판단하다.'라는 의미로 사용되었다.
③ '어떤 일을 할 능력이나 소양이 있다.'라는 의미로 사용되었다.
④ '어떤 사람이나 사물에 대하여 소중히 생각하다.'라는 의미로 사용되었다.
⑤ '어떤 사물이나 사람에 대하여 그것을 어떠한 성격을 가진 것으로 여기다.'라는 의미로 사용되었다.

33 밑줄 친 단어 중, ⓐ와 문맥적 의미가 가장 유사한 것은?

> 금성의 다른 이름인 '샛별'은 새벽에 보이기 때문에 사람들이 금성에 ⓐ붙인 이름이다. 실제로 금성은 하루 종일 관측할 수 있는 것이 아니라 새벽이나 초저녁에만 볼 수 있다. 이러한 현상이 생기는 이유는 무엇일까?

① 운동을 해서 다리에 힘을 붙였다.
② 그는 나에게 다정하게 말을 붙여 왔다.
③ 아이와 정을 붙이고 나니 떨어지기가 싫다.
④ 아이들에게 희망을 붙이고 사는 것이 큰 낙이다.
⑤ 그는 자기 소설에 어떤 제목을 붙일까 고민 중이다.

출처 2018년 11월 고1 교육청 | **과학**　　답 ⑤

ⓐ의 '붙이다'는 '이름이 생기게 하다.'라는 의미로 쓰였다. '그는 자기 소설에 어떤 제목을 붙일까 고민 중이다.'의 '붙이다' 역시 '제목이 생기게 하다.'라는 의미로 쓰였다.

오답 풀이

① '어떤 것을 더하게 하거나 생기게 하다.'라는 의미로 사용되었다.
② '말을 걸거나 치근대며 가까이 다가서다.'라는 의미로 사용되었다.
③ '어떤 감정이나 감각을 생기게 하다.'라는 의미로 사용되었다.
④ '기대나 희망을 걸다.'라는 의미로 사용되었다.

34 ㉠의 문맥적 의미와 가장 유사한 것은?

> 시누소이드를 흐르는 혈액은 대사 활동에 필요한 산소와 영양소를 간세포에 공급하고, 간세포의 대사 활동의 결과물인 대사산물과 이산화탄소 같은 노폐물 등을 흡수하는데 이러한 과정을 '물질 교환'이라 한다. 이렇게 시누소이드를 거친 혈액은 중심 정맥으로 유입된 후, 다시 간정맥으로 합쳐져 심장으로 ㉠들어가는 것이다.

① 그는 방으로 들어가 버렸다.
② 통신비로 들어간 돈이 너무 많다.
③ 고생을 많이 했는지 눈이 쑥 들어갔다.
④ 다음 주부터 본격적인 선거전으로 들어간다.
⑤ 동생은 올해 여덟 살이 되어 초등학교에 들어갔다.

출처 2018년 9월 고1 교육청 | **과학**　　답 ①

ⓐ의 '들어가다'는 '밖에서 안으로 향하여 가다.'라는 의미로 사용되었고, '그는 방으로 들어가 버렸다.'의 '들어가다' 역시 '밖에서 안으로 가다.'라는 의미로 사용되었다.

오답 풀이

② '어떤 일에 돈, 노력, 물자 따위가 쓰이다.'라는 의미로 사용되었다.
③ '물체의 표면이 우묵하게 되다.'라는 의미로 사용되었다.
④ '새로운 상태나 시기가 시작되다.'라는 의미로 사용되었다.
⑤ '어떤 단체의 구성원이 되다.'라는 의미로 사용되었다.

35 밑줄 친 단어 중 ⓐ의 문맥적 의미와 가장 유사한 것은?

> 냉수 속 얼음은 1시간을 ⓐ넘기지 못하고 모두 녹아 버린다. 반면 북극 해빙 또한 얼음이지만, 10℃가 넘는 한여름에도 다 녹지 않고 바다에 떠 있다. 왜 해빙의 수명은 냉수 속 얼음보다 긴 걸까?
> 해빙의 수명이 긴 이유를 알기 위해서는 냉수 속 얼음에 작용하는 열에너지의 전달에 관한 두 가지 원리를 먼저 살펴볼 필요가 있다.

① 그는 목감기에 걸려 밥을 넘기지 못했다.
② 그는 나무를 제대로 베어 넘기지 못했다.
③ 그는 네트 너머로 배구공을 넘기지 못했다.
④ 그는 끝내 원고를 출판사에 넘기지 않았다.
⑤ 그는 그 일을 처리하는 데 일주일을 넘기지 않았다.

출처 2018년 6월 고1 교육청 | **과학**　　답 ⑤

ⓐ의 '넘기다'는 '일정한 시간, 시기, 범위 따위를 벗어나 지나게 하다.'라는 의미로 사용되었다. '그는 그 일을 처리하는 데 일주일을 넘기지 않았다.'의 '넘기다' 역시 '일정한 시간(일주일)을 벗어나 지나게 하다.'라는 의미로 사용되었다.

오답 풀이

① '음식물, 침 따위를 목구멍으로 넘어가게 하다.'라는 의미로 사용되었다.
② '서 있는 것을 넘어지게 하다.'라는 의미로 사용되었다.
③ '높은 부분의 위를 지나가게 하다.'라는 의미로 사용되었다.
④ '물건, 권리, 책임, 일 따위를 맡기다.'라는 의미로 사용되었다.

36 ⓐ의 문맥적 의미와 가장 가까운 것은?

> 다음으로 공급 측면에서, 정보재는 원본의 개발에 ⓐ드는 초기 고정 비용은 크지만 디지털로 생산·유통되기 때문에 원본의 복제를 통한 재생산에 투입되는 추가적인 한계 비용은 매우 작다는 특성이 있다. 따라서 원본을 개발하지 않고 재생산만 하는 신규 기업이 시장에 진입할 경우 적은 비용으로 원본의 재생산이 가능하다.

① 그는 교내 합창 동아리에 들었다.
② 꽃은 해가 잘 드는 데 심어야 한다.
③ 잔치 음식을 준비하는 데 돈이 많이 든다.
④ 올해 들어 해외 여행자 수가 부쩍 늘었다.
⑤ 좋은 생활 습관이 들면 자기 발전에 도움이 된다.

출처 2017년 11월 고1 교육청 | **사회**　　　**답** ③

ⓐ의 '들다'는 문맥상 '어떤 일에 돈, 시간, 노력, 물자 따위가 쓰이다.'라는 의미이므로 '잔치 음식을 준비하는 데 돈이 많이 든다.'의 '들다'와 문맥적 의미가 가깝다.

◎ 오답 풀이

① '어떤 조직체에 가입하여 구성원이 되다.'라는 의미로 사용되었다.
② '빛, 볕, 물 따위가 안으로 들어오다.'라는 의미로 사용되었다.
④ '어떠한 시기가 되다.'라는 의미로 사용되었다.
⑤ '버릇이나 습관이 몸에 배다.'라는 의미로 사용되었다.

---

37 밑줄 친 단어 중 ⓒ과 문맥적 의미가 가장 유사한 것은?

> 인공 신장에서는 노폐물인 요소 등을 제거해야 하는데 요소가 제거되는 근본 원리는 물질의 농도 차이이다. 물이 담긴 컵에 잉크 한 방울을 떨어뜨렸을 때, 잉크가 ⓒ퍼져 나가는 것은 컵 속의 잉크 농도를 균일하게 하려는 성질 때문이다. 노폐물인 요소도 농도가 높은 곳에서 낮은 곳으로 이동한다.

① 꽃향기가 방 안에 퍼져 있다.
② 라면이 푹 퍼져서 탱탱 불었다.
③ 사람들은 목적지에 도착하자 푹 퍼졌다.
④ 강의 하류에는 삼각주가 넓게 퍼져 있다.
⑤ 그의 자손들은 전국에 널리 퍼지게 되었다.

출처 2017년 6월 고1 교육청 | **과학**　　　**답** ①

ⓒ의 '퍼지다'는 '어떤 물질이나 현상 따위가 넓은 범위에 미치다.'라는 의미이다. '꽃향기가 방 안에 퍼져 있다.'의 '퍼지다' 역시 '꽃향기가 넓은 범위에 미치다.'라는 의미로 사용되었다.

◎ 오답 풀이

② '끓이거나 삶은 것이 불어서 커지거나 잘 익다.'라는 의미로 사용되었다.
③ '지치거나 힘이 없어 몸이 늘어지다.'라는 의미로 사용되었다.
④ '끝 쪽으로 가면서 점점 굵거나 넓적하게 벌어지다.'라는 의미로 사용되었다.
⑤ '수효가 많이 붙거나 늘다.'라는 의미로 사용되었다.

---

38 ⓐ와 가장 유사한 의미로 사용된 것은?

> 이처럼 휴리스틱은 종종 판단 착오를 낳기도 하지만, 경험에 기반하여 답을 찾는 효율적인 방법이라고 ⓐ볼 수도 있다. 일상생활에서 우리의 판단과 추론이 항상 합리적인 사고 과정을 거쳐 일어나는 것은 아니다. 우리는 '결정을 위한 시간이 많지 않다.'는 가정을 무의식적으로 하고 있다. 휴리스틱은 우리가 쓰고 싶지 않아도 거의 자동적으로 작용한다.

① 김 씨는 오십이 넘어 늦게 아들을 보았다.
② 나는 날씨가 좋을 것으로 보고 세차를 했다.
③ 그녀는 남편이 사업에 실패할까 봐 걱정했다.
④ 다른 사람의 흉을 보는 것은 좋지 못한 습관이다.
⑤ 그는 보던 신문을 끊고 다른 신문을 새로 신청했다.

출처 2017년 3월 고1 교육청 | **인문**　　　**답** ②

ⓐ의 '보다'는 문맥상 '대상을 평가하다.'라는 의미이다. '나는 날씨가 좋을 것으로 보고 세차를 했다.'의 '보다' 역시 '날씨를 평가하다.'라는 의미로 사용되었다.

◎ 오답 풀이

① '어떤 관계의 사람을 얻거나 맞다.'라는 의미로 사용되었다.
③ '앞말이 뜻하는 상황이 될 것 같아 걱정하거나 두려워함을 나타내는 말'로 사용되었다.
④ '남의 결점 따위를 들추어 말하다.'라는 의미로 사용되었다.
⑤ '책이나 신문 따위를 읽다.'라는 의미로 사용되었다.

✦ 바꿔 쓰기

39 문맥상 @~@와 바꾸어 쓰기에 가장 적절한 것은?

> • 인터넷의 발달로 데이터 저장 및 분석 과정이 인터넷상에서 @이루어지고 있으며 그에 따라 개인정보와 같은 민감한 데이터는 암호화되어 인터넷 서버에 저장된다.
> • 동형암호는 동형성을 기반으로 하는데, 동형성이란 데이터를 암호화한 상태에서 특정 연산을 수행했을 때 나오는 결과가 암호화하지 않은 상태에서 같은 연산을 수행하고 암호화를 한 결과와 같은 것을 ⓑ말한다.
> • 완전 동형암호는 암호화에 사용하는 원리에 따라 격자 기반, CRT(Chinese Remainder Theorem) 기반 등으로 ⓒ나뉜다. 그중 격자 기반 완전 동형암호는 수학계에서 답을 찾기 어렵다고 알려진 격자 문제를 응용하여 만들어졌다.
> • 따라서 연산을 지속적으로 수행하기 위해서는 오룻값이 한계치에 ⓓ이른 암호문은 부트스트래핑 과정을 반드시 거쳐야 한다.
> • 그리고 복호화 회로를 통해 기존의 암호키 p에 의한 이전 암호문을 복호화하면 그동안의 연산 과정에서 누적된 오룻값이 제거된 새로운 암호문이 ⓔ만들어진다.

① @: 달성(達成)되고
② ⓑ: 제시(提示)한다
③ ⓒ: 분리(分離)된다
④ ⓓ: 도달(到達)한
⑤ ⓔ: 결성(結成)된다

40 @~@를 바꿔 쓴 것으로 적절하지 <u>않은</u> 것은?

> • 나이테는 현재 남아 있는 다양한 목제 유물들이 언제 만들어졌는지 그 제작 연도를 @규명하는 데도 활용되고 있다.
> • 만일 나무의 생장이 가장 풍족한 요소를 기준으로 이뤄진다면 생장에 필요한 생물학적 활동을 제한하는 요소가 많아져 ⓑ고사할 위험이 높아지게 될 것이기 때문이다.
> • 살아 있는 나무에서 나이테 너비를 ⓒ측정하면 정확한 연도가 부여된 연륜 연대기를 작성할 수 있다.
> • 이렇게 작성된 장기간의 연륜 연대기를 표준 연대기라 하는데 우리나라는 현재 소나무, 참나무, 느티나무의 표준 연대기를 ⓓ보유하고 있다.
> • 이때 유물 연대기와 표준 연대기의 상관도를 나타내는 t값과 일치도를 나타내는 G값을 고려해야 하는데 100년 이상의 기간을 상호 비교할 때 t값은 3.5 이상, G값은 65% 이상의 값을 가져야 통계적으로 유의성이 있는 것으로 ⓔ간주된다.

① @: 밝히는
② ⓑ: 말라 죽을
③ ⓒ: 헤아리면
④ ⓓ: 가지고
⑤ ⓔ: 여겨진다

출처 2024년 9월 고1 교육청 | **기술**   **답** ④

'오룻값이 한계치에 이른'의 '이르다'는 '어떤 정도나 범위에 미치다.'라는 뜻으로 쓰였다. 따라서 '목적한 곳이나 수준에 다다르다.'라는 의미의 '도달(到達)하다'와 문맥상 바꾸어 쓸 수 있다.

◎ 오답 풀이

① '달성(達成)하다'는 '목적한 것을 이루다.'라는 의미이므로 바꾸어 쓰기에 적절하지 않다.
② '제시(提示)하다'는 '어떠한 의사를 말이나 글로 나타내어 보이게 하다.'라는 의미이므로 바꾸어 쓰기에 적절하지 않다.
③ '분리(分離)되다'는 '서로 나뉘어 떨어지다.'라는 의미이므로 바꾸어 쓰기에 적절하지 않다.
⑤ '결성(結成)되다'는 '조직이나 단체 따위가 짜여 만들어지다.'라는 의미이므로 바꾸어 쓰기에 적절하지 않다.

출처 2024년 3월 고1 교육청 | **기술**   **답** ③

'측정하다'는 '일정한 양을 기준으로 하여 같은 종류의 다른 양의 크기를 재다.'라는 의미이다. '헤아리다'는 '수량을 세다.'라는 의미이므로 '측정하면'을 '헤아리면'으로 바꾸는 것은 문맥상 적절하지 않다.

◎ 오답 풀이

① '규명하다'는 '어떤 사실을 자세히 따져서 바로 밝히다.'라는 의미이므로 '규명하면'을 '밝히는'으로 바꾸는 것은 문맥상 적절하다.
② '고사하다'는 '나무나 풀 따위가 말라 죽다.'라는 의미이므로 '고사할'을 '말라 죽을'로 바꾸는 것은 문맥상 적절하다.
④ '보유하다'는 '가지고 있거나 간직하고 있다.'라는 의미이므로 '보유하고'를 '가지고'로 바꾸는 것은 문맥상 적절하다.
⑤ '간주되다'는 '상태, 모양, 성질 따위가 그와 같다고 여겨지다.'라는 의미이므로 '간주된다'를 '여겨진다'로 바꾸는 것은 문맥상 적절하다.

41 문맥상 ⓐ~ⓔ와 바꾸어 쓰기에 가장 적절한 것은?

> • 그런데 신체적 지각이나 일상 언어는 고정적이지 않다. 운동선수처럼 반복적 수련을 하거나 안경 등의 도구를 이용하면 인식 주체들이 지닌 조건은 ⓐ달라질 수 있으며, 새로 도입된 낯선 언어가 시간이 흐르면서 일상 언어로 자리 잡기도 한다.
> • 이런 경향은 현대 회화에도 영향을 ⓑ끼쳤으며, 회화에서 현실 세계를 다루는 양상에도 변화가 나타났다.
> • 추상의 강도가 더해질수록 현대 회화는 실재의 재현에서 더욱 ⓒ멀어져, 실재가 아닌 화가의 내면을 표현하는 것으로 인식되었다.
> • 상상의 대부분은 현실의 경험에서 ⓓ비롯되며, 내면의 추상적 영역 또한 객관적 실재의 외면을 이질적으로 변형시켜 존재를 다양하게 드러내는, 세계의 무수한 존재면 중 하나이기 때문이다.
> • 음악에 사용되는 음은 현실의 무한한 소리 중 극히 일부이며, 일상에서 들을 수 있는 일반적 소리와 달리 균질적이고 세련되며 인위적인 배열을 ⓔ따른다.

① ⓐ: 치환(置換)될
② ⓑ: 부과(賦課)했으며
③ ⓒ: 심화(深化)되어
④ ⓓ: 시작(始作)되며
⑤ ⓔ: 추종(追從)한다

출처 2023년 9월 고1 교육청 | 인문   답 ④

'상상의 대부분은 현실의 경험에서 비롯되며'의 '비롯되다'는 '처음으로 시작되다'라는 의미이다. 따라서 '어떤 일이나 행동이 어떤 사건이나 장소에서 처음으로 발생되다.'라는 의미의 '시작(始作)되다'와 바꾸어 쓰기에 적절하다.

오답 풀이

① '치환(置換)되다'는 '바뀌어 놓이다.'라는 의미이므로 '달라지다'와 바꾸어 쓰기에 적절하지 않다.
② '부과(賦課)하다'는 '일정한 책임이나 일을 부담하여 맡게 하다.'라는 의미이므로 '끼치다'와 바꾸어 쓰기에 적절하지 않다.
③ '심화(深化)되다'는 '정도나 경지가 점점 깊어지다.'라는 의미이므로 '멀어지다'와 바꾸어 쓰기에 적절하지 않다.
⑤ '추종(追從)하다'는 '남의 뒤를 따라서 좇다.'라는 의미이므로 '따르다'와 바꾸어 쓰기에 적절하지 않다.

---

42 문맥상 ⓐ~ⓔ와 바꾸어 쓰기에 적절하지 않은 것은?

> • 맑고 화창한 날 밖에서 스마트폰 화면이 잘 보이지 않았던 경험이 한 번쯤은 있을 것이다. 이는 화면에 반사된 햇빛이 화면에서 나오는 빛과 많이 ⓐ혼재될수록 야외 시인성이 저하되기 때문이다.
> • 암실 명암비는 햇빛과 같은 외부광 없이 오로지 화면에서 나오는 빛만을 인식할 수 있는 조건에서의 명암비를, 명실 명암비는 외부광이 ⓑ존재하는 조건에서의 명암비를 의미한다.
> • OLED는 화면의 내부에 있는 기판에서 빛을 내는 소자로, 빨간색, 초록색, 파란색 빛을 조합하여 다양한 색을 ⓒ구현한다.
> • 이렇게 OLED가 색을 표현할 때, 출력되는 빛의 세기를 높이면 해당 색의 휘도가 높아진다. 그러나 강한 세기의 빛을 출력할수록 OLED의 수명이 ⓓ단축되는 문제가 있다.
> • 그리고 외부광이 화면의 외부 표면에 반사되어 나타나는 야외 시인성의 저하도 ⓔ방지하지 못한다.

① ⓐ: 뒤섞일수록
② ⓑ: 있는
③ ⓒ: 고른다
④ ⓓ: 줄어드는
⑤ ⓔ: 막지

출처 2023년 3월 고1 교육청 | 기술   답 ③

'구현하다'는 '어떤 내용을 구체적인 사실로 나타나게 하다.'라는 의미이다. '고르다'는 '여럿 중에서 가려내거나 뽑다.'라는 의미이므로 '구현한다'를 '고른다'로 바꾸어 쓰는 것은 적절하지 않다.

오답 풀이

① '혼재되다'는 '뒤섞이어 있다.'라는 의미이므로 '혼재될수록'을 '뒤섞일수록'으로 바꾸어 쓰는 것은 적절하다.
② '존재하다'는 '현실에 실재하다.'라는 의미이므로 '존재하는'을 '있는'으로 바꾸어 쓰는 것은 적절하다.
④ '단축되다'는 '시간이나 거리 따위가 짧게 줄어들다.'라는 의미이므로 '단축되는'을 '줄어드는'으로 바꾸어 쓰는 것은 적절하다.
⑤ '방지하다'는 '어떤 일이나 현상이 일어나지 못하게 막다.'라는 의미이므로 '방지하지'를 '막지'로 바꾸어 쓰는 것은 적절하다.

43 문맥상 ⓐ~ⓔ와 바꾸어 쓰기에 적절하지 않은 것은?

> • 튜링은 이 문제에 대한 답을 얻는 과정에서 가상의 기계 장치인 '튜링 기계'를 ⓐ고안하게 된다.
> • 튜링 기계는 사람이 계산할 때 일어나는 사고 과정을 응용한 가상의 기계로 테이프, 헤드, 상태 기록기 등의 부품으로 ⓑ구성된다.
> • 튜링은 위와 같이 무한히 반복되는 5순서열의 모임뿐만 아니라 사칙 연산과 같은 유한한 계산을 수행하는 5순서열의 모임을 제시하며 5순서열을 어떻게 ⓒ조합하느냐에 따라 다양한 튜링 기계의 알고리즘을 만들 수 있다고 말한다.
> • 나아가 테이프 한 칸에 튜링 기계의 알고리즘 하나하나가 들어가는 '보편 튜링 기계'라는 것을 제시하며, 아무리 복잡한 알고리즘도 간단한 단위로 ⓓ분해해서 처리할 수 있다고 주장한다.
> • 이런 면에서 튜링 기계는 현대 컴퓨터 발명의 기본적인 착상을 제공하는 데 크게 ⓔ공헌한 것으로 평가받고 있다.

① ⓐ: 생각해 내게
② ⓑ: 이루어진다
③ ⓒ: 짜느냐에
④ ⓓ: 퍼뜨려서
⑤ ⓔ: 이바지한

출처 2022년 11월 고1 교육청 | **과학**　　　**답** ④

'아무리 복잡한 알고리즘도 간단한 단위로 분해해서 처리할 수 있다고 주장한다.'의 '분해하다'는 '여러 부분이 결합되어 이루어진 것을 그 낱낱으로 나누다.'라는 의미이다. '퍼뜨리다'는 '널리 퍼지게 하다.'라는 의미이므로 '분해해서'를 '퍼뜨려서'로 바꾸어 쓰는 것은 적절하지 않다.

◎ **오답 풀이**

① '고안하다'는 '연구하여 새로운 안을 생각해 내다.'라는 의미이다. 따라서 '고안하게'를 '생각해 내게'로 바꾸어 쓰는 것은 적절하다.
② '구성되다'는 '몇 가지 부분이나 요소들이 모여 일정한 전체가 짜여 이루어지다.'라는 의미이다. 따라서 '구성된다'를 '이루어진다'로 바꾸어 쓰는 것은 적절하다.
③ '조합하다'는 '여럿을 한데 모아 한 덩어리로 짜다.'라는 의미이다. 따라서 '조합하느냐에'를 '짜느냐에'로 바꾸어 쓰는 것은 적절하다.
⑤ '공헌하다'는 '힘을 써 이바지하다.'라는 의미이다. 따라서 '공헌한'을 '이바지한'으로 바꾸어 쓰는 것은 적절하다.

44 문맥상 ⓐ와 바꾸어 쓰기에 가장 적절한 것은?

> 저작권이란 저작자가 자신이 창작한 저작물에 대해 갖는 권리이다. 저작권은 여러 가지 권리의 총집합으로 저작인격권과 저작재산권으로 ⓐ나눌 수 있다. 저작인격권은 저작자가 자신의 저작물에 대하여 가지는 인격적 권리로, 저작자만이 가질 수 있으며 양도할 수 없고 저작자가 사망하면 소멸한다.

① 분류(分類)할
② 변별(辨別)할
③ 배분(配分)할
④ 판별(判別)할
⑤ 해석(解釋)할

출처 2022년 9월 고1 교육청 | **사회**　　　**답** ①

'저작인격권과 저작재산권으로 나눌 수 있다.'의 '나누다'는 '여러 가지가 섞인 것을 구분하여 분류하다.'라는 의미로 썼다. 따라서 '나눌'은 '분류(分類)할'로 바꾸어 쓸 수 있다.

◎ **오답 풀이**

② '변별(辨別)하다'는 '사물의 옳고 그름이나 좋고 나쁨을 가리다.'라는 의미이다.
③ '배분(配分)하다'는 '몫몫이 별러 나누다.'라는 의미이다.
④ '판별(判別)하다'는 '옳고 그름이나 좋고 나쁨을 판단하여 구별하다.'라는 의미이다.
⑤ '해석(解釋)하다'는 '문장이나 사물 따위로 표현된 내용을 이해하고 설명하다.'라는 의미이다.

45 문맥상 ⓐ∼ⓔ와 바꿔 쓰기에 적절하지 <u>않은</u> 것은?

> - 또한 백성은 보살핌과 가르침을 받는 존재로서 통치에 ⓐ순응해야 한다고 보았다.
> - 또한 왕권이 정상적으로 작동하기 위해서는 왕을 정점으로 하여 관료 조직을 위계적으로 ⓑ정비하는 것과 더불어, 민심을 받들어 백성을 보살피는 자로서 군주가 덕성을 갖추는 것이 중요하다고 보았다.
> - 이이는 특히 애민은 부모가 자녀를 가르치듯 군주가 백성들을 도덕적으로 교화함으로써 실현되며, 교화를 ⓒ순조롭게 이루기 위해서는 우선 백성들을 경제적으로 안정시켜야 한다는 점을 강조했다.
> - 한편 정약용은 백성을 통치 체제 유지에 기여해야 하는 존재라 보고, 백성이 각자의 경제적 형편에 ⓓ부합하는 역할을 수행해야 한다고 주장하여 백성에 대한 기존의 관점과 차이를 드러냈다.
> - 이는 조선 후기 농업 기술과 상·공업의 발달로 인해 재산을 축적한 백성들이 등장한 현실을 고려한 것으로, 백성이 국가를 유지하는 근간이라고 보는 관점에 ⓔ기반한 주장이었다.

① ⓐ: 따라야
② ⓑ: 가다듬는
③ ⓒ: 끊임없이
④ ⓓ: 걸맞은
⑤ ⓔ: 바탕을 둔

출처 2021년 3월 고1 교육청 | 인문　　답 ③

'순조롭다'는 '일 따위가 아무 탈이나 말썽 없이 예정대로 잘되어 가는 상태에 있다.'라는 의미이다. '끊임없다'는 '계속하거나 이어져 있던 것이 끊이지 아니하다.'라는 의미이므로 '순조롭게'를 '끊임없이'로 바꾸어 쓰는 것은 적절하지 않다.

◎오답 풀이

① '순응하다'는 '환경이나 변화에 적응하여 익숙하여지거나 체계, 명령 따위에 적응하여 따르다.'라는 의미이다. 따라서 '순응해야'는 문맥상 '따라야'로 바꾸어 쓸 수 있다.
② '정비하다'는 '흐트러진 체계를 정리하여 제대로 갖추다.'라는 의미이다. 따라서 '정비하는'은 문맥상 '가다듬는'으로 바꾸어 쓸 수 있다.
④ '부합하다'는 '부신(符信)이 꼭 들어맞듯 사물이나 현상이 서로 꼭 들어맞다.'라는 의미이다. 따라서 '부합하는'은 문맥상 '걸맞은'으로 바꾸어 쓸 수 있다.
⑤ '기반하다'는 '바탕이나 토대를 두다.'라는 의미이다. 따라서 '기반한'은 문맥상 '바탕을 둔'으로 바꾸어 쓸 수 있다.

---

46 문맥에 따라 ⓐ∼ⓔ를 바꿔 쓴 것으로 적절하지 <u>않은</u> 것은?

> - 그는 이 부위를 브로카 영역이라 ⓐ명명하고 이곳이 손상되어 나타나는 증상을 브로카 실어증이라 하였다.
> - 이와 같은 실어증 환자들의 뇌 손상 부위와 증상을 연구하는 과정에서 인간의 언어 처리 과정에 대한 관심이 ⓑ대두되면서 그와 관련된 이론이 발전해 왔다.
> - 〈그림〉은 게쉬윈드가 제시한 언어 처리 모형으로, 청각 자극을 ⓒ수용하는 기본 청각 영역과 시각 자극을 수용하는 기본 시각 영역, 그리고 베르니케 영역, 브로카 영역, 운동 영역, 각회라는 네 개의 언어 중추를 중심으로 언어 처리 과정을 설명하고 있다.
> - 그리고 운동 영역은 브로카 영역에서 받은 운동 프로그램에 근거하여 말하기나 쓰기에 필요한 신경적 지시를 내리는 기능을 ⓓ담당한다고 보았다.
> - 이 모형에 ⓔ의거하면 듣기 과정은 '기본 청각 영역 → 베르니케 영역'의 순서로 이루어진다.

① ⓐ: 이름 붙이고
② ⓑ: 옮겨지면서
③ ⓒ: 받아들이는
④ ⓓ: 맡는다고
⑤ ⓔ: 따르면

출처 2020년 3월 고1 교육청 | 인문·사회 복합　　답 ②

'대두되다'는 '어떤 세력이나 현상이 새롭게 나타나게 되다.'라는 의미이므로, '대두되면서'를 '옮겨지면서'로 바꾸어 쓰는 것은 적절하지 않다. 문맥상 '대두되면서'는 '생기면서'로 바꿔 쓸 수 있다.

◎오답 풀이

① '명명하다'는 '사람, 사물, 사건 따위의 대상에 이름을 지어 붙이다.'라는 의미이므로, '명명하고'는 문맥상 '이름 붙이고'로 바꾸어 쓸 수 있다.
③ '수용하다'는 '어떠한 것을 받아들이다.'라는 의미이므로, '수용하는'은 문맥상 '받아들이는'으로 바꾸어 쓸 수 있다.
④ '담당하다'는 '어떤 일을 맡다.'라는 의미이므로, '담당한다고'는 문맥상 '맡는다고'로 바꾸어 쓸 수 있다.
⑤ '의거하다'는 '어떤 사실이나 원리 따위에 근거하다.'라는 의미이므로, '의거하면'은 문맥상 '따르면'으로 바꾸어 쓸 수 있다.

47 문맥상 ⓐ~ⓔ와 바꿔 쓰기에 가장 적절한 것은?

- 호박이나 수세미의 잎을 모두 ⓐ떼어 내고 뿌리와 줄기만 남기고 자른 후 뿌리 끝을 물에 넣어 보면, 잘린 줄기 끝에서는 물이 힘차게 솟아오르지는 않지만 계속해서 올라온다.
- 이때 농도의 균형을 맞추기 위해 흙 속에 있는 물 분자는 뿌리털의 세포막을 거쳐 물 분자가 상대적으로 적은 뿌리 내부로 ⓑ들어온다.
- 물이 담긴 그릇에 가는 유리관을 ⓒ꽂아 보면 유리관을 따라 물이 올라가는 것을 관찰할 수 있다. 이처럼 가는 관과 같은 통로를 따라 액체가 올라가거나 내려가는 것을 모세관 현상이라고 한다.
- 기공의 크기는 식물의 종류에 따라 ⓓ다른데 보통 폭이 8㎛, 길이가 16㎛ 정도밖에 되지 않는다. 크기가 1cm²인 잎에는 약 5만 개나 되는 기공이 있으며, 그 대부분은 잎의 뒤쪽에 있다.
- 사슬처럼 연결된 물 기둥의 한쪽 끝을 ⓔ이루는 물 분자가 잎의 기공을 통해 빠져 나가면 아래쪽 물 분자가 끌어 올려지는 것이다.

① ⓐ: 삭제(削除)하고
② ⓑ: 투입(投入)된다
③ ⓒ: 부착(附着)하면
④ ⓓ: 상이(相異)한데
⑤ ⓔ: 조성(造成)하는

출처 2019년 6월 고1 교육청 | 과학 　　답 ④

'식물의 종류에 따라 다른데'의 '다르다'는 '서로 다르다.'를 의미하는 '상이(相異)하다'와 바꿔 쓸 수 있다.

◉오답 풀이

① '삭제(削除)하다'는 '깎아 없애거나 지워 버리다.'라는 의미이므로 '삭제하고'는 '떼어 내고'와 바꿔 쓸 수 없다.
② '투입(投入)되다'는 '사람이나 물자, 자본 따위가 필요한 곳에 넣어지다.'라는 의미이므로 '들어온다'는 '투입된다'와 바꿔 쓸 수 없다.
③ '부착(附着)하다'는 '떨어지지 아니하게 붙다. 또는 그렇게 붙이거나 달다.'라는 의미이므로 '꽂아 보면'은 '부착하면'과 바꿔 쓸 수 없다.
⑤ '조성(造成)하다'는 '무엇을 만들어서 이루다.'라는 의미이므로 '한쪽 끝을 이루는'의 '이루는'은 '조성하는'과 바꿔 쓸 수 없다.

48 문맥상 ⓐ~ⓔ와 바꾸어 쓸 수 있는 말로 적절하지 <u>않은</u> 것은?

- 우리는 내비게이션을 통해 목적지까지의 경로를 ⓐ탐색하거나 스마트폰을 이용해 자신이 현재 있는 위치를 확인할 수 있다.
- 위성이 보낸 신호는 빛의 속력으로 이동하므로, 신호가 이동하는 데 걸린 시간(t)에 빛의 속력(c)을 곱하면 위성과 수신기 사이의 거리(r)를 구할 수 있다. 이를 식으로 ⓑ표시하면 'r = t × c'이다.
- 이러한 차이는 하루에 약 11km의 오차를 발생시킨다. 이를 방지하기 위해 GPS는 위성에 ⓒ탑재된 원자시계의 시간을 지표면의 시간과 일치하도록 조정하여 위성과 수신기 사이의 거리를 정확하게 구현하게 된다.
- 가령, 〈그림〉과 같이 평면상의 A(0, 0)에서 거리가 5만큼 떨어진 지점에, B(4, 0)에서 거리가 3만큼 떨어진 지점에, C(0, 3)에서 거리가 4만큼 떨어진 지점에 P(x, y)가 있다고 하자. 평면상의 한 점에서 같은 거리에 있는 점을 모두 ⓓ연결하면 원이 된다.
- 그러나 실제 공간은 2차원 평면이 아닌 3차원 입체이기 때문에 GPS 위성으로부터 ⓔ동일한 거리에 있는 점들은 원이 아니라 구(球)의 형태로 나타난다. 그 결과 세 개의 GPS 위성을 중심으로 하는 세 개의 구가 겹치는 지점은 일반적으로 두 군데가 된다.

① ⓐ: 찾거나
② ⓑ: 나타내면
③ ⓒ: 태운
④ ⓓ: 이으면
⑤ ⓔ: 같은

출처 2019년 3월 고1 교육청 | 과학 　　답 ③

'탑재하다'는 '배, 비행기, 차 따위에 물건을 싣다.'라는 의미이다. '태우다'는 '탈것이나 짐승의 등 따위에 몸을 얹게 하다.'라는 의미로 주로 사람 등을 대상으로 쓰이는 단어이다. 따라서 '탑재된'은 '태운'으로 바꿔 쓸 수 없으며, '실린' 등으로 바꿔 쓰는 것이 적절하다.

◉오답 풀이

① '탐색하다'는 '사라지거나 드러나지 않은 사물이나 현상 따위를 자세히 살펴 찾다.'라는 의미이다. 따라서 '탐색하거나'는 '찾거나'로 바꿔 쓸 수 있다.
② '표시하다'는 '표를 하여 외부에 드러내 보이다.'라는 의미이다. 따라서 '표시하면'은 '나타내면'으로 바꿔 쓸 수 있다.
④ '연결하다'는 '사물과 사물을 서로 잇거나 현상과 현상이 관계를 맺게 하다.'라는 의미이다. 따라서 '연결하면'은 '이으면'으로 바꿔 쓸 수 있다.
⑤ '동일하다'는 '어떤 것과 비교하여 똑같다.'라는 의미이다. 따라서 '동일한'은 '같은'으로 바꿔 쓸 수 있다.

49 문맥상 ⓐ~ⓔ와 바꿔 쓰기에 적절하지 <u>않은</u> 것은?

- 고전주의 범죄학의 대표자인 베카리아는 형벌은 법으로 ⓐ규정해야 하고, 그 법은 누구나 이해할 수 있도록 문서로 만들어야 한다고 강조했다.
- 이를 위해 그는 범죄자만의 특성과 행위 원인을 연구하여 범죄자들의 유형을 ⓑ구분하고 그 유형에 따라 형벌을 달리할 것을 주장했다.
- 셉테드는 건축 설계나 도시 계획 등을 통해 대상 지역의 방어적 공간 특성을 높여, 범죄 발생 가능성을 줄이고 지역 주민들이 안전감을 느끼도록 하여 궁극적으로 삶의 질을 ⓒ향상시키는 종합적인 범죄 예방 전략을 의미한다.
- 다음으로 '접근 통제의 원리'는 보행로, 조경, 문 등을 통해 사람들의 통행을 일정한 경로로 ⓓ유도하여 허가받지 않은 사람들의 출입을 통제하거나 차단하는 것을 말한다.
- '영역성의 원리'는 안과 밖이라는 공간 영역을 조성하여 외부인의 침범 기준을 명확히 ⓔ확립하는 것을 말한다.

① ⓐ: 고쳐야
② ⓑ: 나누고
③ ⓒ: 높이는
④ ⓓ: 이끌어
⑤ ⓔ: 세우는

출처 2018년 9월 고1 교육청 | **사회**　　　**답** ①

ⓐ는 '양이나 범위 따위를 제한하여 정하다.'라는 의미이고, '고치다'는 '고장이 나거나 못 쓰게 된 물건을 손질하여 제대로 되게 하다.'라는 의미이다. 따라서 '규정해야'는 '고쳐야'로 바꿔 쓸 수 없다.

◎오답 풀이

② '구분하다'는 '일정한 기준에 따라 전체를 몇 개로 갈라 나누다.'라는 의미이다. 따라서 '구분하고'는 '나누고'로 바꿔 쓸 수 있다.
③ '향상시키다'는 '실력, 수준, 기술 따위가 나아지게 하다.'라는 의미이다. 따라서 '향상시키는'은 '높이는'으로 바꿔 쓸 수 있다.
④ '유도하다'는 '사람이나 물건을 목적한 장소나 방향으로 이끌다.'라는 의미이다. 따라서 '유도하여'는 '이끌어'로 바꿔 쓸 수 있다.
⑤ '확립하다'는 '체계나 견해, 조직 따위를 굳게 서게 하다.'라는 의미이다. 따라서 '확립하는'은 '세우는'으로 바꿔 쓸 수 있다.

50 문맥상 ㉠~㉤과 바꾸어 쓸 수 <u>없는</u> 것은?

- 예를 들어 1년 만기 정기 예금의 명목 금리가 6%인데 1년 사이 물가가 7% ㉠올랐다면, 실질 금리는 −1%로 예금 가입자는 돈의 가치인 구매력에서 손해를 본 셈이다.
- 정기 예금은 목돈인 100만 원을 납입하고 1년 뒤에 이자로 6만 원을 받지만, 매월 일정액을 불입해 목돈을 만드는 정기 적금은 계산법이 ㉡다르다.
- 이런 이자 계산의 방식은 대출 금리도 유사하다. 1년 뒤에 원금을 한 번에 ㉢갚는다면, 대출 금리가 연 6%일 경우 6만 원을 이자로 내야 한다.
- 또 예금이나 적금의 기간이 길어서 이자를 여러 번 받는다면, 매번 지급된 이자가 원금이 되어서 이자에 이자가 붙는 복리인지, 원금에 대한 이자만 ㉣붙는 단리인지도 살펴야 실효 수익률을 알 수 있다.
- 결국 돈을 어떻게 쓰고, 모으고, 굴리고, 빌릴지의 선택 상황에서 정확한 계산을 해야 손해를 보지 않는다. 현재의 소비를 ㉤늦추고 미래를 계획하는 사람이라면, 자신의 자산을 안전하게 형성할 필요가 있다.

① ㉠: 인상(引上)되었다면
② ㉡: 용이(容易)하다
③ ㉢: 상환(償還)한다면
④ ㉣: 부가(附加)되는
⑤ ㉤: 보류(保留)하고

출처 2017년 9월 고1 교육청 | **사회**　　　**답** ②

'정기 적금은 계산법이 다르다'의 '다르다'는 '비교가 되는 두 대상이 서로 같지 아니하다.'라는 뜻으로 사용되었다. '용이(容易)하다'는 '어렵지 아니하고 매우 쉽다.'라는 뜻이므로 '다르다'를 '용이하다'로 바꿔 쓸 수 없다.

◎오답 풀이

① '인상(引上)되다'는 '물건값, 봉급, 요금 따위가 오르다.'라는 뜻이므로 '올랐다면'은 '인상되었다면'으로 바꿔 쓸 수 있다.
③ '상환(償還)하다'는 '갚거나 돌려주다.'라는 뜻이므로 '갚는다면'은 '상환한다면'으로 바꿔 쓸 수 있다.
④ '부가(附加)되다'는 '주된 것에 덧붙다.'라는 뜻이므로 '붙는'은 '부가되는'으로 바꿔 쓸 수 있다.
⑤ '보류(保留)하다'는 '어떤 일을 당장 처리하지 아니하고 나중으로 미루어 두다.'라는 뜻이므로 '늦추고'는 '보류하고'로 바꿔 쓸 수 있다.

MEMO

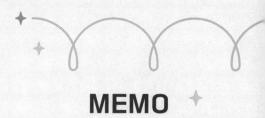

MEMO

MEMO

교과서

통합

국어

교과서
통합
국어

교과서 통합 국어

2022 개정 교육과정

2025년 고1 적용

공통국어 개념완성

정답 및 해설

메가스터디BOOKS

교과서 통합 국어

공통국어 개념완성

I 문학

현대 시

개념 완성

본문 10쪽

01 ③　**02** ○　**03** ㉡, ㉻　**04** 어조　**05** 독백　**06** ○
07 함축성　**08** 외재율　**09** ③　**10** ③　**11** ㉠: 하강,
㉡: 상승　**12** ×　**13** ⑤　**14** ㉠: 설의법, ㉡: 도치법
15 ④　**16** ⑴ 역설법 ⑵ 과장법 ⑶ 반어법　**17** ○　**18** ③
19 사슴의 무리　**20** 순행적　**21** ④　**22** ×

01 시적 화자는 시에서 '나, 저, 우리'와 같이 표면적으로 드러나기도 하지만 겉으로 드러나지 않고 숨어 있는 경우도 있다.

02 시적 화자가 시 속에서 바라보는 시적 대상 가운데, 화자의 이야기를 듣는 사람을 가리켜 '청자'라고 한다.

03 시적 화자는 어두운 빈방에서 엄마를 기다리며 느꼈던 두려움과 슬픔의 정서를 표현하고 있다.

04 시적 화자가 보이는 특징적인 말투를 '어조'라고 하며, 어조는 시의 분위기나 화자의 정서 및 태도와 관련이 있다.

05 시적 화자가 자기 내면세계를 혼잣말하듯 털어놓는 느낌을 준다면 독백의 어조에 해당한다.

06 시적 대상에 대한 시적 화자의 정서나 태도가 바뀌면 어조는 달라질 수 있다.

07 '꽃'에 지시적(사전적) 의미를 넘어 상대에게 가치 있는 존재라는 의미를 부여하는 것은 시어의 함축성과 관련이 있다.

08 일정한 글자 수나 음보 등이 규칙적으로 반복되는 시에서는 외재율을 확인할 수 있다.

09 '젊은 아버지의 서느런 옷자락에'에서는 '서늘함'이라는 촉각적 이미지를 확인할 수 있다.

10 '금빛 게으른 울음'은 '울음'이라는 청각적 요소를 '금빛'이라는 시각적 요소로 나타낸 것이므로 청각의 시각화로 볼 수 있다.

11 '떨어져도'는 아래로 내려가는 듯한 느낌을 주고, '튀어 오르는'은 위로 올라가는 듯한 느낌을 준다.

12 '휘어져 감기우고 다시 접어 뻗는 손'에서는 동적 이미지만을 확인할 수 있다.

13 '어린 강물은 엄마 손을 더욱 꼭 그러쥔 채 놓지 않았습니다'는 사람이 아닌 것을 사람인 것처럼 빗대어 나타내는 의인법이 사용된 표현이다.

14 ㉠ '가난하다고 해서 외로움을 모르겠는가'에는 쉽게 판단할 수 있는 사실을 의문의 형식으로 표현한 설의법이 사용되었다.
㉡ 나는 숲의 말을 알아들을 수 있었습니다 / 내가 시계가 되기 전에는'에는 말의 차례를 바꾸어 의미를 강조한 도치법이 사용되었다.

15 〈보기〉는 대구법이 사용된 예시이다. '콩 심은 데 콩 나고 / 팥 심은 데 팥 난다.'에서도 비슷한 문장 구조를 가진 두 구절을 나란히 짝지어 늘어놓은 대구법을 확인할 수 있다.

16 ⑴ 모순된 문장 속에 절망 속에도 희망이 있다는 진리를 담아 표현하였다.
⑵ '삼백예순 날' 동안 운다는 과장된 표현을 통해 슬픔의 깊이를 나타내었다.
⑶ 속마음과는 반대되는 말로 시적 대상에 대한 사랑을 표현하였다.

17 대상에 대한 표현 강도를 점차 높여 나타내는 방식은 점층법에 해당한다. 반대로 점강법은 대상에 대한 표현 강도를 점점 약하게 또는 작게 나타내는 방식이다.

18 ㉠은 영탄법이 사용된 예시이다. '산산이 부서진 이름이여! / 허공 중에 헤어진 이름이여!'에서도 감탄 조사를 통해 슬픔의 감정을 강하게 나타내는 영탄법을 확인할 수 있다.

◎ 오답 풀이

① '꽃 피네 / 꽃이 피네'에서 반복법을 확인할 수 있다.
② 대상을 다른 대상에 직접 빗대어 표현하는 직유법을 확인할 수 있다. 원관념은 '옛 맹세', 보조 관념은 '황금의 꽃'이다.
④ 내용적으로 연결되거나 비슷한 어구를 늘어놓는 열거법을 확인할 수 있다.
⑤ '강 → 배 → 님 → 편지'로 연결되는 연쇄법을 확인할 수 있다.

19 화자의 감정을 '사슴의 무리'에 이입하여 '슬피 운다'고 표현하였다.

20 '봄 – 여름 – 가을 – 겨울'과 같이 자연적인 시간의 흐름에 따라 시를 전개하는 것은 순행적 방식이다. 이와 달리 시간의 질서를 넘나들 때 역순행적 전개 방식이 쓰였다고 한다.

21 '운동장 → 소줏집 → 장거리'라는 공간의 이동을 확인할 수 있다.

22 시인의 생애나 심리 상태 등 작가와 작품의 관계에 초점을 두어 감상하고 비평하는 것은 표현론적 관점에 따른 감상이다.

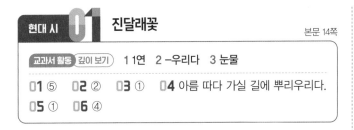

현대 시 01 진달래꽃

본문 14쪽

교과서 활동 깊이 보기 1 1연 2 -우리다 3 눈물

01 ⑤ 02 ② 03 ① 04 아름 따다 가실 길에 뿌리우리다.
05 ① 06 ④

01 표현상 특징 파악 답 ⑤

이 시에는 '진달래꽃'의 시각적 이미지가 주로 나타나 있다. 청각적 이미지를 사용하여 대상의 모습을 드러내는 부분은 찾아볼 수 없다.

◎ 오답 풀이

① '나 보기가 역겨워 / 가실 때에는'과 같이 이별의 상황을 가정하여 시상을 전개하고 있다.
② '나 보기가 역겨워 / 가실 때에는 / 죽어도 아니 눈물 흘리우리다.'는 임이 떠나더라도 슬퍼하지 않겠다는 의지를 나타내는 듯하지만 그 속뜻은 임이 떠나면 무척 슬프고 마음이 아프다는 것이므로 반어적 표현에 해당한다.
③ 종결 어미 '-우리다'를 1, 2, 4연에서 반복하여 운율을 형성하고 있다.
④ 1연의 시구 '나 보기가 역겨워 / 가실 때에는'을 4연에서 반복·대응시키는 수미상관의 방식으로 주제를 강조하고 있다.

02 화자의 정서와 태도 파악 답 ②

'나'는 떠나는 임의 앞에 꽃을 뿌리며 임의 앞길을 축복하고 있다. 그리고 임이 떠나더라도 자신은 눈물 흘리지 않고 고이 보내 드리겠다고 하고 있으므로 임에 대한 원망의 태도를 직접적으로 드러내고 있다고 보기 어렵다.

◎ 오답 풀이

① 1연에서 '나'는 임과의 이별을 받아들이는 체념적 태도를 드러내고 있다.
③ 4연에서 '나'는 죽어도 눈물 흘리지 않겠다고 함으로써 슬픔을 인내하며 떠나는 임을 배려하는 태도를 보여 주고 있다.
④ 3연에서 '나'는 임에게 진달래꽃을 사뿐히 즈려밟고 가라고 함으로써 임을 위해 자신을 기꺼이 희생하겠다는 태도를 보여 주고 있다.
⑤ 1연에서 '나'는 임이 '나 보기가 역겨워 / 가실 때'에 고이 보내 드리겠다고 함으로써 임의 뜻을 따르겠다고 했지만 4연으로 보아 마음속으로는 임이 떠나지 않기를 소망하고 있다.

03 시어의 의미 파악 답 ①

ⓐ, ⓒ: 화자가 이별하는 임에게 '진달래꽃'을 사뿐히 즈려밟고 가라고 하였으므로, '진달래꽃'은 화자의 분신이며 임에 대한 헌신과 희생, 순종의 태도를 나타낸다고 할 수 있다.
ⓑ: 화자가 임의 가실 길에 진달래꽃을 뿌리겠다고 한 것은 임의 앞날에 대한 축복의 행위이므로, '진달래꽃'은 임에 대한 화자의 사랑과 정성을 의미한다고 볼 수 있다.
ⓓ: 이 시 전반적으로 화자가 임과의 이별로 인한 슬픔을 진달래꽃이라는 대상을 통해 표현하고 있으므로, '진달래꽃'은 화자의 정한을 드러낸다고 할 수 있다.

04 시행의 의미 파악 답 아름 따다 가실 길에 뿌리우리다.

'산화공덕의 모티프'는 임이 가실 길에 꽃을 뿌리는 행위로 나타나며, 이는 떠나가는 임을 위한 화자의 축복을 의미한다.

05 운율 형성 요소 파악 답 ①

이 시에서는 '말없이∨고이 보내∨드리우리다.', '사뿐이∨즈려밟고∨

가시옵소서'와 같이 3음보의 음보율을 확인할 수 있다. ①의 '아리랑∨아리랑∨아라리요', '아리랑∨고개로∨넘어간다'에서도 세 마디로 끊어 읽히는 3음보의 음보율이 나타난다.

◎ 오답 풀이

② '초가집∨찬 자리에∨밤중에∨돌아오니', '벽에 걸린∨푸른 등은∨누굴 위해∨밝았는가'에서는 네 마디로 끊어 읽히는 4음보의 음보율이 나타난다.
③ '비 오자∨장독간에∨봉선화∨반만 벌어', '해마다∨피는 꽃을∨나만 두고∨볼 것인가'에서는 네 마디로 끊어 읽히는 4음보의 음보율이 나타난다.
④ '우리 마을,∨고향 마을,∨시냇가∨자갈밭엔', '별보다∨고운 자갈이∨지천으로∨깔렸는데'에서는 네 마디로 끊어 읽히는 4음보의 음보율이 나타난다.
⑤ '잠아 잠아∨짙은 잠아∨이내 눈에∨쌓인 잠아', '염치 불구∨이내 잠아∨욕심 언덕∨이내 잠아'에서는 네 마디로 끊어 읽히는 4음보의 음보율이 나타난다.

06 외적 준거에 따른 작품 감상 답 ④

㉠은 내용과 형식이 밀접한 영향을 주고받을 때 좋은 작품이 된다는 뜻으로, 내용과 형식이 불가분의 관계에 있다는 관점이다. 따라서 이별의 한(恨)이라는 전통적 정서(→ 내용)가 민요조의 율격(→ 형식)과 어우러져 통일성 있게 구성되었다는 감상은 ㉠의 관점과 부합한다.

◎ 오답 풀이

①, ⑤ 문학 작품의 형식 요소만을 고려한 감상이다.
② 문학 작품의 내용 요소와 작품을 창작한 작가를 고려한 감상이다.
③ 문학 작품의 내용 요소와 창작 당시의 현실을 고려한 감상이다.

현대 시 02 수라

본문 16쪽

교과서 활동 깊이 보기 1 시각적 2 거미 3 차디찬 밤

01 ④ 02 서러움 03 ③ 04 예시 답안 참조 05 ④
06 ②

01 표현상 특징 파악 답 ④

이 시에서 화자의 정서와 태도는 '무심함 → 가슴이 짜릿함, 서러움 → 가슴이 메임, 서러움, 슬픔'과 같이 달라지고 있지만, 이것이 원인이 되어 시적 대상인 '거미' 가족의 상황이 악화되고 있는 것은 아니다. '거미'는 계속해서 문밖으로 내보내지지만 이 문밖은 거미 가족의 재회 가능성이 남아 있는 공간이기도 하다.

◎ 오답 풀이

① '거미'를 의인화하여 '거미 새끼', '큰 거미', '무척 적은 새끼 거미'를 한 가족으로 표현하면서 이들에 대한 연민의 태도를 드러내고 있다.
② '-ㄴ다'라는 현재형 종결 어미를 사용하여 거미 가족의 상황과 이를 안타깝게 여기는 화자의 모습을 생생하게 나타내고 있다.
③ '차디찬 밤', '찬 밖'에서 촉각적 심상을 활용하여 거미가 놓인 처지의 비극성을 부각하고 있다.
⑤ 연의 전개에 따라 행의 수가 늘어나고, 특히 3연에서 '무척 적은 새끼 거미'에 대한 서술이 많이 덧붙여짐으로써, 화자의 심화된 정서를 나타내고 있다.

02 화자의 정서와 태도 파악 답 서러움

이 시의 화자는 거미를 문밖으로 내보내는 행동을 반복하며 '무심함(아무 생각 없음) → 가슴이 짜릿함, 서러움 → 가슴이 메임, 서러움, 슬픔'의 순으로 정서가 심화되는 모습을 보인다.

03 제목의 의미 파악   답 ③

이 시에서 '거미' 가족이 처한 시련은 일제 강점기 우리 민족의 가족 공동체 해체를 상징적으로 드러내며, 가족과 떨어져 있는 시인의 상황이 투영된 것이지, '거미' 가족이나 화자의 성장 과정과는 거리가 멀다.

오답 풀이

① 일제 강점기의 혼란스럽고 고통스러운 상황을, 제목을 통해 드러내고 있다고 할 수 있다.

②, ④ 가족이 함께할 수조차 없는 일제 강점기 우리 민족의 비참한 현실에 대한 부정적 인식을 '수라'라는 제목을 통해 드러내고 있다고 할 수 있다.

⑤ 제목 '수라'는 '아수라'의 줄임말로, '아수라'는 신화에서 싸움을 일삼고 전쟁을 불러일으키는 신이며, 싸움과 전쟁 등으로 혼란한 장소나 상태를 의미하기도 한다.

04 공간의 의미 파악

✔예시 답안 '문밖'은 춥고 위험하지만 가족 공동체의 회복 가능성이 남아 있는 공간이다.

3연의 문밖은 '거미 새끼', '큰 거미', '무척 적은 새끼 거미'가 버려진 춥고 위험한 곳이다. 그러나 거미 가족이 있는 곳으로 가족 공동체의 회복 가능성이 남아 있는 공간이라고 할 수 있다.

• 평가 기준

평가 요소	확인
'문밖'의 성격을 제시함	
'문밖'의 상징적 의미를 제시함	
연결 어미 '–지만'을 사용하여 한 문장으로 제시함	

05 다른 작품과의 비교   답 ④

〈보기〉의 경우, '우리들은 모두 욕심이 없어 희어졌다 / 착하디착해서 세관손 가시 하나 손아귀 하나 없다'고 한 데서 욕심 없고 고결한 삶에 대한 지향을 엿볼 수 있다. 그러나 이 시는 문밖으로 내몰리는 거미 가족의 상황과 이에 대한 화자의 연민을 드러내고 있을 뿐, 욕심 없고 고결한 삶에 대한 지향을 드러내고 있지는 않다.

오답 풀이

① 이 시에서는 '서러워한다', '슬퍼한다'와 같이 거미에 대한 화자의 정서가 직접 나타나고 있다. 그러나 〈보기〉에서도 '우리들은 서로 미덥고 정답고 그리고 서로 좋구나'와 같이 흰밥과 가자미에 대한 정서를 직접적으로 드러내고 있다.

② 〈보기〉는 '흰밥', '우리들은 모두 욕심이 없어 희어졌다'에서 흰색의 색채 이미지를 활용하여 깨끗하고 욕심이 없다는 속성을 나타내고 있다. 한편 이 시에서 색채 이미지는 두드러지지 않으나 '밤'의 검고 어두운 이미지를 통해 부정적 속성을 환기한다고 볼 수도 있다.

③ 이 시는 '어니젠가', '가제'와 같은 방언을, 〈보기〉는 '세관손'과 같은 방언을 사용하여 향토적 분위기를 조성하고 있다.

⑤ 이 시에서는 화자의 공간 이동이 나타나지 않는다. '거미 새끼 → 큰 거미 → 무척 적은 새끼 거미'가 나타나고, 화자가 이를 문밖으로 쓸어 버리는 행위가 시간의 흐름에 따라 반복되고 있다. 〈보기〉에서도 공간의 이동은 찾아보기 어렵다.

06 외적 준거에 따른 작품 감상   답 ②

이 시는 거미 가족의 헤어짐을 통해 가족 해체에 대한 안타까움을 표현하고 있다. 시상 전개에 따라 화자의 정서가 심화되고 있다는 점을 고려할 때, 시인이 대상과 거리를 두면서 자신을 객관적으로 성찰하고 있다고 할 수 없다.

오답 풀이

① 거미는 시인이 자신을 투영하고 있는 대상으로, 다른 가족들과 헤어져 방안과 찬 밖을 헤매는 거미를 통해 시인이 처한 상황을 드러내고 있다.

③ 시인은 거미 가족의 헤어짐을 통해 1930년대 일제 강점기의 사회적 상황에 대해 발언한 것으로 볼 수 있다.

④ 거미라는 자연물을 통해 가족과 떨어져 살아갈 수밖에 없었던 시인 자신의 이야기를 하고 있다.

⑤ 시인은 거미 가족의 상황을 혈연 공동체의 해체와 결부하고 이를 비극적으로 인식하는 내면을 드러내고 있다.

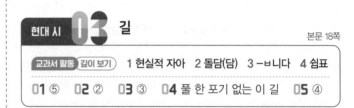

현대 시 03 길   본문 18쪽

교과서 활동 깊이 보기 1 현실적 자아 2 돌담(담) 3 –ㅂ니다 4 쉼표

01 ⑤   02 ②   03 ③   04 풀 한 포기 없는 이 길   05 ④

01 표현상 특징 파악   답 ⑤

[D]에서 '하늘'은 화자에게 부끄러움을 느끼게 만드는 푸르른 존재로, 화자가 동경하는 대상이며 지향하는 세계를 의미한다. '하늘'이 부끄러움을 느끼는 대상으로 표현된 것은 아니므로 이를 감정이 이입된 자연물로 볼 수는 없다.

오답 풀이

① [A]는 시의 첫 부분으로, 주어와 목적어 등이 생략된 '잃어버렸습니다'라는 서술어를 통해 화자가 처한 문제 상황을 단정적으로 제시하고 있다.

② [A]의 '잃어버렸습니다. / 무얼 어디다 잃었는지 몰라'에서 화자가 처한 문제 상황(무엇인가를 잃어버렸는데 그 정체와 위치를 알 수 없음)이 나타나고 있다. 그리고 이러한 문제 상황에 대한 화자의 대처는 '두 손'으로 '주머니를 더듬'으며 '길에 나아'가는 행동으로 나타나고 있다.

③ [B]에서는 '돌과 돌과 돌이'와 같이 시어의 반복적 사용을 통해 운율을 형성하는 한편, 끝없이 이어진 돌담에 가로막힌 화자의 부정적 상황을 부각하고 있다.

④ [C]에서는 '아침에서 저녁으로 / 저녁에서 아침으로'라는 앞 시구의 꼬리를 물고 연결되는 연쇄적 표현을 통해 탐색과 성찰의 상황이 끝없이 지속됨을 강조하고 있다.

02 시어의 의미 파악   답 ②

㉠은 화자가 잃어버린 참된(이상적) 자아를, ㉡은 현실적인 자아를 가리킨다. '풀 한 포기 없는' 길과 '긴 그림자'가 드리운 길은 암울하고 절망적인 현실을 의미하는데, 이 길을 걷고 있는 것은 모두 그런 고통을 감내하고 극복하고자 하는 현실적 자아인 ㉡이다. ㉠은 '담 저쪽'에 남아 있다고 하였으므로 현재 도달할 수 없는 상태에 있다.

오답 풀이

① 담 저쪽에 있는 이상적 자아인 ㉠을 찾는 것이 현실적 자아인 ㉡이 살아가는 이유라고 밝히고 있다.

③ 현실적 자아인 ㉡은 이상적 자아인 ㉠을 만나고자 하지만 '돌담'과 '쇠문'이라는 장애물에 부딪혀 뜻을 이루지 못하고 있다.

④ 현실적 자아인 ㉡이 주머니를 더듬는 것은 잃어버린 것을 찾는 행위이며, ㉡이 찾으려 하는 것은 결국 이상적 자아인 ㉠이다.

⑤ 잃어버린 것이 무엇인지 모르고 무작정 길을 나섰던 현실적 자아인 ㉡은 길을 걷는 동안에 담(이상적 자아 발견을 가로막는 암울한 현실) 저쪽에 있는 참된 자아인 ㉠을 인식하게 된다.

03 외적 준거에 따른 작품 감상 답 ③

5연에서 화자가 '돌담을 더듬'으며 '눈물짓'는 것은 자기 성찰의 과정에서 느끼는 절망감과 안타까움을 드러낸 것으로 볼 수 있다.

오답 풀이
① 3연에 제시된 굳게 닫힌 '쇠문'은 소통을 가로막는 장애물을 상징하는 것으로, 화자가 처한 부정적 상황을 드러낸다고 볼 수 있다.
② 4연에서 길이 '저녁에서 아침으로 통했다'는 것은 시간의 순환을 의미하는 것으로, 자기 탐색의 과정이 끊임없이 이어짐을 의미한다고 볼 수 있다.
④ 5연에 제시된 '부끄럽게'는, 너무도 푸르른 '하늘'을 쳐다보며 그와 대비되는 현실에 처해 있는 화자 자신에 대한 성찰을 통해 얻게 된 감정이다.
⑤ 6연에서 화자는 '풀 한 포기 없는 이 길'을 걸을 수밖에 없는 이유가 '담 저쪽'에 '내(나)'가 있기 때문임을 밝히고 있다.

04 시구의 의미 파악 답 풀 한 포기 없는 이 길

이 시의 창작 배경이 되는 일제 강점기의 암울한 사회·문화적 상황에 대응하는 시구는 '풀 한 포기 없는 이 길'이다.

05 다른 작품과의 비교 답 ④

〈보기〉의 화자(B)는 우물 속에 비친 자신의 모습을 성찰하며 미움과 연민의 감정을 느끼고 있다. 그러나 현실을 탓하고 있다거나 더 나은 삶을 위한 행동 의지는 드러내고 있지 않다.

오답 풀이
① 이 시의 화자(A)가 걷는 길은 참된 자아, 이상적 자아, 온전한 '나'를 찾기 위한 자기 탐색의 길로 볼 수 있다.
② 〈보기〉 화자(B)는 '우물'을 들여다보며 자아를 성찰하고 있다.
③, ⑤ 이 시의 화자(A)는 '풀 한 포기 없는' 절망적 현실 속에서 '하늘'을 바라보며 부끄러움을 느끼기도 하지만 '잃은 것'을 찾는 것을 삶의 이유라고 하며 현실 극복의 의지를 드러내고 있다.

현대 시 **04 폭포** 본문 20쪽

| 교과서 활동 (깊이 보기) | 1 고매한 2 타협 3 곧은 소리 |

01 ③   02 ①   03 ④   04 나타와 안정   05 ④
06 ④

01 표현상 특징 파악 답 ③

선경후정의 방식이란 먼저 풍경이나 사물을 묘사하여 보여 주고 뒤에 화자의 정서를 제시하면서 시상을 전개하는 것을 말한다. 이 시에서는 자연물인 폭포의 외적 모습과 내적 속성, 소리, 정신을 다루며 시상을 전개하고 이를 통해 화자의 내면세계를 형상화하고 있으므로 선경후정의 방식을 활용하고 있다는 설명은 적절하지 않다.

오답 풀이
① '떨어진다', '곧은 소리' 등을 반복하여 운율을 형성하는 동시에 주제 의식을 강조하고 있다.
② '폭포'라는 자연물에 정의, 양심 등의 가치를 부여하여 부정적 현실에 타협하지 않는 삶의 자세라는 주제를 드러내고 있다.
④ '높이도 폭도 없이 / 떨어진다'에서 역설적 표현을 사용하여 폭포가 지향하는 정신, 즉 소시민적 삶의 태도를 거부하고 절대 자유로움을 추구하고자 하는 시인의 내면세계를 강조하고 있다.

⑤ 폭포가 떨어지는 모습을 시각적 이미지로, 폭포가 떨어지는 소리를 청각적 이미지로 형상화하여 대상을 구체화하고 있다.

02 소재의 기능 파악 답 ①

이 시의 화자는 곧고 힘찬 기세로 떨어지는 폭포를 통해 자신이 추구하는 삶의 자세를 드러내고 있을 뿐 자연의 섭리를 깨우치고 있지는 않다.

오답 풀이
② 폭포는 고매한 정신을 지니고 나타와 안정에 빠진 이들의 의식을 곧은 소리로 일깨우는 대상이다.
③ '고매한 정신처럼 쉴 사이 없이 떨어진다', '폭포는 곧은 소리를 내며 떨어진다'에서 폭포가 억압으로부터 자유를 지향하는 고매한 정신과 정의와 양심의 소리, 저항의 외침을 의미하는 곧은 소리를 가진 대상임을 알 수 있다.
④ 폭포는 무서운 기색도 없이 곧은 소리를 내며 떨어지는 존재로 현실에 굴복하거나 타협하지 않는 대상이다.
⑤ 폭포가 '무엇을 향하여 떨어진다는 의미도 없이' 떨어진다는 데에서 세속적 욕망이나 현실적 효용 같은 것과 거리가 먼 대상임을 알 수 있다.

03 대상의 속성 파악 답 ④

㉠~㉤은 모두 폭포의 속성을 나타내며, 떨어진다는 동작과 관련이 있다. ㉤은 고여 있지 않고 높이나 폭과 상관없이 떨어진다는 폭포 물의 특성을 통해 폭포의 절대적 자유로움을 나타내며 화자는 이를 통해 소시민적 삶을 거부하는 태도를 드러내고 있다. 따라서 ㉤이 화자가 지닌 속물성의 범위를 나타낸다는 설명은 적절하지 않다.

오답 풀이
① ㉠은 폭포의 외적 모습으로 부정적 현실에 대한 두려움 없는 폭포의 속성을 나타낸다.
② ㉡은 세속적 가치나 목적에 얽매이지 않는 폭포의 자유로운 내면의 모습을 나타낸다.
③ ㉢과 ㉣은 폭포가 일관성, 지속성을 지니고 변함없이 떨어지는 존재임을 나타낸다.
⑤ ㉠~㉤은 모두 서술어 '떨어진다'와 이어지므로, ㉠~㉤과 같은 폭포의 속성은 모두 '떨어진다'는 속성과 연결된다.

04 시구의 의미 파악 답 나타와 안정

5연의 '나타와 안정'은 부정적 현실에 안주하고자 하는 소시민적 특성을 제시한 시구로, 화자는 이를 거부해야 할 대상, 각성해야 할 대상으로 여기고 있다.

05 화자의 정서와 태도 비교 답 ④

이 시에서는 '폭포'를 통해 부정적 현실에 대한 저항의 의지, 나타와 안정에 대한 비판을 드러내고 있다. ④도 '껍데기'와 '알맹이'라는 대립적 이미지의 시어를 사용하여 현실 비판과 저항의 태도를 드러내고 있다.

오답 풀이
① 국숫집에 모인 사람들을 친정 오빠와 같이 정답게 여기며 친근한 태도를 드러내고 있다.
② 가난한 삶 속에서도 웃음을 잃지 않는 서민들에 대한 긍정적 태도를 드러내고 있다.
③ 사랑이 넘치는 세상이 올 것이라 생각하는 희망적, 낙관적 태도를 드러내고 있다.
⑤ 이국 땅에서 아버지의 비참한 죽음을 바라보는 비극적 상황을 담담한 태도로 제시하고 있다.

06 외적 준거에 따른 작품 감상 　　　　　　　답 ④

이 시에서 '폭포'는 초극적 존재가 아니며, 초극적 존재가 되고자 하는 시인의 의지도 드러나지 않는다. '취할 순간조차 마음에 주지 않고'에서는 잠시의 틈조차 주지 않고 떨어지는 폭포의 모습을 확인할 수 있다. 이어지는 행인 '나타와 안정을 뒤집어 놓은 듯이'와 연결하여 볼 때 '취할 순간조차 마음에 주지 않고' 떨어지는 폭포의 모습에서 나타와 안정을 철저히 거부하고자 하는 의지, 절대적인 자유를 추구하고자 하는 의지를 엿볼 수 있다.

◎ 오답 풀이

① '밤'은 소박한 아름다움이나 인간 사이의 유대감이 존재하지 않는 시간으로, 시인이 인식하고 있는 당대의 암울하고 부조리한 현실을 함축한다.

② '곧은 소리'는 정의롭고 진실된 양심의 소리를 의미한다. 시인은 폭포가 곧은 소리를 내며 떨어지는 모습에서, 부정적 현실에 저항하는 양심 있는 세력의 올곧은 목소리를 갈구하는 마음을 드러내고 있다.

③ '곧은 소리'가 '곧은 소리를 부른다'는 것은 곧은 소리가 다른 사람을 각성시키고 저항과 양심의 소리를 키우는 선구자적 행동을 한다는 의미이므로, '곧은 소리는 곧은 / 소리를 부른다'에는 저항의 외침, 진실된 소리가 더욱 확산되기를 바라는 마음이 담겨 있다고 할 수 있다.

⑤ '나타와 안정'은 현실에 안주하는 소시민적 특성을 의미한다. 시인은 '나타와 안정을 뒤집어 놓은 듯이'라고 말하고 있으므로 이 시구에는 이러한 소시민적 특성을 거부하겠다는 의지가 담겨 있다. 즉 시인은 소시민적 삶을 부정하고 각성을 촉구하고 있다고 할 수 있다.

현대 시 **05** 　한 그리움이 다른 그리움에게 　　　본문 22쪽

교과서 활동 깊이 보기 　1 날과 씨 　2 극복 　3 안정감

01 ②　 02 ②　 03 ①　 04 ③　 05 손을 주고, 눈을 들여다볼 때 　　　06 예시 답안 참조

01 표현상 특징 파악 　　　　　　　답 ②

이 시의 화자는 '당신'과 '나'가 만날 미래의 어느 날을 가정하여 시상을 전개하고 있다. 과거와 현재를 비교하고 있는 부분은 찾아볼 수 없다.

◎ 오답 풀이

① '날과 씨'라는 비유적 시어로 하나로 엮일 수 있는 '당신'과 '나'의 관계를 나타내고 있다.

③ '나는 기다리리, 추운 길목에서'에서 서술어를 앞에 두는 도치의 방식을 활용하여 기다림의 의지를 나타내고 있다.

④ '어느 겨울인들 / 우리들의 사랑을 춥게 하리'에서 물음의 형식을 통해 '당신'과 '나'의 만남이 가져올 긍정적 결과에 대한 기대를 나타내고 있다.

⑤ '~ 있다면'과 같이 불완전한 문장으로 시행을 마무리하여 여운을 남기고 있다.

02 시의 구조 및 시상 전개 방식 파악 　　　　답 ②

ㄱ. [A]와 [C]에서 '나'는 '당신'과 하나가 되는 상황을 가정하고 있다. 이는 [B]로 이어져 '나는 기다리리, 추운 골목에서'와 같이 의지를 다지는 계기가 된다.

ㄹ. [C]는 [A]의 시구를 변주하여 '당신'과 '나'가 하나가 되는 상황에 대한 가정을 반복하고 있다. 이는 [A]의 정서를 강조하면서 시상을 마무리하는 효과가 있다.

◎ 오답 풀이

ㄴ. [A]와 [C]에서는 '당신'과 만나 하나의 꿈을 엮고 싶다는 화자의 소망이 공통적으로 나타나고, [B]에서는 '당신'과의 만남이 이루어질 날을 기다리겠다는 화자의 의지적 태도가 나타나고 있다. 따라서 [A], [B]에서 [C]로 연결되면서 화자의 태도가 적극적으로 변화한다고 보기 어렵다.

ㄷ. [B]에서 화자는 '추운 길목'에서 '당신'을 기다리는 상황에 처해 있으나, 이것은 [C]에 나타난 '당신'과의 만남을 위해 화자 자신이 의도한 것이라 보기 어렵다.

03 시구의 의미 파악 　　　　　　　답 ①

'한 폭의 비단'은 '당신'과 '나'가 날과 씨로 만나 하나의 꿈을 엮고, 그 꿈이 만나 이루어지는 사랑의 결실을 의미한다. 그리고 화자는 그러한 기대를 가지고 시련과 고난을 견뎌 내겠다는 의지적 태도를 보이고 있으므로 '한 폭의 비단'이 '나'의 내적 갈등을 심화한다는 설명은 적절하지 않다.

◎ 오답 풀이

② 화자는 '당신'과 만나 하나의 꿈을 엮고, 그 꿈이 만나 '한 폭의 비단'이 되는 날을 기다리고 있다. 따라서 '한 폭의 비단'은 '나'가 궁극적으로 소망하는 대상이다.

③ '~ 한 폭이 비단이 된다면 / 나는 기다리리, 추운 길목에서'라고 하였으므로 '한 폭의 비단'은 '나'가 추운 골목에서 기다리는 이유이다.

④ '한 폭의 비단'은 '당신'과 '나'가 엮은 '우리들의 꿈'이 만나 되는 것으로 아름다운 사랑의 결실이라고 할 수 있다.

⑤ '한 폭의 비단'은 '당신'과 '나'가 날과 씨로 만나 하나의 꿈을 엮고, 그 꿈이 만나 되는 것이다. 따라서 '한 폭의 비단'을 위해서는 '당신'과 '나'의 만남이 선행되어야 한다.

04 외적 준거에 따른 작품 감상 　　　　　답 ③

㉮는 연인 간의 사랑이라는 개인적 차원의 맥락이며, ㉯는 남북 분단이라는 사회 · 역사적 차원의 맥락이다. 따라서 '그리움'의 경우 ㉮보다는 ㉯에서 역사적 전망에 연결되기 쉽다.

◎ 오답 풀이

① '꿈'은 '당신'과 '나'가 하나되는 만남을 의미하므로 ㉮, ㉯ 모두에서 현실 도피의 의도를 발견하기 어렵다.

② '슬픔'의 경우 사회 · 역사적 맥락인 ㉯에서 민족적 한의 정서에 연결되기 쉽다.

④ '겨울'의 경우 사회 · 역사적 맥락인 ㉯에서 분단이라는 억압적 현실과 연결되기 쉽다.

⑤ '사랑'의 경우 개인적 맥락인 ㉮에서 개인적 욕망에 연결되기 쉽다.

05 시구의 의미 파악 　　　답 손을 주고, 눈을 들여다볼 때

8~10행에서는 '당신'과 '나'를 슬픔과 그리움으로 나타내어 사랑과 배려, 위로를 나누며 정서적으로 연대하는 모습을 형상화하고 있다.

06 주제 의식 파악

✓ 예시 답안 서로의 슬픔과 외로움을 보듬는 공동체적 삶

이 시의 화자는 '당신'과 만나 서로의 슬픔과 외로움을 보듬어 줄 수 있기를 기대하며 사랑에 기반한 공동체적 삶을 지향하고 있다.

• 평가 기준

평가 요소	확인
화자가 지향하는 바를 '슬픔', '외로움'이라는 시어를 포함하여 적절히 나타냄	
'~삶'의 형식으로 문장을 마무리함	

교과서 활동 깊이 보기 1 그늘 2 눈물 3 운율

01 ④　　**02** ④　　**03** ②　　**04** ⑤　　**05** 그늘이 된 사람,
눈물이 된 사람　　**06** ⑤

01 표현상 특징 파악　　답 ④

'세상은 그 얼마나 아름다운가', '그 얼마나 고요한 아름다움인가'는 문장의 형식은 의문문이지만 물음에 대한 답변을 요구하지 않고 강한 긍정의 의미를 전달하는 기능을 하는 수사 의문문으로 설의적 표현에 해당한다. 이와 같은 설의적 표현은 시적 의미를 강조하는 효과가 있다.

오답 풀이

① 공간의 대비가 아닌, '햇빛 ↔ 그늘', '기쁨 ↔ 눈물'과 같이 대조적 시어를 통해 화자가 지향하는 가치를 드러내고 있다.
② 계절감을 드러내는 표현은 찾아볼 수 없으며 시간의 경과를 보여 주고 있지도 않다.
③ 주로 시각적 이미지를 사용하고 있을 뿐, 어떤 한 감각을 다른 영역의 감각으로 전환시키는 감각의 전이는 나타나지 않는다.
⑤ 시의 첫 부분과 끝부분을 동일한 시행으로 구성하여 형태적 안정감을 얻는 기법은 수미상관으로, 이 시에서는 사용되지 않았다.

02 시어의 의미 파악　　답 ④

2연 2행의 '눈물'은 살아가면서 경험할 수 있는 아픈 과거나 시련, 고통 등을 의미한다. 화자는 이 '눈물'을 부정하거나 외면하는 사람을 가리켜 '눈물을 사랑하지 않는 사람'이라고 하였다. 그러나 이 시에 지난날의 추억에 대한 그리움은 나타나지 않는다.

03 운율 형성 요소 파악　　답 ②

ㄱ. 1연 '나는 그늘이(그늘을) …… 사랑하지 않는다'와 2연 '나는 눈물이(눈물을) …… 사랑하지 않는다', 1연 '나는 …… 사랑한다'와 2연 '나는 …… 사랑한다'는 유사한 문장 구조로 이루어져 있는데 이러한 통사 구조의 반복을 통해 운율이 형성된다.
ㄴ. 같은 음절 '나'로 시작하는 시행이 1연에 5행, 2연에 4행이 나타남으로써 두운적 효과를 만들며 운율을 형성한다.
ㄹ. '그늘', '눈물' 같은 동일한 시어의 반복적 사용은 시적 의미, 주제를 강조하며 운율을 형성하는 효과가 있다.

오답 풀이

ㄷ. '그늘 ↔ 햇빛', '눈물 ↔ 기쁨'처럼 대조적 의미의 시어가 사용되었지만, 대조적 의미의 시어가 사용되었다고 운율이 형성되는 것은 아니다.
ㅁ. 사물의 소리나 모양을 흉내 낸 음성 상징어, 즉 의성어나 의태어는 나타나지 않는다. 2연의 '반짝이는'은 형용사 '반짝이다'의 활용형일 뿐, 의태어는 아니다.

04 작품 감상 방법의 이해　　답 ⑤

화자와 청자, 시어, 운율, 표현 기법 등을 중심으로 작품을 파악하는 것을 내재적 감상이라고 한다. '～ 없는 ～ 않는다' 같은 이중 부정 표현의 효과를 탐구하는 것은 작품의 내재적 의미에만 주목한 감상이라고 할 수 있다.

오답 풀이

① 작품이 독자에게 미친 영향에 주목한 감상이다.
② 작품과 시인의 관련성에 주목한 감상이다.
③ 작품과 독자 및 현실 세계의 관련성에 주목한 감상이다.
④ 작품과 다른 작품과의 관련성에 주목한 감상이다.

05 시구의 의미 파악　　답 그늘이 된 사람, 눈물이 된 사람

이 시는 인생의 고통과 슬픔을 겪고, 그것에 대한 이해를 바탕으로 타인의 삶을 사랑하는 사람을 '그늘이 된 사람', '눈물이 된 사람'이라고 표현하고 있다.

06 작품의 내용 파악　　답 ⑤

ⓜ '다른 사람의 눈물을 닦아 주는 사람의 모습은 / 그 얼마나 고요한 아름다움인가'는 다른 사람의 잘못을 용서하고 포용하는 자세가 아니라 타인의 슬픔이나 고통에 위로와 공감을 전하는 자세를 말하고 있는 것이다.

오답 풀이

① ㉠의 '그늘을 사랑하지 않는 사람'은 인생의 시련, 아픔을 부정하거나 외면하는 사람으로, 화자는 '사랑하지 않는다'라는 말로 이에 대한 부정적 인식을 드러내고 있다.
② ㉡은 '그늘'이라는 인생의 고통이 '햇빛'이라는 삶의 기쁨이나 행복을 더욱 가치 있게 만들어 준다는 생각을 드러내고 있다.
③ ㉢은 '눈물'이 없다면 기쁨도 기쁨이 아니라고 함으로써 눈물, 즉 삶의 아픔을 받아들이고 타인의 아픔에 공감할 줄 알아야 진정한 기쁨의 의미를 알 수 있다는 인식을 나타내고 있다.
④ ㉣은 '눈물 없는 사랑이 어디 있는가'라고 함으로써 상처받은 사람들에 대한 이해와 연민, 공감의 태도가 사랑의 가치를 더욱 값지게 만든다는 생각을 드러내고 있다.

교과서 활동 깊이 보기 1 (노란) 꽃 2 그늘 농사 3 마음의 그늘

01 ⑤　　**02** ④　　**03** ②　　**04** 불평하는 사람들　　**05** 그늘
06 ④　　**07** ③

01 표현상 특징 파악　　답 ⑤

시의 처음과 끝을 유사한 표현으로 맞추어 구조적 안정감을 확보하는 수미상관의 시상 전개 방식은 이 시에서 찾아볼 수 없다.

오답 풀이

① 산수유나무가 농부처럼 농사를 짓고 있다고 한 데에서 의인법을 확인할 수 있다. 이를 통해 산수유나무를 생동감 있게 표현하는 한편, 위안과 휴식을 주는 존재로서 산수유나무가 지닌 미덕을 표현하였다.
② '산수유나무'와 '그늘'이라는 단어, '농사를 짓고 있다'라는 구절, 종결 어미 '-다'의 반복을 통해 운율을 형성하고 있다.
③ '노란 꽃', '그늘도 노랗다', '노란 좁쌀' 등에서 색채 이미지를 활용하여 대상을 시각적으로 선명하게 형상화하고 있다.
④ '산수유나무는 그늘도 노랗다'고 한 데에서 '그늘'에 대한 일반적 상식(검고 어두움)을 벗어난 참신한 발상을 확인할 수 있다. 또한 인간 중심적인 사고에서 벗어나 산수유나무를 농사를 짓는 존재로 인식한 데에서도 일반적 상식을 깬 참신한 발상이 나타난다.

02 화자의 정서와 태도 파악　　답 ④

화자는 '마음의 그늘이 옥말려든다'고 불평하는 사람들에게 산수유나무의 그늘을 보라고 하면서, 산수유나무가 보여 주는 배려와 평안함, 이타적인 삶의 태도에 대한 긍정적 인식을 표현하고 있다.

◎ 오답 풀이

① 화자는 산수유나무를 맞서 싸워 이기고자 하는 대결의 대상으로 바라보고 있지 않다.

② 화자는 산수유나무를 긍정적으로 인식할 뿐 불쌍하고 가련한 대상으로 바라보며 연민하고 있지 않다.

③ 화자는 산수유나무가 노란 꽃을 터트리고 그늘을 드리우는 것을 가치 있는 일로 여기고 있으므로 회의적 태도가 드러난다고 볼 수 없다.

⑤ 화자는 산수유나무의 미덕을 긍정하며 이를 본받을 대상으로 여기므로 거리를 두고 바라보는 관조적 태도를 드러낸다고 하기 어렵다.

03 시구의 의미 파악 답 ②

ⓛ '나무는 그늘을 그냥 드리우는 게 아니다'는 내적인 성숙을 위한 시련이 아닌, 다른 생명들을 위한 배려와 나눔으로서 그늘을 만드는 산수유나무의 정성과 노력을 나타내는 구절로 볼 수 있다.

◎ 오답 풀이

① ㉠ '노란 꽃을 터트리고 있다'는 산수유나무가 농사짓듯 정성을 들이고 노력하여 낸 결과에 해당한다.

③ ㉢ '나무의 한 해 농사'는 산수유나무가 노란 꽃을 피우고 그늘을 드리우는 일련의 과정을 농사에 빗대어 표현한 말이다.

④ ㉣ '그늘은 땅에서 넓어진다'는 산수유나무의 꽃이 무성하게 피어 그늘을 넓게 드리우는 상황을 보여 준다.

⑤ ㉤ '벌써 노란 좁쌀 다섯 되 무게의 그늘이다'에서는 산수유나무가 지은 그늘 농사의 가치가 '다섯 되'라는 구체적 수치로 드러난다.

04 시구의 의미 파악 답 불평하는 사람들

배려와 미덕을 베푸는 존재인 '산수유나무'와 달리, '불평하는 사람들'은 이기적이고 인색하여 타인에게 베풀지 못하는 부정적 속성의 존재로 볼 수 있다.

05 공간의 의미 파악 답 그늘

산수유나무의 '그늘'은 다른 존재들이 편히 쉴 수 있는 공간으로서 배려, 휴식, 위안 등의 의미를 지닌다.

06 주제 의식 파악 답 ④

이 시의 화자는 '마음의 그늘이 옥말려든다'고 불평하는 사람들에게 산수유나무를 보라고 하면서, 타인을 위해 베푸는 삶의 가치에 대한 깨달음을 전하고 있다. 그러나 산수유나무가 노란 꽃을 터트리고 그늘을 드리우는 것은 실패나 성공과는 관련이 없다.

◎ 오답 풀이

① 산수유나무가 그늘 농사를 지어 다른 생명들이 휴식이나 위안을 얻을 수 있는 공간을 내어 준다는 데에서 이끌어 낼 수 있는 감상이다.

② 산수유나무가 노란 꽃을 틔우고 그늘을 드리우는 일련의 과정을 정성껏 생명을 키우고 베푸는 농사에 비유한 데에서 이끌어 낼 수 있는 감상이다.

③ 산수유나무가 만들어 낸 결실을 '노란 좁쌀 다섯 되 무게의 그늘'이라고 하여 가치 있게 표현한 데에서 이끌어 낼 수 있는 감상이다.

⑤ 불평하는 사람들의 '마음의 그늘이 옥말려든다'는 것은 마음이 오그라들어 좁아진다는 것으로, 이는 이기적이고 인색하여 타인에게 베풀지 못하는 삶과 관련이 있다. 화자가 이 불평하는 사람들에게 산수유나무를 보라고 권하는 데에서 이끌어 낼 수 있는 감상이다.

07 다른 작품과의 비교 답 ③

이 시는 '산수유나무'라는 자연물의 이미지를 활용하여 마음의 여유를 가지고 타인을 배려하는 삶의 태도를 갖기를 권하고 있다. 〈보기〉는 '눈(진눈깨비, 함박눈)'이라는 자연물의 이미지를 활용하여 타인을 위하는 삶에 대한 지향을 표현하고 있다.

◎ 오답 풀이

① 이 시는 '산수유나무'와 '불평하는 사람들'이라는 자연과 인간의 대립 구도로 시상을 전개하고 있다. 그러나 〈보기〉는 '진눈깨비(슬픔과 고통을 주는 존재)'와 '함박눈(희망과 기쁨을 주는 존재)'의 대립 구도로 시상을 전개하고 있으므로, 자연과 인간의 대립 구도가 나타난다고 할 수 없다.

② 〈보기〉는 '되지 말자', '내리자', '되자'에서 청유형 어미를 반복하여 당부와 다짐의 어조로 주제를 강조하고 있다. 그러나 이 시는 '불평하는 사람들은 보아라'에서 일부 당부(명령)의 의미를 확인할 수 있을 뿐, 전체적으로 볼 때 당부와 다짐의 어조로 주제를 강조하고 있지 않다.

④ 이 시는 산수유나무의 노란 꽃에서 봄의 계절감을, 〈보기〉는 진눈깨비, 함박눈에서 겨울의 계절감을 느낄 수 있으나 이를 통해 경건한 분위기를 형성하고 있지 않다.

⑤ 이 시와 〈보기〉에서 그늘, 새살 등 상징적 의미를 형성하는 시어들을 찾아볼 수 있는 것은 맞지만, 두 작품 모두 극한의 상황에 굴하지 않는 의지를 표현하고 있지 않다.

현대 시 08 푸른 밤 본문 28쪽

교과서 활동 깊이 보기 1 에움길 2 역설적 3 시각적

01 ④ **02** ⑤ **03** 길, 푸른 밤 **04** ④ **05** ④

01 표현상 특징 파악 답 ④

이 시에서 청각의 시각화, 시각의 청각화처럼 하나의 감각이 다른 영역의 감각을 불러일으키는 감각의 전이는 찾아볼 수 없다. 시각적 이미지를 중심으로 한 감각적 표현만이 나타난다.

◎ 오답 풀이

① '내 응시에 날아간 별은 ～ 반짝였을 것이고 / 내 한숨과 입김에 꽃들은 ～ 흔들렸을 것이다'에서 유사한 문장 구조를 반복하여 운율을 형성하고 있다.

② 화자는 고백적, 독백적 어조를 통해 '너'를 향한 벗어날 수 없는 사랑을 표현하고 있다.

③ '지름길'과 '에움길'이라는 대조적 의미의 시어를 사용하여 '너'를 향한 벗어날 수 없는 사랑을 표현하고 있다.

⑤ '수만 갈래의 길', '그 수만의 길'에서 과장된 표현으로 화자가 겪는 사랑의 어려움을 표현하고 있다.

02 화자의 정서와 태도 파악 답 ⑤

'너에게로 가지 않으려고 미친 듯 걸었던 / 그 무수한 길도 / 실은 네게로 향한 것이었다'라는 화자의 고백에서 '너'를 향한 사랑이 벗어날 수 없는 절대적인 일임을 알게 된 화자의 깨달음을 확인할 수 있다.

◎ 오답 풀이

① 사랑과 치욕의 감정을 느끼는 것은 화자인 '나'로, 이 시에 '너'가 느끼는 고통이나 시련은 나타나지 않는다.

② 이 시에 '너'의 정서와 태도는 나타나지 않는다. 또한 화자인 '나'가 '너'가 돌아올 것을 확신하고 있다고도 볼 수 없다.

③ 까마득한 밤길을 홀로 걸을 때에도 화자인 '나'의 마음은 '너'에게 변함없이 향하고 있음이 드러나며, '너'의 마음이 어떠한지는 이 시에서 알 수 없다.

④ 화자인 '나'가 하루에도 몇 번씩 '너'에게로 두레박을 드리웠다는 것은 '너'를 향한 '나'의 지극한 마음을 표현한 것으로, '너'를 잃은 상실감을 이겨 내는 행위로 볼 수 없다.

03 제목의 의미 파악
답 길, 푸른 밤

이 시에서 화자가 걷는 '길'은 사랑하는 연인인 '너'를 향한 것이기에 혼자 걷는 밤길을 그저 어둡기만 한 검은 밤이 아닌 '너'라는 존재를 알아볼 수 있는 '푸른 밤'이라고 표현한 것이다.

04 다른 작품과의 비교
답 ④

[A]에서 '너에게로 가지 않으려고' 걸었던 길이 '네게로 향한' 길이었다는 것은 모순 속에 진실이 담긴 역설적인 표현으로, '너'를 향한 사랑이 벗어날 수 없는 운명적·절대적인 것임을 강조하고 있다. 나희덕의 〈땅끝〉에 쓰인 '위태로움 속에 아름다움이 스며 있다'도 땅끝이라는 극한 절망의 공간에서 깨달은 삶의 희망과 아름다움을 역설적 표현으로 나타낸 것이다.

◎ 오답 풀이

① 참뜻과는 반대되는 말을 하여 나타내고자 하는 의미(임을 잊을 수 없음)를 강조하는 반어법이 사용되었다.

② 문장의 어순을 바꾸어 말하고자 하는 바를 강조하는 도치법이 사용되었다.

③ 감탄사와 느낌표를 통해 감정(생태계의 파괴로 메뚜기가 사라져 적막해진 가을 들판에 대한 안타까움)을 강하게 나타내는 영탄법이 사용되었다.

⑤ 사람이 아닌 대상('산')을 사람에 빗대어 사람이 행동하는 것처럼 표현하는 의인법이 사용되었다.

05 외적 준거에 따른 작품 감상
답 ④

② '은하수의 한 별이 또 하나의 별을 찾아가는'은 '나'와 '너'를 각각 '은하수의 한 별'과 '또 하나의 별'에 비유한 것으로, '너'를 찾아가는 수만의 길을 걷고 있는 화자의 모습을 표현한 것이다. 죽어서라도 '너'와의 인연을 잇겠다는 의지는 이 시에서 찾아볼 수 없다.

◎ 오답 풀이

① ⊙ '너에게로 가지 않으려고 미친 듯 걸었던 / 그 무수한 길'에서는 '너'로부터 벗어나기 위해 방황하던 '나'의 모습을 발견할 수 있다.

② ⓒ '내 한숨과 입김에 꽃들은 / 네게로 몸을 기울여 흔들렸을 것이다'에서는 '너'를 향하는 '나'의 지극한 마음이 감각적 표현으로 나타나 있다.

③ ⓒ '사랑에서 치욕으로, / 다시 치욕에서 사랑으로'에서는 사랑으로 인해 격동하는 화자의 내적 갈등을 확인할 수 있다.

⑤ ⑩ '네게로 난 단 하나의 에움길이었다'에서는 자기의 생애를 오롯이 '너'를 향해 가는 길로 표현하고 있으므로 이는 거부할 수 없는 운명을 깨닫고 인정하는 화자의 모습으로 볼 수 있다.

현대 시 09 방문객
본문 30쪽

교과서 활동 깊이 보기 1 바람 2 일생 3 의인법

01 ①   **02** ④   **03** ⑤   **04** 환대   **05** ②

01 표현상 특징 파악
답 ①

이 시는 화자의 생각을 담담하게 서술하고 있을 뿐 시선의 이동에 따라 시상을 전개하고 있지 않다.

◎ 오답 풀이

② '바람'을 의인화하여 사람의 마음을 헤아리고 위로하는 태도의 중요성을 이야기하고 있다.

③ 사람과의 만남을 한 사람의 일생(과거 – 현재 – 미래)이 오는 것이라고 하여 새로운 인식을 드러내고 있다.

④ '~ 오기 때문이다'라는 유사한 문장 구조를 반복하여 운율을 형성하고 있다.

⑤ 3~7행에서 의도적으로 행을 구분하여 과거, 현재, 미래라는 시간이 의미하는 '한 사람의 일생'을 강조하고 있다.

02 구절의 의미 파악
답 ④

② '그 갈피'는 바람이 더듬어 볼 수 있는 사람의 연약한 마음속을 가리키므로 이를 아무리 해도 이해하기 어려운 속마음으로 해석하는 것은 적절하지 않다.

◎ 오답 풀이

① 타인과의 만남을 ⊙과 같이 사람이 오는 것, 마음이 오는 것으로 표현하고 있다.

② 타인과의 만남을 '어마어마한 일'이라고 한 이유는 ⓒ과 같이 '그의 과거와 / 현재와 / 그리고 / 그의 미래'가 함께 오는 것이기 때문이다.

③ ⓒ '부서지기 쉬운'은 인간관계에서 상처받기 쉬운 사람의 마음을 나타낸다.

⑤ ⑩ '그런 바람을 흉내 낸다면'에는 바람과 같이 상대의 마음을 헤아리며 살고 싶다는 화자의 소망이 담겨 있다.

03 시어의 의미와 기능 파악
답 ⑤

③ '바람'은 부서지기 쉬운, 부서지기도 했을 마음의 갈피를 조심스럽게 더듬어 헤아릴 수 있는 존재이다. ⑤의 '바람' 역시 나무의 의중, 즉 마음속을 헤아려 알아채는 존재이므로 ③와 시적 의미 및 기능이 유사하다고 볼 수 있다.

◎ 오답 풀이

① 심리적 동요, 갈등을 드러내는 바람에 해당한다.

② 꽃을 지게 하는 자연의 섭리를 보여 주는 바람에 해당한다.

③ 오월의 보리밭을 흔드는 바람에 해당한다.

④ 사랑을 가로막는 장애물, 시련을 의미하는 바람에 해당한다.

04 주제 의식 파악
답 환대

이 작품은 타인을 대하는 바람직한 자세를 '환대'라는 말로 표현하면서 이해와 위로를 바탕으로 상대를 정성껏 대하는 태도의 중요성을 이야기하고 있다.

05 외적 준거에 따른 작품 감상
답 ②

〈보기〉의 '섬'은 사람과 사람 사이에 놓여 관계를 이어 주기도 하지만, 사람들 간의 소통을 가로막아 단절시키는 대상이기도 하다. 그러나 이 시에서는 사람 간의 소통을 방해하는 대상이 등장하지 않는다.

◎ 오답 풀이

① 이 시와 〈보기〉는 모두 만남과 인간관계의 소중함을 전하고 있다.

③ 〈보기〉의 '섬'은 사람과 사람 사이에 놓여 관계를 이어 줄 수 있는 대상으로 볼 수 있다.

④ 〈보기〉의 '그 섬에 가고 싶다'는 만남과 소통의 회복에 대한 소망이 직접적으로 표현된 구절로 볼 수 있다.

⑤ 이 시에서는 의미 있는 관계를 맺기 위해 상대의 마음을 헤아리고 정성껏 대하는 '환대'의 태도가 중요하다고 이야기하고 있다.

본문 32쪽

01 표현상 특징 파악
답 ②

이 시에서 사랑의 본질에 대한 깨달음을 표현하고 있는 것은 맞지만, 모순을 통해 중요한 진리를 드러내는 역설적 표현은 찾아볼 수 없다.

오답 풀이

① 담담하고 차분한 말투로 사랑의 본질에 대한 생각을 드러내고 있다.

③ '것', '배' 등의 명사로 연을 끝맺음으로써 시적 여운을 형성하고 있다.

④ '사랑은(이란) ~ ―는 것'이라는 유사한 구조의 문장을 반복하여 시상에 통일성을 부여하고 있다.

⑤ '잔잔한 바닷물 위에 / 구름과 빛과 시간과 함께 / 떠 있는 배' 등에서 시각적 이미지를 통해 대상을 감각적으로 나타내고 있다.

02 외적 준거에 따른 작품 감상
답 ②

화자가 ⓒ과 같이 '넋 놓고' 앉아 있다가 던져지는 밧줄을 받는 것은 사랑과 인연의 우연적 속성을 보여 줄 뿐, 사랑하는 대상을 향한 화자의 간절한 기다림과는 관련이 없다.

오답 풀이

① ㉠은 배를 잡아맬 밧줄이 갑자기 날아온 것으로, 예기치 못한 순간에 시작되는 사랑의 감정을 표현한 것으로 볼 수 있다.

③ ⓒ은 사랑의 운명적, 불가항력적 속성을 표현한 것으로 볼 수 있다.

④ ㉣에서 배와 함께 있는 '구름과 빛과 시간'은 사랑하는 대상을 둘러싼 꿈, 기쁨, 세월 같은 주변 요소를 표현한 것으로 볼 수 있다.

⑤ ㉤은 사랑에 빠진 설렘과 행복감, 환희와 경이로움을 배가 '울렁이'는 것으로 표현한 것으로 볼 수 있다.

03 공간의 의미 파악

예시 답안 부둣가는 사랑이 찾아오는 공간, 사랑의 인연을 받아들이는 공간을 의미한다.

2연의 '부둣가'는 시적 화자가 넋 놓고 앉아 있다가 배(사랑)가 들어오면서 갑자기 던져진 밧줄(인연)로 배를 잡아맨 공간이다. 따라서 부둣가는 사랑이 찾아오는 공간, 사랑의 인연을 받아들이는 공간이라고 볼 수 있다.

• 평가 기준

평가 요소	확인
'부둣가'의 상징적 의미를 두 개 이상 정확하게 서술함	
'부둣가는 ~을/를 의미한다.'의 형식에 맞게 제시함	

04 시구의 의미 파악
답 ⑤

2연에서 화자는 사랑이란 배가 들어와 던져지는 밧줄을 받아 배를 매게 되는 것이라고 하여, 사랑에 대한 인식을 보여 주고 있다. 그리고 이러한 인식에서 더 나아가 [A]에서 화자는 배를 배면, 즉 사랑을 하게 되면 구름과 빛과 시간이 함께 매어진다는 것을 알게 되었다고 말하고 있다. 여기서 '구름, 빛, 시간'은 배를 둘러싼 세계로, 화자는 사랑의 대상뿐 아니라 그 대상을 둘러싼 모든 환경까지도 함께 받아들이게 되는 것이 사랑이라는 깨달음을 드러내고 있으므로 [A]에는 사랑의 속성에 대한 화자의 심화된 인식이 나타난다고 볼 수 있다.

05 다른 작품과의 비교
답 ③

〈보기〉는 '배(나룻배)'와 '행인(당신)'의 관계를 대조적으로 설정하여 인내와 희생을 통한 사랑의 실천이라는 주제 의식을 효과적으로 표현하였다. 그러나 이 시에서 '배'와 '밧줄'은 각각 사랑의 대상, 사랑하는 대상과 맺는 인연을 의미하는 것으로 대조적 관계를 형성하지 않는다.

오답 풀이

① 이 시의 '배'는 사랑하는 대상을, 〈보기〉의 '배'는 '당신'을 위해 헌신하는 존재인 시적 화자를 가리킨다.

② 이 시의 '배'는 화자에게 사랑이라는 설렘과 기쁨을 주는 대상이므로 긍정의 의미를 환기한다. 그리고 〈보기〉의 '배'는 고난과 역경을 겪으며 '당신'에게 헌신하는 존재로 나타나므로 희생의 의미를 환기한다.

④ 이 시의 '배'는 '잔잔한 바닷물' 위에 떠 있으므로 평화로운 공간을 경험하는 대상으로 나타난다. 〈보기〉의 '배'는 '당신'을 안고 급한 여울을 건너며 '당신'이 오지 않으면 바람을 쐬고 눈비를 맞는 위태로운 공간을 경험하는 대상으로 나타난다.

⑤ 이 시의 '배'와 〈보기〉의 '배'는 각각 '운명적 사랑의 대상', '희생적 사랑'을 의미하므로 모두 사랑과 관련 있는 상징적 의미를 지닌다.

고전 시가

본문 34쪽

개념 완성

01 ⑤   **02** 서정   **03** 향찰   **04** ③   **05** ×   **06** ○
07 경기체가   **08** ×   **09** ㉠: 한문, ㉡: 현실   **10** ①
11 산문   **12** ①

01 고대 가요는 집단 활동이나 의식과 관련한 의식요·노동요 위주로 창작되다가 개인의 정서를 노래하는 개인적 서정 가요로 발전하였다.

02 고대 가요 〈황조가〉는 집단적 서사 가요에서 개인적 서정 가요로 넘어가는 과도기적 단계의 작품이다.

03 향가는 향찰, 즉 한자의 음과 뜻을 빌려 우리말 어순대로 적는 방법으로 표기한 우리 고유의 시가이다.

04 향가의 형식은 4구체(4행), 8구체(8행), 10구체(10행)로 나뉜다. 몇 개의 연으로 나뉘는 분연체 형식은 가사에서 찾아볼 수 있는 특징이다.

05 고려 가요는 고려 시대에 평민들이 부르던 노래로, 나중에 궁중으로 수용되었다고 추측된다.

06 고려 가요는 3음보를 기본으로 하는 노래로 각 연마다 특별한 뜻이 없는 후렴구가 붙는 것이 보통이다.

07 고려 시대 무신의 난 이후 신흥 사대부들이 즐기던 교술적 성격의 노래는 경기체가로, 선비들의 학식이나 체험, 경치, 기상 등을 주요 제재로 삼았다.

08 한시는 원래 중국의 시가 양식으로, 우리나라를 비롯한 주변 국가로 유입되어 발전하였다.

09 한시는 한문을 사용할 줄 아는 상류 계층에서 주로 창작하여 유교적 충의나 자연 친화적인 내용을 많이 노래했다. 조선 후기에 이르러 실학 사상의 영향으로 현실 비판적인 한시가 등장하였다.

10 시조는 3장 6구 45자 내외가 기본 형태이다.

> **오답 풀이**
> ② 종장의 첫 음보는 3음보로 고정된다.
> ③ 시조는 사대부 문학으로 발생하여 부녀자, 기녀에 이르기까지 창작, 향유 계층이 확대되었다.
> ④ 연시조는 평시조가 두 수 이상 모여 연을 이루고 있는 시조이다.
> ⑤ 사설시조는 평시조에서 두 구 이상이 길이가 10글자 이상으로 길어진 시조이다.

11 가사는 3·4조 또는 4·4조의 4음보 연속체이면서, 행수의 제한이 없이 길게 서술된다는 점에서 운문과 산문의 중간 형태로 볼 수 있다.

12 민요는 기록성이 아니라, 입에서 입으로 전해지는 구전성을 특징으로 한다.

고전 시가 01 제망매가

본문 36쪽

교과서 활동 깊이 보기   **1** 죽은 누이   **2** 아아   **3** 종교적

01 ⑤   **02** ②   **03** ⑤   **04** ③   **05** 예시 답안 참조
06 ⑤

01 표현상 특징 파악   답 ⑤

이 시는 화자의 독백적 어조로 시상이 전개될 뿐이며, 대화의 방식은 나타나지 않는다. 3구의 '나는 간다'는 누이의 유언을 뜻하지만, 이는 누이가 유언도 남기지 못하고 죽었음을 드러내는 화자의 말이다.

> **오답 풀이**
> ① 9구의 첫 부분에서 '아아'라는 감탄사를 활용하여 시상의 흐름을 전환하고 있다.
> ② 5~8구에서 누이의 죽음을 '한 가지'에 난 잎이 '이른 바람'에 떨어지는 상황에 비유하여 시각적으로 형상화하고 있다.
> ③ 4구의 '못다 이르고 어찌 갑니까.'에서 의문문의 형식을 통해 누이의 죽음에 대한 안타까움과 슬픔을 강조하고 있다.
> ④ 5구와 6구의 '어느 가을 이른 바람에 / 이에 저에 떨어질 잎처럼'에서 가지에 달려 있던 나뭇잎이 떨어지는 하강의 이미지를 활용하여 누이의 죽음이라는 시적 상황과 그로 인한 애상적 분위기를 강화하고 있다.

02 화자의 정서 및 태도 파악   답 ②

이 시에 화자가 죽은 누이와의 추억을 떠올리는 내용은 나타나지 않는다. '한 가지에 나고'는 추억에 대한 회상이 아니라 시적 대상, 즉 죽은 누이가 화자의 혈육임을 나타내는 표현이다.

> **오답 풀이**
> ① '나는 간다는 말도 / 못다 이르고 어찌 갑니까.'에서 누이의 죽음에 대한 안타까움과 슬픔을 드러내고 있다.
> ③ '한 가지에 나고 / 가는 곳 모르온저.'에서 누이의 죽음으로 인해 느끼는 삶의 무상감을 드러내고 있다.
> ④ '미타찰에서 만날 나'에서 미래에 극락세계에서 누이와 재회할 것에 대한 믿음을 드러내고 있다.
> ⑤ '도 닦아 기다리겠노라.'에서 누이와의 사별로 인한 아픔을 종교적으로 승화하고 있다.

03 시구의 의미 파악   답 ⑤

'도 닦아'는 종교적 수련을 통해 누이와의 재회를 다짐하는 화자의 의지를 드러내는 것이다. 이는 9구의 '미타찰에서 만날 나'와 10구의 '기다리겠노라'를 통해 알 수 있다. 그러나 부정적 현실에 대한 비판이나 극복 의지는 이 시에 나타나지 않는다.

> **오답 풀이**
> ① '이른'은 앞서거나 빠르다는 뜻이고, '바람'은 누이를 의미하는 '잎'을 떨어뜨리는 존재이다. 따라서 '이른 바람'은 누이가 이른 나이에 죽었음을 암시한다고 볼 수 있다.
> ② '떨어질'은 가지에 붙어 있던 것이 '이른 바람' 때문에 떨어지는 상황을 가리키므로 생명이 다했음을 의미하고, '잎'은 화자와 '한 가지'에 났던 존재이므로 누이를 의미한다. 따라서 '떨어질 잎'은 유언도 못 남긴 채 죽은 누이를 의미한다고 볼 수 있다.
> ③ '가지'는 '잎'이 난 곳이므로 부모를 의미하고 '한 가지'는 '같은 부모(한 부모)'를 의미한다. 따라서 '한 가지'는 화자와 누이가 같은 부모에게 태어난 혈육임을 드러낸다고 볼 수 있다.

④ '가는'의 주체는 누이이고, 누이는 죽은 상황이다. 따라서 '가는 곳'은 죽은 사람이 가는 저승을 의미한다고 볼 수 있다.

04 감탄사의 기능 파악 답 ③

낙구 첫머리의 감탄사 '아아'는 10구체 향가의 형식적 특징에 해당한다.

◉ 오답 풀이

① '아아'는 낙구의 첫머리에 고정적으로 위치하는 감탄사이다.

② '아아'는 부정, 절망의 분위기에서 의지, 희망, 극복의 분위기로 시상을 전환하는 기능을 한다.

④ '아아'는 누이를 잃은 시적 화자의 정서를 집약적으로 나타내는 감탄사에 해당한다.

⑤ 10구체 향가에서 낙구의 첫머리에 위치하는 감탄사는 종장의 첫 음보가 감탄사로 시작하는 시조에 영향을 주었다.

05 시어의 의미 파악

✔ 예시 답안 ㉠은 (죽은) 누이를 가리키고, ㉡은 (시적) 화자를 가리킨다.

'제망매가(죽은 누이를 제사 지내는 노래)'라는 제목의 뜻을 고려하면 '나는 간다는 말도 / 못다 이르고 어찌 갑니까.'에서 ㉠ '나'는 죽은 누이를 가리킴을 알 수 있다. 그리고 '아아, 미타찰에서 (누이를) 만날 나'에서 ㉡ '나'는 죽은 누이를 추모하고 저승에서 다시 만날 것을 기대하는 시적 화자임을 알 수 있다.

• 평가 기준

평가 요소	확인
㉠과 ㉡의 의미를 모두 정확하게 제시함	
대등하게 이어진 문장으로 제시함	

06 시상 전개 과정에 따른 작품 감상 답 ⑤

A에서 화자는 예기치 못한 누이의 죽음으로 인한 슬픔과 안타까움을 드러내고 있다. 하지만 이 아픔은 B에서 종교적으로 승화되고 있다. 즉 A에 나타난 화자의 아픔은 B에서 고조되는 것이 아니라 극복되고 있다.

◉ 오답 풀이

① 7구의 '한 가지에 나고'를 고려할 때, '한 가지'는 같은 부모를 비유하며 화자와 대상(죽은 누이)이 같은 혈육임을 나타낸다. 따라서 둘의 첫 번째 '만남(㉮)'이 이승에서 동기간의 인연임을 보여 준다.

② 9구를 고려할 때, 화자와 대상의 두 번째 '만남(㉯)'은 화자가 죽은 뒤에 '미타찰'에서 이루어진다. '미타찰'은 불교에서 말하는 극락세계를 가리키므로 화자가 기대하는 두 번째 '만남(㉯)'은 불교의 윤회 사상을 바탕으로 이루어지는 것임을 알 수 있다.

③ 5~8구를 고려할 때, '떨어질 잎'은 화자와 혈육 관계인 동기간, 즉 죽은 누이를 말한다. 따라서 누이와의 첫 번째 헤어짐을 가리키는 A는 '한 가지'에서 '떨어질 잎'을 통해 비유적으로 나타나고 있다.

④ 화자와 죽은 누이와의 두 번째 '만남(㉯)'은 불교의 극락세계인 '미타찰'에서 미래에 이루어진다. 그때까지의 기다림인 B에서 '도'를 닦는 화자의 행위가 이루어진다.

고전 시가 **02** ## 서경별곡

본문 38쪽

교과서 활동 깊이 보기 1 구슬 2 긴(끈) 3 샤공(사공) 4 서경(쇼셩경)

01 ④　02 ③　03 ④　04 질삼뵈　05 ②

01 표현상 특징 파악 답 ④

대동강 건너편의 '꽃'이라는 자연물이 언급되기는 하지만, 이 꽃은 임이 만날 새로운 여인을 의미하는 것으로 감정 이입과는 관련이 없다.

◉ 오답 풀이

① '구슬', '바회', '긴' 등 상징적 시어를 통해 변함없는 믿음과 사랑이라는 시적 의미를 강조하고 있다.

② '긴힛쯘 아즐가 긴힛쯘 그츠리잇가', '신잇든 아즐가 신잇든 그츠리잇가'에서 설의적인 표현으로 임에 대한 영원한 사랑, 믿음을 나타내고 있다.

③ '대동강 아즐가 대동강 너븐디 몰라셔 ~ 비 내어 아즐가 비 내어 노흔다 샤공아 ~ 네 가시 아즐가 네 가시 럼난디 몰라셔 ~ 녈 비예 아즐가 녈 비예 연즌다 샤공아'에서 사공에게 말을 건네는 방식으로 원망의 정서를 드러내고 있다.

⑤ '위 두어렁셩 두어렁셩 다링디리'는 악기 소리를 흉내 낸 후렴구이다. 이 후렴구를 각 연마다 반복하여 형식적인 통일감을 주고 있다.

02 화자의 정서와 태도 파악 답 ③

5~8연에서 화자는 임에 대한 변함없는 사랑을 '구슬'과 '긴(끈)'에 빗대어 맹세하고 있다. 그러나 자신의 억울함이나 결백을 토로하는 부분은 찾아볼 수 없다.

◉ 오답 풀이

①, ② 1~4연에서 화자는 삶의 터전인 서경과 생업인 질삼뵈를 버리고서라도 임을 따르겠다면서 이별을 거부하는 태도를 보이고 있다. 이는 임을 향한 맹목적인 사랑의 표현이라고 볼 수 있다.

④, ⑤ 9~14연에서 화자는 임에 대한 원망을 사공에게 전가하는 한편, 임이 대동강을 건너면 새로운 여인을 만날 것이라 생각하며 불안감을 나타내고 있다.

03 시어 및 시구의 의미 파악 답 ④

'네 가시 럼난디 몰라셔'는 임을 배에 태운 사공에게 애꿎은 원망을 담아 하는 말로, 세상의 혼탁함을 비판하는 것과는 관련이 없다.

◉ 오답 풀이

① '우러곰 좃니노이다'는 울면서 임을 따르겠다는 말로 임을 사랑하는 화자의 마음을 보여 준다.

② '대동강'은 임이 화자 곁을 떠나는 곳이므로 이별의 공간이자 화자와 임 사이를 가로막는 장애물이라고 할 수 있다.

③ '샤공'은 임을 배에 태워 대동강을 건너는 인물이므로, 의도치 않게 임과 화자의 사랑을 방해하는 역할을 하고 있다.

⑤ '비 타들면 것고리이다'는 대동강을 건넌 임이 다른 여인(건너편 꽃)을 만날 것을 염려하는 말로, 앞으로 일어날 수 있는 임의 행동을 경계하는 화자의 심리가 내재되어 있다고 할 수 있다.

04 소재의 의미와 기능 파악 답 질삼뵈

'질삼뵈'는 길쌈하던 베로, 이 시의 화자가 옷감을 짜는 여인이라는 것을 알 수 있다. 또한 화자가 생업도 버리고 임을 따르겠다고 하는 것은 이별을 거부하는 화자의 적극적, 의지적 태도를 보여 준다.

05 외적 준거에 따른 작품 감상 답 ②

[A]의 '신'은 사랑하는 임을 믿는 마음을 의미한다. [B]의 '붉은 마음'은 임을 향한 정성스러운 마음을 의미한다. 그런데 [A]와 [B]에서 '바위'는 '구슬'로 상징되는 임과 화자의 사랑에 대한 시련 혹은 장애물을 나타내는 것이다. 따라서 [A]의 '신'과 [B]의 '붉은 마음'을 굳건한 바위로 형상화하고 있다는 것은 적절하지 않다.

① [A]와 [B]에서는 임과 화자의 사랑을 '구슬'에 비유하여 구슬이 바위에 떨어진들 '긴(끈)'은 끊어질 리 있겠느냐고 말하고 있다. 즉 '구슬'은 바위에서 떨어져 깨질 수 있지만 '긴(끈)'은 끊어지지 않는다고 하면서 임에 대한 변함없는 사랑을 드러내고 있는 것이다. 따라서 '구슬'은 변할 수 있는 것을, '긴(끈)'은 변하지 않는 것을 비유하는 소재로 활용되었다고 볼 수 있다.

③ [A]의 화자는 임과 헤어져 천년을 홀로 살아가도 임에 대한 믿음은 끊어지지 않을 것이라고 했다. [B]의 화자 역시 낭군과 천년을 이별한다고 해도 낭군을 향한 붉은 마음은 바뀌지 않을 것이라고 했다. 따라서 [A]와 [B] 모두에서 변하지 않는 마음을 소중한 가치로 여기는 화자의 태도가 나타난다고 볼 수 있다.

④ [A]는 고려 가요의 형식으로, [B]는 한시의 형식으로 '구슬'과 '끈'을 이용하여 변함없는 사랑을 다짐하고 있으므로 [A]와 [B]는 동일한 모티프가 서로 다른 형식의 작품으로 수용된 것으로 볼 수 있다.

⑤ [A]는 '위 두어렁셩 두어렁셩 다링디리'라는 후렴구를 통해 작품 전체에 통일감과 리듬감을 부여하고 있다. 그러나 [B]에는 특별한 후렴구가 나타나지 않는다.

고전 시가 03 가시리

교과서 활동 깊이 보기   1 이별   2 님(임)   3 통일성

01 ②   02 ①   03 ③   04 ③   05 거부
06 예시 답안 참조   07 ③

01 표현상 특징 파악   답 ②

이 시는 고려 시대에 불린 고려 가요이다. 고려 가요는 민요와 유사하게 3음보의 운율이 많이 나타나는데, 이 시도 '가시리/가시리/잇고'와 같이 3음보의 운율이 나타나고 있다.

① 이 시는 고려 시대 때 민간에서 불린 고려 가요로, '속요'라고도 한다.
③ 이 시에는 '나ᄂᆞᆫ'이라는 특별한 의미가 없이 운율을 맞추기 위한 여음구가 나타난다.
④ 이 시는 4개의 연이 연속되는 분연체의 구성이 나타난다.
⑤ 이 시는 '위 증즐가 대평셩ᄃᆡ'라는 후렴구를 매 연마다 반복하여 형식적인 통일성을 갖추고 있다.

02 화자의 정서와 태도 파악   답 ①

이 시의 1연에는 뜻밖의 이별로 인한 화자의 안타까움, 제발 떠나지 말아 달라는 애원의 정서가 나타나 있다. 2연에는 떠나가는 임에 대한 원망의 정서가, 3연에는 결국 임을 보내 주는 체념의 정서가 나타나 있다. 마지막 4연에는 임이 바로 돌아오기를 바라는 재회에 대한 소망이 나타난다. 따라서 화자의 정서는 '애원 → 원망 → 체념 → 소망'의 순으로 변화하고 있다.

03 시어 및 시구의 의미 파악   답 ③

'잡ᄉᆞ와 두어리마ᄂᆞᆫ'의 주체는 화자이다. 이는 임을 붙잡아 두고 싶지만 잡지 못하는 화자의 안타까운 마음을 드러낸다.

① '부리고'의 주체는 임으로, 임이 화자를 버리고 떠나는 것이 화자가 한탄하는 이유가 된다.

② '엇디 살라'의 주체는 화자로, 이는 화자가 임을 떠나보내며 하는 한탄에 해당한다.
④ '보내ᄋᆞᆸ노니'의 주체는 화자로, 화자는 임이 곧바로 돌아오기를 바라면서 임을 떠나보내고 있다.
⑤ '도셔 오쇼셔'는 임이 행위의 주체로, 떠나보내는 임이 바로 돌아오기를 바라는 화자의 소망이 담겨 있다.

04 시구의 의미 파악   답 ③

ⓒ '션ᄒᆞ면 아니 올셰라'는 떠나는 임을 붙잡을 경우 임의 마음이 토라져서 돌아오지 않을까 염려하는 화자의 마음을 보여 준다. 떠나야 하는 임의 처지에 대한 공감이나 이해는 나타나지 않는다.

① ㉠ '가시리 가시리잇고'는 임에게 진정 떠나가겠는지 묻는 것으로 이별을 맞은 화자의 안타까움이 담겨 있는 말이다.
② ㉡ '부리고 가시리잇고'는 1연에서 한 말을 반복하는 것으로, 화자의 고조된 슬픔을 보여 준다.
④ ㉣ '셜온 님 보내ᄋᆞᆸ노니'는 헤어지고 싶지 않지만 어쩔 수 없이 이별을 받아들이는 화자의 자기희생적인 태도를 보여 준다.
⑤ ㉤ '가시ᄂᆞᆫ ᄃᆞᆺ 도셔 오쇼셔'는 떠나가는 임에게 어서 돌아오라고 청하는 말로, 임을 기다리려 하는 화자의 태도를 보여 준다.

05 다른 작품과의 비교   답 거부

이 시의 화자가 희생과 절제로 이별을 수용하는 모습을 보인다면, 〈서경별곡〉의 화자는 질삼뵈를 버리고라도 울면서 임을 따르겠다고 함으로써 이별을 거부하는 적극적 태도를 보이고 있다.

06 후렴구에 대한 이해

✓ 예시 답안 〈가시리〉가 궁중 속악으로 채택되는 과정에서 태평성대의 즐거움을 노래하는 내용이 첨가되었기 때문이다.

후렴구 '위 증즐가 대평셩ᄃᆡ'는 임과의 이별이라는 시적 상황과 동떨어진 내용인데, 이것은 〈가시리〉가 궁중 속악으로 채택되는 과정에서 태평성대의 즐거움을 노래하는 구절이 첨가되었을 가능성을 보여 준다.

• 평가 기준

평가 요소	확인
〈가시리〉의 궁중 속악 채택을 언급함	
한 문장으로 제시함	

07 다른 작품과의 비교   답 ③

이 시는 청자로 설정된 임에게 직접 호소하고 있다고 볼 수 있으나 〈보기〉는 독백조로, 임에게 직접 호소하는 말하기 방식은 나타나지 않는다.

① 이 시에 나타난 이별 상황은 〈보기〉의 초장인 '이화우 흣뿌릴 제 울며 잡고 이별한 임'에서 확인할 수 있다.
② 〈보기〉의 '저도 날 생각는가', '외로운 꿈만 오락가락하노매라'에서도 임에 대한 사랑과 그리움을 여전히 확인할 수 있다.
④ 이 시에서 화자는 임이 곧바로 돌아오기를 소망하였다. 그러나 〈보기〉에서도 여전히 임에 대한 그리움을 노래하고 있는 것으로 보아, 이 시에 나타난 화자의 염원과는 달리 임이 아직 돌아오지 않은 것을 알 수 있다.
⑤ 〈보기〉의 초장인 '이화우 흣뿌릴 제 울며 잡고 이별한 임'에서 화자와 임이 이별한 계절이 봄이라는 것을 확인할 수 있다. 그리고 중장 '추풍 낙엽에 저도 날 생각는가'에서 가을의 계절적 배경이 드러나므로 이별 이후 시간이 흘렀다는 것을 알 수 있다.

01 표현상 특징 파악
답 ④

8연의 '조롱곳 누로기 미와 잡ᄉ와니 내 엇디 ᄒ리잇고.'에서 의문문을 활용한 설의적 표현이 사용되고 있다. 하지만 이는 고통스러운 현실을 술로 달랠 수밖에 없다는 화자의 체념적 태도를 강조하는 기능을 하는 것이지 현실 극복 의지를 부각하는 것은 아니다.

◎ 오답 풀이

① 전체적으로 3·3·2조를 바탕으로 하는 3음보의 율격을 반복하여 리듬감을 형성하고 있다.

② '얄리얄리 얄라셩 얄라리 얄라'라는 후렴구를 각 연의 끝부분에 배치하여 구조적 통일성을 부여하고 있다.

③ '얄리얄리 얄라셩 얄라리 얄라', '멀위랑 ᄃ래랑', '잉 무든 장글란', '이링공 뎌링공' 등에서 울림소리인 'ㄹ'과 'ㅇ'을 반복하여 밝고 경쾌한 느낌을 자아내고 있다.

⑤ 2연에서 자연물인 '새'에 화자의 감정을 이입하여 화자가 느끼는 삶의 비애를 드러내고 있다.

02 시어의 의미 파악
답 ②

이어지는 구절인 '널라와 시름 한 나도 자고 니러 우니노라.'를 고려할 때, 2연의 '새'는 화자의 비애감을 부각하는 자연물이다. 화자는 '새'에게 동병상련을 느끼고 있을 뿐 '새'와 합일하려는 의도를 보이지는 않는다.

◎ 오답 풀이

① '청산'은 화자가 현실의 고뇌와 고통을 벗어나기 위해 찾는 곳이므로 현실 도피의 공간 또는 이상향으로 볼 수 있다.

③ '오리도 가리도 업슨'이라는 수식 어구를 고려할 때, '밤'은 화자의 절망적인 고독감이 심화되는 시간으로 볼 수 있다.

④ 화자는 아무런 잘못도 하지 않았음에도 어디선가 날아온 '돌'에 맞아서 운다. 이를 고려할 때, '돌'은 화자의 고통을 유발한 외적 요인으로 볼 수 있다.

⑤ 화자는 절망적인 비애와 고독감에 휩싸여 술을 마실 수밖에 없다며 체념적 태도를 보인다. 이를 고려할 때 '강수'는 화자가 현실의 시름을 잠시나마 잊기 위해 마시는 것으로 볼 수 있다.

03 시상 전개 구조 파악
답 ②

이 시는 5연과 6연의 위치를 바꾸면 '청산 노래'와 '바다 노래'의 두 부분으로 나눌 수 있으며, 각 부분은 형식상으로나 내용상으로 대응된다. 그런데 2연의 '우러라 우러라 새여'는 화자의 비애를 '새'에 이입하여 드러내는 구절인 반면, 5연의 '미리도 괴리도 업시'는 화자 자신은 고통을 당할 아무런 일도 하지 않았음을 드러내는 구절이다. 따라서 두 시구는 내용상 서로 대응되는 부분으로 볼 수 없다. 또한 형식상으로도 대응되지 않는다.

◎ 오답 풀이

① 1연의 '멀위랑 ᄃ래'는 화자가 '청산'에서 먹고살 소박한 음식을 상징한다. 그리고 1연과 대응되는 6연의 'ᄂᄆ자기 구조개'는 화자가 '바롤'에서 먹고살 소박한 음식을 상징한다. 따라서 두 시구는 서로 대응된다고 할 수 있다.

③ 2연의 '자고 니러 우니노라'는 화자의 비애과 고통을 나타내는 구절이다. 그리고 2연과 대응되는 5연의 '마자셔 우니로라'도 피할 수 없는 화자의 비애와 고통을 나타내는 구절이다. 따라서 두 시구는 서로 대응된다고 할 수 있다.

④ 3연의 '가던 새 가던 새 본다'는 '청산'에 있는 화자가 '믈 아래'로 '가던 새'를 보는 것을 나타내는 구절이다. 그리고 3연과 대응되는 7연의 '가다가 가다가 드로라'는 '바롤'에 있는 화자가 '에졍지'로 '가다가' 사슴이 장대에 올라서 해금을 켜는 소리를 듣는 것을 나타내는 구절이다. 그리고 3연의 '본다'와 7연의 '드로라'의 대상은 모두 화자의 고뇌나 비애를 심화하는 역할을 한다. 따라서 두 시구는 서로 대응된다고 할 수 있다.

⑤ 4연의 '또 엇디 호리라'는 절망적인 고독에 대한 화자의 체념적 탄식으로 볼 수 있는 구절이다. 그리고 4연과 대응되는 8연의 '내 엇디 ᄒ리잇고'는 자신의 처지에 대한 화자의 체념적 태도를 드러내는 구절이다. 따라서 두 시구는 서로 대응된다고 할 수 있다.

04 시구의 의미 파악
답 이끼 묻은 쟁기일랑

이 시의 화자를 삶의 터전을 잃어버린 농민으로 볼 경우 '잉 무든 장글란'은 농사를 지을 수 없는 유랑민의 삶을 암시하는 기구, 즉 오랫동안 사용하지 않아서 '이끼 묻은 쟁기(농기구)일랑'으로 해석할 수 있다.

05 외적 준거에 따른 작품 감상
답 ④

화자가 현실(ⓐ)에 있다고 가정할 때, 청산(ⓑ)은 고통스러운 현실에서 벗어나, 가고 싶은 동경의 대상으로 볼 수 있다. 이는 1연에서 뚜렷하게 드러나므로 '철수'의 이해는 적절하다. 그런데 화자가 청산(ⓑ)에 있다고 가정할 때에도 비애와 고독에서 벗어나지 못하고 있으므로 청산(ⓑ)은 화자에게 또 다른 고통의 공간이 되고 있다. 이는 2연과 4연, 5연에서 뚜렷하게 드러나므로 '영희'의 이해도 적절하다.

◎ 오답 풀이

• 순이: 이 시에서 화자가 존재의 근원을 찾으려 하는 모습이나 의지는 나타나지 않는다.

• 영수: 1연을 고려할 때, 화자는 현실(ⓐ)에서의 비애나 고통 때문에 청산(ⓑ)에 가려 하는 것이라고 할 수 있다. 설령 화자가 청산(ⓑ)에 있다고 보더라도 현실(ⓐ)을 고통 해소의 공간으로 이해하는 것은 적절하지 않다. 화자가 청산(ⓐ)에서의 삶이 생각과 달리 고통스럽자 현실(ⓐ)로 돌아가지 않고 또 다른 이상향인 바다로 이동하는 것에서 이를 짐작할 수 있다.

01 표현상 특징 파악
답 ③

이 시에서 쉽게 판단할 수 있는 사실을 의문의 형식으로 표현하여 상대편이 스스로 판단하게 하는 설의적 표현은 찾아볼 수 없다.

◎ 오답 풀이

① 강과 호수를 뜻하는 '강호'를 통해 자연이라는 의미를 드러내었다. 이는 대상의 일부를 활용하여 전체를 드러내는 대유법이 쓰인 것으로 볼 수 있다.

② '샷갓 빗기 쓰고 누역으로 옷을 삼아'와 같이 대구법을 활용하여 리듬감을 자아내고 있다.

④ '강호에 가을이 드니 고기마다 살쪄 있다', '강호에 겨울이 드니 눈 깊이 한 자가 넘네' 등에서 시각적 이미지를 활용하여 대상을 구체화하고 있다.

⑤ 각 연의 초장을 '강호에 ~이 드니 ~', 종장을 '이 몸이 ~도 역군은이샷다'와 같이 통일하여 형식적인 안정감을 부여하고 있다.

02 화자의 정서와 태도 파악   답 ④

이 시의 화자는 자연을 벗 삼아 살아가며 풍류를 즐기고 있으므로, 자연을 땀 흘려 노동하는 삶의 공간으로 인식하고 있다고 볼 수 없다.

> ◎ 오답 풀이
>
> ① 이 시의 화자는 속세에서 벗어나 자연 속에서 유유자적하며 살아가고 있다.
>
> ② 이 시의 화자는 소박한 삶을 살아가며 안분지족하는 태도를 보이고 있으므로 물질적인 만족보다는 정신적인 만족을 추구하고 있다고 볼 수 있다.
>
> ③ 이 시의 화자는 '역군은이샷다'라고 하며 자연에서 한가롭게 지내는 것을 임금의 은혜로 여기고 있다.
>
> ⑤ 이 시의 화자는 '강호에 가을이 드니 고기마다 살져 있다'와 같이 자연을 풍요로운 이미지로 그려 내며 긍정적 인식을 드러내고 있다.

03 시어의 의미 파악   답 ③

〈제2수〉의 여름철 '강파'는 바람을 보내 오는 강의 물결로 화자에게 만족감을 주기는 하지만 소박한 생활상과는 관련이 없다.

> ◎ 오답 풀이
>
> ① '금린어'는 봄철 시냇가에서 믹길리와 더불이 먹는 음식으로 화자의 소박한 생활을 보여 준다.
>
> ② '초당'은 억새나 짚으로 지붕을 인 조그마한 집채로 화자의 소박한 전원생활을 보여 준다.
>
> ④, ⑤ '삿갓'과 '누역'은 추운 겨울에 화자가 몸에 걸치는 것으로 화자의 소박한 생활상을 보여 준다.

04 작품의 내용 파악   답 ④

〈제3수〉에서 화자는 소정에 그물을 싣고 나가 물 흐르는 대로 띄워 던져두고 느긋하게 자연을 즐기고 있다. 따라서 화자가 배를 타고 나가 그물의 고기를 건져 올리는 장면을 구성하는 것은 적절하지 않다.

> ◎ 오답 풀이
>
> ① 〈제1수〉에서 화자가 '탁료계변에 금린어가 안주로다'라고 하였으므로 적절한 장면 구성이다.
>
> ② 〈제2수〉에서 화자가 '초당에 일이 없다'고 하였으므로 적절한 장면 구성이다.
>
> ③ 〈제3수〉에서 '강호에 가을이 드니 고기마다 살져 있다'고 하였으므로 적절한 장면 구성이다.
>
> ⑤ 〈제4수〉에서 '눈 깊이 한 자가 넘네 / 삿갓 빗기 쓰고 누역으로 옷을 삼아'라고 하였으므로 적절한 장면 구성이다.

05 시어의 의미 파악   답 역군은이샷다

이 시의 화자는 각 연의 끝에 '역군은이샷다'라는 말을 붙여 강호에서 한가롭게 살아갈 수 있는 것도 임금의 은혜 덕분이라고 표현하고 있다. 이는 사대부로서 작가의 유교적 충의 사상이 드러난 부분이라고 할 수 있다.

06 표현상 특징 파악   답 ②

㉠ '유신한 강파'는 강의 물결을 신의 있는 존재로 의인화하여 자연과 하나된 삶을 노래한 구절이다. ②에서는 '눈'을 도전을 멈추지 않는 존재로 나타내고 있으므로 ㉠과 동일한 의인화의 기법이 사용되었다.

> ◎ 오답 풀이
>
> ① 임과의 이별 상황에서 '죽어도 아니 눈물 흘리우리다.'라고 한 것은 반어적 표현으로 볼 수 있다.
>
> ③ '한라에서 백두'라는 일부를 통해 우리나라 전체를 표현한 대유법을 확인할 수 있다.
>
> ④ '처럼'이라는 연결어를 통해 '할머니'를 '달팽이'에 빗댄 직유법을 확인할 수 있다.

⑤ '나'를 '한 마리 어린 짐승'에 비유한 은유법을 확인할 수 있다.

07 시상 전개 방식 파악   답 ②

ㄱ. 각 수 초장의 전반부에서는 '강호에 ~이 드니'라는 시구를 반복하고 있는데, 이때 각 수의 계절적 배경인 봄, 여름, 가을, 겨울을 직접 제시하며 시상을 시작하고 있다.

ㄹ. 각 수의 종장에서는 '이 몸이 ~하옴도 역군은이샷다'를 반복함으로써 전체적으로 형태적 통일감을 주고, 사대부로서 임금에 대한 충의를 드러내고 있다.

> ◎ 오답 풀이
>
> ㄴ. 각 수 초장의 후반부를 살펴보면 〈제2수〉~〈제4수〉는 '초당에 일이 없다', '고기마다 살져 있다', '눈 깊이 한 자가 넘네'라고 하여 '초당', '고기', '눈' 등의 구체적 자연물을 통해 각 계절에 느끼는 화자의 내면적 감흥을 드러내고 있다고 볼 수 있다. 그러나 〈제1수〉에서는 '미친 흥이 절로 난다'라고 하여 내면적 감흥을 직설적으로 드러내고 있을 뿐 구체적 사물을 통해 드러내고 있지 않다.
>
> ㄷ. 각 수의 중장에는 화자가 자연 속에서 즐기는 삶의 모습이 나타나 있다. 〈제1수〉에는 시냇가라는 자연 풍광과 어울려 흥을 즐기는 화자의 모습이, 〈제2수〉에는 초당에서 한가롭게 시원한 강바람을 즐기는 화자의 모습이, 〈제3수〉에는 작은 배를 강 위에 띄우고 그물을 던져 놓은 채 가을 풍광을 즐기는 화자의 모습이 나타나 있다. 그런데 〈제4수〉에는 '삿갓' 비스듬히 쓰고 '누역으로 옷을 삼'은 화자의 모습만 나타나 있을 뿐, 주변의 자연 풍광은 묘사되어 있지 않다.

고전 시가 **06** 만흥   본문 46쪽

| 교과서 활동 깊이 보기 | 1 은혜   2 이상적   3 의인법 |

01 ②   **02** ②   **03** ⑤   **04** ⑤   **05** 보리밥, 풋ᄂ 물
06 ③

01 화자의 정서와 태도 파악   답 ②

이 시의 화자는 자연에 묻혀 살아가는 현재의 삶에 만족하고 있다.

> ◎ 오답 풀이
>
> ① 이 시의 화자가 속세에서 벗어나 있는 것은 맞지만 자연을 즐기며 만족스러운 감정을 느끼고 있으므로 외로움을 견디고 있다고 보기 어렵다.
>
> ③ 이 시의 화자는 자연 속 소박한 삶에 만족하고 있을 뿐, 물질이나 명예에 대한 욕심을 드러내고 있지는 않다.
>
> ④ 이 시의 화자가 이상과는 다른 현실의 문제로 고뇌하고 있는 부분은 찾아볼 수 없다.
>
> ⑤ 이 시의 화자가 어떤 성과를 얻기 위해 노력하고 있는 모습은 나타나지 않으며 이로 인한 무력감도 찾아볼 수 없다.

02 표현상 특징 파악   답 ②

이 시에서 동일한 시구를 반복하고 있는 부분은 찾아볼 수 없다. 3 · 4조를 기본으로 하며 4음보의 규칙적인 율격이 사용되는 데에서 리듬감이 형성된다.

> ◎ 오답 풀이
>
> ① 〈제4수〉에서 '소부 허유' 고사를 활용하여 자연에 묻혀 사는 삶에 대한 자부심을 드러내고 있다.

③ 〈제3수〉에서 '먼 뫼'를 '말솜도 우움도' 할 수 있는 사람인 것처럼 표현하여 친근감을 드러내고 있다.

④ '산수간, 바회, 뛰집, 강산' ↔ '삼공, 만승, 인간만사' 등과 같이 자연과 속세의 대립 구도 안에서 시어를 나누어 볼 수 있으며, 이를 통해 자연에서 안분지족하는 삶이라는 주제 의식을 드러내고 있다.

⑤ '그나믄 녀나믄 일이야 부룰 줄이 이시랴', '누고셔 삼공도곤 낫다 ᄒ더니 만승이 이만ᄒ랴' 등에서 설의적 표현으로 전원생활의 만족감, 자부심을 표현하고 있다.

03 시구의 의미 파악   답 ⑤

〈제3수〉에서 화자는 '그리던 님'이 온다고 하여도 '먼 뫼'만큼 반갑지 않을 것이라고 하였다. 즉 '그리던 님'은 자연에서의 삶(B)이 더 낫다는 것을 말하기 위해 끌어들인 대상일 뿐, 속세에서의 삶(A)에 미련이 남았음을 암시하지 않는다.

오답 풀이
① '놈들'은 속세에서의 삶(A)을 선호하기 때문에 자연에서의 삶(B)을 살아가는 화자의 뜻을 이해하지 못하고 '웃는' 것이라고 볼 수 있다.

② '내 분인가 ᄒ노라'는 속세에서의 삶(A)과 자연에서의 삶(B)을 비교한 후, 자연에서의 삶(B)을 자신의 분수에 맞는 일이라 판단한 결과이다.

③ '보리밥 풋ᄂ 물'은 화자가 즐기는 소박한 삶의 요소라는 점에서 자연에서의 삶(B)은 물질적 욕망에서 벗어난 상황이라고 볼 수 있다.

④ '먼 뫼'는 화자가 '묻내 됴하ᄒ'는 것으로, 자연에서의 삶(B)에서 화자가 즐기는 대상이라고 할 수 있다.

04 공간적 배경의 이해   답 ⑤

'뛰집'은 화자가 산수 간 바위 아래 지은 소박한 생활 공간이다. 화자는 이곳에서 살아가며 '보리밥 풋ᄂ 물'을 즐기고, '먼 뫼'를 감상하며 즐거움을 느끼고 있다.

05 소재의 의미 파악   답 보리밥, 풋ᄂ 물

[A]에서 화자는 '보리밥'과 '풋ᄂ 물'을 알맞게 먹는데, 이것은 소박한 생활을 보여 주는 소재에 해당한다. 또한 화자가 '보리밥', '풋ᄂ 물'에 만족한다는 것은 안분지족, 안빈낙도하는 생활 태도와 관련이 있다.

06 외적 준거에 따른 작품 감상   답 ③

이 시의 화자는 선비의 처세 가운데 '물러남'을 선택한 이유로 '성이 게으르'다는 것을 내세우고 있다. 이는 자신의 분수와 처지를 겸손하게 받아들이는 모습일 뿐, 물러남에 있어 떳떳하지 못한 모습이라 볼 수 없다.

오답 풀이
① '알마초 머근'과 '슬ᄏ지 노니'는 것은 선비의 처세 가운데 '물러남'을 선택한 화자의 삶의 방식을 보여 준다.

② 〈보기〉에서 '나아감엔 마땅히 이익을 탐한 것이 아닌가 경계해야 할 것'이라고 하였다. '그나믄 녀나믄 일'은 '나아감'과 관련이 있는 부귀, 공명을 뜻하는데, 화자는 '그나믄 녀나믄 일이야 부룰 줄이 이시랴'라고 하며 '그나믄 녀나믄 일'에 대한 경계의 태도를 드러내고 있다.

④ 이 시의 화자는 선비의 처세 가운데 '물러남'을 선택하여 자연을 벗 삼아 지내고 있으므로 '듀토리'와 거리를 두고 있다고 할 수 있다.

⑤ 〈보기〉에서 '물러남엔 마땅히 세상을 잊은 것이 아닌가 경계해야 할 것'이라고 하였다. 따라서 자연으로 '물러남'을 선택했지만 '님군 은혜'를 '갑고쟈' 하는 태도는 화자가 세상을 잊은 것이 아님을 보여 준다고 할 수 있다.

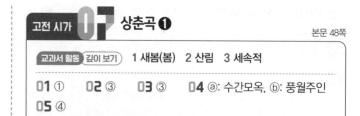

교과서 활동 깊이 보기   1 새봄(봄) 2 산림 3 세속적

01 ①   02 ③   03 ③   04 ⓐ: 수간모옥, ⓑ: 풍월주인
05 ④

01 표현상 특징 파악   답 ①

(가)에 과거와 현재의 교차는 드러나지 않으며 공간의 이동을 중심으로 시상이 전개되고 있다.

오답 풀이
② '녯사룸 풍류룰 미출가 못 미출가'와 '물아일체어니 흥이이 다룰소냐'에서 설의적 표현을 활용하여 자신의 삶에 대한 자부심과 봄을 맞이한 흥을 강조하고 있다.

③ '홍진에∨뭇친 분녜∨이내 생애∨엇더ᄒ고 // 녯사룸∨풍류룰∨미출가∨못 미출가' 등에서 드러나듯이 연속된 4음보의 율격으로 리듬감을 형성하고 있다.

④ '홍진'으로 표현된 세속적 공간과 '산림'으로 표현된 자연 공간을 대조하여 자연 속에서 소박하게 사는 삶의 즐거움이라는 주제 의식을 강화하고 있다.

⑤ '도화 행화는 석양리에 퓌여 잇고 / 녹양방초는 세우 중에 프르도다'에서 붉은색과 푸른색의 색채 이미지를 활용하여 봄날의 정경을 시각적으로 묘사하고 있다.

02 작품의 내용 파악   답 ③

'한중진미룰 알 니 업시 호재로다'에서, 화자는 현재 봄의 아름다운 풍경을 홀로 즐기고 있음을 알 수 있다. 따라서 (가)에 나타난 정경을 그릴 때 시를 주고받는 인물들을 배치하는 것은 시의 내용과 어울리지 않는다.

오답 풀이
① '수풀에 우는 새는 춘기를 못내 계워 소리마다 교태로다'에 해당하는 정경이다.

② '수간모옥을 벽계수 앞픠 두고'에 해당하는 정경이다.

④ '송죽 울울리에 풍월주인 되어셔라'에 해당하는 정경이다.

⑤ '도화 행화는 석양리에 퓌여 잇고'에 해당하는 정경이다.

03 소재의 기능 파악   답 ③

'석양리'는 '도화'와 '행화'가 피어 있는 배경으로, 꽃이 만발한 봄날의 아름다운 정경을 부각하여 봄날의 경치에 대한 화자의 감탄을 강화하는 기능을 한다.

오답 풀이
① '홍진'은 속세를 비유적으로 이르는 말로, 화자가 과거에 속세에 살았음을 암시하지만 그때의 행적에 대한 성찰을 유도하지는 않는다.

② 화자가 세속적 가치를 부정하는 것은 암시되지만, '겨울'이 이런 기능을 하지는 않는다. 내용 전개상 단순히 계절을 의미하는 말이다.

④ '시비'는 화자가 사는 '수간모옥'의 문으로, 화자가 집 근처를 거닐며 봄의 정경을 즐기는 공간에 해당한다. 하지만 인간 사회에 대한 화자의 거리감과는 거리가 멀다.

⑤ '답청'은 '욕기', '채산', '조수' 등과 함께 봄의 기운을 즐기기 위한 행위이지, 농촌의 분주함을 보여 주지는 않는다.

04 시어의 의미 파악   답 ⓐ: 수간모옥, ⓑ: 풍월주인

'수간모옥'은 '몇 칸 안 되는 작은 초가'라는 뜻으로, 화자가 지향하는 소박하고 검소한 삶을 상징한다. 그리고 자연 속에 살며 자연을 벗 삼아 그 아름다움을 즐기는 화자의 모습은 '풍월주인'으로 제시되고 있다.

05 외적 준거에 따른 작품 감상
답 ④

㉣은 명령형 어투가 아니라 '-쟈스라(-자꾸나)'라는 청유형 어미를 활용하여 이웃들에게 봄의 경관을 자신과 함께 즐기자고 권하는 표현이다.

⊘ 오답 풀이
① '녯사룸 풍류룰 미출가 못 미출가'는 자연 속에서 살아가는 자신의 삶이 옛사람의 풍류와 견주어 볼 만하다는 자부심을 내포하고 있다.
② '수간모옥'은 자연 경관을 해치지 않는 소박한 집으로 볼 수 있다. 이런 집을 '벽계수' 앞에 세웠다는 것에서 자연 속에서 소박하게 살려는 화자의 삶의 태도가 드러난다.
③ '수풀에 우는 새는 춘기를 묫내 계워 소리마다 교태로다'는 봄을 맞이한 화자의 정서를 자연물인 '새'에게 이입하여 부각하고 있는 표현이다.
⑤ '아춤에 채산후고 나조히 조수후새'는 바로 앞 구절인 '답청으란 오늘 후고 욕기란 내일 후새'와 함께 새봄을 맞이해서 하고 싶은 일에 대한 화자의 기대감을 드러내고 있다.

01 화자의 정서와 태도 파악
답 ③

'굿 괴여 닉은 술을 갈건으로 밧타 노코 ~ 청향은 잔에 지고 낙홍은 옷새 진다'에서 화자가 꽃나무 아래에서 술을 마시며 자연과 동화된 듯한 풍류를 즐기고 있음을 알 수 있다.

⊘ 오답 풀이
① (나)에 세속적 삶에 대한 미련은 나타나지 않는다. 이는 '공명도 날 씌우고 부귀도 날 씌우니'에서 잘 드러난다.
② 화자는 자연을 즐기고 있지만 자연물을 통해 삶의 교훈을 이끌어 내고 있지는 않다.
④ 화자는 자신이 있는 곳을 이상 세계인 무릉도원처럼 여기고 있지만, 현실 세계와 이상 세계의 괴리를 느끼고 있지는 않다.
⑤ '흣튼 혜음' 등 인간 사회에 대한 부정적 인식은 암시되지만 부정적 세태를 자연 현상에 빗대어 비판하고 있지는 않다.

02 표현상 특징 파악
답 ③

'연하일휘는 금수를 재폇눈 둣'에서는 '연하일휘', 즉 자연을 '금수(수를 놓은 비단)'에 비유하여 아름다움을 강조하고 있다. 하지만 대상이 지닌 역동성을 드러내지는 않는다.

⊘ 오답 풀이
① '청향은 잔에 지고'는 '청향'이라는 후각적 이미지를 '잔에 지고'라는 시각적 이미지로 전이하여 자연의 아름다움을 감각적으로 묘사하고 있다.
② '준중이 뷔엿거둔 날두려 알외여라'는 청자에게 말을 건네는 방식을 활용하여 술을 마시며 풍류를 즐기고자 하는 화자의 태도를 구체화하고 있다.
④ '공명도 날 씌우고 부귀도 날 씌우니'는 표면적으로는 '공명'과 '부귀'가 화자를 꺼린다는 뜻이지만, 실제로는 화자가 그것들을 멀리하는 것이다. 따라서 주체와 객체가 뒤바뀐 표현이다. 그리고 이를 통해 세속적 가치를 멀리하려는 화자의 인생관을 드러내고 있다.

⑤ '아모타 백년행락이 이만호둘 엇지후리'는 의문의 형식으로 자연을 즐기는 화자의 고조된 흥취를 드러내고 있다.

03 다른 작품과의 비교
답 공명, 부귀

'그나믄 녀나믄 일'은 〈보기〉의 화자가 만족해하고 있는 현재의 자연 친화적인 삶과 거리가 먼, 세속적 가치에 대한 욕심을 의미한다. (나)에서 '공명'과 '부귀'는 모두 속세 사람들이 추구하는 세속적 가치를 의미하므로 이와 의미하는 바가 유사하다.

04 시어 및 시구의 의미 파악
답 ③

'무릉이 갓갑도다 져 미이 건거인고'는 이상향에 도달하고자 하는 화자의 욕망을 드러내는 것이 아니라 화자가 있는 곳이 바로 무릉도원, 즉 이상향과 같다는 만족감을 드러내고 있는 것이다.

⊘ 오답 풀이
① '곳나모 가지 것거 수 노코 먹으리라'는 꽃나무 아래에서 봄날의 아름다운 정경을 즐기며 술을 마실 때 '꽃나무 가지'로 잔을 세며 술을 마시겠다는 것이다. 따라서 풍치가 있고 멋스럽게 노는 모습으로 볼 수 있다.
② '청향은 잔에 지고 낙홍은 옷새 진다'에서 화자는 '청향'이 담긴 잔, 옷에 떨어지는 '낙홍'에 주목하고 있다. 이는 자연 속에서 풍류를 즐기는 화자가 느끼는 물아일체의 심리를 드러내는 것으로 볼 수 있다.
④ '엇그제 검은 들이 봄빗도 유여홀샤'는 생기 없던 겨울 들판이 봄을 맞아 생동감 있게 변화한 데 대한 감탄을 드러낸 것으로 볼 수 있다.
⑤ '단표누항'은 청빈한 삶을, '흣튼 혜음'은 '공명'이나 '부귀' 같은 세속적 가치를 의미한다. 따라서 '단표누항에 흣튼 혜음 아니 후니'는 안빈낙도를 추구하는 삶의 태도를 드러낸다고 볼 수 있다.

05 시상 전개에 따른 작품 이해
답 ③

(가), (나)에서 화자의 내적 갈등은 드러나지 않는다. 화자는 봄의 아름다운 자연 경관을 즐기면서 자신의 삶에 대한 만족감과 안빈낙도의 태도를 드러내고 있다.

⊘ 오답 풀이
① ㉮ '수간모옥'는 화자가 현재 지내고 있는 산림의 공간이다. 이곳에서 화자는 '홍진에 뭇친 분네 이내 생애 엇더훈고 ~ 산림에 뭇쳐 이셔 지락을 므룰 것가'라며 세상 사람들의 삶과 자신의 삶을 대조하며 자신의 삶에 대한 자부심을 드러내고 있다.
② '소요음영후야 '산일이 적적훈디 / 한중진미를 알 니 업시 호재로다'로 보아 화자는 ㉯ '정자'에서 봄날을 한가로이 즐기면서 적적함을 느끼고 있다.
④ ㉰ '봉두'에서 화자는 '청풍명월 외예 엇던 벗이 잇ᄉ올고'라며 자연에 대한 친근감을 드러내면서 동시에 '아모타 백년행락이 이만호둘 엇지후리'라며 자신의 삶에 대한 만족감을 드러내고 있다.
⑤ ㉮는 가장 좁은 공간으로 볼 수 있고, ㉯는 ㉮보다 열려 있는 공간으로 볼 수 있다. 또한 ㉰는 ㉮와 ㉯보다 넓은 곳이고, ㉱는 아주 넓은 공간을 조망할 수 있는 가장 높은 공간이다. 따라서 화자는 점차 넓고 높은 곳으로 이동하면서 봄을 느끼고 있다고 볼 수 있다.

01 갈래상 특징 파악   답 ③

이 작품의 갈래는 가사이다. 그러나 노래로 전승되다가 한글이 창제된 이후에 기록된 고전 문학은 가사가 아닌, 고려 시대에 주로 향유된 고려 가요이다.

◎오답 풀이
① 가사는 율격이 있다는 점에서 운문적 성격이 있지만 길이와 내용 면에서 산문적 성격도 지니고 있다.
② 마지막 행의 율격이 시조 종장의 율격인 3·5·4·3(4)와 일치하면 정격 가사, 일치하지 않으면 변격 가사이다.
④ 가사는 시조와 마찬가지로 3(4)·4조의 음수율을 바탕으로 하는 4음보의 율격이 연속되면서 운율을 형성한다.
⑤ 초기 가사의 작가는 대부분 사대부 남성이었지만 시간이 흐름에 따라 점차 부녀자와 평민 등까지 창작에 참여하였고, 이에 따라 주제도 다양해졌다.

02 표현상 특징 파악   답 ⑤

'텬상 빅옥경'을 가상 공간으로 볼 수는 있지만 이를 통해 이상 세계에 대한 동경을 드러내는 것은 아니다. '텬상 빅옥경'은 중심 화자가 간절히 그리워하는 '임'이 있는 곳, 즉 한양(서울)을 상징적으로 나타낸 표현이다.

◎오답 풀이
① '믈 フ톤 얼굴이 편호실 적 몃 날일고', '기나긴 밤의 줌은 엇디 자시눈고' 등 의문문을 거듭 사용하여 임에 대한 화자의 걱정을 강조하고 있다.
② '히 다 뎌 져믄 날'이라는 시간적 배경을 제시하여 애상적 분위기를 형성함으로써 임과 이별한 중심 화자의 처지를 부각하고 있다.
③ '뎨 가눈 뎌 각시 본 듯도 흔뎌이고 ~ 히 다 뎌 져믄 날의 눌을 보라 가시눈고'와 '글란 싱각 마오'는 중심 화자의 사연을 이끌어 내는 보조적 화자의 말이다. 그리고 이에 대해 중심 화자로 볼 수 있는 여인('뎌 각시')이 대답하는 방식으로 시상을 전개하고 있다.
④ '뎨 가눈 뎌 각시'에서 중심 화자가 여성임을 알 수 있다. 이를 통해 임과 이별한 상황으로 인한 슬픔, 임에 대한 간절한 그리움 등의 정서를 효과적으로 전달하고 있다.

03 화자의 정서와 태도 파악   답 ①

(가)에서 중심 화자(뎌 각시)가 임을 원망하는 마음이나 태도는 나타나지 않는다. 오히려 '내 몸의 지은 죄 뫼フ티 싸혀시니 / 하늘히라 원망호며 사룸이라 허믈호랴'에서 스스로를 자책하고 있다.

◎오답 풀이
② '이리야 교티야 어즈러이 흐돗썬디 / 반기시눈 눗비치 녜와 엇디 다른신고'에서 자신의 잘못된 처신으로 임과 이별했다고 여기고 있음이 드러난다.
③ '믈 フ톤 얼굴이 편호실 적 몃 날일고 ~ 기나긴 밤의 줌은 엇디 자시눈고'에서 자신이 떠난 뒤의 임의 안부를 궁금하게 여기고 있음이 드러난다.
④ '셜워 플텨 혜니'에서 임과 멀리 떨어져 있어 임을 곁에서 모시지 못하는 자신의 처지를 서럽게 여기고 있음이 드러난다.
⑤ '어와 네여이고 이내 스셜 드러 보오'에서부터 임과 이별한 자신의 사정과 그로 인한 심경을 다른 여성 화자에게 하소연하고 있다.

04 제목의 의미 파악   답 임금

작가는 정치적 이유로 벼슬에서 물러나 고향에 은거하고 있을 때 이 작품을 창작하였다. 이를 고려할 때 중심 화자가 간절히 그리워하는 '임'은 작가가 모시던 임금(선조)을 의미한다.

05 외적 준거에 따른 작품 감상   답 ②

(가)의 '내 얼굴 이 거동이 님 괴얌 즉혼가마눈'은 '내 모습 이 행동이 임의 사랑받음 직한가마는'이라는 뜻으로, 조정을 떠나기 전 임금과의 관계에 대한 생각을 드러내고 있다. 따라서 정치적 반대 세력의 탄핵을 받은 일에 대한 자책이 드러나 있다는 이해는 적절하지 않다. 이 작품에서 작가의 자책은 '내 몸의 지은 죄 뫼フ티 싸혀시니'에서 잘 나타나는데, 이 구절도 정치적 반대 세력의 탄핵을 받은 일에 대한 자책이 아니라 임금을 대하는 자신의 행동을 자책하는 것이다.

◎오답 풀이
① '텬샹 빅옥경'은 임금이 있는 조정을 의미하며, '엇디호야 니별호고'는 니별의 상황을 짐작할 수 있는 구절이다. 따라서 임금이 있는 조정을 떠난 상황이 드러난다고 볼 수 있다.
③ '조믈의 타시로다'에서 자신의 상황을 조물주에 의한 운명의 탓으로 여기는 태도가 나타난다. 따라서 자신의 현재 처지를 거부할 수 없는 운명으로 받아들이는 모습으로 볼 수 있다.
④ 이어지는 중심 화자의 말을 고려할 때 '미친 일'은 임금을 가까이에서 모시지 못하는 상황에 대한 한탄으로 볼 수 있다.
⑤ '믈 フ톤 얼굴이 편호실 적 몃 날일고'는 화자 자신이 모시지 못하는 임금의 건강을 염려하는 마음이 드러난 구절이다. 〈보기〉를 고려할 때 이는 임금에 대한 변치 않는 충정의 태도를 드러내는 것으로 볼 수 있다.

고전 시가 **08**   속미인곡 ❷   본문 54쪽

| 교과서 활동 깊이 보기 | 1 소극적   2 구룸(구름)   3 안개 |

01 ④   02 ⑤   03 ③   04 빈 비, 반벽청등   05 ②

01 화자의 정서와 태도 파악   답 ④

중심 화자(각시님)가 차라리 죽어서 '낙월'이 되겠다고 하자 보조적 화자는 '구준 비(궂은비)'가 되기를 조언한다. 이때 '구준 비(궂은비)'는 '낙월'보다 임의 곁에 가까이 다가갈 수 있는 존재이므로 보다 적극적이고 능동적인 사랑의 표현을 상징한다.

◎오답 풀이
① 보조적 화자는 ㉮에서 '뎨 가눈 뎌 각시 본 듯도 흔뎌이고 ~ 히 다 뎌 져믄 날의 눌을 보라 가시눈고'라는 발화로 시상을 시작하며, ㉯에서 '각시님 둘이야쿠니와 구준비나 되쇼셔'라는 발화로 시상을 끝맺음한다.
② 중심 화자는 '출하리 싀여디여 낙월이나 되야이셔'와 같이 임에 대한 그리움과 재회에 대한 간절함 때문에 죽음마저 감수하겠다는 태도를 보이고 있다.
③ 보조적 화자가 '각시님 둘이야쿠니와 구준비나 되쇼셔'라며 중심 화자에게 보다 나은 방안을 조언하는 데에서 임을 그리워하는 중심 화자의 마음에 공감하고 있음을 알 수 있다.
⑤ 이 시의 작가는 사대부 남성이다. 그런데 여성 화자들을 설정한 것은 군신 관계를 남녀 관계로 바꾸면 작가의 마음을 좀 더 효과적으로 전달할 수 있기 때문이다. 이때 중심 화자는 작가의 심정을 직접적으로 대변하는 역할을 하며, 보조적 화자는 중심 화자의 발언을 이끌어 내고 이를 강조하는 역할을 한다. 따라서 작가를 대변하는 역할은 주로 중심 화자에 의해 이루어진다고 볼 수 있다.

02 소재의 의미와 기능 파악   답 ⑤

화자('나'=각시님)는 간절히 그리던 임을 '꿈'에서 만나지만 차마 회포를 다 풀기도 전에 '계셩' 때문에 잠에서 깨 버린다. 그리고 잠결에 일어나 자신의 외로운 처지를 인식한다. 이를 고려할 때, '계셩'은 화자로 하여금 자신이 처한 현실을 깨닫게 하는 방해물로 볼 수 있다. 이 과정에서 화자가 자신을 성찰하는 내용은 나타나지 않는다.

오답 풀이
① 화자는 임의 소식을 알고 싶은 간절함 때문에 '뫼(산)'를 오르고 '믈ㄱ'를 헤맨다. 이런 화자의 행동을 고려할 때, '뫼'와 '믈ㄱ'는 소망을 이루려는 화자의 노력을 드러내는 장소로 볼 수 있다.
② 화자는 임의 소식을 알고 싶어 높은 산에 오르지만 '구룸'과 '안개' 때문에 아무것도 보지 못한 채 '믈ㄱ'로 내려온다. 따라서 '구룸'과 '안개'는 임의 소식을 알지 못하는 화자의 답답한 심정을 심화하는 소재로 볼 수 있다.
③ '모쳠 찬 자리'는 임과 헤어져 홀로 지내는 거처로, 화자의 외롭고 쓸쓸한 처지가 촉각적 이미지를 통해 강조되는 공간으로 볼 수 있다. 만약 화자가 임과 함께 지낸다면 화자가 지내는 공간이 차갑게 느껴지지 않았을 것이기 때문이다.
④ 임의 소식을 알기 위해 산과 강가를 헤매던 화자는 지쳐서 잠이 드는데, 꿈속에서 임을 만난다. 이로 보아 '꿈'은 간절히 그리던 임과의 재회를 가능하게 하는 매개체로 화자의 긍정적 정서를 유발한다. 하지만 회포도 풀기 전에 꿈에서 깨어난 화자는 허망함을 느끼므로 화자의 부정적 정서를 유발한다고도 볼 수 있다.

03 시어의 공통점 및 차이점 파악　　답 ③
㉠은 멀리서 잠깐 동안 임을 비추다가 사라지는 자연물로, 밤에만 존재감을 드러낼 수 있다. 따라서 공간적 한계는 초월할 수 있지만 시간적 한계는 초월할 수 없다. 한편 ㉡은 오랫동안 내리며 임의 옷을 적실 수 있는 자연물로, 밤낮을 가리지 않고 내릴 수 있다. 따라서 시간적, 공간적 한계를 모두 초월할 수 있다.

오답 풀이
① ㉠은 임과 떨어져 임의 소식을 전혀 알지 못하는 중신 화자가 임에게 자신의 변치 않는 사랑을 전달하기 위해 택하는 수단이다. 그리고 ㉡은 중심 화자의 말에 공감하는 보조적 화자가 중심 화자에게 되라고 조언하는 대상으로, 이 역시 중심 화자가 임에게 자신의 마음을 전달할 수 있는 수단이다.
② ㉠과 ㉡은 모두 중심 화자(각시님)가 죽어서 다시 태어나는 분신이다. 따라서 ㉠과 ㉡에는 모두 살아서는 임과의 만남이 불가능할 것이라는 인식이 내포되어 있다고 볼 수 있다.
④ 빛을 내는 ㉠에 비해 ㉡은 날씨가 어두침침하게 흐리면서 내리는 비이므로 우울한 분위기를 형성하여 슬픔의 정서를 더 잘 드러낼 수 있다.
⑤ ㉠은 멀리서 잠깐 동안 임을 비추다가 사라지는 자연물이며, ㉡은 오랫동안 내리며 임의 옷을 적실 수 있는 자연물이다. 따라서 ㉡은 ㉠에 비해 더 적극적으로 임에게 가까이 다가갈 수 있는 존재로 볼 수 있다.

04 객관적 상관물에 대한 이해　　답 빈 비, 반벽청등
'빈 비'와 '반벽청등'은 임과 이별한 상황에서, 임의 소식을 전혀 알지 못해 절망하는 화자의 외롭고 쓸쓸한 처지를 부각하는 역할을 하는 객관적 상관물이다.

05 외적 준거에 따른 작품 감상　　답 ②
'오르며 ᄂ리며 헤쓰며 바자니'는 모습은 작가를 대변하는 인물로 볼 수 있는 '각시님'이 임의 소식을 알기 위해 높은 산을 오르고 강가에서 뱃길을 알아보는 과정을 요약적으로 보여 준다. 따라서 이를 작가가 다시 관직에 오르기 위해 손을 쓰는 모습으로 이해하는 것보다는 한양에

서 멀리 떨어진 곳에서 지내는 작가가 임금의 소식을 조금이라도 알기 위해 노력하는 모습으로 보는 것이 적절하다.

오답 풀이
① '내 ᄆᆞᆷ 둘 ᄃᆡ 업다 어드러로 가쟛 말고'는 임금이 계신 한양과 멀리 떨어진 곳에서 지내는 처지라 임금의 소식을 전혀 알지 못해 답답해하는 작가의 막막한 심정을 나타내는 것으로 볼 수 있다.
③ '옥 ᄀᆞ튼 얼'굴은 화자가 임을 모셨을 때의 모습이며, '반이 나마 늘거셰라'는 화자와 헤어진 뒤 초췌하게 늙어 버린 임의 모습이다. 따라서 이는 작가가 관직에서 물러난 뒤에 임금이 초췌해졌으니, 자신이 다시 조정에 복귀하여 임금을 모셔야만 임금이 편안해질 수 있음을 간접적으로 드러내는 것으로 볼 수 있다.
④ '어엿븐 그림재'는 꿈에 임을 보았지만 우느라고 아무 말도 전할 수 없었던 화자가 깨어나서 자신의 그림자를 본 다음 스스로를 불쌍하게 여기며 지칭하는 말이다. 따라서 '어엿븐 그림재 날 조츨 ᄲᅮᆫ이로다'는 벼슬에서 물러나 임금 곁에 머무를 수 없는 자신의 처지에 대한 작가의 탄식을 드러낸다고 볼 수 있다.
⑤ '출하리 싀여디여 낙월이나 되야리셔 / 님 겨신 창 안히 번드시 비최리라'는 현실적으로는 임을 다시 보기 어렵다는 판단을 바탕으로, 차라리 죽어서 '낙월'로 다시 태어나 멀리서나마 임의 모습을 보겠다는 화자의 다짐이다. 따라서 죽어서라도 변함없이 임금을 따르겠다는 작가의 충정을 나타낸다고 볼 수 있다.

고전 시가 09	가 십 년을 경영하여 / 나 두터비 파리를 물고 다 나모도 바윗돌도 없는

본문 56쪽

교과서 활동 깊이 보기　1 안분지족　2 백송골　3 비교

01 ①　　02 ⑤　　03 ⓐ: 쥐, ⓑ: 솔개, ⓒ: 봉황　　04 ②
05 ①　　06 ③

01 표현상 특징 파악　　답 ①
(가)는 '나 한 간 달 한 간에 청풍 한 간 맡겨 두고'에서 자연물인 '달'과 '청풍'을 마치 사람처럼 표현하여 자연과 더불어 살아가는 삶에 대한 화자의 바람을 강화하고 있다. 그리고 (나)는 '모쳐라 날낸 낼식만정 에헐질 번 하괘라'에서 자연물인 '두터비'를 마치 사람처럼 말을 하는 존재로 표현하여 권력층의 허장성세를 풍자하고 있다.

오답 풀이
② (가)와 (다)에서는 모두 시각적 이미지를 통해 시적 상황을 구체화하며 화자의 심리를 부각하고 있다. 그러나 두 작품 모두 감각이 전이되는 공감각적 이미지는 나타나지 않는다.
③ (나)에서는 동물인 '두터비'를 의인화하여 탐관오리가 백성을 수탈하는 약육강식의 세태를 우의적으로 나타내고 있다. 하지만 (다)에서는 우의적 표현이 나타나지 않는다. '까투리'가 '매'에게 쫓기는 초장의 상황은 절망감을 나타내기 위해 화자가 상정한 상황이며, 부정적 세태를 나타내는 것도 아니다.
④ (나)에서는 '풀덕'이라는 음성 상징어가 사용되고 있지만, (가)와 (다)에서는 음성 상징어를 찾아볼 수 없다.
⑤ (나)는 중장의 '두험 아래 쟛바지거고'와 종장의 말을 통해 '두터비'를 희화화함으로써 웃음을 유발하고 있다. 그리고 (다)는 중장에서 '도사공'에게 닥친 상황을 과장적으로 나열하여 웃음을 유발하고 있다. 하지만 (가)에서는 대상을 우스꽝스럽게 묘사하거나 웃음을 유발하는 표현이 나타나지 않는다.

02 화자의 정서와 태도 파악 답 ⑤

(가)의 화자는 자연과 하나가 되어 자연의 아름다움을 즐기는 삶을 추구하고 있지만, 자연을 통해 바람직한 삶의 태도를 깨닫고 있지는 않다. 또한 화자가 인식한 자연의 속성이 드러나지도 않는다.

⊙ 오답 풀이

① 초장의 '십 년을 경영하여'에서 자연에서의 삶을 오랫동안 준비하였음을 알 수 있다.

② 종장의 '강산은 들일 데 없으니 둘러 두고 보리라'에서 자연을 병풍처럼 여기고 감상하겠다는 발상을 보이고 있다.

③ 초장의 '초려 삼간 지어 내니'에서 자연 속에서 소박하게 살아가는 삶을 추구하는 화자의 가치관을 알 수 있다.

④ 중장 '나 한 간 달 한 간에 청풍 한 간 맡겨 두고'에서 자연과 하나가 되는 물아일체의 경지가 드러나고 있다.

03 시어의 관계 파악 답 ⓐ: 쥐, ⓑ: 솔개, ⓒ: 봉황

(나)의 '두터비', '파리', '백송골'의 힘의 관계는 '파리(힘없는 백성)<두터비(중간 관리)<백송골(고위 관리)'이다. 〈보기〉의 '솔개', '쥐', '봉황'의 관계도 '쥐<솔개<봉황'과 같이 정리할 수 있다.

04 소재의 기능 파악 답 ②

(나)의 ㉠ '두터비'는 힘없는 백성(파리)을 수탈하는 탐관오리를 상징하므로 비판의 대상으로 볼 수 있다. 이는 중장에서 '두터비'의 모습을 희화화하고 종장에서 '두터비'의 허장성세를 풍자하는 것에서 알 수 있다. (다)의 ㉡ '까투리'는 생명의 위협을 당하는 절박한 상황에 처한 자연물로, 화자가 임과 이별한 자신의 심정을 강조하기 위해 비교하고 있는 대상이다.

⊙ 오답 풀이

① (나)에서 화자가 '두터비'를 동경하는 내용은 찾아볼 수 없다. 오히려 '두터비'를 희화화하며 풍자하고 있다. 다만 (다)의 '까투리'는 몸을 숨길 곳 하나 없는 산에서 매에게 쫓기고 있는 상황에 처해 있으므로 연민을 유발하는 대상으로 볼 수도 있다.

③ (나)의 '두터비'는 힘없는 존재를 괴롭히는 부정적 존재로 볼 수 있지만 이를 원망하는 내용은 나타나지 않는다. 또한 (다)의 '까투리'를 기원의 대상으로 볼 만한 내용도 찾아볼 수 없다.

④ (나)는 '두엄' 위에서 뛰어내리다가 자빠지는 '두터비'의 모습과 스스로 이를 변명하며 합리화하는 '두터비'의 독백을 통해 '두터비'를 희화화하고 있다. 하지만 (다)의 화자가 '까투리'의 잘못을 타이르거나 상황에 대해 조언하려는 태도는 찾아볼 수 없다. 종장의 내용을 고려할 때, 화자는 자신의 힘겨움보다 더 심한 상황은 없다는 것을 강조하기 위해 '까투리'를 비교의 대상으로 삼고 있을 뿐이다.

⑤ (나)의 화자는 '두터비'를 풍자하고 있을 뿐 내적 갈등은 겪고 있지 않다. (다)에서는 임과 이별한 일로 인한 화자의 내적 갈등이 드러나지만 이것이 '까투리' 때문에 심화되지는 않는다.

05 작품의 종합적 감상 답 ①

(다)의 초장에서는 숨을 곳 하나 없는 산에서 매에게 쫓기는 '까투리'의 상황이 제시되고 있다. '까투리'는 매우 절박하고 절망적인 상황에 처하여 임과 이별한 화자의 슬픔과 절망감을 부각하는 역할을 하므로 화자와 대조적인 소재로 볼 수 없다.

⊙ 오답 풀이

② (다)의 중장에서는 망망대해에서 배가 파손된 이후로도 계속해서 악화되기만 하는 '도사공'의 상황을 점층적으로 열거하고 있다.

③ (다)의 중장에서는 '대천 바다 한가운데'라는 공간적 배경과 '사면이 검어 어둑 저뭇'해지는 시간적 배경을 제시하여 '도사공'이 더할 수 없을 만큼 절망적인 상황에 처해 있음을 구체화하고 있다.

④ (다)의 종장에서는 초장의 '까투리', 중장의 '도사공'과 비교하여 임과 이별한 화자의 슬픔과 절망이 더 심하다는 것을 드러내고 있다.

⑤ (다)의 종장에서는 '어디다 가을하리오'와 같이 의문문을 활용한 설의적 표현을 통해 임과 이별한 화자의 정서를 강조하고 있다.

06 외적 준거에 따른 작품 감상 답 ③

(나)의 중장부터 화자가 '두터비'로 바뀐다고 가정한다면 중장은 '두터비'가 '백송골'을 본 체험과 그때 자신의 심리(가슴이 금즉하여)를 직접적으로 진술한 것으로 이해할 수 있다.

⊙ 오답 풀이

① 중장에서부터 화자가 바뀌더라도 시상 전개 과정에서 '백송골'과 '두터비' 사이의 우열 관계가 바뀌지는 않는다.

② (나)에서 '백송골'과 '두터비' 사이의 갈등의 원인은 직접적으로 나타나지 않는다. '두터비'가 '백송골'을 보고는 지레 놀라서 뛰어내리다가 자빠졌을 뿐이다. 따라서 중장에서부터 화자가 바뀌더라도 '백송골'과 '두터비' 사이의 갈등의 원인이 다각적으로 제시되지는 않는다.

④ (나)에서 드러나는 부정적인 상황은 '두터비'가 '파리'를 잡고, '백송골'이 '두터비'를 잡는 약육강식의 세태라고 볼 수 있다. 하지만 중장에서부터 화자가 바뀌더라도 부정적인 상황에 맞서려는 '두터비'의 의지가 부각되지는 않는다. 종장에서 '두터비'의 자기 합리화를 통한 변명이 이루어질 뿐이다.

⑤ 종장에는 '두터비'가 자화자찬을 통해 자신의 행동을 합리화하는 독백이 나타나고 있다. 중장에서부터 화자가 바뀌더라도 종장의 내용을 '두터비'가 과거의 행적을 반성적으로 성찰하는 독백으로 볼 수는 없다.

현대 소설

본문 58쪽

개념 완성

01 ④	**02** ×	**03** ④	**04** ㉠ 평면적, ㉡ 입체적	**05** ○
06 전형적	**07** ④	**08** 간접 제시	**09** ×	**10** ○
11 ④	**12** 전개	**13** ×	**14** 과거, 현재	**15** ②
16 ②	**17** ③	**18** ×	**19** ①	**20** ×

01 함축성은 소설의 특성이 아니라 시가의 특성이다. 소설의 특성으로는 허구성, 개연성, 진실성, 산문성, 예술성 등이 있다.

02 소설 구성의 3요소는 인물, 사건, 배경이다.

03 주변 인물은 중심인물의 주변에서 중심인물을 보조하는 부수적 인물이다. 독자적인 성격을 지니는 인물은 개성적 인물인데, 주변 인물의 성격은 언제나 고정된 것은 아니며 주변 인물은 전형적 인물이나 개성적 인물 모두 될 수 있다.

04 소설의 인물은 성격 변화에 따라 평면적 인물과 입체적 인물로 나뉜다. 평면적 인물은 사건이 진행되는 동안 처음부터 끝까지 성격이 변하지 않는 인물이고, 입체적 인물은 작품 속 환경이나 상황에 따라 성격, 태도 등이 변화하는 인물이다.

05 소설의 인물은 말과 행동을 통해 자신의 성격을 드러낸다. 따라서 독자는 소설 속 인물의 말과 행동을 통해 인물의 성격을 파악할 수 있다.

06 전형적 인물은 특정 계층, 집단, 세대를 대표하는 인물이다. 〈춘향전〉의 춘향은 열녀의 대표적인 인물이므로 전형적 인물에 해당한다.

07 독자가 상상력을 적극 발휘하며 작품을 읽을 수 있는 것은 간접 제시에 해당한다.

08 "느 집엔 이거 없지?", "너, 봄 감자가 맛있단다."에서 대화를 통해 인물(점순)의 당돌한 성격을 간접적으로 보여 주고 있으므로, '간접 제시'에 해당한다.

09 인물이 태풍, 가뭄, 홍수 등 거대한 힘을 가진 자연환경과 맞서 싸우면서 겪게 되는 갈등은 내적 갈등이 아닌, 외적 갈등(인물과 자연 간의 갈등)에 해당한다.

10 〈레디메이드 인생〉에서 지식인인 주인공이 지식인을 긍정적으로 수용하지 않는 사회와 갈등을 빚는 것은 인물과 사회 간의 갈등에 해당한다. 인물과 사회 간의 갈등은 외적 갈등이다.

11 〈보기〉에 제시된 〈역마〉에서 성기는 자신에게 주어진 운명의 제약에서 벗어나지 못하고 결국 떠돌이 삶을 살게 된다고 했으므로, 〈보기〉에 나타난 갈등의 유형은 인물과 운명 간의 갈등이다.

12 소설의 구성 단계는 발단 - '전개' - 위기 - 절정 - 결말로 이루어진다. 전개는 사건이 본격적으로 진행되며 인물 간의 대립이나 갈등이 나타나는 단계이다.

13 '절정'이 소설의 구성 단계 가운데 갈등과 긴장이 최고조에 다다르고 사건 해결의 실마리가 제시되는 부분이다. '결말'은 인물들 사이에 벌어진 사건과 갈등이 해결되고 마무리되며 주인공의 운명이 결정되는 구성 단계이다.

14 역순행적 구성은 사건을 시간적 순서에 따라 전개하지 않고 '과거'와 '현재'를 교차시켜 전개하는 구성을 말한다.

15 소설의 구성 단계 중 '전개'에서는 작품의 주된 갈등이 나타나지만 극적 반전이 일어나지는 않는다. 극적 반전이 일어나는 단계는 '위기'이다.

16 '액자식 구성'은 액자 속에 사진이나 그림이 담겨 있는 것처럼, 전달하고자 하는 이야기를 다른 이야기 속에 집어넣어 표현하는 구성으로, '외화 → 내화 → 외화' 순으로 이야기를 전개한다.

17 인물, 사건에 대해 서술자의 개입이 적극적으로 일어나는 것은 전지적 작가 시점에 대한 설명이다.

18 작품 속 등장인물이 아닌 사람이 독자에게 이야기를 건넨다면 3인칭 시점으로 볼 수 있다. '1인칭 시점'에서는 등장인물 중 한 명인 '나'가 독자에게 이야기를 건네게 된다.

19 〈보기〉의 '그러나 나는 작은 지방 도시에서 ~ 세상을 보는 창구로 삼고 있다.'에서는 '나'가 서술자로서 자신의 이야기를 서술하고 있고, '한 사람의 생애에 있어서 ~ 충분한 시간이다.'에서는 '나'의 내면 의식을 드러내고 있으므로 1인칭 주인공 시점으로 볼 수 있다.

20 전지적 작가 시점에서는 서술자가 인물의 내면을 알고 말해 주므로 서술자와 인물 사이의 거리가 가깝다. 반면 3인칭 관찰자 시점에서는 서술자가 인물과 떨어져서 인물을 관찰하므로 서술자와 인물 사이의 거리가 멀다. 따라서 3인칭 관찰자 시점은 전지적 작가 시점보다 서술자와 인물 사이의 거리가 멀다.

교과서 활동 깊이 보기 1 성례 2 데릴사위 3 장인 4 점순

01 ③　　**02** ④　　**03** 감참외　　**04** ⑤　　**05** ⑤

01 서술상 특징 파악
답 ③

윗글은 1인칭 주인공 시점으로 이야기가 전개된다. 주인공 '나'는 장인, 점순이와 각각 갈등하고 있는데, 이 갈등의 중심에 있는 '나'가 데릴사위로 지내는 동안 점순이와의 성례를 두고 일어났던 일들을 서술하고 있다.

오답 풀이
① 윗글은 처음부터 끝까지 1인칭 주인공 시점을 유지하며 서술자가 달라지지 않으므로 적절하지 않다.
② 윗글의 서술자 '나'는 갈등의 중심에 놓여 있는 주인공이지 관찰자가 아니므로 적절하지 않다. 또한 '나'는 자신이 겪은 사건을 서술하며 다양한 감정을 표출하고 있다.
④ 윗글의 서술자인 '나'는 교활한 장인이 자신을 이용하고 있다는 사실을 제대로 파악하지 못할 정도로 순진하고 어수룩한 인물이다. 이러한 '나'는 자신이 겪은 사건의 의미를 객관적으로 분석하여 전달하는 것이 아니라 주관적으로 해석하여 전달하고 있다.
⑤ 윗글은 1인칭 주인공 시점으로 '나'의 내면은 직접적으로 제시되고 있다. 그러나 점순이나 장인과 같은 다른 인물들의 내면은 대화를 통해 간접적으로 제시되고 있을 뿐이다.

02 사건에 대한 이해
답 ④

점순이가 밥을 나르다 떨어뜨리면 '나'는 점순이가 무안해할까 봐 흙투성이 밥을 말없이 먹곤 했다. 그러나 이는 과거 사건을 요약적으로 제시한 것이지, '이날'에 일어난 일이 아니다.

오답 풀이
① '이날' '나'는 혼자 화전밭을 갈고 있었고, 시간이 흐른 뒤 점순이가 '나'가 먹을 밥을 가져왔다.
② '나'와 점순이는 내외하는 사이로, 가까운 곳에 함께 앉아 있거나, 마주 보고 대화를 나누지 않는다. 점순이가 고개를 숙여 그릇을 포개면서 "밤낮 일만 하다 말 텐가!"라는 혼잣말을 하는 것이나, 이 말에 '나'가 허공을 바라보며 혼잣말로 답하는 것은 모두 내외하는 모습을 보여 주고 있는 것이다. 이렇게 당대의 문화적 관습에 따라 '나'와 점순이는 대화를 나누면서도 서로를 바라보지 않으며 끝까지 내외했다.
③ 점순이는 "성례시켜 달라지 뭘 어떡해."와 같이 자신의 속마음을 드러내고는 부끄러워하며 산으로 도망쳤다.
⑤ '내가 다 먹고 물러섰을 때 그릇을 와서 챙기는데'를 통해 점순이는 '나'가 밥을 다 먹을 때까지 기다렸다가 그릇을 치웠음을 알 수 있다.

03 인물의 심리 파악
답 감참외

'나'는 점순이가 그리 예쁘지는 않고 툽툽하게 생긴 얼굴에 키도 작지만, 자신의 눈에는 예뻐 보인다고 말한다. 그래서 점순이를 '감참외' 같다고 표현했는데, 그 이유로 감참외가 참외 중에서 가장 맛 좋고 예쁘기 때문이라고 이야기하고 있다. 이는 점순이에 대한 '나'의 호감을 보여 준다. 또 이렇게 점순이를 향토적 소재인 감참외에 빗댐으로써, 남들의 시선과는 다르게 점순이를 예쁘게 바라보고 있는 '나'의 긍정적 시선을 개성적으로 표현하고 있다.

04 발화의 기능 파악
답 ⑤

ⓜ은 점순이의 말로, 일만 하지 말고 자신의 아버지(장인)에게 더 적극적인 태도로 성례를 요구하라는 의미를 담고 있다. '나'는 그동안 장인에게 성례시켜 줄 것을 요구했지만, 장인은 점순이의 키를 핑계로 번번이 거절했다. 그리고 점순이와는 내외하느라 제대로 대화를 하지 못했는데, '이날'은 두 사람만 있는 화전밭에서 점순이와 대화를 나누고 있다. 점순이의 핀잔(ⓒ)에 '나'가 ⓔ과 같이 대답하자, 점순이는 답답하다는 듯 ⓜ과 같이 쏘아붙이고 산으로 도망을 가 버렸다. 이런 대화 상황을 고려해 보면, ⓜ은 성례 문제에 대해 '나'가 보다 적극적으로 행동하기를 요구하는 것으로 볼 수 있다.

오답 풀이
① ㉠은 소에게 화풀이하는 말이 아니라 노래를 하며 소를 부리는 소리이므로 적절하지 않다. 소에게 화풀이하는 말은 ㉡이다.
② ㉡은 장인이 점순이가 아직 덜 자랐다는 핑계를 대며 성례를 미루는 상황에서 점순이의 작은 키를 보고 난 울화를 공연히 소에게 화풀이하며 하는 말이다. 그래서 장인에 대한 분노의 마음을 담겨 있다고 볼 수 있다. 그러나 '나'는 장인이 노동에 대한 대가인 품삯을 제대로 주지 않아서 화가 난 것이 아니라, 장인이 점순이와 성례를 시켜 주지 않았기 때문에 화가 난 것이다.
③ ㉢은 성례시켜 줄 때까지 소극적인 태도로 일만 하지 말고 장인에게 성례시켜 줄 것을 보다 적극적으로 요청하라는 의미가 담긴 말이므로 적절하지 않다.
④ ㉣은 그동안 내외하느라 대화하지 않았던 점순이가 갑자기 ㉢과 같이 말한 것에 대한 '나'의 반응이다. 그리고 생각지도 못했던 점순이의 말에 얼떨떨해하면서도 성례할 수 있는 좋은 방법이 있는지 궁금해하며 혼잣말처럼 내뱉은 '나'의 말이다. 따라서 ㉣이 성례하지 못하고 있는 현재 상황에 대한 체념적 태도와 절망감을 드러낸다고 이해하는 것은 적절하지 않다.

05 외적 준거에 따른 작품 감상
답 ⑤

〈보기〉는 소설의 배경이 가지는 기능을 여섯 가지로 제시하고 있다. 그리고 [A]에서는 봄날의 생기 있는 풍경을 야릇한 꽃내, 빌들의 소리, 샘물 소리, 하늘의 봄볕에 대한 자세한 묘사를 통해 제시하고 있다. [A]는 봄날의 산속 화전밭이라는 시간적, 공간적 배경을 나타낸 부분으로, 이러한 배경은 '나'의 몸을 나른하게 하고 가슴이 울렁거리게 만든다. 따라서 [A]는 '나'가 생기 있는 봄의 분위기에 취해 정서적으로 반응하도록 하고 있음을 알 수 있다.

오답 풀이
① [A]의 생기 있고 아름다운 봄 풍경은 일반적으로 사랑을 고백하게 되는 분위기를 형성할 수 있다. 그러나 윗글에서 '나'는 점순이에게 사랑을 고백하지 않으므로 적절하지 않다.
② 윗글에는 점순이와의 성례를 포기하겠다는 '나'의 태도 변화가 나타나지 않는다. 따라서 [A]를 점순이와의 성례를 포기하겠다는 '나'의 태도 변화를 유도하는 것으로 이해하는 것은 적절하지 않다.
③ 윗글에는 '나'의 변덕스러운 성격이 나타나지 않는다. 따라서 [A]를 '나'의 변덕스러운 성격을 암시하는 것으로 이해하는 것은 적절하지 않다.
④ [A]의 시간적, 공간적 배경은 자연적 배경에 해당할 뿐, '나'로 하여금 점순이를 좋아하는 자신의 처지를 떠올리게 하지는 않는다.

현대 소설 **01** 봄·봄 ❷

본문 64쪽

교과서 활동 깊이 보기 1 성례 2 몸싸움 3 역순행적

01 ③　　**02** ①　　**03** ③　　**04** 내가 머리가 터지도록 매를 얻어맞은 것이 이 때문이다.　　**05** ④

01 서술상 특징 파악 　　　　　　　　　　답 ③

해학성이란 인물의 과장된 행동이나 대화 등을 통해 웃음을 유발하는 것을 말한다. 윗글에서는 장인과 사위 사이에 일어난 비상식적인 몸싸움이 해학성을 유발하고 있다. 일반적으로 장인과 사위는 서로를 존중하며 일정 정도 격식을 갖추는 관계에 있으나, 이 작품에서 사위인 '나'와 장인은 이러한 상식에서 벗어난 언행을 보이고 있다. 특히 윗글에서는 마치 어린아이들처럼 서로의 급소를 노려 몸싸움을 함으로써 독자로 하여금 웃음 짓게 만들고 있다.

◎오답 풀이

① 언어유희란 소리나 의미의 유사성을 이용하여 말놀이를 하듯 재미있게 표현하는 것을 말한다. 언어유희는 해학성을 형성할 수 있는 요소이지만, 윗글에는 언어유희가 나타나지 않는다.

② 반어적 표현이란 속마음과는 반대되는 말을 하여 원래의 의미를 부각하는 표현 방식을 말한다. 반어적 표현은 해학성을 형성할 수 있는 요소이지만, 윗글에는 반어적 표현이 나타나지 않는다.

④ 윗글에서 '나'는 상황을 정확하게 인식하지 못할 뿐만 아니라 이로 인해 적절하게 대응하지 못하고 있다. 이러한 '나'의 어수룩한 면모는 독자로 하여금 웃음 짓게 하는 해학성을 형성한다. 따라서 당면한 상황을 정확하게 인식하는 인물의 대응 방식이 해학성을 유발한다는 설명은 적절하지 않다.

⑤ 풍자란 대상의 잘못이나 결점을 비웃으며 비판하는 것을 말한다. 윗글에는 치욕적인 역사적 사건을 비꼬아 표현하는 풍자가 나타나지 않으므로 적절하지 않다.

02 구절의 의미 파악 　　　　　　　　　　답 ①

㉠은 장인과의 몸싸움 과정에서 발생한 '나'의 감정과 고통을 서술한 것일 뿐, '나'의 순진하고 어수룩한 성격을 보여 주는 것이 아니므로 적절하지 않다.

◎오답 풀이

② ㉡은 자신에게 고통을 준 장인을 유달리 착한 사람으로 평가하고 있는 부분으로 '나'의 순진하고 어수룩한 성격을 보여 주고 있다.

③ ㉢은 여전히 자신을 이용하고 있는 장인의 속셈을 간파하지 못한 채, 오히려 장인에게 고마움을 느끼고 있는 '나'의 순진하고 어수룩한 성격을 보여 주고 있다.

④ ㉣은 자신에게 고통을 준 장인이 눈물을 보이자 겁을 먹은 '나'의 내면을 표현하고 있으므로, '나'의 순진한 성격을 보여 주는 것으로 볼 수 있다.

⑤ ㉤은 점순이 역시 장인을 혼내 주는 자신의 행동에 고소해할 것이라고 여기는 '나'의 순진한 성격을 보여 준다. 또한 자신을 말리는 점순이의 행동을 이해하지 못하는 '나'의 어수룩함을 보여 주고 있다.

03 행위의 의미 파악 　　　　　　　　　　답 ③

몸싸움 과정에서 흥분하고 분노한 장인은 '나'의 머리를 지게막대기로 사정없이 내려쳐 머리가 터지게 만들었다. 이후 진정되자 '나'의 머리 상처를 치료해 주었고, '나'를 달래기 위해 성례 약속을 한 것이다. 이러한 발화 맥락과 그동안의 장인의 언행으로 볼 때, [A]에서의 성례 약속은 '나'와 장인 사이의 갈등을 일시적으로 해소하는 미봉책으로서의 제안일 뿐이다. 따라서 [A]에 '나'와 점순이의 성례 약속을 지키겠다는 장인의 굳은 의지가 담겨 있다고 이해하는 것은 적절하지 않다.

◎오답 풀이

① 장인이 [A]와 같이 성례 약속을 하자 '나'는 '그러나 여기가 또한 우리 장인님이 유달리 착한 곳이다.'라고 평가하게 되므로 적절하다.

② 장인이 손수 '나'의 상처를 치료해 준 것으로 보아, '나'를 때려 다치게 한 것을 은근히 미안해하고 있음을 알 수 있다.

④ '나'는 [A]에서의 성례 약속을 듣고 "빙장님! 인제 다시는 안 그러겠어유……."라고 용서를 구하는 동시에, 다시는 그러지 않겠다는 맹세를 하게 되었으므로 적절하다.

⑤ 장인은 [A]와 같이 성례 약속을 통해 '나'를 달래고 있다. 동시에 콩밭을 갈라고 시키는 것으로 보아, 장인은 여전히 '나'를 이용하려는 교활하고 이기적인 속내를 가지고 있음을 알 수 있다.

04 구성상 특징 파악 　　　　　　　　　　답 내가 머리가 터지도록 매를 얻어맞은 것이 이 때문이다.

윗글에서 '내가 머리가 터지도록 ~ 지게를 지고 일터로 갔다.' 부분은 가장 마지막에 일어난 사건으로, 성례를 요구하던 '나'와 '장인'이 몸싸움을 하던 오늘 아침의 사건을 서술하는 사이에 삽입해 놓았다. 이러한 사건 배치는 의도적으로 시간을 역전시킴으로써 독자의 흥미를 유발하고, 작품의 긴장감을 잠시 이완시켰다가 다시 고조시키며, 점순이의 예상치 못한 언행에 대한 '나'의 놀라움과 당황스러움을 강조하는 효과를 불러오게 된다.

05 외적 준거에 따른 작품 감상 　　　　　　　　　　답 ④

[B]와 달리 〈보기〉에서는 점순이가 '나'(덕삼)를 지지해 주고, 장인이 당장 성례시켜 줄 것을 약속함으로써 작품의 주된 갈등이 해소된다. 반면 [B]에서는 점순이가 장인의 편을 듦으로써 '나'가 멍하니 장인의 매를 맞는 것으로 끝을 맺어, 갈등이 해소되지 않은 채 끝이 난다. 이에 비해 〈보기〉에서의 "그럴 줄 알았어요. 고인 물도 밟으면 솟구친다잖아요."라는 점순이의 말은, 속담을 활용해 '나'의 편을 드는 것으로, 당장 성례를 시켜 주겠다는 장인의 약속을 이끌어 내고 있다. 따라서 [A]에서 〈보기〉로 각색하는 과정에서 점순이의 태도와 성례 문제에 대한 장인의 태도가 변화되어 작품의 주된 갈등이 해소되는 것으로 바뀌었음을 알 수 있다.

◎오답 풀이

① 장인님의 소리에 장모님과 점순이가 안에서 뛰어나온 것으로 보아 [B]의 공간적 배경은 점순네 마당임을 짐작할 수 있다. 〈보기〉의 공간적 배경도 '점순네 마당'으로 공간적 배경이 추가되거나, 공간의 이동이 나타나지 않으므로 적절하지 않다.

② 인물의 대사로 작품을 끝맺는 것은 [B]이다. 〈보기〉는 인물의 대사가 아니라 환하게 웃는 점순이의 얼굴을 클로즈업하며 작품을 마무리하고 있다.

③ [B]와 〈보기〉 모두 상징적 의미를 가진 소재를 활용하지 않았다.

⑤ 〈보기〉의 '덕삼'은 [B]의 '나'를 변형한 것일 뿐 새로운 인물이 추가된 것이 아니며, 또 다른 사건에 대한 암시도 나타나지 않는다.

현대 소설 02 돌다리 ❶ 　　　　　　　　　　본문 66쪽

교과서 활동 **깊이 보기** 　1 땅　2 내력　3 병원　4 돌다리

01 ⑤　　02 ⑤　　03 창섭의 아버지는 근검으로 근방에 소문난 영감이다.　　04 ③　　05 ⑤

01 서술상 특징 파악 　　　　　　　　　　답 ⑤

창섭과 창섭 아버지의 대화가 제시되고 있으며, 전지적 서술자가 창섭 아버지가 땅을 가꿔 온 내력을 요약적 진술로 제시하고 있으므로 적절한 설명이다.

① 액자식 구성이란 액자 속에 사진이나 그림이 담겨 있는 것처럼, 전달하고자 하는 이야기를 다른 이야기 속에 집어넣어 표현하는 것을 말한다. 윗글에서는 액자식 구성이 활용되지 않았으므로 적절하지 않다.
② 창섭이 고향으로 내려오는 장면에서 창섭과 창섭 아버지의 대화 장면으로 전환되고 있다. 그러나 이러한 장면 전환을 빈번하다고 판단하기 어려우며 긴박한 분위기를 조성하고 있지도 않다.
③ '돌다리'라는 상징적 소재를 사용하여 창섭의 아버지가 지니고 있는 전통적 가치관을 드러내고 있지만, 이를 통해 인물의 성격 변화를 암시하고 있지는 않다.
④ 창섭 아버지가 방언을 섞어 가며 말하고 있지만, 이를 통해 향토적인 분위기를 자아내고 있을 뿐 해학적인 분위기를 조성하고 있지는 않다.

02 작품의 내용 이해 　　　　　　　　　답 ⑤
'아버지께선 내년이 환갑이시다! ~ 땅은 전부 없애 버릴 필요가 있는 거다!'라는 창섭의 생각으로 볼 때 창섭은 아버지가 가꾸는 땅을 팔기 위한 목적으로 아버지를 설득하기 위해 시골로 내려온 것이다. 아프신 부모님을 서울 병원에 모셔 가겠다는 내용은 찾아볼 수 없다.

① '창섭의 아버지는 근검으로 근방에 소문난 영감이다.'를 통해 창섭의 아버지가 부지런한 성격임을 알 수 있다. 그리고 '그러나 자기 대에 와서는 밭 하루갈이도 늘구지는 못한 것으로도 소문난 영감이다.'를 통해 창섭의 아버지가 땅을 늘리지는 못했음을 알 수 있다.
② '창섭은 어려서 아버지께 이 큰 돌다리의 내력을 들은 것이 아직도 기억에 남아 있다.'를 통해 창섭이 어렸을 때 아버지에게서 돌다리의 내력을 들었음을 알 수 있다.
③ "할아버니께서 쇠똥을 맨손으로 움켜다 너시던 논 ~ 밭을 더 건 논으로 더 기름진 밭이 되도록, 닦달만 해 가기에도 내겐 벅찬 일일 게다."를 통해 창섭의 아버지는 부지런한 농부임을 알 수 있고, '아들이 의사가 된 후로는'을 통해 창섭의 직업은 의사임을 알 수 있다.
④ '아들이 의사가 된 후로는, 아들 학비로 쓰던 몫까지 들여서 동네 길들은 물론, 읍 길과 정거장 길까지 닦아 놓았다.'를 통해 창섭의 아버지는 창섭의 학비로 쓰던 돈을 마을을 위해 사용했음을 알 수 있다.

03 구절의 기능 파악
　　　　　　　　답 창섭의 아버지는 근검으로 근방에 소문난 영감이다.
윗글의 맨 처음 문장인 '창섭의 아버지는 근검으로 근방에 소문난 영감이다.'는 창섭 아버지의 성격을 직접적으로 표현한, '근검'이라는 2음절의 한자어를 포함하고 있다.

04 세부 내용 파악 　　　　　　　　　답 ③
㉠에서 창섭의 아버지는 자기 대에서 땅을 늘리지 못한 인물로 소문이 났다고 하였다. 그 까닭으로 다른 물가가 곡식값보다 올랐고, 아들의 유학이 부담이 되었으며, 땅을 기름지게 가꾸기 위해 애를 썼고, 아들이 의사가 된 뒤로는 마을의 길을 닦았다는 것을 들고 있다. 그러나 징검다리를 만들기 위해 자금을 많이 썼다는 내용은 확인할 수 없다.

① '아들의 유학이란 것이 큰 부담인 데다가'를 통해 창섭의 아버지는 아들의 유학비를 장만하기 위해 돈을 썼기 때문에 땅을 늘리지 못했음을 알 수 있다.
② 창섭의 아버지는 '밭을 더 건 논으로 더 기름진 밭이 되도록, 닦달만 해 가기에도 내겐 벅찬 일일 게다.'라고 하였는데, 이는 땅을 기름지게 만들

기 위해 창섭의 아버지가 노력했음을 의미하며, 창섭의 아버지는 이러한 이유로 땅을 늘릴 생각을 하지 못했다.
④ '아들이 의사가 된 후로는, 아들 학비로 쓰던 몫까지 들여서 동네 길들은 물론, 읍 길과 정거장 길까지 닦아 놓았다.'를 통해 창섭의 아버지는 아들이 의사가 된 뒤 돈을 들여 마을의 길을 닦아 놓았으며, 이로 인해 땅을 늘리지 못했음을 알 수 있다.
⑤ '곡식값보다는 다른 물가들이 높아졌을 뿐 아니라'를 통해 다른 물건의 가격이 곡식의 가격보다 높아졌고, 이것이 창섭의 아버지가 땅을 늘리지 못한 이유 중 하나라는 것을 알 수 있다.

05 외적 준거에 따른 작품 감상 　　　　　　답 ⑤
윗글에서 튼튼하고 안정적인 ⓓ '돌다리'는 전통적 가치관을 상징하며, '개울은 동네 복판을 흐르고 있어 아래위로 징검다리는 서너 군데나 놓였으나 하룻밤 비에도 일쑤 넘치어 모두 이 큰 돌다리로 통행하던 것이었다.'를 통해 '돌다리'(전통적 가치관)가 ⓔ '징검다리'보다 견고함을 알 수 있다. 그러나 이를 통해 전통적 가치관보다 근대적 가치관이 견고하다는 것은 알 수 없으므로 적절하지 않다.

① ⓐ '유학'은 창섭이 의사가 되기 위해 공부를 한 것을 의미한다. 창섭은 〈보기〉의 설명처럼 대상의 물질적 가치를 우선시하는 서구적이고 근대적인 가치관을 지닌 인물이라는 점에서, '유학'은 창섭이 근대적 가치관을 지니게 되는 데 영향을 미친 요소라고 짐작할 수 있다.
② "할아버니와 아버니께서 나를 부자 소린 못 들어도 ~ 손수 이룩하신 밭을 ~ 내겐 벅찰 일일 게다."를 통해 ⓑ '땅'은 창섭 아버지의 할아버지와 아버지께서 물려준 것으로 창섭의 조상 때부터 일구었던 공간임을 알 수 있다. 또한 전통적 가치관은 대상의 정신적 가치를 중시한다는 〈보기〉의 설명을 통해, 창섭의 조상 때부터 일군 '땅'은 전통적 가치관과 관련이 있음을 알 수 있다.
③ ⓒ '양관'이란 서양식으로 지은 집으로 창섭은 '서울서 큰 양관을 손에 넣'고자 하는 욕심을 지니고 있다. 또한 〈보기〉에서 서구적이고 근대적인 가치관은 대상의 물질적 가치를 우선시한다고 했으므로, '양관'은 물질적 가치를 우선시하는 서구의 가치관과 연관이 있는 소재임을 알 수 있다.
④ "너이 증조부님 돌아가시어서. ~ 이렇게 넓구 튼튼한 돌루 노신 거란다."에서 창섭의 아버지가 언급한 ⓓ '돌다리'의 내력으로 볼 때, '돌다리'는 창섭의 가족사를 함께해 온 존재로 정신적 가치를 지니고 있다고 볼 수 있다. 또한 〈보기〉에서 전통적 가치관은 대상의 정신적 가치를 중시한다고 했으므로, '돌다리'는 정신적 가치를 중요하게 여기는 전통적인 가치관을 상징함을 알 수 있다.

현대 소설 02 돌다리 ❷
　　　　　　　　　　　　　　　　본문 68쪽

교과서 활동 깊이 보기 　1 신념 　2 전지적 작가 　3 상상력

01 ② 　　02 ④ 　　03 ④ 　　04 훌륭헌 인물 　　05 ②

01 서술상 특징 파악 　　　　　　　　　답 ②
"땅처럼 응과가 분명헌 게 무어냐? 하눌은 차라리 못 믿을 때두 많다. 그러나 힘들이는 사람에겐 힘들이는 만큼 땅은 반드시 후헌 보답을 주시는 거다.", "돈에 팔 줄 아니? 사람헌테 팔 테다." 등에서 창섭 아버지가 땅을 소중히 여기는 마음과 병원 확장을 위해 땅을 팔지 않겠다는 의지를 드러내고 있다. 따라서 인물 간의 대화를 통해 인물이 지향하는 바를 드러내고 있음을 알 수 있다.

① 반복되는 사건이 제시되고 있지 않다. 또한 창섭은 아버지와의 대화를 통해 아버지가 땅을 대하는 태도를 이해하게 되며, 아버지의 신념을 존중하는 마음을 드러내고 있다. 따라서 인물 간의 갈등이 심화되는 것이 아니라, 갈등이 해소되고 있다고 볼 수 있다.

③ 윗글에서는 전지적 작가 시점으로 인물의 내면과 사건을 서술하고 있다. 서술자가 자신의 이야기를 중심으로 사건을 전개하는 것은 1인칭 주인공 시점이다.

④ 윗글은 전지적 작가 시점으로 여러 인물을 서술자로 내세우지 않고, 이야기 바깥의 서술자 한 명이 사건을 전달하고 있다.

⑤ 윗글에서는 과거 장면과 현재 장면을 교차하고 있지 않으며, 현재를 중심으로 이야기가 전개되고 있다.

02 인물에 대한 이해   답 ④

"땅처럼 응과가 분명헌 게 무어냐? 하눌은 차라리 못 믿을 때두 많다."에서 창섭의 아버지는 하눌보다 땅이 응과가 분명하다는 믿음을 지니고 있음을 알 수 있다.

① "넌 너루서 발전헐 길을 열었구. 그게 또 모리지배의 악업이 아니라 활인허는 인술이구나! 내가 어떻게 불평을 말헌?"을 통해 창섭의 아버지는 아들의 직업이 사람의 목숨을 구하여 살리는('활인허는 인술') 가치를 지니고 있다는 것을 이해하고 있음을 알 수 있다.

② "그렇게 땅을 홀댈 허군 인제 죽어서 땅이 무서서 어디루들 갈 텐구!"를 통해 창섭의 아버지는 사람이 죽으면 땅으로 돌아갈 것이라고 생각하고 있음을 알 수 있다.

③ "세상에 흔해 빠진 지주들, 땅은 작인들헌테나 맡겨 버리구, 떡 도회지에 가 앉어 소출은 팔어다 모다 도회지에 낭비해 버리구, 땅 가꾸는 덴 단돈 일 원을 벌벌 떨구, 땅으루 살며 땅에 야박한 놈은 자식으로 치면 후레자식인 셈이야."를 통해 창섭의 아버지가 땅을 물질적 가치로만 여기는 세태를 비판하고 있음을 알 수 있다.

⑤ "다만 삼사대 집안에서 공들여 이룩해 논 전장을 남의 손에 내맡기게 되는 게 저윽 애석헌 심사가 없달 순 없구……."를 통해 농사짓는 일이 창섭에게 이어지지 못하는 것에 대한 창섭 아버지의 아쉬움을 엿볼 수 있다.

03 소재의 의미 파악   답 ④

"돈에 팔 줄 아니? 사람헌테 팔 테다. 건너 용문이는 ~ 그런 사람들이 땅 임자 안 되구 누가 돼야 옳으냐?"에서 창섭의 아버지는 용문이, 문보, 덕길이 등을 거론하며 땅의 가치를 알고 소중히 여기는 사람에게 땅을 넘기겠다고 하였으므로 적절하다.

① 창섭의 아버지는 어머니와 관련된 언급을 하지 않았으므로 적절하지 않다.

② 창섭의 아버지가 "그런 사람들 무슨 돈으로 땅값을 한목 내겠니? 몇몇 해구 그 땅 소출을 팔아 연년이 갚어 나가게 헐 테니 너두 땅값을랑 그렇게 받어 갈 줄 미리 알구 있거라."라고 하였으므로 제값을 단번에 받고 땅을 팔라는 말은 적절하지 않다.

③ 창섭은 의사로서, 가업인 농사일을 이으려는 의도는 가지고 있지 않다. 그리고 창섭의 아버지도 아들인 창섭이 가업을 잇지 않는 것에 아쉬움을 느끼고 있지만, 아들의 선택을 존중하고 있다. 따라서 가업을 이어 농사지으라는 말은 적절하지 않다.

⑤ 창섭의 아버지는 자기가 가꾼 땅을 용문이, 문보, 덕길이와 같이 땅을 소중히 여기는 사람에게 넘기겠다고 하였으므로, 창섭에게 땅 임자가 될 사람을 가려 정하라고 하는 말은 적절하지 않다.

04 구절의 의미 파악   답 훌륭헌 인물

창섭은 아버지의 이야기를 듣고 땅을 대하는 아버지의 신념과 태도를 결국에는 인정하고 있다. 이러한 태도는 창섭 어머니의 "너이 아버지가 여간 고집이시냐?"라는 말에 "아뇨. 아버지가 어떤 어른이신 건 오늘 제가 더 잘 알었습니다. 우리 아버진 훌륭헌 인물이십니다."라고 대답한 창섭의 말에 나타나 있다. 여기서 아버지의 신념을 인정하는 창섭의 마음이 드러나는 2어절의 어구는 '훌륭헌 인물'이다.

05 외적 준거에 따른 작품 감상   답 ②

창섭 아버지는 땅에 대한 애착과 땅을 소중히 여기는 신념을 지닌 인물로, 〈돌다리〉의 작가는 창섭 아버지를 통해 땅의 본래적인 가치를 등한시하고 금전적 가치만을 중시하는 태도를 비판하고 있다. 따라서 작가가 궁극적으로 드러내고자 한 내용으로는 '소중한 땅, 그 본질적 의미를 되새겨야 합니다.'가 적절하다.

① 창섭의 아버지는 땅에 대한 애착을 갖고 땅을 소중히 여기지만, 인간의 지혜가 땅에서 나온다는 말을 하지는 않았다.

③ 창섭의 아버지는 가지고 있는 땅을 가꾸는 데 힘을 쏟았지만 땅을 늘리기 위한 일은 하지 않았으므로, 농민에게 땅이 많을수록 좋은 일이라는 내용은 적절하지 않다.

④ 창섭의 아버지는 땅을 소중히 여기며 보살필 줄 아는 사람에게 땅을 팔겠다는 신념을 지니고 있으므로, 효율성으로 땅의 가치를 평가해야 한다는 내용은 적절하지 않다.

⑤ 윗글은 땅의 본래적인 가치에 대해 말하고 있으므로 땅이 '우리가 돌아갈 미래의 보금자리'라는 내용과는 무관하다.

현대 소설 03 미스터 방 ❶   본문 70쪽

| 교과서 활동 깊이 보기 | 1 머슴살이 | 2 포로수용소 | 3 통역관 |

| 01 ④ | 02 ② | 03 신기료장수 | 04 ⑤ | 05 ③ |

01 서술상 특징 파악   답 ④

윗글의 서술자는 방삼복이 출세하기까지의 사건과 이에 대한 백 주사의 심리 상태를 서술하고 있으며, 주변 사람들의 반응까지 전지적 작가 시점에서 서술하고 있다.

① 윗글은 전지적 작가 시점의 소설로, 서술자가 인물의 내면과 사건의 전말을 모두 알고 서술하고 있으므로 타인에게 들은 이야기를 독자에게 전달하고 있다는 설명은 적절하지 않다.

② 윗글은 전지적 작가 시점으로 이야기가 전개된다. 서술자가 관찰자의 입장에서 사건을 객관적으로 전달하는 것은 3인칭 관찰자 시점에 해당하므로 적절하지 않다.

③ 윗글은 전지적 작가 시점으로 이야기가 전개된다. 서술자가 자신이 경험한 이야기를 전달하는 등장인물로 나타나는 것은 1인칭 주인공 시점에 해당하므로 적절하지 않다.

⑤ 윗글은 전지적 작가 시점으로 이야기가 전개된다. 윗글에서는 전지적 서술자 한 명이 이야기를 전개하고 있으므로 적절하지 않다.

02 작품의 내용 파악   답 ②

백 주사는 방삼복의 성공을 부러워하면서도 시기하고 있다. 그러나 백 주사가 방삼복이 성공한 이유를 스스로 알아내고자 했다는 내용은 윗글에서 확인할 수 없다.

> **⊘ 오답 풀이**

① '돈벌이를 간답시고, 조석이 간데없는 부모에게다 처자식 떠맡기고는 훌쩍 일본으로 떠나 버렸다.'를 통해 방삼복이 돈을 벌겠다며 처자식을 두고 홀로 일본으로 떠났음을 알 수 있다.

③ '처음 일 년은 용산 있는 연합군 포로수용소엘 다니며 ∼ 토막 영어가 조금 더 진보되었고.'를 통해 방삼복은 서울에 있는 포로수용소에서 일하며 영어 실력이 늘었음을 알 수 있다.

④ '중국 상해에 와 있노라 ∼ 고향엘 돌아왔다. ∼ 고향을 떠날 적보다 차라리 초라한 것 같았다.'를 통해 방삼복은 중국 상해에서 지내다가 초라한 모습으로 고향에 돌아왔음을 알 수 있다.

⑤ '흥, 개구리가 올챙이 적 못 생각한다더니. 발칙한 놈. 고얀 놈.', '불과 몇 달간에 이렇게 훌륭히 되고 ∼ 신기하기도 하고 부럽기도 하고 또한 안타깝기도 하였다.'를 통해, 백 주사는 신기료장수 생활을 하던 방삼복이 '미스터 방'이 되어 권세를 누리는 것을 보고 그를 못마땅하게 여기면서도 부러워했음을 알 수 있다.

03 소재의 의미 파악 　　　　답 신기료장수

방삼복은 고향에서 서울로 올라 온 뒤에 용산에 있는 연합군 포로수용소에 다녔으며, 이후 신기료장수로 생활하였다. 그리고 고향 사람들이 아버지처럼 신발과 관련된 일을 한다고 ⓐ '부전자전'이라고 하였으므로 이와 관련된 5음절의 단어는 '신기료장수'이다.

04 구절의 의미 파악 　　　　답 ⑤

'호구(糊口)'는 겨우 끼니를 이어 감을 이르는 말로, '호구지책(糊口之策)'은 가난한 살림에서 그저 겨우 먹고 살아가는 방책이라는 뜻이다. 따라서 '호구지책'은 ㉠ '입에 풀칠을 하였고'와 관련이 있는 사자성어에 해당한다.

> **⊘ 오답 풀이**

① 안빈낙도(安貧樂道)는 가난한 생활을 하면서도 편안한 마음으로 도를 즐겨 지키는 것을 이르는 말로서 ㉠과는 무관하다.

② 연목구어(緣木求魚)는 나무에 올라가서 물고기를 구한다는 뜻으로, 도저히 불가능한 일을 굳이 하려 함을 비유적으로 이르는 말로서 ㉠과는 무관하다.

③ 정저지와(井底之蛙)는 우물 안 개구리라는 뜻으로, 견문이 좁고 세상 형편에 어두운 사람을 비유적으로 이르는 말로서 ㉠과는 무관하다.

④ 호가호위(狐假虎威)는 여우가 호랑이의 위세를 빌려 호기를 부린다는 데에서 유래한 말로 남의 권세를 빌려 위세를 부림을 이르는 말로서 ㉠과는 무관하다.

05 외적 준거에 따른 작품 감상 　　　　답 ③

〈보기〉에서는 해방 이후 미군의 권력을 이용해 부를 축적하였던 방삼복과 같은 통역관들에 대해 서술하고 있다. 이를 참고하면 윗글에서는 해방 후 통역관이 되어 '갖은 호강 다 하며 천하에 무서울 것이 없고, 기광이 나서' 부당하게 권력을 행사하는 방삼복의 모습을 통해 당대의 사회 현실을 비판하고 있다고 볼 수 있다.

> **⊘ 오답 풀이**

① 윗글에서는 미군정 시기의 한국 사회의 모습을 보여 주고 있지만, 미군의 부도덕한 실상을 보여 주고 있지 않으며 미군정의 문제점을 고발하고 있지도 않다.

② 방삼복은 해방 후의 혼란스러운 사회 속에서 부를 쌓으며 성공을 이룬 인

물이라고 볼 수는 있으나, 윗글에서는 방삼복의 긍정적인 면모를 보여 주고 있지 않고 오히려 방삼복을 풍자하고 있다.

④ 윗글에서 백 주사는 권력을 잃은 인물에 해당하고 방삼복은 새로 권력을 얻은 인물에 해당하지만, 두 인물이 소통함으로써 사회 문제를 해결하고 있지는 않으므로 적절하지 않다.

⑤ 미군 통역사로서 방삼복의 성공은 영어를 잘하는 것에 기반하므로 그가 노력에 의해 성공했다고 볼 여지가 있다. 그러나 방삼복의 모습을 통해 해방 이후 바람직한 사회의 모습을 드러내고 있지는 않다.

현대 소설 **03**	미스터 방 ❷			본문 72쪽
교과서 활동 깊이 보기	1 재산	2 방삼복	3 말	4 양칫물
01 ④	02 ①	03 예시 답안 참조		04 ②

01 인물에 대한 이해 　　　　답 ④

윗글에서는 S 소위가 통역관으로서 방삼복의 능력을 인정하는 장면이 나타나지 않으며, S 소위가 방삼복을 깍듯이 대하는 모습도 확인할 수 없으므로 적절하지 않다.

> **⊘ 오답 풀이**

① '잘만 하면 그 힘을 빌려, 분풀이와, 빼앗긴 재물을 도로 찾을 여망이 있을 듯싶었다.'를 통해 백 주사가 방삼복이 현재 가지고 있는 권력을 이용하여 복수와 더불어 빼앗긴 재산을 되찾으려 했음을 알 수 있다.

② "내 입 한 번만 떨어진다 치면 ∼ 쑥밭을 만들어 놉니다. 쑥밭." 등을 통해 방삼복은 자신에게 청탁을 하는 백 주사에게 자신의 권세를 과시하며 허세를 부렸음을 알 수 있다.

③ '그런데 이 녀석이, 언제 적 저라고 무엄스럽게 굴어 심히 불쾌하였고, 그래서 엔간히 자리를 털고 일어설 생각이 몇 번이나 나지 아니한 것도 아니었었다. 그러나 참았다.'를 통해 백 주사가 방삼복의 태도에 불쾌감을 느꼈으나 이를 억눌렀음을 알 수 있다.

⑤ '미스터 방이 그 걸쭉한 양칫물을 노대 아래로 아낌없이 좍 뱉는 바로 그 순간이었다. 그 순간이 공교롭게도, 마침 그를 찾으러 온 S 소위가 현관으로 일단 들어서려다 말고'를 통해 방삼복이 S 소위가 자신의 집에 찾아온 것을 모르고 양칫물을 뱉었음을 알 수 있다.

02 속담의 이해와 적용 　　　　답 ①

㉠은 백 주사가 방삼복의 권력을 이용하여 자신의 재산을 빼앗았던 사람들에게 복수를 하고 이와 아울러 재산을 되찾을 수 있을 것이라고 기대하는 상황을 나타낸 것이다. 따라서 한 가지 일을 통해 두 가지 이상의 이익을 보게 됨을 뜻하는 '꿩 먹고 알 먹는다.'가 ㉠을 나타내기에 적합한 속담이다.

> **⊘ 오답 풀이**

② '곳간에서 인심 난다.'는 자신의 형편이 넉넉해야 다른 사람도 도울 수 있음을 비유적으로 이르는 말로, ㉠과는 무관하다.

③ '백지장도 맞들면 낫다.'는 쉬운 일이라도 협력하여 하면 훨씬 쉽다는 의미로, ㉠과는 무관하다.

④ '바늘 가는 데 실 간다.'는 바늘이 가는 데 실이 항상 뒤따른다는 의미로, 사람 사이의 긴밀한 관계를 비유적으로 이르는 말로서, ㉠과는 무관하다.

⑤ '소 잃고 외양간 고친다.'는 일이 이미 잘못된 뒤에는 손을 써도 소용이 없음을 이르는 말로, ㉠과는 무관하다.

03 결말의 의미 파악

✓예시 답안 부와 권력을 누리던 방삼복의 삶이 끝날 것을 암시한다.

방삼복은 미군 장교인 S 소위의 통역관이 되어 부와 권력을 얻게 된다. 그러나 한순간의 실수로 양칫물을 S 소위의 얼굴에 뱉어 S 소위가 이를 맞게 되는데, 이러한 결말은 방삼복의 몰락을 암시한다고 볼 수 있다.

• 평가 기준

평가 요소	확인
방삼복이 몰락할 것을 언급함	
'부', '권력'이라는 단어를 포함함	
'~을/를 암시한다.' 형식의 한 문장으로 서술함	

04 외적 준거에 따른 작품 감상   답 ②

백 주사는 친일파로 득세하며 부와 권력을 누렸던 인물이다. 백 주사와 같은 친일파가 몰락하는 해방 직후의 상황은 정상적인 시대 변화라고 볼 수 있으므로, 백 주사의 몰락을 통해 개인을 억압하는 시대 변화의 부당함을 비판적으로 드러낸다는 설명은 적절하지 않다.

◎오답 풀이

① 방삼복은 해방이 된 뒤에 S 소위에게 접근해 통역관이 된 뒤, 부와 권세를 얻고 출세한다. 윗글에서는 출세하여 권세를 얻은 방삼복이 백 주사에게 허세를 부리는 모습을 풍자함으로써 해방 직후 사회의 부정적 모습을 비판적으로 드러내고 있다.

③ 백 주사는 자신이 몰락한 현실을 받아들이지 않고, 자신의 재산을 빼앗은 사람들에 대한 복수와 재산의 탈환을 꿈꾸고 있다. 이러한 백 주사의 부정적 태도를 통해 시대착오적인 인물의 역사 인식을 비판적으로 드러내고 있다.

④ 방삼복은 자신에게 청탁을 하는 백 주사에게는 허세를 부리는 반면 S 소위에게는 꼼짝 못 하는 태도를 보이고 있다. 이러한 방삼복의 태도를 통해 시대에 편승한 기회주의적 인물을 비판적으로 드러내고 있다.

⑤ 백 주사는 '무엄스럽게' 구는 방삼복의 태도를 못마땅하게 여기면서도 자신의 목적을 위해 방삼복에게 청탁을 하는 이중적 태도를 보이고 있다. 이러한 백 주사의 이중적 태도를 통해 자신의 이익을 위해서는 수단과 방법을 가리지 않는 인물의 모습을 비판적으로 드러내고 있다.

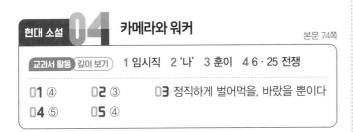

현대 소설 04 카메라와 워커 본문 74쪽

교과서 활동 깊이 보기   1 임시직   2 '나'   3 훈이   4 6·25 전쟁

01 ④   02 ③   03 정직하게 벌어먹을, 바랐을 뿐이다
04 ⑤   05 ④

01 서술상 특징 파악   답 ④

윗글에는 공간적 배경을 상세하게 묘사하는 부분이 나타나지 않으므로 적절하지 않다.

◎오답 풀이

① '이 년 가까이를 이렇게 지겹게 보내던 훈이 ~ 요구를 해 왔다.'에서 '이 년 가까이'라는 시간 표지를 활용하여 거듭하여 취직 시험에 떨어진 사건의 추이를 드러내고 있다.

② "여기 와 보니 육 개월만 기다리라는 임시직 신세로 삼사 년을 현장으로만 굴러다니는 친구가 수두룩해. ~ 책임은 없고, 얼마나 좋아, 회사 측으로서는 훌륭한 경영 합리화지."라는 훈이의 말을 통해 산업화로 인한 모순된 현실을 드러내고 있다.

③ 이 작품은 '카메라와 워커'라는 대비되는 소재를 제목으로 삼아 6·25 전쟁의 상처를 치유하고자 하는 노력과 그 노력의 좌절이라는 주제 의식을 강조하고 있다. '카메라'는 여가를 누릴 수 있는 안정적인 삶을 상징하고, 훈이가 건설 현장에서 신고 일하는 '워커'는 고단한 환경에서 힘겹게 일하는 삶을 상징한다.

⑤ '어머니와 나는 한 번도 훈이가 대통령이나 장군이나 재벌이나 판검사나 그런 게 되기를 바란 적이 없다.', '글쎄 어떻게 설명할 수 있을 것인가. ~ 어떻게 납득시킬 수 있담.' 등과 같은 자기 고백적 진술을 통해 '나'의 심리 상태를 구체적으로 드러내고 있다.

02 인물의 심리 파악   답 ③

'나'가 ⓒ과 같이 흥분을 한 이유는 자신과 할머니의 믿음이 틀렸다는 것을 증명하기 위해 더 비참해지고 싶다는 훈이의 말에 당황했기 때문이지 상황을 회피하려는 것은 아니다. 또한 훈이는 '나'에 대한 복수를 결심한 것이 아니라, 열심히 일하면 잘살 수 있다는 믿음이 부질없다는 것을 보여 주고, 주체적으로 살아가려는 의지를 드러내기 위해 더 비참해지고 싶다고 말한 것일 뿐이다.

◎오답 풀이

① ㉠에서 '나'와 어머니는 훈이가 대통령이나 장군과 같은 특별한 사람이 되기를 바란 적이 없다고 했다. 이는 훈이가 평범한 삶을 살기를 '나'가 바랐다는 것을 의미한다.

② '나'는 해외 취업을 위해 돈을 달라는 훈이의 요청을 거절하는데, 훈이는 그 거절의 이유를 ㉡과 같이 돈이 아까워서나 영영 '나'가 어머니를 떠난 게 될까 봐 겁나서라고 생각하고 있다. 이에 대해 '나'는 뭣에 얻어맞은 듯이 아연했다고 하면서 훈이가 6·25 전쟁이 일어났던 이 땅에서 잘살아 주었으면 하는 소망을 말하고 있으므로, 훈이는 '나'가 해외 취업을 반대하는 이유를 오해하고 있다고 볼 수 있다.

④ ㉣에서 훈이가 "고모와 할머니로부터, 그리고 이 나라로부터 순조롭게 놓여날 수 있기를 바라고 있을 뿐이야."라고 한 것으로 보아, 훈이는 가족으로부터 벗어나 스스로 주체적인 삶을 살고 싶어 한다는 것을 알 수 있다.

⑤ ㉤에서 훈이가 임시직 신세로 삼사 년을 현장으로만 다니는 친구들이 수두룩하다고 언급한 것으로 보아, 열악한 환경에서 근무하는 노동자가 많았던 당대의 상황을 드러내고 있다고 볼 수 있다.

03 구절의 의미 파악   답 정직하게 벌어먹을, 바랐을 뿐이다

'나'는 훈이가 대통령이나 장군이나 재벌이나 판검사 등이 되기를 바라지 않고 단지 안정적인 삶을 살기를 바랐다. 따라서 ㉮ '고모의 당초 계획'에 해당하는 문장은 '정직하게 벌어먹을 수 있는 기술 가르쳐 대기업에 붙여, 공일 날 카메라 메고 야외에 나갈 만큼의 사람 사는 낙을 누릴 수 있기를 바랐을 뿐이다.'이다.

04 소재의 의미 파악   답 ⑤

ⓐ '카메라'는 경제적으로 안정되어 편안하게 여가를 즐기는 삶을 의미하므로, 이는 '나'가 훈이에게 주고자 하는 미래를 상징한다고 볼 수 있다.

◎오답 풀이

① 참혹한 전쟁을 체험한 '나'는 조카인 훈이가 공휴일에 ⓐ '카메라'를 메고 야외에 나갈 만큼 여유 있는 삶을 살아가기를 바라고 있다. ⓐ는 '나'가 겪은 전쟁과 무관하다.

② 취직 시험에 여러 번 떨어진 훈이는 해외 취업을 하고자 했다. ⓐ는 '나'가 훈이에게 바라는 안정적인 삶을 상징하므로, 훈이가 해외 취업을 바라게 되는 계기와는 관련이 없다.

③ 훈이는 건설 현장에서 임시직 생활을 하며 고된 노동에 시달리고 있다. 따

라서 임시직 생활을 하는 훈이의 삶은 안정적인 삶을 상징하는 ⓐ '카메라'와는 무관하다.
④ '나'는 훈이가 대기업에 가기를 바라고 있었으며, 훈이는 취직 시험에 떨어져 해외 취업을 하려다가 결국 건설 현장의 임시직 노동자가 된다. 윗글에 훈이가 스스로 얻고 싶어 하는 직업이 구체적으로 드러나지는 않으며, ⓐ '카메라'는 '나'가 생각하는 훈이의 삶과 관련이 있으므로 적절하지 않다.

05 외적 준거에 따른 작품 감상　　답 ④

〈보기〉에서 작가는 자신과 독자들의 고통을 치유하는 작품을 썼다고 했으며, 윗글도 전쟁의 상처를 안고 있는 인물들을 내세워 상처를 치유하고자 하는 과정을 그리고 있다. 윗글의 '나'는 전쟁의 상처를 지닌 인물로 조카 훈이는 그런 상처를 받지 않도록 키우고자 한다. 그러나 훈이는 '나'의 기대와는 다르게 힘들게 살 수밖에 없는 현실을 수용하고 자신만의 삶을 살려는 의지를 드러내고 있다. 따라서 전쟁의 상처를 치유하려는 '나'의 노력과 그 좌절이 이 작품을 감상한 내용으로 가장 적절하다.

오답 풀이
① '나'와 훈이는 모두 고된 현대사를 살아가는 인물이라고 볼 수 있지만, 윗글에 두 인물의 연대가 드러나 있지는 않다.
② 윗글에는 전쟁의 영향으로 가족을 잃은 인물들이 등장하기는 하지만, 전쟁을 겪지 못한 세대에게 전쟁의 참혹함을 일깨우고 있지는 않다.
③ 〈보기〉에 따르면 작가는 6·25 전쟁 당시 오빠를 잃었다. 이러한 자전적 체험이 윗글에 반영되어 있다고 볼 수는 있지만, 이를 통해 분단 상황의 극복을 강조하고 있지는 않다.
⑤ '나'는 조카인 훈이와 갈등을 겪고 있지만, 이 갈등은 해소되고 있지 않으며 전쟁의 상처를 극복하는 내용도 찾아볼 수 없다.

<hr>

현대 소설 **05** **아홉 켤레의 구두로 남은 사내❶**
본문 76쪽

교과서 활동 깊이 보기	1 생명　2 수술비　3 돈　4 연민

01 ③　　**02** ⑤　　**03** 도전　　**04** ⑤　　**05** ⑤

01 서술상 특징 파악　　답 ③

윗글에서는 '나'와 권 씨 사이의 대화를 제시하되, 사이사이에 '나'의 내면을 자세하게 서술하고 있다. '나'는 큰 돈을 빌려 달라는 권 씨의 이야기를 듣고 처음에는 '한동안 망설'였지만, 이후에 '책임이 따르는 동정은 피하는 게 상책'이라며 '야멸차게 굴 필요가 있다'고 생각한다. 따라서 대화 과정에서 변화하는 서술자의 내면이 제시되어 있다는 설명은 적절하다.

오답 풀이
① 윗글에서는 서술자가 장면에 따라 달라지지 않고 처음부터 끝까지 '나'가 서술자로 나타난다.
② 서술자가 모든 등장인물의 생각을 직접 알려 주는 것은 전지적 작가 시점에 해당한다. 윗글은 1인칭 관찰자 시점으로 이야기가 전개되므로 적절하지 않다.
④ 윗글은 작품 안의 서술자인 '나'가 자신의 시선으로 이야기를 전개하는 1인칭 관찰자 시점으로 서술되어 있으므로 적절하지 않다.
⑤ 윗글은 1인칭 관찰자 시점으로 작품 속 서술자가 이야기를 서술하고 있지만, 지난 사건의 의미를 분석하거나 평가하고 있지는 않다.

02 인물에 대한 이해　　답 ⑤

'나'는 돈을 빌려 달라는 권 씨의 요청을 거절하고, 대신 자신이 원장에게 보증을 설 테니 다시 원장에게 수술을 해 달라고 애원해 보라는 대안을 제시했다. 그러나 이러한 '나'의 말에 권 씨는 고개를 좌우로 흔들며 원장은 자신이 수술 비용을 대지 못할 것이라고 생각한다고 말했다. 이를 통해 볼 때, 권 씨는 '나'가 제안한 대안으로 문제를 해결할 수 없을 것이라고 생각했음을 알 수 있다.

오답 풀이
① 앞부분의 줄거리와 "빨리 손을 쓰지 않으면 산모나 태아나 모두 위험하대요." 등 권 씨의 말을 종합해 볼 때, 권 씨는 아내의 출산 수술비를 구해야 하는 절박한 상황에 처했음을 알 수 있다.
② 권 씨는 "수술을 해야 된답니다. ~ 빨리 손을 쓰지 않으면 산모나 태아나 모두 위험하대요."와 같이 아내의 수술을 위해 돈이 필요하다는 사실을 자세히 밝힌 다음, 아내와 태아의 생명이 위험하다는 점을 말하여 '나'의 인정에 호소했다.
③ '내 대답이 지나치게 더디 나올 때 이미 눈치를 챈 모양이었다.'를 통해 볼 때, 권 씨는 '나'가 부탁에 대한 대답을 하기 전부터 이미 '나'가 거절할 것을 눈치챘음을 알 수 있다.
④ "빌려만 주신다면 무슨 짓을, 정말 무슨 짓을 해서라도 반드시 갚겠습니다."와 같이 권 씨는 돈을 반드시 갚겠다는 의지를 강하게 내비치며 '나'에게 돈을 빌려주기를 부탁했다.

03 인물의 심리 파악　　답 도전

'나'가 돈을 빌려 달라는 권 씨의 부탁을 거절한 이후, 권 씨는 '도전적이던 기색이 슬그머니 죽으면서 그의 착하디착한 눈에 다시 수줍음이 돌아'오는 반응을 보였다. 이를 통해 볼 때 빈칸 안에는 '도전'이 들어가야 한다는 것을 알 수 있다. 권 씨가 돈을 빌려 달라는 부탁을 하기 전과 '나'의 거절 이후에 보인 '수줍음'은 권 씨의 평소 성격을 보여 주는 데 반해, 부탁의 말을 할 때 '사나운 기세'와 '도전적인 기색'을 보인 것은 그만큼 권 씨에게 수술비를 빌리는 일이 중요하고, 비굴해 보이지 않기 위해 평소의 모습과는 다르게 적극적이고 당당한 면모를 보인 것으로 이해할 수 있다.

04 구절의 의미 파악　　답 ⑤

ⓜ은 '나'가 권 씨의 부탁을 거절한 이유가 아니라, '나'가 권 씨의 부탁을 거절할 때 단호한 태도를 보일 필요성이 있음을 말하는 것이다. '나'는 권 씨에게 돈을 빌려줄 수 있는 처지가 되지 못한다고 판단하여 거절의 의사를 전달해야 하는 상황이다. 그런데 어정쩡한 태도로 말을 했다가는 절박한 상황에 처한 권 씨가 계속 부탁을 할 것이고, 그렇게 되면 자신이 난처해질 것을 염려하고 있다. 그래서 이왕 거절할 바에는 야멸차고 단호한 태도로 거절하여 권 씨가 두 번, 세 번 부탁을 하지 않도록 하려는 것이다.

오답 풀이
① ⓠ은 '나'가 갚아야 할 빚이 많다는 말로, 권 씨의 부탁을 거절한 이유에 해당한다.
② ⓛ은 '나'에게 집안의 경제권이 없어 십만 원이라는 큰돈을 빌려주는 일은 아내와 상의 없이 할 수 없다는 의미로, 권 씨의 부탁을 거절한 이유에 해당한다.
③ ⓒ은 '나'가 끼니조차 감당하지 못하는 권 씨의 가난과 권 씨가 막노동 아니면 가끔 있는 번역 일로만 돈을 번다는 것을 근거로, 권 씨가 돈을 갚을 능력이 없다고 판단한 것이다. 이는 '나'가 권 씨의 부탁을 거절한 이유에 해당한다.

④ ㉣은 '나'가 동정심에 이끌려 돈을 빌려주었다가 나중에 권 씨가 돈을 갚지 못하면 자신이 책임져야 하므로, 그러한 책임을 지지 않으려면 권 씨에게 돈을 빌려주지 않는 것이 낫다는 판단을 한 것이다. 이는 '나'가 권 씨의 부탁을 거절한 이유에 해당한다.

05 외적 준거에 따른 작품 감상 〔답〕 ⑤

'나'는 문간방에 세들어 살고 있는 딱한 처지의 권 씨를 도와주고 싶은 마음을 지니고 있지만, 그를 도와주었다가 자신이 곤란해질 것을 염려하여 그의 부탁을 결국 거절했다. 그러나 부탁을 거절하면서도 자신이 병원 원장에게 보증을 서 주겠다고 했으므로, '나'는 딱한 처지의 권 씨를 도우려는 착한 마음을 가진 동시에, 개인의 입장을 앞세우는 이기적인 모습을 동시에 가지고 있다고 평가할 수 있다.

◎ 오답 풀이

① '나'는 '그'의 처지를 딱하게 생각하여 '그'를 도와주려 하는 마음도 가지고 있으므로, 타인의 삶을 외면한다고 평가할 수 없다.

② '나'는 '그'의 처지를 딱하게 생각하여 '그'를 도와주려 하는 마음을 가지고 있고, 돈을 못 빌려주는 상황에 대한 대안으로서 보증을 서 주겠다고 했으므로 남의 문제에 관여하지 않는다고 평가할 수 없다.

③ 윗글에는 '나'의 거절로 인해 잘못된 일이 나타나지 않으며, '나'가 잘못에 대한 책임을 타인에게 전가하려는 내용도 확인할 수 없다.

④ 윗글에는 소원한 인간관계의 원인을 현대 사회의 구조적인 문제로 돌리는 내용이 나타나 있지 않다.

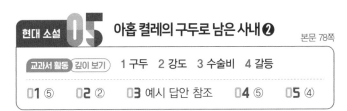

현대 소설 **05** 아홉 켤레의 구두로 남은 사내 ❷

본문 78쪽

교과서 활동 깊이 보기 1 구두 2 강도 3 수술비 4 갈등

01 ⑤   02 ②   03 예시 답안 참조   04 ⑤   05 ④

01 서술상 특징 파악 〔답〕 ⑤

'그가 허둥지둥 끌어안고 나가는 건 틀림없이 갈기갈기 찢어진 한 줌의 자존심일 것이었다.'는 추상적 대상인 '자존심'을 마치 끌어안을 수 있고 찢어진 형태를 가질 수 있을 뿐만 아니라, 한 줌이라는 양으로 나타낼 수 있는 구체적 대상으로 표현한 것이다. 이러한 표현을 통해 권 씨가 끝까지 지키려 했던 자존심이 무너졌다는 것을 효과적으로 드러내고 있다.

◎ 오답 풀이

① 반어적 표현이란 속마음과는 반대되는 말을 하여 원래의 의미를 부각하는 표현 방식을 말한다. 윗글에는 반어적 표현이 사용되지 않았고, 작품의 주제는 인물 간의 갈등 및 상징적 소재인 '구두'를 통해 드러내고 있으므로 적절하지 않다.

② '그래서 아무 일도 없었던 듯이 병원에 찾아가서 죽지 않은 아내와 새로 얻은 세 번째 아이를 만날 수 있게 되기를 기대했던 것이다.'에서 '나'가 미래의 일을 가정한다고도 볼 수 있으나, 이를 통해 인물 간 갈등의 심화를 암시하지는 않으므로 적절하지 않다.

③ "누군 뭐 들어오고 싶어서 들어왔나?"와 "혹 누가 압니까 ~ 덜어 주었는지?"에서 의문형 어미를 활용했지만, 이를 통해 인물의 혼란스러운 심리를 표현하지는 않으므로 적절하지 않다.

④ 권 씨가 엉겁결에 문간방으로 들어가려고 한 것은 상황에 어울리지 않는 행동으로 다소의 희극성을 느낄 수 있다. 그러나 이것은 권 씨에 대한 비판적 시각을 드러내기 위한 묘사에 해당한다고 볼 수 없다. '나'는 권 씨를

조롱하거나 비판하고 있지 않으며, 권 씨에게 연민의 정서를 느끼고 있기 때문이다.

02 작품의 내용 파악 〔답〕 ②

권 씨가 '나'의 집에 강도로 들어온 밤, '나'는 권 씨가 가출할 것을 전혀 예상하지 못한 채, 그가 문간방으로 들어가려는 것을 막았을 뿐이다. '나'가 권 씨의 가출을 확신한 것은 그날 밤 이후 권 씨가 집으로 돌아오지도, 병원에 들르지도 않았다는 사실을 확인한 이후의 일이다. 따라서 '나'가 권 씨의 가출을 막기 위해 노력했다고 이해하는 것은 적절하지 않다.

◎ 오답 풀이

① 권 씨가 대청마루로 나갈 때 '그의 몸에서는 역겨울 만큼 술내가 확 풍겼다'고 했으므로, 권 씨가 술에 취해 강도 행각을 벌였음을 알 수 있다.

③ 당신도 모르는 사이에 어떤 이웃이 도와주었을지도 모른다는 '나'의 말에, 권 씨는 "개수작 마! 그 따위 이웃은 없다는 걸 난 똑똑히 봤어! 난 이제 아무도 안 믿어!"라고 말했으므로 적절하다.

④ "도둑맞을 물건 하나 제대로 없는 주제에 이죽거리긴!"이라는 권 씨의 말과 "그래서 경험 많은 친구들은 우리 집을 거들떠도 안 보고 그냥 지나치죠."라는 '나'의 말을 통해, '나'의 집에는 권 씨가 가져갈 만한 귀중품이 없었음을 알 수 있다.

⑤ '나는 강도를 안심시켜 편안한 맘으로 돌아가게 만들 절호의 기회라고 판단했다.', '밝은 아침에 술이 깬 권 씨가 전처럼 나를 떳떳이 대할 수 있게 하자면 복면의 사내를 끝까지 강도로 대우하는 그 길뿐이라고 판단했었다.'를 통해, '나'는 권 씨가 마음의 상처를 입지 않고 돌아가기를 바랐음을 알 수 있다.

03 발화의 의미 파악

✓ 예시 답안 다음 날 권 씨가 '나'를 떳떳이 대할 수 있게 함으로써, 아무 일도 없었던 듯이 아내와 태어난 아이를 만날 수 있게 하려고 했다.

'나'가 ㉮와 같이 말한 것은 권 씨를 배려하기 위한 것으로, '밝은 아침에 술이 깬 권 씨가 전처럼 나를 떳떳이 대할 수 있게' 하기 위한 의도가 담겨 있다. 또한 '아무 일도 없었던 듯이 병원에 찾아가서 죽지 않은 아내와 새로 얻은 세 번째 아이를 만날 수 있게 되기를' 바라는 마음에서 '나'는 ㉮와 같이 말한 것이라고 볼 수 있다.

• 평가 기준

평가 요소	확인
㉮의 표면적 의미인 '대문의 방향을 알려 준다' 등의 내용을 배제함	
'다음 날 권 씨가 ~ 함으로써, 아무 일도 없었던 듯이 ~ 수 있게 하려고 했다.'의 형식으로 문장을 바르게 서술함	

04 구절의 의미 파악 〔답〕 ⑤

㉢ '자기 본분'은 권 씨가 끝까지 잊지 말았어야 할 강도로서의 본분을 의미한다. 권 씨는 복면을 쓰고 식칼을 들고서 '나'의 집에 침입하여 '나'를 위협한 강도였음에도 불구하고, 자신의 본분을 망각하고 마당에서 엉겁결에 문간방으로 들어서려 했다. 이러한 맥락에서 볼 때, ㉢는 가족의 생계를 책임지고자 하는 가장의 역할을 의미하는 것이 아니라, 강도로서의 본분을 의미한다고 볼 수 있다.

◎ 오답 풀이

① ㉠ '피치 못할 사정'은 권 씨가 강도질을 할 수밖에 없는 이유로, 아내의 생명을 구하기 위해 급하게 수술비를 구해야 함에도 불구하고 합법적으로는 도저히 구할 수 없는 처지를 말한다.

② ⓑ '내 방법'은 '나'가 "그 피치 못할 사정이란 ~ 몹시 아프다든가 빚에 몰려서……"라는 위로와 공감의 말을 건네서, 권 씨가 편안한 마음으로 돌아가게 하려 한 것을 의미한다.

③ ⓒ '당신을 아끼는 어떤 이웃'은 권 씨 모르게 수술비를 병원에 지불한 '나' 자신을 스스로 지칭하는 말이다. 권 씨는 '나'가 수술비를 대신 내 주었다는 사실을 모르고 있으므로, ⓒ에는 권 씨가 알지 못하는 사실이 내포되어 있다고 볼 수 있다.

④ ⓓ '구두'는 막노동으로 생계를 이어가는 권 씨의 처지에 어울리지 않는 물건으로, 권 씨가 끝까지 지키고자 하는 자존심을 상징적으로 나타낸다고 볼 수 있다.

05 인물의 성격 파악   답 ④

권 씨가 '나'의 집에 강도짓을 하러 온 것은 아내의 수술비를 마련할 수 없는 자신의 가난한 현실 때문이다. 또한 권 씨는 강도짓을 그만두고 나가게 되는데, 이러한 현실에서 권 씨는 자신이 할 수 있는 일이 아무것도 없다는 무력감을 느끼고 있다고 판단할 수 있다. 또한 권 씨는 집을 나가며 ㉠과 같은 말을 하게 되는데, 이는 아무리 자신이 초라해진 상황일지라도 자존심만큼은 잃지 않으려 한다는 것을 드러낸다.

◎ 오답 풀이

① 권 씨가 강압적인 현실에 타협하는 부분은 찾아볼 수 없으므로 적절하지 않다.

② 권 씨는 아내의 수술비를 마련하기 위해 강도질을 해야 하는 불우한 상황에 처해 있으므로, 당면한 현실에 만족감을 느끼고 있다고 볼 수 없다.

③ 권 씨가 현실에서 패배한 것으로 볼 수는 있다. 그러나 대학까지 나온 사람임을 이야기하며 지식인이라는 자존심을 내세우는 것으로 보아 내면의 욕망까지 포기한 것이라고 볼 수 없다.

⑤ 권 씨가 ㉠과 같이 "이래봬도 나 대학까지 나온 사람이오."라고 말한 것으로 보아, 현실의 패배를 인정하지 않는다고 볼 수 있다. 이처럼 권 씨는 끝까지 자존심을 지키려 하고 있으므로, 부정적인 현실에 체념하는 척하는 인물이라고 볼 수 없다.

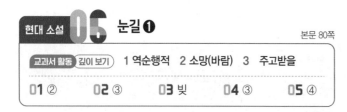

현대 소설 05 눈길 ❶

본문 80쪽

교과서 활동 깊이 보기   1 역순행적   2 소망(바람)   3 주고받을

01 ②   02 ③   03 빚   04 ③   05 ④

01 서술상 특징 파악   답 ②

윗글은 1인칭 주인공 시점으로 이야기가 전개된다. '고등학교 1학년 때 형의 주벽으로 가계가 파산을 겪은 뒤부터 ~ 일은 줄곧 그렇게 되어 온 셈이었다.', '노인에 대해선 빚이 없음을 골백번 속으로 다짐하고 있었다.' 등에서 알 수 있듯이 주인공인 '나'가 자신의 경험과 심리를 서술하고 있으므로 적절하다.

◎ 오답 풀이

① 윗글은 '나'가 서술자이면서 주인공인 1인칭 주인공 시점의 소설로, 서술자가 교체되지 않으므로 적절하지 않다.

③ 윗글은 어머니와 관련한 '나'의 경험과 심리를 서술하고 있을 뿐, 삽화 형식으로 나열하고 있지 않으므로 적절하지 않다.

④ 윗글에 인물의 외양 묘사는 나타나지 않으므로 적절하지 않다.

⑤ 윗글에서는 작품 속에서 실제 일어난 사건을 서술하고 있으며, 상상 속의 사건은 나타나지 않으므로 적절하지 않다.

02 작품의 내용 파악   답 ③

'자식 놈의 도리는 엄두를 못 냈다.'를 통해 '나'가 어머니를 제대로 봉양하지 못했음을 알 수 있지만, 그 이유가 형수와 조카를 돌보았기 때문은 아니다. '형이 세 조카아이와 아이들의 홀어머니까지 포함한 장남의 모든 책임을 내게 떠맡기고 세상을 떠난 뒤부터'에서 형이 죽은 뒤 '나'가 장남의 책임을 맡을 수밖에 없었던 상황이 드러나 있지만, '나는 나대로 형이 내게 떠맡기고 간 장남의 책임을 감당하기를 사양치 않을 수가 없었기 때문이다.'를 통해 '나'가 장남의 책임, 즉 형수와 조카들을 돌보는 역할을 수행하지 않았음을 알 수 있다.

◎ 오답 풀이

① '그 가치나 수술마저 한사코 사양을 해 온 노인'을 통해 어머니는 '나'의 수술 권유를 거부한 적이 있음을 알 수 있다.

② '새삼스레 다시 딴 세상 희망이 생긴 것일까. 노인이 아무래도 엉뚱한 꿈을 꾸고 있는 것 같았다. 그것도 너무나 엄청난 꿈이었다.'를 통해 '나'는 어머니가 갖고 있는 집수리에 대한 바람에 대해 심적으로 부담감을 느꼈음을 알 수 있다.

④ 중간 부분의 줄거리와 그 이후의 내용을 통해 어머니는 지붕 개량 사업과 관련된 이야기를 꺼내며 집을 고치고 싶어 하는 소망을 '나'에게 내비쳤음을 알 수 있다.

⑤ '고등학교와 대학교와 군영 3년을 치러 내는 동안 노인은 내게 아무것도 낳아 기르는 사람의 몫을 못했고'를 통해 집안이 파산한 뒤에 어머니는 부모로서 아들에게 경제적 지원을 해 주지 못했음을 알 수 있다.

03 구절의 의미 파악   답 빚

'나'는 ㉠에서 어머니와 서로 주고받을 것이 없는 처지라고 하며 어머니의 소망을 외면하고 있다. 이는 어머니가 부모 노릇을 못한 것과 자신이 자식의 도리를 못한 것을 동일 선상에 두어 자기의 태도를 합리화하고 있는 것이다. '나'가 어머니에 대해선 '빚'이 없다고 생각하는 것도 이와 같은 자기 합리화의 태도로 이해할 수 있다.

04 인물의 심리 이해   답 ③

이 작품의 주인공인 '나'는 어머니와 '서로 주고받을 것이 없는 처지'라며 '빚이 없음을 골백번 속으로 다짐하고' 있다. 이를 통해 '나'는 어머니에게 심리적인 거리감을 느끼고 있으며, 이러한 심리적인 거리감 때문에 '어머니'라는 호칭 대신 '노인'이라는 호칭을 쓰고 있다고 볼 수 있다.

◎ 오답 풀이

① '나'가 어머니를 오랜만에 만났는지는 윗글을 통해 알 수 없으며, '나'가 어머니를 낯설게 느끼기 때문에 '노인'이라고 부르는 것인지도 윗글을 통해 알 수 없다.

② 윗글에 '나'의 아버지나 다른 어른이 등장하지는 않지만, 집안의 어른이 어머니밖에 없어서 '나'가 어머니를 '노인'이라고 부르는 것인지는 윗글을 통해 알 수 없다.

④ 윗글을 통해 '나'가 어머니의 사랑을 더 이상 받고 싶지 않아 하는지 알 수 없다.

⑤ '나'가 어머니와 '서로 주고받을 것이 없는 처지'라고 한 것에서 어머니에게 미안한 감정을 느끼지 않고 있음을 알 수 있다. 따라서 '나'가 어머니에게 미안한 감정을 표현하고 싶어 어머니를 '노인'으로 부른다는 설명은 적절하지 않다.

05 외적 준거에 따른 작품 감상   답 ④

윗글은 주인공인 '나'가 중심이 되어 이야기를 전개하는 1인칭 주인공 시점의 소설이고, 〈보기〉는 [A]를 전지적 작가 시점으로 바꾼 것이다. 〈보기〉

에서는 서술자가 어머니와 그의 심리를 모두 알고 서술하고 있다. 이처럼 전지적 작가 시점에서는 서술자가 여러 등장인물의 내면을 서술할 수 있으므로, 독자는 다양한 시각에서 사건을 바라볼 수 있게 된다.

⊙ 오답 풀이
① 서술자가 자신의 이야기를 서술하는 것은 1인칭 주인공 시점에 대한 설명으로, 〈보기〉가 아니라 [A]에 해당한다.
② [A]에서는 '노인에 대해선 빚이 없음을 골백번 속으로 다짐하고 있었다.'와 같이, 〈보기〉에서는 '어머니에 대해 빚이 없음을 골백번 속으로 다짐하고 있었다.'와 같이 서술자가 인물의 내면을 서술하고 있다. 따라서 서술자가 인물의 내면을 의도적으로 숨긴다는 설명은 적절하지 않다.
③ 서술자가 인물의 행동을 작품 외부에서 관찰하는 것은 3인칭 관찰자 시점에 대한 설명이다. [A]는 1인칭 주인공 시점이고, 〈보기〉는 어머니와 그의 내면 심리를 표현하고 있으므로 전지적 작가 시점에 해당한다.
⑤ 서술자가 인물을 객관적으로 서술하는 것은 3인칭 관찰자 시점에 대한 설명으로, 〈보기〉와 [A] 모두 해당하지 않는다. 또한 서술자가 인물에 대해 객관적으로 서술한다고 하여 인물의 내면 심리를 정확하게 파악할 수 있게 되는 것도 아니다.

현대 소설 **06** 눈길 ❷
본문 82쪽

교과서 활동 | 깊이 보기 | 1 옷궤 2 액면가 없는 빚 문서 3 1인칭 주인공

01 ⑤ **02** ③ **03** ④ **04** 예시 답안 참조 **05** ④

01 세부 내용 파악
답 ⑤
마지막 밤, '나'는 어머니의 사랑과 배려 속에 하룻밤을 보냈다. 그러나 '나'가 이에 대해 감사를 전했다는 내용은 찾아볼 수 없다.

⊙ 오답 풀이
① 어머니는 마지막 밤을 보낸 이튿날 새벽, '나'가 K시로 다시 길을 나설 때에야 집이 팔린 사실을 확실히 해 왔다고 했다.
② 어머니는 '나'에게 저녁밥 한 끼를 지어 먹이고 마지막 밤을 지내게 해 주고 싶어 새 주인의 양해를 얻어 혼자서 옛집을 지키고 있었다고 했다.
③ 마지막 밤, 어머니는 안방 한쪽에 이불 한 채와 옷궤 하나를 두어 '나'의 괴로운 잠자리를 위로하려고 했다.
④ 마지막 밤, '나'는 옛집의 문간을 들어설 때부터 썰렁한 집안 분위기를 느끼며 이사를 나간 빈집 같다고 생각했다.

02 소재의 상징적 의미 파악
답 ③
K시는 '나'의 고등학교가 있는 곳으로, 어머니는 K시로 돌아가야 하는 '나'를 붙잡으려 하지는 않았다. '옷궤'는 어머니가 '나'를 편안하게 해 주기 위해 남겨 놓은 것이므로, K시로 돌아가야 하는 '나'를 붙잡기 위해 '옷궤'를 놓아두었다는 설명은 적절하지 않다.

⊙ 오답 풀이
① '옷궤'는 '나'가 옛집에서 마지막 밤을 보낼 때 어머니가 '나'를 편안하게 재우기 위해 남겨 놓았던 것이므로, '나'에 대한 어머니의 사랑을 상징적으로 나타내는 소재라고 볼 수 있다.
② 어머니에게 '빚이 없음을 몇 번씩 스스로 다짐하는' '나'에게 있어 이미 팔린 집에서의 하룻밤은 돌이키고 싶지 않은 과거의 일이라고 볼 수 있다. 따라서 어머니가 '나'를 위해 일부러 놓아두었던 '옷궤'는 '나'에게 떠올리고 싶지 않은 과거를 회상하게 하는 매개체라고 볼 수 있다.

④ '나'가 어머니에 대해 '빚이 없음을 몇 번씩 스스로 다짐하'는 것은 자신에 대한 어머니의 사랑을 부정하고 싶은 마음 때문이라고 할 수 있다. '옷궤'는 어머니의 사랑이 담겨 있는 물건이므로, '나'에게는 애써 부인하고 싶은 어머니의 사랑을 확인시켜 주는 물건이라고 볼 수 있다.
⑤ '옷궤'는 '나'가 옛집에서 마지막 밤을 보낼 때 어머니가 '나'를 편안하게 재우기 위해 남겨 놓았던 것이다. 따라서 어머니에게는 '옷궤'가 옛집에서 아들과 보냈던 마지막 밤을 떠올리게 하는 물건임을 추측할 수 있다.

03 소재의 의미 파악
답 ④
ⓐ '저녁밥', ⓑ '걸레질', ⓒ '이불 한 채', ⓔ '눈물'은 자식인 '나'에 대한 어머니의 사랑과 정성을 담고 있는 소재라고 할 수 있다. 그러나 ⓓ '다른 가재도구'는 집안 살림에 쓰는 여러 물건을 가리키는 말로, 어려운 형편인 '나'의 집에 갖춰져 있지 않았던 것에 해당한다. 따라서 ⓓ는 ⓐ, ⓑ, ⓒ, ⓔ와는 이질적인 성격의 것으로 볼 수 있다.

04 인물의 성격 파악
✓ 예시 답안 '나'와 어머니의 관계 회복을 도와주는 중재자(인) 역할
"어머님 그때 우시지 않았어요?", '아내가 더 이상 참을 수가 없어진 듯 갑자기 노인을 채근하고 나섰다.', '아내의 추궁' 등을 통해 아내는 어머니의 이야기를 이끌어 내어 '나'에 대한 어머니의 사랑을 드러냄으로써, '나'에게 어머니의 사랑을 일깨우고 '나'와 어머니의 관계 회복을 도와주는 중재자 역할을 하고 있음을 알 수 있다.

• 평가 기준

평가 요소	확인
'관계 회복'이라는 표현을 포함하여 서술함	
마지막 단어를 '역할'로 끝냄	

05 외적 준거에 따른 작품 감상
답 ④
'나'는 줄곧 어머니에게 빚이 없다고 하니 어머니가 자신에게 베푼 사랑을 인정하지 않는 태도를 보였다. 그런데 옛집에서 '나'와 마지막 밤을 지내고서, '나'를 배웅하고 홀로 눈길을 걸어왔던 어머니의 이야기를 들으며 눈물을 흘린 것으로 보아, '나'는 어머니의 사랑을 깨닫고 어머니에게 빚이 없다고 생각해 온 자신을 자책하여 부끄러움을 느끼게 되었다고 볼 수 있다.

⊙ 오답 풀이
① 윗글에는 '나'가 어머니를 홀대했음이 직접적으로 드러나지 않는다. 따라서 '나'가 어머니를 홀대하는 이유를 아내가 알게 되었기 때문에 부끄러움을 느꼈다고 보기 어렵다. '나'가 부끄러움을 느낀 이유는 어머니의 이야기를 통해 어머니의 사랑을 깨닫고 자신을 자책하였기 때문이다.
② 어머니가 '나'를 떠나보내고 눈길을 걸으며 돌아오다가 동네에 차마 들어서지 못했다고 말하자 아내는 "어머님도 이제 돌아가실 거처가 없으셨던 거지요."라고 하였는데 이를 '추궁'이라고 표현한 것이다. 아내는 어머니의 마음을 헤아려 자기 나름대로 어머니가 마을로 들어서지 못한 이유를 추측한 것인데, 아내의 추궁을 받은 어머니의 처지에 공감했기 때문에 '나'가 부끄러움을 느꼈다고 보기는 어렵다. '나'가 부끄러움을 느낀 이유는 어머니의 이야기를 통해 어머니의 사랑을 깨닫고 자신을 자책하였기 때문이다.
③ 앞부분의 줄거리를 통해 '나'의 유년 시절이 궁핍했음을 알 수 있으나, 궁핍했던 유년 시절의 이야기를 아내가 알게 되었기 때문에 '나'가 부끄러움을 느꼈다고 보기 어렵다. '나'가 부끄러움을 느낀 이유는 어머니의 이야기를 통해 어머니의 사랑을 깨닫고 자신을 자책하였기 때문이다.
⑤ 중략 이후는 '나'가 자는 척하면서 아내와 어머니의 이야기를 듣는 상황이다. '나'가 부끄러움을 느낀 이유는 어머니의 이야기를 통해 어머니의 사

랑을 깨닫고 자신을 자책하였기 때문이지, 자는 척하며 대화를 엿듣고 있는 사실을 들킬까 봐 두려워서라고 볼 수는 없다.

현대 소설 07 겨울 나들이

본문 84쪽

교과서 활동 깊이 보기 1 6 · 25 전쟁 2 도리질 3 봉양

01 ② **02** ③ **03** 대사업 **04** ② **05** ⑤

01 서술상 특징 파악

답 ②

'어머님은 그저 모른다고만 그러세요. ~ 동네 명물 할머니가 됐다.' 부분은 작중 인물인 여인숙 주인아주머니의 과거 이야기이므로 적절하다. 전지적 서술자가 아주머니의 시각에서 아주머니 남편의 죽음과 시어머니가 도리질을 하게 된 사연을 제시하고 있다.

오답 풀이

① 마지막 문단의 '정말 대사업을 힘껏 보필하는 이의 ~ 나는 어쩌면 이 아주머니야말로 대사업을 하고 있는 게 아닌가 하는 생각이 들면서 등골에 전율이 지나갔다.'에서 서술자 '나'가 아주머니와 '대사업'의 의미에 대한 자신의 주관적 판단을 서술하고 있으므로 적절하지 않다.

③ 아주머니와 시어머니의 대화, '나'와 아주머니의 대화가 나타나 있으나, 이를 통해 특정 인물을 희화화하고 있지는 않으므로 적절하지 않다.

④ '"몰라요, 난 몰라요." 하며, 역시 도리질까지 해 가며 열심히 연습을 하는 것이었다.'에서 "몰라요, 난 몰라요."는 아주머니의 시어머니가 혼자 독백을 한 것이라고 볼 수 있다. 그러나 이를 통해 내적 갈등의 해결 과정을 드러내고 있지는 않으므로 적절하지 않다.

⑤ 윗글에는 과거에 아주머니 남편이 총격을 당한 곳과 현재의 온양 여인숙 두 공간이 제시되어 있으나, 두 공간에서 동시에 일어나는 사건을 병렬적으로 배치하고 있지는 않다.

02 인물의 심리 이해

답 ③

㉠은 자신의 남편(시어머니의 아들)을 보호하기 위해 아주머니가 시어머니에게 교습시킨 것으로, 시어머니가 혼자서 도리질까지 해 가며 연습한 말이다. 이와 달리 ㉡은 인민군을 만난 시어머니가 놀라고 당황하여 뱉은 말이다. 이처럼 ㉠과 ㉡은 서로 다른 발화의 맥락을 가지고 있지만, 인민군으로부터 아들을 지키고자 하는 절박한 심정이 담겨 있다는 점에서 공통적이다.

오답 풀이

① ㉠은 혹시나 누가 아들의 행방을 물었을 때를 대비해서 연습한 말이고, ㉡은 인민군들이 아들의 행방을 묻는 질문을 하지 않았음에도 불구하고 놀라서 한 말이다.

② 깜짝 놀라 당황하여 얼결에 내뱉은 말은 ㉡일 뿐, ㉠에는 해당하지 않는다. ㉠은 혹시나 누가 아들의 행방을 물었을 때를 대비해서 연습한 말이다.

④ ㉠과 ㉡ 모두 발생할지도 모르는 위험을 대비하기 위한 말이라고 볼 수 있다.

⑤ 현재 목격하는 상황에 대한 극심한 공포감을 나타내고 있는 것은 ㉡이다. ㉠은 혹시나 누가 아들의 행방을 물었을 때를 대비해서 연습한 말이다.

03 구절의 의미 파악

답 대사업

주인아주머니는 시어머니의 도리질을 농담 삼아 '대사업'이라고 표현했다. 이 말을 들은 '나'는 주인아주머니의 표현을 농담으로 여기지 않았고, 대사업을 힘껏 보필하는 이 주인아주머니야말로 '대사업'을 하고 있

는 게 아닌가 하는 생각을 했다. 따라서 '나'는 주인아주머니가 시어머니를 정성껏 모시는 것을 '대사업'이라고 생각했다고 판단할 수 있다.

04 작품의 내용 파악

답 ②

"이젠 고쳐 드려야겠다는 생각보단 도와드려야겠다는 생각뿐이에요."라는 말에서, 아주머니가 시어머니의 고질병인 도리질을 고치려 하지 않는다는 것을 알 수 있다. 아주머니는 시어머니의 도리질을 고칠 수 없다고 판단하여 '삼시 잡숫는 거라도 정성껏 잡숫게 해 드리고 몸 편케 보살펴 드리'겠다고 말하였다.

오답 풀이

① '나는 어쩌면 이 아주머니야말로 대사업을 하고 있는 게 아닌가 하는 생각이 들면서 등골에 전율이 지나갔다.'에서, '나'는 아주머니의 이야기에서 가족에 대한 사랑과 가족을 지키려는 의지를 읽어 내고 감동을 받았음이 드러난다.

③ 시어머니는 아들의 죽음으로 인한 충격으로 실성하다시피 했다가 나아졌지만, 자신도 어찌하지 못하는 도리질을 계속했고, 이로 인해 동네 명물 할머니가 되었으므로 적절하다.

④ 인민군들을 만난 시어머니의 비명 소리에 아주머니와 아주머니 남편이 뛰쳐나갔고, 아주머니 남편을 본 인민군들은 신분 확인 없이 그에게 총을 쏘아 죽였으므로 적절하다.

⑤ '그들이 무슨 말을 걸기도 전에 시어머니는 그 자리에 꼼짝도 못 하고 못 박힌 채 고개만 미친 듯이 저으며 "몰라요, 난 몰라요"를 딴사람같이 드높고 새된 소리로 되풀이했다.'를 통해, 시어머니는 인민군이 무슨 말을 걸기도 전에 도리질을 하며 모른다고 반응했음을 알 수 있다.

05 인물의 행동에 담긴 의미 파악

답 ⑤

할머니(아주머니의 시어머니)의 아들이 죽은 것은 전쟁의 상황에서 일어난 사건으로 할머니의 잘못도, 아주머니의 잘못도 아니다. 또한 할머니의 도리질은 눈앞에서 자신의 아들이 죽는 광경을 목격한 충격에서 비롯된 것이므로, '할머니의 도리질'이 며느리에 대한 반감을 드러낸다고 이해하는 것은 적절하지 않다.

오답 풀이

① 인민군들이 말을 걸기도 전에 "몰라요, 난 몰라요."라고 비명을 지른 할머니의 입장에서는, 아들의 죽음이 자기 탓이라고 여기며 자책하고 있을 것이라고 추측할 수 있다. 그리고 도리질은 이러한 할머니의 자책감을 무의식적으로 드러내는 것으로 볼 수 있다.

② 아들이 죽고 오랜 시간이 지난 지금까지 도리질을 멈추지 못하는 것은 오랜 세월이 흘러도 치유되지 않는 전쟁의 깊은 상처를 보여 주는 것으로 볼 수 있다.

③ 도리질이 부정의 의사를 표현하는 행동이라는 점에서, 도리질을 아들의 충격적인 죽음을 도저히 받아들일 수 없다는 강한 부정의 표현으로 볼 수 있다.

④ 할머니의 도리질은 눈앞에서 인민군에게 총격을 받은 아들의 죽음 이후 세월이 오래 흐른 지금까지 지속되고 있는 안타까운 일이므로 적절하다.

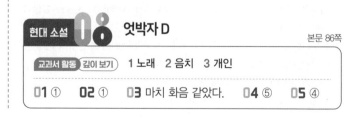

현대 소설 08 엇박자 D

본문 86쪽

교과서 활동 깊이 보기 1 노래 2 음치 3 개인

01 ① **02** ① **03** 마치 화음 같았다. **04** ⑤ **05** ④

01 서술상 특징 파악　　　　　　　　　　답 ①

'나'가 중심인물인 엇박자 D와 관련된 사건을 서술하면서 이야기를 전개하고 있으므로 적절하다.

오답 풀이

② 엇박자 D를 비롯한 등장인물들을 희화화하고 있지 않으며, 비극성을 강조하고 있지도 않다. 희화화란 어떤 인물의 외모나 성격, 또는 사건이 의도적으로 우스꽝스럽게 묘사되거나 풍자되는 것을 말한다.

③ 과거의 학교, 현재의 공연장이라는 다른 장소가 제시되어 있으나, 동시에 일어나는 사건을 병치하고 있지는 않다.

④ 시간적 배경을 묘사하고 있지 않고, 인물의 성격 변화를 암시하고 있지도 않다.

⑤ ⓑ에서 음치들의 목소리를 믹싱한 노래를 듣는 '나'의 독백적 진술이 나타나지만, 이를 통해 내적 갈등의 해결 과정을 드러내고 있지는 않다.

02 구절의 의미 파악　　　　　　　　　　답 ①

㉠에서 22명의 아이들, 즉 합창단원들은 노래를 망치고 있는 사람이 자신일지도 모른다는 불안감 때문에 긴장하고 있는 것이지, 엇박자 D의 노래 실력을 감추려고 하여 긴장한 것이 아니다.

오답 풀이

② ㉡은 엇박자 D가 혼자 노래를 부를 때는 이상하지 않았지만, 엇박자 D의 목소리만 들리면 합창이 제대로 진행되지 못했던 상황을 나타낸 것이다.

③ ㉢에서 음악 선생은 엇박자 D에게 합창 공연에서 소리를 내지 말고 입만 벙긋벙긋하라고 지시하고 있다. 이는 엇박자 D의 개성을 무시하는 발언이라고 볼 수 있다.

④ ㉣에서 음치들의 노래는 음이 서로 달랐지만 잘못 부르는 느낌이 나지 않았다고 하였다. 이는 음치들의 노래가 똑같은 음으로 통일되지는 않았으나 조화롭게 어울려 아름다운 화음으로 들렸다는 것을 의미한다.

⑤ 20년 전 엇박자 D와 같은 합창단원이었던 관객들은 엇박자 D가 음치라는 이유로 음악 선생에게 립싱크를 강요당했다는 사실을 알고 있다. 이에 관객들은 엇박자 D가 튼 노래를 들으며 미안한 마음을 표현하기 위해 ㉤에서와 같이 립싱크를 한 것으로 볼 수 있다.

03 구절의 의미 파악　　　　　　　　답 마치 화음 같았다.

'나'는 엇박자 D가 믹싱한 '22명의 음치들이 부르는 20년 전 바로 그 노래'를 듣고 아름답다고 평가하고 있다. 높이가 다른 둘 이상의 음이 함께 울릴 때 어울리는 소리라는 뜻을 지닌 단어는 '화음'이고, '화음'이 포함된 '나'의 평가가 드러난 3어절의 문장은 '마치 화음 같았다.'이다.

04 인물의 심리 파악　　　　　　　　　　답 ⑤

공연에 초대된 고등학교 친구들은 학창 시절 엇박자 D가 음악 선생에게 립싱크를 강요받았던 사실을 떠올리고, 엇박자 D에게 미안한 마음을 느끼고 있다고 볼 수 있다. 또한 음치라는 이유로 음악 선생에게 받았던 상처를 극복하고, 음치들의 음악을 자신만의 방법으로써 아름다운 음악으로 재창조한 엇박자 D에게 경의를 표하는 의미에서 친구들은 립싱크를 했다고 짐작할 수 있다.

오답 풀이

① 관객들과 엇박자 D는 고등학교 시절 같은 합창단원이었다는 추억을 공유하고 있지만, 단순히 엇박자 D가 반가워서 ⓐ와 같이 생각한 것으로 볼 수 없다.

② ⓐ는 음악 선생에게 립싱크를 강요받았던 엇박자 D에 대한 미안한 마음과 상처를 극복해 낸 것에 대한 경의를 표현하고자 한 것과 관련이 있으므로 적절하지 않다.

③ 윗글에서 고등학교 때 합창단원들은 엇박자 D가 음치인 것을 알았기 때문에 그의 노래 실력을 불신했다고는 볼 수 있다. 그러나 ⓐ는 엇박자 D의 능력을 불신했던 것에 대한 미안함을 표현한 것이 아니라, 엇박자 D가 음악 선생의 강요로 립싱크를 해야 했던 것에 대한 미안함과 상처를 극복해 낸 것에 대한 경의를 표현한 것이라고 볼 수 있다.

④ 엇박자 D는 22명의 음치들의 노래를 조합하여 아름다운 화음으로 재창조하였다. 그러나 음치들의 노력으로 아름다운 음악이 된 것이 아니고, 친구들이 이러한 깨달음을 얻은 것도 아니다.

05 외적 준거에 따른 작품 감상　　　　　　답 ④

엇박자 D의 공연에 관객으로 모인 사람들 중 일부는 20년 전 엇박자 D와 같은 합창단원에 속했던 친구들로, 이들은 22명의 음치들이 부르는 20년 전의 그 노래를 들으며 립싱크를 하고 있다. 이는 엇박자 D에 대한 미안함과 경의를 표현한 것이므로, 다름과 차이를 인정하는 모습이라고 볼 수 있다.

오답 풀이

① 음악 선생은 엇박자 D에게 자진 사퇴를 권했지만 엇박자 D는 이를 거부했다. 〈보기〉에서는 이 작품이 다름과 차이를 수용하는 것의 중요성을 전달하고 있다고 했으므로, 획일성의 중요성을 강조하고 있다는 설명은 적절하지 않다.

② 엇박자 D에게 축제 때 소리를 내지 말고 입만 벙긋벙긋하라고 한 음악 선생의 요구는 개성을 무시하는 사회를 형상화한 것이라고 볼 수 있다. 따라서 이는 개성을 무시하는 행태가 점차 사라져 가는 현실을 드러낸 것이라 볼 수 없다.

③ 엇박자 D의 목소리만 들리면 아이들은 갈피를 잡지 못했고, 음은 뒤죽박죽이 됐으며 박자는 제멋대로 변했다. 이는 음치인 엇박자 D의 개성이 강하다는 것을 드러낸 것이며, 이를 통해 소수자가 차별받는 사회를 형상화한 것이라고 볼 수 없다.

⑥ 관객들이 아무도 웃지 않고 후렴을 따라 부른 것은 엇박자 D가 믹싱한 음치들의 노래가 아름답게 들렸기 때문이다. 이는 현대 사회의 부정적 흐름에 동조하는 것과 무관하다.

고전 산문

01 고전 산문   **02** ③   **03** 건국 신화   **04** ×   **05** ○

06 ④   **07** ⑤   **08** 창작   **09** ④   **10** ×

11 ③   **12** ○

01 고전 산문은 신화, 전설, 민담 등의 설화와 야담, 가전 문학, 고전 소설 등을 포함하는 산문 문학이다.

02 '액자식 구성'은 액자 속에 사진이나 그림이 담겨 있는 것처럼, 전달하고자 하는 이야기를 다른 이야기 속에 집어넣어 표현하는 구성을 말한다. 액자식 구성은 고전 산문이 아닌 현대 소설에 주로 쓰이는 구성이다.

03 '건국 신화'는 설화 중 하나로 고대 국가의 건국시조가 나라를 세운 내력을 그린 작품이다.

04 '몽유록계 소설'은 꿈속에서 일어난 사건을 그린 작품이다. 인간의 마음을 의인화한 소설은 천군 소설이다.

05 중국 전기(傳奇)의 영향을 받아 창작된 김시습의 《금오신화》는 귀신과 인연을 맺거나 용궁에 가는 등의 기괴하고 신기한 일을 다루고 있다.

06 이규보의 〈국선생전〉은 고려 시대에 창작된 작품이고, 〈토끼전〉, 〈숙향전〉, 〈오유란전〉, 〈장화홍련전〉은 모두 조선 후기에 창작된 작품이다.

07 영웅의 일대기적 구성은 고귀한 혈통, 기이한 잉태 또는 출생, 비범한 능력 발휘, 어린 시절의 위기, 조력자와의 만남, 성장 후의 위기, 위기 극복과 행복한 결말이다. 비극적 결말은 일반적인 영웅 소설에서 나타나는 요소가 아니다.

08 군담 소설은 작품에 등장하는 전쟁의 실재 여부에 따라 역사 군담 소설과 창작 군담 소설로 나뉜다. 역사 군담 소설은 실재했던 전쟁을 배경으로 삼고, 창작 군담 소설은 가상의 전쟁을 배경으로 삼는다.

09 〈박씨전〉은 군담 소설이자 영웅 소설이며, 판소리계 소설에 해당하지 않는다. 〈심청전〉, 〈흥보전〉, 〈토끼전〉, 〈춘향전〉은 판소리계 소설이다.

10 〈최고운전〉은 신라 시대의 문신 최치원을 주인공으로 삼은 소설로, 애정 소설이 아니라 영웅 소설, 군담 소설에 해당한다.

11 주인공의 군사적 활약상은 주로 군담 소설에서 나타나는 것으로, 판소리계 소설의 특징으로 볼 수 없다.

12 가정 소설은 계모로 인한 갈등, 아버지와 아들 사이의 갈등, 처와 처 사이의 갈등, 처와 첩 사이의 갈등 등 가족 구성원 사이에서 일어나는 갈등을 주요 소재로 삼는다.

고전 산문 01 주몽 신화

본문 90쪽

01 ⑤   **02** ⑤   **03** 예시 답안 참조   **04** ③   **05** ⑤

01 서술상 특징 파악   답 ⑤

고구려 건국이라는 역사적 사건을 바탕으로 인물의 행적을 서술하고 있으나, 사실적으로 서술하고 있는 것이 아니라 비현실적인 요소를 활용하여 신화적·상징적으로 서술하고 있으므로 적절하지 않다.

◎ 오답 풀이

① 윗글은 고구려 건국시조인 주몽의 행적을 그린 이야기로, 고구려 건국의 신성성을 드러내는 건국 신화이다.

② 신화, 전설, 민담은 설화의 하위 갈래이며, 윗글은 건국 신화이므로 설화의 한 종류이다. 건국 신화는 입에서 입으로 전해져 온 구비 문학(설화)으로서 후대에 문자로 정착되었다.

③ 윗글은 주인공인 주몽이 겪는 어릴 때의 고난(기아와 구출), 성장 후의 고난과 그 극복 과정을 중심으로 서사를 전개하고 있다.

④ 주몽은 해모수와 유화의 사이에서 태어난 아들로, 부계의 경우 '천제(조부) – 해모수(부) – 주몽(아들)'으로 이어지는 삼대기 구조가 나타난다. 모계의 경우에도 '하백(외조부) – 유화(모) – 주몽(아들)'의 삼대기 구조가 나타난다.

02 작품의 내용 파악   답 ⑤

대소는 금와왕에게 주몽을 해쳐 후환을 없애자고 하지만 금와는 그 말을 듣지 않고 주몽에게 말을 기르도록 했다. 따라서 금와왕이 대소의 뜻에 따라 주몽에게 말을 기르도록 했다는 설명은 적절하지 않다.

◎ 오답 풀이

① "부모는 제가 중매도 없이 다른 사람을 따라간 것을 꾸짖어 이곳으로 귀양을 보내 살도록 했습니다."라는 유화의 말을 통해, 유화는 해모수를 따라간 일로 인해 귀양을 갔음을 알 수 있다.

② "나라 사람들이 곧 너를 해치려고 하는데, 너의 재략이라면 어디 간들 살지 못하겠느냐? 빨리 떠나거라."를 통해 유화는 위험에 처한 주몽에게 도망칠 것을 명했음을 알 수 있다.

③ '겨우 일곱 살에 용모와 재략이 비범했으며, 스스로 활과 화살을 만들어 백 번 쏘아 백 번 맞추었다. 나라의 풍속에 활 잘 쏘는 사람을 주몽이라 했으므로 이로써 이름을 삼았다.'를 통해 주몽은 어렸을 때부터 탁월한 무예 실력을 발휘했음을 알 수 있다.

④ '금와에게는 아들이 일곱 있었는데, 항상 주몽과 함께 놀았다. 그러나 그들의 기예가 주몽에게 미치지 못하자 맏아들 대소가 말했다. "주몽은 사람에게서 태어난 것이 아니니 일찍이 도모하지 않으면 후환이 있을 것입니다."'를 통해 대소는 주몽의 능력이 자신보다 뛰어난 것에 대해 경계했음을 알 수 있다.

03 소재의 기능 파악

✔ 예시 답안 준마는 주몽이 총명한(지혜를 갖춘) 인물임을 나타낸다.

주몽은 '준마를 알아보고 먹이를 조금씩 주어 마르게 하'여 준마를 차지했으므로, '준마'는 주몽이 총명하고 지혜를 갖춘 인물임을 나타낸다고 볼 수 있다.

• 평가 기준

평가 요소	확인
주몽의 특성인 총명함, 지혜로움에 대해 제시함	
'준마는 주몽이 ~을/를 나타낸다.'의 형식으로 서술함	

04 인물에 대한 평가   답 ③

'군계일학(群鷄一鶴)'은 닭의 무리 속에 있는 한 마리의 학이라는 뜻으로, 평범한 많은 사람 가운데서 뛰어난 인물을 의미한다. 주몽이 금와왕의 일곱 아들보다 기예가 뛰어났다는 것으로 보아 주몽은 군계일학이라고 평가할 수 있다.

⊙ 오답 풀이

① '측은지심(惻隱之心)'은 가엾고 불쌍하게 여기는 마음을 의미한다. 금와왕이 유화에게 알을 돌려준 것은 알을 내다 버려도 짐승들이 먹지 않고 보호하였고, 알을 깨뜨리고자 했으나 깨지지 않았기 때문이다. 금와왕은 유화에 대한 측은지심을 갖지 않았으므로 적절하지 않다.

② '배은망덕(背恩忘德)'은 남에게 입은 은덕을 저버리고 배신하는 태도가 있음을 의미한다. 해모수가 유화와 인연을 맺은 후 유화를 버리고 간 행동은 남녀 사이에 신의가 없는 행동이지, 유화에게 입은 은혜를 저버린 배은망덕한 행동이라고 보기 어렵다.

④ '신출귀몰(神出鬼沒)'은 귀신같이 나타났다가 사라진다는 뜻으로, 그 움직임을 쉽게 알 수 없을 만큼 자유자재로 나타나고 사라짐을 비유적으로 이르는 말이다. 대소가 주몽과 함께 놀면서 주몽을 없애려고 한 것은 자신보다 뛰어난 주몽에 대한 시기심과 권력 다툼으로 인해 장차 닥칠 위협을 염려해서이기 때문이므로, 신출귀몰한 면과는 무관하다.

⑤ '각주구검(刻舟求劍)'은 융통성 없이 현실에 맞지 않는 낡은 생각을 고집하는 어리석음을 이르는 말이다. 주몽이 대소의 위협에서 벗어나 열두 살에 고구려를 건국한 것은 놀랄 만한 훌륭한 일을 성취한 것이므로 각주구검과는 무관하다.

05 외적 준거에 따른 작품 감상   답 ⑤

주몽이 천제의 아들이자 하백의 손자라고 외친 것은 물에게 도움을 청하기 위해 자신의 고귀한 혈통을 드러낸 것으로, 〈보기〉에서 제시한 영웅의 일대기 구조에서 '시련과 극복'에 해당하는 부분이다. 주몽은 자신에게 닥친 시련을 극복하기 위해 고귀한 혈통을 드러내어 물에게 도움을 청한 것이지, 위업을 달성하기 위해 자신의 신성성을 드러낸 것으로 볼 수 없다.

⊙ 오답 풀이

① 주몽이 알에서 껍질을 깨고 태어났다는 것은 〈보기〉에서 제시한 '신이한 탄생'과 연관된 것으로, 이는 주몽의 비정상적이고 신이한 탄생에 해당한다고 볼 수 있다.

② 왕의 아들들과 여러 신하들이 주몽을 해치려고 한 것은 〈보기〉에서 제시한 '시련'과 연관된 내용으로, 이를 통해 장차 주몽이 시련을 겪게 될 것임을 알 수 있다.

③ 주몽이 일곱 살에 활을 잘 쏘았다는 것은 〈보기〉에서 제시한 '비범한 능력'으로, 이는 주몽이 남들과 달리 비범한 능력을 가진 인물임을 보여 준다고 할 수 있다.

④ 주몽이 물고기와 자라의 도움으로 엄수를 건넌 것은 〈보기〉에서 제시한 '시련'의 '극복'을 보여 주는 것으로, 이를 통해 주몽이 조력자의 도움으로 위기를 극복했음을 알 수 있다.

고전 산문 02 춘향전 ❶

본문 92쪽

교과서 활동 깊이 보기 1 몽룡 2 탐관오리 3 암행어사

01 ②   02 ①   03 예시 답안 참조   04 ⑤   05 ①

---

01 서술상 특징 파악   답 ②

윗글에서 인물 간의 대화는 운봉과 어사또의 대화, 운봉과 본관 사또의 대화만 나타나며 그들 사이에는 갈등이 형성되지 않으므로 적절하지 않다. 인물 간의 갈등은 탐관오리인 본관 사또와 그를 징계하고자 하는 어사또 사이에 형성된다고 할 수 있다.

⊙ 오답 풀이

① 어사또가 지은 한시는 운문으로, 이를 통해 탐관오리의 횡포를 비판하고자 하는 작품의 주제 의식을 강조하고 있다.

③ "좋은 잔치를 당하여서 술과 안주를 포식하고 그냥 가기 민망하니 차운한 수 하사이다."라는 어사또의 말은 호화로운 생일잔치를 열면서 걸인에게는 초라한 음식을 내어 준 본관 사또에게 '좋은 잔치'를 열고 '술과 안주를 포식'하였다고 반어적으로 표현한 것이다. 어사또는 이를 통해 백성의 고통을 살피지 않는 본관 사또를 비판하고 있으므로 적절하다.

④ '공방 불러 돗자리 단속, 병방 불러 역마 단속 ~ 형방 불러 장부 단속, 사령 불러 숙직 단속'에서는 열거와 대구를 활용하여 운봉이 어사출두에 대비해 관속들을 점검하는 특정 장면을 구체적으로 묘사하고 있다.

⑤ '어사또 상을 보니 어찌 아니 통분하랴.'는 서술자가 개입하여 초라한 상을 받은 어사또의 상황에 대해 주관적 인식을 드러낸 것이므로 적절하다.

02 작품의 내용 파악   답 ①

"야야. 일이 났다."라는 말은 운봉이 어사또가 지은 한시를 보고 나서야 어사또의 정체가 암행어사라는 것을 알아차렸음을 드러낸다. 따라서 운봉이 걸인이 어사임을 알아차리고 시 짓기를 제안했다는 설명은 적절하지 않다.

⊙ 오답 풀이

② '공방 불러 돗자리 단속, 병방 불러 역마 단속 ~ 형방 불러 장부 단속, 사령 불러 숙직 단속'을 통해 운봉이 어사출두에 대비하여 각 아전들의 일을 점검했음을 알 수 있다.

③ 앞부분의 줄거리에서 어사또는 거지 행색을 하고 본관 사또의 생일잔치에 잠입하였다고 했으며, 윗글에서 어사또는 스스로를 '걸인'이라고 일컫고 있으므로 암행어사가 된 자신의 신분을 감추고 있다고 볼 수 있다.

④ 어사또는 '백성들의 형편을 생각하고 본관 사또의 정체를 감안하여' 시를 썼으며, '금동이의 아름다운 술은 일반 백성의 피요'와 같은 시의 내용을 통해 어사또가 본관 사또를 비판하고자 하는 의도를 담아 시를 썼음을 알 수 있다.

⑤ 어사또가 본관 사또와 같은 탐관오리를 비판하는 시를 지었으나 본관 사또는 이를 몰라보았으므로, 본관 사또는 어사또가 지은 시의 뜻을 제대로 파악하지 못했음을 알 수 있다.

03 삽입 시의 의미 파악

✓예시 답안 피와 기름은 본관 사또와 같은 탐관오리의 수탈로 인해 백성들이 겪는 고통을 의미한다.

[A]는 본관 사또의 사치스러운 생일잔치와 백성들의 고통을 대비하여 가혹한 정치 행태를 비판한 시이다. '금동이의 아름다운 술'과 '옥소반의 아름다운 안주'는 각각 일만 백성들의 피와 기름이라고 하였는데, 이는 본관 사또와 같은 탐관오리의 수탈로 인해 백성들이 겪는 고통을 의미한다.

· 평가 기준

평가 요소	확인
'본관 사또와 같은 탐관오리의 횡포'와 관련지어 서술함	
'피와 기름은 ~을/를 의미한다.'의 형식으로 서술함	

04 소재의 기능 파악 답 ⑤

ⓐ '글 두 귀'에는 백성들의 피와 기름으로 잔치를 벌여 백성들에게 고통을 주는 관리들을 비판하기 위한 의도가 나타난다. '가렴주구(苛斂誅求)'는 '세금을 가혹하게 거두어들이고, 무리하게 재물을 빼앗는다'는 의미로, ⓐ는 백성의 고통을 외면하고 가렴주구를 일삼는 관리의 행태를 비판한 것이라 할 수 있다.

⊙ 오답 풀이

① '표리부동(表裏不同)'은 '겉으로 드러나는 언행과 속으로 가지는 생각이 다르다'는 뜻이다. 본관 사또는 백성의 고통이 수반된 생일잔치를 연 인물이지만, 겉과 속이 다른 표리부동한 위정자라고 보기는 어려우며, ⓐ에서 표리부동한 위정자의 위선적인 면모를 고발하고 있지도 않다. ⓐ는 백성을 가혹하게 수탈하는 본관 사또의 학정을 비판하고 있다.

② '천인공노(天人共怒)'는 '하늘과 사람이 함께 노한다는 뜻으로, 누구나 분노할 만큼 증오스럽거나 도저히 용납될 수 없음을 이르는 말'이다. ⓐ에는 본관 사또의 악행이 직접적으로 드러나지 않고 비유적으로 드러나므로 적절하지 않다.

③ '유리걸식(遊離乞食)'은 '정처 없이 떠돌아다니며 빌어먹는다'는 뜻이다. ⓐ에는 본관 사또의 수탈로 인한 백성들의 고통은 드러나고 있으나, 수탈을 견디지 못해 정처 없이 떠돌아다니며 빌어먹는 백성의 현실이 드러나지는 않는다.

④ '유유자적(悠悠自適)'은 '속세를 떠나 아무 속박 없이 조용하고 편안하게 산다'는 뜻이다. ⓐ에는 호사스러운 잔치의 모습이 나타나지만, 속세를 떠나 조용하고 편안하게 사는 양반의 생활이 드러나지는 않는다.

05 외적 준거에 따른 작품 감상 답 ①

㉠에서는 어사또가 운봉의 갈비뼈를 가리키며 고기의 갈비를 먹고 싶다는 뜻을 드러내므로, 동음이의어 '갈비'를 활용한 언어유희가 나타남을 알 수 있다. ㉡에서는 동음이의어 '맵다'를 사용하여 고추나 겨자와 같이 맛이 알알하다, 성미가 사납고 독하다라는 의미를 드러내고 있으므로 적절하다.

⊙ 오답 풀이

② '문 들어온다, 바람 닫아라! 물 마르다, 목 들여라!'는 '문'과 '바람', '물'과 '목'의 어순을 도치한 언어유희이다.

③ '마구간에 들어가 노새 원님을 끌어다가 등에 솔질을 솰솰하여'는 '노새 원님'과 '노생원님'의 발음의 유사성을 활용한 언어유희이다.

④ '자식 하나 우는 새요, 남편 하나 미련 새요, 나 하나만 썩는 샐세'는 '새'를 반복하여 리듬을 형성하는 언어유희이다.

⑤ '이 양반이 허리 꺾어 절반인지, 개다리소반인지, 꾸레미 전에 백반인지'는 '양반'의 '반'과 '절반', '개다리소반', '백반'의 '반'을 반복하여 리듬을 형성하는 언어유희이다.

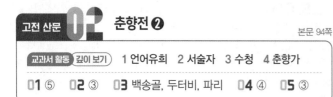

고전 산문 02 춘향전 ❷

본문 94쪽

| 교과서 활동 (깊이 보기) | 1 언어유희 2 서술자 3 수청 4 춘향가 |

01 ⑤ **02** ③ **03** 백송골, 두터비, 파리 **04** ④ **05** ③

01 갈래상 특징 파악 답 ⑤

윗글은 판소리계 소설로 판소리계 소설은 표면적 주제, 이면적 주제를 갖고 있다. 판소리계 소설에서 양반층의 윤리의식은 작품의 표면에 나타나는 표면적 주제를 형성하는데, 윗글의 경우에도 양반층의 윤리의식인 여성의 '정절' 윤리는 작품의 표면적 주제를 형성하고 있다.

⊙ 오답 풀이

① 판소리계 소설은 판소리 사설을 소설화하였기 때문에 판소리의 특성이 나타나는데, "얼씨구나 좋을시고 어사 낭군 좋을시고."와 같이 4·4조의 운율의 운문적 문체가 나타난다.

② 판소리는 공연 예술인 극 갈래이지만 윗글 〈춘향전〉은 판소리를 바탕으로 창작하여 문자로 정착된 서사 갈래이다.

③ 윗글은 판소리계 소설로, '~ 거동 보소'와 같이 서술자가 독자에게 말을 건네는 듯한 어투를 찾아볼 수 있다.

④ 암행어사 출두 장면, 수령과 아전들이 도망가는 장면에서는 장면을 구체화하여 서술하는 확장적 문체가 나타난다.

02 작품의 내용 파악 답 ③

춘향은 '반웃음 반울음에' "꿈이냐, 생시냐? 꿈이 깰까 염려로다."라고 말할 정도로 몽룡과의 재회를 기뻐하였으며, 몽룡을 원망하지는 않았으므로 적절하지 않다.

⊙ 오답 풀이

① '본관 사또가 똥을 싸고 멍석 구멍 새앙쥐 눈 뜨듯하고, 안으로 들어가서'를 통해 본관 사또는 어사출두에 놀라 다급하게 달아났음을 알 수 있다.

② '"모든 아전들 들라." / 외치는 소리에 육방이 넋을 잃어, / "공형이오." / 등채로 휘닥딱. ~ 공방이 자리 들고 들어오며, / "안 하겠다던 공방을 하라더니 저 불속에 어찌 들랴?" / 등채로 휘닥딱.'을 통해 아전들은 어사또의 부하들에게 등채로 매를 맞았음을 알 수 있다.

④ '"무슨 죄인고?" / 형리 아뢰되, ~ "수청 아니 들려 하고 사또에게 악을 쓰며 달려든 춘향이로소이다."'를 통해 어사또는 춘향을 일부러 모르는 체하고 춘향의 죄를 형리에게 물었음을 알 수 있다.

⑤ 어사또는 형리에게 춘향의 죄를 듣고 난 후에 "죽어 마땅하되 내 수청도 거역할까?"라며 수청을 요구하는데 이는 춘향의 정절을 시험하고자 하는 의도로 볼 수 있다.

03 다른 작품과의 비교 감상 답 백송골, 두터비, 파리

힘의 우위에 따라 대상을 나누어 보면, 〈보기〉에서 '어사또'에 대응하는 대상은 '백송골', '본관 사또'에 대응하는 대상은 '두터비', '춘향'에 대응하는 대상은 '파리'이다. '두터비'는 '파리'를 물고 있으므로, '두터비'는 춘향에게 수청을 강요하다 춘향을 옥에 가둔 본관 사또, '파리'는 옥에 갇힌 춘향이라고 볼 수 있다. 또한 '백송골'은 '두터비'가 두려워하는 존재로 '두터비'를 놀라게 하므로, 갑작스럽게 암행어사 출두를 하여 본관 사또를 놀라게 한 어사또라고 볼 수 있다.

04 구절의 의미 파악 답 ④

㉣에서 춘향은 자신이 몽룡이라는 사실을 숨기고 수청을 요구하는 어사또를 '명관'이라고 하며 비웃고 있다. '명관'은 정치를 잘하여 이름이 난 관리라는 뜻으로 역설적 표현이 아니라 반어적 표현이며, 이를 통해 어사또에 대한 냉소적 태도를 드러내고 있다.

⊙ 오답 풀이

① ㉠의 암행어사 출두는 어사또가 본관 사또에 의해 옥에 갇혀 위기에 처한 춘향을 구하게 되는 사건으로 극적 반전의 계기가 된다.

② ㉡은 "암행어사 출두야."라고 외치는 소리를 '강산이 무너지고 천지가 뒤집히는 듯'하다고 하여 과장된 표현을 통해 어사출두의 위세를 드러내고 있다.

③ ㉢은 어사출두로 인한 위급하고 고통스러운 상황을 '불속'에 비유하여 공방이 느끼는 두려움을 부각하고 있다.

⑤ ⓔ은 "눈이 온들 변하리까."라는 설의적 표현을 활용하여 몽룡에 대한 춘향의 변함없는 절개와 사랑을 강조하고 있다.

05 외적 준거에 따른 작품 감상 ▶ 답 ③

"너 같은 년이 수절한다고"는 춘향을 속이기 위한 어사또의 발언으로, 퇴기의 딸인 춘향의 신분에 대한 차별적 인식을 드러낸 것이라고 볼 수도 있다. 그러나 춘향의 신분에 대한 차별적 인식을 비판하기 위한 의도와는 무관하다.

◎ 오답 풀이

① ⓐ는 어사출두에 놀란 본관 사또의 모습을 '똥을 싸고 멍석 구멍 새양쥐 눈 뜨듯' 한다는 표현으로 우스꽝스럽게 그려 내고 있는데, 이는 본관 사또의 권위를 떨어뜨려 부패한 탐관오리를 비판·풍자하고자 하는 의도가 담긴 것이라 할 수 있다.

② ⓑ에서 춘향이 본관 사또의 명을 거역하고 본관 사또에게 악을 쓰며 대들었다는 것은 수청을 요구하는 불의한 지배층에 저항하고자 하는 민중 의식을 보여 준다고 볼 수 있다.

④ ⓓ에서는 어사또가 몽룡임을 알지 못하는 춘향이 어사또의 수청을 거절하고 어서 빨리 죽여 달라고 청하고 있는데, 이를 통해 몽룡에 대한 정절을 지키기 위해 죽음을 각오하는 춘향의 의지가 드러난다.

⑤ ⓔ는 어사또가 자신이 몽룡임을 춘향에게 드러냄으로써 몽룡과 춘향의 감격적이고 극적인 재회를 보여 준다. 따라서 이는 시련을 견디고 신분 차이를 극복한 남녀 간의 진실한 사랑을 드러내는 부분이라 할 수 있다.

고전 산문 **03** 흥보전

본문 96쪽

교과서 활동 깊이 보기 1 판소리 2 서술자 3 웃음 4 비판(풍자)

01 ③   **02** ③   **03** 권선징악(복선화음)   **04** ⑤   **05** ③

01 갈래상 특징 파악 ▶ 답 ③

윗글의 갈래는 판소리계 소설이다. 판소리계 소설의 주인공은 주로 비범한 인물이 아니라 현실적이고 평범한 인물로, 윗글의 주인공인 흥보 역시 비범한 인물이 아니라 평범한 인물이다. 반면 탁월한 능력을 지닌 비범한 인물을 주인공으로 삼는 작품은 영웅 소설이다.

◎ 오답 풀이

① 판소리계 소설은 조선 후기 서민 예술의 정수라고 할 수 있는 판소리를 소설화한 것으로, 조선 후기의 서민 의식을 폭넓게 담아내었다고 평가받고 있으므로 적절하다.

② 판소리가 서민층에서 시작되어 양반층으로 확대되어 폭넓게 향유된 까닭에, 판소리계 소설에는 양반층의 언어와 서민층의 언어가 뒤섞여 나타나므로 적절하다.

④ 판소리계 소설은 판소리의 영향으로 3·4조 내지 4·4조의 4음보 형태가 문체의 기초를 이룬다. 따라서 산문이지만 운율감이 느껴지는 표현이 자주 나타난다.

⑤ 판소리계 소설은 판소리를 문자로 기록한 판소리 사설이 소설로 정착된 작품이므로 적절하다.

02 작품의 내용 파악 ▶ 답 ③

(나)의 "얼씨구나 즐겁도다. 우리 낭군 병영 내려갔다 매 아니 맞고 돌아오니, 이런 영화 또 있을까."에서 흥보의 아내가 매품을 팔지 않아 매를 맞지 않고 남편이 무사히 돌아온 것에 대해 기뻐하고 있으므로 적절하지 않다.

◎ 오답 풀이

① (가)의 "아무 목득의 아들 놈도 못 팔아 갈 것이니"에서 '목득'은 이름이 무엇인지 모르는 귀신인 '목두기'를 이르는 말로, 이는 자신 외에 누구도 매품을 팔 수 없다는 의미이다. 이를 통해 김딱직은 자기만이 매품을 팔 수 있다고 자신했음을 알 수 있다.

② (나)의 "마음만 옳게 먹고 의롭지 않은 일 아니하면 장래 한때 볼 것이니 서러워 말고 살아나세."에서 흥보가 앞으로 좋은 일이 생길 것이라며 가난을 서러워하는 아내를 위로하고 있으므로 적절하다.

④ (가)의 '흥보 이른 말이, / "그리 말고 서로 가난 자랑하여 아무라도 제일 가난한 사람이 팔아 갑세."'에서 흥보가 가난 자랑으로 매품 파는 사람을 정하자고 제안하고 있으므로 적절하다.

⑤ (나)에서 흥보의 아내는 "우정 가장 애중 자식 배곯리고 못 입히는 내 설움 의논컨대 피눈물이 반죽 되면 ~ 끝없는 이내 설움 어디다 하소연할꼬."라고 말하며, 중국 고사를 활용하여 자식을 제대로 먹이지 못한 설움과 슬픔을 표현하고 있으므로 적절하다.

03 작품의 주제 파악 ▶ 답 권선징악(복선화음)

ⓐ에서 흥보는 마음만 옳게 먹고 의롭지 않은 일을 하지 않으면 좋은 때를 만날 것이라고 말하는데, 이를 통해 이 작품의 주제가 착한 일을 권장하고 악한 일을 징계한다는 뜻인 '권선징악(勸善懲惡)'임을 알 수 있다. 착한 사람에게는 복을 주고 악한 사람에게는 재앙을 준다는 뜻인 '복선화음(福善禍淫)'도 정답이 될 수 있다.

04 서술상 특징 파악 ▶ 답 ⑤

㉠에서는 석 달 동안 밥알조차 구경할 수 없을 정도로 가난한 자신의 처지를 '노랑 쥐'를 통해 과장되게 표현함으로써 독자에게 웃음을 유발하고 있으므로 적절하다.

◎ 오답 풀이

① ㉠에서는 자신의 가난한 처지를 과장되게 표현하였으며, 지배층에 대한 비판은 나타나지 않으므로 적절하지 않다.

②, ③ ㉠에서는 자신의 가난한 처지를 '노랑 쥐'의 모습을 통해 과장되게 표현하고 있으므로, 인물의 우스꽝스러운 면모를 드러내고 있지 않으며, 서민층의 생활상을 사실적으로 그려 내고 있지도 않다.

④ 언어유희는 소리나 의미의 유사성을 이용하여 말놀이를 하듯 재미있게 표현하는 것을 말하는데, 언어유희를 사용하면 웃음을 유발하여 해학적 분위기를 조성할 수 있다. 그러나 ㉠에는 이러한 언어유희가 나타나지 않는다.

05 외적 준거에 따른 작품 감상 ▶ 답 ③

흥보가 매품팔이를 위해 병영을 찾아가고 그곳에서 사람들이 가난 자랑을 하는 모습에서, 많은 사람들이 매품을 팔아야 생계를 이을 수 있을 정도로 당시 서민들의 생활이 궁핍하였음을 알 수 있다.

◎ 오답 풀이

① 앞부분의 줄거리에서 형 놀보가 부모님의 유산을 독차지하고 동생 흥보를 쫓아낸 것을 가족 간의 결속력이 약해진 것으로 볼 수는 있다. 그러나 경로사상(노인을 공경하는 생각)이 약화된 모습은 확인할 수 없다.

② 흥보가 매품을 팔아 돈을 벌려고 하는 모습에서 물질주의적 가치관에 대한 사회적 반감이 아니라, 돈으로 죗값을 치를 정도로 물질주의적 가치관이 팽배해진 사회상을 확인할 수 있다.

④ 흥보를 비롯한 사람들이 병영에 매품을 팔러 온 상황을 통해, 죄를 지은 사람이 제대로 벌을 받지 않고 대신 죗값을 치를 사람을 사는 당대의 사회상을 엿볼 수 있다. 그러나 관가에서 나랏일을 보는 벼슬아치들이 부정부패를 저지르는 모습은 윗글에서 확인할 수 없다.

⑤ 흥보가 가난하게 살며 매품팔이까지 하려는 모습을 통해, 기존의 신분 제도가 흔들리면서 흥보와 같은 몰락한 양반이 생겨났음을 확인할 수 있다. 그러나 기존의 신분 제도가 흔들리면서 빈부 격차를 극복하게 되는 모습은 윗글에서 확인할 수 없다.

본문 98쪽

고전 산문 04 구운몽 ❶

교과서 활동 깊이 보기 1 인생무상 2 부처 3 꿈

01 ⑤ **02** ② **03** 스님이 큰 도를 깨우쳐 부처의 연꽃 자리에 올라앉으면 **04** ④ **05** ⑤

01 작품의 특징 파악
답 ⑤

이 작품은 주인공 성진이 꿈속에서 세속적 욕망을 성취한 후 인생무상을 느끼고 꿈에서 깬 후 불교에 다시 귀의하는 내용으로, 인생무상에 대한 깨달음과 이를 통한 허무의 극복이라는 주제 의식을 전달하고 있다. 이 작품에 염라대왕이 등장하고는 있으나 선인과 악인을 심판하는 것이 아니라 성진과 팔선녀를 인간 세상으로 보내는 역할을 할 뿐이며, 권선징악이 작품의 주제인 것도 아니다.

오답 풀이
① 이 작품은 제목에 '몽' 자가 들어가는 몽자류 소설에 해당한다. 몽자류 소설은 주인공이 꿈속에서 새로운 인생을 살고 깨어나 현실로 돌아오는 과정을 통해 깨달음을 얻는 이야기를 다룬다.
② 이 작품은 '현실 - 꿈 - 현실'의 구조로 사건이 전개되는 환몽 구조를 취하고 있다.
③ 이 작품의 제목에서 '구'는 성진과 팔선녀라는 아홉 명의 인물을, '운'은 부귀공명과 같은 세속적 가치가 구름과 같이 헛된 것이라는 주제를, '몽'은 환몽 구조라는 구성 방식을 암시적으로 나타낸다.
④ 이 작품은 인간이 추구하는 세속적 욕망은 헛된 것이라는 불교적 세계관을 중심으로 하며, 여기에 유교의 출세주의, 도교의 신선 사상 등이 융합되어 사상적 배경을 이룬다.

02 구절의 의미 파악
답 ②

ⓛ에서 '우리도 한번 죽어 돌아가면'은 인생의 유한함을 드러낸 표현이고, '높은 누대'가 무너지고 '좋은 연못'이 메워지는 것은 부귀영화도 다 사라지는 것일 뿐 영원한 것이 아니라는 허무함, 무상함을 드러낸 표현이다.

오답 풀이
① 성진은 팔선녀와의 만남 이후 불도에 대해 회의를 느끼고 번뇌한 일로 육관 대사의 벌을 받아 염라대왕 앞에 끌려왔고, 팔선녀는 육관 대사가 성진에 관한 일을 위 부인에게 고함으로써 염라대왕 앞에 끌려오게 되었다. ㉠에서 성진은 팔선녀가 염라대왕 앞으로 끌려올 것을 미처 예상하지 못했기에 팔선녀가 왔다는 말에 놀란 것으로 볼 수 있다.
③ ㉢의 앞부분에서 성진은 유도와 선도의 한계를 지적하고, ㉢에서 이 한계를 알게 해 주는 사례로 진시황, 한나라 무제, 현종 임금을 들고 있다. 즉 ㉢은 유도나 선도가 불도보다 못함을 부각하기 위해 든 예이므로, 성인의 가르침을 따르려는 마음을 나타낸 것이라고 볼 수 없다.
④ ㉣은 성진의 꿈속 인물인 소유가 성진에 대한 꿈을 꾸는 것으로, 몽중몽(夢中夢)에 해당한다. 그런데 "필시 불가와 인연이 있는 듯하오."라고 짐작하는 말로 보아 소유가 성진의 삶에 대해 알고 있는 것은 아니므로 성진으로 살던 삶을 기억하고 그리워한다는 설명은 적절하지 않다.
⑤ 소유는 인생의 허무함을 느끼고 불교에 귀의할 뜻을 나타낸 후 ㉤에서 여

덟 여인과 오래지 않아 이별하게 될 것임을 밝히고 있다. 따라서 ㉤은 여덟 여인과의 이별을 받아들일 생각을 전제로 한 것이다.

03 구절의 기능 파악
답 스님이 큰 도를 깨우쳐 부처의 연꽃 자리에 올라앉으면

이 작품의 결말이 성진이 '부처의 세계로 되돌아가 깨달음을 얻는' 내용이라는 점을 고려할 때, 염라대왕이 성진에게 "스님이 큰 도를 깨우쳐 부처의 연꽃 자리에 올라앉으면"이라고 말한 것은 결말을 암시하는 역할을 한다는 것을 알 수 있다.

04 다른 작품과의 비교 감상
답 ④

〈보기〉에 따르면 〈조신 설화〉의 주인공 조신은 태수 김흔의 딸과의 혼인을 바랐고 이것이 꿈을 통해 실현되었지만 극심한 가난을 겪었음을 알 수 있다. 반면 〈구운몽〉의 주인공 성진은 (다)의 내용으로 보아 원하던 부귀영화를 꿈속에서 누렸음을 알 수 있다.

오답 풀이
① 이 작품에서 성진은 꿈을 통해 부귀공명의 무상함을 깨닫고, 〈보기〉에서 조신은 꿈을 통해 인생무상을 깨닫는다. 따라서 두 작품 모두 주인공이 꿈을 통해 깨달음을 얻는다는 공통점이 있다.
② 이 작품의 성진은 인간 세상에서 양소유로 태어나 여덟 여인과 차례로 인연을 맺고 이들과 함께 부귀영화를 누렸으므로 사랑하는 이와의 결연을 성취했다고 볼 수 있다. 〈보기〉의 조신도 꿈에서 김흔의 딸과 부부의 연을 맺었으므로 사랑하는 이와의 결연을 성취했음을 알 수 있다. 따라서 사랑하는 이와의 결연의 성취는 두 작품에 공통적으로 나타나는 특징이다.
③ 이 작품에서 성진은 자신이 지녔던 속세에 대한 욕망이 헛된 것임을 꿈을 통해 깨닫게 된다. 그리고 〈보기〉에서 조신은 태수의 딸과 혼인하고자 했던 욕망이 헛된 것이었음을 꿈을 통해 깨닫게 된다. 따라서 두 작품 모두 주인공이 꿈을 꾸기 전에 세속적 욕망을 지녔다고 이해할 수 있다
⑤ (다)의 "내 나이 들어 벼슬에서 물러나 여기에 온 후"라는 말로 보아, 꿈속 인간 세상의 삶은 양소유가 태어나서 나이가 든 이후까지 해당함을 알 수 있다. 그리고 〈보기〉에서 조신은 꿈속에서 김흔의 딸과 오십여 년을 함께 살았다고 했다. 따라서 두 작품 모두 주인공이 꿈속에서 살았던 삶의 시간이 꿈꾼 시간, 즉 현실 속의 하룻밤보다 길었음을 알 수 있다.

05 외적 준거에 따른 작품 감상
답 ⑤

(다)에서 성진은 인생무상을 느끼고 불교에 귀의할 뜻을 밝히고 있다. '세속의 인연이 다 끝났다는 것은 성진의 불교 귀의와 관련된 것이므로, 세속적 가치에 회의를 느낀 것(ⓓ)은 맞으나 천상적 가치에 회의를 느낀 것(ⓑ)이 아니라 천상적 가치를 지향한 것으로 볼 수 있다.

오답 풀이
① ⓐ의 '천상적 가치'는 불도에 정진하는 것이고, ⓑ는 불도라는 천상적 가치에 회의를 느끼는 것이라 할 수 있다. (가)에서 성진이 "연화봉 돌다리에서 선녀들을 만나 한때 마음을 누르지 못하여 사부에게 죄를 얻었다"는 것으로 보아, 성진이 ⓐ와 같이 불도를 지향하다가 팔선녀와의 만남을 계기로 불도에 회의를 느끼는 ⓑ의 상태로 변하게 되었음을 알 수 있다.
② 성진의 '맑은 세계'는 육관 대사의 입장에서 불도에 집중하고 정진하는 것이라 할 수 있다. 그런데 성진이 팔선녀와의 만남 이후 불도에 회의를 느끼고 세속적 욕망을 갖게 되었으므로, '맑은 세계'가 더럽혀진 것은 불도에 대한 회의(ⓑ)와 관련된다고 할 수 있다.
③ ⓒ의 '세속적 가치'는 인간 세상에서 추구하는 가치, 즉 입신양명이나 부귀영화와 같은 것들로 볼 수 있다. 따라서 '대승상의 부귀와 풍류'는 세속적 가치를 추구하여 얻은 결과라고 할 수 있다.

④ '슬픈 마음'은 양소유가 머지않아 부인들과 헤어질 것을 생각하며 든 마음이다. 그런데 양소유가 부인들과 헤어질 생각을 한 것은 부귀공명의 허망함, 무상함을 느끼고 불도에 귀의하려고 마음을 먹었기 때문이다. 따라서 '슬픈 마음'은 세속적 가치에 회의를 느낀 것(ⓓ)에서 기인한다고 볼 수 있다.

고전 산문 **04** 구운몽 ❷

본문 100쪽

교과서 활동 깊이 보기 1 허무(무상) 2 육관 대사 3 입신양명

01 ① **02** ② **03** 일장춘몽 **04** 예시 답안 참조 **05** ②
06 ②

01 서술상 특징 파악
답 ①

(가)의 '갑자기 흰 구름이 사방의 산골짜기에서 뭉게뭉게 피어오르더니 마침내 누대를 감쌌다.', (나)의 '스스로 돌아보니 홀로 작은 암자의 부들자리 위에 앉아 있었다. 향로에는 불이 꺼졌고 달은 어느덧 서쪽 봉우리에 걸려 있었다.'에서 공간적 배경에 대한 묘사가 나타나지만 비유적 표현은 사용되지 않았다.

⊘ 오답 풀이

② 불승(육관 대사)이 성진의 꿈을 깨우기 위해서 도술을 부리는 장면인 (가)의 '불승이 지팡이를 높이 들어 난간을 두어 번 세게 쳤다. 갑자기 흰 구름이 사방의 산골짜기에서 뭉게뭉게 피어오르더니 마침내 누대를 감쌌다.'에서 전기적 요소가 나타난다.

③ (가)에서 소유가 불승에게 한 말인 "소유 열여섯 살 전에는 부모 곁을 떠나지 않았고, 열여섯에 과거에 급제한 다음 계속 벼슬에 있어서 서울을 떠나지 않았습니다. 동쪽으로 연나라에 사신으로 가고 서쪽으로 티베트를 정벌한 것"을 통해 소유의 과거 행적이 요약적으로 제시되고 있다.

④ 이 작품은 전지적 작가 시점의 고전 소설로 서술자는 이야기 바깥에 위치한다. 이야기 바깥의 서술자에 의해 성진의 내면이 '정신이 황홀하고 가슴이 두근거렸다.'와 같이 직접 제시되고 있다.

⑤ (나)의 '처음에 사부의 꾸지람을 듣고 황건역사를 따라 풍도 지옥에 간 일, 인간 세상에 양씨 가문의 아들로 태어나 일찍 장원급제하여 한림이 된 일, 출정해서 삼군을 이끌었고 조정에 들어가서는 백관의 우두머리가 된 일, 상소를 올려 사퇴하고 아침저녁으로 한가로이 처첩들과 음주와 가무를 즐긴 일'에서 인간 세상에서의 성진의 삶이 열거의 방식으로 사건이 일어난 시간의 순서에 따라 나열되고 있다.

02 인물의 역할 파악
답 ②

이 작품에서 '대사'는 주인공 성진이 꿈을 통해 스스로 인생무상의 깨달음을 얻도록 유도하는 역할을 하고 있다. (나)에서 성진이 꿈속의 일이 '일장춘몽'이었음을 깨닫는 것과, (다)에서 성진이 '사부께서 하룻밤 꿈으로 깨닫게 해 주었다고 말하는 것에서 이를 확인할 수 있다.

⊘ 오답 풀이

① '불승(대사)'은 (가)에서 소유가 아직 꿈에서 깨지 못한 상태임을 지적하고, (다)에서는 성진에게 참된 이치를 깨치게 하고 있을 뿐, 성진이 앞으로 겪게 될 일을 예고하지는 않았다.

③ 대사는 성진이 깨달음을 얻을 수 있도록 유도하고 있을 뿐, 위기 해결 방안을 알려 주고 있지는 않다.

④ 대사는 성진이 꿈에서 깰 수 있도록 안내하고 꿈과 현실이 구별되는 것이 아니라는 참된 이치를 깨우쳐 주고 있을 뿐, 이상과 현실을 구분하도록 안내하지는 않았다.

⑤ 대사는 성진에게 학문의 중요성을 깨달아야 한다고 조언한 것이 아니라

꿈과 현실을 초월한 참된 이치를 깨닫도록 유도하고 있다.

03 인물의 심리와 태도 파악
답 일장춘몽

(나)에서 꿈에서 깬 성진은 풍도 지옥에 갔다가 인간 세상으로 추방되어 부귀공명을 얻고 여덟 여인과 정을 주고받았던 일을 떠올리며 모든 것이 한바탕의 헛된 꿈, 즉 '일장춘몽'임을 깨닫고 있다. 따라서 성진은 인간 세상의 재미가 어떠했느냐는 육관 대사의 질문에 대해 인간 세상의 모든 것이 일장춘몽에 불과했음을 깨달았다고 답할 수 있다.

04 제목의 의미 및 주제 의식 파악

✓ 예시 답안 인간의 욕망과 인생사가 모두 구름과 같이 헛된 것임을 의미한다.

작품의 제목인 '구운몽'에서 '구(九)'는 성진과 팔선녀의 아홉 인물을, '운(雲)'은 인생무상, 즉 모든 인간사가 구름처럼 헛되다는 주제를, '몽(夢)'은 부귀공명과 같은 모든 세상일이 꿈과 같다는 주제 의식 및 작품의 환몽 구조를 드러낸다.

• 평가 기준

평가 요소	확인
제목에서 '운(구름)'의 의미를 '헛됨(인생무상)'이라는 주제와 연결하여 적절히 나타냄	
한 문장으로 바르게 서술함	

05 구절의 의미 파악
답 ②

"인간 세상에 머물며 영영 윤회의 죄과를 받아야" 하는데 '하룻밤 꿈'으로 깨닫게 해 주어 감사하다는 성진의 말에, 육관 대사는 성진이 '인간 세상'과 '꿈'을 나누어 보고 있다며 아직 깨닫지 못했음을 지적하고 있다. 즉 [A]에서 육관 대사는 꿈속에서 인간 세상을 산 양소유와 현실의 불가 세계에 있는 성진은 하나의 인물이고, 꿈과 현실은 다른 것이 아니라 하나임을 강조하고 있다. 그리고 이를 통해 꿈과 현실을 구별하여 생각하는 것 자체가 무의미한 것이라는 깨달음을 전달하고 있다.

⊘ 오답 풀이

① 성진이 몸과 꿈을 구분하자, [A]에서 대사는 "너는 몸과 꿈이 하나가 아니라고 말하는구나. 성진과 소유, 둘 중에 누가 꿈이고 누가 꿈이 아니냐."라고 하며 몸과 꿈은 별개로 구분되는 것이 아니라 하나임을 밝히고 있다.

③ [A]는 꿈과 현실을 이분법적으로 구분하여 인식하는 문제를 지적한 것으로, 세속적 욕망을 극복해야 참된 도를 얻을 수 있다고 말하고 있는 것은 아니다.

④ [A]에서는 꿈속의 소유과 현실의 성진이 다른 존재가 아닌 같은 존재임을 강조하고 있다. 즉 꿈과 현실은 다르지 않다는 인식을 드러낸 것으로, 꿈속의 일이 결코 현실이 될 수 없다고 말하고 있는 것이 아니다.

⑤ [A]에서는 꿈과 현실의 구별을 넘어선 참된 이치에 대해 이야기하고 있을 뿐, 세상일의 허무함을 말하고 있지는 않다.

06 외적 준거에 따른 작품 감상
답 ②

ⓑ는 향로의 '불'이 하룻밤이 지나 꺼진 것을 드러낸다. 따라서 ⓑ는 성진이 꿈을 꾸는 동안 하룻밤이라는 짧은 시간이 지났음을 보여 줄 뿐, 성진의 득도를 암시하지는 않는다.

⊘ 오답 풀이

① 성진이 꿈에서 깨어 있을 때 앉아 있던 자리가 ⓐ이고, 하룻밤 꿈을 꾼 것이라는 맥락으로 보아, ⓐ는 성진이 입몽을 했던 공간이자 각몽을 한 공간임을 짐작할 수 있다.

③ ⓒ로 보아, 성진이 달이 뜰 무렵(밤) 입몽하여 달이 서쪽 봉우리에 걸릴 무렵(아침) 각몽하였음을 짐작할 수 있다. 따라서 ⓒ는 주인공이 입몽을 해서 각

몽을 할 때까지의 시간 경과를 보여 준다고 할 수 있다.

④ ⓓ에서 '새로 깎은 듯 남은 털이 까칠까칠한' 것은 스님인 성진의 모습을 나타냄과 동시에, 하룻밤 사이에 털이 자라난 것을 보여 주어 짧은 시간의 경과를 드러낸다고 할 수 있다.

⑤ ⓔ의 '대승상'은 양소유를 가리킨다. 즉 '젊은 불승의 모습'이 꿈에서 깬 성진의 모습이라면 ⓔ는 꿈속의 양소유의 모습이라 할 수 있다. 따라서 ⓔ는 성진이 겪은 꿈속의 경험을 환기한다고 볼 수 있다.

고전 산문 **05** 최척전

본문 102쪽

(교과서 활동 깊이 보기) **1** 전쟁 **2** 의지 **3** 복선

01 ② **02** ⑤ **03** ① **04** 시 읊는 소리 **05** ⑤

01 작품의 특징 파악 답 ②

이 작품의 주인공으로 등장하는 최척, 옥영은 평범한 인물들이므로, 영웅의 활약상을 중심으로 내용이 전개된다는 설명은 적절하지 않다.

◎ 오답 풀이

① 돈우가 불교 신자인 것, 만복사의 장륙불이 등장하는 것 등에서 불교적 분위기를 확인할 수 있다.

③ 주인공인 최척과 옥영은 임진왜란, 정유재란 등의 전란으로 인해 헤어짐과 재회의 과정을 반복하게 된다.

④ 이 작품은 실제 발생한 역사적 사건인 임진왜란, 정유재란, 명과 후금의 전쟁을 배경으로 하고 있다.

⑤ 이 작품은 최척 가족이 전란 속에서 헤어짐, 재회를 반복하며 겪는 역경과 이산의 아픔을 사실적으로 표현하고 있다.

02 갈래상 특징 파악 답 ⑤

옥영이 꿈에서 장륙불을 만나는 장면이 있을 뿐, 작품 전체적으로는 환몽 구조를 취하고 있지 않다. 환몽 구조에서는 인물이 꿈속에서 새로운 인생을 경험한 후 현실로 돌아와 깨달음을 얻는 과정이 전개된다.

◎ 오답 풀이

① 이 작품에서는 최척 가족이 겪는 일들이 시간의 흐름에 따라 전개되고 있다.

② (라)에 나타난 최척과 옥영의 재회는 필연적이거나 인과적이지 않은, 우연히 일어난 사건으로 볼 수 있다.

③ (가)의 '돈우는 명민한 옥영이 마음에 들었다.', (나)의 '최척은 ~ 가슴속에 맺힌 슬픔과 원망을 풀어 보려 했다.' 등에서 작품 밖의 서술자가 인물의 심리를 직접 서술하고 있음을 알 수 있다.

④ (가)에서 돈우는 명민한 옥영이 마음에 들어 좋은 옷과 맛난 음식을 주며 옥영을 안심시키려 하였고, 옥영의 자살을 막는 역할을 하고 있다. 따라서 돈우는 옥영이 위기에서 벗어나도록 돕는 조력자라고 할 수 있다.

03 구절의 의미 파악 답 ①

만복사 부처는 곧 장륙불로, 앞으로 옥영에게 기쁜 일이 있을 것이라고 말하고 있다. 이는 옥영이 훗날 최척과 재회하여 행복해질 것임을 암시할 뿐, 부정적 현실로 인한 옥영의 절망적 심리를 드러내고 있지 않다.

◎ 오답 풀이

② 옥영은 정유재란으로 가족과 헤어진 슬픔과 원통함 때문에 죽으려고 하였으나 꿈속에서 장륙불의 예언을 듣고 태도를 바꾸어 살고자 한다. 좋은 훗날을 기약하며 목숨을 부지하기 위해 억지로 먹는 옥영의 모습에서 역경을 극복하려는 의지적 태도가 나타난다.

③ 자연물인 바다와 하늘, 구름과 안개에 감정을 이입하여 최척의 슬픔과 가족에 대한 그리움을 표현하고 있다.

④ 최척은 일본 배에서 들려온 시는 자신들 부부 말고는 아무도 모르며, 목소리마저 아내와 흡사하다고 말하고 있다. 이로 보아 최척은 시 읊는 소리를 듣고 일본 배에 아내가 있을지도 모른다고 생각하여 놀랐음을 알 수 있다.

⑤ 최척은 전날 일본 배에서 들리던 시를 읊던 사람이 아내 옥영이 아닐까 생각하여, 아침이 되자마자 일본 배로 찾아가 자신도 조선 사람이며 타국을 떠돌아다니는 처지이니 고국의 사람을 만나면 기쁠 것이라고 이야기하였다. 따라서 최척은 일본 배에서 시 읊던 사람을 확인하려는 의도로 말한 것이라고 볼 수 있다.

04 소재의 기능 파악 답 시 읊는 소리

옥영은 곡조가 귀에 익은 퉁소 소리를 듣고 남편 최척이 저쪽 배에 타고 있는 것은 아닐까 의심하여 시험 삼아 예전에 지었던 시를 읊은 것이다. 즉 '시 읊는 소리'는 옥영이 최척에게 자신의 존재를 알리기 위해 사용한 수단이라고 할 수 있다.

05 외적 준거에 따른 작품 감상 답 ⑤

'눈물이 다하자 피눈물이 나왔으며 눈에 아무것도 보이지 않았다.'라는 과장된 표현은 재회의 기쁨이 그만큼 크다는 것을 강조한 것이지, 또 다른 문제 등장에 따른 인물의 불안감을 보여 주는 것이 아니다.

◎ 오답 풀이

① 옥영은 가족을 잃은 슬픔과 원통함 때문에 죽으려 하였으나 꿈속에서 장륙불의 예언을 듣고 삶의 태도를 바꾼다. 이로 보아 장륙불은 옥영이 절망에서 벗어나도록 도와주는 신이한 존재라고 할 수 있다.

② 최척은 일본 배로 가서 조선말로 시를 읊던 고국 사람과 만나고 싶다고 말한다. 이처럼 최척이 다른 나라(안남)에서 자기 나라 사람을 만나려 하는 것은 공간적 배경이 다양한 나라로 확장된 것과 관련이 있다.

③ 옥영은 퉁소 소리를 들은 후 남편 최척을 떠올리고 시를 읊는데 이를 들은 최척이 시를 읊은 사람과 만나고 싶다고 하여 둘의 재회가 이루어진다. 따라서 퉁소 소리는 옥영과 최척의 이별 상황을 해결하는 계기가 된다고 할 수 있다.

④ 최척과 옥영은 뜻밖의 공간에서 재회하게 된 기쁨과 서로를 그리워했던 마음을 '마주 보고 소리치며 얼싸안고 모래밭을 뒹'구는 행동으로 나타내고 있다. 따라서 이는 이별 상황이라는 문제의 해결에 따른 기쁨의 표현이라고 할 수 있다.

극·수필

개념 완성

01 ①	02 ×	03 행동(동작), 무대	04 ⑤	05 해설
06 ③	07 ④	08 ○	09 ⑤	10 ○

01 극 갈래에는 서술자가 등장하지 않지만, 해설자는 등장하기도 하므로 적절하지 않다.

02 '방백'은 희곡에서 무대 위 다른 등장인물은 들을 수 없고 관객만 들리는 것으로 약속된 등장인물의 말이다. '독백'은 등장인물이 상대방 없이 혼자 하는 말이다.

03 '행동(동작) 지시문'은 등장인물의 표정, 말투, 심리, 행동, 등장과 퇴장 등을 지시하는 글이고, '무대 지시문'은 배경, 무대 장치, 소품, 조명, 음향, 효과 등을 지시하는 글이다.

04 등장인물과 장소를 언급한 부분은 '해설'이다. 용왕과 고등어라는 '인물'이 나타나며 그들의 '대화' 또한 제시되어 있다. '(바닷속 궁궐) ~ 앉아 있다.'와 '(야단치며)'는 지시문에 해당한다. 그러나 시간적 배경은 제시되어 있지 않다.

05 시나리오의 구성 요소는 대사, 해설, 지시문, 장면 번호이다.

06 F.O.(fade-out)은 화면이 처음부터 밝았다가 점점 어두워지는 것을 말한다.

07 시나리오는 등장인물 수에 제약이 거의 없지만, 희곡은 무대 상연을 목적으로 하므로 등장인물 수에 제약이 있다.

08 수필은 글쓴이의 체험이나 글쓴이가 보고 들은 것, 인생, 자연, 사회 등 주변의 모든 것을 소재로 다룰 수 있다. 따라서 글쓴이가 다른 인물의 체험을 들은 것에 대해 쓴 글도 수필이 될 수 있다.

09 수필은 글쓴이의 생각이나 체험 등을 정해진 형식이나 내용의 제한 없이 자유롭게 쓴 산문 형식의 글이다. 수필은 비전문적인 글이므로, 전문적으로 기술한 글이라는 설명은 적절하지 않다.

10 수필의 형식은 정해져 있지 않고 자유롭다. 영화를 보고 나서 쓴 감상문, 여행을 다녀와서 쓴 기행문은 모두 수필에 해당한다.

극·수필 01 결혼 ❶

교과서 활동 깊이 보기 1 결혼 2 남자 3 소유

01 ⑤	02 ①	03 ④	04 예시 답안 참조	05 ⑤

01 갈래상 특징 파악 답 ⑤

희곡에서 등장인물의 내적 갈등은 서술자의 해설이 아니라 주로 등장인물의 대사와 행동을 통해 드러나므로 적절하지 않다.

◎ 오답 풀이

① 윗글은 무대 상연을 전제로 한 연극 대본인 희곡이다.

② 희곡은 배우의 대사와 행동을 통해 사건을 전개하는 갈래로 '행동의 문학'으로도 불린다.

③ 희곡은 무대 상연을 전제로 창작된 연극 대본이므로, 무대라는 조건으로 인해 시·공간적으로 제약이 크고, 등장인물의 수도 제한된다.

④ 희곡의 지시문은 지문이라고도 하는데, 무대 장치의 변화나 효과, 소도구의 처리, 음향, 조명 등과 관련한 내용은 지시문을 통해 제시된다.

02 인물에 대한 이해 답 ①

'남자'가 '하인'에게 "여봐! 그 가져간 것 오 분만 더 빌려주게.", "딱 오 분만 더. 사정해도 안 되겠나, 응?"이라고 부탁했으나, '하인'은 묵묵부답하며 뺏어 간 넥타이를 '남자'에게 돌려주지 않았으므로 적절하다.

◎ 오답 풀이

② '남자'는 "그렇지요. 난폭하게 주인을 덮치는 그런 하인에겐 난 전혀 관심 없어요. 오히려 당신 어머니의 성품이 너그러우신지……."와 같이 '여자'의 관심을 돌리기 위해 '여자'의 어머니 이야기를 꺼내고 있다. 그러나 '여자'의 어머니가 성품이 너그러운 것을 다행으로 여기고 있는 것은 아니다.

③ '남자'는 관객에게 넥타이를 빌리지만 관객은 '남자'의 요청에 따라 넥타이를 빌려주는 행위만 할 뿐 어떠한 말이나 행동을 하고 있지 않다. 따라서 관객이 빈털터리인 '남자'를 무시하면서도 자신의 넥타이를 빌려준다고 볼 수 없다.

④ '여자'가 "왜 빼앗기셨죠?", "뭐래요, 하인이?"라고 묻는 것은 '남자'를 대하는 '하인'의 행동을 의아하게 생각하고 있기 때문이며 '남자'가 사기꾼임을 눈치챈 것으로 볼 수 없다.

⑤ '하인'은 시간이 지나면 '남자'가 빌린 물건을 기계적으로 회수하는 역할을 하는 인물로, '남자'와 친밀한 관계가 아니다.

03 소재의 기능 파악 답 ④

ⓑ는 '남자'가 객석의 관객에게 넥타이를 빌린 시간이다. 이 작품에서 물건을 빌린 시간은 물건을 소유할 수 있는 시간과 같으므로 ⓑ는 '남자'가 넥타이를 잠시 소유할 수 있는 시간이다.

◎ 오답 풀이

① ⓐ는 '남자'가 '여자'에게 넥타이를 돌려받을 수 있다고 거짓말을 한 후 '하인'에게 넥타이를 다시 빌리고자 하는 시간이지, '여자'를 설득할 수 있는 시간이 아니다.

② ⓐ는 '남자'가 '하인'에게 넥타이를 다시 빌리고자 하는 시간이지 넥타이를 빌린 시간이 아니다.

③ ⓑ는 '남자'가 관객에게 넥타이를 빌리고자 하는 시간이지 관객과 대화를 주고받는 시간이 아니다.

⑤ ⓑ는 '남자'가 관객에게 넥타이를 빌릴 수 있는 시간이라 볼 수 있다. 그러나 '남자'는 '하인'에게 넥타이를 다시 빌리지 못했으므로, ⓐ는 '남자'가 넥타이를 빌릴 수 있는 시간이라고 볼 수 없다.

04 작가의 의도 파악

✔ 예시 답안 소유하는 모든 물건은 잠시 빌린 것에 지나지 않는다.

"빌려주시렵니까? (남성 관객으로부터 넥타이를 빌려 착용하며) 고맙습니다. 빌린 동안에는 소중히 다룰 겁니다. 사실 이건 내 것이 아니라 당신 것인데……. 혹시 모르긴 하지요, 당신도 누구에게서 빌려 온 건지는. 아무튼 잘 사용하고 돌려드리겠어요."를 통해 '넥타이'는 소유하고 있는 모든 물건이 '딱 오 분' 정도의 짧은 시간 동안 잠시 빌린 것에 지나지 않는다는 의미를 형성하고 있음을 알 수 있다.

• 평가 기준

평가 요소	확인
한 문장으로 서술함	
'소유하는 모든 ~은/는 ~것에 지나지 않는다.'의 형식으로 서술함	

05 외적 준거에 따른 작품 감상 　　 답 ⑤

〈보기〉에 제시된 것과 같이, 이 작품에서 관객이 절대적으로 필요한 것은 관객이 '남자'에게 물건을 잠시 빌려주고 되돌려받는 과정을 통해 소유의 의미를 드러내기 때문이다. 그러나 관객이 '남자'가 '여자'를 속이고 있는 상황에서 벗어나도록 하는 역할을 하지는 않으므로, 이것을 관객이 절대적으로 필요한 이유로 보는 것은 적절하지 않다.

◎ 오답 풀이

① 〈보기〉에서 이 작품은 응접실 또는 아담한 소극장 같은 곳, 그런 실내에서 공연하기 알맞도록 썼다고 하였다. 관객과의 소통이라는 측면을 고려해 볼 때, 아담한 소극장에서 공연하는 것은 관객을 작품 속으로 쉽게 끌어들이는 기능을 할 수 있다.

② 〈보기〉에서 무대를 따로 만들 필요도 있지 않고 별다른 조명이나 효과의 도움을 받지 않아도 된다고 하였으며, 절대적으로 필요한 것은 그 장소에 모인 사람들이라고 하였다. 이를 고려해 볼 때, 이 작품에서는 특별한 무대 장치보다 '남자'에게 넥타이를 빌려주는 관객이 더욱 중요한 역할을 함을 알 수 있다.

③ 〈보기〉에서 물건들을 빌렸다가 돌려주는 행위엔 소유의 본질과 관련한 깊은 의미가 있다고 했다. '하인'은 '남자'의 물건을 약속된 시간마다 하나씩 가져가므로 여기에는 소유에 정해진 시간이 있음을 드러내기 위한 의도가 담겨 있다고 할 수 있다.

④ 〈보기〉에서 관객은 절대적으로 필요한 대상이며, 등장인물이 물건들을 빌렸다가 돌려주는 행위엔 소유의 본질과 관련한 더 깊은 의미가 있다고 했다. 이로 보아 '남자'가 관객을 극중으로 끌어들여 넥타이를 빌렸다가 되돌려주는 것은 소유의 의미를 관객에게 적극적으로 인식시키려는 의도가 담겨 있다고 볼 수 있다.

```
극·수필 01   결혼 ❷
                                    본문 108쪽
교과서 활동 깊이 보기  1 빌린  2 하인  3 여자

01 ①   02 ⑤   03 예시 답안 참조   04 ①   05 ⑤
```

---

01 구절의 의미 파악 　　 답 ①

㉠에서는 무대 위 다른 인물이 아니라 무대 밖의 인물인 '어머니'를 언급하였다. 이는 '어머니'에게 한 맹세를 떠올리며 빈털터리인 '남자'의 청혼을 받아들일 것인지 고민하는 대사이다.

◎ 오답 풀이

② ㉡에서 '여자'는 '남자를 외면'하는 행동을 통해 남자를 떠나려고 결심하였음을 드러내고 있다.

③ ㉢에서 '남자'를 저택에서 쫓아내기 위해 '하인'이 '무서운 구둣발을 이끌고 남자에게 다가'오자 '남자'는 두려움을 느끼고 '뒷걸음질'을 친다. 따라서 '남자'와의 거리를 좁히는 '하인'의 행동을 통해 극의 긴장감이 조성되고 있다고 볼 수 있다.

④ ㉣은 '남자'가 넥타이를 빌린 관객에게 "내 말을 들어 보시오."라고 말을 건네는 대사이므로, 명령형의 대사를 통해 관객을 극중 인물로 끌어들이고 있음을 알 수 있다.

⑤ ㉤은 '남자'가 관객에게 하는 대사이지만 '여자'를 설득하는 과정에서 한 말이다. "어딜 망가뜨렸소? 아니요, 그렇진 않았습니다. 오히려 빌렸던 것이니까 소중하게 아꼈다간 되돌려드렸지요."와 같이 스스로 묻고 답하는 자문자답 형식을 활용하여 여자를 아끼고 사랑하겠다는 진심을 드러내고 있다.

02 작가의 의도 파악 　　 답 ⑤

'남자'는 "모두들 덤으로 빌렸지요. 눈동자, 코, 입술, 그 어느 것 하나 자기 것이 아니고 잠시 빌려 가진 거예요."라며 이 세상에서의 삶조차도 정해진 시간 동안 빌린 것이라는 인식을 드러내면서 "내가 이 세상에서 덤 당신을 빌리는 동안에, 아끼고, 사랑하고, 그랬다가 언젠가 그 시간이 되면 공손하게 되돌려 줄 테요."라고 고백한다. 이러한 남자의 말을 통해 작가는 사랑하는 사람도 정해진 시간 동안 잠시 빌린 것이므로, 사랑하는 동안 상대방을 아끼고 소중하게 여겨야 한다는 의도를 전달하고자 한 것이라 할 수 있다.

◎ 오답 풀이

① '남자'는 소유에 대한 집착을 경계하거나 진정한 사랑을 얻는 방법에 대해 말하고 있지 않다. '남자'는 우리가 소유한 모든 것은 모두 빌린 것이라는 인식을 바탕으로 세상으로부터 빌린 사랑하는 '여자' 역시 소중하게 여길 것이라고 했다.

② '남자'는 시간이 지나면 외모와 같이 외적인 것은 변하겠지만 진정한 사랑은 남을 것이라면서 '여자'를 설득하고 있다. 또한 현재의 삶에 충실해야 한다는 태도로 나아가고 있는 것은 아니다.

③ '남자'는 경제적 능력이 없는 빈털터리임에도 진실한 사랑을 고백하며 '여자'에게 청혼을 하고 있다. 따라서 진실한 사랑을 이루기 위해서 경제적 능력이 뒷받침되어야 한다는 것은 작가가 전달하고자 하는 바라고 볼 수 없다.

④ '남자'는 소유의 본질을 '빌린 것'으로 보고 있다. 이는 물건을 소유하는 것과 사랑을 소유하는 것을 본질적으로 동일하게 생각하고 있는 것이다.

03 주제 의식 파악

✔ 예시 답안 우리가 인생에서 무엇인가를 소유하게 되는 것은 제 값어치 외에 조금 더 얹어 주는 '덤'에 해당한다.

이 작품의 주제는 소유의 본질과 진정한 사랑의 의미이며, '덤'은 제 값어치 외에 거저로 조금 더 얹어 주는 일이나 물건을 의미한다. "모두들 덤으로 빌렸지요. 눈동자, 코, 입술, 그 어느 것 하나 자기 것이 아니고 잠시 빌려 가진 거예요."라는 남자의 말을 통해 소유의 본질은 빌린 것, 즉 '덤'임을 알 수 있다. 따라서 이 글에 나타난 소유에 대한 인식을

정리하면 '우리가 인생에서 무엇인가를 소유하게 되는 것은 제 값어치 외에 조금 더 얹어 주는 '덤'에 해당한다.' 정도가 된다.

• 평가 기준

평가 요소	확인
'덤', '소유'가 문장에 모두 포함됨	
'우리가 인생에서 ~에 해당한다.'의 형식으로 서술함	

04 소재의 기능 파악
답 ①

'남자'가 말하는 ⓐ '사진 석 장'은 '여자'의 사진, 여자의 어머니 사진, 여자의 할머니 사진을 가리킨다. 이 사진들은 젊음이나 아름다움과 같은 외적인 요소는 시간이 흐름에 따라 변화하여 영원하지 않다는 의미를 드러낸다.

오답 풀이
② ⓑ는 '소유'에 대한 '남자'의 인식을 드러내는 기능을 한다. 그러나 '남자'에 대한 '여자'의 사랑을 드러내지는 않으므로 적절하지 않다.
③ ⓐ는 외적인 요소는 시간이 지남에 따라 변화함을 드러내는 것으로 물질적 가치와는 무관하다. ⓑ는 '남자'가 잠시 빌려서 소유하였다가 되돌려 주는 것으로, 정신적 가치가 아니라 물질적 가치를 상징한다고 볼 수 있다.
④ ⓐ 중 '젊을 때 한 장'은 '여자'의 아름다움을 드러낸다고 볼 수 있으나, '사진 석 장'은 그러한 젊음이 시간이 지남에 따라 결국 변하게 된다는 의미를 드러내는 대상이라고 볼 수 있다. ⓑ는 '남자'의 가난함을 부각하기보다 소유하는 것은 잠시 빌린 것일 뿐이라는 의미를 부각하는 대상이라고 볼 수 있다.
⑤ ⓑ는 관객에게 빌려서 사용하는 소도구가 맞지만, ⓐ는 무대의 탁상 위에 놓여 있는 것으로, 관객에게 빌려서 사용하는 소도구가 아니다.

05 외적 준거에 따른 작품 감상
답 ⑤

'그 시간'은 이별의 시간이라는 의미를 지니므로, '그 시간이 되면 공손하게 되돌려 줄 테요.'는 이별의 시간이 올 때까지 여자를 아끼고 사랑하겠다는 의미이다. 따라서 이별을 잠시 빌리는 것이라 생각하고 이별을 거부하지 않겠다는 의미로 볼 수 없다.

오답 풀이
① '시간이 가고 남자에게 남는 건 사랑'이라는 것은, 〈보기〉에서 언급한 '시간'과 연관 지어 볼 때 시간의 영향을 받지 않고 자신이 소유할 수 있는 것은 자신의 변함없는 사랑이므로, 시간이 흘러도 변함없이 '여자'를 사랑하겠다는 의미로 볼 수 있다.
② '시간이 되니까 하나둘씩 되돌려 주어야 했다'는 것은, 〈보기〉에서 언급한 '소유'와 연관 지어 볼 때 '남자'는 빌린 물건을 모두 되돌려 주어야 하는 처지에 있어, 아무것도 소유한 것이 없는 빈털터리라는 의미가 담겨 있다고 볼 수 있다.
③ '눈동자, 코, 입술, 그 어느 것 하나 자기 것이 아니고 잠시 빌려' 가졌다는 것은, 인간으로서 존재하는 삶도 정해진 시간 동안에만 소유하는 것, 즉 빌린 것이라는 의미로 볼 수 있다.
④ '남자'가 객석의 관객에게 그가 가진 물건을 가리키며 '정해진 시간이 얼마'인지 묻는 것에는, 인간이 소유한 것은 유한한 시간 속에서 존재한다는 의미가 담겨 있다고 볼 수 있다.

극·수필 02 동주
본문 110쪽

교과서 활동 깊이 보기	1 시	2 서명	3 교차 편집

01 ②	02 ⑤	03 ③	04 부끄러움	05 ⑤

01 갈래상 특징 파악
답 ②

시나리오에서 대사는 청자에게 하는 말로 주로 나타나지만, 혼잣말을 하는 독백이나 관객에게 말하는 방백도 활용될 수 있다. 시나리오에서 방백은 자주 나타나지는 않지만, 배우가 화면을 정면으로 응시하며 관객을 향해 방백을 하기도 한다.

오답 풀이
① 시나리오는 시간과 공간의 제한을 덜 받아, 장면에 따라 시간과 공간을 자유롭게 이동할 수 있으므로 적절하다.
③ 내레이션은 장면의 진행에 따라 그 내용이나 줄거리를 음성으로 해설하는 것을 말한다. 내레이션은 주로 작중 상황을 설명하거나, 이야기의 도입에 필요한 부분을 해설할 경우에 활용된다.
④ 막과 장으로 구성되는 희곡과 달리, 시나리오는 장면으로 구성되며 각 장면은 장면 번호(S#)로 구분되어 있다.
⑤ 영화는 시간적 제약이 있어 무한하게 길게 제작할 수는 없다. 따라서 영화 대본인 시나리오는 상영 시간이라는 현실적인 제약 조건이 따른다.

02 작품의 내용 이해
답 ⑤

몽규가 "시를 빼자", "세상을 변화시킬 용기가 없어서 문학으로 숨는 거밖에 더 돼?"라고 말한 것으로 보아, 몽규는 시로는 관습과 이념을 타파할 수 없기 때문에 문예지에서 시를 빼야 한다고 주장하고 있음을 알 수 있다.

오답 풀이
① 몽규와 동주가 문예지를 만들려고 한다는 앞부분의 줄거리와 몽규의 대사 중 "시를 빼자 그래서?"를 통해, 몽규와 동주의 갈등이 문예지에 시를 수록할지 여부로 인해 시작되었음을 알 수 있다.
② "관습과 이념을 타파하자고 하는 일이야."에서 몽규는 문예지를 하는 이유와 목적이 관습과 이념의 타파에 있음을 밝히고 있다.
③ 동주는 "사람 마음속에 살아 있는 진실을 드러내야 문학은 온전하게 힘을 낼 수 있다나 말하고 있다. 이는 사람들의 마음속 진실이 문학의 힘을 만든다는 생각을 의미한다.
④ 동주는 "문학을 이용해서 예술을 팔아서 어떻게 세상을 변화시켰는데? 누가 그렇게 변화시킨 적이 있는데?"라고 말하며, 문학을 이념 실현의 수단으로 여기는 태도와 관점이 부당하다고 비판하고 있다.

03 인물의 태도 파악
답 ③

㉠이 포함된 몽규의 대사에서 '비밀리에 ~ 유통시키며', '징집령을 이용하여 ~ 군사적 계획을 지시했으며'는 특고가 준 서류의 내용을 인용한 것이다. 그리고 ㉠ 바로 다음의 대사인 "아, 이게 정말 이렇게 됐으면 ~ 부끄러워서……"에서 몽규는 서류의 내용이 정말 자신이 바랐던 것임을 말하며 그것을 이루지 못한 것에 대한 부끄러움을 토로하고 있다. 이로 보아 몽규는 거짓으로 가득 찬 서류를 보면서 그 내용이 사실인지 여부를 따지는 것이 아니라 자신의 한스러운 감정과 안타까움, 그리고 부끄러움을 표현하고 있다. 이런 심리 상태에서는 눈물을 흘리는 것이 가장 자연스러운 반응이라고 할 수 있다. 따라서 ㉠에는 '눈물을 글썽이며'라는 지시문이 들어가는 것이 가장 적절하다.

오답 풀이
① ㉠ 다음의 대사 "아, 이게 정말 이렇게 됐으면 ~ 부끄러워서……"를 볼 때, 몽규가 자신의 상황을 제대로 이해하지 못해 어리둥절해 하는 것이 아님을 알 수 있다.
② ㉠ 바로 뒤에 "아"라는 감탄사가 있으므로 몽규의 감정이 고조된 상태임을 알 수 있다. 따라서 '무표정한 얼굴로'라는 지시문은 적절하지 않다.
④ '비밀리에 ~ 유통시키며', '징집령을 이용하여 ~ 군사적 계획을 지시했

으며'는 몽규가 실제로 한 일이 아니므로 몽규의 입장에서 억울하다는 생각을 할 수는 있다. 그러나 "아, 이게 정말 이렇게 됐으면 ~ 부끄러워서……."를 통해 몽규가 억울한 감정을 가지고 있는 것은 아님을 알 수 있다. 몽규는 서류에 쓰인 자신의 혐의가 사실이 아니라는 점에 억울해하는 것이 아니라, 오히려 그렇게 하지 못한 것에 대한 한스러움과 부끄러움을 느끼고 있다.

⑤ '즐거운 웃음'은 보통 기쁜 감정을 표현하는데, "아, 이게 정말 이렇게 됐으면 ~ 부끄러워서……."에서 몽규의 기쁜 감정은 나타나지 않는다.

04 인물의 심리 파악
답 부끄러움

S# 97에는 몽규와 동주 모두 부끄러움을 느끼고 있음과 그 이유가 제시되어 있다. "아, 이게 정말 이렇게 됐으면 얼마나 좋았겠냐. 내가 정말 그렇게 못 해서 너무 부끄러워서"에서와 같이 몽규는 특고가 내민 서류의 내용만큼 더 적극적으로 항거하지 못했던 자신을 질책하고 부끄러워하고 있다. 이에 비해 동주는 "이런 세상에서 시를 쓰길 바라고 시인이 되길 원했던 게 너무 부끄럽고, 앞장서지 못하고 따라나서기만 한 게 또 너무 부끄럽고"에서와 같이 시대적 현실을 외면한 채 시인을 꿈꾸며 일제에 적극적으로 저항하지 못했던 자신에게 부끄러움을 느끼고 있다.

05 외적 준거에 따른 작품 감상
답 ⑤

S# 97에 해당하는 (나)~(라)에는 서류에 서명할 것을 강요받고 있는 몽규와 동주의 모습이 교차 편집되어 있다. 〈보기〉에서 교차 편집의 효과로 두 사건의 차이를 부각한다고 제시했는데, S# 97에서는 몽규가 서명하는 모습과 동주가 서명을 거부하고 서류를 찢는 모습의 차이점이 강조되고 있다. 몽규가 서류에 서명을 하는 것은 더 적극적으로 저항하고 실천하지 못했던 것에 대한 부끄러운 감정에 기반해 있다. 허위 사실로 가득한 서류에 서명을 하는 몽규의 모습은 표면적으로는 서류에 쓰인 내용을 인정하고 굴복하는 것처럼 보이지만, 이는 끝까지 일제에 저항하는 몽규의 의지를 역설적으로 보여 주는 것이다. 이와 달리 동주는 서명을 거부하고 서류를 찢어 버리는 모습을 보여 주는데, 이는 소극적으로 저항했던 자신에 대한 성찰의 결과이자, 적극적인 저항 의지를 직접적으로 보여 주는 행동이다. 이렇게 두 사람은 모두 일제에 저항한다는 점에서는 같지만, 그 대응 방식에서 차이가 나는 것을 교차 편집을 통해 강조하고 있다.

오답 풀이
① (나)에서 특고가 던진 서류를 클로즈업하는 것은, 이 장면의 중심 사건이 서류에 서명하는 것임을 부각하며 서류가 중심 소재임을 강조하는 것일 뿐, 서류 내용이 진실임을 부각하는 것은 아니다. 또한 특고가 던진 서류의 내용은 거짓으로 구성되었으므로 적절하지 않다.

② (나)~(라)에서 몽규와 동주의 모습을 교차 편집함으로써 관객으로 하여금 두 인물의 내면에 몰입하게 만든다는 설명은 적절하다. 다만, 두 인물이 모두 독백을 하고 있는 것은 아니다. 몽규의 대사 중 "(이어서 읽으며) ~ 부끄러워서……"는 독백으로 볼 수 있지만 교차 편집되어 있는 동주의 대사는 독백이 아니라 청자인 특고에게 하는 말이다. 따라서 두 인물의 독백을 교차 편집했다는 설명은 적절하지 않다.

③ 몽규는 서류 내용이 사실이 아니라는 것을 알면서도 부당한 억압에 저항하기 위해 서명을 한 것이다. 이는 "그래? 사실로 만들어 줄까? 얼마든지 해 주지."라는 대사에서 확인할 수 있다. 따라서 서명하는 몽규의 손을 클로즈업하는 것은, 몽규의 저항 의지와 당당한 태도를 강조하는 것이라고 볼 수 있으므로 현실 굴복과 연관 짓는 것은 적절하지 않다.

④ (나)~(라)에서의 주요 갈등은 특고로 상징되는 일제와 몽규, 동주 간의 갈등이다. 즉, '특고 - 몽규', '특고 - 동주'의 두 갈등이 교차 편집을 통해

드러나고 있다. 따라서 이를 동주와 몽규 사이의 갈등으로 보는 것은 적절하지 않다.

극·수필 03 이와 개에 관한 명상
본문 112쪽

교과서 활동 깊이 보기 1 이의 죽음 2 편견 3 나머지 (손가락)

01 ④   02 ②   03 ②   04 예시 답안 참조   05 ③

01 갈래의 특징 파악
답 ④

이 글은 한문 수필로 교술 갈래에 속한다. 작가의 개성이 잘 드러나는 글이지만 체험을 바탕으로 한 기행문, 감상문 등과 같이 전문적인 작가가 아닌 사람들도 쓸 수 있는 갈래이다.

오답 풀이
① 교술 갈래는 글쓴이의 실제 체험을 바탕으로 한 글이다. 따라서 작품 속에 나타나는 '나'는 글쓴이 자신을 가리킨다.

② 교술 갈래는 형식이 정해져 있지 않으며 비유, 상징, 역설, 반어 등의 시적인 표현이나 설명, 논증, 묘사 등의 다양한 서술 방식을 활용하여 글쓴이의 사상과 감정을 표현한다.

③ 교술 갈래는 글쓴이의 실제 체험을 바탕으로 하여 글쓴이의 주관적 감상이나 성찰한 바를 드러낸다.

⑤ 교술 갈래는 깨달음이나 교훈 전달, 설명이나 알림을 목적으로 창작되므로 다른 갈래에 비해 글쓴이의 가치관이 잘 드러난다는 특성이 있다.

02 서술상 특징 파악
답 ②

우화는 인격화한 동식물이나 기타 사물을 주인공으로 하여 그들의 행동 속에 풍자와 교훈의 뜻을 나타내는 이야기이다. 이 글의 글쓴이는 자신의 주장을 강화하기 위해 개와 이, 소, 말, 돼지, 염소, 개미 등의 동물을 예시나 비유적 소재로 활용하고 있을 뿐, 우화적 기법을 사용하고 있지는 않다. 또한 생명이 있는 존재는 모두 살기를 좋아하고 죽기를 싫어한다는 말을 통해 모든 생명체는 동등하다는 주제를 직접적으로 드러내고 있다.

오답 풀이
① 손님과 '나'의 대화를 통해 글을 전개하고 있다.

③ "어찌 꼭 큰 생물만이 죽음을 싫어하고 작은 생물은 그렇지 않다 하겠소?", "하물며 하늘로부터 제각각 숨과 기를 부여받은 존재로서, 어느 것은 죽음을 싫어하고 어느 것은 죽음을 좋아할 리가 있겠소?"에서 보듯 '나'는 질문의 방식으로 이와 개의 생명의 가치를 다르게 인식하는 손님의 주장을 반박하고 있다.

④ 생명이 있는 '사람으로부터 소나 말, 돼지와 염소, 개미 같은 곤충'을 나열하여 예를 들어 보이고, '엄지손가락'과 '나머지' 손가락의 비유를 활용하여 생명이 있는 모든 것은 죽기 싫어한다는 주장을 뒷받침하고 있다.

⑤ 큰 생명체인 '개', '소나 말, 돼지와 염소', '엄지손가락', '쇠뿔', '붕새'와 작은 생명체인 '이', '개미', '나머지 (손가락)', '개미', '달팽이 뿔', '메추라기'는 모두 일상적 소재로, 이를 활용하여 모든 생명체의 가치는 동일하다는 교훈적 의미를 전달하고 있다.

03 작품의 내용 파악
답 ②

'나'는 손님에게 "그대는 물러가서 마음을 고요히 하고 가만히 생각해 보시오. 달팽이 뿔을 쇠뿔같이 보고, 메추라기와 붕새를 평등하게 보게 된 연후에라야 나는 그대와 함께 도에 대해 말할 수 있을 것이오."라는

말을 하며 이야기를 마무리하고 있다. 이후 손님이 '나'의 말을 듣고 깨달음을 얻어 부끄러움을 느끼는 모습은 찾아볼 수 없다.

◎ 오답 풀이

① "이는 하찮은 벌레 아닙니까. 나는 덩치가 있는 큰 짐승이 죽는 걸 보고 불쌍해서 그렇게 말한 것인데 당신은 이런 식으로 대꾸하다니, 나를 놀리는 게 아니오."라는 말에서 손님이 개와 이의 죽음은 본질적으로 다르다고 생각함을 알 수 있다.

③ "그대는 물러가서 마음을 고요히 하고 가만히 생각해 보시오. 달팽이 뿔을 쇠뿔같이 보고, 메추라기와 붕새를 평등하게 보게 된 연후에라야 나는 그대와 함께 도에 대해 말할 수 있을 것이오."라는 말에서 '나'는 손님이 편협한 시각으로 세상을 바라본다고 생각함을 알 수 있다.

④ "무릇 생명이 있는 것이라면, 사람으로부터 소나 말, 돼지와 염소, 개미 같은 곤충에 이르기까지, 삶을 사랑하고 죽음을 싫어하는 마음은 같은 법이라오. 어찌 꼭 큰 생물만이 죽음을 싫어하고 작은 생물은 그렇지 않다 하겠소?"라는 말에서 '나'는 생명이 있는 것이라면 모두 죽기를 싫어한다고 생각함을 알 수 있다.

⑤ 손님이 개의 죽음을 안타깝다고 하자 '나'가 이의 죽음으로 응수한 것이나 "어찌 꼭 큰 생물만이 죽음을 싫어하고 작은 생물은 그렇지 않다 하겠소?"라고 한 것에서 '나'가 생명의 가치를 외양 차이로 판단해서는 안 된다고 주장함을 알 수 있다.

04 관점의 차이 파악

✓ 예시 답안 '나'는 개와 이가 지닌 생명의 가치를 동일하다고 생각하고, 손님은 개와 이가 지닌 생명의 가치가 다르다고 생각한다.

'나'는 개와 이를 동일한 가치를 지닌 생명체로 생각하고, 손님은 개와 이의 외양 크기에 따라 생명의 가치도 다르다고 생각한다.

• 평가 기준

평가 요소	확인
개와 이를 바라보는 '나'와 손님의 관점을 '나', '손님', '생명', '가치'라는 단어를 포함하여 바르게 제시함	
이어진문장으로 서술함	

05 외적 준거에 따른 작품 감상 답 ③

손님이 이를 잡지 않기로 했다는 '나'의 말에 놀란 것은 그저 자신을 놀린다고 생각했기 때문이지, 자신의 편견을 '나'가 조롱한다고 생각했기 때문은 아니다. 손님은 개와 이의 죽음을 다르게 보는 자기의 생각을 편견이라고 인식하지 못하고 있다.

◎ 오답 풀이

① 손님이 떠돌이 개의 죽음을 보고 불쌍한 마음이 든 것은, 〈보기〉에서 제시한 '설'의 성격과 연관 지어 볼 때 구체적인 사건에 해당한다고 볼 수 있다.

② '나'가 이의 죽음을 보고 마음이 아팠다고 말한 것은, 이 작품이 '편견과 통찰'에 대한 글쓴이의 견해를 드러낸다는 〈보기〉의 언급과 연관 지어 볼 때 손님의 편견을 깨우쳐 주기 위한 의도로 볼 수 있다.

④ '나'가 생명을 가진 것의 죽음을 모두 불쌍하게 여기는 것은, 〈보기〉에서 제시한 이 작품의 가르침과 연관 지어 볼 때, 편견을 버리고 사물의 본질을 꿰뚫어 본 데서 나온 생각이라 할 수 있다.

⑤ '나'가 손님에게 달팽이 뿔을 쇠뿔같이 보라고 한 것은, 〈보기〉에서 제시한 이 작품의 가르침과 연관 지어 볼 때, 손님에게 외형적 크기에 따라 생명체의 가치를 다르게 인식하는 편견에서 벗어나 본질에 대해 통찰해 볼 것을 권유하는 말이라고 볼 수 있다.

극·수필 **04** 풀 비린내에 대하여 본문 114쪽

교과서 활동 깊이 보기 1 모순된 욕망 2 살상의 경험 3 생명

01 ② 02 ⑤ 03 ⑤ 04 ③ 05 풀 비린내
06 ②

01 서술상 특징 파악 답 ②

이 글에는 글쓴이가 광주 비엔날레에서 〈감성적 기계〉라는 작품을 감상한 경험, 자동차를 몰고 서울에 다녀온 후 차체에 부딪혀 죽은 수많은 풀벌레들의 잔해를 본 경험이 나타난다. 특히 두 번째 경험, 즉 자동차를 운전하며 겪은 일을 바탕으로 얻은 깨달음(자동차 사용에 대한 바람직한 태도, 문명의 이기와 생태 문제에 관한 성찰)을 담담하게 전하고 있다.

◎ 오답 풀이

① 이 글은 글쓴이와 관련한 신변잡기적인 내용을 서술하고 있지만, 이를 익살스럽게 그려 내고 있다고 판단하기 어렵다. 또한 그 신변잡기적인 내용에서 얻은 깨달음을 가볍지 않고 진중한 태도로 서술하고 있다.

③ 이 글은 자동차가 이동 수단으로서 지니는 편리함이나 안락함 같은 실용적 가치도 언급하고 있다. 그러나 이를 세밀하게 분류하여 제시하고 있지 않다.

④ 이 글은 사회적 쟁점이 아니라, 글쓴이가 경험함 바를 바탕으로 현대 문명에 대한 반성적 고찰과 생태주의적 사고의 필요성을 이야기하고 있을 뿐이다.

⑤ 이 글에는 글쓴이의 개인적 경험과 이에 대한 주관적 시선이 나타난다.

02 소재의 의미 파악 답 ⑤

에민 텡스뢰이 말한 자동차에 대한 현대인들의 모순된 욕망은 글쓴이가 〈감성적 기계〉라는 작품을 보고 떠올린 내용이지, 실제 작품의 창작 의도인지는 알 수 없다.

◎ 오답 풀이

① 1문단에서 〈감성적 기계〉는 자동차의 부품들을 제거하고 차체를 뒤집어 놓았다고 했다. 또한 이 작품은 예술 고유의 전복성을 보여 준다고 했는데, 이를 통해 〈감성적 기계〉는 자동차에 대한 통념을 뒤집으려는 예술 고유의 의도를 보여 준다고 판단할 수 있다.

② 1문단에서 〈감성적 기계〉는 자동차를 완전히 해체하고 그 과정에서 중요 부품들을 제거한 것이라고 했다. 그리고 이러한 과정을 통해 자동차가 새로운 용도로 거듭났다고 했다.

③ 1문단에서 〈감성적 기계〉는 자동차에 대한 생각을 곱씹어 보게 했다고 하였으므로, 글쓴이에게 깊은 사색의 계기를 마련해 준 것을 알 수 있다. 그리고 2문단의 자동차가 인간의 모순된 욕망을 해결해 주는 공간이라는 서술은 그 깊은 사색의 일면을 보여 준다.

④ 1문단에서 〈감성적 기계〉는 자동차를 그네 침대로 만든 것임을 알 수 있다. 그리고 글쓴이의 아이들은 그네 침대, 즉 작품 안에 들어가 텔레비전을 보았다고 했다.

03 작품의 내용 파악 답 ⑤

마지막 문단을 보면, 글쓴이는 풀 비린내 사건을 경험한 이후 차를 유지하되 사용을 최소화하고 차에 대한 의존도를 낮추기로 결심한 것을 알 수 있다.

◎ 오답 풀이

①, ④ 글쓴이는 풀 비린내 사건을 경험한 것을 계기로 '인간에게는 편리하고 안락한 공간이 다른 생명을 해칠 수도 있다는 자각'을 하였다. 따라서 그 이전에는 자동차의 안락함에 익숙해져 있었다고 볼 수 있다.

② 글쓴이는 풀벌레를 죽였다는 죄책감으로 인해 운전대를 잡을 때마다 손을 씻고 또 씻었다고 하였다.

③ 글쓴이는 고속 도로를 운전하는 동안 차창에 무언가 타닥타닥 부딪치는 소리를 들었다. 그러나 살생을 하고 있다는 인식을 하지 못하고 그저 속도 때문에 모래 알갱이 같은 게 튀는 것이라 생각했다.

04 구절의 의미 파악

이 글의 글쓴이는 자동차를 인간에게 편리함과 안락함을 주는 문명의 이기이지만, 동시에 다른 생명을 앗아갈 수 있는 위험성이 있는 무기와도 같은 존재라고 인식하고 있다. 그런데 ⓒ은 글쓴이가 자동차를 몰고 서울을 다녀오는 동안 자동차에 부딪혀 죽은 풀벌레의 잔해들을 빗댄 말에 해당한다.

◎ 오답 풀이

① ㉠은 자동차를 의미하는 말로, 자동차의 사고 위험성을 강조한 표현이다.

②, ④ ㉡, ㉣은 자동차를 의미하는 말로, 인간에게 안정감과 안락함을 주는 속성이 있음을 강조한 표현이다.

⑤ ㉤은 글쓴이가 관람한 예술 작품이 아니라 그 이름을 활용하여 자동차를 나타낸 표현이다.

05 핵심 소재에 대한 이해
답 풀 비린내

'풀 비린내'는 글쓴이의 차에 부딪혀 죽은 풀벌레들의 잔해에서 나는 냄새로, 풀벌레의 죽음을 감각적(후각적) 이미지로 표현한 것이다. 그래서 '풀 비린내'는 자동차라는 문명의 이기로 인해 죽은 생명을 의미하며 나아가 문명의 이기로 인해 파괴된 자연을 상징하기도 한다. 또한 '풀 비린내'는 글쓴이가 운전을 할 때마다 자신이 살생을 저질렀다는 기억을 떠오르게 하는 동시에, 죄의식을 느끼게 하는 역할을 하기도 한다.

06 외적 준거에 따른 작품 감상
답 ②

글쓴이는 자동차를 운전할 때 자신의 편안함만 생각하지 않고, 자동차를 모는 행동이 다른 생명을 해칠 수도 있다는 자각을 잊지 않으려 한다고 했다. 이는 글쓴이가 자동차를 탈 때 풀벌레를 떠올리며 다른 생명을 배려하고자 하는 마음을 가진다는 것을 드러낸다. 〈보기〉의 화자는 배추를 묶으며 배추벌레가 배추 속에 갇혀 못 나올 수도 있을 것을 염려하여 배추를 꼭 동여매지 못하고 있다. 이 역시 작고 하찮게 여겨질 수 있는 생명인 배추벌레를 배려하는 마음에서 비롯된 것이다.

◎ 오답 풀이

① 글쓴이는 풀벌레의 죽음을 통해 자신의 편안함을 추구하는 행동이 다른 생명을 앗아갈 수 있다는 사실을 깨달았다. 그러나 〈보기〉의 화자는 배추의 희생에서 생명은 서로 먹고 먹히는 관계에 있지만 그것이 생태계의 순환 원리 속에 있다는 생각을 하고 있으며, 나아가 배추가 지닌 넉넉한 마음을 발견하고 있다. 따라서 〈보기〉의 화자가 배추의 희생에서 발견한 가치는 글쓴이가 풀벌레의 죽음에서 깨달은 바와는 다르다.

③ 글쓴이는 서울을 다녀온 후, 운전대를 잡을 때마다 풀 비린내를 기억하고, 자신이 죄 없는 수많은 생명을 죽였다는 죄책감으로 손을 씻고 또 씻었다. 그러나 〈보기〉에서 배추벌레에게 반 넘어 먹히고도 배추 속이 순결한 잎으로 차오르는 것은 배추벌레를 위해 아낌없이 자신의 몸을 내어 주는 배추의 넉넉한 마음과 생명력을 표현한 것일 뿐, 화자의 죄책감과는 다르다.

④ 〈보기〉의 화자가 '배추 풀물이 사람 소매에도 들었나 보다'라고 한 것은, 배추벌레를 배려하며 공존하고자 하는 배추의 마음과 화자의 마음이 같음을 나타내는 것이다. 이는 화자 자신의 마음을 긍정적 시선으로 그려 낸 것이므로, 화자를 가리켜 외적인 상태 변화에만 신경 쓸 뿐이라고 비판하는 것은 적절하지 않다.

⑤ 〈보기〉의 화자는 배추의 성장을 위해 배추벌레를 희생시키려 하는 것이 아니다. 배추벌레를 위한 배추의 희생을 긍정적으로 바라보는 동시에, 배추벌레를 배려하기 위해 배추를 꼭 동여매지 않았을 뿐이다.

II 문법

본문 121쪽

문법 01 음운

01 ① **02** ④ **03** 비음화 **04** ③ **05** ② **06** 예시 답안 참조 **07** ④ **08** ① **09** ⑤ **10** ③ **11** ③ **12** ⑤ **13** ⑤

01 음운 변동 유형 파악　답 ①

'서울역'은 'ㄴ' 첨가가 일어나 [서울녁]이 되고, 유음화가 일어나 [서울력]으로 발음된다. 따라서 ㉠에서 일어난 음운 변동은 'ㄴ' 첨가이고, ㉡에서 일어난 음운 변동은 유음화이다. 그러나 '남루[남:누]'는 'ㄹ'의 비음화가 일어난 경우이므로 ㉠에 해당하지 않는다.

오답 풀이

② '솜이불[솜:니불]'은 'ㄴ' 첨가가 일어난 것이다. 따라서 〈보기〉의 ㉠과 같은 음운 변동이 일어난 예로 적절하다.

③, ④, ⑤ '논리[놀리]', '물놀이[물로리]', '달님[달림]'은 모두 비음 'ㄴ'이 유음 'ㄹ'의 앞이나 뒤에서 유음 [ㄹ]로 바뀌어 발음되는 것이다. 따라서 〈보기〉의 ㉡과 같은 유음화가 일어난 예로 적절하다.

02 된소리되기 이해　답 ④

'아침밥'의 '아침'은 용언의 어간이 아니므로, ㉡에 해당하지 않는다. '아침밥'이 [아침빱]으로 발음되는 것은 합성 명사를 이루는 두 말 사이에서 사잇소리가 덧났기 때문으로 볼 수 있다.

오답 풀이

① '잡대[잡때]'는 'ㅂ'으로 발음되는 받침 뒤에서 'ㄷ'이 된소리로 나는 경우이므로, ㉠에 해당하는 예로 적절하다.

② '낯설대[낟썰다]'는 음절의 끝소리 규칙에 따라 [낟설다]가 되고, 'ㄷ'으로 발음되는 받침 뒤에서 'ㅅ'이 된소리로 나는 경우이다. 따라서 ㉠에 해당하는 예로 적절하다.

③ '신대[신:따]'는 용언 어간 받침 'ㄴ' 뒤에서 'ㄷ'으로 시작하는 어미가 된소리로 나는 경우이므로, ㉡에 해당하는 예로 적절하다.

⑤ '갈등[갈뜽]'은 한자어 '갈등(葛藤)'의 'ㄹ' 받침 뒤에서 'ㄷ'이 된소리로 나는 경우이므로, ㉢에 해당하는 예로 적절하다.

03 음운 변동 유형 파악　답 비음화

㉠ '벽난로'는 비음화가 일어나 [병난로]가 되고, 유음화가 일어나 [병날로]가 된다. ㉡ '꽃망울'은 음절의 끝소리 규칙이 적용되어 [꼰망울]이 되고, 비음화가 일어나 [꼰망울]이 된다. ㉢ '구급약'은 'ㄴ' 첨가가 일어나 [구:급냑]이 되고, 비음화가 일어나 [구:금냑]이 된다. 따라서 ㉠~㉢에서 일어나는 공통된 음운 변동 현상은 비음화이다.

04 음운 변동 유형 및 음운 개수 파악　답 ③

'벼훑이[벼훌치]'는 구개음화가 일어난 예로, 교체가 1번 일어나 음운의 수에 변화가 없다. 따라서 '벼훑이[벼훌치]'에 탈락이 일어나 음운 수가 줄어들었다는 설명은 적절하지 않다. 표준 발음법 제17항에 따르면 받침 'ㅌ(ㄾ)'으로 끝나는 말 뒤에 'ㅣ'로 시작하는 형식 형태소가 결합할 때 'ㅌ'이 [ㅊ]으로 발음된다.

오답 풀이

① '놓치다'는 음절의 끝소리 규칙에 따라 [녿치다]로 발음된다. 따라서 '놓치대[녿치다]'는 교체가 1번 일어나 음운 수에 변화가 없는 것이다.

② '한여름'은 'ㄴ' 첨가가 일어나 [한녀름]으로 발음된다. 따라서 '한여름[한녀름]'은 첨가가 1번 일어나 음운 수가 1개 늘어난 것이다.

④ '못하다'는 음절의 끝소리 규칙에 따라 [몯:하다]가 되고, 거센소리되기가 일어나 [모:타다]로 발음된다. 따라서 '못하다[모:타다]'는 교체가 1번, 축약이 1번 일어나 음운 수가 1개 줄어든 것이다.

⑤ '흙일'은 자음군 단순화가 일어나 [흑일]이 되고, 'ㄴ' 첨가가 일어나 [흑닐]이 되며, 비음화가 일어나 [흥닐]로 발음된다. 따라서 '흙일[흥닐]'은 교체가 1번, 탈락이 1번, 첨가가 1번 일어나 음운 수에 변화가 없는 것이다.

05 모음의 음운 변동 유형 파악　답 ②

'치-+-어서 → [치여서]로 발음되는 것은 반모음 'ㅣ'가 첨가되어 단모음 'ㅓ'가 이중 모음 'ㅕ'가 된 것이다. 따라서 ㉡이 아니라 ㉢에 해당하는 예이다.

오답 풀이

① '나서-+-어 → [나서]'는 같은 모음 'ㅓ'가 만나 하나가 탈락한 것이므로 ㉠의 예로 적절하다.

③ '바꾸-+-어 → [바꿔]'는 단모음 'ㅜ'가 반모음 'ㅜ'로 교체되고 단모음 'ㅓ'와 결합하여 'ㅝ'가 된 것이다. 따라서 ㉡의 예로 적절하다.

④ '아니-+-오 → [아니요]'는 반모음 'ㅣ'가 첨가되어 단모음 'ㅗ'가 이중 모음 'ㅛ'가 된 것이다. 따라서 ㉢의 예로 적절하다.

⑤ '쥐-+-어서 → [쥐여서]'는 반모음 'ㅣ'가 첨가되어 단모음 'ㅓ'가 이중 모음 'ㅕ'가 된 것이다. 따라서 ㉢의 예로 적절하다.

06 구개음화 이해

✓ 예시 답안 • 발음: ㉠ [바치랑], ㉡ [반니랑] • 이유: ㉠의 '이랑'은 조사로 형식 형태소인데, 받침 'ㅌ'으로 끝나는 말이 모음 'ㅣ'로 시작하는 형식 형태소와 만나면 구개음화가 일어나 'ㅊ'으로 발음된다. 반면 ㉡의 '이랑'은 명사로 실질 형태소이므로, 구개음화가 일어나지 않고 음절의 끝소리 규칙, ㄴ 첨가, 비음화가 일어난다.

㉠의 '이랑'은 '둘 이상의 사물을 같은 자격으로 이어 주는 접속 조사'이다. 한편 ㉡은 '밭+이랑'으로 형성된 합성어로 여기서 '이랑'은 '밭의 고랑 사이에 흙을 높게 올려서 만든 두둑한 곳'을 뜻하는 명사이다. 즉 ㉠과 ㉡의 '이랑'은 형태만 동일할 뿐 다른 단어로, 이와 관련하여 음운 변동 역시 달리 일어난다.

• 평가 기준

평가 요소	확인
두 단어의 발음 차이를 바르게 파악함	
두 단어의 발음 차이를 음운 변동 현상과 바르게 관련지음	
구개음화가 실현되는 음운 환경을 정확히 제시함	

07 음운 변동 유형 및 음운 개수 파악　답 ④

'해맑다'는 자음군 단순화(탈락)가 일어나 [해막다]가 되고, 된소리되기(교체)가 일어나 [해막따]로 발음된다. 따라서 음운 변동 종류 중 교체, 탈락이 일어난 것이고, 음운 개수가 1개 줄어들었다.

오답 풀이

① '샅샅이'는 음절의 끝소리 규칙(교체)에 따라 [삳사티]가 되고, 된소리되기(교체)가 일어나 [삳싸티]가 되며, 구개음화(교체)가 일어나 [삳싸치]로 발음된다. 따라서 '샅샅이[삳싸치]'에는 교체만 일어나며, 음운 개수는 변화하지 않은 것이다.

② '넓히다'는 거센소리되기(축약)가 일어나 [널피다]로 발음된다. 따라서 '넓히대[널피다]'는 축약이 일어나, 음운 개수가 1개 줄어든 것이다.

③ '교육열'은 'ㄴ' 첨가(첨가)가 일어나 [교·육녈]이 되고, 비음화(교체)가 일어나 [교·융녈]로 발음된다. 따라서 교체, 첨가가 일어나며, 음운의 개수가 1개 늘어난 것이다.

⑤ '국화꽃'은 거센소리되기(축약)가 일어나 [구꽈꽃]이 되고, 음절의 끝소리 규칙(교체)에 따라 [구꽈꼳]으로 발음된다. 따라서 교체와 축약이 일어나며, 음운의 개수가 1개 줄어든 것이다.

08 음운 변동 유형 파악 　답 ①
ⓐ에는 '국밥[국빱]'과 '굳히다[구치다]', '급행열차[그팽녈차]'를 나누는 기준이 들어가야 한다. '국밥'은 된소리되기가 일어나 [국빱]으로 발음된다. 한편 '굳히다'는 거센소리되기가 일어나 [구티다]가 되고, 구개음화가 일어나 [구치다]로 발음된다. 그리고 '급행열차'는 거센소리되기가 일어나 [그팽열차]가 되고, 'ㄴ' 첨가가 일어나 [그팽녈차]로 발음된다. 따라서 ⓐ에 들어갈 말로는 '음운 변동이 두 가지 이상 일어났는지'가 적절하다. 그리고 ⓑ에는 '굳히다'와 '급행열차'에 공통으로 나타나는 음운의 변동, 즉 거센소리되기(축약)가 들어가야 한다. 따라서 ⓑ에 들어갈 말로 적절한 것은 '축약'이다.

09 음운 변동 유형 파악 　답 ⑤
'섞는'은 음절의 끝소리 규칙에 따라 [석는]이 되고, 'ㄱ'이 비음 'ㄴ' 앞에서 비음 [ㅇ]으로 바뀌어 [성는]으로 발음되는 비음화가 일어나므로 ㉠의 예에 해당한다.

◎오답 풀이
① '굽히지[구피지]'는 예사소리 'ㅂ'이 'ㅎ'과 만나 거센소리 [ㅍ]으로 발음되는 거센소리되기 현상 하나만 일어난다.
② '작년[장년]'은 파열음 'ㄱ'이 비음 'ㄴ' 앞에서 비음 [ㅇ]으로 바뀌어 발음되는 비음화 하나만 일어난다.
③ '않고[안코]'는 예사소리 'ㄱ'이 'ㅎ'과 만나 거센소리 [ㅋ]으로 발음되는 거센소리되기 현상 하나만 일어난다.
④ '장미꽃[장미꼳]'은 음절 끝에서 자음 'ㅊ'이 'ㄷ'으로 바뀌어 발음되는 음절의 끝소리 규칙 하나만 적용된다.

10 음운 변동 유형 및 음운 개수 파악 　답 ③
ⓐ에는 음운의 개수가 달라졌지만, 음운 탈락이 일어나지 않은 예가 들어가야 한다. 따라서 ⓐ에는 축약이 일어난 '놓다[노타]', '맏형[마텽]'이 들어갈 수 있다. 그리고 ⓑ에는 음운의 개수가 바뀌지 않으면서 동화가 일어난 예가 들어가야 한다. 따라서 ⓑ에는 '능력[능녁]', '식물[싱물]', '집념[짐념]'이 들어갈 수 있다. ⓐ, ⓑ에 들어갈 수 있는 단어끼리 바르게 짝지은 것은 ③이다.

◎오답 풀이
① '창밖[창박]'에서 종성의 'ㄲ'이 [ㄱ]으로 바뀌는 것은 음절의 끝소리 규칙이 적용된 것이다. 이는 교체에 해당하므로 음운의 개수가 달라지지 않는다. 따라서 ⓐ에 들어가기에 적절하지 않다.
② '다섯[다섣]'에서 종성의 'ㅅ'이 [ㄷ]으로 바뀌는 것은 다른 음운의 영향을 받지 않고 일어나는 음절의 끝소리 규칙이 적용된 것이다. 따라서 ⓑ에 들어가기에 적절하지 않다.
④ '쓰- + -어 → 써[써]'는 'ㅡ'가 탈락한 것이다. ⓐ에는 음운 탈락이 일어나지 않은 예가 들어가야 한다. 따라서 ⓐ에 들어가기에 적절하지 않다. '법학[버팍]'은 예사소리 'ㅂ'이 'ㅎ'과 만나 거센소리 [ㅍ]으로 발음되는 거센소리되기 현상이 일어난 것이다. 이는 축약에 해당하므로 음운의 개수가 달라졌다. 따라서 ⓑ에 들어가기에 적절하지 않다.
⑤ '타- + -아라 → 타래[타라]'는 'ㅏ'가 탈락한 것이다. ⓐ에는 음운 탈락이 일어나지 않은 예가 들어가야 한다. 따라서 ⓐ에 들어가기에 적절하지 않다.

11 구개음화 이해 　답 ③
'끝인사'의 '인사'는 명사로 실질 형태소에 해당하므로, ⓐ에는 '실질 형태소'가 들어가야 한다. 그리고 '곧이'의 '-이'는 접사로 형식 형태소이므로, 구개음화 현상이 일어나는 음운 환경에 해당한다. 따라서 '곧이'는 [고지]로 발음된다. 한편 '곧이어'의 '이어'는 부사로 실질 형태소이므로 구개음화 현상이 일어나지 않고 연음이 되어 [고디어]로 발음된다.

12 음운 변동 유형 파악 　답 ⑤
'불놀이'는 [불로리]로 발음되는데, '불'의 종성 'ㄹ' 뒤에서 '놀'의 초성 'ㄴ'이 [ㄹ]로 발음되는 경우이므로, ㉡에 따른 것으로 볼 수 있다. 그러나 '놀이'가 [노리]로 발음되는 것은 연음이 일어난 것일 뿐, 유음화나 비음화가 일어난 것이 아니다.

◎오답 풀이
① '신라'는 [실라]로 발음되는데, '라'의 초성 'ㄹ' 앞에서 '신'의 종성 'ㄴ'이 [ㄹ]로 발음되는 경우이다. 따라서 ㉠에 따른 것으로 볼 수 있다.
② '칼날'은 [칼랄]로 발음되는데, '칼'의 종성 'ㄹ' 뒤에서 '날'의 초성 'ㄴ'이 [ㄹ]로 발음되는 경우이다. 따라서 ㉡에 따른 것으로 볼 수 있다.
③ '생산량'은 [생산냥]으로 발음되는데, '산'의 종성 'ㄴ' 뒤에서 '량'의 초성 'ㄹ'이 [ㄴ]으로 발음되는 경우이다. 따라서 ㉢에 따른 것으로 볼 수 있다.
④ '물난리'는 [물랄리]로 발음되는데, '물'의 종성 'ㄹ' 뒤에서 '난'의 초성 'ㄴ'이 [ㄹ]로 발음되고, '리'의 초성 'ㄹ' 앞에서 '난'의 종성 'ㄴ'이 [ㄹ]로 발음되는 경우이다. 따라서 ㉠, ㉡에 따른 것으로 볼 수 있다.

13 음운 변동 분석 　답 ⑤
'활동 1'에서 '국물[궁물]'은 뒤의 음운인 'ㅁ'의 영향으로 앞의 음운 'ㄱ'이 [ㅇ]으로 소리 나고, '001000'으로 표시할 수 있으므로 역행 동화에 해당한다. '잡념[잠념]' 역시 뒤의 음운인 'ㄴ'의 영향으로 앞의 음운 'ㅂ'이 [ㅁ]으로 소리 나고 '001000'으로 표시할 수 있으므로 역행 동화에 해당한다.

◎오답 풀이
① '국민[궁민]'은 뒤의 음운인 'ㅁ'의 영향으로 앞의 음운 'ㄱ'이 [ㅇ]으로 소리 나며 '001000'으로 표시할 수 있으므로 역행 동화이다.
② '글눈[글룬]'은 앞의 음운 'ㄹ'의 영향으로 뒤의 음운 'ㄴ'이 [ㄹ]로 소리 나며 '000100'으로 표시할 수 있으므로 순행 동화이다.
③ '명랑[명낭]'은 앞의 음운 'ㅇ'의 영향으로 뒤의 음운 'ㄹ'이 [ㄴ]으로 소리 나며 '000100'으로 표시할 수 있으므로 순행 동화이다.
④ '신랑[실랑]'은 뒤의 음운인 'ㄹ'의 영향으로 앞의 음운 'ㄴ'이 [ㄹ]로 소리 나며 '001000'으로 표시할 수 있으므로 역행 동화이다.

문법 02 단어
본문 127쪽

01 ④　02 ①　03 ㉠, ㉢: 조사(부사격 조사) / ㉡, ㉣: 의존 명사
04 ④　05 ④　06 예시 답안 참조　07 ⑤　08 ⑤　09 ②
10 ①　11 ①　12 ④　13 ①

01 형태소 분석 　답 ④
[학습 활동]의 문장을 형태소 단위로 분석하면 '온(관형사)/하늘(명사)/이(주격 조사)/별(명사)/로(부사격 조사)/가득(부사)/차-(동사 어근)/-ㄴ(관형사형 전성 어미)/밤(명사)/이(서술격 조사의 어간)/-었-(선어말 어미)/-다(어말 어미)'로 나뉜다. 따라서 가장 적절한 것은 ④이다.

02 품사 구분　　　　　　　　　　　답 ①

수사는 조사와 결합할 수 있으나, 수 관형사는 조사와 결합하지 못하고 체언을 수식한다. 따라서 ①의 조사 '이'와 결합한 '둘'은 수사이고, 나머지는 체언을 수식하는 수 관형사이다.

> **⊘ 오답 풀이**
> ② '한두'는 조사와 결합하지 않으며, 명사 '방울'을 수식하는 수 관형사이다.
> ③ '첫째'는 조사와 결합하지 않으며, 명사 '주'를 수식하는 수 관형사이다.
> ④ '네'는 조사와 결합하지 않으며, 의존 명사 '마리'를 수식하는 수 관형사이다.
> ⑤ '다섯'은 조사와 결합하지 않으며, 명사 '송이'를 수식하는 수 관형사이다.

03 품사 구분　　답 ㉠, ㉢: 조사(부사격 조사) / ㉡, ㉣: 의존 명사

㉠, ㉢의 '만큼'은 체언이나 체언 구실을 하는 말 뒤에 붙어 앞말이 다른 말에 대하여 갖는 일정한 자격을 나타내는 격 조사이고, ㉡, ㉣의 '만큼'은 반드시 관형어의 수식을 받아야 하는 의존 명사이다.

04 품사 구분　　　　　　　　　　　답 ④

㉠ '빛나다', ㉡ '슬퍼지다' ㉣ '늙다'는 현재 시제 선어말 어미 '-ㄴ-/-는-'과 결합하여 '빛난다', '슬퍼진다', '늙는다'와 같이 쓸 수 있는 동사이다. 반면 ㉢ '향기롭다', ㉤ '부족하다'는 현재 시제 선어말 어미 '-ㄴ-/-는-'과 결합할 수 없는 형용사이다.

05 파생어와 합성어 구분　　　　　　답 ④

파생어는 어근과 접사가 결합한 것이다. '달리기', '나무꾼', '높이다', '치솟다'는 파생어인데, 각 단어는 다음과 같이 분석된다. '달리-(어근)+-기(접사)', '나무(어근)+-꾼(접사)', '높-(어근)+-이-(접사)+-다', '치-(접사)+솟-(어근)+-다'. 반면 합성어는 어근과 어근이 결합한 것이다. '뛰놀다'는 '뛰-(어근)+놀-(어근)+-다'로 분석되는 합성어이다.

06 합성어 유형 구분

> **✔ 예시 답안:** • 분류: ㉠, ㉢ – 비통사적 합성어 / ㉡, ㉣ – 통사적 합성어 • 이유: ㉠은 '꺾-(용언 어간) + 쇠(명사)', ㉢은 '날-(용언 어간) + 뛰다(용언)'로 분석되는데, 이는 국어의 일반적인 구나 문장 구성 방식과 일치하지 않는다. 반면 ㉡은 '앞(에)(부사어) + 서다(용언)', ㉣은 '첫(관형사) + 사랑(명사)'으로 분석되는데, 이는 국어의 일반적인 구나 문장 구성 방식과 일치한다.
> ㉠ '꺾쇠'는 용언의 어간과 명사가 직접 결합하였고, ㉢ '날뛰다'는 용언의 어간과 용언이 직접 결합하였다는 점에서 비통사적이다. 한편 ㉡ '앞서다'는 부사어와 서술어의 결합(부사격 조사 생략)이고, ㉣ '첫사랑'은 관형사와 명사의 결합이라는 점에서 통사적이다.

• 평가 기준

평가 요소	확인
통사적 합성어와 비통사적 합성어를 바르게 분류함	
단어의 어근 결합 양상을 바르게 분석함	
통사적 합성어와 비통사적 합성어의 의미를 정확히 제시함	

07 형태소와 단어 분석　　　　　　　답 ⑤

'놀았다'는 '놀이나 재미있는 일을 하며 즐겁게 지내다.'를 뜻하는 '놀-'과 과거를 나타내는 '-았-'과 문장을 종결하는 문법적 역할을 하는 '-다'로 나눌 수 있으므로, 세 개의 형태소이다.

> **⊘ 오답 풀이**
> ① '우리'는 '말하는 이가 자기보다 높지 아니한 사람을 상대하여 어떤 대상이 자기와 친밀한 관계임을 나타낼 때 쓰는 말'을 뜻하는 형태소이다. 그

러나 '우리'를 '우'와 '리'로 나누면 뜻이 사라지므로 하나의 형태소로 볼 수 있다.
> ② '아기만'은 '어린 젖먹이 아이'를 뜻하는 '아기'와 '다른 것으로부터 제한하여 어느 것을 한정함을 나타내는 보조사'인 '만'으로 나눌 수 있으므로 두 개의 형태소이다.
> ③ '맨발'은 '다른 것이 없는'의 뜻을 더하는 접두사 '맨-'과 사람의 신체 일부를 가리키는 '발'로 나눌 수 있으므로 두 개의 형태소이다.
> ④ '잔디밭'은 식물의 한 종류를 뜻하는 '잔디'와 그 식물이 많이 있거나 나는 곳을 뜻하는 '밭'으로 나눌 수 있으므로 두 개의 형태소이다.

08 품사 구분　　　　　　　　　　　답 ⑤

'이긴'은 관형사형 어미 '-(으)ㄴ'이 결합하여 과거 시제를 나타내고 있다. 〈보기〉에 따르면 관형사형 어미 '-(으)ㄴ'이 결합했을 때, 동사는 과거 시제를 나타낸다고 하였으므로, '이기다'는 동사이다.

> **⊘ 오답 풀이**
> ① '감이 떫다.'에서 '떫다'는 선어말 어미와 결합하지 않은 기본형으로 현재 시제를 나타내고 있다. 〈보기〉에 따르면 형용사는 기본형으로 현재 시제를 나타낸다고 하였으므로, '떫다'는 형용사이다.
> ② '책을 읽는다.'에서 '읽는다'는 선어말 어미 '-는-'이 결합하여 현재 시제를 나타내고 있다. 〈보기〉에 따르면 동사는 선어말 어미 '-는-/-ㄴ-'의 결합으로 현재 시제를 나타낸다고 하였으므로, '읽다'는 동사이다.
> ③ '친구와 논다.'에서 '논다'는 선어말 어미 '-ㄴ-'이 결합하여 현재 시제를 나타내고 있다. 〈보기〉에 따르면 동사는 선어말 어미 '-는-/-ㄴ-'의 결합으로 현재 시제를 나타낸다고 하였으므로, '놀다'는 동사이다.
> ④ '집에 간 사람'에서 '간'은 관형사형 어미 '-(으)ㄴ'이 결합하여 과거 시제를 나타내고 있다. 〈보기〉에 따르면 관형사형 '-(으)ㄴ'이 결합했을 때, 동사는 과거 시제를 나타낸다고 하였으므로, '가다'는 동사이다.

09 품사 구분　　　　　　　　　　　답 ②

〈보기 2〉의 '세 권'의 '세'는 체언을 수식하는 수 관형사이다. 그리고 '둘에 하나를 더하면 셋이다.'에서와 같이 해당 수량을 나타내는 수사는 '셋'이다. 따라서 '세'는 수 관형사로만 쓰인다.

> **⊘ 오답 풀이**
> ① 〈보기 2〉의 '하나를'에서 '하나'는 조사와 결합한 수사이므로, 수 관형사로만 쓰이는 단어로 적절하지 않다. 수 관형사는 조사와 결합하지 못하며 뒤에 있는 체언을 수식한다.
> ③ 〈보기 2〉의 '여섯'은 의존 명사 '명'을 수식하는 수 관형사로 쓰였다. 그러나 '일가족 여섯이 한자리에 모이다.'에서와 같이 '여섯'은 수사로도 쓰인다. 따라서 하나의 단어가 수사로도 쓰이고 수 관형사로도 쓰이는 경우에 해당한다.
> ④, ⑤ 〈보기 2〉의 '둘째'는 명사 '주'를 수식하는 수 관형사로 쓰였다. 그러나 '첫째, 공부를 열심히 해라. 둘째, 부모님 말씀을 잘 들어라.'에서와 같이 '둘째'는 수사로도 쓰인다. 따라서 하나의 단어가 수사로도 쓰이고 수 관형사로도 쓰이는 경우에 해당한다.

10 조사의 이해　　　　　　　　　　답 ①

㉠에서의 '마저'는 '이미 어떤 것이 포함되고 그 위에 더함'의 의미를 더해 주는 보조사이고, '도'는 '역시, 또한'의 의미를 더해 주는 보조사이다. 즉 '마저도'는 '보조사+보조사'의 형태이다.

> **⊘ 오답 풀이**
> ② ㉡의 '형도'에서 '형'은 서술어인 '믿었다'라는 행동의 주체이므로, '도'는 주격 조사 자리에 나타난 보조사로 볼 수 있다.

③ ⓒ의 '동생만을'에서는 〈보기 1〉의 '소설만을'과 마찬가지로 보조사 '만'과 목적격 조사 '을'이 결합한 '보조사 + 격 조사' 형태가 나타난다.

④ ⓔ의 '아침에만'에서 '에'는 앞말이 시간의 부사어임을 나타내는 부사격 조사로, 앞말인 체언 '아침'에 붙어 문법적 관계를 나타내 준다.

⑤ ⓔ의 '아침에만'에서 보조사 '만'은 격 조사 '에'와 결합하고 있으므로 보조사가 결합할 수 있는 앞말이 체언에 국한되지 않음을 보여 준다고 할 수 있다.

11 어간과 어근의 구분 　　　답 ①

'휘감다'는 어근 '감-'에 접두사 '휘-'가 결합한 것으로, 어간은 '휘감-'이고, 어근은 '감-'이다. 따라서 어근과 어간이 일치하지 않으므로 a에 들어갈 수 없다.

◉ 오답 풀이

② '자라다'는 어간과 어근이 모두 '자라-'이므로, a에 들어가기에 적절하다.

③ '먹히다'는 어근 '먹-'에 접미사 '-히-'가 결합한 것으로, 어간은 '먹히-'이므로 b에 들어가기에 적절하다.

④ '치솟다'는 어근 '솟-'에 접두사 '치-'가 결합한 것으로, 어간은 '치솟-'이므로 b에 들어가기에 적절하다.

⑤ '검붉다'는 어근 '검-'과 어근 '붉-'이 결합한 것으로, 어간은 '검붉-'이므로 c에 들어가기에 적절하다.

12 단어의 짜임 이해 　　　답 ④

2문단에 따르면 복합어는 합성어와 파생어를 아울러 이르는 말이다. 합성어는 어근과 어근의 결합으로 이루어진 것이고, 파생어는 어근과 접사의 결합으로 이루어진 것이다. 어근과의 결합 위치에 따라 둘로 나뉘는 것은 복합어가 아니라 접사이다. 접사는 어근 앞에 위치하는 접두사, 어근 뒤에 위치하는 접미사로 나눌 수 있다.

◉ 오답 풀이

① 2문단에서 단일어는 하나의 어근으로만 이루어진 단어를 이르는 말이라고 하였다.

② 2문단에 따르면 복합어는 합성어와 파생어를 아울러 이르는 말이다.

③ 1문단에서 접사는 항상 다른 말과 결합하여 쓰이기에 홀로 쓰이지 못함을 나타내는 붙임표(-)를 붙인다고 하였다.

⑤ 1문단에 따르면 접사는 단어를 구성하는 요소 중 하나로, 어근과 결합하여 어근에 특정한 의미를 더하거나 어근의 의미를 제한한다.

13 직접 구성 성분 분석 　　　답 ①

'볶음밥'의 직접 구성 성분은 '볶음(어근)'과 '밥(어근)'으로 볼 수 있고, 여기서 '볶음'은 파생어로서 다시 어근 '볶-'과 접사 '-음'으로 나눌 수 있다. 즉 '볶음밥'은 〈보기〉의 '집게발'과 마찬가지로 [어근+접사]+어근'으로 분석되는 합성어에 해당한다.

◉ 오답 풀이

② '덧버선'의 직접 구성 성분은 '덧-(접사)'과 '버선(어근)'으로 볼 수 있다. 즉 '덧버선'은 '접사+어근'으로 분석되는 파생어이다.

③ '문단속'의 직접 구성 성분은 '문(어근)'과 '단속(어근)'으로 볼 수 있다. 즉 '문단속'은 '어근+어근'으로 분석되는 합성어이며 [어근+접사] 구성이 나타나지 않는다.

④ '들고양이'의 직접 구성 성분은 '들-(접사)'과 '고양이(어근)'로 볼 수 있다. 즉 '들고양이'는 '접사+어근'으로 분석되는 파생어이다.

⑤ '창고지기'의 직접 구성 성분은 '창고(어근)'와 '-지기(접사)'로 볼 수 있다. 즉 '창고지기'는 '어근+접사'로 분석되는 파생어이다.

문법 **03** 문장 　　　본문 133쪽

01 ④	**02** ㉠: 서술절, 서술어 / ㉡: 부사절, 부사어 / ㉢: 명사절, 목적어		**03** ④	**04** ⑤	
05 예시 답안 참조	**06** ④	**07** ④			
08 ②	**09** ②	**10** ⑤	**11** ⑤	**12** ④	

01 문장 성분 분석 　　　답 ④

㉡의 부사어 '아주'는 부사어 '깨끗이'를 수식하고 있으며 서술어 '청소했다'와는 호응하지 않는다.

◉ 오답 풀이

① ㉠의 '께서'는 주격 조사 '이/가'의 높임말로, 대상(할아버지)을 높임과 동시에 그 대상이 문장의 주어임을 나타낸다. ㉢의 '에서'는 단체를 나타내는 명사 뒤에 붙어 앞말(학생회)이 주어임을 나타내는 격 조사이다. 따라서 ㉠의 '할아버지께서'와 ㉢의 '학생회에서'는 모두 주어이다.

② ㉠의 서술어 '주다'는 주어, 목적어, 부사어를 모두 요구하는 세 자리 서술어이다. 즉 ㉠의 '나에게'는 필수 부사어이므로 이를 생략하면 어색한 문장이 된다. 따라서 ㉠의 '나에게'는 서술어가 반드시 필요로 하는 부사어이다.

③ ㉠의 '용돈을'과 ㉢의 '벽화를'은 체언 '용돈', '벽화'에 목적격 조사 '을', '를'이 결합하여 목적어가 된 것이다. 그리고 ㉡의 '거실만'은 '거실을 청소하다'에서 목적격 조사 '을' 대신 보조사 '만'이 결합한 형태로 볼 수 있다. 따라서 ㉡ '거실만'도 목적어이다.

⑤ ㉢의 '학교의'는 체언 '학교'에 관형격 조사 '의'가 결합한 관형어이다.

02 문장의 짜임과 문장 성분 분석

답 ㉠: 서술절, 서술어 / ㉡: 부사절, 부사어 / ㉢: 명사절, 목적어

㉠에서 '눈이 무척 크다'의 안긴문장의 유형은 서술절이고, 이는 문장 안에서 서술어로 기능한다. ㉡에서 '먼지 하나 없이'의 안긴문장의 유형은 부사절(부사 파생 접미사 '-이' 사용)이고, 이는 문장 안에서 부사어로 기능한다. ㉢에서 '형이 학교에서 돌아오기'의 안긴문장의 유형은 명사절(명사형 전성 어미 '-기' 사용)이고, 이는 목적격 조사 '을'과 결합하여 문장 안에서 목적어로 기능한다.

03 높임 표현의 이해 　　　답 ④

㉠은 '-습니다'라는 종결 표현으로 청자인 '선생님'을 높이는 상대 높임법이 실현된 것이다. 그리고 ㉡은 '계시다'라는 특수 어휘와 조사 '께서'로 주체인 '할아버지'를 높이는 주체 높임법과 '-ㅂ니다'라는 종결 표현으로 청자인 '친척들'을 높이는 상대 높임법이 실현된 것이다. 또한 ㉢은 '드리다'라는 특수 어휘와 조사 '께'를 통해 객체인 '할머니'를 높이는 객체 높임법과 선어말 어미 '-시-'와 조사 '께서'를 통해 주체인 '어머니'를 높이는 주체 높임법, '-어요'라는 종결 표현으로 청자인 '아버지'를 높이는 상대 높임법이 실현된 것이다.

04 시간 표현의 이해 　　　답 ⑤

'할아버지 댁의 감나무에도 감이 잘 익었겠다.'는 추측을 나타낸 표현으로, 선어말 어미 '-었-'이 과거 시제를 나타내고, 선어말 어미 '-겠-'은 추측의 의미를 나타낸다. 따라서 '할아버지 댁의 감나무에도 감이 잘 익었겠다.'에서 '-겠-'은 미래 시제를 나타내지 않는다.

◉ 오답 풀이

① '동생이 혼자서 케이크를 먹었다.'는 동사 '먹다'에 선어말 어미 '-었-'이 결합하여 과거 시제를 나타내므로, ㉠의 예로 적절하다.

② '큰형이 입던 옷이 나에게 꼭 맞다.'는 동사 '입다'에 전성 어미 '-던'이 결합하여 과거 시제를 나타내므로, ㉢의 예로 적절하다.

③ '화단에 피어 있는 장미꽃이 무척 예쁘다.'는 형용사 '예쁘다'에 선어말 어미가 결합하지 않고 현재 시제를 나타내므로, ㉢의 예로 적절하다.

④ '저녁을 드신 아버지께서 거실에서 주무신다.'는 동사 '주무시다'에 선어말 어미 '-ㄴ-'이 결합하여 현재 시제를 나타내므로, ㉣의 예로 적절하다.

05 잘못된 높임 표현 수정

✓예시 답안 • 수정: '선생님께서 너에게 교무실로 오라셔.' 또는 '선생님께서 너에게 교무실로 오라고 하셔.' • 이유: 〈보기〉는 높임의 대상이 아닌 '같은 반 친구'를 높이고, 높임의 대상인 '선생님'은 높이지 않는 잘못된 문장이기 때문이다.

〈보기〉의 '오시래'는 '오시라고 해'의 준말로, '같은 반 친구'를 높이는 말이다. 높임의 대상은 '같은 반 친구'가 아니라 '선생님'이므로 친구가 행위의 주체가 되는 '오다'가 아니라 아니라 선생님이 주어인 서술어 '하다'에 높임의 선어말 어미 '-시-'를 붙여야 한다.

• 평가 기준

평가 요소	확인
잘못된 높임 표현을 바르게 수정함	
주체 높임의 대상이 잘못되었음을 정확히 밝힘	

06 피동 표현과 사동 표현의 이해 답 ④

'나는 부모님께 합격 소식을 알렸다.'에서 '알렸다'는 '알다'에 사동 접미사 '-리-'가 결합한 것으로 파생적 사동에 해당한다.

◎오답 풀이

① '어머니가 아들에게 책을 읽혔다'에서 '읽혔다'는 '읽다'에 사동 접미사 '-히-'가 결합한 것으로 파생적 사동에 해당한다. 따라서 ㉠이 아닌 ㉢의 예에 해당한다.

② '그 사건은 역사에 기록될 것이다.'에서 '기록될'은 '기록'에 피동 접미사 '-되다'가 결합한 것으로 파생적 피동에 해당한다. 따라서 ㉡이 아닌 ㉠의 예에 해당한다.

③ '감독은 지친 선수들을 쉬게 했다.'에서 '쉬게 했다'는 '쉬다'에 '-게 하다'가 결합한 것으로 통사적 사동에 해당한다. 따라서 ㉢이 아닌 ㉣의 예에 해당한다.

⑤ '그는 이번 경기에 선발로 뛰게 되었다.'에서 '뛰게 되었다'는 '뛰다'에 '-게 되다'가 결합한 것으로 통사적 피동에 해당한다. 따라서 ㉣이 아닌 ㉡의 예에 해당한다.

07 문장의 짜임과 문장 성분 분석 답 ④

'날이 추워지면'은 '방한 용품이 필요하다.'의 조건을 나타내므로, '날이 추워지면 방한 용품이 필요하다.'는 종속적으로 이어진 문장이다. 또한 대등하게 이어진 문장은 앞 문장과 뒤 문장의 순서를 바꾸더라도 본래의 문장과 의미상 차이가 없어야 한다. 그러나 ㉣은 앞 문장과 뒤 문장의 순서를 바꾸면 '방한 용품이 필요하면 날이 추워진다.'가 되어 본래 문장과 의미가 달라지게 된다.

◎오답 풀이

① ㉠에서 '(그는) 우리와 함께 일하기'는 명사절로, 목적격 조사 '를'과 결합하여 안은문장에서 목적어의 역할을 하고 있다.

② ㉡에서 '후각이 훨씬 예민하다'는 서술절로, 안은문장의 주어 '개는'의 성질을 서술하여 안은문장에서 서술어의 역할을 하고 있다.

③ ㉢에서 '그가 우리를 도와준'은 관형절로, 체언 '일'을 수식하여 안은문장에서 관형어의 역할을 하고 있다.

⑤ 홑문장은 주어와 서술어의 관계가 한 번 나타나는 문장이다. ㉤은 '관객들

이'가 주어이고 '메웠다'가 서술어로, 주어와 서술어의 관계가 한 번 나타나므로 홑문장에 해당한다.

08 높임 표현의 이해 답 ②

ㄱ의 '할아버지께'는 부사격 조사 '께'를 사용하여 문장의 객체인 '할아버지'를 높인 것이다. 문장의 주체를 높이는 격 조사는 '께서'이다.

◎오답 풀이

① ㄱ은 어머니가 아들 범서에게 한 말로, 상대를 낮추는 해라체의 명령형 종결 어미 '-어라'를 사용하여 청자인 '범서'를 낮추고 있다.

③ ㄴ은 아들이 아버지에게 한 말로, 상대를 높이는 하십시오체의 평서형 종결 어미 '-습니다'를 사용하여 청자인 '아버지'를 높이고 있다.

④ ㄴ은 '데리다'의 높임말인 특수 어휘 '모시다'를 사용하여 문장의 객체인 '할머니'를 높이고 있다.

⑤ ㄷ은 '많다'에 주체 높임 선어말 어미 '-으시-'가 결합한 말을 사용하여 '걱정'을 높이고 있다. 이는 문장의 주체인 '어머니'와 관련된 '걱정'을 높이는 간접 높임법이 실현된 것이다.

09 시간 표현의 이해 답 ②

ㄴ은 '시간적으로 머지않아'라는 의미의 부사어 '곧'과 선어말 어미 '-겠-'을 사용하여 미래를 나타낸 표현이다. 미래 시제는 발화시를 기준으로 사건이 이후에 일어날 것임을 나타내는 시제로, 발화시가 사건시보다 앞선다. 따라서 ㄴ이 사건시가 발화시보다 앞선다는 설명은 적절하지 않다.

◎오답 풀이

① ㄱ은 선어말 어미 '-ㄴ-'을 활용하여 현재 시제를 나타낸 표현이다. 현재 시제는 발화시와 사건시가 일치함을 나타내는 시간 표현이다.

③ ㄴ은 '시간적으로 머지않아'라는 의미의 부사어 '곧'을 활용하여 미래를 나타내고 있고, ㄷ은 '오늘의 바로 다음 날'이라는 의미의 부사어 '내일'을 활용하여 미래를 니디내고 있다.

④ ㄷ의 '입을'은 관형사형 전성 어미 '-을'을 활용하여 미래 시제를 나타낸 표현이고, ㄹ의 '만든'은 관형사형 전성 어미 '-ㄴ'을 활용하여 과거 시제를 나타낸 표현이다.

⑤ ㄱ은 선어말 어미 '-ㄴ-'을 활용하여 현재 시제를, ㄴ은 선어말 어미 '-겠-'을 활용하여 미래 시제를, ㄹ은 선어말 어미 '-더-'를 활용하여 과거 시제를 나타낸다.

10 종결 표현의 이해 답 ⑤

'늦을 것 같으니까 어서 씻어라.'는 명령의 뜻을 나타내는 종결 어미 '-어라'로 실현된 명령문이고, '그 사람을 몹시도 만나고 싶어라.'는 감탄의 뜻을 나타내는 종결 어미 '-어라'로 실현된 감탄문이다.

◎오답 풀이

① 모두 물음의 뜻을 나타내는 종결 어미 '-니'로 실현된 의문문이다.

② 모두 어떤 행동에 대한 약속이나 의지를 나타내는 종결 어미 '-ㄹ게'로 실현된 평서문이다.

③ 모두 화자가 새롭게 알게 된 사실에 주목함을 나타내며 흔히 감탄의 의미를 수반하는 종결 어미 '-구나'로 실현된 감탄문이다.

④ 모두 어떤 행동을 같이 하는 뜻을 나타내는 종결 어미 '-ㅂ시다'로 실현된 청유문이다.

11 인용 표현의 이해 답 ⑤

직접 인용을 간접 인용으로 바꿀 때에 높임, 시간, 인칭, 지시, 문장 종결 표현 등이 바뀌는 경우가 있다. ㅁ의 지아의 말을 직접 인용한 표현

에서 '민지'가 부른 '너'는 청자인 '나'를 가리키므로, 이를 간접 인용으로 바꾸면 인칭 표현이 달라져 '지아는 나에게 민지가 나를 불렀다고 했다.'가 된다. '너'를 '자기'로 고치면 '지아'를 가리키게 되어 의미가 달라진다.

◉오답 풀이
① ㄱ은 종결 표현인 '폈구나'를 '폈다'로 바꾸어 의미를 바르게 전달하였다.
② ㄴ은 높임 표현인 '갔어요'를 '갔다'로 바꾸어 의미를 바르게 전달하였다.
③ ㄷ에서 '나'가 지아에게 한 말을 직접 인용한 표현에서 '내일'은 바로 다음 날을 의미하는데 '어제'의 바로 다음 날은 '오늘'이므로 간접 인용에서 시간 표현을 '오늘'로 바꾼 것은 적절하다.
④ ㄹ에서 지아가 한 말을 직접 인용한 표현에서 '이'는 화자와 가까운 거리감을 나타내므로 간접 인용에서는 지시 표현을 '그'로 바꾸어 써야 한다.

12 피동 표현의 이해   답 ④
'그려지다'는 '그리다'의 어간 '그리-'에 '-어지다'가 결합한 것이다. '그리다'의 '리'는 어간의 일부이며, 피동 접사가 결합한 것이 아니므로 이중 피동에 해당하지 않는다.

◉오답 풀이
① ㉠의 '긁히다'는 '긁다'의 어간 '긁-'에 피동 접미사 '-히-'가 결합하여 피동의 의미를 나타낸다.
② ㉡은 '동생이 형에게서 (형이) 아끼던 인형을 빼앗았다.'라는 능동문에 대응하는 피동문이다. 능동문은 주어인 '동생'이 '형'에게 인형을 뺏는 행위를 표현하는 반면, 피동문에서는 주어인 '형'이 '동생'에게 인형을 빼앗기는 행위를 당하는 것을 표현하고 있다.
③ ㉢의 '세워지다'는 '서다'의 어간 '서-'에 사동 접미사 '-이우-'가 결합한 사동사 '세우다'의 어간 '세우-'에 다시 '-어지다'가 결합한 장형 피동 표현이다.
⑤ ㉣의 '나뉘다'는 '나누다'의 어간 '나누-'에 피동 접미사 '-이-'가 결합하여 줄어든 형태가 나타난 피동 표현이다.

문법 04 한글 맞춤법
본문 139쪽

01 ② **02** ⑤ **03** ㉠: 장미, 주검, 드러나다 / ㉡: 벚꽃, 굳히다, 넘어지다 **04** ③ **05** ② **06** 예시 답안 참조 **07** ④
08 ③ **09** ③ **10** ① **11** ②

01 한글 맞춤법의 두음 법칙 적용   답 ②
한자음 '뢰'는 단어의 첫머리에 올 적에는 '뇌'로 쓴다. 그러나 '낙뢰'의 '뢰'는 단어의 첫머리에 오는 경우가 아니므로 '낙뢰'로 쓰는 것이 적절하다.

◉오답 풀이
① 한자음 '닉'는 단어의 첫머리에 올 적에는 '익'으로 적어야 하므로, '익명'으로 써야 한다.
③ 한자음 '료'는 단어의 첫머리에 올 적에는 '요'로 적는다. 그러나 '쌍룡'의 '룡'은 단어의 첫머리에 오는 경우가 아니므로, '쌍룡'으로 써야 한다.
④ '률'은 'ㄴ' 받침 뒤에 오면 '율'로 적어야 하므로, '위반율'로 써야 한다.
⑤ '률'은 모음이나 'ㄴ' 받침 뒤에 오면 '율'로 적는다. 그러나 '취업률'의 '률'은 모음이나 'ㄴ' 받침 뒤에 오는 경우가 아니므로, '취업률'로 써야 한다.

02 한글 맞춤법 적용   답 ⑤
'부치다'는 '편지나 물건 따위를 상대에게로 보내다.'라는 의미이고, '붙

이다'는 '붙다'의 사동사로 '맞닿아 떨어지지 않게 하다.'라는 의미로 사용된다. 따라서 '편지에 우표를 붙여서 우체통에 넣었다.'와 같이 써야 한다.

◉오답 풀이
① '맞히다'는 '맞다'의 사동사로, '문제에 대한 답을 틀리지 않게 하다.'라는 의미로 사용된다. 따라서 '연재가 국어 문제를 맞혔다.'는 맞춤법에 맞는 표기이다.
② '이따가'는 '조금 지난 뒤에'라는 의미로 사용된다. 따라서 '자세한 이야기는 이따가 만나서 하자.'는 맞춤법에 맞는 표기이다.
③ '늘이다'는 '본디보다 더 길어지게 하다.'라는 의미로 사용된다. 따라서 '동생이 키가 자라서 바짓단을 늘였다.'는 맞춤법에 맞는 표기이다.
④ '안치다'는 '밥, 떡, 찌개 따위를 만들기 위하여 그 재료를 솥이나 냄비 따위에 넣고 불 위에 올리다.'라는 의미로 사용된다. 따라서 '형이 솥에 쌀을 안치러 부엌으로 갔다.'는 맞춤법에 맞는 표기이다.

03 한글 맞춤법의 총칙 적용
답 ㉠: 장미, 주검, 드러나다 / ㉡: 벚꽃, 굳히다, 넘어지다
'장미', '주검', '드러나다'는 발음이 [장미], [주검], [드러나다]이므로, 표준어를 소리대로 적은 것이다. 반면 '벚꽃', '굳히다', '넘어지다'는 발음이 [벋꼳], [구치다], [너머지다]이며, 발음대로 적지 않고 어법에 맞게 원형을 밝혀 적은 것이다.

04 한글 맞춤법의 된소리 표기 적용   답 ③
〈보기〉에 따르면 'ㄱ, ㅂ' 받침 뒤에서 나는 된소리는, 같은 음절이나 비슷한 음절이 겹쳐 나는 경우가 아니면 된소리로 적지 아니한다. 이는 같은 음절이나 비슷한 음절이 겹쳐 나는 경우에는 'ㄱ, ㅂ' 받침 뒤에서 나는 된소리를 표기에 반영한다는 것이다. 따라서 '짭짤하다'와 같이 적어야 한다.

◉오답 풀이
① '으뜸'은 뚜렷한 까닭 없이 두 모음 사이에서 된소리가 나는 경우이다.
② '담뿍'은 뚜렷한 까닭 없이 'ㅁ' 받침 뒤에서 된소리가 나는 경우이다.
④ '소쩍새'에서 '소쩍'은 뚜렷한 까닭 없이 두 모음 사이에서 된소리가 나는 경우이다. 그리고 '쩍새'는 [쩍쌔]로 발음되지만, 'ㄱ, ㅂ' 받침 뒤에서 나는 된소리는 같은 음절이나 비슷한 음절이 겹쳐 나는 경우가 아니면 된소리로 적지 않으므로 표기에 반영하지 않은 것이다.
⑤ '갑자기'는 [갑짜기]로 발음되지만, 'ㄱ, ㅂ' 받침 뒤에서 나는 된소리는 같은 음절이나 비슷한 음절이 겹쳐 나는 경우가 아니면 된소리로 적지 않으므로 표기에 반영하지 않는다.

05 한글 맞춤법의 용언 표기 적용   답 ②
'돌아가다'는 '물체가 일정한 축을 중심으로 원을 그리면서 움직여 가다.'라는 의미가 있다. 이는 앞말인 '돌다'의 본뜻 '물체가 일정한 축을 중심으로 원을 그리면서 움직이다.'가 유지되고 있는 것이므로 그 원형을 밝히어 적은 것이다. 따라서 '돌아가다'는 ㉠의 예에 해당한다. 한편 '쓰러지다'는 '힘이 빠지거나 외부의 힘에 의하여 서 있던 상태에서 바닥에 눕는 상태가 되다.'라는 의미로, 앞말 '쓸다'의 본뜻이 유지되고 있다고 보기 어려우므로, 그 원형을 밝히어 적지 않은 것이다. 따라서 '쓰러지다'는 ㉡의 예에 해당한다.

◉오답 풀이
① '늘어나다'는 '부피나 분량 따위가 본디보다 커지거나 길어지거나 많아지다.'라는 의미가 있다. 이는 앞말인 '늘다'의 본뜻 '물체의 길이나 넓이, 부피 따위가 본디보다 커지다.'가 유지되고 있는 것이므로 그 원형을 밝히

어 적은 것이다. 한편 '엎어지다'는 '위아래가 뒤집히다.'라는 의미가 있다. 이는 앞말인 '엎다'의 본뜻 '물건 따위를 거꾸로 돌려 위가 밑을 향하게 하다.'가 유지되고 있는 것이므로 그 원형을 밝히어 적은 것이다. 따라서 둘 모두 ⓐ의 예에 해당한다.

③ '돌아가다'는 '물체가 일정한 축을 중심으로 원을 그리면서 움직여 가다.'라는 의미가 있다. 이는 앞말인 '돌다'의 본뜻 '물체가 일정한 축을 중심으로 원을 그리면서 움직이다.'가 유지되고 있는 것이므로 그 원형을 밝히어 적은 것이다. 따라서 ⓐ의 예에 해당한다. 한편 '자라나다'는 '자라서 크게 되다.'라는 의미로, 앞말의 본뜻이 유지되고 있는 경우이다. 따라서 ⓑ이 아닌 ⓐ의 예에 해당한다.

④ '드러나다'는 '가려 있거나 보이지 않던 것이 보이게 되다.'라는 의미로, 앞말 '들다'의 본뜻이 유지되고 있다고 보기 어려우므로, 그 원형을 밝히어 적지 않은 것이다. 따라서 ⓐ이 아닌 ⓑ의 예에 해당한다. 한편 '쓰러지다'는 '힘이 빠지거나 외부의 힘에 의하여 서 있던 상태에서 바닥에 눕는 상태가 되다.'라는 의미로, 앞말 '쓸다'의 본뜻이 유지되고 있다고 보기 어려우므로, 그 원형을 밝히어 적지 않은 것이다. 따라서 ⓑ의 예에 해당한다.

⑤ '드러나다'는 '가려 있거나 보이지 않던 것이 보이게 되다.'라는 의미로, 앞말 '들다'의 본뜻이 유지되고 있다고 보기 어려우므로, 그 원형을 밝히어 적지 않은 것이다. 따라서 ⓐ이 아닌 ⓑ의 예에 해당한다. '틀어지다'는 '어떤 물체가 반듯하고 곧바르지 아니하고 옆으로 굽거나 꼬이다.'라는 의미가 있다. 이는 앞말인 '틀다'의 본뜻 '방향이 꼬이게 돌리다.'가 유지되고 있는 것이므로 그 원형을 밝히어 적은 것이다. 따라서 ⓑ이 아닌 ⓐ의 예에 해당한다.

06 한글 맞춤법의 띄어쓰기 적용

✓예시 답안 ・수정: 한쪽도 → 한 쪽도, 먹을만큼 → 먹을 만큼 ・이유: '쪽'은 단위를 나타내는 의존 명사이므로 제5장 제43항에 따라 띄어 써야 하고, '만큼'은 의존 명사이므로 제5장 제42항에 따라 띄어 써야 한다.
'쪽'은 '쪼개진 물건의 부분을 세는 단위'인 의존 명사이고, '만큼'은 '앞의 내용에 상당한 수량이나 정도임을 나타내는 말'로 의존 명사이므로 앞말과 띄어 써야 한다.

・평가 기준

평가 요소	확인
띄어쓰기가 잘못된 부분을 모두 찾아 바르게 수정함	
띄어쓰기를 수정하는 근거가 되는 규정을 각각 바르게 관련지어 서술함	

07 한글 맞춤법 적용 답 ④

ⓐ '지붕'은 명사 '집'과 접미사 '-웅'이 결합하여 만들어진 말로, 명사의 원형을 밝히어 적지 않은 것이다. 따라서 '지붕'은 ⓒ의 규정에 따른 표기로 볼 수 있다. ⓑ '마감'은 동사 '막다'의 어간 '막-'에 접미사 '-암'이 결합하여 명사가 된 말로, 어간의 원형을 밝히어 적지 않은 것이다. 따라서 '마감'은 ⓑ의 규정에 따른 표기로 볼 수 있다.

08 한글 맞춤법 적용 답 ③

'희다'의 어간 끝음절이 'ㅏ, ㅗ' 외의 모음이므로, ⓐ에 따라 '-어'가 결합해 '희어'로 적는다. ⓑ은 '하다'라는 용언이 활용할 때 어미 '-아'가 '-여'로 바뀌는 경우로, '희다'는 '하다'처럼 활용하지 않는다.

◎오답 풀이

① '보다'는 어간 끝음절이 'ㅗ'이므로 ⓐ에 따라 어미 '-아'가 결합해 '보아'로 적는다.

② '먹다'는 어간 끝음절이 'ㅓ'이므로 ⓐ에 따라 어미 '-어'가 결합해 '먹어'로 적는다.

④ '하다'는 활용할 때 어미 '-아'가 '-여'로 바뀌므로, ⓑ에 따라 '하여'로 적는다.

⑤ '이르다'는 어간 끝음절의 '르' 뒤에 오는 어미 '-어'가 '-러'로 바뀌므로, ⓒ에 따라 '이르러'로 적는다.

09 한글 맞춤법의 사이시옷 표기 적용 답 ③

'콧날'은 고유어 '코'와 고유어 '날'이 결합해 [콘날]로 발음되는데 이는 합성어의 앞말이 모음으로 끝나고 뒷말의 첫소리 'ㄴ' 앞에서 'ㄴㄴ' 소리가 아니라 'ㄴ' 소리가 덧나는 경우에 해당한다. 한편 '코마개'는 고유어 '코'와 고유어 '마개'가 결합한 것으로 [코마개]로 발음된다.

◎오답 풀이

① '아래옷'은 고유어 '아래'와 고유어 '옷'이 결합하여 [아래옫]으로 발음된다. 한편 '아랫마을'은 고유어 '아래'와 고유어 '마을'이 결합하여 [아랜마을]로 발음되는데, 이는 합성어의 앞말이 모음으로 끝나고 뒷말의 첫소리 'ㅁ' 앞에서 'ㄴ' 소리가 덧나는 경우에 해당한다.

② '해장국'은 한자어 '해장'과 고유어 '국'이 결합하여 [해ː장꾹]으로 발음되는데 합성어의 앞말이 모음으로 끝나지 않는다. 한편 '고깃국'은 고유어 '고기'와 고유어 '국'이 결합하여 [고기꾹/고긷꾹]으로 발음되는데 이는 합성어의 앞말이 모음으로 끝나고 뒷말의 첫소리가 된소리로 바뀌는 경우에 해당한다.

④ '우윳빛'은 한자어 '우유'와 고유어 '빛'이 결합하여 [우유삗/우윧삗]으로 발음되는데, 이는 합성어의 앞말이 모음으로 끝나고 뒷말의 첫소리가 된소리로 바뀌는 경우에 해당한다. 한편 '오렌지빛'은 외래어 '오렌지'와 고유어 '빛'이 결합된 것이다. 즉 '오렌지빛'은 '우윳빛'과 달리 외래어가 포함된 합성어로 사이시옷을 표기하지 않는 경우에 해당한다.

⑤ '모래땅'은 고유어 '모래'와 고유어 '땅'이 결합된 것으로 뒷말의 첫소리가 본래 된소리이다. 한편 '모랫길'은 고유어 '모래'와 고유어 '길'이 결합하여 [모래낄/모랟낄]로 발음되는데, 이는 합성어의 앞말이 모음으로 끝나고 뒷말의 첫소리가 된소리로 바뀌는 경우에 해당한다.

10 한글 맞춤법 적용 답 ①

'부엌'의 발음은 [부억]이다. 즉 '부엌'은 각 음절을 소리 나는 대로 적은 것이 아니다.

◎오답 풀이

② 2문단에서 한글은 '자음이나 모음과 같은 음소를 조합하여 다양한 말소리를 그대로 기호로 나타낼 수 있는 표음 문자'라고 하였다.

③ '모이'의 발음은 [모이]이다. 즉 자음 'ㅁ'과 모음 'ㅗ'로 조합된 한 음절 '모'와 'ㅣ'로 된 한 음절 '이'를 소리 나는 대로 적은 것이다.

④ '웃으면'은 [우스면]으로 발음되지만 실질 형태소인 용언의 어간 '웃-'과 형식 형태소인 어미 '-으면'의 경계가 드러나도록 어법에 맞게 표기한 것이다.

⑤ '갈비탕을 시켜 먹었다.'의 '시켜'와 '갈비탕을 식혀 먹었다.'의 '식혀'는 모두 [시켜]로 발음된다. 즉 이 둘을 모두 소리 나는 대로 적으면 '시켜'와 '식혀'의 의미 구별이 어려워진다.

11 한글 맞춤법 적용 답 ②

ⓐ '걷다'는 본말 '거두다'의 어간 '거두-'에서 끝음절의 모음 'ㅜ'가 줄어들고 남은 자음 'ㄷ'을 앞 음절 '거'의 받침으로 적은 준말이다. 또한 ⓓ '갖고'는 본말 '가지고'의 어간 '가지-'에서 끝음절의 모음 'ㅣ'가 줄어들고 남은 자음 'ㅈ'을 앞 음절 '가'의 받침으로 적은 준말이다.

◎오답 풀이

ⓑ: '저녁놀'의 본말 '저녁노을'은 체언 '저녁'과 체언 '노을'이 결합한 말이지 어간과 어미가 결합한 말이 아니다.

ⓒ: '돼'는 본말 '되어'의 어간 '되-'와 어미 '-어'가 줄어든 말로 본말의 어간에서 끝음절의 모음이 줄어들고 자음만 남는 경우가 아니다.

ⓜ: '엊그저께'의 본말 '어제그저께'는 체언 '어제'와 체언 '그저께'가 결합한 말이지 어간과 어미가 결합한 말이 아니다.

문법 05 국어사

본문 145쪽

01 ②	02 ⑤	03 ③	04 예시 답안 참조	05 ①
06 ①	07 ④	08 ②	09 ①	10 ①

01 중세 국어의 특징 파악   답 ②
중세 국어에는 단어 첫머리에 둘 이상이 자음이 오는 어두 자음군이 있었다. 이 글에서도 '뜨들', '뿌메' 등 어두 자음군이 쓰였음을 확인할 수 있다.

◎오답 풀이
① '병서'는 자음 두 개 이상을 왼쪽에서 오른쪽으로 나란히 쓴 것으로, '말쓰미', '文문字쫑'에서 'ㅆ', 'ㅉ' 등의 각자 병서와 '뜨들', 'ᄯᆞᄅᆞ미니라'에서 'ㄸ', 'ㅺ' 등의 합용 병서를 확인할 수 있다. 그리고 연서는 자음 두 개를 위에서 아래로 이어 쓴 것으로, '수비'에서 연서자인 'ㅸ'(순경음 비읍)을 확인할 수 있다.
③ '나·랏 :말ᄊᆞ·미' 등을 통해 글자 왼쪽에 방점을 찍어 소리의 높낮이를 표시하였음을 확인할 수 있다. 방점이 없으면 평성으로서 낮은 소리를, 방점이 1개면 거성으로서 높은 소리를, 방점이 2개면 상성으로서 처음이 낮고 나중이 높아지는 소리를 나타낸다.
④ 'ㆍ'(아래아), 'ㅇ'(옛이응), 'ㅸ'(순경음 비읍) 등 현대 국어에서 사용되지 않는 음운이 있음을 확인할 수 있다.
⑤ '말ᄊᆞ미'은 '말ᄊᆞᆷ+이'를 소리 나는 대로 이어 적은 것이고, '뜨들'은 '뜯+을'을 소리 나는 대로 이어 적은 것이다. 따라서 소리 나는 대로 이어 적는 표기가 사용되었음을 확인할 수 있다.

02 중세 국어의 어휘 이해   답 ⑤
중세 국어와 현대 국어의 의미 관계를 고려할 때, '어린'은 '어리석은'에서 '나이가 적은'으로 바뀌어 의미가 달라졌으므로, 의미가 이동한 것이다. '놈'은 '사람'에서 '남자를 낮추어 이르는 말'로 의미 영역이 좁아졌으므로, 의미가 축소된 것이다. '어엿비'는 '가엾게'에서 '예쁘게'로 바뀌어 의미가 달라졌으므로, 의미가 이동한 것이다.

03 중세 국어와 현대 국어 비교   답 ③
'이셔도'의 현대어 풀이는 '있어도'이다. 따라서 '이셔도'에는 주체를 높이는 선어말 어미 '-시-'가 나타났다고 보기 어렵다. 현대 국어 '있다'에 대응하는 중세 국어의 단어는 자음 앞에서는 '잇-', 모음 앞에서는 '이시-'의 형태로 나타났다. 즉 '이셔도'의 '시'는 주체 높임 선어말 어미가 아니라 어간 '이시-'의 일부이다. '이셔도'는 '이시-+-어도'로 분석할 수 있다.

◎오답 풀이
① '나랏'의 현대어 풀이가 '나라의'인 것을 볼 때, 중세 국어에서는 현대 국어와 달리 무정 명사 뒤에 관형격 조사 'ㅅ'이 쓰였음을 알 수 있다.
② '니르고져'의 현대어 풀이가 '이르고자'인 것을 볼 때, 중세 국어에서는 현대 국어와 달리 두음 법칙이 적용되지 않아 어두에 'ㅣ' 모음과 결합한 'ㄴ'이 쓰일 수 있었음을 알 수 있다.
④ '이룰'의 현대어 풀이가 '이를'인 것을 볼 때, 중세 국어에서는 현대 국어와

달리 모음으로 끝나는 체언 뒤에 목적격 조사 '룰'이 쓰였음을 알 수 있다.
⑤ '뿌메'는 '쓰- + -움 + 에'로 분석되는데, 이는 현대 국어의 '쓰다'에 대응하는 중세 국어 '쓰다'의 어간 '쓰-'에 명사형 전성 어미 '-움'이 결합하여 '뿜'이 되고, 여기에 부사격 조사 '에'가 결합한 다음 이어 적기를 한 결과이다. 이를 통해 중세 국어에서는 현대 국어와 달리 음성 모음을 갖는 어간에 명사형 전성 어미 '-움'이 결합하였음을 알 수 있다.

04 중세 국어의 문법 이해
✓예시 답안 • 주격 조사가 결합하지 않은 것: ⓒ • 이유: '제 뜯들'은 현대어 풀이 '제 뜻을'과 대응하는데, '제'는 관형어이므로 주격 조사가 결합한 것으로 볼 수 없다.

주격 조사는 주어의 자격을 갖게 하는 격 조사이다. ㉠은 '말쏨+이(주격 조사)', ㉡은 '빅셩+이(주격 조사)', ㉣은 '놈+이(주격 조사)', ㉤은 '나+ㅣ(주격 조사)'로 모두 주격 조사와 결합한 주어이다. ㉢ '제'는 앞부분의 '어린 빅셩'을 가리키는 재귀 대명사 '저'에 관형격 조사 'ㅣ'가 결합한 것으로 볼 수 있다.

• 평가 기준

평가 요소	확인
주격 조사가 결합하지 않은 것을 바르게 찾음	
현대어 풀이를 바탕으로 주격 조사가 결합하지 않았다고 판단한 이유를 바르게 제시함	

05 중세 국어의 특징 파악   답 ①
중세 국어에서 주격 조사는 자음으로 끝나는 체언 뒤에서 '이'로 나타났다. 그리고 반모음 'ㅣ'로 끝나는 체언 뒤에서는 주격 조사가 나타나지 않은 채로 주어를 만들었는데, 이를 'Ø' 형태라고 한다. '불휘'는 주격 조사가 'Ø' 형태로 실현된 것이고, '내히'는 'ㅎ'을 종성으로 갖는 체언 '내ㅎ'에 주격 조사 '이'가 결합한 것으로 볼 수 있다.

◎오답 풀이
② '뮐씨'는 '움직이므로'라는 뜻인데, 현대 국어에서는 쓰이지 않는 형태의 어휘이다.
③ '므른'은 체언과 조사의 결합인 '믈+은'으로 분석된다. '므른'은 음성 모음과 음성 모음이 어울리는 경우이므로, 모음 조화가 지켜졌음을 알 수 있다.
④ 'ᄇᆞᄅᆞ매'는 '바람에'라는 뜻으로 'ᄇᆞᄅᆞᆷ+애'로 분석되고, 'ᄇᆞᄅᆞ래'는 '바다에'라는 뜻으로 'ᄇᆞᄅᆞᆯ+애'로 분석된다. 따라서 양성 모음으로 끝나는 체언 뒤에서 부사격 조사 '애'가 결합하였음을 알 수 있다.
⑤ 중세 국어에는 환경에 따라 'ㄱ'이 덧생기는 체언이 있었는데, 이를 'ㄱ' 덧생김 체언이라고 한다. 중세 국어에서 '나무'를 뜻하는 단어는 '나모(남ㄱ)'로, '남ᄀᆞᆫ'은 '남ㄱ+ᄋᆞᆫ'의 형태로 분석된다. 그리고 중세 국어에는 'ㅎ'을 종성으로 갖는 체언도 있었는데, 이를 'ㅎ' 종성 체언이라고 한다. '내[川]'를 의미하는 중세 국어의 단어는 '내ㅎ'이고, '내히'는 '내ㅎ+이'로 분석된다.

06 중세 국어의 특징 파악   답 ①
두음 법칙은 일부 소리가 단어의 첫머리에서 발음되는 것을 꺼려 나타나지 않거나 다른 소리로 발음되는 것을 의미한다. 현대 국어의 두음 법칙은 첫소리가 'ㄴ'이나 'ㄹ'인 한자음이 단어의 첫머리에 쓰일 때, 'ㄴ'이나 'ㄹ'이 탈락하거나 'ㄹ'이 'ㄴ'으로 바뀌어 발음되는 것이다. 중세 국어의 '녜'와 현대 국어 '옛날'을 비교할 때, '녜'는 두음 법칙이 적용된 것이라고 할 수 없다.

◎오답 풀이
② '쓰리고'와 '쁠며'의 초성자인 'ㅆ', 'ㅄ'은 서로 다른 두 개의 자음이 함께

쓰인 것(합용 병서)이다. 반면 현대 국어의 '뿌리고', '쓸며'에서 'ㅃ', 'ㅆ'은 하나의 자음이다.
③ '어버이를'에서는 현대 국어의 '어버이를'과 달리 목적격 조사 '를'이 쓰였다.
④ 'ᄉᆞ랑ᄒᆞ며'에서는 현대 국어의 '사랑하며'와 달리 'ㆍ(아래아)'가 표기에 사용되었다.
⑤ 현대 국어의 '나라를'과 달리 중세 국어의 '나라ᄒᆞᆯ'은 'ㅎ'을 끝소리로 가진 'ㅎ' 종성 체언인 '나라ㅎ'에 목적격 조사 'ᄋᆞᆯ'이 결합한 것이다.

07 중세 국어의 특징 파악 답 ④

'가시니'는 어간 '가-' 뒤에 주체 높임 선어말 어미 '-시-'가 결합하여 높임 표현을 실현한 것이므로, 특수 어휘가 아니다.

오답 풀이

① 'ᄢᅳ긔'는 초성에 어두 자음군 'ㅴ'가 쓰였다.
② 'ᄯᆞ니ᄆᆞᆯ'은 'ᄯᆞ님+ᄋᆞᆯ'로 분석되고, 목적격 조사 'ᄋᆞᆯ'이 쓰인 것이다. 또한 '자최를'은 '자최+를'로 분석되고 목적격 조사 '를'이 쓰인 것이다. 따라서 앞말의 받침 유무에 따라 목적격 조사의 형태가 'ᄋᆞᆯ', '를'로 다르게 쓰인 것이다.
③ '브리ᅀᆞᄫᅡ'의 'ㅿ, ㅸ'은 현대 국어에는 사용되지 않는 음운이다.
⑤ '거름, 조차'는 '걸음, 좇아'를 이어 적은 것이다.

08 중세 국어의 문법 이해 답 ②

ㄱ의 '어미를'에 대응하는 현대 국어가 '어미를'인 것을 볼 때, 이는 '어미'에 목적격 조사 '를'이 결합한 것으로 볼 수 있다. 반면 ㄷ의 'ᄯᆞ롤'에 대응하는 현대 국어가 '딸을'인 것을 볼 때, 이는 '딸'에 목적격 조사 'ᄋᆞᆯ'이 결합한 것을 이어 적은 것으로 볼 수 있다. 따라서 목적격 조사의 형태가 서로 다르게 사용된 것이다.

오답 풀이

① ㄱ의 '羅睺羅(라후라)ㅣ'와 ㄷ의 '仙人(선인)이'는 각각 현대 국어 '라후라가', '선인이'와 대응하는 주어이다. 따라서 '羅睺羅(라후라)ㅣ'는 주격 조사 'ㅣ'가, '仙人(선인)이'는 주격 조사 '이'가 결합하여 주어의 자격을 부여해 주는 것으로 볼 수 있다.
③ ㄴ의 '瞿曇(구담)이'와 ㄷ의 '南堀(남굴)ㅅ'은 각각 현대 국어 '구담의', '남굴의'와 대응하는 관형어이다. 따라서 '瞿曇(구담)이'는 관형격 조사 '이'가, '南堀(남굴)ㅅ'은 관형격 조사 'ㅅ'이 결합하여 관형어의 자격을 부여해 주는 것으로 볼 수 있다.
④ ㄴ의 '深山(심산)애'와 ㄷ의 '時節(시절)에'는 각각 현대 국어 '깊은 산에', '시절에'와 대응하는 부사어이다. 따라서 '深山(심산)애'는 부사격 조사 '애'가, '時節(시절)에'는 부사격 조사 '에'가 결합하여 부사어의 자격을 부여해 주는 것으로 볼 수 있다.
⑤ ㄴ의 '果實(과실)와'와 ㄹ의 '病(병)과'는 각각 현대 국어 '과일과', '병듦과'와 대응하며 뒤의 단어와 같은 자격으로 이어진다. 따라서 '果實(과실)와'의 '와'와 '病(병)과'의 '과'는 단어와 단어를 이어 주는 접속 조사가 사용된 것으로 볼 수 있다.

09 중세 국어의 문법 이해 답 ①

㉠ '中듕國귁에'는 현대어 풀이에서 '중국과'로 해석되므로, '에'는 앞말이 장소임을 표시하는 조사가 아니라 비교의 의미를 나타내는 부사격 조사로 볼 수 있다.

오답 풀이

② ㉡ '아니ᄒᆞᆯ씨'는 현대어 풀이에서 '아니하므로'로 해석되므로, '-ㄹ씨'는 앞말이 뒤에 오는 내용과 인과 관계로 연결됨을 표시하는 어미로 볼 수 있다.
③ ㉢ '어린'은 현대어 풀이에서 '어리석은'으로 해석되므로, '-ㄴ'은 앞말이 뒤에 오는 말을 수식함을 표시하는 어미로 볼 수 있다.
④ ㉣ '배'는 현대어 풀이에서 '바가'로 해석되므로, 'ㅣ'는 앞말이 문장의 주어임을 표시하는 조사로 볼 수 있다.
⑤ ㉤ 'ᄠᅳ들'은 현대어 풀이에서 '뜻을'로 해석되므로, '을'은 앞말이 문장의 목적어임을 표시하는 조사로 볼 수 있다.

10 중세 국어의 표기 이해 답 ①

ⓐ '노피'는 용언 어간 '높-'과 어미 '-이'가 결합한 것으로, '높-'의 끝소리 'ㅍ'을 '-이'의 첫소리로 옮겨 적은 이어 적기에 해당한다. 그러나 ⓕ '놉히'는 거듭 적기가 아니라 'ㅍ'을 'ㅂ'과 'ㅎ'으로 나누어 표기하는 재음소화 표기가 나타난 것이다.

오답 풀이

② ⓑ '므레'는 체언 '믈'에 조사 '에'가 결합한 것으로, '믈'의 끝소리인 'ㄹ'을 '에'의 첫소리로 옮겨 적은 이어 적기에 해당한다.
③ ⓒ '사ᄅᆞᆷ이니'는 체언 '사ᄅᆞᆷ'과 조사 '이니'가 결합한 것으로, 발음 나는 대로 [사ᄅᆞ미니]와 같이 적지 않고 형태소의 본 모양을 밝혀 적은 끊어 적기에 해당한다.
④ ⓓ '도적글'의 현대어 풀이가 '도적을'인 것으로 보아 ⓓ는 '도적'의 끝소리인 'ㄱ'을 '을'의 첫소리에도 다시 적은 거듭 적기에 해당한다.
⑤ ⓔ '븕은'은 어간 '븕-'과 어미 '-은'의 형태를 밝혀 적은 끊어 적기에 해당한다. ⓖ '드러'는 어간 '들-'과 어미 '-어'가 결합한 것으로, '들-'의 끝소리 'ㄹ'을 '-어'의 첫소리로 옮겨 적은 이어 적기에 해당한다.

III 읽기

읽기

개념 완성

본문 150쪽

01 ③   02 연역   03 귀납   04 ⑤   05 복합양식
06 ○   07 ②   08 ×   09 ①

---

01 이유는 주장을 가능하게 하는 주관적 요인으로, 논증의 요소이므로 항상 생략할 수 있는 것은 아니다.

02 '인간의 몸은 자신의 것이 아닌 물질이 체내로 유입되면 면역 반응을 일으킨다.'라는 대전제, '이종 이식은 동물의 조직이나 장기 등을 인간에게 이식하는 것이다.'라는 소전제로 '이종 이식은 인간에게 면역 반응을 일으킨다.'라는 구체적 사실을 결론으로 이끌어 내고 있으므로 '연역'의 방법이 사용된 경우이다.

03 '우리나라를 비롯하여 여러 아시아 국가', '미국 남부', '극지방'의 개별적 사례로부터 '전 세계적으로 극단적인 폭염이 나타나고 있다'라는 일반적인 주장을 이끌어 내고 있으므로, '귀납'의 방법이 사용된 경우이다.

04 근거의 출처를 확인하여 근거의 신뢰성을 평가할 수 있다. 그러나 국내 언론사의 기사만이 신뢰성을 지닌 근거라고 볼 수는 없다.

05 다양한 양식이 복합적으로 사용되어 의미를 구성하는 표현 양식을 '복합양식'이라고 한다.

06 오늘날에는 과거에 비해 매체 환경이 발달하여 복합양식으로 구성된 글이나 자료로 소통하는 경우가 많다.

07 표현 방법이 얼마나 많이 사용되었는지가 아니라 표현 방법이 글쓴이의 관점이나 의도를 효과적으로 드러내는지를 기준으로 표현 방법의 적절성을 평가해야 한다.

08 동일한 화제에 대해 서로 다른 관점을 지닌 글에서 상충된 정보를 발견했다면 어느 쪽이 더 타당한지 평가하여 자신의 견해를 재구성해야 한다.

09 서점에서 책을 골라 읽고 독서 일기를 쓰는 것은 혼자 하는 독서 활동으로, 독서 활동의 과정과 결과를 다른 사람들과 공유하는 사회적 독서 활동과는 거리가 멀다.

---

01 서술상 특징 파악   답 ②

1문단의 "신경 세포는 비유하자면 줄기 달린 양파같이 생겼다. 양파의 뿌리에 해당하는 부분을 '가지 돌기' ~ 기다란 줄기 부분을 '축삭 돌기'라고 하며 ~ 쉽게 말해서 여러 개의 뿌리(가지 돌기)로 들어온 신호들이 양파(몸통)로 모여 줄기(축삭 돌기)로 나간다고 볼 수 있다."에서 독자에게 친숙한 대상인 양파에 빗대어 신경 세포의 구조를 설명하고 있다. 즉 비유를 활용하여 독자의 이해를 돕고 있다.

오답 풀이

① 이 글은 인간의 신경계에서 일어나는 기억과 학습의 과정을 설명한 다음, 이를 응용한 인공 신경망의 원리에 대해 설명하고 있을 뿐, 두 대상의 장점과 단점을 제시하고 있지 않다.

③ 2문단에서 시냅스 틈의 좁은 간격이 20~40nm 정도임을, 4문단에서 인공 신경망에서는 전류가 흐르는 것을 1, 전류가 흐르지 않는 것을 0으로 나타냄을 설명하면서 구체적인 수치를 활용하고 있다. 그러나 통계 자료를 활용하고 있지는 않다.

④ 4문단에서는 인공 신경망의 작동 원리를 제시하고 있을 뿐, 인공 신경망의 의의나 한계를 제시하고 있지 않다.

⑤ 2~4문단에서 신경 세포 간 전기 신호 전달 과정, 신경계의 작용 원리, 인공 신경망의 작동 원리를 각각 순차적으로 설명하고 있다. 그러나 이 글 전체는 시간의 흐름에 따른 통시적 구성을 취하고 있지 않다.

02 세부 정보 파악   답 ⑤

3문단을 통해 신경계에서 여러 '가지 돌기'를 통해 들어온 입력 신호들이 신경 세포 몸통에서 합쳐지고, 그 전체 전위가 임곗값 이상으로 커질 때에만 축삭 돌기를 통해 출력 신호를 내보낸다는 것을 알 수 있다. 따라서 임곗값이 3일 때 신경 세포 전체의 전위가 2라면 임곗값 미만이므로 출력 신호가 나가지 않을 것이다.

오답 풀이

① 1문단에서 인체의 신경계는 몸 외부에서 오는 각종 신호를 뇌로 전달하고, 뇌는 적절한 결정을 내리며, 그 결과를 다시 신호로 몸에 보내 반응하도록 한다고 설명하였다. 따라서 뇌도 신경계에 포함됨을 알 수 있다.

② 3문단에서 학습은 시냅스의 결합 강도를 강화하는 것이라고 설명하였고, 2문단에서는 자주 사용하는 시냅스 연결이 강화된다고 하였다. 즉 학습은 시냅스 연결이 빈번하게 일어나는 것과 관련되지, 20~40nm 정도 간격으로 연결된 시냅스 틈의 간격이 줄어드는 것을 의미하지 않는다.

③ 신경계에서의 학습은 시냅스의 결합 강도가 강해지는 것이고, 이를 위해서는 시냅스 연결이 자주 일어나야 한다. 시냅스 연결이 일어날 때 분비되는 화학 물질이 아세틸콜린이므로, 신경계의 학습과 아세틸콜린의 분비가 관련이 없다는 내용은 적절하지 않다.

④ 4문단에서 인공 신경망에서 이루어지는 학습은 최적의 가중치를 찾는 과정을 의미함을 알 수 있다. 즉 인공 신경망에서 최적의 가중치는 입력되는 것이 아니라 가중치를 조금씩 바꾸어 가며 입력을 넣고 출력을 확인하는 작업을 반복하면서 찾아내는 것이다.

03 핵심 정보 파악   답 신경 가소성

〈보기〉는 인공 신경망의 정의와 특성을 서술하고 있고, 빈칸에는 맥락

상 인공 신경망을 만들기 위해 적용한 원리가 들어가야 한다. 2~4문단을 통해 인공 신경망은 인체의 신경계에서 일어나는 기억과 학습의 근본 원리인 '신경 가소성', 즉 자주 사용하는 시냅스 연결은 강화되고 사용하지 않는 연결은 약화된다는 원리를 응용하였음을 알 수 있다.

04 정보 간 관계 파악   답 ④

2문단에 따르면 나트륨 이온의 파도로 진행하는 전기 신호가 신경 세포의 한쪽 끝, 즉 축삭 돌기(ⓒ) 끝에 있는 시냅스에 도달하면 시냅스에서 화학 물질인 아세틸콜린이 만들어진다. 따라서 ⓒ에서 화학 신호가 전기 신호로 전환되는 것이 아니다. 또한 아세틸콜린이 상대 신경 세포에 도착하면 그쪽 신경 세포에서 전기 신호가 만들어지므로, 가지 돌기(ⓐ)에서는 화학 신호가 전기 신호로 전환된다고 볼 수 있다.

◎ 오답 풀이
① 1문단의 "양파의 뿌리에 해당하는 부분을 '가지 돌기'라 하는데, 이곳으로 신호가 입력된다. 기다란 줄기 부분을 '축삭 돌기'라고 하며 이곳으로 신호가 출력된다.", 3문단의 "신경계에서는 여러 '가지 돌기'를 통해 전기 신호가 들어오는데, 이것이 입력 신호이다. ~ '축삭 돌기'를 통해 나가는 이것이 출력 신호이다."를 통해 가지 돌기를 통해 외부의 전기 신호가 입력되고, 축삭 돌기에서 출력 신호가 나간다는 것을 알 수 있다.
② 1문단에 따르면 신경 세포 내의 신호는 '전류가 흐르거나 흐르지 않거나 하는 것', 즉 전기 신호이며, 3문단에 따르면 가지 돌기를 통해 들어온 전기 신호가 축삭 돌기를 통해 나간다. 또한 2문단에서 전기 신호는 '나트륨 이온의 파도로 진행'한다고 하였으므로 ⓐ에서 ⓒ으로 이동하는 전기 신호는 나트륨 이온으로 전달됨을 알 수 있다.
③ 1문단에서 신경 세포의 구조를 양파에 빗대 설명하고 있는데, 양파의 뿌리 부분이 가지 돌기(ⓐ), 줄기 부분이 축삭 돌기(ⓒ)라고 하였다. 이로 보아, 이들이 신경 세포를 구성하는 내부 기관임을 알 수 있다. 그리고 2문단에서 각 신경 세포들이 연결되어 있는 사이 지점을 시냅스 틈(ⓒ)이라고 정의했으므로, ⓒ은 세포 외부 공간임을 알 수 있다.
⑤ 2문단에서 자주 사용하는 시냅스 연결은 강화된다고 했고, 3문단에서 기억은 시냅스의 결합 강도에 저장되고 이 결합 강도가 강화되는 것이 학습이라고 했다. 따라서 ⓒ, ⓒ, ⓐ 순으로 이어지는 신호 전달이 잦아진다는 것은 시냅스 연결이 강화된다는 의미이고, 그에 따라 기억이 저장되며 학습이 이루어질 것임을 알 수 있다.

05 시각 자료에의 적용   답 ③

ⓝ에서 이루어진 연산의 결괏값이 0과 1 사이의 값이라도 정해진 임곗값을 넘느냐 아니냐에 따라 출력값이 1 또는 0으로 정해지는 것이지 그 결괏값이 그대로 출력되지 않는다. 또한 적절한 가중치를 찾기 위한 작업은 가중치를 조절하여 입력과 출력 과정을 반복하는 것이지 숨겨진 층인 ⓝ에서 이루어진 모든 연산의 결괏값을 그대로 출력층으로 보내는 것과 관련이 없다.

◎ 오답 풀이
① 4문단에서 신호들이 입력층의 신경 세포에서 숨겨진 층의 신경 세포로 이동하며 전류가 흐르는 것을 1, 흐르지 않는 것을 0으로 나타낸다고 했다. 따라서 입력층의 신경 세포에 해당하는 ⓐ는 특별한 연산 과정 없이 신호를 숨겨진 층의 신경 세포들로 보내는 역할을 한다고 볼 수 있다.
② ⓝ는 숨겨진 층의 신경 세포로, 여기서는 입력층의 신경 세포들로부터 오는 모든 신호 하나하나에 각 화살표에 주어진 가중치를 곱한 다음, 그 값들을 모두 더하는 연산의 과정이 일어난다. 즉 ⓝ는 가중치가 반영되는 곳이라고 할 수 있다.
④ 숨겨진 층의 신경 세포는 자신에게 들어오는 모든 신호에 가중치를 곱하

여 더한 값을 보고 이것이 정해진 임곗값을 넘을 때에만 1을 출력한다고 했다. 따라서 ⓓ로 전달된 값이 1이라면 ⓝ의 최종 결괏값이 임곗값을 넘었다는 의미이다.
⑤ 입력이나 출력 모두 0과 1의 나열이라고 하였다. 따라서 입력층의 신경 세포에서 숨겨진 층의 신경 세포로 보내는 값과, 숨겨진 층에서 출력층으로 보내는 값은 모두 0과 1의 나열이라는 공통점이 있다고 할 수 있다.

읽기 02 윤리적 소비   본문 154쪽

교과서 활동 (깊이 보기)   1 대안   2 책임   3 실천

01 ⑤   02 ③   03 예시 답안 참조   04 ③   05 ④

01 서술상 특징 파악   답 ⑤

5문단에서 윤리적 소비를 정치적 행위인 투표에 빗대어, 윤리적 소비가 사회적 변화를 이끌어 낼 수 있고 여러 사회 문제의 해결을 추구한다는 점에서 윤리적 소비 실천이 중요하다는 생각을 드러내고 있다. 따라서 유추를 통해 대상(윤리적 소비)의 난점을 부각하고 있다고 보기 어렵다.

◎ 오답 풀이
① 5문단에서 윤리적 소비를 실천하는 것이 중요하다는 점을 '그렇기 때문에 ~ 깃들어 있기 때문이다.' 등 원인과 결과를 드러내는 인과적 서술을 통해 강조하고 있다.
② 3문단에서 1999년과 2018년 영국의 가구당 윤리적 소비 관련 물품 구입 지출을 구체적 수치로 제시함으로써 그 변화 추이를 나타내고 있다.
③ 4문단에서 연구자들이 윤리적 소비를 바라보는 기준이 다양하고 이에 따라 윤리적 소비의 양상을 달리 구분하고 있음을 제시하고 있는데, 긍정적 구매 행동과 부정적 구매 행동으로 구분하기도 하고, 불매 운동, 적극적 구매, 제품 및 서비스의 충분한 비교를 통한 구매, 생협 등을 매개로 한 관계적 구매, 지속 가능한 구매 등으로 세분하기도 한다고 예를 들고 있다.
④ 2문단에서 자본주의 시장의 이익 극대화에 집중한 소비 시스템 내의 기존 소비 활동에 대한 반성, 자신의 소비와 사회적 책임을 연결하려는 소비자들의 의식 변화와 더불어 윤리적 소비가 나타나게 되었다는 배경을 제시하고 있다.

02 정보 간 관계 파악   답 ③

1문단으로 보아 ⓒ은 좋은 품질의 재화 또는 서비스를 저렴한 가격에 소비하는 것을 뜻하므로, 경제적 합리성을 중시하는 소비라고 판단할 수 있다. 이와 달리 ⓐ은 품질이나 브랜드 파워와 상관없이 노동자들의 노동 환경이 윤리적인지, 친환경적인지, 공정 무역 제품인지 등을 따져 보는 소비이므로, 도덕적 정당성을 중시하는 소비라고 판단할 수 있다.

◎ 오답 풀이
① ⓐ은 브랜드 파워가 크더라도 노동자들의 노동 환경이 비윤리적이면 소비하지 않으므로, 브랜드 파워에 좌우된다고 보기 어렵다.
② ⓒ은 가격이 저렴할수록 늘어날 수 있지만, ⓐ은 비싸더라도 친환경 제품이나 공정 무역 제품을 소비하므로, 가격이 저렴할수록 더 늘어난다고 보기 어렵다.
④ 2문단에서 언급한 자본주의 소비 시스템은 시장의 이익을 극대화하는 소비 시스템을 의미한다. ⓐ은 이러한 소비 시스템에 대한 반성으로 등장한 것으로 이익을 극대화하는 소비 시스템 밖에 있다고 판단할 수 있으며, 오히려 ⓒ이 이러한 소비 시스템 안에 있다고 판단할 수 있다.
⑤ 3문단을 통해 ⓐ은 영국뿐만 아니라 전 세계적으로 증가하는 추세에 있다

고 판단할 수 있다. 그러나 ⓒ이 줄어들었다가 다시 늘어나고 있다고 판단할 만한 근거는 이 글에서 찾아볼 수 없다.

03 이유의 추론

✓예시 답안 투표가 사회의 변화를 이끌어 내듯이, 윤리적 소비는 건강, 안전, 환경, 인권, 노동 문제 등을 해결하여 사회의 변화를 이끌어 낼 수 있기 때문이다.

㉮는 윤리적 소비를 투표에 비유한 것이다. 5문단의 '윤리적 소비는 소비 활동과 관계된 정치·사회·경제·문화 등 전반적 영역과 맞닿아 있으며, 소비와 얽힌 여러 관계를 바꿀 수 있다.', '건강과 안전, 환경, 인권, 노동 문제 등의 해결을 추구하는 윤리적 소비'로 보아 윤리적 소비를 통해 사회의 변화와 문제 해결이 가능하며, 이러한 측면에서 윤리적 소비와 '투표'가 유사성을 지닌다는 것을 알 수 있다.

・평가 기준

평가 요소	확인
윤리적 소비와 투표의 유사성을 바르게 제시함	
'투표가 ~ 이끌어 내듯이, 윤리적 소비는 ~ 기 때문이다.'라는 문장 형식으로 바르게 서술함	
윤리적 소비를 통해 해결할 수 있는 문제들을 3가지 이상 바르게 제시함	

04 구체적 사례에의 적용
답 ③

윤리적 소비는 단순히 값이 싼 제품을 소비한다거나, 개발 도상국에서 생산된 제품을 소비하는 것만을 의미하지 않는다. 1, 2문단으로 보아 윤리적 소비는 제품의 생산 과정에서의 노동 환경이 윤리적인지, 상품 생산에 제공한 노동력의 대가가 정당하게 주어졌는지를 고려할 뿐만 아니라, 환경 문제 역시 고려한다는 것을 알 수 있다. 사용 기간을 짧게 하여 자주 구매하는 것은 오히려 환경 문제를 일으키므로 윤리적 소비의 사례로 보기 어렵다.

◎오답 풀이
① 2문단에서 언급한 '아동 노동 착취'는 기존의 소비 시스템에서 발생한 문제에 해당하는 것으로, 아동 노동을 이용해 생산한 기업의 제품에 대한 소비를 지양하는 것은 윤리적 소비를 실천하는 사례로 볼 수 있다.
② 1문단에서 윤리적 소비 행위의 하나로 환경 친화적인 제품의 구매를 들고 있고, 2문단에서 기존 소비 시스템의 문제로 환경 파괴가 제시되고 있으므로, 친환경 마크가 붙은 제품을 구매하는 것은 환경 문제를 고려한 소비라는 점에서 윤리적 소비를 실천한 사례로 볼 수 있다.
④ 1문단에서 공정 무역 제품을 구매하는 것을 윤리적 소비로 제시하고 있다. 따라서 가격이 더 비싸더라도 윤리적인 측면을 고려하여 공정 무역 인증을 받은 제품을 구매하는 것은 윤리적 소비를 실천한 사례로 볼 수 있다.
⑤ 4문단에서 생협 등을 매개로 한 관계적 구매를 윤리적 소비 중 하나로 제시하고 있다. 따라서 생활 협동조합에 가입하여 그 조합에서 구매 활동을 하는 것은 윤리적 소비를 실천한 사례로 볼 수 있다.

05 관점의 적용
답 ④

5문단으로 보아 이 글의 글쓴이는 윤리적 소비를 긍정하는 관점을 지니고 있다. 〈보기〉는 '가심비'를 중시하는 소비 양상을 제시하고 있는데, 이는 소비를 통한 개인적 차원의 만족감을 중시하는 것이다. 윤리적 소비는 개인의 선택이지만 개인적 만족감에 그치지 않고 보다 바람직한 사회로의 변화를 추구하는 소비이므로, 이 글의 글쓴이는 〈보기〉의 소비 양상에 대해 ④와 같이 아쉬움을 나타낼 수 있다.

◎오답 풀이
① 윤리적 소비는 사회적, 윤리적 가치를 고려하는 소비이므로 가치관에 따라 소비를 결정하는 것이라 할 수 있다. 따라서 자신의 가치관에 따라 소비를 결정하는 것이 윤리적 소비와 다른 속성이라는 평가 내용은 적절하지 않다.
② 〈보기〉의 '가심비'를 추구하는 소비는 가격에 비해 심리적인 만족감을 얼마나 줄 수 있는지를 따져 보는 소비를 의미하므로, 가격을 고려하지 않는다고 평가하는 것은 적절하지 않다. 또한 윤리적 소비는 가격보다 윤리적 가치를 우선시하는 소비이므로 가격을 고려하지 않는다는 점에 근거해 〈보기〉의 소비를 비합리적이라고 평가하는 것은 적절하지 않다.
③ 〈보기〉의 '가심비'를 중시하는 소비는 최근의 유행으로 볼 수 있다. 그러나 윤리적 소비는 소비자 스스로 책임 있는 태도를 갖는 것이며, '가심비' 위주의 소비 역시 소비자 스스로의 만족감과 취향에 따른 것이므로 둘 모두 소비자의 주체적인 활동에 해당한다고 볼 수 있다.
⑤ 4문단에서 윤리적 소비의 양상이 다양하게 제시되고 있다. 그러나 〈보기〉는 소비를 자제하거나 불매 운동을 벌이는 등 부정적 구매 활동 관련 내용을 다루고 있지 않다.

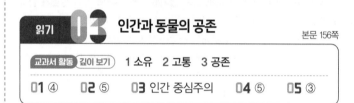

읽기 03 인간과 동물의 공존
본문 156쪽

교과서 활동 깊이 보기 1 소유 2 고통 3 공존

01 ④ **02** ⑤ **03** 인간 중심주의 **04** ⑤ **05** ③

01 핵심 정보 파악
답 ④

(라)는 인간과 동물이 권리의 층위에서 동등하다고 주장하는 '동물권 운동'과 인간과 동물이 고통을 느낀다는 점에서 동일한 권리를 갖는다는 피터 싱어의 견해를 소개하고 있다. 즉 동물권 운동가들과 피터 싱어의 견해는 동물의 권리를 중시한다는 점에서 공통점이 있으므로 (라)의 중심 내용이 이 둘의 견해 차이라는 것은 적절하지 않다.

◎오답 풀이
① (가)는 펫 산업의 증가 추세를 소개한 다음, 동물을 이윤 창출의 수단이자 소유의 대상으로 여기는 그릇된 인식을 제시하고 있다.
② (나)는 동물을 고깃덩어리, 즉 식량 공급 수단으로만 여기는 동물에 대한 그릇된 인식을 설명하고 있다.
③ (다)는 '인간 중심주의'와 '종 차별주의'의 개념을 설명하면서, 이러한 관점들이 인간이 동물과 공존하지 못하게 만드는 원인임을 드러내고 있다.
⑤ (마)는 현대 사회에서 동물에 대한 문제, 즉 인간과 동물이 공존하지 못하고 있는 현실을 해결할 수 있는 근본적인 방안을 제시한 다음, 글쓴이가 생각하는 동물권 개념을 덧붙이고 있다.

02 세부 정보 파악
답 ⑤

(마)에서 글쓴이는 '동물권'의 개념을 '동물이 소유물이나 거래 대상이 아닌 생명으로, 주체로, 나아가 인간의 진정한 반려로 간주되는 사회에서 동물에게 주어지는 권리'라고 정의했다. 이는 '동물이 하나의 생명이자 주체로 인식되는 사회'에서 '동물이 가지는 권리'라고 바꾸어 표현할 수 있다.

◎오답 풀이
① (마)의 내용으로 보아 동물에 대한 인식을 바꾸어야 하는 주체는 인간 사회이며 글쓴이는 그렇게 변화된 사회에서 동물이 갖게 되는 권리를 동물권이라고 본다. 동물이 일정 수준의 자격을 갖추어야 권리를 부여할 수 있다는 내용은 이 글에서 확인할 수 없다.

② 글쓴이는 동물을 삶의 동반자로 받아들이는 인식 및 태도 변화를 말하고 있을 뿐, 생활 환경이나 생명 유지 등 모든 조건을 인간과 동일하게 해야 한다고 말하고 있지는 않다.

③ 글쓴이가 말하는 동물권의 개념에서 보면, 동물들이 학대받지 않아야 하고 비윤리적인 사육이 일어나서는 안 된다고 할 수 있다. 그러나 동물의 법적 권리와 관련된 내용은 이 글에서 찾아볼 수 없다.

④ 글쓴이는 동물을 하나의 주체이자 생명으로 간주하는 사회를 바라고 있으므로, 반려동물로만 한정하여 동물권을 부여해야 한다고 생각하지 않을 것이다.

03 논지 전개 과정 파악
답 인간 중심주의

(가)는 동물을 소유물로 여기는 인식, (나)는 육류 산업의 시선에서 동물을 식량 공급 수단으로 여기는 인식을 제시하고 있는데, 이는 모두 인간과 동물이 공존할 수 없는 원인 중 하나인 '동물에 대한 현대인의 그릇된 인식'에 해당한다. ㉮에는 (다)에서 제시한 '동물이 인간보다 지위가 낮은 존재이므로 주체인 인간이 마음대로 해도 된다는 잘못된 생각'이 들어갈 수 있다. (다)에서는 그러한 생각에 해당하는 관점으로 '인간 중심주의'와 '종 차별주의'를 제시하고 있다.

04 관점의 파악
답 ⑤

ⓐ는 글의 맥락을 고려할 때 동물에 대한 그릇된 인식이나 태도를 의미한다. 구체적으로는 (가)에 제시된 동물을 이윤 창출의 수단이나 소유의 대상, 또는 물건으로 여기는 인식, (나)에 제시된 육류 산업의 시선에서 동물을 기능과 용도로만 보는 인식, (다)에 제시된 인간 중심주의나 종 차별주의적 관점 등이 이에 해당된다. (나)에 현대인들의 각종 질환에 대한 언급이 있으나, 이는 육식으로 인한 문제로 제시된 것이지 동물을 질병 전염의 원인으로 보는 인식과는 거리가 멀다.

오답 풀이
① (가)에서 반려동물에 대한 우리의 인식 수순이 동물을 물건 내지 상품으로 간주하는 차원에 머물러 있다고 하였다.

② (가)에서 동물을 생명 이전에 소유물, 즉 물건으로 간주하는 인식이 자본주의에 출발점을 두고 있다고 하며 그 문제점을 제시하였다.

③ (나)에서 가축을 생명이 아니라 고깃덩어리로 취급하며 동물을 기능과 용도로만 받아들이게 되는 인식의 문제점을 제시하였다.

④ (나)에서 공장식 축산과 도축의 산업화, 즉 육류 산업의 시선으로 동물을 바라보는 문제점을 제시하고 있다. 육류 산업의 시선에서는 인간이 동물을 생명체로 감각하는 능력을 잃어버리고 기능과 용도로만 받아들이게 되며 인간조차 동일한 방식으로 인식하게 된다고 하였다.

05 구체적 사례에의 적용
답 ③

〈보기〉의 '단장지애' 고사는 동물인 어미 원숭이가 자식을 구하지 못해 느꼈던 슬픔과 고통이 얼마나 극심했는지를 보여 준다. 즉 이는 동물도 인간처럼 고통을 느낀다는 것을 보여 주는 사례라고 할 수 있다. 따라서 이 고사는 동물과 인간이 모두 고통을 느낀다는 점에서 동등한 존재라고 여기는 ㉡ '피터 싱어'의 견해를 뒷받침할 수 있다.

오답 풀이
① (다)에서 ㉠ '데카르트'는 인간 중심주의가 근거하는 서구의 근대적 자연관을 지닌 철학자로 제시되었다. 인간 중심주의는 주체인 인간이 동물을 마음대로 해도 된다는 생각과 관련되며, 인간 외의 존재들을 수단으로 활용할 수 있다는 주장이므로 동물이 주체이고 객체가 될 수 없다는 것은 ㉠의 반응으로 적절하지 않다.

② (다)로 보아 ㉠은 동물이 인간보다 지위가 낮은 존재라고 생각하였을 것이

다. 따라서 어미 원숭이의 감성적 능력이 인간보다 더 뛰어나다는 것은 ㉠의 반응으로 적절하지 않다.

④ (라)에서 피터 싱어는 동물과 인간이 고통을 느낀다는 점에서 동일하다고 보며 이성이나 언어 유무를 기준으로 인간과 동물을 구분 짓지 않는다는 것을 알 수 있다. 따라서 이성적 사고를 하지 못한 것을 근거로 동물을 인간보다 열등한 존재로 보는 것은 ㉡의 반응으로 적절하지 않다.

⑤ (라)에서 피터 싱어는 인간과 동물이 동일한 권리를 갖는다고 보았음을 알 수 있다. 따라서 동물이 인간의 유흥 수단이며 인간을 위해 존재한다는 것은 ㉡의 반응으로 적절하지 않다.

읽기 **04** 인공 지능과 예술
본문 158쪽

교과서 활동 깊이 보기 1 지적 2 우연성 3 기계적

01 ⑤   **02** ③   **03** ①   **04** 예시 답안 참조   **05** ⑤

01 세부 정보 파악
답 ⑤

이 글은 인공 지능이 기계적 우연성을 통해 창의성을 가질 수 있으며, 따라서 인공 지능도 예술 작품을 창작할 수 있다는 가능성을 제시하고 있을 뿐, 인공 지능이 창작한 예술 작품의 예를 들고 있지는 않다.

오답 풀이
① 1문단에서 '인공 지능은 창의적일 수 있는가?'라고 질문한 다음, 2문단에서 그 답으로 인공 지능이 창의적일 수 있는 근거를 제시하고 있다.

② 2문단에서 컴퓨터에 주입된 지적 구조를 바탕으로 데이터를 선택하고 연결하는 것은 매우 간단한 일이며, 현대적 인공 지능은 방대한 양의 데이터에서 무궁무진한 조합을 만들어 낼 수 있다고 설명하였는데, 이는 인공 지능의 장점으로 볼 수 있다.

③ 2문단에서 초기 인공 지능은 수학적 논리를 이용해 답을 추론하는 프로그램이기 때문에 한계에 부딪혔다고 설명하였다.

④ 3문단에서 존 케이지는 우연성을 탐구한 작곡가 중 한 명이며, 기존의 논리성과 합리성에서 벗어나는 음악을 작곡하고자 했음을 설명하였다. 이는 존 케이지의 음악적 경향성이라 할 수 있다.

02 세부 정보 파악
답 ③

3문단에서 ㉠ 〈상상 풍경 4〉는 연주 장소에 따라 청취할 수 있는 라디오 주파수가 다르기 때문에 어떤 소리가 들릴지 결과를 예측할 수 없다고 설명하였다. 이는 연주 장소가 우연성을 형성하는 하나의 요소가 된다는 것을 의미한다. 따라서 연주 장소가 우연성과 관련이 없다는 설명은 적절하지 않다.

오답 풀이
① 3문단에 따르면 ㉠의 연주자들은 악보에 따라 라디오의 주파수, 볼륨, 톤을 조절하는 역할을 하므로, ㉠은 라디오에서 흘러나오는 소리로 연주됨을 알 수 있다. 따라서 ㉠은 기존의 음악처럼 악기 소리나 사람의 노랫소리로만 구성되지 않는다는 것을 알 수 있다.

② 3문단에서 ㉠의 연주를 위해서는 12대의 라디오와 각 라디오에 2명씩, 총 24명의 연주가가 필요하며, 12개의 각기 다른 악보가 제공된다고 설명하였다.

④ 3문단에서 ㉠의 연주자는 악보에 따라 라디오 주파수, 볼륨, 톤을 조절한다고 설명하였다.

⑤ 4문단에서 ㉠의 우연성은 '케이지가 작곡을 하기 위해 동전을 던질 때, 연주자가 악보를 보고 연주할 때, 그리고 실시간으로 변화하는 라디오에 의해 발생한다'고 설명하였다.

03 정보 간 관계 파악 답 ①

4문단에서 ㉡ '〈상상 풍경 4〉와 인공 지능 창작의 공통점'을 '창의성을 위해 기계적 우연성을 사용한다는 점'이라고 하였다. 여기서 '기계적 우연성'이란 '각자의 데이터베이스에서 창작에 유효한 데이터를 가져오는데 그 방법은 우연성에 기'대는 것을 의미한다. 따라서 기계적 우연성을 기반으로 창의성을 형성하는 것이 ㉡에 해당한다고 볼 수 있다.

◎ 오답 풀이

② 2문단에서 현대적 인공 지능은 방대한 양의 데이터를 활용함을 알 수 있다. 그러나 3문단에서 〈상상 풍경 4〉는 작가가 통제할 수 없는 방대한 데이터베이스를 활용한 작품이라고 하였다. 따라서 기존의 데이터베이스를 통제하여 결합한다는 것은 적절하지 않다.

③ 글쓴이는 기계적 우연성에 초점을 맞추어 인공 지능의 창의성을 인정하는 관점을 나타내고 있다. 5문단에서 '기계적 우연성과 보편적 의미에서의 창의성을 동일하게 보는 것'은 '창의성을 매우 좁은 의미로 해석하는 것'이라고 설명하였으므로 인공 지능의 결과물이 '보편적 의미에서의 창의성'을 갖추고 있다고 보기는 어렵다.

④ 1문단에서 창의적 행위를 불러일으키는 원인으로서의 '우연성'은 무작위적 우연을 의미하는 것이 아니며, 지적 구조를 바탕으로 아이디어를 결합해 재생산하는 과정에서 발생하는 것이라고 설명하였다.

⑤ 2문단으로 보아 '확률론적 알고리즘'은 논리적 알고리즘만 지니고 있었던 초기 인공 지능의 문제를 해결하기 위해 도입된 것으로, 불확실성을 제거하기 위해서가 아니라 불확실성을 다루기 위해 도입되었음을 알 수 있다. 맥락상 이 불확실성은 '우연성'과 관련된다.

04 근거의 추론

✓ 예시 답안 인공 지능은 컴퓨터에 주입된 지적 구조를 바탕으로 데이터를 확률론적 알고리즘을 통해 조합함으로써 기계적 우연성을 사용한다.

1문단에서 창의적 행위를 불러일으키는 원인 중 하나로 우연성을 들고 있다. 창의성은 '복잡한 지적 구조가 뒷받침되어야' 하는 것으로, '아이디어를 결합해 재생산한 결과'인데 이 과정에서 '우연성'이 발생한다는 것이다. 그리고 2문단에서 인공 지능 역시 '지적 구조를 바탕으로 데이터를 선택하고 연결'함을 알 수 있고, 5문단에서 '인공 지능도 인간만큼 혹은 그 이상의 데이터를 구축하고, 이를 절묘하게 조합하는 확률론적 알고리즘을 갖추고 있다'고 하였다. 4문단에 제시된 대로 이는 '창의성을 위해 기계적 우연성을 사용'하는 것에 해당한다.

• 평가 기준

평가 요소	확인
'지적 구조', '확률론적 알고리즘', '기계적 우연성' 등 주요 용어를 포함하여 인공 지능의 창의성을 뒷받침하는 근거를 적절히 서술함	
한 문장으로 바르게 서술함	

05 관점의 비교 답 ⑤

이 글의 글쓴이(A)는 인공 지능이 만든 결과물도 창작 과정에서 우연성에 기반한 창의성을 갖추고 있으면 예술 작품으로서의 가치를 인정받을 수 있는 가능성이 있다고 생각한다. 이와 달리 〈보기〉의 글쓴이(B)는 예술로서의 가치를 인정받기 위해서는 창작자의 생애와 정신에 기반한 희소성을 갖추고 있어야 한다고 생각한다. 그런데 ⑤는 희소성의 개념을 '유일성'이라고 잘못 파악하고 있으므로 〈보기〉의 내용과 부합하지 않는다. 또한 이 글의 글쓴이는 인공 지능의 결과물이 유일한 존재가 될 수 있다고 말하고 있지 않다.

◎ 오답 풀이

① 4문단에서 A는 인공 지능의 결과물을 예술 작품으로 볼 수 있다고 판단하는 근거로, 기계적 우연성에 기반한 창의성이 발휘된다는 점을 제시하고 있다.

② 〈보기〉에 따르면 B는 인공 지능이 만든 결과물은 인간이 만든 예술 작품을 모방한 것이라고 본다.

③ 5문단에서 A는 인공 지능의 결과물을 인간의 예술과 동등하다고 볼 수는 없지만 기계적 우연성을 바탕으로 한 창의성에 주목하여 예술적 가능성을 확인할 수 있다고 주장하고 있다.

④ 〈보기〉에서 B는 예술 작품으로서의 가치를 인정받을 수 있는 요소로 '창작자의 생애와 정신에 기반한 희소성'을 제시하였다.

01 ⑤ **02** ⑤ **03** ④ **04** ㉠: 차이, ㉡: 양보 **05** ③ **06** ④
07 ② **08** ④ **09** ② **10** ③

01 대화의 원리 파악
답 ⑤

〈보기〉의 ㉠에서 진우는 무엇을 먹을지 물어보는 지원의 질문에 필요한 정보를 제시하지 않고 불분명하게 대답하고 있다. 이는 대화의 목적과 방향에 맞게 상호 협력하여 대화해야 한다는, 협력의 원리를 어긴 것으로 진우와 같이 대화에 필요한 정보를 충분히 제공하지 않거나 자신의 의견을 불분명하게 말하면 상대방과의 원활한 대화가 이루어지지 못한다. '교문 앞에 새 분식집이 생겼던데, 거기 갈까?'는 저녁 먹으러 갈 곳에 대한 정보를 충분히 제공하고 자신의 의견을 명료하게 제시한 대답으로 협력의 원리를 지키고 있다.

오답 풀이
① ㉠에서 진우는 지원의 질문에 불분명하게 대답하고 있을 뿐 지원과의 의견 차이를 드러내고 있지는 않다.
② ㉠에서 진우는 지원의 질문에 타당하지 않거나 거짓된 정보를 제공하고 있지는 않다.
③ ㉠에서 진우가 지원의 기분이 상하도록 직설적으로 자신의 생각을 전달한 것은 아니다.
④ ㉠에서 진우가 상대인 지원의 부담을 늘리거나 이익을 줄이는 방향으로 말하고 있지는 않다.

02 발표의 전략 파악
답 ⑤

〈보기〉의 발표 계획서에 따르면 발표 주제는 '인공 지능 심판의 도입 배경과 기대 효과'이며 발표의 목적은 '인공 지능 심판이 무엇인지 소개하고 그 도입 배경과 기대 효과를 설명'하는 것이다. 그런데 인공 지능 심판으로 인한 논란을 강조하는 것은 인공 지능 심판의 기대 효과와 부합하지 않는다. 따라서 발표의 주제와 목적을 고려할 때 발표 정리부에서 인공 지능 심판으로 인한 논란을 강조하여 청중의 경각심을 유발한다는 발표 전략은 적절하지 않다.

오답 풀이
① 〈보기〉의 발표 계획에 따르면, 발표 목적은 인공 지능 심판이 무엇인지 설명하는 것이므로 청중의 관심을 유발하기 위해 발표 도입부에서 인공 지능 심판을 처음 접했던 자신의 경험담을 소개한다는 발표 전략은 적절하다.
② 발표 목적을 효과적으로 달성하기 위해서는 발표 도입부에서 청중의 특성을 고려하여 청중의 호기심을 환기하는 것이 필요하다. 〈보기〉에 제시된 청중의 특성에 따르면, 이 발표를 듣는 청중은 인공 지능 심판에 대한 관심이 보통이고 인공 지능 심판이 진행하는 경기를 본 적은 있으나 특별한 배경지식은 없다. 따라서 인공 지능 심판이 진행하는 경기를 본 적이 있는지 청중에게 질문하여 청중의 경험을 환기한다는 발표 전략은 적절하다.
③ 발표 목적을 효과적으로 달성하기 위해서는 예상 청중에 대한 분석 결과를 고려하여 청중이 발표 내용을 관심 있게 들을 수 있도록 다양한 시청각 자료를 활용해야 한다. 〈보기〉에 제시된 청중의 특성에 따르면, 이 발표를 듣는 청중은 인공 지능 심판에 대한 관심이 보통이고 인공 지능 심판이 진행하는 경기를 본 적은 있으나 특별한 배경지식은 없다. 따라서 발표 전개부에서 인공 지능 심판의 역할을 보여 주는 실제 경기 영상을 제

시하여 청중이 발표에 집중하도록 한다는 발표 전략은 적절하다.
④ 복잡하거나 어려운 내용을 발표할 때 시각 자료를 활용하면 청중은 발표 내용을 쉽게 이해할 수 있다. 〈보기〉에 제시된 청중의 특성에 따르면, 이 발표를 듣는 청중은 인공 지능 심판에 대한 특별한 배경지식이 없다. 따라서 청중의 이해를 돕기 위해 발표 전개부에서 인공 지능 심판이 판정의 정확성을 높이기 위해 사용되었음을 사진 자료로 설명한다는 발표 전략은 적절하다.

03 토론의 말하기 계획 파악
답 ④

'반대 2'는 찬성 측 입론에 제시된 쟁점 중 자신에게 유리한 쟁점을 선택하여 자신의 주장이 타당함을 입증하는 말하기를 해야 한다. 이를 위해 '쓰레기로 인해 학생들의 산책로 이용이 저조하다.'는 찬성 측의 발언을 예상한 것은 적절하다. 그러나 '분리수거가 가능한 쓰레기통을 설치하면 학생들의 산책로 이용률을 높일 수 있다.'라는 내용은 '학교 산책로에 쓰레기통을 설치해야 한다.'는 논제에 반대하는 주장과 상충된다. 이는 오히려 쓰레기통을 어떻게 설치하면 좋을지를 제시하는 것이므로 반대 측 토론자의 계획 내용으로 적절하지 않다.

오답 풀이
① 사회자는 토론 시작에 앞서 먼저 토론 배경과 논제를 소개해야 한다. 따라서 학교 산책로에 쓰레기통이 없어서 발생하는 문제 상황을 소개하고, '학교 산책로에 쓰레기통을 설치해야 한다.'라는 논제를 제시한다는 사회자의 계획은 적절하다.
② '찬성 1'은 논제의 주요 쟁점에 대한 자신의 견해를 밝히고 그에 합당한 이유와 근거를 제시하여 자신의 주장이 타당함을 입증해야 한다. 따라서 '학교 산책로에 쓰레기통을 설치해야 한다.'는 주장의 타당함을 입증하기 위해 설문 조사의 결과를 들어 '쓰레기 때문에 학생들의 산책로 이용이 저조하다.'라는 견해를 밝히는 계획은 적절하다.
③ '반대 1'은 '학교 산책로에 쓰레기통을 설치해야 한다.'라는 상대측 주장이 타당하지 않음을 입증하기 위해 산책로에 쓰레기통을 설치할 경우 발생할 수 있는 부작용을 제시해야 한다. 따라서 쓰레기통을 설치하면 쓰레기통을 관리해야 하는 학생들의 부담이 커질 것이라는 견해를 밝히는 계획은 적절하다.
⑤ '찬성 2'는 반대 측이 제기할 수 있는, 산책로에 쓰레기통을 설치할 경우 발생할 수 있는 부작용에 대해 반박하는 말하기를 해야 한다. 따라서 쓰레기통을 관리해야 하는 학생들의 부담이 커질 것이라는 반대 측의 발언을 예상하고, 학급별로 순서를 정하여 쓰레기통을 관리하도록 하면 쓰레기통 관리에 대한 부담을 줄일 수 있다고 대안을 제시하는 계획은 적절하다.

04 협상의 전략 파악
답 ㉠: 차이, ㉡: 양보

협상은 서로 타협하고 의견을 조정하면서 해결 방법을 찾아가는 협력적 의사소통 방식으로, 조정 단계에서는 서로의 제안을 검토하면서 입장 차이를 좁힌다. 이를 위해서는 양보할 수 있는 지점을 찾아야 한다. 시설 담당은 냉방기 조절을 학생들의 자율에 맡길 때 냉방기의 무분별한 사용으로 에너지 낭비가 클 것을 염려하고 있다. 이에 학생 대표는 상대적으로 온도가 높은 오후에만 학생들이 냉방기를 조절할 수 있도록 해 달라고 자신의 요구 사항을 일부 양보하고 있다. 즉 학생 대표는 양측의 입장 차이를 좁히고 최선의 합의안을 마련하기 위해 자신의 요구 사항 중 일부를 양보하는 협상 전략을 사용하였다.

05 발표의 말하기 계획 파악
답 ③

1문단에서 발표자인 학생은 청중에게 '지난주 화재 대피 훈련 때 비상구를 찾는 방법에 대해 배웠습니다. 잘 기억하고 있나요?'라고 물으며 자신과 청중이 지난주에 화재 대피 훈련을 했으며, 그 과정에서 비상구

를 찾는 방법에 대해 배운 경험을 공유하고 있음을 언급하고 있다. 또한 이 경험과 관련하여 비상구를 찾을 수 없을 때는 어떻게 해야 하는지 의문이 생겼다며 '피난 기구'라는 발표 제재를 선정하게 된 계기를 밝히고 있다.

오답 풀이
① 발표 대상은 '피난 기구'이며, 4문단에서 '피난 기구들은 건물의 목적이나 높이에 따라 설치할 수 있는 종류가 법으로 정해져 있다'고 언급하였으나 이와 관련된 법률을 인용하고 있지 않으며, 이를 통해 청중에게 정보의 중요성을 강조하고 있지도 않다.
② 2문단에서 완강기를 설치한 모습을 보여 주는 [자료 1], 3문단에서 경사식 구조대를 보여 주는 [자료 2]를 제시하고 있으나 그 출처를 밝히고 있지는 않다.
④ 1문단에서 학생은 청중에게 '잘 기억하고 있나요?'라고 물으며, 지난주 화재 대피 훈련 때 비상구를 찾는 방법에 대해 배운 것을 기억하고 있는지 물은 후 청중의 반응을 확인하고 있다. 그러나 이 질문은 발표의 도입부에 제시되어 화제에 대해 청중의 흥미를 불러일으키는 기능을 할 뿐, 발표의 중심 내용에 대해 청중이 이해한 정도를 점검하고 있지는 않다.
⑤ 도입부에서는 청중과 공유하고 있는 경험을 제시하여 발표 내용에 흥미를 불러일으키고 발표 제재를 선정한 계기, 발표 제재, 발표 제재의 개념을 제시하고 있을 뿐, 발표 내용의 순서를 제시하고 있지는 않다.

06 대화 참여자의 역할 파악   답 ④
ㄹ에서 학생 2는 '오늘 이야기한 내용을 바탕으로 글을 한번 써 볼까?'라며 대화 참여자들에게 글을 써 보자고 제안하고 있을 뿐, 글을 써 보자는 제안에 대해 동의하는지 여부를 재차 확인하고 있지는 않다.

오답 풀이
① ㄱ에서 학생 1은 대화 참여자들에게 '지난 시간에 교지에 실을 글의 주제에 대해 찾아보기로 했다'며 지난 활동의 대화 내용을 환기하고 있다.
② ㄴ에서 학생 1은 이분법적 사고에 대한 학생 3의 앞선 발화에 대해 '좀 더 자세히 이야기해 줄래?'라며 이분법적 사고에 대한 설명을 추가적으로 요청하고 있다.
③ ㄷ에서 학생 2는 대화 참여자에게 '우리에게 익숙한 것 위주로 이야기해 보자.'라며 앞으로 진행될 대화 내용의 범위를 '우리에게 익숙한 것'으로 한정하고 있다.
⑤ ㅁ에서 학생 3은 '다음 시간에는 개요를 작성해야' 한다며 대화 참여자에게 다음 활동이 무엇인지 예고하고 있고, 이를 위해 '필요한 자료를 각자 수집해 오자.'라며 준비 사항을 안내하고 있다.

07 말하기 방식 파악   답 ②
[A]에서 학생 2가 '우리 학교 학생들이 관심을 가질 만한 사회 문제를 다루기로 했다'고 발언한 내용과 관련하여, 학생 3은 '이분법적 사고'에 대해 다루어 볼 것을 제안하며, 자신이 '얼마 전에 이분법적 사고가 사회 갈등을 부추긴다는 기사를 읽었는데 인상적이었다'는 경험을 제시하고 있다.

오답 풀이
① [A]에서 학생 2는 '우리 학교 학생들이 관심을 가질 만한 사회 문제를 다루기로 했다'며 지난 시간의 대화 내용을 환기하고 있을 뿐, 자신의 의견을 여러 개 제시하지 않았으며, 이에 대한 선택을 대화 상대에게 요구하고 있지도 않다.
③ [B]에서 학생 3은 '요즘 성격 유형 검사가 유행이'고 '특정 성격 유형에 대한 편견 때문에 차별받는다고 느끼는 사람들이 많아졌다'며 대화 상대에게 사회에서 유행하는 문화에 대해 언급하였을 뿐, 사회적 통념을 제시하

거나 이에 대한 공감을 유도하고 있지는 않다.
④ [B]에서 학생 1은 '특정 성격 유형에 대한 편견 때문에 차별받는다고 느끼는 사람들이 많아졌다'는 학생 3의 발언에 대해 '성격을 내향형이나 외향형같이 둘로 나누는 것이 문제가 되는 거'냐며 의문을 제기하고 있을 뿐이다. 대화 상대인 학생 3이 의문을 제기하지 않았으며, 학생 1이 대화 상대인 학생 3의 의문을 해소하기 위한 방안을 제안하지도 않았다.
⑤ [A]에서 학생 3은 '이분법적 사고에 대해 다루어 보는 건 어때?'라며 의견을 제안하고, 이와 관련된 자신의 경험을 제시하고 있다. [B]에서 학생 1은 '특정 성격 유형에 대한 편견 때문에 차별받는다고 느끼는 사람들이 많아졌다'는 학생 3의 말에 대해 의문을 제기하고 있다. 즉 [A]의 학생 3과 [B]의 학생 1은 모두 대화 상대의 의견을 수용하여 자신의 견해를 수정하고 있지 않다.

08 토론의 내용 파악   답 ④
반대 1은 입론에서 '별점 평가제는 소비자가 합리적인 소비를 할 수 있도록 도와'준다는 주장을 제시한 후, 이에 대해 두 가지 근거를 제시하였다. 첫 번째 근거는 소비자들이 직관적으로 표현된 별점 평가를 통해 구매에 필요한 정보를 쉽고 빠르게 얻을 수 있다는 것이고, 두 번째 근거는 별점 평가 결과는 많은 사람의 평가가 누적된 것이기 때문에 신뢰할 수 있다는 것이다. 따라서 별점 평가의 결과를 신뢰할 수 있는 이유가 직관적으로 확인될 수 있기 때문이라는 내용은 적절하지 않다.

오답 풀이
① 찬성 1은 입론에서 '별점 평가는 신뢰성이 낮다'는 주장에 대한 첫 번째 근거로 '별점을 매길 때 만족도에 대한 개인의 주관이 강하게 개입되어 객관적이지 못하'다는 것을 제시하였다.
② 찬성 1은 입론에서 '별점 평가는 신뢰성이 낮다'는 주장에 대한 두 번째 근거로 '별점 평가의 단계별 척도인 별 한 개에 부여하는 가치도 사람마다 다르'다는 것을 제시하였다.
③ 찬성 1은 입론에서 '별점 평가제는 판매자에게 큰 피해를 줄 수 있다'는 주장에 대한 두 번째 근거로 '몇몇 소비자들이 악의적으로 매긴 허위 별점이 다른 소비자들에게 영향을 미쳐 판매가 급감한 사례를 흔히 들 수 있'다는 것을 제시하였다.
⑤ 반대 1은 입론에서 '별점 평가제 폐지는 소비자들에게 큰 피해'를 준다는 주장에 대한 근거로 '별점 평가제는 이미 소비자들이 자유롭게 의사 표현을 할 수 있는 통로로 자리 잡았'는데, '별점 평가제가 폐지되면 그러한 표현의 자유가 침해될 것'이라는 점을 제시하였다.

09 토론의 말하기 방식 파악   답 ②
'몇몇 소비자들이 악의적으로 매긴 허위 별점이 다른 소비자들에게 영향을 미쳐 판매가 급감한 사례를 흔히 들 수 있습니다.'라는 찬성 1의 발언에 대해 [A]에서 반대 2는 '악의적으로 매긴 허위 별점으로 인한 판매자들의 피해 사례를 흔히 들 수 있다고 하셨는데요.'라고 재진술한 후, '그렇게 말씀하신 근거를 구체적으로 제시해 주시겠습니까?'라며 자신의 질문에 응답할 것을 상대측에 요청하고 있다. 마찬가지로 '별점 평가제는 이미 소비자들이 자유롭게 의사 표현을 할 수 있는 통로로 자리 잡았습니다.'라는 반대 1의 발언에 대해 [B]에서 찬성 2는 '별점 평가제가 소비자들이 의사 표현을 할 수 있는 통로로 자리 잡았다고 하셨는데요.'라고 재진술한 후, '별점 평가 외에도 다양한 방식으로 자신의 의사를 자유롭게 표현할 수 있다고 생각하는' 것에 대해 '의견을 말씀해 주시겠습니까?'라며 자신의 질문에 응답할 것을 상대측에 요청하고 있다. 따라서 [A]의 반대 2와 [B]의 찬성 2는 모두 상대측의 발언 중 일부를 재진술한 후 자신의 질문에 응답할 것을 상대측에 요청하고 있다.

⊙ 오답 풀이

① [A]의 반대 2와 [B]의 찬성 2는 모두 상대측이 입론에서 언급한 내용을 재 진술한 후 자신의 질문에 응답해 줄 것을 요청하고 있을 뿐, 추가 자료를 요구하고 있지는 않다.

③ [A]의 반대 2와 [B]의 찬성 2는 모두 상대측의 주장이 실현되었을 때를 가 정하거나 그때 예상되는 문제점을 언급하고 있지 않다.

④ [A]의 찬성 1은 상대측이 요청한 근거를 제시하고 있을 뿐 상대측의 문제 제기를 일부 인정하고 있지는 않다. [B]의 반대 1은 '별점 평가 외에도 다 양한 방식으로 자신의 의사를 자유롭게 표현할 수 있다'는 상대측의 문제 제기에 대해 '물론 다른 방식으로 평가를 할 수 있습니다.'라며 일부 인정 하고 있으나 이를 자신의 의견과 절충하고 있지는 않다.

⑤ [A]의 찬성 1과 [B]의 반대 1은 모두 상대측의 질문에 답변하고 있을 뿐 상 대측이 사용한 용어의 모호성을 언급하거나 상대측의 질문이 논제에서 벗 어난다고 지적하고 있지는 않다.

10 협상의 전략 파악 답 ③

[A]에서 서희는 '당신의 나라(고려)는 옛 신라 땅에서 일어났기에 고구 려의 옛 땅은 우리 거란의 것이'므로 '우리(거란) 땅에서 물러나'라는 소 손녕의 말에 대해 '그렇지 않소.'라고 부정했다. 그 후, '고려가 바로 고 구려를 계승한 나라'라고 정정하고 일어난 나라의 땅에 대해 소유권이 있다는 소손녕의 논리를 역이용하여 '현재 거란 땅인 동경이 우리(고 려) 국토 안에 들어와야' 한다고 주장함으로써 고려가 거란을 침범했다 는 소손녕의 주장을 반박하고 있다.

⊙ 오답 풀이

① [A]에서 서희는 고구려의 옛 땅이 거란의 것이라며 고려 침범을 정당화하 는 소손녕의 주장에 대해 반박하고 있을 뿐, 상대인 소손녕의 내적 의도를 간파하여 미리 대처한 것은 아니다.

② [A]에서 서희는 고려가 고구려를 계승한 나라임을 밝히며 그 근거로 나라 이름을 고려로 부르는 것과 평양을 서경으로 정한 것을 들고, 소손녕이 논 리대로라면 오히려 거란 땅인 동경이 고려의 국토로 들어와야 한다고 반 박하고 있을 뿐, 자신의 약점에 대한 대비를 한 것은 아니다.

④ [A]에서 서희는 소손녕의 주장이 타당하지 않음을 밝히고 있는데, 이는 땅 을 둘러싼 상호 간의 갈등을 조정하는 모습으로 볼 수 있으나 상대인 소 손녕의 처지에 공감하고 있지는 않다.

⑤ [A]에서 서희는 소손녕의 주장에 대해 근거를 들어 논리적으로 반박하고 있 을 뿐, 상대의 감정에 호소하면서 자신의 요구 사항을 전달하고 있지는 않다.

01 ①　**02** ④　**03** 예시 답안 참조　**04** ④　**05** ⑤
06 ①　**07** ⑤　**08** ②　**09** ④

01 글쓰기 계획의 반영 여부 파악 답 ①

〈보기〉에 제시된 설문 조사 결과에 따르면, (나)의 예상 독자인 학생들 이 '채식하는 날' 도입에 부정적인 이유 중 하나는 학생들이 ㉠ '채식 급 식은 맛이 없다.'라고 생각하기 때문이다. 이를 고려하여 (나)의 2문단 에서는 영양 선생님의 말을 인용하여 '채식하는 날'을 도입하면 다양한 방식으로 조리한 맛있는 채소류 음식을 제공할 예정이라고 밝히고 있 다. 그러나 채소류의 맛이 육류의 맛보다 떨어지는 이유를 제시하고 있 지는 않다. 또한 이는 글의 주제인 '채식하는 날' 도입의 이점이나 글의 목적인 '채식하는 날' 도입에 대한 학생들의 부정적 인식 해소와 거리가 멀다.

⊙ 오답 풀이

② 〈보기〉에 제시된 설문 조사 결과에 따르면, (나)의 예상 독자인 학생들이 '채식하는 날' 도입에 부정적인 이유 중 하나는 학생들이 ㉡ '채식은 건강 에 도움이 안 된다.'라고 생각하기 때문이다. 이를 고려하여 (나)의 2문단 에서는 영양 선생님의 말을 인용하여 '채식하는 날'을 도입하여 학생들이 채소류 음식을 즐기게 되면 영양소를 골고루 섭취하게 되어 몸이 건강해 질 것이라고 밝히고 있다.

③ 〈보기〉에 제시된 설문 조사 결과에 따르면, (나)의 예상 독자인 학생들이 '채식하는 날' 도입에 부정적인 이유 중 하나는 학생들이 ㉢ '채식이 기후 위기 극복에 어떤 기여를 하는지 모르겠다.'라고 생각하기 때문이다. 이를 고려하여 (나)의 3문단에서는 육류 소비를 줄이면 온실가스 배출을 줄일 수 있다는 점을 밝히고 있다.

④ 〈보기〉에 제시된 설문 조사에 따르면, (나)의 예상 독자인 학생들 중 일부 는 '채식하는 날'을 ㉣ '왜 도입해야 하는지 모르겠다.'라는 입장을 나타내 고 있다. 이를 고려하여 (나)의 2문단에서는 급식 시간에 관찰한 학생들의 식습관(육류 음식을 골라 먹음)과 잔반 문제(잔반 중 채소류 비율이 높음) 를 제시하고 이를 개선하기 위해 '채식하는 날'을 도입해야 함을 밝히고 있다.

⑤ 〈보기〉에 제시된 설문 조사에 따르면, (나)의 예상 독자인 학생들 중 일부 는 '채식하는 날'이 ㉤ '어떻게 운영되는지 모르겠다.'라는 입장을 나타내 고 있다. 이를 고려하여 (나)의 1문단에서는 매주 월요일에 육류, 계란 등 을 제외한 채식 중심의 급식을 제공할 예정임을 설명하고 있다.

02 자료 활용 방안 파악 답 ④

㉴: '채식의 온실가스 감축 효과를 다룬 유엔식량농업기구의 보고서'는 신뢰할 수 있는 기관의 자료로, (나)의 3문단에 제시된, 채식이 온 실가스의 배출을 줄여 지구의 기후 위기를 막는 데 보탬이 될 수 있 다는 입장을 뒷받침하는 근거로 활용할 수 있다.

㉵: '지나친 육류 섭취에 따른 영양 불균형이 건강에 끼치는 악영향을 다룬 전문 서적'은 (나)의 2문단에 제시된, 채식을 하면 영양소를 골고루 섭취하게 되어 건강에 유익할 것이라는 입장을 보완하는 자 료로, 채식의 필요성을 강조하는 근거로 활용할 수 있다.

⊙ 오답 풀이

㉰: '채식 급식 메뉴 개발에 어려움을 호소하는 영양사의 인터뷰'는 채식 식 단을 위한 메뉴를 개발하는 것이 어렵다는 입장을 보여 주는 자료로, '채 식하는 날' 도입을 반대하는 견해를 지지할 수 있는 근거로 사용할 수 있

다. '채식하는 날' 도입에 대한 학생들의 부정적 인식을 해소한다는 (나)의 목적을 고려할 때 이는 (나)를 보완하기 위한 자료로 적절하지 않다.

ㄹ: '동물성 식품에만 존재하는 필수 영양 성분을 소개한 신문 기사'는 채식만으로는 필수 영양분 섭취가 부족할 수 있음을 보여 주는 자료로, '채식하는 날' 도입의 이점이라는 (나)의 주제를 고려할 때 (나)를 보완하기 위한 자료로 적절하지 않다.

03 고쳐쓰기 방안 파악

✓예시 답안 글의 주제 및 문단의 중심 내용에서 벗어난 문장이므로 삭제한다.
ⓐ는 '채식하는 날'의 도입이 학생들의 식습관 개선과 균형적인 영양소 섭취에 끼치는 긍정적인 영향을 제시하는 (나)의 2문단의 통일성을 해치고, '채식하는 날' 도입의 이점이라는 (나)의 주제와도 어울리지 않으므로 삭제해야 한다.

• 평가 기준

평가 요소	확인
'조건 1'에 따라 수정해야 하는 이유를 적절히 제시함	
'조건 1'에 따라 수정 방안을 적절히 제시함	
'조건 2'에 따라 한 문장으로 제시함	

04 보고서 작성의 주의점 파악 답 ④

다른 사람의 글이나 자료를 활용할 때에는 사회적 쓰기 윤리를 지켜야 한다. 즉 다른 사람의 자료나 글을 무단으로 베끼지 않으며, 자료나 글을 활용해도 좋다는 허락을 얻거나 그 출처를 명확히 밝혀야 한다. 따라서 다른 사람의 글이나 자료를 활용할 때 그 출처를 생략한다는 것은 적절하지 않다.

◎ 오답 풀이

① 보고서는 어떤 목적을 가지고 조사, 연구 등을 수행한 뒤 그 절차와 결과를 정리하여 쓴 글로 명료하고 객관적인 표현을 사용해야 한다.

② 보고서는 조사 방법과 조사 내용을 구체적으로 정리하여 보고서의 목차를 구성한 후, 보고서 형식에 맞게 조사 내용을 항목화하여 체계적으로 제시해야 한다.

③ 보고서에서 자료를 활용할 때에는 그 자료의 출처가 분명하고 대표성과 권위를 지니는지, 최신의 정보를 담고 있는지 등을 확인하여 자료의 신뢰성을 판단해야 한다.

⑤ 보고서를 작성할 때에는 조사 내용을 과장, 축소, 왜곡하지 않고 조사 과정과 조사 방법에 따라 조사한 결과 그대로 제시해야 한다.

05 조건에 따른 글쓰기 답 ⑤

제시된 글의 제재는 '이분법적 사고'이며, 그 개념은 '어떤 대상이나 현상을 둘로만 나누어 한정하여 사고하는 것'이고, 그 부정적 결과는 편견과 차별을 만들어 낸다는 것이다. 따라서 이러한 특성이 표제와 부제에 반영되어야 한다. ⑤의 표제 '편견과 차별을 만드는 이분법적 사고'는 글의 제재와 그 부정적 결과를 포함하고 있고, 부제 '흑 아니면 백으로만 칠해지는 세상'은 대상이나 현상을 둘로만 나누어 사고하는 이분법적 사고의 개념을 색깔에 비유하여 표현하였으므로 학생 1과 학생 2의 조언이 모두 반영되었다고 할 수 있다.

◎ 오답 풀이

① '두 개의 틀 안에 갇혔다'는 표제의 내용과 '이분법적 사고로 인'해 '부정적인 자아상'을 갖게 된다는 부제의 내용은 제재의 특성을 드러내고 있으나, 부제에서 비유적 표현이 사용되지 않았다.

② 부제에서 제재인 '이분법적 사고'를 '색안경'에 비유하여 표현하였지만, '성격 유형 검사의 장점과 단점'이라는 표제에서는 제재의 특성이 드러나

고 있지 않다.

③ 부제의 '우리'와 '그들'에서 어떤 대상을 둘로만 나누는 이분법적 사고의 특성이 드러나고, 상대에 대해 갖는 편견을 '또 다른 이름표'라고 하여 비유적으로 표현하였지만, '세대 차이로 빚어진 사회적 갈등'이라는 표제가 제재의 특성을 포괄하고 있지 않다.

④ 표제에서 '이분법적 사고'의 문제에 대해 언급하였으나 '내가 평가하는 나'와 '남이 평가하는 나'라는 부제에서 이분법적 사고의 특성이 드러나지 않으며, 비유적 표현 또한 사용되지 않았다.

06 글쓰기 계획의 반영 여부 파악 답 ①

1문단에서 그린 워싱은 '친환경 제품 생산 업체에 피해를 주어 친환경 제품 시장의 공정한 경쟁 질서를 저해할 수 있다.'라며 그린 워싱의 문제점을 제시하고 있다. 이는 그린 워싱으로 인해 친환경적이지 않은 제품이 친환경 제품과 경쟁하게 되어 친환경 제품 시장의 공정한 경쟁 질서가 저해된다는 의미이다. 그러나 공정한 경쟁 질서에 대한 소비자의 입장과 기업의 입장이 대조되고 있지는 않다.

◎ 오답 풀이

② 2문단에서 '그린 워싱이 증가하는 원인은 무엇일까?'라고 질문한 후, 그 답을 환경 문제에 대한 소비자의 관심을 단순히 마케팅의 수단으로 이용하는 기업, 빠르게 변화하는 시장 상황에 대처할 수 있을 정도로 구체화되어 마련되지 않은 법률적 기준, 친환경 제품과 관련된 정보에 대해 잘 알지 못한 채 구매하는 소비자와 같이 구체적으로 제시하고 있다.

③ 1문단에서 "'그린 워싱'이란 기업이 소비자로 하여금 제품이나 제품 생산 과정 등을 친환경적인 것으로 오해하도록 하는 경우를 말한다."라며 그린 워싱의 개념을 제시하고 있다.

④ 1문단에서 '이(그린 워싱)는 소비자가 정확한 정보를 제공받을 권리를 침해하고, 친환경 제품 생산 업체에 피해를 주어 친환경 제품 시장의 공정한 경쟁 질서를 저해할 수 있다.'라며 그린 워싱이 미치는 부정적인 영향을 소비자와 생산 업체의 측면으로 구분하여 제시하고 있다.

⑤ 3문단에서 그린 워싱을 해결하는 방법에 대해 기업은 제품 정보를 투명하게 공개해야 하고, 정부는 친환경과 관련된 법률적 기준을 보완해야 하며, 소비자는 친환경 제품에 대한 정확한 정보를 찾아보는 태도를 지녀야 한다며 기업, 정부, 소비자의 측면으로 나누어 체계적으로 제시하고 있다.

07 글쓰기 계획의 반영 여부 파악 답 ⑤

4문단에서 할머니께서 끓여 주신 갈칫국을 먹었던 기억에 대해 제시하고 있으나, 학생이 요리하는 할머니를 도와드렸다는 내용이나 이를 통해 보람을 느꼈다는 내용은 제시되어 있지 않다.

◎ 오답 풀이

① '할머니를 곧 만난다는 생각에 마음이 설렘(ㄱ)'이라는 구상의 내용은 2문단의 '아버지 차를 타고 가다가 거북이 등대가 환하게 웃으며 나를 반기면 할머니 댁에 가까워진 것이라서 할머니를 곧 뵙는다는 생각에 마음이 설레곤 했다.'에 반영되어 있다.

② '옥수수 때문에 할머니께 꾸중 들은 경험(ㄴ)'이라는 구상의 내용은 3문단의 '참지 못하고 옥수수 껍질을 살짝 열어서 얼마나 익었는지 들여다보다가 할머니께 꾸중을 듣기도 했다.'에 반영되어 있다.

③ '옥수수를 통해 기다림의 소중함을 깨달음(ㄷ)'이라는 구상의 내용은 3문단의 '꾸중을 듣고 시무룩해 있는 나에게 할머니는, "뭐든지 다 때가 있고 시간이 필요한 법이란다. 기다릴 줄 알아야 해."라며 토닥여 주셨다. 나는 익어 가는 옥수수를 보며 기다림의 소중함을 깨달았다.'에 반영되어 있다.

④ '할머니가 끓여 주신 갈칫국을 먹은 경험(ㄹ)'이라는 구상의 내용은 4문단의 '내가 갈칫국이 먹고 싶다고 하면 할머니는 이른 새벽부터 어시장에서

싱싱한 갈치를 사 오셔서 갈칫국을 해 주셨다. 할머니의 갈칫국에서는 시원하면서도 구수한 맛이 났다.'에 반영되어 있다.

08 글쓰기 전략 파악   답 ②

1문단에서 '여러분은 학교에서 얼마나 많은 시간을 보내고 있는지 생각해 본 적이 있습니까?'와 4문단에서 '높은 천장이 학생들의 창의력을 향상시키는 데 도움이 된다는 사실을 아십니까?'와 같은 질문의 방식을 활용하여 학교에서 보내는 시간과 높은 천장에 대한 독자의 관심을 끌고 있다.

오답 풀이

① 학생의 초고에서는 새로운 이론들을 제시하고 있지 않으며 이를 비교하여 주제를 부각하고 있지도 않다.

③ 학생의 초고에서는 용어의 개념을 정의하고 있지 않다.

④ 학생의 초고에서는 '우리나라의 교실은 보통 2.6미터 정도의 높이로 동일하다고 합니다.'와 같이 자료의 내용을 제시하고는 있지만, 자료의 출처를 언급하고 있지는 않다.

⑤ 학생의 초고에서는 관용 표현을 사용하고 있지 않다.

09 자료 활용 방안 파악   답 ④

(가)-1은 고등학교 학생 1인당 학교 실내 건물 면적이 계속해서 넓어졌다는 것을 보여 주는 시각 자료이고, (나)는 높은 천장의 공간에서 시험을 본 학생들이 창의적 문제를 더 많이 해결했다는 연구 결과를 통해 천장의 높이와 창의력 사이에 상관관계가 있음을 보여 주는 신문 기사이다. 학생의 초고는 학교 건물의 고층화로 인해 학생들이 쉬는 시간을 활용하는 데 제약이 생겼고 교실의 천장 높이가 제한적이라는 문제가 발생하였음을 지적하고 이를 해결하는 방법을 제안한 글이다. 5문단에서 학생은 학급 교실을 되도록 저층에 배치할 것과 일부 빈 교실의 천장을 기존보다 높게 만들 것을 제안하고 있을 뿐, 학교 실내 건물의 활용도를 높이는 것보다 천장 높이 개선이 더 시급하다고 주장하고 있지는 않다. 또한 학교 실내 건물 면적의 증가 현상을 보여 주는 자료 (가)-1과 천장의 높이와 창의력의 상관관계를 보여 주는 자료 (나)를 통해 학교 실내 건물의 활용도를 높이는 것과 천장 높이를 개선하는 것 중 어느 것이 더 시급한 문제인지를 판단할 수 없으므로, 이를 천장 높이 개선의 시급함을 밝히는 추가 자료로 활용하는 것은 적절하지 않다.

오답 풀이

① (가)-1은 고등학교 학생 1인당 학교 실내 건물 면적이 계속해서 넓어졌다는 것을 보여 주는 그래프이다. 따라서 이를 2문단의 '학생들이 사용하는 실내 건물 면적은 점점 늘어났습니다.'라는 내용을 뒷받침하는 보충 자료로 활용할 수 있다.

② (가)-2는 "'쉬는 시간에 주로 어디에 있나요?'라는 질문에 '교실 등 실내'라고 답한 학생이 73%, '운동장 등 실외'라고 답한 학생이 27%였"다는 내용의 설문 조사 분석 자료이다. 따라서 이를 3문단의 '제한된 시간 안에 매번 몇 층의 계단을 내려가 밖에 나갔다 오기는 어렵'고 '이렇다 보니 학생들은 거의 교실에서만 지내게 되었'다는 내용을 뒷받침하는 자료로 활용할 수 있다.

③ (나)는 높은 천장의 공간에서 시험을 본 학생들이 창의적 문제를 더 많이 해결했다는 연구 결과를 통해 천장의 높이와 창의력 사이에 상관관계가 있음을 제시한 신문 기사이다. 따라서 이를 4문단의 '높은 천장이 학생들의 창의력을 향상시키는 데 도움이 된다'는 내용을 뒷받침하는 근거 자료로 활용할 수 있다.

⑤ (가)-2는 학생들이 쉬는 시간에 주로 '교실 등 실내'에 있다고 대답한 이유에 대해 '교실에서 운동장까지 내려가기 너무 멀어서'라고 답변한 비율

이 가장 높음을 보여 주는 자료이다. 그리고 (다)는 학생들이 학교에서 자주 실외로 나가 바깥 풍경을 만날 수 있도록 공간을 개선할 필요가 있다는 전문가의 인터뷰 자료이다. 따라서 이를 5문단의 '학생들이 좀 더 쉽게 운동장에 나가서 공놀이를 하거나 학교 정원을 거닐며 가볍게 산책을 즐길 수' 있도록 교실에서 실외로 이동하는 시간을 줄이기 위한 공간 개선의 필요성을 강조하는 자료로 활용할 수 있다.

V 매체

본문 178쪽

01 ⑤	02 ②	03 ⑤	04 ③	05 예시 답안 참조
06 ②	07 ③	08 ⑤	09 ④	10 ③ 11 ⑤

01 매체의 특성 파악 　　답 ⑤

디지털 매체는 소리, 음성, 문자, 이미지 등을 한 번에 복합적으로 사용하여 소통할 수 있고, 이러한 정보를 쉽게 공유할 수 있다. 따라서 소리, 음성, 문자, 이미지가 복합된 대량의 정보를 한 번에 전달하기 어렵다는 내용은 디지털 매체에 대한 설명으로 적절하지 않다.

오답 풀이
① 디지털 매체는 비교적 시·공간의 제약 없이 정보를 전달하고 공유할 수 있다.
② 디지털 매체는 정보의 전달과 공유가 쉽기 때문에 다른 매체에 비해 정보 확산의 범위가 넓고 그 파급력이 강하다.
③ 디지털 매체는 인터넷과 같은 디지털 기술의 발달과 스마트폰과 같은 스마트 기기의 대중화를 바탕으로 발전하였다.
④ 디지털 매체를 통해 정보 수용자와 생산자는 직접 대면하지 않고도 실시간으로 상호 작용할 수 있으며, 불특정 다수와도 쉽게 소통할 수 있다.

02 매체 자료 수용 태도의 적절성 판단 　　답 ②

포털 사이트에서 특정 주제를 검색할 때 각 언론사에서 생산한 기사들을 최신순으로 볼 수 있다. 이때 화면의 배열 순서는 각 언론사가 기사를 게시한 시간 순서일 뿐이므로 이를 통해 각 언론사의 관점을 비교하는 것은 적절하지 않다.

오답 풀이
① 표제는 기사의 제목으로, 인터넷 신문을 볼 때에는 각 기사의 표제가 독자의 클릭을 유도하기 위해 기사 내용과 관련 없이 자극적으로 쓰이지는 않았는지, 기사의 내용을 잘 압축하고 있는지 등을 따져 보아야 한다.
③ 신문이나 뉴스를 볼 때에는 그 내용이 편견에 치우치지 않고 공정한지, 믿을 만한 정보를 제시하고 있는지 등을 평가해야 한다.
④ 신문 기사에서는 보도 사진 등을 사용하여 기사 내용에 대한 독자의 이해를 돕는다. 따라서 인터넷 기사를 볼 때에는 사용된 사진이 기사 내용과 관련이 있는지 살펴보아야 한다.
⑤ 신문이나 뉴스에서는 같은 주제를 서로 다른 관점에서 다루는 경우가 많다. ⓐ~ⓓ에는 정부의 가짜 뉴스 규제에 대한 다양한 관점과 입장이 제시되어 있으므로 각 기사에 나타난 관점과 입장을 비교할 수 있다.

03 매체 자료의 소통 목적 파악 　　답 ⑤

ㄱ: 사회 관계망 서비스에 게시된 '동아리실 사용 원칙과 관련된 학생회 회의록'은 수용자들에게 동아리실 사용 원칙을 알리기 위해 만든 매체 자료이므로 소통 목적은 정보 전달이다.
ㄴ: 교문에 부착된 '교실에 CCTV를 설치할 것을 주장하는 포스터'는 수용자들이 교실의 CCTV 설치에 찬성하도록 하기 위해 만든 매체 자료이므로 소통 목적은 설득이다.
ㄷ: 전학 가는 친구에게 선물한 '친구와 나눈 그동안의 추억이 담긴 동영상'은 친구와 우정을 나누기 위해 만든 매체 자료이므로 소통 목적은 친교이다.

04 매체 자료 비평의 적절성 판단 　　답 ③

상업 광고를 비평할 때에는 무엇을 누구에게 광고하려 하는지, 즉 광고하고자 하는 제품과 그 제품을 광고하려는 대상을 분석하고, 음성, 이미지, 영상, 배경 음악 등 광고를 구성하는 요소들이 광고 내용을 효과적으로 전달하는지 등을 판단해야 한다. 유명 연예인을 광고에 기용하는 것은 광고에 대한 사람들의 흥미를 끌 수 있는 전략 중 하나이지만 유명 연예인이 등장했다고 해서 광고 제품의 성능이 입증되는 것은 아니다. 따라서 ⓒ '잡지에 실린 휴대용 선풍기 광고'와 관련하여 제품의 성능을 입증하기 위해 유명 연예인이 등장하고 있는지 여부를 살피는 것은 적절하지 않다.

오답 풀이
① 텔레비전 예능 프로그램을 비평할 때에는 그 프로그램의 목적이 적절한지, 방송 광고 규제 등 사회적 규범을 지키고 있는지, 수용자의 주목을 끌기 위해 자극적이거나 선정적인 연출을 하고 있지 않은지 등을 판단해야 한다. 따라서 ㉠ '텔레비전 예능 프로그램'에서 시청자의 흥미를 끌기 위해 자극적으로 연출된 장면이 있는지 살펴보는 것은 적절하다.
② 광고를 비평할 때에는 광고에 사용된 문구나 이미지 등이 전달하고자 하는 것이 무엇인지, 광고 내용을 효과적으로 표현하고 있는지 등을 판단해야 한다. 따라서 ㉡ '잡지에 실린 휴대용 선풍기 광고'에 사용된 이미지와 문구가 강조하고 있는 것이 무엇인지 살펴보는 것은 적절하다.
④ 영화를 비평할 때에는 영화를 만든 목적과 전달하고자 하는 주제가 무엇인지 등을 판단해야 한다. ㉢ '배드민턴 스타를 꿈꾸는 청소년들의 이야기를 담은 영화'는 청소년들을 대상으로 하는 영화이므로 이 영화가 청소년 관객들에게 어떤 메시지를 주는지 살펴보는 것은 적절하다.
⑤ 영화를 비평할 때에는 관객의 주목을 끌기 위해 사용한 표현 기법은 무엇인지 등을 판단해야 한다. 따라서 ㉢ '배드민턴 스타를 꿈꾸는 청소년들의 이야기를 담은 영화'가 주제를 효과적으로 전달하기 위해 어떠한 기법을 사용하였는지 살펴보는 것은 적절하다.

05 디지털 매체를 통한 소통 문화의 특징 파악

✔예시 답안 정보 생산자와 수용자가 수평적 관계에서 쌍방향으로 소통한다.
〈보기〉에 따르면 실시간으로 진행되는 인터넷 개인 방송에서 정보 수용자는 방송의 채팅을 통해 방송 내용과 순서를 정하거나 생산자로 하여금 방송 내용을 추가, 보충, 정정하게 하는 등 능동적인 역할을 수행한다. 이를 통해 실시간 인터넷 개인 방송과 같이 디지털 매체를 기반으로 한 소통은 정보 생산자와 수용자가 수평적 관계에서 상호 영향을 주고받는 쌍방향성을 지님을 알 수 있다.

• 평가 기준

평가 요소	확인
'조건 1'에 따라 '수평적', '쌍방향성'과 같은 표현을 통해 정보 생산자와 수용자 간의 관계 및 소통 문화의 특징을 나타냄	
'조건 2'에 따라 한 문장으로 제시함	

06 매체 자료 수용 시 유의점 파악 　　답 ②

(나)의 '카드 1'에서는 청소년의 약 88%는 청소년도 사회 참여가 필요하다고 생각한다고 하였고, '카드 2'에서는 실제로 사회 참여 활동을 경험한 청소년은 21%에 그쳤다고 하였다. 이는 통계 자료를 제시한 것인데, 그 정보의 출처가 어디인지를 밝히고 있지 않다. 그런데 (가)에서는 '○○ 기관 보고서에 따르면', '○○ 기관 통계 자료에 따르면'이라고 하여 정보의 출처를 밝히며 동일한 통계 자료를 제시하고 있어 (나)와 대조된다. 따라서 (나)를 수용할 때에는 제시된 정보 중 출처를 밝히지 않은 것이 있으므로 이것이 신뢰할 수 있는 정보인지를 확인해야 한다.

① (가)에서는 청소년 사회 참여의 개념을 비롯하여 통계 자료와 전문가의 의견, 학생의 소감 등 다양한 정보가 제시되고 있다. 그러나 (가)에서 다양한 이론을 종합하여 해결 방안을 마련하고 있지 않으므로, 이를 바탕으로 이론에 대한 왜곡이 없는지 확인해야 한다는 것은 (가)를 수용할 때 유의할 점으로 볼 수 없다.

③ (나)에서는 청소년의 사회 참여 필요성에 대한 인식은 높은 반면 실제 청소년의 사회 참여 활동 경험은 낮은 현실을 제시하고 있을 뿐, 의견이 대립하고 있는 상황을 다루고 있지 않다. 따라서 이에 대해 편파적으로 서술되지 않았는지 확인해야 한다는 것은 (나)를 수용할 때 유의할 점으로 볼 수 없다.

④ (가)와 (나) 모두 상황에 대한 해결 방향을 제시하고 있을 뿐, 예상되는 반론에 반박하고 있는 것은 아니다. 따라서 이에 대해 논리적으로 타당성을 갖추었는지 확인해야 한다는 것은 (가)와 (나)를 수용할 때 유의할 점으로 볼 수 없다.

⑤ (가)에서는 □□고 3학년 김 모 학생의 소감과 △△대 사회학과 김◇◇ 교수의 말을 통해, (나)에서는 △△대 사회학과 김◇◇ 교수의 말을 인용하여 상황에 대한 해결 방안을 제시하였을 뿐, 작성자의 주장이 나열되고 있지는 않다. 따라서 이에 대해 납득할 만한 근거를 갖추고 있는지 확인해야 한다는 것은 (가)와 (나)를 수용할 때 유의할 점으로 볼 수 없다.

07 매체 자료의 제작 계획 파악   답 ③

(가)에서는 청소년의 사회 참여 활동이 기관을 중심으로 운영되기 때문에 활동이 확산해 나가는 데에 한계가 있다고만 했을 뿐, 청소년이 기관 중심의 사회 참여를 선호하는 경향이 있다는 내용은 찾아볼 수 없다. (나)의 '카드 3'에서 청소년보다 기관의 이미지를 더 크게 그린 이유는 청소년의 사회 참여 활동이 기관을 중심으로 운영된다는 것을 시각적으로 보여 주기 위해서라고 볼 수 있다.

① (가)의 1문단에서 ○○ 기관 보고서에 따르면 청소년도 사회 참여가 필요하다고 응답한 청소년이 88.3%라고 하였다. (나)의 '카드 1'에서는 이 보고서에 담긴 내용을 바탕으로 사회 참여 필요성에 대한 청소년의 인식을 보여 주기 위해 청소년이 말하는 이미지로 제시하고 있다.

② (가)의 2문단에서 ○○ 기관 통계 자료에 따르면 사회 참여 활동 경험이 있다고 응답한 청소년은 21%에 그쳤다고 하였다. (나)의 '카드 2'에서는 이 통계 자료의 내용을 바탕으로 사회 참여 활동을 경험해 본 청소년의 비율이 적은 문제 상황을 그래프로 시각화하여 드러내고 있다.

④ (가)의 4문단에서 △△대 사회학과 김◇◇ 교수의 말을 인용해 청소년의 사회 참여 활성화를 위해 기관 중심의 청소년 참여와 청소년이 주도가 된 사회 참여가 함께 이루어져 한다고 하였다. (나)의 '카드 4'에서는 청소년 사회 참여 활동의 두 가지 유형을 나타내는 두 팔이 악수를 나누고 있는 이미지를 제시하여 두 가지 유형이 서로 조화를 이루어야 한다는 내용을 전달하고 있다.

⑤ (가)의 4문단에서는 △△대 사회학과 김◇◇ 교수의 인터뷰를 인용하고 있다. 인터뷰 내용은 두 가지로, 청소년의 사회 참여 활동이 사회성을 향상하여 민주 시민으로서의 자질을 갖추는 데 도움이 될 수 있다는 것과 청소년의 사회 참여 활성화를 위해 기관 중심의 청소년 참여와 청소년이 주도가 된 사회 참여가 함께 이루어지는 방향으로 나아가야 한다는 것이다. (나)의 '카드 4'에서는 이 인터뷰 내용 중 활성화의 방향에 해당하는 내용("사회 참여 활성화를 위해 기관 중심의 청소년 참여와 청소년이 주도가 된 사회 참여가 함께 이루어지는 방향으로 나아가야 합니다.")을 문구로 제시하고 있다.

08 매체 자료의 수정 방안 파악   답 ⑤

(나)에서는 청소년의 사회 참여 필요성에 대한 인식과 실제 사회 참여 활동 경험 실태를 밝히고 청소년의 사회 참여가 확산되기 어려운 이유와 사회 참여 활성화 방향을 제시하고 있다. 그러나 (나)에서 청소년이 주도적으로 사회 참여를 할 수 있는 구체적 방법을 제시하지는 않았다. 따라서 '우리 학교 쓰레기 분리배출 캠페인', '우리 학교 앞 신호등 설치 건의'처럼 청소년들이 사회 참여를 할 수 있는 구체적인 방법을 소개하고 있는 '카드 B'를 활용해 우리 학교 학생들이 실천할 수 있는 방법을 제안하는 것은 적절한 보완 방향이다.

① (나)에서 청소년의 사회 참여가 필요한 이유를 언급하지는 않았다. 그러나 '카드 A'는 우리 학교 학생들이 사회 참여 활동을 하지 않는 이유를 보여 주는 것이므로, 이를 청소년의 사회 참여가 필요한 이유를 보여 주는 자료로 활용하는 것은 적절하지 않다.

② (나)에서 청소년 주도의 사회 참여 기회가 부족함을 직접적으로 지적하지는 않았지만, 기관 중심으로 사회 참여가 이루어진다는 '카드 3'의 내용을 통해 이를 짐작할 수는 있다. 그런데 '카드 A'는 우리 학교 학생들이 사회 참여 활동을 하지 않는 이유를 보여 주는 것이므로, 이를 우리 학교 학생들의 사회 참여 이유를 제시하는 자료로 활용하는 것은 적절하지 않다.

③ (나)의 '카드 3'에서 청소년 사회 참여가 확산되기 어려운 이유는 현재의 청소년 사회 참여가 기관을 중심으로 이루어지기 때문이라고 밝히고 있다. 따라서 (나)에서 청소년 사회 참여 확산이 어려운 이유를 언급하지 않았다는 진술은 적절하지 않다.

④ (나)에서 사회 참여가 청소년에게 미치는 영향을 강조하고 있지는 않다. 또한 '카드 B'를 통해 우리 학교 주변의 문제를 짐작할 수는 있지만 이것은 사회 참여가 청소년에게 미치는 영향과 무관하므로 자료의 활용 방안으로 적절하지 않다.

09 매체의 소통 내용 파악   답 ④

'경호'는 첫 번째 발화에서 '서로 즉각적으로 의견을 나눌 수 있고 대화 내용이 남아 있어 그 내용을 참고하며 의견을 나눌 수도 있'는 휴대 전화 메신저의 특성을 언급하고 '~ 좋을 것 같아.'라며 휴대 전화 메신저로 대화하는 것에 대한 긍정적인 태도를 나타내고 있다.

① '한신'은 첫 번째 발화에서 대화 제재를 확인하고 있고, 두 번째 발화에서 자신이 가진 양식 파일을 공유할 것임을 밝히고 있다. 그리고 세 번째 발화에서는 학교에 바라는 점을 말하는 인터뷰와 후보자를 지지하는 이유를 밝히는 인터뷰를 각각 다른 장면으로 제시하자며 동영상의 구성 방향을 제안하고 있다. 그러나 '한신'의 발화에서 동영상이 게재되는 매체의 정보 유통 방식에 대해 언급하고 있는 부분은 찾아볼 수 없다.

② '소희'는 첫 번째 발화에서 이전에 만든 포스터에서 아쉬웠던 점을 언급하고, 두 번째 발화에서 슬로건이 잘 드러나도록 소통에 관한 장면과 화합에 관한 장면을 하나씩 구성하자는 의견을 제시하고 있다. 그러나 '소희'의 발화에서 매체 언어의 표현 전략을 비교하거나 매체 언어를 새롭게 표현하는 방법의 중요성을 설명하고 있는 부분은 찾아볼 수 없다.

③ '연주'는 첫 번째 발화에서 전에 만든 포스터가 '소통과 화합'이라는 슬로건을 잘 드러내지 못했다는 소희의 의견에 대한 공감을 나타내고 있다. 그리고 두 번째 발화에서 소통 장면에서는 경청하는 태도가 드러나도록 하고, 화합 장면에서는 여럿이 함께하는 모습을 보여 주도록 하자는 의견을 제시하고 있다. 이는 소통과 화합이라는 슬로건이 효과적으로 드러나도록 하기 위한 방법을 제시한 것일 뿐, '연주'의 발화에서 문자와 그림말이 어우러져 만들어 내는 의미를 제시하고 있는 부분은 찾아볼 수 없다.

⑤ '지섭'은 첫 번째 발화에서 자신이 이야기판을 제작하겠다고 하고, 대화방 구성원들에게 동영상 구성에 대한 의견을 요청하고 있다. 그리고 두 번째 발화에서 공약 사항을 자막으로 제시할 때 효과음을 넣자는 제안을 하고 있다. 그러나 '지섭'의 발화에서 휴대 전화 메신저의 정보 전달 효과를 고려하여 동영상 제작의 절차와 역할 분담 방안을 제시하고 있는 부분은 찾아볼 수 없다.

10 매체 자료 제작 계획의 반영 여부 파악 답 ③

ⓒ에서는 학교에 바라는 점을 말하는 인터뷰와 후보자를 지지하는 이유를 밝히는 인터뷰를 각각 다른 장면으로 제시하자고 하였다. (나)의 S#4에서 학교에 바라는 점을 말하는 학생의 인터뷰 장면은 확인할 수 있으나, 후보자를 지지하는 이유를 밝히는 인터뷰 장면은 찾아볼 수 없다.

◎ 오답 풀이

① ㉠에서는 슬로건인 '소통과 화합'이 잘 드러나도록 소통에 관한 장면과 화합에 관한 장면을 하나씩 구성하자고 하였다. 그리고 이를 반영하여 (나)의 S#2에서 후보자가 귀 옆에 양손을 가져다 대며 경청하는 모습과 '학급별 소통함 제작'이라는 자막, '여러분의 목소리를 귀 기울여 듣겠습니다.'라는 내레이션을 통해 소통 장면을 구성하고 있다. 또한 S#3에서는 학생들이 함께하는 모습과 '한마음 축제 개최'라는 자막, '축제를 통해 하나가 되는 ○○고를 만들겠습니다.'라는 내레이션을 통해 화합 장면을 구성하고 있다.

② ㉡에서는 소통 장면에서 경청하는 태도가 드러나도록 하고, 화합 장면에서 여럿이 함께하는 모습을 보여 주자고 하였다. 그리고 이를 반영하여 (나)의 S#2에서 후보자가 귀 옆에 양손을 가져다 대는 모습으로 경청하는 태도가 드러나도록 하고, S#3에서 세 학생이 어깨동무를 하는 모습으로 여럿이 함께하는 모습을 보여 주고 있다.

④ ㉣에서는 공약 사항을 자막으로 제시할 때 주의를 환기하기 위해 효과음을 넣자고 하였다. 그리고 이를 반영하여 (나)의 S#2와 S#3에서 각각 '학급별 소통함 제작', '한마음 축제 개최'라는 공약이 자막으로 나올 때 '빠밤'이라는 효과음을 넣고 있다.

⑤ ㉤에서는 내레이션으로 자막 내용에 대해 설명해 주자고 하였다. 그리고 이를 반영하여 (나)의 S#2에서 '학급별 소통함 제작'이라는 자막이 나올 때 '여러분의 목소리를 귀 기울여 듣겠습니다.'라는 내레이션을 제시하고, S#3에서 '한마음 축제 개최'라는 자막이 나올 때 '축제를 통해 하나가 되는 ○○고를 만들겠습니다.'라는 내레이션을 제시하여 자막을 설명해 주고 있다.

11 매체 자료의 수정 방안 파악 답 ⑤

S#5에 대한 검토 내용에서 '공약의 실현 가능성을 인상적으로 제시하며 마무리해야' 한다고 하였다. 그런데 (나)의 S#5에 '당신의 한 표를 기호 ×번에 행사하세요.'라는 자막을 학생회장 후보자가 힘주어 읽는 내레이션을 추가하면, 해당 후보자에게 투표할 것을 독려하는 효과를 가져올 뿐이다. 즉 이는 공약의 실현 가능성을 인상적으로 제시하는 것과 관계가 없으므로 S#5에 대한 검토 내용을 바탕으로 (나)를 수정하는 방안으로 적절하지 않다.

◎ 오답 풀이

① S#1에 대한 첫 번째 검토 내용에서 '후보자의 힘찬 발걸음을 부각할 수 있는 배경 음악이 필요'하다고 하였으므로, '후보자의 힘찬 발걸음'과 분위기가 어울리는 밝고 역동적인 느낌의 음악을 배경 음악으로 제시하는 것은 적절하다.

② S#1에 대한 두 번째 검토 내용에서 '후보자와 함께 새로운 출발을 할 수 있다는 내용이 자막에 제시되어야' 한다고 하였으므로, '기호 ×번 김□□'을 '기호 ×번 김□□와 함께 새로운 학교생활이 시작됩니다.'로 수정하여 '새로운 출발을 할 수 있다는 내용'을 제시하는 것은 적절하다.

③ S#2~S#4에 대한 검토 내용에서 '슬로건을 일관되게 노출하여 강조할 필요가 있다'고 하였으므로, S#1처럼 화면 우측 상단에 '소통과 화합'이라는 문구를 추가하는 것은 적절하다.

④ S#4에 대한 검토 내용에서 '인터뷰 내용의 전달 효과를 높여야' 한다고 하였으므로, 자막이 없는 S#4에 인터뷰의 핵심 내용을 나타내는 말들을 자막으로 제시하여 인터뷰 내용을 알기 쉽게 전달하는 것은 적절하다.

공통국어 개념완성

메가스터디BOOKS

내용 문의 02-6984-6897 | 구입 문의 02-6984-6868,9 | www.megastudybooks.com

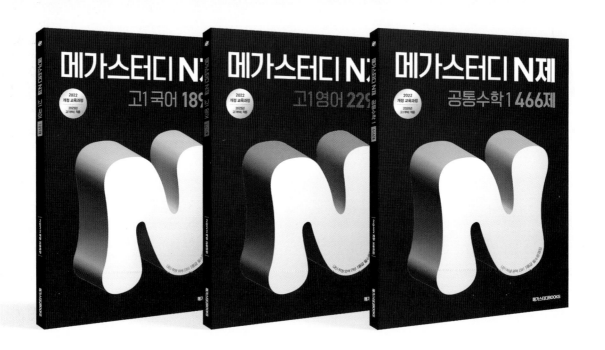